I0730011

我感谢我的母亲
沈树芝女士——
是她让我悲天悯人疏财积德
心存良善和正义
祈愿她莲登九品
花开见佛往生极乐
倒驾慈航乘愿再来
普施法雨更益人天

长篇小说

大马士革断喉剑

Damascus Throat-Slitting Sword

寒江飞雪 著

By Han Jiang Fei Xue

美国华忆出版社
Remembering Publishing. USA

ISBN:　　978-1-68560-213-0　(Paperback)

　　　　　978-1-68560-214-7　(eBook)

Remembering Publishing, LLC

RememPub@gmail.com

Damascus Throat-Slitting Sword

By Han Jiang Fei Xue

大马士革断喉剑（长篇小说）

寒江飞雪　著

出　　版：　美国华忆出版社

版　次：　2025 年 10 月　第 1 版　第 1 次印刷

字　　数：　285 千字

作者介绍

寒江飞雪，（实名钱长春），中国贵州籍文学艺术创作者。

自 1982 年至今，已创作诗，小说，科普，散文……数百篇章。有作品入选多部华人华文作品选集。另著有短篇小说《三把火药枪》《中士镇传奇故事》《同学会轶事》《笼子里的嗨碧尼斯.happiness》等；科普《地球人类 你究竟向何处去》；中篇叙事诗《第三只鸽子的自述》；散文《草根的生命》；组诗《给我童年的故乡》；短诗《乐师吟·四季绝唱》《天河垂钓》《我走向遥远的地平线》等。

2020 年至今，已在中国最大诗歌网络平台《中国诗歌网》发表长短诗、律诗及组诗一百余篇首。

2014 年 3 月，出版第一部文集《我走向遥远的地平线》。

2025 年 4 月，出版《寒江飞雪短篇小说科普暨诗歌散文集》（该书籍已正式入藏哈佛大学东亚图书馆并即将进入哈佛大学图书馆系统，供全球学者与读者查阅）。

现主要从事诗歌、小说及科普文学的创作和探索。

前　言

有人说："金庸、古龙之后再无武侠……"的确，自金庸、古龙和梁羽生三位泰斗级作家，用各自风格不同的武侠小说，在文坛分别矗立起自己的丰碑地位后，现在（或许很长的将来），都鲜有人能望其项背，与之比肩。

但是不是作为人类文明其中之一的武侠作品，就从此止步不前，永久封冻于这个时代了呢？后人连偷窥门径尝试探索都毫无必要了？

回答是肯定的：绝对不可能！这也是不以少数人的意志为转移的。

因为纵观人类社会文明史的发展进程，有点思想和觉悟的人都知道：人类社会的文明，从来不会因为有一代伟人和他的伟大杰作的诞生而再无后人推陈出新，承前启后，前赴后继，发扬光大，延绵不绝，再现新的伟人和新的杰作。就如同长江后浪推前浪，涟漪绵绵无止期。

华夏五千年文明史就是最好的诠释：

帝王明君继尧，舜，禹后，又有周文王、周武王、齐桓公、李世民……

睿智谋臣继姜子牙，管夷吾后，又有苏秦、张仪、孙子、孙膑、文种、范蠡、张良、诸葛亮……

儒法道中大贤，继老子后，又有庄子、孔子、孟子、墨子……等诸子百家。

奇才名士继屈原，宋玉后，又有李白、杜甫、苏轼、白居易、罗贯中、吴承恩、曹雪芹、蒲松龄、徐志摩……

诗歌继《诗经》《楚辞》后，又有《唐诗》《宋词》《元曲》……

乐曲继《高山》《流水》《阳春》《白雪》《玄默》后，又有《广陵

散》《平沙落雁》《梅花三弄》《十面埋伏》《夕阳箫鼓》《渔樵问答》
《胡笳十八拍》《汉宫秋月》……

　　同理，大自然用自己的鬼斧神工，造就了各有特色，风景迥异的三山五岳，阿里山，富士山，安第斯山脉，阿尔卑斯山，乞力马扎罗山，乌拉尔山，比利牛斯山，圣海伦修斯火山后，又诞生了至高无上的喜马拉雅山珠穆朗玛峰，但它从来不会因此自满而停止造山运动，它仍会继续用威力无比的地质板块结构运动和汪洋洋流及大气候，不断创造出更多更新更千奇百怪的山川沟壑。

　　生物亦然，植物学家经常发现：在茂密的原始森林中，总有一些生命力强大的花卉和藤蔓的种子，它们不因四周已有参天大树杵立遮挡，高处已盛开着鲜艳的花朵和结有硕大的果子；脚下是别人用盘根错节的触须织成的网络；头上是层层腐臭的枯枝败叶和昏暗无光的天空……但它们依然不会放弃属于自己生命中的每一个历程，它们会在极端恶劣的生存环境中，挣扎、拼搏、升华、上进，克服千难万险和重重高压阻碍，在对的季节和温润的气候里，适时地生根、萌芽、长叶、开花，并最终结出属于自己独有形状和滋味的哪怕是渺小和无名的果实，让充满生机和奇观异景的世界，更加多姿多彩，绚丽无比，璀璨动人！

　　我的这部长篇历史武侠小说《大马士革断喉剑》也许就要出版问世了，是喜？是悲？福兮？祸兮？

　　不知道，也不想知道，顺其自然吧。

　　从我开始酝酿构思并最终创作、杀青、反复查缺补漏完成它，我自始至终就没有打算让它和任何武侠名作相比较。

　　一部文学艺术作品，为什么非要用世俗的眼光和僵硬的尺度去比较高低贵贱呢？粉红的桃花和雪白的梨花怎么分高低？出污泥而开在水中的莲花和圈围在高栏名苑中的牡丹，谁贵谁贱？即便是最卑微的狗尾巴花和蒲公英，不都有只属自己的独特的芳香和寓意吗？

　　回首数年以前，《大马士革断喉剑》的出世，倒颇有几分戏剧色彩。

原打算让它以五万余字中篇出版面世，然满身疮痍，四肢不全，生得丑陋的它，时运不济，四处碰壁……几乎胎死腹中。

幸有慧眼识珠人提议，与其让它在中篇处意犹未尽，不如放开手脚，突破篇幅限制和狭隘格局，令其自由舒展，壮大成熟。

它如是只凤凰，就让它浴火重生，尽显芳华。

我创作了它，但我却不能客观和公正的评价它，就像天下的母亲，很少能客观和公正地评价自己的孩子。

客观和公正的评价，还是留给将来读过它的人们吧！

最后，我谨用这部书中一位剑客的诗和我发在某网站的一篇日志作结尾——

> 砌炉焚心铸一剑，
>
> 千锻万锤血中溅；
>
> 三年终现断发刃，
>
> 情天恨海削魔焰。

《写在长篇历史武侠小说〈大马士革断喉剑〉部分章节亮相网上后》：

到今天为止，长篇历史武侠小说《大马士革断喉剑》的部分章节已注册登陆《天涯论坛》，发文数十章节，十余万字（作品最终是要面对读者的，所以，部分章节亮相网络了……但为防止它被不良网站或小人盗窃篡改，也不能全发，个中道理，懂的都懂）。

尽管如此，《大马士革断喉剑》部分章节，还是被中国大陆某些文学网站，未经作者授权而盗发在其网络平台，即便都是有头无尾的盗版贴。

《大马士革断喉剑》盗版贴的泛滥，足以证明它的价值，虽然正统的传媒无视它的存在，但我却荣辱不惊，泰然处之，依然故我。

我写书，是因为我想写，我能写；我只写我认为我该写的人和事，抒发心中认定的最人性最真实的思绪情感。

我绝不会为了名和利，用我的笔，向任何组织，任何政党，任何权贵……胡编乱造，无中生有，阿谀谄媚，歌功颂德，下作跪舔。

　　我甚至从不刻意去讨好争取共鸣者，因为曲高和寡的道理，我懂！

　　当然，在手机百度茫茫网海中，我还是看到了某些网站平台对《大马士革断喉剑》广而告之的简介说辞——

　　"《大马士革断喉剑》原载于 xxx 小说网，作者为三无作家（寒江飞雪在某网站的网名）。xxx 小说网转载收集《大马士革断喉剑》最新章节。《大马士革断喉剑》情节跌宕起伏，语言有趣生动，世界观新奇，受到了大量喜爱武侠类型小说读者的广泛关注，是不可多得的武侠小说。本书作者三无作家的作品，想象力丰富，文笔如行云流水，简洁又富有回味……"

　　百度 AI 智能回答重新生成：

　　"《大马士革断喉剑》是三无作家（寒江飞雪）创作的一部历史武侠小说，它通过虚构的人物和情节，再现了部分真实的历史事件。

　　《大马士革断喉剑》这部作品不仅包含了传统武侠小说中神秘深奥的功夫武术招法剑式，还深入剖析了人性的细微之处，并对皇权专制、贪官污吏以及假和尚伪道士进行了揭露和批判。

　　书中涉及的历史事件包括陕西巡抚邓尔恒遇害的始末、吴三桂投靠大金多尔衮的原因、云贵总督兼钦差大臣林则徐审理道光年间云南'保山惨案'史记，以及回族兵马大元帅杜鸿斌（即杜文秀原型）造反起义的根源等，这些历史元素与虚构情节相结合，使得《大马士革断喉剑》成为一部情节跌宕起伏、扣人心弦的作品，展现了作者高超的情节构思能力和文笔水平。"

　　无论将来人们怎么毁誉褒贬，我都不会怀疑：《大马士革断喉剑》，一定会在文坛武林中，留下它不会被岁月磨灭的足迹，我深信！

　　2018 年 11 月 7 日寒江飞雪撰述于中士镇

目 录 | CONTENTS

……

洪荒时代斩妖除魔的童话
沿古老的学海书山行走
穿越千万年的岁月时空
已在逆反的心中沸腾膨胀
欲精炼锻磨出剑一般锋利
而又深邃刚直不阿的眸子
横扫尽大地上的冰柱雪峰
填平山川不平的坑洼沟壑
斩断禁锢人心智的铁链和枷锁
驱除所有造孽作恶的牛鬼蛇神
把压在众生头顶上厚重的云层
捅刺出个天大透亮的窟窿

——题记

咸丰十一年。

大马士革
从黔西通往黔北重镇凤凰镇上

断喉剑

彻炉焚心铸一剑
千锻万锤血中淬

第一章

林中杀手 狭路相逢

1

咸丰十一年。

暮春，午后。

从黔西通往黔北重镇凤凰镇（即民国三十八年后的中士镇——作者注）的一处山野林间空地上。

三个蒙面黑衣人，围着空地中央一男两女。每个黑衣人左胸均饰有红蝙蝠图案。

两个女人，看上去，一个年长，一个年少，均是美人胚子。尤其是年少的女人，长发披肩，亭亭玉立，宛如仙女下凡，撩人心扉。

那男的，却生得相貌平平，中等个，偏瘦。像家丁，又不是家丁；像保镖，又不是保镖；像书生，又不是书生；像官差，又不是官差……活脱一个"四不是"。

"三位好汉，是要劫财，还是劫人？""四不是"开口问道。

"人财皆要！"蒙面黑衣人中有人应道。

"好大口气！在你们三位之前，有六个蒙面黑衣人和十几个江湖高手也如此说过，可惜他们的本事没有他们的口气大，所以才轮到你们有机会对我们重复这话。不知前面那六个蒙面黑衣人与眼前三位好汉有何渊源？是什么关系？"

"我们同属一个组织，是师兄弟关系。"

"想必三位好汉找到我们前，应该见到过他们和那十几个已经躺在地上的'英雄'了？"

"见过，无一幸免，曝尸荒野。均被一剑断喉，切口入喉一寸深浅，不多不少，整齐笔直，干净利落。听公子口气，如果我们猜得不错，肯定是公子所为吧？"

"你们算找对人了，没错，他们的确都是死在我的剑下，与我身边她们二人无关。莫非三位好汉自认功夫在那十几人之上，今儿非劫人劫财不可？""四不是"抱着佩剑不屑地说。

"见过六个师兄师弟的剑伤，我们深知，就算我们几个再练一百年，也不是公子的对手……但我们今儿非劫人劫财不可！"

"明知死路一条，也要干？当真不怕死？"

"职责所在，怕死也要干。横竖都是死：不是死在公子剑下，便是死在首领和组织的家法家规下。死在公子剑下，家人还能享受首领和组织的抚恤照顾；如死在组织首领的家法家规下，家人还要受牵连……"

"既然没有活路，你们为何不脱离组织，远走他乡，隐姓埋名？"

"凡是组织的人，都有不得已的苦衷，执行任务前，都有亲属好友为其作保连坐，生要见人，死要见尸……公子不必怜悯，我等自出道以来，也杀人无数……"

杀手一般不会同情怜悯被杀之人，也不接受别人的同情怜悯。

"包括陕西巡抚邓尔恒？"

"没错，是我们干的。这……也与公子有关？"

"我要杀了你们！""我要你们血债血偿！"听闻此话，两个女人突然歇斯底里地发作起来。

"邓尔恒的遗属，皆是我的至亲……三位的确该死，真的该死。你们不找我，迟早我也会找你们；老天有眼，你们自己送上门来了。只是不知三位的首领和组织，把邓尔恒都杀了，干嘛还要追着他的家人苦苦相逼？难不成真的要斩草除根，赶尽杀绝？"眼露凶光，脸现杀气的"四不是"一边安抚二个女伴，一边愤怒地问道。

"瓦罐不离井上破，将军难免阵中亡。杀手除了杀人，就是被人杀，这是命，注定的。事到如今，也不怕告诉公子：斩草除根，赶尽杀绝是其次，拿回邓氏姑侄手中的秘账才是我等此行的主要目的和任务。"

"这是何等机密，你也敢说？不要命啦！"一蒙面黑衣人提醒答话的黑衣人。

"如果杀不了他，你以为我们今天还能活着离开这里？"答话的黑衣人反问道。

"你还算是个明白人。既生瑜，何生亮？唉！你们不该遇见我……可否让两位女流移步暂避？有我在，你们绝伤不了她们；没有我，她们也逃不掉。"一阵沉默后，"四不是"提议道。

"悉听尊便！但公子能否留下尊姓大名，我们也好知道究竟将要死在哪位剑客之手？"

"行不更名，坐不改姓：北门云飞，就是本人！"

"莫不是云南临沧北门世家的少公子？"

"没错。"

"主使大人果然没猜错，邓家姑侄先前就藏身那方。"蒙面黑衣中有人感叹道。

待两位女士一步三回头，依依不舍，泪眼婆娑地走远后，北门云飞说道："三位还是摘下面罩吧，对于将要被你们杀死的人，或将要死在别人剑下的你们，面罩除了妨碍你们施展功夫外，已经毫无意义了。"

三个蒙面人相互对视了一下，不约而同除去面罩，因为他们都清楚：看过六个师兄师弟颈上切口长短深浅都很精准的剑伤，如今又遇着留下剑伤的人，他们悲哀地预感到自己的死期到了；他们三人都将被断喉，再也走不出这片林子了，此地将是他们最后的归宿。

面罩和身上所有的一切，对他们而言，已经没有任何用处了。

原来还是三个英俊的年轻后生。

"可惜了，这等人才！首领和组织害人啦！"北门云飞摇着头低声叹道。仍抱着"青锋剑"，原地不动。

"三位，出招吧！"

当三把剑尖带着剑风从不同方位刺向北门云飞时，北门云飞的"青锋剑"才出鞘迎敌接招。只见他身形随之旋转，如龙卷扫地，落叶漫天，飞沙走石；他右手飘浮位移不定的剑影白光，时而如雷击枯木，摧枯拉朽；时而像飞溅的浪花，惊涛裂岸；又如狂飙发怒，席卷万物；又好似仙女散花，绵里藏针……三个黑衣人便被这令人生畏的气场所笼罩，目眩头晕，进退两难，甚至找不到东南西北。

突然，北门云飞将手中的"青锋剑"收剑回鞘，右手握着"青锋剑"，一个大旋转，双脚腾空，横扫一圈，掀起如海啸漩涡般的激流气场……仅一瞬间，人还在空中，其左手不知什么时候，也不知从何处而来，如魔幻般，凭空又有了一柄比"青锋剑"更加迅疾凌厉的长剑。

这把剑不是防守的，而是夺命的，断喉的，仅仅在电闪雷鸣间，断喉剑便如流星，划过三处咽喉，伴着三声低沉漏气的叫喊声："啊！啊！啊！"，三个英俊后生的长剑几乎同时脱手，人如雕塑般凝固，呆立原地不动，无神的目光中充满绝望和困惑……

他们均被"断喉剑"一剑断喉，切口入喉三公分深浅，不多不少，整齐笔直，干净利落。人已经死了，血才从切口处慢慢渗出。

北门云飞仍站在原地，像长剑出鞘前一样，左右手抱着已归剑鞘的"青锋剑"，剑靠左肩，有些冷漠有些惋惜地看着三人，先后慢慢倒毙在地上。

只是，他刚才用来杀人的那把"断喉剑"，像悄无声的来，又悄无声地去，已失去身影行踪。

以他的功力和剑术，他本可以用不着"断喉剑"，单凭手中的"青锋剑"，削断此等杀手咽喉，对他而言，易如反掌。他之所以使出"断喉剑"，不过是想让"断喉剑"那举世无双的锋刃，在人体咽喉处留下的令人望而生畏的切口，尽可能威慑吓退身后随时可能出现的追踪者。

他能杀人，敢杀人，不怕杀人，也很会杀人……但他从不以杀人为乐趣。能不战而屈人之兵，那是最好不过的了。但他知道，树欲静而风不止，行走江湖仕途，遭遇横行霸道的酷吏官差和拦路抢劫的歹徒匪类，多数时候，不是他死，便是你亡，别无选择。

2

“云飞哥——”迎着归来的北门云飞，少女奔上前去，急切而又关心地问道：“你没受伤吧？哪些人呢？是不是你一劝，他们就到别处去了。他们说他们从此再也不找我们的麻烦了……”

“是，我是又把他们劝到别处去了。他们说他们从此再也不找我们的麻烦了……没事了，别怕，有哥在，谁也伤不了你！除非哥死……”

“不，我不要你死，你死了，我也……”

“傻妹妹……紫姗也不怕姑姑笑话和生气。”

“他们没伤着你吧？他们都是什么人？什么组织？首领是谁？”另一个女人，就是邓紫姗的姑姑邓艳玲，也上来关切地问道。

“没有。谢谢姑姑关心！看他们胸饰红蝙蝠图案，和之前那些蒙面黑衣人一样，应该来自‘红蝙蝠’组织。这个组织的首领，除了是杀邓伯父的那个幕后元凶外，不可能是其他人。”

“就是江湖上传言的那个专干杀人掠货，臭名昭著，无恶不作的‘红蝙蝠’组织？”

“没错，黑衣，黑面罩，红蝙蝠胸饰……除了‘红蝙蝠’组织，我想不出还有谁会对我们纠缠不放。翻过这座山，前面应该就是凤凰镇了。姑姑，紫姗，你们要不要歇歇再走？”

“不，我们还是赶路要紧，争取天黑前赶到凤凰镇。”姑姑说。

第二章

猎人追踪　吉凶难料

3

差不多在同一时间，同一片山林里，离北门云飞三人身后十几里外，几个或背长剑或挂腰刀，官差模样的人，走走停停，或爬树登高瞭望，或几个人围着地上可疑痕迹，指指点点，好像猎人在探寻追踪什么猎物。

"大人，前方正北大约十五里地方山凹，有成群乌鸦盘旋鸣叫，似有异常状况！"在一株高不见顶的松树上瞭望的人对树下的人用手语比划道。

"走，去看看！"被树上瞭望之人叫大人的那位，边对树下众人说，边用手语对树上瞭望的人暗示：注意观察四周，小心断后，别掉队。

4

歇停树枝，群鸦集噪，等待盛宴的树下。

"猎人"们围着三具黑衣人尸体。

"和先前十几个被杀者一样：又是一剑断喉，切口入喉一寸深浅，不多也不少，整齐笔直，干净利落，如非绝世好剑，并兼有绝世武功，也决留不下如此伤口。"验完三个黑衣人尸体后，"仵作"起身对众人说。"对了，与前几个黑衣人尸体一样，这三人左胸也有红蝙蝠图案，他们应该是同属一个组织或帮派。"

"的确叫绝，换作我，自认武功也不弱，想削断一个人的咽喉，亦非难事。但要如此分毫不差地断人咽喉，即便让那人一动不动，我想我也万难做到。大人见多识广，不知可听闻过当今世上谁有如此绝世武功？”说话的是刑部江苏清吏司主事（从五品）岳海鲲。也是名震江北和中原一带的鹰爪门高手。

“惭愧！从未听说过江湖中有此等人物。”答话的便是被称为大人的刑部浙江清吏司郎中（正五品）董氏八卦掌入室弟子沈天鹏。

“但不知此人是敌？是友？若是敌，我等恐难对付。”岳海鲲说。

“食君之禄，忠君之事；为惩恶扬善，伸张正义，即便马革裹尸，粉身碎骨，我辈亦当前赴后继，死而后已，又岂在乎武功高低强弱生死忧患？”沈天鹏刚劲有力慷慨激昂道。

“大人训诫得对！我等当竭尽全力，不辱君命。”岳海鲲诚服道。

“严大人，我在江浙时就曾听说：西南有一个叫‘红蝙蝠’的杀手组织，其内部结构严密，所有杀手均出自江湖高手武林败类，最是心狠手辣冷酷残忍，在西南乃至中原，犯下不少杀人越货灭人满门的大案。严大人常居云南昆明，又身兼刑部下属官员，不知你对‘红蝙蝠’的杀手组织了解多少？”沈天鹏问道。

“不瞒大人，西南地面上确有一个叫‘红蝙蝠’的杀手组织。因为他们出现时，有人偷偷看见过：他们均蒙面露眼，身着黑衣，左胸配饰有红色蝙蝠图案，故而人称‘红蝙蝠’杀手。他们在西南甚至中原和京城也经常干着杀人越货灭人满门的罪恶之事。”严万里证实道，“我刑部云南清吏司也受命侦办严查缉捕过，但正如大人所言，‘红蝙蝠’的杀手组织，其内部结构严密，杀手隐蔽较深，杀手均誓死效忠组织和首领。我等虽对此付出较多人力财物，包括明暗悬赏封官许愿，仍然还是收效甚微，虽有些线索，却也无济于事。前些年，我率下属好不容易围困住一‘红蝙蝠’伤重杀手，本欲生擒活捉，从他嘴里挖出‘红蝙蝠’杀手组织秘密，不料，他竟对天喊了两句：‘告诉首领，我没有背叛。请照顾好我的家人。’喊完便挥剑自刎，只留下一具无名无姓的死尸，令我等又白忙活了一场。话虽如此，也是属下等办事不力，请沈大人责罚。”

“严大人不必自责，我过问此事，也不是兴师问罪。”沈天鹏安抚道，“我等追寻邓家姑侄踪迹，却不断发现‘红蝙蝠’杀手死尸，想来这‘红蝙蝠’杀手组织对邓家姑侄也是穷追不舍，势在必得，如此，为共同的目标，我等便绕不开这个'红蝙蝠'杀手组织，将来必发生正面冲突。常言道：知己知彼，方能百战不殆。严大人不要多心，我也就随便问问，别无他意。"接着又问道："你说前面不远便是凤凰镇了？"

"不错，凤凰镇离此地大约二十里远近，这一带我寻迹办案来过多次，还算熟悉。"严万里肯定道。

"从尸斑和血迹颜色上看，三人死亡时间不超过两个时辰，"沈天鹏分析道。

"应该是。"此刻兼职"仵作"的刑部浙江清吏司主事（从六品）张怀忠答道。

"再看地上的足迹和走向，杀他们的人有三人。如果我的推算不错的话，三人已进入凤凰镇了。"沈天鹏又说。

"三人中，至少有两人是女流。"还在仔细观察地上痕迹的，人称"山猴子"的向导，刑部云南清吏司员外郎（从五品）严万里补充说道。

"是福不是祸，是祸躲不过；走，去凤凰镇会会他们。"沈天鹏道。

5

凤凰镇。
"山月听风"客栈。
清晨。
客栈后院。
岳海鲲正在行云流水般演练着岳家独门绝技"岳氏五十路鹰爪连拳"和"一百零八式鹰爪擒拿手"。

只见他动则刚猛凶狠，似欲将猎物分筋错骨，生吞活剥；静则如鹰隼遨游长空，盘旋待兔。突然，只见他双臂发力，一招"饿鹰扑鼠"，便将双手十指，一前一后插入身旁墙边一株合抱粗的老槐树里……一发力，"嗨！"的一声，硬是从树身上撕下两块厚厚的树材。

"好功夫！"不知什么时候，沈天鹏也来到后院，见此情景，忍不住夸奖道。

"大哥过奖，小弟实不知大哥已到，真有些班门弄斧了，望大哥不怪！"两人是喝过血酒的拜把子兄弟。场面上，两人是刑部上下级同僚，私下，两人以兄弟相处。

岳海鲲，河南安阳汤阴县人，与南宋时期抗金名将岳飞有些亲缘关系，属岳武穆旁支后裔。

秉承岳家尚武之传统家风，他自幼就习武练功，并遍访名师，到十八岁时，其武功修为造诣，已小有建树。只因刚正不阿，好打抱不平，常招惹官家黑道中人怨恨。

一次押镖途中，为救一弱女子而打伤浙江宁波府知府衙内。

事后遭人报复陷害走私鸦片，被宁波府知府屈打成招，判秋后问斩，关进知府大牢。

碰巧身为刑部浙江清吏司郎中沈天鹏到宁波府寻查一宗江洋大盗案，听闻此事后，深感震惊。

对岳海鲲，沈天鹏虽从未谋面，但对其人武学武德，也略有耳闻，欣赏已久。凭岳海鲲出身名门世家和在江湖中的为人和声誉，沈天鹏深信岳海鲲断不会堕落至走私鸦片，此案必另有蹊跷。

于是，经过明察暗访，终于掌握了宁波府知府携私报复，勾结黑道栽赃陷害岳海鲲的罪证，并报刑部大理寺朝审复验，由浙江巡抚衙门彻查重审此案后，依大清律，抓捕判决了宁波知府（斩立决）和黑道一干案犯，还了岳海鲲的清白。

后经沈天鹏举荐，岳海鲲虽不太情愿入仕为官，但有感于沈天鹏救命之恩，便勉为其难地从应天府捕快做起，经历快班，捕快，捕头，总捕头……直至升迁到刑部江苏清吏司主事（从五品）。

"既然都起来了，大家都过来吧，我有话说。"看见张怀忠，严万里也先后来到庭院后，沈天鹏招呼道。

"通过昨晚连夜寻查，我们可以肯定：昨日才住宿镇上'福来'客栈里的一男二女，应该就是林中'断喉'杀手。"沈天鹏神情凝重地说，"一个月前，我应兼管刑部的周祖培大人和恭王爷召见，领受皇命，彻查陕西巡抚邓尔恒遇害真相。受命之时，便向周大人举荐了在场各位，初衷不过是因为对各位的了解和信任，希望提携各位，借此机遇有番作为，建功立业，尊享皇恩，封妻荫子，光宗耀祖。不曾想此案错综复杂，牵涉甚广，凶险无比，导致各位数次身临绝境。时至今日，虽稍有所获，然重要证人证物，特别是传说中的那本邓尔恒遗留账册，亦无头无绪。本官自觉上有负周大人知遇之恩，下愧对各位千里奔波劳累，深感汗颜啦！"

岳海鲲回道："大人多虑了，我等承蒙大人看重信任，实是荣幸之至，再说天下兴亡，匹夫有责；比较大义公理，个人安危荣辱又算得了什么呢？"话音未落，众皆点头赞同。

"话虽如此，就要面对那把出神入化诡异绝命的'断喉剑'，想来大家都清楚可能的风险，有些话还是先说下的好……但话多是水，多说无益，一切尽在不言中；在此，我先谢过众兄弟！今日如有不测，就此别过，大家记住：我们今生是好兄弟，来世还是好兄弟！"

"听大哥的！"

"不过，仔细想来，那些被断喉的蒙面黑衣人，均出自邪恶帮派组织，本就不是善类，与我等是敌非友，因此，杀他们的人，即便不与我等同道，也不至水火不容。所以，待会儿去到'福来'客栈后，大家先别轻举妄动，一切见机行事。"沈天鹏又分析道。

"大人说的是！"

"请各位回屋稍做准备，我们一会儿去'福来'客栈。"沈天鹏对众一一抱拳相送。

待众人离去，沈天鹏看着远处灰蒙阴沉的天空和层峦叠嶂的群山，陷入了对往事的回忆与思绪中……

第三章

往事如烟 临危受命

6

沈天鹏出身于苏州姑苏郊外一不第秀才家中。父亲虽饱读诗书，精通儒学，为人宽厚仁义，在当地颇有声望。但考场落榜失意后，便借酒浇愁，浑浑噩噩，虚度光阴。沈天鹏的母亲系出书香门第之阁，知书达理，外秀内慧，勤俭持家，对沈天鹏一生影响颇大。只是不知是不是父亲经常酗酒和生活无节制的原因，沈天鹏自出娘胎，就体弱多病，三番五次挣扎在死亡线上。如不是母亲拼命奋力与阎王爷抗争，恐怕沈天鹏早已夭折襁褓中了。

幸运的是一向虔诚敬神拜佛的母亲，在沈天鹏六岁时，带沈天鹏去姑苏城外寒山寺还愿上香，使沈天鹏有了一次改变命运的机遇。

母亲在殿内对十八罗汉，众神龛位，一一上香礼拜，抽签求卦……其间，沈天鹏竟脱离母亲视线，独自随众香客在殿内瞎逛。在跨迈一殿堂高门槛，踩空门外台阶时不慎跌倒，被一老僧扶起。

"多谢大师相扶！"沈天鹏双手合十谢道。

"小施主走路难道不看脚下？"老僧没想到小小一孩童居然会双手合十称谢，所以多问了一句。

"平时走路还是看的，只是刚才出殿，一时鬼迷了心窍，又让两旁的路人纷扰了视线，故而有此一劫，让大师见笑了！"父亲清醒时，也会将平生所学，四书五经，诸子百家，尽授儿子，所以沈天鹏听得出老僧问话中的禅机。

老僧听罢，暗暗称奇，自言自语道："刚才老衲在禅房打坐，突然一个激灵，似有内急，刚到此处，就见小施主出门跌倒下跪……扶起小施主，老衲此时却一身轻松，内急顿消，莫不是天意：老衲与小施主有师徒之缘？怪哉！怪哉！"

冥冥之中，渊源却有定数，扶起沈天鹏的，竟是姑苏寒山寺慧灵方丈。

从此，沈天鹏便拜在慧灵方丈名下。

说来也怪，自从沈天鹏修炼痴迷上禅道佛经和寺中武学功夫后，身也强了，体也健了，不再受病魔侵害了。做母亲的自然欣喜安慰；儿子脱离病魔不说，母亲也不想让儿子步父亲的后尘，因科考挫折，便半醒半醉，半疯半癫，一事无成。于是，任由儿子选择自己的人生道路。

慧灵方丈发现沈天鹏不仅聪慧，好学佛门经典，还确属练武奇才，所以，他便经常带着沈天鹏云游四方，遍访名山大寺，寻迹拳术功夫，叩拜名门大师，讨教武学内涵精要。到成年时，经慧灵方丈引荐，有幸拜入董氏八卦掌门下的沈天鹏，凭借双掌和暗器功夫，已声名远播，独树一帜。后又得刑部尚书周祖培慕名赏识招贤提拔，纳入麾下，通过几年打拼，做到刑部浙江清吏司郎中（正五品）。

7

一个多月前。

京城。

刑部后堂。

"属下参见周大人！"

"下官拜见恭王爷！"

应召入京的沈天鹏向周祖培和奕訢分别行礼道。

召他入京的就是因英法联军进犯京师，咸丰帝和两宫太后"北狩"（逃亡）承德热河后，临危受命留守京城的被任命为特授留守京师议和大臣，全权钦差大臣（督办和局，便宜行事）、领班军机大臣与领班总理衙门大臣的奕訢（和硕恭亲王）和任会试正总裁、留京办事大臣、体仁阁大学士（正一品，实掌宰相之权），兼管理户部与刑部的周祖培。

"此次召你入京只为陕西巡抚邓尔恒遇害一案，不知你对此案有何见解？"一番官场问候客套后，周祖培问道。

"属下愚钝，对此案虽也略知一二，但确也极难揣测其中真伪，实不敢随便妄言。"

"滑头！凭你破案无数，屡建奇功，会看不出一点端倪？王爷不是外人，但说无妨。"

"无凭无据，属下断不敢妄议朝纲，更不敢非议封疆大吏朝廷重臣，望大人和王爷恕罪！"

"算啦！别难为沈郎中了。"奕訢站起身说，"体仁阁大学士周祖培，刑部浙江清吏司郎中沈天鹏接旨！"待二人离座跪下后，奕訢宣读圣旨——

"奉天承运，皇帝诏曰：着刑部浙江清吏司郎中沈天鹏为朕钦差大臣，赐大将军腰刀，便宜临机专断行事。谕令即刻前往云南，微服彻查陕西巡抚邓尔恒遇害一案，不得有误。须将邓尔恒被害情形密速访查，据实具奏，务期水落石出，不准稍存徇隐消弭之见。钦此！……"

"下官接旨！吾皇万岁！万岁！万万岁！"

"你可别辜负了周大人的推荐和皇上的信任！另外，也不妨告诉二位，此诏虽是皇上所下，实则是东西两宫皇太后意思，干好了，赏赐自不必说；干不好的话……两位须谨慎为之，半点不得马虎。"奕訢嘱咐道。

"谢周大人提携！谢王爷教诲指点！"沈天鹏接过圣旨和大将军腰刀，然后对周祖培说："大人，因此案关系重大，其中人情利害盘根错节，所以，凡兵部，大理寺等官员，属下皆不放心使用；只求刑部所辖三人随属下同行差遣，望大人恩准！"

"别说刑部所辖三人，你此刻就是让老夫亲力亲为，为你效命鞍前马后，老夫也不敢不从，是吧，王爷？"周祖培开着玩笑说道，"你且说是哪三位？"

"刑部南京清吏司主事岳海鲲，刑部云南清吏司员外郎严万里，刑部浙江清吏司主事张怀忠。"

"一个是'鹰爪'擒拿高手，一个是山地寻迹行家，一个是刑案勘验专员，均是口碑极佳之人，你倒会选人，准了。"对所辖各部下属官员了如指掌的周祖培点头首肯。

"另外，请大人为我出具一道刑部查案追凶海捕公文，以备属下走访各司府衙门之需。不到万一，属下不想轻易暴露钦差身份。"

"理当如此。"周祖培与奕訢齐声称道。

送走恭王爷奕訢后，周祖培又对沈天鹏特别叮嘱道："你此番深入云贵地界办案，其困难凶险是明摆着的。我也不瞒你：巡抚乃一方大吏，邓尔恒被戕，朝野震动，皇上自然会派人调查此事，并严令惩办凶手。之前，皇上最初下旨，命新任云贵总督刘源灏，彻查此事。然此人老奸巨猾，深知该案真凶后台强硬，心狠手辣，其势力根深蒂固，凡招惹他的人，必凶多吉少，他竟不敢踏足入滇，索性装病，以'年老乞休'（也就是托病），辞官回乡，不愿赴任……再派满洲人福济接任云贵总督，福济也托辞推拒，不去上任。不得已，皇上才准我等推荐你为微服彻查此案钦差。所以，你知道此案其中利害和分量了吧？你如后悔接手此案，现在回绝还来得及，我亦不会责难和勉强你。"

"大人不必试探，下官食君之禄，担君之忧，即便赴汤蹈火，也在所不辞。再者，属下屡受大人恩宠信任提携，虽死不能回报，何来后悔回绝一说？"沈天鹏大义凛然道。

"很好！不枉我对你栽培多年。"周祖培满意道，"云贵那方地处蛮荒，帮会林立，部落为大，无甚教化。庶民百姓无知者居多，愚昧者犹为迷信，最是崇尚鬼神武力，又被地方大员徐之铭（巡抚）经营多年，山高皇帝远，地方官吏乡民，只知有巡抚，不知有朝廷皇上，你等此去查他地方大员，应处处谨慎从事，须步步小心提防，以免出师未捷身先死，害了自己，又误了大事。不过，你是我最看重并且信赖的手下，我岂可无端轻率让你涉险？我现就先助你一臂之力：多年前，我未雨绸缪，在云贵那方安插有我的一个暗子眼线，这是职业习惯使然，并非针对任何人。如今，也该用到他了。"

"他是谁？我怎么联系他？"沈天鹏好奇地问道。

"你不必知道他是谁，也不需要你联系他，我已飞鸽传书知会他，让他暗中鼎力助你办案，你如到绝境万难之地，需要他时，他定会出现，但你要牢记：他的代号叫'蜂针'，他一旦出现，你必须绝对信任他。关于他的事，属刑部最高机密，关系重大，除你我他三人外，对任何人（包括你的亲朋好友同僚妻儿父母兄弟），都不得有半点泄露。切记！"周祖培郑重强调道。

"属下明白其中要害，绝不敢有任何疏忽大意！"

"还有一点，也特别重要。"周祖培想了想，又说道："从今日起，整个查案期间，你是钦差，只对皇上和两宫太后负责；你也是我所辖刑部下属官员，除我外，你不受任何人节制。中途，如有人过问干预此案，哪怕他是皇亲国戚王爷大臣，甚至皇上身边的人，你也得谨慎又谨慎，别着了人家的道儿。特别是你回京之时，如真查到点什么天大的隐情或机密，我是既不愿意看到又特别想知道，有什么人会对你和你的差事感兴趣，你懂我的意思吗？"

"属下愚钝，不能说全懂，只能试着理解一下。"沈天鹏谦恭道。"大人是想借查此案，挖出京城里，有哪些人和西南那个封疆大吏有勾结，然后将他们连根拔出，一网打尽，以绝后患。"

"本官果然没有看错你。"周祖培欣悦道。

第四章

曲靖查案 千里追凶

8

云南曲靖。

知府衙门大堂。

接待沈天鹏等一行四人的是知府唐简。

山高皇帝远，强龙难压地头蛇，况且身后还有巡抚衙门罩着，唐简并没把沈天鹏等放在眼里。

"邓尔恒一案，巡抚徐（之铭）大人不是已向圣上递过奏折了吗？"听完沈天鹏等说明来意后，唐知府漫不经心地问道。"地方上，曾经查办此案的巡抚衙门副将何有保将军，亲自到此处详查勘验过，并已将杀害邓大人的山贼李宝及其帮凶等抓获并予以正法治裁。不知刑部派各位大人还想查证什么？"

巡抚徐之铭那道奏折及皇上批注，沈天鹏来之前，在刑部受命钦差时听周祖培说过。奏折大意是："邓尔恒由滇赴陕，经我派兵护送，行抵曲靖时，住府衙偏院。署知州唐简等，素知府署不甚严密，欲派兵巡查。不料邓尔恒说行李不多，不须防卫，仅留两仆在内伺候。是夜，邓尔恒闻院内有贼，亲自堵门喊捕。贼李宝恨邓尔恒，闻其在内，遂与其伙党一拥而入，将邓尔恒杀害。该府闻警，传齐兵役拿获各犯，即经就地正法。"皇上一看奏折，便龙颜大怒，下旨斥责徐之铭："知府唐简既欲派兵巡查，何以中止；窃盗拒捕伤人，固属常有之事，惟邓尔恒系大员，何以轻身堵门；即谓该犯李宝系因怀恨，所以将该抚杀害，但是昏黑之中，何以知堵门喊捉贼之人就是该抚；且知李宝之杀该抚，实为挟仇起见，在场各犯既已就获，该府等自应迅速解省，听候审办，何以遽将各犯正法，以致无可质对；邓尔恒既留两仆在内，则被害情形，均应目击，何以并未取供词……”

“你不提那奏折还好，我等如不是因为那奏折中牵涉有你，还不会，也不想大老远跑来登门拜访你老人家呢！你真以为满朝文武都是脑残智障？几个山匪矛贼勾结营中几个小喽啰，就敢在你知府府衙偏院将一封疆大吏，二品大员，不仅谋财，而且害命？且不说此案真相如何，与你有何牵连，单单追究有朝廷重臣在你地面上遇害，你就难脱失职之罪过。”沈天鹏大为不满地指责道。

“众位如是追责寻事而来，恕本官公事繁忙，无暇作陪。至于对本官的功过是非评判，或褒贬或奖惩，自有巡抚衙门和吏部考究，不劳诸位费神费事。奉劝诸位大人一句：此乃云南地界，好管闲事的人，本官见得多了，大都是走着进来，躺着出去，有好几个，还是本府衙垫的棺材钱呢！几位好自为之！来人，送客！”

唐知府话音未落，府衙门外，立刻拥进十几个持棍皂隶。

沈天鹏再也忍无可忍，大喝一声：“拿下！”

岳海鲲与严万里闻声几乎同时飞出，如饿虎扑羊，擒贼先擒王，一下就把唐知府摁在大堂上，再一发力，便将唐知府从堂上扔在堂下。

为使他不再乱说乱动，在扔出去的同时，岳海鲲随手点了他的天突穴，三阴交穴，令他一时虽怒火中烧，却无可奈何：既发不出声，也无法动弹。除了目瞪口呆，只能听之任之，趴在地上，无法起身。

“刑部沈大人奉旨到此办案，敢阻挠者，立斩！知府已认罪爬下，尔等还不跪下？大人，请上坐！”岳海鲲厉声道。

堂下皂隶，被沈天鹏，岳海鲲等气势所震慑，又见知府都“顺从无语”爬在地上，便不再抗拒，一起放倒杀威棍，分跪公堂两边。

公堂上，坐在公堂书案后的沈天鹏向旁边的严万里问道：“严大人，你熟悉地方，可知这府衙中有谁可堪当大任？”

“据下官平日里了解，此府衙通判袁正伦，倒还光明正大。”严万里回道。

“堂下谁是班头？”沈天鹏又向众皂隶问道。

“小的就是。”皂隶中一人答道。此人生得虎背熊腰，跪在众皂隶中，如鹤立鸡群。沈天鹏与他的目光在不经意间对视时，竟感觉有些阴森幽暗，煞气逼人。沈天鹏心道："此人武功不弱，绝非等闲之辈。想不到云南地面，随便一个名不见经传的知府衙门，一群平常皂隶中，居然也藏龙卧虎。"但此时，沈天鹏无暇顾及其他。

"袁通判现在何处？"沈天鹏问道。

"因病在家休养，已有数月。"班头回道。

严万里在旁补充道："属下曾听闻他因不愿和唐简等同流合污，常遭排挤斥责，便心灰意冷，无心仕途，已上递辞呈，想归隐山野，故借病怠工。"

"有劳岳大人让他带路，务必将袁通判带来，我有话说。"

不一会，那袁通判来到府衙大堂，看见唐知府与一干皂隶跪在堂下，既吃惊又解恨，暗道："报应到了？！尔等也有今天！"

"下官参见沈大人！见过各位大人！实不知几位大人今日驾到，有失远迎，望乞恕罪！"袁通判按官场规矩行礼道。

"不必多礼，我想岳大人在来的路上已向你简单介绍了我等有何公干，闲话少说，你与严大人随我后堂说话。岳大人张大人，且看住他们，不得放跑一人。"沈天鹏吩咐道。

9

知府府衙后堂。沈天鹏让严万里去张怀忠处取来圣旨。

"这是皇上圣旨，你应该可以识得真伪。本官身负皇命钦差，彻查邓尔恒被害案，有临机决断之权。从严大人处得知你袁通判为官清廉，洁身自好，不沾污秽，值此事急之时，特命你暂代知府一职，助我等追凶查案，一旦成功，我必奏请圣上，正式行文补缺，不知你意下如何？"沈天鹏直接开门见山道。

"下官不才，得两位大人信任提携，委以重任，实乃荣幸之至，敢不从命？"看过圣旨后，袁正伦道。

"甚好！对邓尔恒被害案，你到底知道多少？"沈天鹏问。

"虽然那唐简嫌下官碍事，不让参与，但下官还是从府衙里几个亲信口中，对邓尔恒那夜在府衙偏院被杀之事，也知道了个大概。"

袁正伦回道，"为备朝廷一旦有正大光明者查案不时之需，又怕日后遗忘，便将此事私下做了个笔录。刚才，从岳大人处得知钦差沈大人等此番的来意后，已随身携来，现呈交大人查证。"

沈天鹏翻了翻袁代知府呈上的笔录，连说："好！好！好！太好了！袁大人，你马上从众衙役中选几个得力可靠的，加以提拔重用，把府衙中一切与唐简亲近的，有牵连的，行为不端的，参与邓尔恒被害案的和有关联的知情人，立即关入大牢，详加审问签字画押，尽快搜集完善证人供词证据交给本官，不得有误。严大人，你去把唐简提来，由本官亲自审问。另外告诉岳大人和张大人，让他俩协助袁大人公干。"

被提到沈天鹏面前的唐简，虽已没了往日的嚣张和跋扈，但仍在挣扎，抗拒。

"你等只是刑部奉旨办案官员，随意拘锁朝廷命官，已犯规矩，巡抚衙门如是知晓此处发生之事，你们纵有天大本事，也休想逃出云南地界。如此时罢手，放了本官，事情还尚有回旋余地。"

"放你？你与那李宝、史荣和戴玉堂、何有保等，犯下这滔天大罪，还想活命？严大人，你且将袁大人笔录拿给他看。"沈天鹏怒斥道。

看过笔录，那唐简头上冒汗了。

沈天鹏趁热打铁道："你也为官多年，理应知道公堂抄手问案规矩，你我都深知官炉最毒，能把天使锻成魔鬼，稍一用力，就能把无辜者屈打成招，何况你？你已涉案其中，躲是躲不过了。即便此刻我不抓你审你，将来朝廷也会有人抓你审你，你纵有钢筋铁骨，也决熬不过那千般万种毫无人性的酷刑。本官相信，在邓尔恒遇害一案中，你绝不是主谋，何苦为他人死扛？招了吧，免受皮肉之苦不说，如你检举有功，由我上奏皇上，皇上有恻隐之心，一开恩，你家人或许可保。"

"我自知跟错了人，上错了船，罪孽深重，已难回头。相信大人也猜得出主使我的人，势力太大，大到他的任何手下死都不敢背叛他；他也是以每个手下家人安危相威胁；如今大人亦以我家人安危作赌注。我该信谁？如何选择？"沉默良久，唐简犹豫地说道。

"可以理解，为打消你的疑虑，我给你看一样东西，看完后你再做决定。"沈天鹏说着，让严万里拿出圣旨，展开给唐简看。又接着说道："你再想想，因为此案已通了天，惊了圣驾，皇上这次是动真格了，一查到底，谁也保不了谁。你身后那位幕后元凶，到了危急时，会不会为求自保而过河拆桥，丢卒保车，先把你'畏罪自杀'了，再上报朝廷，请旨灭你家人宗族，让你独个儿背一大黑锅，遗臭万年，世代蒙羞？"

沈天鹏一席话，说得唐简胆战心惊，汗流浃背，连道："罢了，罢了，我说，我全说。"

于是，唐简便道出了邓尔恒被杀的前因后果：

一切皆因徐之铭与邓尔恒私人恩怨而起。那徐之铭，乃云南巡抚，朝廷重臣，二品大员。然官场上的人都知道，他生性凶恶，心狠手辣，极是贪婪无比。搜刮民脂民膏，无所不用其极；卖官索贿，从来不知退让。

上梁不正下梁歪，其手下官员亦纷纷效仿，独霸乡里，无恶不作。

徐之铭平日里吃人家嘴短，拿人家手软，因为自身不干净，对手下官员便也睁一只眼，闭一只眼。

如是，他手下那些贪官污吏益发无所顾忌，不但敢鱼肉百姓，甚至敢抢劫官员，这其中最厉害的是副将何有保。

这何有保原是徐之铭的家奴，因为帮徐之铭聚敛钱财有功，一升再升，就升到了巡抚副将的高位。

何有保一当上副将，便拉帮结伙，明里是官，暗里是贼，作恶多端。大凡有离滇官员出境，他都亲自带人或者派手下前去抢劫。抢来的金银财宝，大多奉献给徐之铭，再由徐之铭往上打点，建立保护网。那些被抢劫的官员，因为都知道何有保是徐之铭的心腹，徐之铭又心黑手狠，也只好忍气吞声，不敢声张。

咸丰十年末，云南布政使邓尔恒擢升贵州巡抚。邓尔恒自然欣慰无比。因为他早就想脱离这是非之地了。像其他离滇官员一样，邓尔恒人未离境，先打发人护送行李上路。

但就在他将要离滇之时，圣旨又下，改任他为陕西巡抚。这使邓尔恒更加踌躇满志，喜不胜喜。因为比起贵州来，陕西离徐之铭远了，离皇帝近了。偏偏就在此时，一个家人前来报讯，说夫人等家眷的行李在滇贵边界被人抢了。邓尔恒心知肚明，敢抢他行李的，非何有保莫属。但碍于徐之铭的面子，他又不好发作，只好暂且忍了下来。

虽说如此，毕竟是封疆大吏，多年积蓄的金银珠宝财物被抢，损失必定惨重不说，堂堂一巡抚，竟不能自保，颜面何在？是可忍，孰不可忍。邓尔恒因心中怨恨，在徐之铭的送别宴会上，酒便喝得不大痛快。几杯老酒下肚，便口出真言，竟然当着徐之铭的面，说将来皇上召见时，他要向皇上反映被抢财物之事。

这话于邓尔恒来说，不过是解解心头闷气。但对徐之铭来说，可谓吃惊不小，心怀忐忑。因为徐之铭知道邓尔恒有些根底来头：邓尔恒，总督邓廷桢（禁烟名臣）之子。道光十三年进士，选庶吉士，授编修。出为湖南辰州府知府。父忧，服阕，补云南曲靖府。平寻甸叛回马二花、弥勒土匪吴美、朱顺，招抚昆阳回匪，甚有声绩，擢盐法道，累迁按察使、布政使。

因其在云南曲靖发现晋碑《爨宝子碑》而名震四海。

邓尔恒在云南参政多年，从道台做到藩台（布政史），一步步走上来，最了解他徐之铭的底细。再加上早有传言，邓尔恒手上有一本账册，上面记着徐之铭及手下这些年卖官鬻爵，贪赃枉法，鱼肉百姓的种种恶行，徐之铭不能不担心和害怕：如果他邓尔恒真的向皇帝告自己的状，那可不仅仅是丢了二品的顶戴，闹不好更有掉脑袋的危险。徐之铭心里这么想，便动了杀机。

果然，咸丰十一年早春，邓尔恒离滇上任，夜宿曲靖知府衙门偏院，竟被人所杀。杀他的人是何有保派去的"红蝙蝠"组织的杀手，为首的叫史荣和戴玉堂。他们不但杀了邓尔恒，而且抢走了邓尔恒的财物，伪造成山贼图财害命。

"杀邓尔恒那夜，史荣和戴玉堂向我口授何有保密令：命我率知府众衙役将府衙偏院围住，名曰警戒，实则不让无关人员进出，待他二人及手下得手离开后，我等再沿街大喊抓贼，掩人耳目。戴玉堂和史荣是巡抚衙门何有宝副将手下：戴玉堂和史荣二人分别任左右抚标营中军参将，三人官价均在我之上，我敢不从命？此乃实情，望大人明鉴！"唐简此言不虚，副将何有保官价从二品，戴玉堂和史荣为正三品，唐简仅是正四品。但官价不重要，重要的是：他们都是徐之铭的手下，徐之铭的意思便是圣旨，就是不管对错好坏，无论是非曲直，都必须执行完成。

"那邓尔恒真有秘密账册？账册如今又在何处？"沈天鹏紧问道。

"这个，下官真的不知道，也没人提起过。不过……"唐简想了想说道。

"不过什么？"沈天鹏追问道。

"据下官揣测，杀邓尔恒的人，并未搜得账册，不然，白道黑道就不会传言：有人愿意出十万白银，重金买此账册。巡抚衙门也晓谕各州府县衙，竭力查访邓尔恒的妹子和女儿下落，一有消息，务必即刻拘押上报，不得私自处置。如此这般，所以，只要找到邓尔恒的妹子和女儿，便可知账册真伪始末了。"

"你分析得有理！"沈天鹏点头说道，停顿片刻，接着又问："那邓尔恒的妹子和女儿如今又在何处呢？"

"此乃巡抚衙门头等急差，下官不敢怠慢，前日手下来报：有一男二女，正沿山野密林，逃往贵州西部，按时间推算，此刻已进入贵州地界。其中应有邓尔恒的妹子和女儿。大路上有官兵盘查缉拿，小道上有贪图重赏的江湖人士追杀，看来此三人前途不测，凶多吉少。大人如要赶在别人之前拿住三人，恐怕刻不容缓。"

"最后一个问题：前夜我等在府衙偏院实地秘查勘验时，曾遭数个蒙面黑衣人突袭，不是你所为吧？"

唐简想了想，回问道："请问大人，那些蒙面黑衣人武功如何？"

"虽算不上绝顶高手，但能从我等手下全身而退，亦非泛泛之辈！"

"所以，下官就算有这个胆，也没那个能力呀！"

"也是……但这些蒙面黑衣人的来历，你也许是知道的吧？！"

"在云南地面谁的权势最大？谁最怕揭开邓尔恒被害案真相？谁胆敢袭扰钦差大人办案？大人难道猜不出是谁吗？"

"知道了。严大人，你将刚才记录供状让他画押。"看着唐简画押按上手印后，沈天鹏又道，"把他带下去交给袁大人，单独收监拘押，并告诉岳大人张大人，稍作准备，我们即刻前往贵州。"

第五章

丢卒保車 殺人滅口

11

夜，有点深了。

云南巡抚徐之铭府第。

豪华如王府，灯壁辉煌。庭院内有假山，花圃，池塘，小桥，亭阁。

正门通道两边，三步一岗，五步一哨。

各门亭，小径，院落，均有军士兵丁守卫。还有小队护院官兵按时巡逻，可谓戒备森严。

徐之铭书房。

一蒙面黑衣人站着对正在观赏窗外夜景的徐之铭说：

"白天，沈天鹏等人已拜访过曲靖府衙。"

"不愧为刑部办案行家，一出手，便拿住了要害。那唐简是什么情况？"徐之铭转身问道。

"全招啦！连账册与邓尔恒的妹子及女儿的事也全盘供出了。现已被关押拘禁在府衙大牢。代行知府之职的是袁通判。沈天鹏等已赶往贵州。"

"狗奴才，白养了这等废物。早知如此，就不该让他活到今日。"徐之铭愤愤骂道。又问："前夜你带人试了一试沈天鹏等人的武功，有什么收获？"

"果然名不虚传！沈天鹏与岳海鲲，当真是江湖中一等一的高手。"蒙面黑衣人忍不住赞道。

"难道以你的成名绝技金钟罩铁布衫，也不是他俩的对手？"徐之铭不满道。

这蒙面黑衣人，原是金沙江畔一小渔村弃儿，二岁丧父，七岁就被继父赶出家门后，便四处流浪，浪迹天涯。其间，为求生存，染上了不少恶习；凡偷拿抢盗坑蒙拐骗……无所不会。

十三岁时，与一个慈悲善良的托钵化缘修行的老和尚偶遇，老和尚不忍其自甘堕落毁灭一生，于是，把他带到闽南五老峰下的南普陀寺，欲用佛门经典，将他教化从良。

谁料他恶习难改，从小自由散漫惯了，受不了寺内清规戒律拘束限制。

三年后，稍微会一点识文断字的他，寻机逃离了南普陀寺；逃离南普陀寺时，他又顺手牵羊，盗走了寺院藏经阁中一本修炼铁布衫金钟罩的武功秘籍。靠自学自练，天资聪慧，悟性极高的他，居然打通了任督二脉大小周天，练成了最上层的铁布衫金钟罩武功。

成年后，已是名震西南一方江洋大盗的他，太过狂妄，不慎偷到徐之铭府上，被"红蝙蝠"追杀擒获后，徐之铭看他是个人才，便饶其不死，巧施蛊毒后，留之为我所用。

两年不到，徐之铭就把他调教成了拥有百余杀手的"红蝙蝠"组织第一冷酷杀手，授金蝙蝠胸饰，担任"红蝙蝠"主指挥使，兼"红蝙蝠"昆明分堂堂主，替徐之铭统领整个"红蝙蝠"组织。

"那倒不是，如果单打独斗，属下倒不怕他什么鹰爪什么八卦掌；但要同时应付他二人四掌，鹿死谁手，就恐难预料。属下无能，望大人宽容！"

"这个不急。暂时不用和他们正面冲突。你只需暗中派人跟踪他们，放手让他们去找邓家姑侄和账册，一旦他们拿到账册，我们再动手不迟。任他几人武功再高，还能逃出我堂堂巡抚的手掌心？！"徐之铭说着话，一掌拍向书桌，"眼下要紧的是，你派去追查邓尔恒之妹和女儿的手下，有什么消息？为何迟迟没有回音？"

"大人息怒，属下正要报告此事，"蒙面黑衣人诚惶诚恐地回答道。"属下派出的手下，已有十数人被害，就连身怀武当绝技的玄鸣子，也被人断喉在贵州威宁州草海边。"

"就是那个独眼老道？会武当上层内功'穿花扑蝶功''玄武

功’‘九宫桩功’的玄鸣子？”徐之铭也吃惊不小。

“没错，就是他。他们或死在乡间小道，或死在密林中，均是被一剑断喉，切口入喉恰好一寸深浅，整齐笔直，干净利落，如非顶尖高手，也留不下如此伤口。属下也纳闷，这十数人皆我手下杀手中高手级别，为何全被断喉？何人所为？”

“从哪儿又冒出此等人物？会不会是沈天鹏等所为？邓尔恒之女等一行人中真有如此手段之人？你有何对策？”

“属下与沈天鹏等过个招，六人被害，断不是他们所为；至于是不是邓尔恒之女等一行人干的，属下不敢肯定。此事与临沧北门世家少公子似乎有些牵连。因为属于打听到邓家小女邓紫姗与北门世家这个少公子曾有婚约。此人年少时，好勇斗狠，有些功夫，但从未听说他有什么过人的绝技，况且他已留洋海外多年，最近才归来。至于北门世家少公子此番因何突然返家，是出于什么目的和动机，属下命人正在详查。”

“如此看来，查找账册和监视沈天鹏等行踪一事，你最好亲自走一趟。但在此之前，你先帮我办好二件事。”徐之铭指示道。

“谨遵主人吩咐！”

“唐简既已背叛，又是邓尔恒一案的重要人证，留之无益。他手下一干知情人也不能留。袁正伦为沈天鹏所用，非我池中之物，身居知府要害位置，如同鱼刺哽喉，迟早要坏我等大事，所以，你知道该怎么做了？！”

“属下明白，即刻去办。”

“要用鹰爪和八卦掌功夫了结此事；要做到让人看上去，像是沈天鹏，岳海鲲等门派高手所为。本官也好上奏朝廷，猜疑是沈天鹏等所为，让皇上和朝中一班大臣去胡乱揣度，管他信不信，能缓一时算一时。”徐之铭说着话，又递给蒙面黑衣人一个纸盒，“这是你等今年的‘断肠勾魂丸’（蛊毒）解药，你拿去与手下分享服用。你告诉手下，办好这趟差事，作为奖赏，我将彻底解除你等身上蛊毒，绝不食言！”

“谢大人恩典！”

"转告'山猫'，不到万一，非有我密令，不得暴露身份。"

"属下遵命！"

12

云南曲靖。

代知府袁正伦宅第。

夜很深了。

一个黑影翻墙而入。

不一会，黑影来到卧室。袁知府正在熟睡。

黑影走到床前，伸出右掌，轻轻拍向袁知府天灵盖，再一发力，五指已插入袁知府头颅，袁知府人未醒来，便已头骨碎裂，悄然断气。

他身旁的袁夫人，亦死于黑影同样手法。

13

曲靖知府府衙大牢。

夜更深了。

一个黑影来到唐简牢前。

他稍一用力，门链断开。

听到声响后，唐简起身坐着，面对黑影说："你终于来了。"

"你认识我？"黑影有些好奇问道。

"不认识！"

"那你好像知道我会来？"

"白天，你能混在我熟悉的那些衙役皂隶中冒充班头，我就知道你来头不小，我这衙门中肯定有人接应安排你。"

"知道我会来，干嘛还要背叛徐大人？"

"即便不背叛他，我还有活路吗？我是少数几个还活着的关键证人，我活着，他能安宁？看见你，我就知道我的末日到了。"

"你如不背叛，纵不能活，也不至累及家人。"

"我如不将真相告诉他人，死了，顶多是别人的替罪羊，背负千古骂名，家人又能好到哪去？动手吧，我是咎由自取，活该有此下场。"唐简话音刚落，黑影的掌风已至胸前，伴随胸骨肋骨的断裂声，唐简的心肺已被震碎，人已经低头死去了，血才从口鼻耳眼中慢慢流出。

<h2 style="text-align:center">14</h2>

京城。

刑部后堂。

"这是从承德热河转来的云南巡抚徐之铭的奏折，"恭亲王奕䜣对周祖培说，"皇上看过后，让我拿过来让你也看看，看你有什么说法。"说着，便将奏折递给周祖培。

周祖培不看则已，一看便惊出一身冷汗。

徐之铭上的奏折称："……昨夜，臣辖地面曲靖府衙，突遭歹人暗算，在此为公事熬夜办差的知府唐简及手下十数人，均死于非命。连在家中养病数月的袁通判夫妻二人，亦同时遇害。经杵作现场勘验，唐简等或死于头骨破裂，或死于心肺震碎，据此推断，应为武功极高者所为。现场有目击者证实，唐简等遇害前，曾有四人，自称刑部委派查案官员，进入府衙见过唐简等人，事发后，此四人却不见踪迹，后经臣手下不遗余力寻查得知，此四人已逃往贵州。臣疑此四人，假冒刑部公差，居心叵测，定有不良图谋。臣手下一时失查，让奸人得逞，故有此劫难，臣也难辞其咎，愿受吾皇责罚。臣从此，必竭尽所能，追查缉拿真凶，不负皇上重托……"

看完奏折，周祖培立即起身，向奕䜣鞠躬行礼说道："烦请王爷转告皇上，臣以项上人头和全家担保：沈天鹏等绝不会干此逆天大恶之事！一定是那徐之铭杀人灭口，嫁祸于他人，望圣上明鉴！"

奕䜣亦起身安抚道："周大人不必慌张，皇上也有同感。对徐之铭此等奸臣恶吏，皇上早已失去耐心，只是他为官多年，苦心经营，在朝中多有人脉，人情关节纵横，连两任云贵总督都因畏惧而不敢上任，可想而知，此人势力之大，几乎无人能及，如无真凭实据，一旦处置不当，反而会打虎不成被虎伤，动摇朝廷社稷。两宫皇太后也担忧：如继续姑息迁就，听之任之，让其做大做强，最终会祸害一方，吴三桂便是前车之鉴。所以，周大人无须顾虑，只应督促沈天鹏等务必办好此次皇差，不得有误！"

"谢皇上信任！谢王爷美言！还请王爷代禀皇上，安慰两宫皇太后，臣食君之禄，必分君之忧，定不负皇上所托！"

……

第六章

世事難料 風云莫測

15

黔北。

凤凰镇。

"福来"客栈，上午。

楼下大厅早已人满为患。

连客栈老板与店小二都感觉奇了怪了：平时住宿用餐者寥寥无几，偌大一个客栈，数十间客房，多数时候，十有六空，而从昨日下午起，自打一男二女住进客栈起，不一会工夫，和尚，道士，尼姑，走镖的，卖刀的，售药的，乞丐，小偷，混混，地痞，无赖……三教九流，各门各派，形形色色，仿佛从地下冒出般，一时挤爆客栈。

沈天鹏等走进客栈大厅。

除靠北厢房边上有一张桌子还空着外，大厅里已座无虚席。有在用餐的，有喝着茶在聊天的，有赌钱的。

那张空着的桌子之所以空着，是因为它紧挨着一男二女的桌子。

这一男二女桌子上，最显眼的是一坛已经启封的酒，向四周散发着醇香。居中背墙而坐的男人就是北门云飞，他正在用小杯不紧不慢地品着酒，分坐左右两边的邓家姑侄也用着早膳。

没有选择，沈天鹏留住三人，独自一人走到一男二女桌前。

"打扰三位，不知邻桌是否有人预订？"沈天鹏问道。

北门云飞看了沈天鹏一眼后，回答说"好像没有。"

沈天鹏说了声"谢谢"后，便招呼岳海鲲等三人入桌。随即招来店小二。

"此地严大人最熟，你且点菜。"

　　"小二，先给我们来四份酱爆肉，用正宗的三线五花肉做；四盘麻辣豆腐干，十六斤卤黄牛肉，切片，加料调拌好；两坛 10 斤装的不准渗一滴水的彝家纯酿米酒。不够再上，大人以为如何？"严万里说道。

　　"甚好！"沈天鹏回道。

　　刚才还有些嘈杂的大厅此刻已安静了许多，很多人都不约而同在想："这后来的四人是何方神圣？什么来路？凭什么能坐那张桌子？凭什么敢坐那张桌子？凭什么要抢在众人前面坐上那张桌子？"

　　菜上桌，酒入海碗。

　　老规矩：由张怀忠对菜肴审验无误点头后，沈天鹏等才端碗举筷。

　　经历昆明滇池"天香酒楼"饭庄被人在食物中下毒，差点死于非命后，沈天鹏等大凡进食饮水喝酒，都不敢有半点马虎大意。每次用餐时，联想那一幕，沈天鹏等，仍不免心有余悸……

<h1 style="text-align:center">16</h1>

　　那是沈天鹏等一行，领旨微服查案刚进入云南昆明。

　　昆明，滇池边。

　　"天香酒楼"饭庄，二楼雅间。

　　刑部云南清吏司员外郎严万里，为沈天鹏等外来三人接风洗尘，尽地主之谊。

　　沈天鹏等四人入席就座，面对满桌佳肴美酒。

　　严万里举杯说道："下官身为刑部小吏，又远离京城，却蒙沈大人信任倚重，参与钦差查案，深感荣幸。在此略备薄酒，为沈大人岳大人张大人接风洗尘，以尽地主之谊，还望各位大人赏脸尽兴。我敬三位大人，先干为敬……"

　　"慢！"身为刑部浙江清吏司主事张怀忠突然止住道，随即将面前酒杯端起闻了闻，又从怀里掏出针盒，取出银针在酒杯里验了验，说："此酒有毒。"接着又看了看桌上的菜肴，正准备验证……

只见沈天鹏拿起筷子，夹起一块清蒸鱼肉，朝窗外三十米开外一株老梧桐树扔去。

那树上正有一只流浪猫在树枝间寻觅雀窝雏鸟。

不一会，贪食清蒸鱼肉的流浪猫，"啪"地一声，掉落地上，稍稍挣扎了几下，便一动不动。

岳海鲲等皆骇然后怕和钦佩心服。骇然后怕的是，如没有张怀忠的入微谨慎提防，在座几人恐已似地上那只流浪猫一般了。钦佩心服的是沈天鹏不愧为暗器高手，竟把少林七十二绝技之"少林散花手"（练成此功者，隔空送物，无论是飞镖，绣花针，落叶，花瓣……全靠掌风劲力推动，可快可慢，随心所欲：可隔空送礼轻放，也可隔空杀戮取人性命。）用得如此娴熟。

练武的内行人都知道，就刚才沈天鹏那手看似平常的送菜功夫，其实大有门道：那块清蒸鱼肉必须分毫不差地落在上蹿下跳的流浪猫前面可见的树枝上；力道大了，肯定惊走流浪猫；力道小了，自然到不了枝头。

刚到云南地头，就差点被人暗算，岳海鲲大怒，就要下楼找掌柜和小二，却被沈天鹏叫住。

"且住，不得冲动！我等初到云南地方，没人相知相识，与任何人又无冤无仇，此番有人投毒，应该不是常人所为，定与我等此次钦命皇差有关，你找他掌柜小二有何用？再说投毒者不一定就是他二人，楼上楼下众多主客均有嫌疑，无凭无据，你能认准谁是下毒的人？与其胡乱猜疑，打草惊蛇，倒不如静观其变，等幕后之人现身再说。我想，欲置我等于死地之人，一计不成，绝不会就此善罢甘休，一定还会再有动作，所以，各位以后，均当自律，小心防备为好。"

"下官冲动，谢大人及时指点提醒。"岳海鲲自责道。

严万里也深感不安："下官本想对各位大人尽点情分，不料想有此惊险，如非张大人及时叫住，下官此时怕已命丧黄泉了。但虽如此，还是下官办事不够周全谨慎，未能事先防范，下官失职，请沈大人责罚！"

沈天鹏宽慰道："严大人不必自责，你的情意，我等心领了！以此为戒，今后办事，多加小心就是。"

……

17

回到凤凰镇，"福来"客栈。

虽有众人在旁注视，沈天鹏却旁若无人似的端起酒碗："大哥我先敬三位兄弟，一路走来，有劳大家，辛苦了！"说罢，一口干完。

"好酒量！"邻桌的北门云飞忍不住赞道。

"谢兄台夸奖！我亦敬兄台，祝一路平安！我先干为敬，兄台随意。"沈天鹏说着，酒满碗，举碗干完。

"好，朋友既有此心意，来而不往，非礼也，小二，来一个大碗……满上，我亦敬朋友！"待店小二摆上大碗，倒酒，北门云飞也举碗干完。

"大人，此人看似平凡常人，虽然面带微笑，然却眼露凶光，满脸杀气……看他身旁两女子神情态度举止，不像是被人胁迫和绑架，三人应该是携手相伴而来。"岳海鲲在旁小声说道。

"不错，我亦有同感！"沈天鹏回道。张怀忠和严万里亦点头附和。

"四位好汉，恕小弟多言冒犯，几位也是冲着我们三人和手中的包袱而来吧？！但从几位处事举止形态上看，又与其他众人有所区别。"北门云飞问道。

"借兄台慧眼，把我等与众人有所区别。不错，我等步兄台后尘而来，的确和三位有关，但绝非为赏银而来，也不屑与不讲道义唯利是图者为伍。"沈天鹏光明磊落，不卑不亢地回答说！

"那就好！对我而言，你等几位无论是敌，无论是友，只要不和那帮像苍蝇般追着我们的人是一丘之貉，狼狈为奸，蛇鼠一窝就好。我北门云飞敬四位好汉一碗！"北门云飞说完干了。

听闻此言，旁边众人不乐意了，纷纷叫嚣：

"说谁呢？谁是一丘之貉？"

"说老子是狼狈蛇鼠，你他妈不想活了？"

33

"狂徒恶语伤人，今儿非要有个说法！"

……

18

"骂人不带脏字，用苍蝇，貉，狼，狈，蛇，鼠，把众人损得一塌糊涂，北门公子真的有学问。佩服！"一个穿着宽口长袖黑长衫的有些年纪的老者，边说着话边走近北门云飞桌前。

"阁下是？"北门云飞问道。

"云海马帮帮主雷梧桐，就是鄙人。"

云海马帮，乃西南最大的马帮。帮主雷梧桐，原是山贼出身，却头脑灵活。抢够一桶金后，便金盆洗手，白手起家，创立了云海马帮，专营走镖押货的买卖。因为雷梧桐善于交往拉拢有权有势的黑白两道上的人物，尤其是和云贵川三省巡抚衙门搭上关系后，不过数年，云海马帮便威震一方，声名远播。只是这雷梧桐治帮有力，教子无方。其独子雷德生，人称编外衙内，姓名中有德，言行举止最是无德。仗着家中有钱有势，有官府撑腰，成天游手好闲，无恶不作，专干欺男霸女的勾当。碍着雷梧桐淫威，一般众人敢怒不敢言，见此人如见瘟神，唯恐避之不及。

"久闻雷帮主大名，如雷贯耳。今日幸会，不知雷帮主有何赐教？"

"赐教不敢，请教而已。"

"请说。"

"老朽老来得子，自然很是溺爱，但因教子无方，让犬子于路道上冲撞惊动了北门公子，是他有眼无珠，自找的霉头。然北门公子既已断了他的手脚筋脉，为何还要削去他耳鼻，刺瞎他双眼，让他成了十足的废人，痛不欲生？你让一个做父亲的如何日夜面对一个和死人无异，整天哀嚎哭啼的儿子？"任谁也听得出雷帮主此话语中既有深切的悲恸，也有满腔的愤怒，让人不由得为之心惊胆战。

这是一个痛惜爱子的父亲发出的声音，它如针似锥，刺穿了在场所有人冷漠的外表，直达人心最深处。北门云飞突然有一种不祥的预感和从未有过的不寒而栗。但北门云飞仍不动声色地问道："晚辈一路走来，被人冲撞惊动，已成家常便饭了。忍无可忍时，断人手筋脚筋，削人耳鼻，刺人双眼，甚至断人咽喉，都干过，太多了，记不清了……不知雷帮主公子是哪位？身材相貌有何特点？"

"左脸颊上有一道明显伤疤的那个。"那道疤是雷公子意欲轻薄一位行走江湖的女侠时，让人用剑留下的。雷帮主对外则称是雷公子小时候爬树不慎挂伤的。

"哦，想起来了，毕节海子街鸭池河畔，一个叫头步桥边的小茶摊上。我等歇脚饮茶，贵公子等数人，化妆成茶客，早已候在那处，备下阴险手段。利用我等以为乡间民风淳朴茶客良善而不备，突然发力……他在茶水里下药害我，我不怪他，大凡谋事者，兵不厌诈，不择手段，也说得过去；他趁我无力动弹，掠我财物，我也能理解，这本是强盗山贼属性所为，也可容忍。"北门云飞说着，突然怒道："但他不该当我面欲污辱糟蹋我女伴……我不杀他，是因为有高人暗助，他终未得逞；我断了他的手脚筋脉，削去他耳鼻，刺瞎他双眼，让他成了十足的废人，这是他罪应得的惩罚，晚辈不想让他再去祸害别人！雷帮主如要报仇雪恨，晚辈随时候着。"

雷帮主仿佛轻描淡写道："报仇雪恨，谈不上，老朽只想……以彼之道还施彼身！"话音未落，雷帮主突然两臂前伸，只见他两袖口银光一闪，从中射出数十根绣花针。这是雷帮主的成名绝技"仙翁散花"，行走江湖数十年，从未失过手。

众人正感意外惊愕之时，料想北门云飞极难闪避后的结果，听到的却是雷帮主的惨叫声："啊——"此时的雷帮主，满脸是血，两臂离身，已昏倒地上。

只有极少数人看清刚才一瞬间发生的事：银针飞来之际，北门云飞身不离条凳，一个铁板桥，上身后仰，头几乎着地，待几十根银针全部钉在身后板墙上后，便一个鲤鱼打挺，上身立起的同时，他手中的一双竹筷，如两只利箭，趁势疾速射出，分别插在雷帮主左右眼窝上。力道之大，几乎射穿雷帮主头颅，致使他眼球爆裂，血如泉涌。旁边邓紫珊的姑姑邓艳玲，恨极了暗算北门云飞的人，起身拔剑削去了雷帮主藏有发射银针机括暗器的双手。

如此血腥的一幕，别说是女流之辈，即便是常在刀口上舔血的老江湖，也不由得内心一颤，有些惊惧失色。

"大人，你看那些银针……"岳海鲲小声道。

"银针深入板墙，只剩针眼，力道不轻；针眼泛着鹤顶红的朱丹颜色，应抹有剧毒，任何人，只要被刺上一针，极难活命，当真凶险！"沈天鹏应道。然后压低声音又吩咐说："看今情形，容不得我等再犹豫旁观。于公，传言中的那本邓尔恒遗留下的重要账册尚无结果，他三人，尤其是邓家两女子，绝不能出事。于私，我看这位北门公子举止大度，有礼有节，豪爽大气，我不由得已有几分亲近和敬重。所以，从此刻起，我等当奋力助他三人，不得有误！这不是商量，这是命令！"这还是沈天鹏入云贵以来第一次以上司口吻命令下属。

"我与大人也有同感！一切听大人的。"岳海鲲点头应道。

"听大人的，本该如此。"严万里和张怀忠也随声附和。

19

雷帮主手下弟子闻声而动，立即拔剑在手，正要上前拼命，被一老道呵住："住手！"随即手中浮尘扫动，几个回合，便把几人手中刀剑纷纷挑落地上……

老道随即出手先点了点雷帮主断手处及眼窝处几个穴位，止住了如泉外涌的流血，然后用右掌朝雷帮主脑后轻轻一拍，两只竹筷便从雷帮主眼窝弹出。

外行看热闹，内行看门道。旁边一些对少林武当秘功有点见闻者都知道，并暗暗吃惊和心生敬意：老道看似平常的一点一拍，用的其实是武当最上层的秘不外传的内家绵掌功。

绵掌功为武当独门绝技，非掌门不得修炼；根底浅者或没二三十年苦修，也极难练至大成。欲练此功，必先练大周天洗髓功，然后运气双掌发力击墙。直至墙上覆十余张绵纸，双掌运气隔纸击墙，墙倒毁而绵纸无任何破损……故称绵掌功。

功成后，内劲可穿坚透甲，隔物过力。如用掌击人，表面看似无痕，但其内里五脏经脉骨骼已碎成肉末骨渣。

"人是废了，但如医治及时，小命还可保。"老道自言自语道，"唉，冤冤相报何时了？这雷帮主在江湖上也算有名有姓的人，只是杀人手段太过残忍毒辣。这几年，死在他'仙翁散花'机刮暗器下的高手也不计其数，今日有此一劫，也应了《涅槃经》：'善恶之报，如影随形；三世因果，循环不失。'但贫道有好生之德，救人一命胜造七级浮屠。"边说着话，边从怀里掏出一小盒子，打开，从中拿出一粒药丸和一包药粉，对雷帮主的手下道："这是太极阴阳还魂丹，回去后用温水让他服下。这包乌金百草霜，可撒在他的创口处……"

看雷帮主手下有些迟疑犹豫，老道忍不住愠怒："怎么，不信？你们中有谁是北门公子的对手？还不滚，非等你师傅雷帮主血流干了死硬了才走？"于是，几个人抬起雷帮主，悻悻离去。

老道看上去五十来岁，头戴紫阳巾，身穿八卦衣，后背分光剑，鹤顶龟背，凤目疏眉，面色红润消瘦，下巴一撮山羊胡，更显得神态飘逸，仙风道骨，气质非凡。

20

"谢道长解难，我敬道长！"北门云飞说完，端起碗中酒，干了。

"别谢，贫道可不是来帮你的，只是不想再多躺下几个死人，妨碍我办正事。"老道不客气地走到北门云飞桌前说道。

"这样说来道长要办的正事也与我有关？看样子这一屋子的人都在办正事，所办的正事都与我北门云飞有关……"北门云飞调侃道。

"走吧，云飞哥，我不想再在这儿呆了，我们回上屋吧！"经历了刚才一幕后，邓紫珊很为北门云飞担心，只想早早离开这个是非血腥之地。

"走？紫珊妹妹，你难道不明白，这些人是为什么而来？他们有的来自五湖四海，有的来自寺庙道观，也有来自各官府衙门的……你以为他们闲得无聊大老远跑来此地，只为吃顿早饭？唉，你太天真了，他们会让我们平安离去？"北门云飞边说边摇着头，"树欲静而风不止，今儿是该有个了断了，姑姑，待会儿，无论发生什么事，你都别管我，你只护着紫珊就好，她安全了，我才安全。道长，你说吧，看我能帮你什么。"

"贫道乃武当掌门玄清子，听说北门公子剑术了得，特来讨教！"

"是谁有如此大气，竟将晚辈小名吹上了武当山天柱峰玉虚宫，惊动了道长？惭愧！"

"你教训贫道那个不争气的师弟，我不怪你，因为他虽出家，却六根未净，为名利色所诱惑，自甘堕落，做了朝廷某大员鹰犬爪牙，令武当蒙羞，贫道亦无颜面对祖师爷遗训。你断他咽喉，手段虽有有些狠辣，也说得过去，毕竟，死在他的太极剑下的人，也不在少数，多为无辜者，他有今日下场，也算是报应。但你却不该得理不饶人，骄傲自大，口吐狂言，说什么'要踏平武当，踩死少林，剑劈八大门派，让和尚老道尼姑绝迹'之类的轻狂语言，你以为天下已唯你独尊？我等皆不在你眼中？武当数百年声誉岂容你毁损？"听得出老道是为维护尊严面子而来。

"我不否认，在威宁州草海边，晚辈的确与一群江湖人士遭遇过，其中一个独眼道长，武功确实了得。"北门云飞说道。眼前又浮现出当时一幕……

第七章

被困草海 临危不惧

21

黔西。

威宁州草海。

草海其实不是海。

它是大清国三大高原天然淡水湖泊之一，位于云贵高原中部贵州省威宁州（清朝灭亡后又改为县；湖面面积民国时候曾经达 46.5 平方公里。二十世纪五十年代后，因围垦造田缩减至 5-20 平方公里且水质恶化曾达劣 V 类——笔者注），平均海拔 2170 米；其湖水最深处达 9 米，湖面呈佛手形。

由于湖中大量水生植物无一空暇密布水底，从而形成了极为壮观的"水下草原"，如草的海洋，故称草海。

这里四季分明，气候宜人，湖水清澈见底；阳光洒在湖面上，泛起粼粼波光，仿佛置身于一幅流动的山水画卷。

北门云飞与邓家姑侄等三人走在一望无际，风景秀美的草海沿岸的湿地小径上。领略大自然的壮观，远眺众多或在空中翱翔鸣叫，或在水中调情戏水的各种候鸟，三人有些陶醉了，沉迷于这如同天堂般的境界里，竟忘了世道的腥风血雨，前途的凶险叵测。

刚开始三人同行时，邓家姑侄与北门云飞，形同陌路。因为之前从未谋面，相互的状况也仅限于道听途说。彼此间总保持有距离。经历一段时间的风雨同舟，相互照应关心，稍有些接触和熟悉后，一向沉默寡言，冰冷严峻，沉闷严肃的北门云飞，多少有些风趣活泼了；邓紫姗也不像原先那样羞涩腼腆了；邓艳玲开始放下城府接近北门云飞了，虽然她对北门云飞的本事和能力还是有些怀疑。

"云飞哥，我不会武功，这一路上，我总是你们的负担，我要也会功夫就好了，那样，我不仅能自保，还能帮到你们。你能教我一点功夫吗？我不想学害人杀人的功夫，我只学一点能不让人害我杀我的功夫，可以不？"邓紫姗有些天真和幼稚道。她自幼深居闺阁秀屋中，她的生活里只有识文断字琴瑟针线，对江湖武林，她一无所知。如不是家中遭此横祸，不得已踏上逃亡的路，她怎么也不可能对功夫产生兴趣。

"这个……你怎么不让姑姑教你呢？"北门云飞看了看邓艳玲说道。他心里明白：邓艳玲言谈举止中，无不透露出对他的不信任，甚至以貌取人的轻蔑鄙视。他也算见多识广荣辱不惊了，他不想和她这个长辈计较，因为她是邓紫姗的姑姑，因为前面的路还很长，风险还太多，他有的是时间和机会证明自己是什么人。"另外，功夫就是功夫，就像我们身上的佩剑，既能自卫也能杀人。天下哪有只能自卫不能杀人的功夫？人在江湖身不由己，多数时候，你要么被人杀，要么杀人，没有选择。特别是当你面对凶恶而强大的敌人时，你只有尽快杀掉对手，才是最好最有效的自卫，对不，姑姑？"

"这话虽然不太中听，却倒是在理。"邓艳玲道，接着又对邓紫姗说："你学什么功夫呀，有我……当然，还有云飞保护你就行了，你怕什么？"

"是啊，只要有姑姑这等武功高强的侠女罩着，我保你有惊无险，逢凶化吉，遇难成祥。"北门云飞知道邓艳玲好强，喜戴高帽，便附和道。"我倒觉得你应该学一点遇事应急求救的技能，恐怕还实用些。比如吹口哨，写纸条，寄信物，摇火把，敲摩尔斯密码……"

"吹口哨，写纸条，寄信物，摇火把，这些我都知道，就这个敲什么斯密什么码，没听说过。"邓紫姗问道。

北门云飞原本没话找话，随便说说，活跃气氛，没想到邓紫姗当真了。他只好将在国外接触过的摩尔斯密码简介一番：

"摩尔斯密码，是由美国人塞缪尔·莫尔斯发明。它是一种时通时断的信号代码，通过不同的排列顺序来表达不同的英文字母、数字和标点符号。可以通过一秒敲击两次和一秒敲击一次电码或物体的响声来传输数字或字母顺序位置，把自己想说而说不出的话，别人想听却听不到话，告诉懂得这种密码的人，以达到特殊情况下的双方交流。敲击一次表示长，连着敲击二次表示短。比如向人求救：就用手或工具敲击物体发出摩尔斯密码表中的 SOS 长短声信号。

敲击声音是用间隔的长短来表示声音的长短，敲（停 3 秒），敲（停 3 秒），敲（停 3 秒）表示三长，敲（停 1 秒），敲（停 1 秒），敲（停 1 秒）表示三短，再敲（停 3 秒），敲（停 3 秒），敲（停 3 秒），表示三长。

这样，听到此短、长、短声音的人，就知道有人遇险，急需救援。"

摩尔斯密码，自 1837 年诞生后，其中 SOS 长短声电码或信号，既有"救救我们"（Send Our Succour）之意，又简单易记易学易操作，最先在有限的人群中使用，后逐渐推广，最终成为全世界遇险通用求救信号。

北门云飞因为踏足东瀛，远涉西欧，故而成为天朝里极少数知晓摩尔斯密码之人。

22

"紫姗，别听他胡扯，不聋不哑，我想喊就能喊，想听就能听，干吗要敲什么密码？当真百无一用是书生，就会误人子弟。"邓艳玲有些不屑道。

"云飞哥，别生气，我姑姑就这脾气。她不听，我听，你继续说。"邓紫姗急忙打圆场道。她有些喜欢这个有些风趣而又见多识广的北门云飞了，至少不像以前那样生分和因为北门云飞拒绝过她而产生的不满了。

"紫姗妹妹，你还真别小看了摩尔斯密码，自它诞生二十几年来，的确救了很多人性命呢！"北门云飞好像没听见邓艳玲的话，对邓紫姗道，"不聋不哑的人，有时候真的会有耳不能听，有嘴不能说：比如下井挖煤掘矿采盐的人，盗墓寻宝的人，不幸遇着塌方坑垮，被埋地下巷道里了，他们有嘴能喊，外面人能听得见吗？外面人又怎知被埋之人还活着？又比如某人被恶人绑架了，我们找他，他虽与我们仅一墙之隔，近在咫尺，他也知道我们在搜寻救他，但他的颈上有刀剑架着，他敢出声呼救吗？

会摩尔斯密码就不同了：任何人一旦掌握熟悉摩尔斯密码，他可以用手敲打，也可用脚点踢，只要有声响，就能让人知道他在哪里，是什么状况。远可用灯光烟火传递信号；近则用米粒石子摆出暗藏情报的图形；用针缝刺绣做出的点线，就可将秘密瞒天过海的隐于其中；甚至眨眼摇头点首，都能传递无声的消息。"

于是，北门云飞对邓紫姗简单说教了些摩尔斯密码编码的知识和规律。并从路边用剑削来一大一小两截木棍，让邓紫姗试着按节奏练习敲打摩尔斯密码。

邓艳玲看两人你敲我猜，我敲你猜，边走边敲打木棍，像敲着木鱼游方化缘的和尚，不由得有些好气又好笑。但看着侄女因为跟着北门云飞认真练习摩尔斯密码而暂时忘却了丧父的悲痛，她也不好再说三道四了。在她看来，毕竟，邓紫姗是北门云飞没过门的未婚妻，虽然听说北门云飞拒婚，虽然她这个姑姑也有点瞧不上北门云飞，但看着邓紫姗慢慢走近北门云飞，北门云飞也不再拒人千里之外，她还是感觉些许安慰。

23

邓艳玲在前，北门云飞断后，邓紫姗居中，行到就要离开草海的一个芦苇林边时，突然，从芦苇林中冲出二三十个持剑握刀壮汉和蒙面黑衣人，将北门云飞等三人团团围住。

领头的就是武当三大高手（掌门玄清子，师弟玄信子和玄鸣子）之一的独眼玄鸣子。

他那只右眼，就是因为他品行不端，偷盗观内武功秘笈，被三人的师傅玄空静道长在愤怒时，抬手指着他训斥。不料内气经食指商阳穴外泄，一下就将玄鸣子右眼球穿透裂散，再无治愈可能。幸好玄空静感知觉察到后急收气，否则，气穿颅脑，玄鸣子非死即瘫。

对玄鸣子而言，塞翁失马焉知非福。自此，因为失手伤了弟子，感觉有愧于心的玄空静，作为弥补，便将武当上层内功"穿花扑蝶功""玄武功""九宫桩功"……等尽授予玄鸣子，让他的武功不因失去右眼而逊色他人。从此，对他违规犯律之事也是睁一只眼闭一只眼，大事化小，小事化无，敷衍了事。

这玄鸣子摸准了师尊的脉搏，便得寸进尺，肆无忌惮，吃喝嫖赌，坑蒙拐骗，无一不做。他常常私自下山夜不归宿……直到玄空静登仙羽化，玄清子顺接掌门位，多次劝告无果后，将他逐出山门。

从此，玄鸣子便仗着一流的武功，攀附权贵，为虎作伥，争名夺利。

常言道：物以类聚，人以群分。他先窜至京城，在好逸恶劳，不务正业，恃强凌弱的王公贝勒间左右逢源，为其保驾护身。皆因独眼导致五官不雅，上不得台面，做不了官吏，只好在暗地里做些敲诈勒索杀人的勾当。几年后被人出卖，东窗事发，被官府通缉，才逃到西南，被徐之铭收纳在"红蝙蝠"主指挥使麾下，充当首席领队杀手。

他此次拦截北门云飞等，所为仍是邓家姑侄和秘账。

"云飞，我拦住他们，你护着紫姗，别管我，一有机会，就突围出去，只要能进入远处那片山林中，你们就安全了。"邓艳玲小声对北门云飞道。

她曾有缘拜一云游的峨眉老尼为师，有幸得峨眉三十六式蛇形剑法真传。更意外的是老尼看她毫无官宦人家大小姐的傲慢骄横，又是练武奇才，便收她为记名弟子，并传授她（通常仅传授入室弟子的）峨眉七刺：拦、刺、穿、挑、推、铰、扣。

临别还赠她一双六棱梅花峨嵋刺。

这峨嵋刺长约 30 厘米，其形状是中间粗、两头细的锥形体，头端略扁，呈菱形带尖，正中有一圆孔，上铆一铁钉，钉子可在孔中灵活转动，钉串连一套指圆环，将圆环套在练者中指上，左右手各持 1 个，运用抖腕和手指拨动，使其转动。

《三侠五义》中陷空岛五义之一翻江鼠蒋平所持的兵刃就是峨嵋刺。传说由白眉道长所创。另有一说，峨嵋刺为蜀中一位武林高手所创，因该械形似鹅眉，故得名。

邓艳玲自觉身怀绝技，手持利器，打发十几个江湖败类也不是什么难事。再不济，待北门云飞护着侄女安全离开后，自己一人再脱身也不是什么难事。对北门云飞，她知之甚少，对他的武功，她也仅仅有所耳闻，从未亲眼见识。

当姑侄俩下决心不顾一切，定要进京面圣，誓死也要替邓尔恒申冤雪恨起，三人从临沧乡下一上路，便被一波又一波陌生人骚扰狩猎。

大路上有徐之铭的官兵拦截，山村小径上有蒙面黑衣人和贪财的江湖中人追杀，弄得他们整天不得安宁。

对他们而言，没有什么捷径可寻，条条道路通京城，哪儿较安全，往哪儿走。

让邓艳玲有些弄不明白的是：每次遭遇想擒获他们（主要是她们俩姑侄）的人，北门云飞总是对来人说那几句话：

"可否让两位女流移步暂避？有我在，你们绝伤不了她们；没有我，她们也逃不掉。"

这多少有些伤到自诩为女侠的邓艳玲的自尊和虚荣心。但为了不会半点武功的侄女安危着想，她又不得不很勉强服从北门云飞的安排。

奇的是每次北门云飞都能毫发无损地出现在她们面前。

"那些人呢？"她们自然会问。

"走了，我一劝，他们就到别处去了。他们说他们从此再也不找我们的麻烦了。"北门云飞又是千篇一律地答道。

"就这么简单？他们为什么会听你的话？"邓艳玲不能不有所怀疑。

"是啊，我看他们刚才好凶，仿佛要吃了我们似的，他们既不认识你，又不是你的朋友，凭什么要听你劝？"邓紫姗也天真问道。

"因为我说了很多好话，让他们别再找我们的麻烦，但他们不听，我又没别的法子，只好劝他们都去了一个人人都不想去的地方……凡是去那个地方的人，从古至今，好像没有谁能再回来。"北门云飞不得不耐着性子补充道。

邓紫姗想了想才脱口而出："都死了？！"

傻子也明白了。

邓艳玲仍有疑虑："杀一二人容易，杀三五个，换作是我，也不可能片刻间就能做到。"但她也只能自我安慰，"管他呢，反正是有惊无险，我们还没被人抓，没被人杀，还自由地活着，就是幸运。平安就好！"

24

如今，在这草海边，凭空冒出这二三十个强敌，邓艳玲想："是该我出手的时候啦，再不能让他小瞧了我们姑侄。让他也看看，什么叫功夫。"所以她让北门云飞带着邓紫姗。

"我听姑姑的，一会动起手来，由我护着紫姗，但我们不会扔下姑姑逃跑，绝对不会，再说，他们人多，他们肯定也不会放我们走。另外，一遇见强敌就扔下同伴，自个儿逃跑，这还是我北门云飞吗？姑姑自己也要小心才好，别让人弄伤了你。但在动手前，我想先劝劝他们，看看大家能不能不动手伤和气。"北门云飞说完，便朝独眼老道方向走了几步后停下，拱手抱拳道：

"晚辈初来乍到，众前辈有礼了。不知诸位在此等候我等是何意？"

"明知故问。识相的，留下邓家姑侄和秘账，你可以活命走开，否则……"独眼老道轻蔑道。

以老道的功力，数遍江湖有名有姓的高手，几乎没人能在他手下走完十招，所以，他完全没把北门云飞放在眼里。在他看来，北门云飞不过是大户人家的上不得台面的护院家丁或是跟班押镖的贩夫走卒。

邓艳玲也觉北云门飞太过迂腐，暗道："商人的儿子就是商人的儿子，和这些匪类亡命之徒讲什么礼节，纯粹是浪费口舌自取其辱，真不知他先前是怎么杀人和没被人杀的。"

"道长不在观里拜三清（玉清元始天尊、上清灵宝天尊、太清道德天尊——笔者注），诵经炼丹，却带着一帮人老找我三人麻烦，道长不见在我们身后已流了那么多人的血吗？"对北门云飞而言，他与那些嗜血如命的冷酷杀手和毫无人性的山贼盗匪有着本质的区别。当他路见不平惩奸除恶或自卫时，他身体里的热血一旦被怒火点燃，他会狂躁他会颤抖，他会控制不住自己成魔成鬼，成魑魅魍魉，断喉杀人毫不犹豫决不手软。而一清醒冷静下来，他又会为自己失去理智的行为感觉后悔和自责。虽然杀戮太多，他的心肠已越来越硬，但他还是不想让自己的手沾血太多，尤其是人血。

"什么？那些人都是被你们杀的？十几个武林高手，被你们一剑断喉，而且剑尖入喉不多不少只一寸深浅，切口平直……吹牛也不看看对象，等会儿就知道你有几斤几两了。"老道有些怀疑，旁人更不信，故嘲笑道。

连邓家姑侄也不信：身高不过五尺半且有些瘦小的北门云飞，怎么都不像是身怀绝技的高人。

"准确地说：不是我们，是我一人所为，与她们无关。我想死在我身后的那十几个人肯定和道长及诸位有关联。道长和诸位如要报仇讨回公道，找我一人就行了，能否暂时放过她俩？因为……"

不等北门云飞说完，邓艳玲接口道："……有他在，你们绝伤不了我俩姑侄；他死了，我俩姑侄也逃不掉。是这话吗，贤侄？"这话邓艳玲邓紫姗听了无数遍了，俩姑侄都背得了，也有些厌烦了。

"是，谢谢姑姑！不过，我还要奉劝道长几句：出家入道之人，即便耐不得参禅悟道修行的寂寞，也不至沦落尘世做权贵鹰犬爪牙，为虎作伥，助纣为虐；不拜三清祖师爷也就罢了，如再去舔菊贪官污吏土豪劣绅，丢脸不说，还为天下人所不耻，当真连畜生都不如！"

"骂得好！"邓家姑侄齐声脱口赞道。

"黄口小儿，你懂什么？"独眼老道也不得不还嘴挣回脸面，"古往今来，少林武当各门各派，有哪家不依赖朝廷攀龙附凤？没有十三棍僧救秦王，哪来少林寺今日辉煌？没有张三丰与明成祖的交好，哪有武当今日壮观？去他妈的玉帝如来三清，朝廷要捣毁少林武当或天下庙宇道观佛门圣地，他们管得了吗？

'三武灭佛'就是例子：太平真君五年，太武帝推行苛虐的废佛政策：诛戮长安的沙门，焚毁天下一切经像。一时之间，举国上下，风声鹤唳。建德三年，周武帝下诏：断佛、道二教，经像悉毁，罢沙门、道士，并令还民，北周境内'融佛焚经，驱僧破塔……宝刹伽兰皆为俗宅，沙门释种悉作白衣'。总毁寺4万，强迫300万僧、尼还俗。

会昌五年，唐武宗下敕灭佛，规定西京长安只能保留4座寺庙，每寺留僧10人，东京洛阳留2寺，其余节度使的治州共34州留1寺，其他刺史所在州不得留寺。多余寺庙全部摧毁，僧尼皆令还俗，所有废寺铜铸的佛像、钟磬全部销熔铸钱，铁铸的交本州销铸为农具。天下所拆寺四千六百余所，还俗僧尼二十六万五百人，如来佛祖出头了吗？'三清'援手了吗？玉帝老儿和大慈大悲的观音菩萨又做了什么？

无论何时何地哪个朝代，普天之下，莫非王土，率土之滨，莫非王臣。就算再过一百年一千年，如还是帝王之家皇权当道，官府让和尚僧道尼姑跪拜皇上达官权贵，哪个敢不跪拜？让和尚僧道尼姑山呼：'万岁！万岁！万万岁！'谁敢不喊？即便让和尚僧道尼姑去戏院子里和宫廷内演唱'下里巴人'或'阳春白雪'，或哼靡靡之音或引吭高呼献媚口号，刀架脖颈生死存亡之际，谁又敢不登台演唱卖力狂吠？什么经书禅理都不过是浮云，有钱有女人有享不尽的美酒佳肴，才叫人生，不然，还真他妈连畜生都不如，空活一世了。"

"道长，和他废什么话，你再不动手，兄弟们可等不及了。"旁边一些色中饿鬼，看邓家姑侄两美女姿色，早已垂涎欲滴，蠢蠢欲动了。"你说好的：秘账归你，十万两赏银及邓家两姑侄归我们享用，可不许反悔。至于这爱饶舌多嘴的小子……"

"砍成肉泥喂野狗，谁叫他轻狂辱骂我等。大家还等什么？上——"老道恶狠狠道。

邓艳玲早就耐不住了，不等北门云飞有所动作，她便将邓紫姗推给北门云飞，拔剑冲了上去。

峨眉三十六式蛇形剑法果然实用，六棱梅花峨嵋刺也阴险毒辣。这不是舞台戏子的表演，是真刀实剑的搏杀，功夫高低兵器优劣立见分晓：邓艳玲右手挥剑，左手摇晃着六棱梅花峨嵋刺，对方稍一有破绽，便凶狠出击，或一剑穿胸，刃削膛肚，或一刺穿颈，挑筋断脉……不到小半个时辰，对方已死伤倒下五六个。

但她毕竟是女流，体力难支，对方武功亦不弱，时间一长，她便由攻转守，略处下风。更可怕的是一直在隔岸观火的独眼老道看她不济，便乘机偷袭，趁她不备，一招"穿花扑蝶功"拍在她后背，将她打飞在十几米远处，痛彻骨髓。这还是独眼老道留有余地，只用了五成功力：他倒不是心慈手软不忍，而是秘账未到手前，他还想留着邓家俩姑侄性命……总得有吐露秘账的活口。

北门云飞这边，右手揽着邓紫姗不敢放手。或拥或抱或牵或拉……适时精准躲闪着刺劈向他和她的刀剑。他一边用左手握着未出鞘的剑，拦，挡，捅，戳，抽……手脚并用，将七八个围攻者先后打入草海水中；一边观察邓艳玲状况。

当发现邓艳玲由攻转守，略处下风，又被独眼老道打倒后，便携着邓紫姗，一蹬一纵，腾空飞出被围的圈子，人还在空中，左手的剑已出鞘，一下来到邓艳玲身边，三招两式就击退了蜂拥而上，欲饿狼扑食前去擒住她的强敌。

他觉得自己是男人，宁可自己受伤，也绝不能让人抓到邓家姑侄，否则，就是自己的失职。

"姑姑，你没事吧？你照顾好紫姗，剩下的事就交给我吧。"扶起受伤的邓艳玲，北门云飞坚定道。不是商量，不是征求同意，是不容分说的安排。

邓艳玲不得不接受了，因为她无力再战了。独眼老道刚才那掌，差点要了她的命。如不是北门云飞及时救助，她再与他人对阵打斗，恐怕也熬不了几个回合。

再说，独眼老道一出手，她就知道自己绝不是老道的对手。她与独眼老道功力悬殊巨大。独眼老道的武功对她而言，确实是太高太强了，对方还有近二十人。她不能不为北门云飞担着心，但她心有余而力不足，只恨自己太无能，置晚辈于险境。

"云飞，小心独眼老道。"邓艳玲提醒说，她对北门云飞的功夫没底，也不抱太大希望。所以她接着又道："如果敌不过他们，你千万别让我们姑侄拖累你，你一定要突围出去，把我们的心愿带给皇上，你懂我的意思吗？你要是妇人之仁，弃大事不顾，陪着我们一起送死，我和紫姗非但不感谢你，反而做鬼也不原谅你。你如真为我们好，就听姑姑的话，一定要完成我们姑侄没有完成的那件事，拜托了。"

原来，邓艳玲深知，她们俩姑侄是众矢之的，目标太大，为了秘账安全，她们便将秘账交由北门云飞保管，以防万一。

替兄雪恨，为父申冤，她们俩姑侄早已将生死置之度外。

"云飞哥，姑姑的意思就是我的意思。"邓紫姗也低声道。"虽然你不认我这个未婚妻，但你放心，我会为你守身如玉，决不让任何人亵渎糟蹋，让邓家和北门两家门第名誉蒙羞受辱。万不得已时，我定会发簪刺颈或咬舌自尽。"

"姑姑，紫姗，我听你们的。一定会帮助你们完成你们的心愿。"北门云飞保证道，"但你们能不能先给我半个时辰？这半个时辰一切由我说了算？在这半个时辰里，我叫你们怎么做，你们就怎么做，不问为什么，就半个时辰，可以吗？"

"可以，你说。"邓艳玲勉强道，她不好拒绝，也找不出理由拒绝。

"一会儿无论发生什么情况，姑姑护着紫姗站在这里都别动。还请姑姑用手蒙着紫姗的眼睛，千万别松手，以免弄伤了紫姗的眼睛不好医治。"北门云飞不想让一个不会武功的女孩亲眼目睹太多的杀戮和血腥，更不愿让她看见他身为一个江湖剑客冷酷凶残灭绝人性的另一面，虽然他是为正义而战，为自由而战，为尊严而战，为他和她们两姑侄能活着再见到明天的太阳而战。

待俩姑侄按北门云飞的话准备好后，独眼老道等人也围了上来。

第八章

神劍出鞘　无坚不摧

25

北门云飞突然全身颤抖哆嗦，眼露凶光，满脸杀气，像变了个人似的，他将手中的"青锋剑"挑起几株断在地上的芦苇，抛甩向空中，一抖手腕，"青锋剑"便幻化成百千剑影，将还来不及掉落地上的空中芦苇，一眨眼削碎成千万碎粒，他再用手中长剑往空中一搅，芦苇碎粒就随剑尖气流旋转成一团，他把剑尖朝独眼老道等一指，芦苇碎粒犹如万箭齐发，呼啸着直射独眼老道等人。

芦苇碎粒虽不能取人性命，却令人不能不掩面闪避。

漫天飞舞的草屑让邓艳玲不由得也闭上了双眼。

唯独玄鸣子独眼老道不信邪：他一掌拍散眼前的芦苇碎粒，朝着北门云飞便是"武当六剑"（太极剑、太乙玄门剑、九宫八卦剑、八仙剑、玄功剑、龙华剑），或刺或削或劈或斩……招招凶险夺命。老道觉得北门云飞对他没用，他只想尽快打发灭了他，以免夜长梦多，坏了自己要办的事。

北门云飞不敢怠慢，他担心那十几个杀手缓过神后，对他三人群起攻之。此时的他，怒从心头起、恶向胆边生，人世间的一切人伦道德善念顿消……

刚睁开双眼的邓艳玲便看到了她此生从未见过的无比震惊和恐怖的一幕：

北门云飞的"青锋剑"就直插在他俩姑侄身旁。北门云飞手中却挥舞一把更神奇的利剑：它如蚕丝细柳，在疾风中狂舞；又似流星闪电，它在空中画出波纹弧线；它更像渡人定身的仙人魔指：十几个被它点到的凶徒恶汉，刀剑脱手落地，人如木偶雕塑般站立不动……紧

50

接着，或仰面或前扑或侧身或下跪着一个接一个先后倒在地上，无人例外：每人均被断喉，颈边都流淌着鲜血，不再挣扎，一动不动。

余者五六人及独眼老道玄鸣子在胆寒、惧怕、怯懦、畏缩中，见北门云飞如见鬼魅邪神。先前的一枕黄粱美梦顿消，赏银美女秘账全置之脑后了。谁也顾不得谁，纷纷落荒而逃

"他们可以走，你得留下！"北门云飞身形一纵，如鹞子穿云，似蜻蜓点水般从芦苇尖踏足朝独眼老道追去。他恨极独眼老道一路率人追杀不依不饶，所以决意今日彻底清算了断，以绝后患。

独眼老道虽然道德人品低下，但武功却不弱，逃跑的功夫更是了得，借着"玄武功"，"九宫桩功"，仅仅眨眼片刻间，他人已连飞带跳奔腾至数百米之外了。

他边跑边暗道："妈的，这几年白活了，孤陋寡闻至此，居然不知道江湖中有这样的狠角已横空出世，今儿碰着这天罡地煞星，活该我倒霉。如不是亲眼所见，谁又能相信世间竟有如此荒诞离奇的怪剑和这般精准断喉的剑术呢？别说是我，就算达摩和张真人玄空静那些老儿再生，恐也难敌此人。此番上阵，损兵折将，一败涂地，徐之铭那儿是回不去了。挨他训斥事小，如被灭口就不划算了。还是回武当算啦，掌门师兄好糊弄，先隐忍他两三年，趁其不备，找个机会让他提前'生病'仙游，我也好过一过做掌门的瘾。以后的武当也会像少林一样，与地方官府联手设卡收门票。用不了几年，我便同那智空方丈一样，腰缠万贯富甲一方。我也会从中拿些零头施舍乞丐病弱，博取赞誉名声。暗地里，我也会学智空模样，去繁华京城苏杭天堂购几处私宅庭园，娶几个妻妾，养一堆子女，享人间极乐。那些名媛仕女不是喜欢让和尚开光吗？为何不可以找我老道开……"

老道跑着想着，感觉安全了，所以放慢了脚步，他刚想回头瞧瞧有无人跟进，眼前一团黑影从天而降，一个人的后背挡着了他前行的路。他有一种不祥的预感。

26

那人一转身，果然是他：北门云飞。

51

独眼老道虽有预感，但还是有些意外和惊愕，忍不住脱口道："你他妈的是人？还是鬼？"

"我有时是人，有时是鬼。"北门云飞回道。边说边当着独眼老道的面摆弄着手中的断喉剑，丝毫不在乎让人目睹断喉剑的真面目，因为对北门云飞而言，独眼老道已是将死之人，他绝没有机会将断喉剑的真面目告诉任何人。"我是人是鬼，得看站在我面前的是人是鬼。我见人说人话，做人事，光明磊落，堂堂正正；我见鬼说鬼话，做鬼事，心如蛇蝎，冷如冰霜，杀该杀之人从不手软。我做人时，循规蹈矩，安守本分，与世无争，有时甚至畏惧法规而不得不忍气吞声如懦夫软蛋；我做鬼时，控制不住心魔疯狂，好斗嗜血，无所畏惧；除了害怕自己变得更恶更邪，我一生没怕过任何恶人鬼神。我从不见人说鬼话，也从不见鬼说人话。因为我如见人说鬼话，那是没有诚信忠义的阴邪狡诈小人；我如见鬼说人话，那是没有头脑智慧的呆瓜傻子……"

独眼老道没听见北门云飞在说什么，却看清了北门云飞手中的怪剑：那剑长约三尺，宽不过寸许；光如镜面，薄如蝉翼，北门云飞左手握剑，右手两指捏住剑尖，竟能弯曲 180 度至剑柄处，北门云飞手指一松，它便劲力弹回，刚直不屈……更让人叫绝的是，刚断了十几个人咽喉，剑身上却无一星半点血迹。

独眼老道虽然没有斗志，也毫无胜算之把握，却也不得不硬着头皮，趁北门云飞言语耍剑分神之际，突施暗手，先发制人：脚走八卦步，身游天罡北斗阵，一提真气，双掌阴阳太极旋转，汇成如排山倒海的气浪，掀起飞沙走石，猛击向北门云飞。

如论内劲功力，两人对掌硬接，北门云飞绝不是独眼老道对手，三掌之内，北门云飞必伤重不治。然天下武功，从来不以角力论高低强弱，就像牛虎相斗，力大者未必能赢：聪明的老虎从不与蛮牛斗力硬拼。牛进虎退，避其蹄角锋芒；牛退虎进，不停袭扰，消其斗志，耗其体力。几番周旋，致牛惊慌失措，顾首畏尾，惶惶不安，心力交瘁，疲惫不堪。虎再把握时机，四两拨千斤，一口断喉，最终虎食牛果腹。能活着笑到最后的才是王者高手。

　　独眼老道是穷寇死拼，奋力挣扎，将平生所学，拳脚掌剑并用，只朝人影处全力施展发威。

　　一时间，小小方圆之地，竟被独眼老道功力溅起的尘霾所笼罩。

　　数十招后，独眼老道发现北门云飞开始还一退再退，招架还手闪避，尔后，便没了踪影，仿佛已融化在尘霾中。

　　"被砸成粉末了？逃跑了？"独眼老道暗想，他有些释然，甚至有些自豪，于是，收手住脚，想察看周围光景，找到北门云飞的尸体或逃命的背影。

　　不料，一道弧光从他眼下颈边闪过，他的咽喉像被虫子轻轻叮咬了一下，有点类似被针刺痛的感觉。

　　他终于看清了前面离他不到两米远的北门云飞的静止不动的后背。他不由得大喜过望，想趁其不备，提剑上前，将北门云飞一剑穿心，以泄心头之恨。却感觉手脚已不听使唤，手中的剑，怎么也抬不起来了，甚至于把握不住而滑落地上；他整个人开始有些虚脱疲倦，如同被人催眠了般的就要坠入毫无知觉任人摆布的昏睡中。

　　他想咒骂想呼救想求饶，可如火烧火燎刺痛的咽喉却怎么也发不出声，他眼前的天空开始变得浑沌，暗淡，微红，漆黑……他扑倒在了地上，因为他临死前还想朝前杀人；他在倒地前，人就已经死了，因为他的咽喉被切断了：一剑断喉，切口入喉大约三公分，不多也不少，整齐笔直，干净利落。

　　北门云飞回到邓家姑侄身边，他感觉邓家俩姑侄看他的眼神有些异常。

27

　　原来，刚才北门云飞追杀独眼老道，前脚才走，耳边已听不见厮杀声的邓紫姗便睁开眼睛，看着周围被断喉的十几具尸体，既害怕紧张又担心顾虑，弱弱地向邓艳玲问道："这些……他们不是姑姑你杀的吧？谁杀的？云飞哥呢？"

　　"不，不是我杀的。我没这么大的本事。"邓艳玲不得不承认，"是他，北门云飞的杰作。我先前真看走了眼。你的云飞哥才是当今

53

武林百年不遇的顶尖剑术高手。姑姑我就算再练一百年，也练不出他那么高的功夫。紫姗，有他在，前面的路，我们姑侄尽可以高枕无忧了；他应该是老追那个独眼老道去了。"

邓紫姗虽然厌恶杀戮和血腥，但得知自己的未婚夫竟然是武功极高的剑客侠士英雄豪杰，而不是浪得虚名的只会干嚎耍嘴皮的庸才俗人，邓紫姗不由得心生敬佩，无比自豪和欣慰。

所以，姑侄两人看到从远处归来的北门云飞，目光比昔日自然不同。

邓紫姗是欣赏崇拜，微有倾心爱意。她上前关切地问道："云飞哥，你没受伤吧？"

邓艳玲是惊愕诧异。她感觉北门云飞像变了个人似的，一点也不像先前那个她有点瞧不起的北门云飞了。她为自己之前对他的轻慢和不信任有些尴尬，难为情。同时，她心中又有万千疑问：他师从谁？是何门何派？他那一剑断喉的功夫叫什么剑术……她只问了一句："那独眼老道呢？"

"我知道，"不等北门云飞开口，邓紫姗就抢着回答道："云飞哥一劝，他就到别处去了。他说他从此再也不找我们的麻烦了。因为他去了一个人人都不想去的地方。凡是去那个地方的人，从古至今，好像没有谁能再回来；对不，云飞哥？"

"这……这个，是，我是让他去了那个地方。"北门云飞有些不好意思道。他没想到平时寡言少语的邓紫姗会学着他如此幽默说笑。随即又关心地问俩姑侄："紫姗，刚才没吓着你吧？姑姑的伤好些没？是我没保护好姑姑，让姑姑被歹人所伤，小侄深感惭愧，还望姑姑宽恕不怪。"

"不怪你，是姑姑太过争强好胜，又疏忽大意，才被独眼老道暗算。对了，你的剑呢？"邓艳玲注意到北门云飞还空着双手。

"不就插在这儿吗？"北门云飞回道，并顺便拨起先前插在地上的"青锋剑"。

"不，我说的不是这把，是刚才断喉的那把，能闪出白光幻影杀人于无形的怪剑。"邓艳玲回想刚才北门云飞用断喉剑杀人的恐怖场景，仍不免心有余悸。对那把无坚不摧的断喉剑更是好奇。

"哦，你说的是它呀，因为它太过凶狠残忍，我怕姑姑和紫姗受不得它的戾气，所以我让独眼老道给带走了。"北门云飞随口胡诌道。

邓艳玲肯定不信，但又不能不假装相信。因为她怎么也想不出，北门云飞会把那个能闪出白光幻影杀人于无形的怪剑藏在何处。没人能把三尺长剑藏在身上而不露痕迹。

本来无一物，只是幻影？又亦或是魔术？邓艳玲猜不透。

她又想到北门云飞高深莫测的功夫和在临沧乡下的一些往事。

"云飞，对不起，我之前对你的父亲有诸多误解，你能原谅姑姑吗？"邓艳玲诚恳道。

"姑姑误解过家父？我怎么不知道？就算有，也没什么，生活在两个不同环境的人，又隔着家族背景年龄大小不一的鸿沟，相互有些误解，也很正常，姑姑没必要耿耿于怀放在心上。"

"我还是说出来的好。我俩姑侄在临沧乡下，在等你从海外回来的那些日子，我们真好比度日如年，有好几次，我都想带着紫姗独自进京，却被你的父亲一次又一次苦苦相劝，拼命给阻拦挡了下来。他总是说：'再等几日，云飞快到了，有他护着你们，老朽才放心，要不然，你俩姑侄要是在进京路上有个三长两短，你叫老朽将来到地下如何向老友邓尔恒交待？'我当时竟以小人之心度君子之腹，总以为你的父亲是怕我俩姑侄出事而连累他和你们北门家族。

如今，我才真正理解了你父亲的一番良苦用心：如没有你相助护送，我们俩姑侄别说进京，恐怕连云贵地界都走不出，何谈替我大哥雪恨申冤？惭愧呀！将来如有机会，我定要当面向你父亲负荆请罪。"

"姑姑言重了！不说其他了，姑姑，我们接下来往哪去？"北门云飞赶紧岔开话题问道。

"一路向东北上，经威宁州，毕节，大方，金沙，进入黔北凤凰镇，通过娄山关隘，离重庆就不远了。从西南进京的路，只有这几处地方，我和你姑父前些年走过，多少有点熟悉。其他的路，纵有捷径，然人生地不熟，也不敢贸然去闯。"

"一切听姑姑的，我们走。"……

第九章

劍客俠義　惺惺相惜

28

凤凰镇。

"福来"客栈。

"那独眼道人就是贫道师弟玄鸣子。"老道打断北门云飞的回忆，插言道。

"晚辈本想将他们一一逼入草海中，我等好赶路，然而那独眼道长，虽是独眼，却非善类，我等与他素昧平生，往日无冤，近日无仇，他却率众不依不饶，死缠烂打，招招夺命。晚辈不得已，为保女伴平安，只得再开杀戒，断他和部分不知进退者的咽喉。余者，皆鼠窜，晚辈并未为难任何人，更无太多言语，何来'要踏平武当，踩死少林，剑劈八大门派，让和尚老道尼姑绝迹'一说？姑姑，紫珊，我有说过哪样的话？"北门云飞问道。

"欲加其罪，何患无辞？一群无赖的话也有人当真，亏他修道多年，耳根还如此软弱，白活了！"邓艳玲不屑道。

"如只武当几个弟子传言，贫道还不信，可几大门派当事人皆言此事为真，就连北少林智空方丈也对北门公子多有不满和微辞，不由得贫道不信！"老道争辩道。

"那贼秃驴的话也能信？"邓艳玲驳斥道，"江湖中，谁人不知哪个不晓：那智空，虽为出家人，却干着连世俗人都为人所不齿的大奸大恶之事。他先投靠朝廷，清除异己，害死前任方丈后，便取而代之。

别看他在台面上道貌岸然，张口仁义道德，闭口佛经礼义，背地里却不知娶了多少妻纳了多少妾，甚至在京城也购置有房产庭院。为

56

大肆揽财供其和其妻妾子女挥霍，他还勾结朝廷当地官府，巧立名目，在少林寺各进出路道关口上拦路设卡，向慕名而来的四方游人香客收取高昂的进寺观光费，车马停靠费……名曰收门票赚钱搞扩建。

出家人本该清心寡欲淡泊名利，再不济，即使不能弘扬佛法，度人皈依顿悟从善，也不该挂羊头卖狗肉，借佛门圣地强取豪夺，大发横财，中饱私囊，把一个少林寺弄得乌烟瘴气，污秽不堪。

再说，少林寺，如同你武当山，无论是作为佛教道教文化，或是作为历史文物古迹，自然风景，都应该是我泱泱华夏之少林寺武当山，乃我炎黄民族大众之少林寺武当山，岂是一个和尚方丈或一个老道真人或一隅地方官府衙门之少林寺武当山？

更可恨的是他智空，竟借开光（开光是一种宗教仪式，根据宗教不同分为佛教开光、道教开光等。开光最初来自道教，是道教仪式之一，即把宇宙中无形的、具有无边法力的真灵，通过修行得道之人，注入到神像或凡人肉身中去，使神像或凡人肉身也具有无边法力的灵性。——作者注）之名，肆无忌惮地与京城或地方达官贵妇，朝廷名媛，风尘女子开房淫乱，甚至侮辱诱奸良家女子……你居然与此等败类一个鼻孔出气，看来你也不是什么好人！"

"不用说，江湖对我北门云飞的流言蜚语，道长早已是深信不疑了。此刻，道长言是真，就是真了，今儿在座之人也肯定道长之言是真的了，晚辈再多说也毫无用处了。

也是，人世间本来无是无非，无真无假，一切唯强者说了算，历史也是由强者书写的；人类社会，历朝历代，世途江湖，每个角落，凡有人的地方，规矩和律法，都是由强者制定的，无论这些规矩和律法多么严酷苛刻和不公平不公正，身处弱势地位的人都得遵守奉行。

所谓的'正义'和'邪恶'，也是由强者或胜利者来定义的，世界上哪有什么绝对的正义和邪恶啊！'成王败寇'这句话放在任何时间和任何地点都不过时。

比如岳飞，皇上说他谋反，是真是假不重要，重要的是皇上金口玉言，说什么就应该是什么；他父子就必须因为谋反被杀，他声辩过，有用吗？比如袁崇焕，皇上说他投敌叛国，是真是假不重要，重要的是不知真相的愚民大众只能相信皇上所说；他袁崇焕就该因为投敌叛国被凌迟处死，其血肉就该被万民分而食之，他喊过冤，有用吗？

所以，今天我也不打算声辩喊冤，因为道长听说的传言是真是假不重要，重要的是我与在座各位，能活着离开的，所说的话，就是真相；所有失去话语权的人，无力反抗挣扎的蒙冤受害者，都会把真相带进坟墓中去，留下的是活着的强者广而告之的杀人判决。自然，被杀之人，无论有多大的冤屈，判他死刑的人，总能'找到'他作恶的'罪证'和'获取'他该死的'罪行'。他人只能信其有，不会信其无，因为死人是开不了口为自己辩护的，对不，道长？"北门云飞说道，话里已充满杀机。

"说得好！兄弟我也曾被人栽赃诬陷过，有口莫辩，所以北门兄弟此言真正深入兄弟我肺府，感同身受，令兄弟我不得不敬！你随意，我干了！"听完此话，想起自己为奸人所害，曾遭遇过的冤狱，被屈打成招，险些死于刑场，岳海鲲热血沸腾，对北门云飞的敬佩之心油然而生，情不自禁地起身敬酒。

沈天鹏等都知道岳海鲲那段遭遇不白之冤的过去，均点头理解。

北门云飞也起身应道："酒逢知己千杯少，兄弟我回敬朋友，干了！"

"如北门兄弟不嫌弃，你这个朋友我岳某交定了！干了！"岳海鲲借着酒劲，一时豪气大发。

"承岳朋友看重，如果我今儿还能活着离开，你这位朋友，我也交定了！一言为定！干了！"北门云飞回道。

"一言为定！干了！"岳海鲲肯定道。

"北门公子不必如此，"老道插言说，"贫道此番前来，并不搏命，只为切磋，讨个说法……"

旁边一些人早就不耐烦了，便趁机起哄，希望老道与北门云飞尽快鹬蚌相争，好渔翁得利，所以争相煽风点火，冷嘲热讽，火上浇油：

"废什么话，师弟都被人砍了，还在那惺惺作态，既要当婊子，又要立牌坊。"

"怕断喉，就滚一边凉快去，别碍着人。"

"功夫不如人，当什么君子？！"

……

"道长不必客气，但此处好像不适合切磋武功剑术，我还是到外面向道长讨教，如何？"北门云飞提议道。不是万不得已，他从来不喜欢当着女人的面杀人，尤其是自己身边的女伴。

"甚好！"道长说完，转身向大门外走去。

"姑姑，紫珊，我去去就来，别担心。"北门云飞一边安慰二个女伴，一边抱拳对沈天鹏等相求："几位兄台，酒品如人品，酒性如人性，愚弟我虽与各位初次相遇，无甚交情，按常理，不该相求为难；但此刻形势所迫，不得已而为之；兄弟我也是练武之人，所以能感觉到几位不仅亦是练武之人，而且功夫了得；方才一番言谈举止间，兄弟我认定各位均属正道侠义志士，应该是可以信赖托付之人，故有所求：我出门与道长过招时，无法分身，留二女伴于虎狼之地，实在不安，能否请几位守护片刻，兄弟将不胜感激，没齿不忘。各位如有不便，也请明示，兄弟绝不为难，再另想他法。"

"北门兄弟不必客气，蒙你兄弟信任重托，我等深感荣幸。你只管放心去，有我等四人在，绝不让任何人动二位女伴分毫！"沈天鹏起身应道。

"承北门兄弟看得起，你家眷就如同我家眷，岳某定当拼命死守卫护！"岳海鲲亦起身回应。

"吹大气也不挑地方。"有人不满道。沈天鹏瞥了那人一眼，只当没听见。说话的是自贡盐帮帮主诸葛泓，一双铁掌，打遍西南无敌手。

29

福来客栈门外。

门前院落中央。

北门云飞对峙老道。

"只要北门公子肯当众收回狂言狂语，从今不再贬损轻慢名门正派，贫道决不为难北门公子。"老道自以为功力深厚，武当剑术独步天下，未有对手。只要北门云飞认错求饶，老道有好生之德，不想妄开杀戒。

"晚辈心系门内女伴安危，不想废话多言。道长出招吧！"北门云飞此刻要应对老道，又牵挂着邓家两姑侄，一心二用，便不耐烦道。

"小辈无礼！看剑。"老道大怒，拔出分光剑，对着北门云飞就是武当剑法十三势，并穿插太极剑、太乙玄门剑、九宫八卦剑、八仙剑、玄功剑、龙华剑。

北门云飞却不动声色，剑不出鞘，只是运用柔道空手道泰拳身形步态手法腾，挪，架，挡，分，摆，翻，移，滚等闪避退让。可越到后来，老道感觉越拿捏不住北门云飞身态步法。数十招下来，不仅未伤到北门云飞半根毫毛，有时居然分不清北门云飞何为身，何为影。

北门云飞本想再戏弄老道一番，只是听见客栈门内传出打斗声，感知事有意外变故。事急，心更急。北门云飞便不再手下留情……一侧身，让过老道擦胸一剑，右手捏住老道右手寸关尺，左臂一弯，一拐，一肘打在老道腋下右肋骨处，趁老道疼痛难忍，苦不堪言，又顺势夺下老道分光剑，反手一扔，分光剑已插入院落一柴堆垛上。老道只好拿着浮尘当剑使，还未使得一招半势，只觉眼前白光一闪，便被突如其来的剑影封住。

只片刻，北门云飞已收剑入鞘。

"晚辈事急失礼，道长谅解！请自便！"北门云飞说完自个儿朝客栈里走去。

起初，他是想对老道下狠手，一剑断喉，但想到老道对一个与自己门派毫不相干的雷帮主都给予施救，足见老道除心胸有些狭窄外，还算是个好人，所以，北门云飞最后一刻，恻隐之心萌动，不忍杀戮。便剑走偏锋，虽然招招紧逼不让，却又点到为止，恰到好处。

被扔在原地的老道，却极是萎靡狼狈：紫阳巾被削成了碎片，浮尘成了光杆木棍；披头散发，眉毛消失，山羊胡荡然不存……老道大悟：北门云飞如是小人狂徒，嗜血杀手，刚才飞舞的断喉剑只要偏差分毫，老道绝难活命。

"北门公子请留步！容贫道唠叨数言再走不迟：今日，实是贫道无礼挑衅在先，公子节制惩罚在后，谢公子不杀之大恩大德！公子剑术武德，千古罕见，实令贫道敬佩汗颜。贫道此前愚钝盲目弱智，轻信谗言，辱了公子脸面，坏了公子名誉，望公子海涵！此时贫道是由衷真心信服了公子，从此归隐武当，终其一生，不再踏出山门半步，以赎今日鲁莽轻率之举和大不当言行。他日公子如莅临武当，贫道必当贵客恭迎。贫道就此别过，后会有期。"老道说罢，才转身拾剑离去。

30

北门云飞还未走进客栈门里。

客栈里已乱成一片。

就在方才，他与老道刚走出大门，自贡盐帮帮主诸葛泓立刻招呼手下喽啰弟子："要寻秘账，此时不上，更待何时？"便猛扑向邓家二女子。

未等邓艳玲拔剑相迎，沈天鹏，岳海鲲等人已纵身挡在邓家二女子桌前。诸葛泓见有人挡路，立刻挥拳出掌，沈天鹏剑未出鞘，便硬生生接了诸葛泓一掌。

"好掌法！"沈天鹏说道。他此刻手臂如被电击一般，又麻又痛，后退几步，心头一热，差点吐血。幸好沈天鹏从小跟师父慧灵方丈勤练过吐纳调息上层内气功，此时，沈天鹏用千斤坠定住双脚，将一口上涌的气血硬吞了回去，调匀气息，气沉丹田，蓄势待发。

诸葛泓亦后退几步，心里吃惊暗想道："真有些看走了眼，此人功夫确实了得，并非吹大气。"

旁边，岳海鲲，严万里等，也与振威镖局和诸葛泓门下其他弟子等一干人在打斗着。

"至今日为止，你是能接下老夫铁掌的第一人，阁下等是谁？为何坏我等大事？"

"道不同，不相为谋。告诉你我等从何而来，因何在此，又要往何处去，有用吗？”沈天鹏冷冷回答道。

“不错，那就再接老夫一掌！”诸葛泓说着话，稍一运气，右手一掌"力推华山"，再次击向沈天鹏。

沈天鹏不敢怠慢，用左掌"猛虎推山"接住诸葛泓右掌，再用右掌"金童戏环"，虚击诸葛泓脸面，借诸葛泓左手上挡，露出中下盘破绽，沈天鹏右掌突然化掌为刀，用足十成功力，一招"金刚砍柴"，砍在诸葛泓左肋上。诸葛泓因左肋肋骨尽断，疼痛难忍，右手松懈，沈天鹏又趁势"推窗揽月"，左掌右拳先后击向诸葛泓前胸下颌。尤其是下颌被沈天鹏一记上勾拳重击后，诸葛泓便双脚离地，身体向后仰斜飞出数米后，重重摔倒在地上，身体抽搐几下后就不再动弹。

诸葛泓两门下弟子见状，疯了似的同时挥剑刺向沈天鹏后背。

沈天鹏双足猛然一纵，一个鲤鱼跃龙门后空翻，跃过两人头顶，人双脚还未着地，双掌已凌空"排山倒海"分击向两人后背，等到沈天鹏落地站稳时，诸葛泓两门下弟子，已口鼻血涌，倒毙在地上了。

余者皆蜂拥而上，均不敌沈天鹏：被沈天鹏一阵快如疾风暴雨的拳脚左右前后交替接招反击下，诸葛泓的七八个弟子先后倒毙在地上，余者再不敢轻举妄动，沈天鹏也不想赶尽杀绝，一任对方部分门人扶着伤者和抬起诸葛泓的尸体，狼狈而去。

刚好此时北门云飞从门外回到大堂。

“云飞哥——”这是邓家侄女的声音。

声音有些异常，众人循声望去，不禁倒吸一口凉气。

第十章

千鈞一發　怪招解危

31

邓家姑侄二女子已被人点穴控制，坐在一排，动弹不得。

站在邓艳玲右侧的是一个测字算卦模样的老者；站在邓紫姗左侧的是一个二十出头相貌俊俏的公子。二人是借着众人混战，两女子毫无防范，便从二楼客房过道越栏一跃而下，手到擒来。

这边振威镖局一干人和诸葛泓的盐帮门下其他几个弟子还在不依不饶地与沈天鹏，岳海鲲，严万里，张怀忠四人死缠烂打。

见状，沈天鹏和岳海鲲大怒。本来对见利忘义的市井小人，江湖匪类，沈天鹏和岳海鲲虽无好感，却也不想重手伤人，但现时情形，因为己方麻痹大意，妇人之仁，已令邓家二女子置身险境，再要让北门云飞出手相助，自己还有何颜面？

于是，二人施展平身所学，痛下杀手，招招取人性命，鹰爪和八卦掌所到之处，木屑纷飞，衣袖撕裂，分筋挫骨，穿胸凿脑，血溅四方，一眨眼工夫，振威镖局已倒下五六人，自贡盐帮诸葛泓手下几个未脱身的弟子也尽数丧命。大堂剩余之人，无论是振威镖局的，或是其他帮派的，纷纷逃出大堂；即便放座金山诱惑，也再不想趟这个旋涡里的浑水了。

"有劳各位朋友出手相助，兄弟我暂且谢过！如有将来，必定感恩回报。"北门云飞对沈天鹏和岳海鲲等抱拳礼道，说完走向邓家姑侄。

"站住！别再靠前，别逼我，我本不是来杀人的。"站在邓紫姗左侧的俊俏公子说着话，右掌已放在邓紫珊脖子后方正中间大椎穴处；站在邓艳玲右侧的老者亦效仿，把左掌放在邓艳玲头顶百会上。

在场的都是练武行家，不会不知道：他们只要一发力，邓家姑侄必脊碎脑裂，绝难活命。

"公子是谁？"北门云飞问道。

"云雾山庄上官兆秀。"

"莫不是挑战过少林峨嵋华山等几大门派的剑术新秀，云雾山庄少庄主上官兆秀？"岳海鲲插言问道。

"正是在下，剑术新秀美誉，乃江湖人士抬爱，在各位面前实不敢当。"这倒不是上官兆秀虚情假意的客套话。如果说此前他的确因为很少遭遇挫折而有些目中无人的话，刚才见识了沈天鹏，北门云飞，岳海鲲等三人武功修为后，终于知道什么叫天外有天，人外有人了。

"我们有仇？"北门云飞强压住心头怒火问道。

"没有！"

"只为劫色？"

"此等颜色之女，我山庄挑她三五个，还是有的。"上官家族，百年基业，富甲一方，家奴女佣佃户成百上千，上官兆秀此言不虚。

"那……也是为区区赏银？"

"赏银才不区区呢，十万两啦，谁不眼红？"人去空空的大堂，不知什么时候进来一老一小两个叫花。说话的就是小叫花。听他略带稚气的声音，不过十三四岁。

"小叫花，这儿没你事，滚一边去。"严万里不想有人打扰节外生事，上前欲将两叫花驱赶出门。不料想两叫花轻功了得，一纵身，人已飞上二楼，沈天鹏等虽感惊讶，却也不想分身深究。

此时有一人，听闻小叫花声音，已然泪如泉涌，她就是邓艳玲。

看着楼上一老一小两叫花，话到嘴边，正要脱口而出，小叫花急向邓艳玲摇手示意，将右手食指竖在嘴唇轻声："嘘——"道，并摇了摇头。

"十万两赏银对在下虽不算区区小数，但还不足于使唤在下与众位为敌。只不过人在江湖，身不由己。"上官兆秀此话中充满无奈。
"我上官家族家大业大，若为赏银，被人驱使，降为走狗奴才，各位也特小瞧了。不过，正因为家大业大，难免树大招风，多是多非，历经无数败家灭门险象，均因为有好朋好友出手力挽，方有今日云雾山庄兴旺发达，稳如泰山。其中一个大恩人，对我上官家族多有扶助眷顾，我等对此人多年所施恩惠却一直未报，只因他虽贪财却从不收我家金银珠宝，他虽荒淫，也不求我家佳人美女，只愿我家在他有难遇险时，拉他一把。"

"明白了，上官家不为赏银美女，只为报恩，要替西南某个大人物拿走我女伴今儿碰巧放在我这儿的那本秘账……"北门云飞已猜到上官家的大恩人是谁了。但不等北门云飞说完，上官兆秀忙补充道："还要再加上四颗人头。"

北门云飞愣了一下，看了看沈天鹏等四人。

"没错，就是眼前这四位，你只要拿下他四人脑袋，将秘账交给我，我上官兆秀没理由再为难你和你的女伴。"

"好说，四位朋友，对不住了！反正我与四位萍水相逢，也无深交，各位刚才相助之情，容北门云飞来世再报！情势所迫，得罪了。"北门云飞说完拔出长剑，刺向沈天鹏等，丝毫不听邓艳玲和邓紫珊劝阻：

"云飞，别胡来！"

"云飞哥，不要！"

沈天鹏等没想到北门云飞说翻脸就翻脸，一时不知所措，打也不是，不打也不是，只能一退再退，一让再让，然而北门云飞似乎并不领情，招招凶狠，剑尖直指众人咽喉，并先后轻伤严万里和张怀忠。沈天鹏等人深知断喉剑厉害，到后来也不得不如临大敌，舍命全力相搏，不敢有丝毫大意。

任他北门云飞武功再高，也难敌沈天鹏和岳海鲲两大高手联袂抗衡。数十招凶险厮杀搏击后，先是岳海鲲用鹰爪点穴之术，打落北门云飞手中长剑，沈天鹏紧跟着朝北门云飞前胸拍出一掌，北门云飞便像断了线的风筝，一下飞滚在十米开外的上官兆秀脚前，口鼻溢血，半天未能起身。

32

"云飞哥——"

"云飞——"

在两女伴的哭喊中，北门云飞才慢慢开始起身，双手抱腹，佝偻萎靡，看上去伤得不轻，痛楚溢于颜面。

但他人还未站直，却突然左手一挥，空中闪出几道长剑白光，不等上官兆秀与那个老者有半点反应，二人搭在两女子后背和头上的左右手，均已筋脉尽断。尔后，两人还未看清楚和想清楚北门云飞手中白光到底为何物，是剑？是刀？两人均已被喉断，圆睁着双眼，似有万般不甘地慢慢倒地，蜷缩在桌旁邓家姑侄坐着的板凳边。

要说这上官兆秀，也不是无名无姓之辈。他自幼习武，先拜入金兜山魔掌道人门下，后又得凤凰岭铁指仙姑点拨，十七岁时，还未成年，便少年斗胆气盛，凭一把"紫霄追风剑"，就敢拜访峨眉，武当，华山，少林，天山……等江湖泰斗门派，名曰"切磋"，实则"挑战"。

挑战结果，虽没有轰轰烈烈的完胜，但小小年纪，能从高手如云的几大门派剑锋下毫发无伤地全身而退，此骇人听闻之举，让其声名，足以震动武林。

与他同来的测字算卦模样的那个老者，也非平庸凡人，他叫周桐，原是南少林剃度受戒武僧，只因受不了红颜祸水的诱惑，破了戒，犯了寺规，被逐出少林后，幸得云雾山庄收留，成了护院武师。

刚才，如不是北门云飞使诈，攻其不备，奇招取胜，令敌毫无还手之力的话，以上官兆秀和周桐二人合力，北门云飞别说救人，即便公平对决，无动辄掣肘，北门云飞恐也无必胜之把握。

沈天鹏等观此骤然巨变，深感惊讶。忙上前观看上官兆秀两人尸体……不约而同暗道："一剑断喉，切口入喉约一寸深浅，不多也不少，整齐笔直，干净利落。又是出自那把夺命的断喉剑。"

想到刚才北门云飞与四人过招，纯属假打，仅仅是借他四人之力，使诈近身救人，如是真打……沈天鹏等不禁头皮发麻，后背发凉。

但令沈天鹏等感觉更奇的是，北门云飞手中的剑，明明已被岳海鲲震飞，此刻就在岳海鲲手上，正要交还北门云飞。邓艳玲的长剑，在她受困时，已被上官兆秀夺下扔到远处；邓紫姗不会功夫，原本就没有佩剑，那么杀上官兆秀二人的剑又是从何而来？此刻又在何处？

"多谢几位朋友仗义相助！刚才救人心切，才出此下策，多有得罪，还望几位朋友海涵宽容不怪！"接过岳海鲲递来的长剑，北门云飞先解了邓艳玲邓紫珊姑侄被点的穴位，然后有点难为情地道歉着说。

岳海鲲等也暗暗观察北门云飞身上，地下四周，却不见任何能闪烁白光的长剑，不由得暗自思忖揣度："难道这个北门公子，真有空手擒龙，偷天换日的本领？"

旁边，只听

"妈妈——"

"啸林——"

二声叫喊，小叫花已扑在邓艳玲怀里，母子拥抱哭成一团。老叫花也在旁陪着抹泪。不用介绍，众人感觉意外之余，也猜出了一、二。

第十一章

志同道合 相聚一堂

33

"掌柜的，小二，出来说话。"沈天鹏对着楼上叫道。不一会儿，掌柜和小二便战战兢兢从楼上躲着的房间冒了出来。

"请问客官有何吩咐？"掌柜小心翼翼地问道。

"你别怕，我等不是打家劫舍的强盗。"说着拿出两张银票，价值百两，递给掌柜："你拿这些银两快去找些人帮忙把这十几具尸体拉去埋了，剩下的就当今天我等的酒菜饭钱和损坏你桌凳碗碟的补偿，你看够不够？"

"谢谢客官，银两足够了。只是……"掌柜有些为难道。

"只是什么？"

"此处打斗，发生命案，早已惊动四邻乡里，小民此时如私埋死人，唯恐有人举报，招来地方保甲追究，到时百口莫辩，难免牢狱之灾，望客官体察。"掌柜不得不道出实情。

"这个你不必担心，我等皆为刑部捕快，我有刑部海捕公文和刑部腰牌为证。"沈天鹏说着亮出挂在腰间的刑部令牌。"我等离开此地后，我会适时行文，报与地方相关府衙，说这些被杀之人，均是朝廷通缉要犯，因拒捕被就地斩决，与店家无关。"

"谢大人保全！"一听沈天鹏是刑部捕快，掌柜与店小二便下跪行礼言谢。

待掌柜与店小二出门办事，北门云飞有些半信半疑地问道："各位真是刑部捕快？"

"不瞒北门兄弟，我等四人确实是刑部官员，身负皇命重任，特来此间密查邓尔恒遇害一案真相。张大人，你且把圣旨让北门兄弟等看看。”沈天鹏说道。

张怀忠便把圣旨递给北门云飞。

北门云飞看罢又递给邓家二女子传看。

邓艳玲看后又递给身旁老叫花：“夫君，你也看看。”

老叫花看毕，立即下跪行礼：“下官乃陕西巡抚邓尔恒副将李玉龙，参见钦差大人，见过各位大人！”

北门云飞等见状亦下跪行礼：“草民拜见钦差大人！”

邓家二女子更是跪着哭泣道：

“请钦差大人为民女作主，严惩凶手，告慰父亲！”

“请钦差大人为哥哥被害主持公道！”

“各位请起，不必拘礼。此处充满血腥，一片狼藉，让人心有余悸，不是说话之地。我们能否换个地方相聚说事？昨晚我等夜宿在镇北‘山月听风’客栈，那儿的庭院倒还干净清雅，不如我们这就移步过去，各位觉得如何？”沈天鹏一边扶起二女子，一边提议道。

“一切都听大人的。”李玉龙说道，又对邓艳玲轻言：“夫人，你与他们先过去，我和啸林去楼上客房换身行头，随后就到，别担心！”

紧跟在李玉龙身后的李啸林，上得一半楼梯，想了想，又转身飞快跑回到上官兆秀尸体旁，从上官兆秀尸身上，解下拿走“紫霄追风剑”后，才去追赶楼上的父亲。

“你拿人家剑干什么？”下楼时，才注意到儿子手上多了把剑，李玉龙好奇道。

“都在行走江湖，你们都有剑，我却没有剑，这不公平！”

“关键是你又不会用，何必捡个累赘来背？要不我把我的剑拿给你背，如何？”李玉龙打趣道。对这个善良懂事而又单纯的儿子，他内心里感觉无比的自豪和欣慰。儿子十三岁了，他夫妻二人只教了他一些基本的拳脚和踏雪无痕的轻功，想等他稍大些后，再请名师教他刀剑棍棒方面的武术。

“我不会学吗？再说，佩剑的男人才像男人。要想做英雄豪杰，没一把真正属于自己的剑，怎么行？”

“随你便。”

34

听着李玉龙父子的对话及脚步声由近至远。

客栈内十数具死尸中的其中一具颈上无痕的尸体，竟如"诈尸"般复活了——

其实，上官兆秀还没被断喉前，这具"死尸"只是因重伤而假死在一角落里，片刻后，便从昏迷中苏醒过来。

但他仍一动不动，只是微微睁开双眼，一边偷偷听着北门云飞，上官兆秀，沈天鹏等的言谈对话生死对决……一边悄悄瞟觑沈天鹏，李玉龙父子等前后移动离去的身影。

待李玉龙父子刚一离开客栈，他立刻挣扎着起身，向四周看了看，趁着无人时，便跟跟跄跄地向门外走去。顾不得重伤的痛楚和满身血污，赶紧步履蹒跚，举步维艰地摇晃着向客栈外走去……

35

凤凰镇，镇北。

"山月听风"客栈，后院。

葡萄架下。

严万里应沈天鹏吩咐叫来客栈掌柜，拿出二十两一锭银子：

"这是定金，请为我等在此拼两张桌子，上一桌店里的招牌好菜，再来二十斤你们店里最好的米酒，不得有半点掺假。另外，刑部官员在此办案，闲杂人等不得随意进出此院，违令者，刀剑无情，记住了。"

"是，是，记下了，大人放心，草民等不敢打扰。"掌柜像多数庶民百姓一样，一听官家办案，由不得不心存惶恐。

酒菜上完桌，一干人也先后到来，入席，坐下。

照例，由张怀忠将酒菜验了验。

"让李将军笑话了，在昆明被人下毒暗算过一次，我等是一朝被蛇咬，十年怕井绳。"沈天鹏对李玉龙道。

"应该的，出门在外，小心驶得万年船，尤其是在云贵地界，不仅要防会要人性命的各种药物，还得小心防备各种能蛊惑迷乱人心智的蛊毒。"李玉龙理解道。

完毕，李玉龙站起举杯："下官借花献佛，先敬钦差沈大人，再敬刑部各位大人，为家兄的事远道而来，不辞辛苦劳累，尤其是刚才在'福来'客栈，我内人和小姐危难之时，各位又舍身相救，施以援手，实令下官感激涕零，终生铭记，大恩不言谢，一切尽在酒中，下官先干为敬，沈大人与各位大人随意。"

"干。"沈天鹏等亦举杯。

李玉龙再站起举杯对北门云飞说道："本官敬北门公子，若无北门公子一路护送，我夫人与侄女，也许早被奸人所害，感谢！"

"这是小侄份内之事，姑父客气了！"北门云飞亦起身举杯回道。

"恕本官好奇，不知北门公子与邓家夫人小姐等因何同路相伴，怎到此处，又准备去哪里？"沈天鹏问道。

"唉！说来话长。"

于是，在邓家姑侄两女子等补充下，北门云飞道出了来龙去脉。

第十二章

姻緣淵源　論談專制

36

北门云飞，祖籍云南临沧。父亲北门世辉，是马来西亚籍华侨，主要从事跨境商贸，在当时当地，也算是有名有姓的商贾巨富。常因为办理货物进出口通关和税务相关手续，往来于吉隆坡和昆明两地间，与大清驻滇各衙门督府或多或少均有接触和交道。

"家父一生除经商外，最大的爱好就是喜好围棋。他常把围棋比喻为小宇宙，并引经据典对此高谈阔论：'围棋起源于我华夏文明数千年前大智慧浓缩结晶，渊源流长于尧后历朝历代市井雅堂，传至高丽扶桑，更得以发扬光大，鼎盛辉煌。它没有门槛禁忌，无论是高人韵士，大德硕儒，帝王贵胄，还是乡曲农夫，山野渔樵，贱奴罪囚，均可涉足体验其无穷变幻乐趣。

它与《易经》之理异曲同工，殊途同归：有东西南北的棋盘谓之宇，纵横交际十九道形成的三百六十一点，即为周天之数，谓之宙；中心天元，暗喻天地未开、混沌未分之前的太极阴阳状态。将其四分为四隅，即如春夏秋冬四季；棋子黑白相对博弈，寓意天地万物均在宇宙中生死轮回于阴阳白昼间……其中奥妙，深不可测！'

他曾对围棋作诗感叹道：

1
小小方格中，
竟然蕴藏有，
如浩渺宇宙一般，
博大深奥的空间！

2

这里没有河流泥石尘土，
却有纵横交错万千条路；
没有枪炮火雷刀光剑影，
却有生与死的厮杀博击；
没有残垣断壁硝烟血迹，
却有城池得失兴衰荣辱。

3

虽然黑白分明，
却有无穷无尽的奥妙；
傻子也能下的每步棋，
又怪谲和多变。

4

妙手一着，
凡夫俗子，
竟乾坤旋转挪移，
柳暗花明定江山！

5

妇人之仁优柔寡断，
四面楚歌满盘皆输；
霸王虞姬骓马惨然，
魂断乌江无一幸存！

6

这里是奇异诡秘的世界啊！
它包容仁者见仁智者见智——
愚人迷恋它的娱乐诱惑博弈；
智者探究它深不可测的奥妙！

北门云飞说道："父亲对围棋的痴迷，有时不仅废寝忘食，与人对博酣战时，甚至可将一切家事商务置之脑后，心思全在棋局上。"

"你父亲这点嗜好，倒很对我大哥的口味。我大哥与人围棋博弈时，也是不分出胜负，便茶饭不思，昼夜鏖战。"邓艳玲说道。

"所以后来家父与邓大人有缘相逢偶遇后，便一见如故，成了亲密无比的棋朋好友。"北门云飞接着说，"一次，两人酒桌上喝高了，心血来潮，一高兴，便将我与紫姗联姻，欲结为秦晋之好。这是五年前的事，我那时 20 岁，正在东瀛留学。我虽自小入私塾，受过正规的孔孟之道熏陶，八股文约束和儒学训导，知道君为臣纲，父为子纲，我是不能违抗父命的。但我成年后，经常随父亲涉港澳，下南洋，到过西欧诸国，耳濡目染异国人文宪政民主文化，多少有了些独立的思想和对传统陋习的反叛意识。我没见过紫姗，不知道她品貌德才如何，有什么兴趣爱好，再加上我正值醉心武学，心无旁骛，对成家立业既无兴趣，也没有心理准备。我只觉得父亲是为生意，拿我的婚姻巴结权贵，我为此感觉不满和厌恶。对不起，紫姗，我当时就是如此，请原谅！"

"没什么，我当时也一样，听说父亲把我许配给一个陌生男人，我内心也是不很情愿。"邓紫姗说道。"但我不会也不想反抗，我从不敢奢望此生会遇到一个自己心仪钟情的男人，因为自古以来，无论官宦人家，还是庶民百姓家，做儿女的，哪个又不是遵从父母之命媒妁之言成家立业的？我只希望我未来的夫君不是轻浮的纨绔子弟，或是不学无术的混混、身残智障的废物就好！"

此时此刻，邓紫姗不禁想起父亲回家后第一次向母亲提起她与北门云飞联姻之事光景——

37

"不行，让紫姗嫁给商人的儿子，我坚决不同意。"邓紫姗的母亲不满道。

毫无心理准备的邓紫姗听说此事后心里亦有反感和埋怨，只是碍着父亲的面子不好发作。

"商人的儿子有什么不好？"邓紫姗的父亲反问道。

"我们虽不是什么皇亲贵胄，但也算是有身份有地位的官宦人家，按门当户对，紫姗也应和与你地位相近的官宦人家联姻，才不至于让人看轻，否则，你那些同僚会怎么看？人家还以为我们紫姗有什么见不得人的原因，才不得不委身下嫁商人的儿子呢！"

"你说的都对，听起来好像很有道理。按门当户对，我们紫姗要嫁人，就该在我那些同僚的公子衙内中找。但你告诉我，他们中有哪个成器？长相英俊的倒不少，但有几个兼具人品道德的？一个个像他们老子模样儿，不是瘾君子，就是色中饿鬼，又还贪婪吝啬。你不是没听说过：巡抚的公子，仗着他老子的权威，抽大烟，逛窑子，强抢暗夺，糟蹋了多少良家妇女？总督的衙内，纠结一帮地痞流氓，开设赌场妓院，又坑害拆散了多少家庭？其他官宦的公子衙内，不是不学无术毫无担当的膏粱子弟，就是胸无点墨游手好闲的纨绔小爷，找他们做紫姗的夫君，做你我的女婿，除非我脑壳进了水，迷乱了心智，又双目失明，眼不见心不烦，否则我绝不会把紫姗往火坑里送！"

"那北门公子又有什么好呢？"母亲反驳道。

"北门世家是临沧大户，家财万贯，富可敌国，那北门公子算是富家公子吧，你可听谁说过北门公子有恃强凌弱的恶行？他什么时候犯过仗势欺人横行霸道之丑闻？可有他拈花惹草，荒淫无耻，狂赌豪嫖的传言？我倒听说过不少关于他惩恶扬善行侠仗义的趣闻轶事：说他坐过牢，是因为他打过欺负乡民的县衙公差；他被通缉过，是因为他重伤了与地方官吏有勾结的地痞流氓；他还与外邦拳师武士浪人打擂比武，胜负不论，至少他有敢于登台出头，为华夏我族争脸的勇气……"

听完父亲这一席话，邓紫姗内心不再抗拒北门公子，虽然也还不怎么接受。

"我可听说那北门公子不太安分，对父母有些忤逆不孝，桀骜不驯，从小就不服管教，成年后更是放任散漫，书倒读了不少，放着家里的生意不做，四处游山玩水，交朋结友，更是痴迷武术，成天舞剑弄刀，耍棍打拳，甚至还跑去东瀛扶桑国，学什么艺拜什么师，难道练武能当饭吃？能光宗耀祖？紫姗要嫁给他，能有好日子过吗？"

"像他那种不愁吃不愁穿的富家子弟，既有修心养性的品德学问，又兼备盖世的武功，有什么不好？如今这世道，紫姗每次出门烧香拜佛，你不也担心她会不会被歹徒恶人欺辱残害吗？紫姗要像她姑姑艳玲，有一技功夫在身，巾帼不让须眉，或嫁给像北门公子那样的武术高手，你还用得着担心她出门时的安危吗？"

"但他也得趁年少时有点作为吧？或经商或从政，总不至一生碌碌无为啃老终生吧？"

"不经商不从政，淡泊功名利禄有什么不好？一个人奋发图强，上进成才做人的路何止千万条？或学医，消除疾患悬壶济世救人；或为人师表，设堂授课教书育人；或练武，惩恶扬善匡扶正义……为何非得经商或从政才叫有作为？经商有什么好？非奸即盗，不偷税漏税，不坑蒙拐骗，不蝇营狗苟，不弄虚作假，不以次充好……你叫他如何生存发财？"

"做正经生意为何不能生存发财？"邓夫人不解道。

"夫人应该知道'苛政猛于虎'的典故吧？如今世道与孔夫子和他的弟子路过泰山遇老妇时相差无几。什么是苛政？苛政就是不管你是耕田种地，还是做什么买卖，甚至女人卖淫……即便你家徒四壁一贫如洗，你都除了要承受朝廷逐年增加的赋税外，还得负担地方官员为增加公私收入而巧立名目的各种收费，不交就扒屋拆房，家产充公，抓人去吃牢饭。你要从商，想把生意做大，打点属地各衙门官吏的月利份钱年红包绝对不能少，不然人家天天派人查你商铺货物，随便找点瑕疵就能封你门面，如此你还怎么做生意？应酬完了官场，为了不被人背后打黑枪暗地使坏捣乱，你还得给黑道帮会地头交保护费……所有这些支出，你只能加入货物成本，相应提高物价，最终由买家来付，也就是你我和外面那些大众买单。你想，大凡有道德者，行为高尚的人，能经商吗？"

"那从政呢？"夫人不服输道。

"俗话说：为人不做官，做官都一般。不是我妄言：这皇权专政体制下的大清朝，放眼望去，成千上万大大小小的官吏，要找一两个一点都不贪污腐败或以权谋私卖官鬻爵的，太难，太难了！换句话说，假如用《大清律例》把大清官场篦上一遍，从地方县令，知府，巡抚，总督，到京城中央各部尚书，王公，大臣，包括掌管刑狱的刑部，大理寺，和负有弹劾和监督官员的都察院等，有几个不贪不腐？一旦认真，按《大清律例》细查深究，不敢想象，有多少官吏会因为贪腐违律犯例而或被查抄灭门人头落地；或被下狱流放；或被免职永不录用。整个大清国的府衙，必十有九空，无官在任。"

"皇上不知道吗？每年不是抓捕斩杀了那么多贪官污吏吗？怎么就抓不完杀不尽呢？"

"皇上岂能不知？他又能怎样？从古至今，贪腐顽疾，无人可医，无药可治。远的不说，自秦汉三国晋，到唐宋元明清，历朝历代，杀的贪官污吏还少吗？管用吗？以明太祖朱元璋为例，杀贪反腐以其铁腕残酷而著称，令许多贪官谈虎色变。他在位 31 年，先后发起了 6 次大规模的肃贪运动，用各种方法杀掉的贪官达 15 万人之多，创造了历代帝王之最，而且，他还发明了许多惩治贪官污吏的刑法，如剥皮实草、抽肠、刺心、挑筋，削膝盖等刑法。结果如何？贪官污吏还不是如割韭菜，割了一茬又生出一茬……"

"那又是为什么呢？"

"根源就是这皇权君主专制的中央集权制度使然。在这个制度下，任职各府衙的我们这些官吏，每人手中都握有几乎无人监管的至高无上的公权。他奸商用钱能干的坏事，比如：吃，喝，嫖，赌，抽大烟，吸人乳，养小三，包名媛，嫖宿幼女……等，我们当官的用特权和公款都能干，都敢干，甚至过之而无不及，因为刑律大狱是由我们制订和掌管的，除了京城里的皇上，位高权重的王公大臣和我的上司，谁能处置约束我们？

以我为例，只要我在布政使座位上，在我的职权范围内，我就拥有和皇上一样的绝对权力。我手中握有对下属和辖区庶民百姓的生杀大权；我随便安个罪名，就可以动用公权，把任何一个庶民百姓关入大牢秋后问斩；我也可以随便找些为公利民的名目，发布藩台衙门公告，借口能源、交通、水利等基础设施建设的需要；环境和资源保护、防灾减灾、文物保护、社会福利、官府公用等公共事业的需要；对危房集中、基础设施落后等地段进行旧民居改建的需要；依据大清律法、衙门法规规定的其他公共利益的需要……等等，我以朝廷和大清国的名义，就可动用衙役强拆掉任何一个无权无势人家世代居住的祖屋，霸占他的田土柴山，扒平他家的墓地……把从庶民百姓手中低价强征来的屋基田土和山林池塘等，再高价转手卖给商家富户，以中赚去巨大的差价。

山高皇帝远，朝廷赋予我绝对的权力，一切都是我说了算。

凡有人到被我管着的衙门办事，不能办的事，他如花钱或托人情，就能办；按律该我办的事，他如不懂事，不多少留点买路钱，我一不高兴，我也不说不办，我就天天找借口有重要公务要处理，拖他个一年半载，他上告也无门。

谁要因为不满不服，想要争取什么所谓的公平公正而寻衅滋事，我立马给他安个谋反叛乱的罪名，动用衙役抓人。如我的衙役不够，总督直辖和巡抚直辖的官兵，都可为我所用，抓你关你杀你，就是我一句话。因为在我的地盘上，我代表的是大清朝廷和皇上，你和我为敌作对，就是同大清朝廷和皇上为敌作对，你还有活路吗？

九州大地，从古至今，历朝历代，每年每月，凡敢说真话不服苛政而被官府枉判冤杀的'刁民'和'暴徒'还少吗？又有多少惨案中的无辜者能沉冤昭雪？你别看平时我们官府衙门同僚之间勾心斗角，尔虞我诈，但在对付无权无势的草民百姓上，我们官府衙门同僚都是一个阵营的，站在同一条线上，这就是人们常说的党同伐异，官官相护。"

"连你也……"夫人脱口道。

"惭愧！我也做不到陷官场泥潭臭水坑而不染。常言道：'三年清知府，十万雪花银。不贪不滥，一年三万。'比起总督和巡抚衙门每年有数十万近百万银两入账，我的藩台衙门算清廉了，但我和下属每年还是有数万的银两中饱私囊。按下属的话说：我不必过问这些银子从何而来，见者有份，除去他们的，就是我应得的，这是官场规矩，惯例，每个衙门都如此，见怪不怪，都习惯了。我要装清高不拿，就是和大家过不去，我将陷入尴尬之地：下属会疏远我排斥我，巴不得我被撤职或早点滚蛋；各级上司不仅不会表扬我，甚至可能蔑视讨厌我，因为我没法上贡'油水'孝敬他们。反之，我如顺应潮流，万一有事，下面有人出头担着，关他几天，出来复职照旧，绝不连累我；上面有人罩着，大事化小，小事化了，最后什么事也没有。我能做的只是经常叮嘱下属，告诫他们：他人拿钱办事，你我给予方便，各有所图，皆大欢喜。尽量不要出大乱子让人抓住把柄，绝对不能闹出人命官司。我的底线是：可以敛财，但不能坑人害人。"

"我们差钱吗？"夫人有些不能接受丈夫不是廉吏的事实。

"我身为布政使，从二品官，每年能领俸银一百多两、禄米一百多斛，加上养廉银 5000－9000 两，如全用在家里开销，是绰绰有余了。但我每年的应酬少吗？我的手下孝敬上来的银两，不是大都通过我的手，又转给上司和京城里那些管着我的王公大臣们了吗？有时不够，还得从我的俸银里往外掏，这你是知道的，对不？"

"难道只有高薪才能养廉？"

"所谓高薪养廉，不过是享有特权的官吏们想名正言顺地多拿点朝廷俸禄和多吃点朝廷'皇粮'而玩的诳皇上的把戏，蒙骗草民百姓的伎俩。

试问古今历朝历代，有哪个拥有特权的官吏明里暗里的收入不是高薪？高薪又养出了多少廉吏？泱泱大国，几千年文明史，能称为廉吏的也是凤毛麟角，屈指可数；而大贪巨腐污吏，历朝历代，却比比皆是，数不胜数，层出不穷，绵绵不绝。你还希望紫姗嫁给这样的人吗？"

"这……这……让紫姗自己决定吧！"夫人一时语塞推诿道。

"那好，紫姗，你说：你是愿意嫁给贪官和奸商呢，还是愿意嫁给像北门公子那样的侠客义士？"

在一旁专注聆听父母谈话的邓紫姗，没想到父亲会突然有此一问，急切间也不知如何回答，只好勉为其难道："自古儿女婚姻大事，可由得做儿女的？不都是媒妁之言父母之命吗？想来父亲自然不会害我，如母亲不反对，我遵命就是。"

因为有父母的这一番辩论，让邓紫姗对北门云飞产生了莫名的好奇和兴趣。……

第十三章

俠士抱負 匡扶正義

38

　　"父亲让我留学的本意原是让我要么学经商之术，将来继承家业，要么学军政之道，入仕做官，光宗耀祖。"北门云飞继续叙说道，"但我无论是对下海经商还是军政之道都毫无兴趣，父亲哪里知道，我从小就喜爱功夫迷恋搏击术，只崇拜英雄豪杰，一直把战国剑客盖聂和南侠展昭，当作自己的偶像，只想长大后，像他们一样，练就一身绝世武功和拥有一把绝世好剑，持剑江湖，行侠仗义，扶弱济贫，拳击强权，脚踩邪恶，扫除人世间一切不平……让各位大人笑话了。"

　　说到这里，北门云飞有些腼腆，又有些害羞，"在国内，我也曾拜过几个无名武师，学了点皮毛功夫，就自以为会功夫了，可以行走江湖了。留学期间，当我接触过泰拳，尤其是柔道和空手道后，我才领略到什么是真正的武术功夫。世界其实很大，幸亏我看到了。

　　我以为中国大多数功夫注重的是修心养性，日积月累的功力，花拳绣腿的表演，毫无实战实用价值（当然，像铁布衫，金钟罩，鹰爪拳，八卦掌这等门规极严，没掌门传授很难练至最高层的功夫，以及少林武当一些秘不外传的功夫是例外）。而东瀛西洋功夫，却具有普及性，实用性，搏击性；且易学易懂易练，尤其注重的是训练人快，准，狠的攻防搏击技巧和瞬间打败对手的能力。

　　那时的我，没什么救国救民的抱负，只是见多了弱肉强食，流氓地痞欺行霸市，所以我学武练功，除了想让自己活得像个男人，有尊严有自信外，再就是当路遇强权歹徒作恶时，不必畏手缩脚，瞻前顾后，举步难前，我就想做英雄豪杰，能凭一身好本事，及时惩恶扬善，匡扶正义。我因此一直醉心武学，对成家立业一事连想都没想过。"

"哇噻！知音！爸，妈，我就想做北门大侠那样的人。"旁边李啸林情不自禁地激动喊道。

"小孩子家懂什么？一边去，别妨碍大人说事。"李玉龙训斥说。

北门云飞笑着看了看李啸林，点点头，接着说道："对家父数番催促我回家完婚，我是一拖再拖，后来听说对我失去耐心的父亲，可能要亲自到东瀛押我回去完婚的消息后，我便和家人亲朋好友玩起了'失联'，独自一人，先'潜水'到印度，探寻与东方武术和上层内功有着千丝万缕内在关联的密宗、禅机、瑜伽等佛教流派源头，深究其中广阔博大深奥的内涵精髓；然后，又漂洋过海去到欧洲英法等地，研习了一段时间西洋剑术后，再辗转到中东叙利亚大马士革地区……"

"那你没父母供养，怎么能去那么远的地方？又为什么偏偏要去中东叙利亚大马士革地区？"还是李啸林，又忍不住问道。众人暗想：有个小孩也不错，问了旁人想问又不好问的事。

"又来了，再闹让你滚下桌去。"当父亲的做样佯怒道。

"问得好！"北门云飞回道，"我这人从小就比较独立好强，不太喜欢轻易向家里伸手要钱。到东瀛后，我一直是勤工俭学，为赚钱，给人洗碗端盘子，看门当保镖，做拳击陪练，做中文家教……都干过。

至于我为什么要去中东叙利亚大马士革地区，那是源于一个古老的传说。据说叙利亚首都大马士革，曾经是欧亚闻名的刀剑铸造圣地。最著名的'大马士革宝剑'就产于此地。据史书记载，大马士革宝剑，不仅削铁如泥吹毛断发，而且薄如蝉翼，柔如柳枝，实属世间罕见之物。

其中的极品，当数'大马士革寒冰蚕丝剑'。据说，此剑原是远古一妖魔的佩剑。因为妖魔曾用此剑祸害人间，被伟大的先知苏里曼·本·达伍德降妖除魔后收缴，深藏宫中。因为此剑过于冰凉冷酷威猛邪恶，所以，大圣苏里曼·本·达伍德在剑柄和剑刃两侧镂有他印章，借以镇压住剑刃魔性失控。后不知何故，此剑从皇宫遗失，流落民间。它除能削铁如泥，吹毛断发，薄如蝉翼，柔如柳枝外，还阴冷如霜，清澈如镜，通灵嗜血，能幻化魔影极光迷人心智。当它与主人心剑合一时，竟能自主遨游穿梭时空，削颈断人咽喉于无形。试问，哪个习武之人，不奢望拥有一把这样的宝剑？我与其说是去寻找一把神奇的兵器，倒不如说是去寻找和实现儿时的梦想，少年的抱负……"

"那么，你找到这把神奇的大马士革宝剑了吗？"李啸林急切问道。没人再责怪小孩子，因为在座的大人都想知道，也有预感和猜疑：那些被他精准断喉的人，会不会就是死在"大马士革寒冰蚕丝剑"下？

"如果随便就能找到，那还是神奇的大马士革宝剑吗？哪有那么容易！由于大马士革地处欧亚要冲，自古就是兵家必争之地，所以自中世纪以来，大马士革地区，一直战乱不断，数易其主，使得提炼锻造大马士革宝剑的工艺秘密，早已失传。我正是在叙利亚大马士革，好不容易打听到当地某个有古老家族背景的收藏家，有一把神奇的大马士革宝剑要拍卖，我正要去辨别真伪，却收到了父亲托人转到的电报。"北门云飞避实就虚，继续说道："从父亲托人转到的电报中，我方知紫姗父亲已被恶人杀害，紫姗姑侄被人追杀，身处险境，父亲虽将她二人隐秘藏匿，也只能保得暂时平安，如要通天说理，严惩真凶，只能入京上达天庭面圣陈情。我父亲，我哥，我姐，均是文弱商人，有心无力，需习武好斗的我回家商议对策。父亲在电报中检讨了自己，改变了以往对我学武的一贯不满，并明确告诉我：如我再见到邓家小姐，还是不愿与邓家小姐成婚，他也不勉强了，他就收紫姗为义女，当亲生女儿，照顾她一生一世。于是我便回到临沧家中，见到了被父亲藏匿乡下的姑姑和紫姗。后来的事，姑姑和紫姗都知道了。"

<h2 style="text-align:center">39</h2>

"老实说，对哥哥当初把紫姗许配给商人的儿子，我与家嫂和夫君，均有抱怨，大为不满。"邓艳玲诚恳说道。"你们想，我们家紫姗，有才有貌，知书达理，就算不入侯门嫁进王府，找一门当户对的官宦

人家，亦非难事。碍于家规，我们又不好公然拂逆哥哥意愿。家变落难后，心里虽仍有芥蒂，但想到北门家在我们邓家落难时，不仅不嫌不避，甚至不怕惹祸上身，出手救助，我也不好再挑剔了。临沧乡下，初见云飞，看他身材模样，我更是失望至极，心想：他就是紫姗未来的依靠？这就是北门氏家不远万里，费尽老力，为我们姑侄找来的援手？就他那中等身材，貌不惊人，声不压众，大敌当前时，是我们保护他，还是他保护我们？那一刻，我真是失望至极，连想带着紫姗私下逃跑的心都有了，云飞，这是姑姑当时的想法，莫怪！"

"我哪敢怪姑姑！"北门云飞回道，"其实，我这人，就因为貌不惊人，声不压众，身材一般，每换一个环境，都会被人当软柿子捏。我又不是能忍的主，总会针锋相对，也是，几乎所有和我相处过的人，领略过我性格中倔强和刚毅的一面后，均对我敬而远之，不再冒犯和招惹。"

"我有同感！"邓艳玲点头说道，"我姑侄二人，这一路走来，刀剑开路，数番历险，迎着腥风血雨，在死尸上尘土中滚打摸爬挣扎，要没有云飞高深莫测的武功和把生死置之度外的付出，我和紫姗，恐怕很难活到今日。来，云飞，姑姑敬你！"这番言语，说得真切动情，让邓紫姗落泪，令众人动容钦佩。

"姑姑过奖，这都是小侄该做的。"北门云飞不好意思道。

"让夫人小姐受苦受难，我有愧！我该再敬北门公子，请受我一拜！谢谢！"李玉龙也端起碗中酒又敬道。

"姑父不必多礼！不谢！"

"云飞哥，我也敬你！"邓紫姗站起身来，眼含泪花说道，"不管我和云飞哥将来是何缘分，也不管云飞哥作何选择，当我是什么人，我都不会有任何埋怨，我会永远感激云飞哥和他的家人为我和姑姑所做的一切，谢谢云飞哥！"

不等北门云飞答话，邓艳玲便神情凝重地问道："云飞，谢归谢，感恩归感恩，姑姑问你，当着各位大人的面，你说句实话，你是希望紫姗做你妻子呢，还是做你义妹？无论你的回答是什么，姑姑都不会勉强和责怪你。我大哥不在了，我是紫姗的姑姑，我可以为她做主，我只想知道你内心最真实的想法。”

众人目光均朝向北门云飞。

北门云飞看了看已坐在桌旁，低头不语，楚楚可怜而又可爱的邓紫姗，然后站起身来，对邓艳玲郑重施礼说道："小侄先前年少轻狂，不谙人情世故，对紫姗姑娘多有冷落怠慢，我在此赔礼道歉，请姑姑，姑父包容海涵！如紫姗妹妹不计前嫌，愿意原谅饶恕，并接纳曾经孟浪不羁的我，我北门云飞向苍天起誓，向大地承诺，向北门和邓氏两家列祖列宗保证：此生非紫姗不娶。娶后如有负紫姗，天打雷劈，死无葬身之地！还望姑姑，姑父成全！"然后对着邓紫姗，有些害羞和拘谨地表白道："紫姗，你还愿意嫁给我吗？我……我……我现在是真心喜欢你！"

这一路走来，邓紫姗的聪慧美丽，善良淳朴，宽容大度，早已令北门云飞心仪并暗生爱恋。只是他生来内向稳重，尤其是在女孩面前，更是腼腆、胆怯、害羞、拘谨，如不是邓艳玲催促表态，他怎么也不敢如此当众向邓紫姗开口求婚。

"云飞哥——"邓紫姗双手捂脸，已哭成泪人。

自从父亲遇害后，邓紫姗一直强忍悲痛，故作坚强。她不想让姑姑为自己太过担心。北门云飞的曾经拒婚，对她而言，除了有伤面子和虚荣外，倒不怎么难过，毕竟，她和北门云飞从未谋面，也不相识，她甚至连北门云飞是谁都不知道。父亲没了，她对她和北门云飞的婚事也不抱任何幻想了。

但临沧乡下，她对北门云飞却一见钟情。与邓艳玲姑姑不同，她更看重的是男人的气质和内涵。在北门云飞身上，她没有看见她极其反感的那种富家子弟常有的骄奢淫逸的轻浮和王孙贵胄衙内膏粱子弟后天养成的嚣张跋扈。反之，在她眼里，北门云飞的言行举止，无不渗透出一个成熟男人应有的庄重，坚定，刚毅，独立，果断，主见……她不能不为这个男人情窦初开，为他心动。但她觉得这恐怕只是自己的一厢情愿，北门云飞对她，或许只有兄妹之情，所以她想把自己的情愫永远深埋心底。在她和北门云飞相处的这些日子，他们同路同行，栉风沐雨，携手互助，一次又一次共同面对生死抉择，享受着来自北门云飞的如兄长般的怜爱和呵护，她感觉从未有过的温暖和幸福，特别是临危遇险时，北门云飞甚至把她们姑侄二人的命看得比他北门云飞自己的命还重。

她感激他，仰慕他，崇拜他，愿为他生，愿为他死。少女的敏锐，让她也明显感觉得到，北门云飞对她们姑侄二人的付出，不是尽力，不是施舍，而是舍生忘死，毫无保留，全心全意的奉献；从北门云飞对她的关心与照顾中，她觉得，应该不完全是出于疾恶如仇和匡护正义，或许还有别的什么……

只是刚才，北门云飞当众向她求婚，她明白了，那就是爱！对这样的男人，别说他是武功高强的侠士豪杰，就算他是侏儒残疾人，邓紫姗也非他不嫁，舍他其谁？所以邓紫姗此时想起父亲为自己选定的这桩良缘和北门云飞对自己的接纳，难掩幸福和快乐，思念和伤悲，她再也克制不住自己的情感，悲喜交加，掩面低声哭泣。

"姑姑相信你，各位大人都是见证人，我此刻就把紫姗的终生托付与你。"邓艳玲欣慰道。接着双手合十，对着远方的天空洒泪默念道："哥，你可以放心了！承你生前慧眼识珠，姻缘早定，紫姗今日终于有一个好的归宿了。妹妹定不负你所望，照顾好家人，早日揪出害你真凶，惩治奸人，你安息吧！"

"紫姗，你可愿意与北门公子同甘共苦，白头偕老？"李玉龙半开玩笑半认真道。

"我听姑姑和姑父的。"邓紫姗小声道。

"还有我呢？怎么没人征求我的意见？"李啸林也不甘让人忽略轻视。

"当然，也请邓家少侠啸林小弟成全接纳！"北门云飞故作认真道。

"好说，我举双手同意北门大侠做我姐夫！"

众人皆笑。纷纷向北门云飞敬酒祝贺。

第十四章

仕途多舛 江湖險惡

40

"恕本官多问，李将军父子又是怎么和夫人及小姐分开的？"沈天鹏对李玉龙问道。

"唉，"李玉龙叹了一口气答道，"那是大约半年前，咸丰十年年末，承皇上信任重用，家兄邓尔恒沐浴圣恩，由云南布政使擢升为贵州巡抚。一家人商议后，由我与犬子啸林护送家嫂等家眷和财物先行打前站，我内人和侄女随家兄交接完公务后，再赶来赴任。

哪曾想，我等刚到滇黔边界，就被一伙山贼拦路抢劫，我等人单势孤，家丁中，又多是不会功夫的常人，事发突然，情急之下，人财实难两全，我和啸林，只能放手财物，拼死护着家嫂脱离险境。

途中，圣旨又下，改任家兄为陕西巡抚。我等又经四川，去到陕西西安，刚安顿好家眷不久，便惊闻家兄于咸丰十一年早春在曲靖遇害的噩耗。因为担心内人与小姐安危，征得家嫂同意，便与啸林乔装成一老一小叫花，返回云南，查找内人与侄女下落。如不是北门公子带她二人从临沧出来现身，牵动一群又一群江湖黑道人士追杀，我和啸林到哪儿寻她们踪迹？我和啸林一路问讯打听，在贵州毕节境内，才发现他三人身影。

我和啸林商议，决定暂不相认，只在暗处跟踪观察保护，如情势危急时，便出手相救。比如毕节海子街鸭池河畔，一个叫头步桥边的小茶摊，你三人中招犯险，我让啸林用放了解药的凉茶，泼了云飞一脸；我却悄悄从小木屋后门进去，先将刚进屋准备对她姑侄欲行非礼的雷梧桐之子'疤脸'雷德生打跪在地上，再解了她俩姑侄的迷药后，才离去……"

听到此处，北门云飞才恍然大悟道："原来救我三人的高人竟是姑父和啸林小弟呀，晚辈惭愧，这一路上，我还总在猜想：究竟谁是救我们的恩人呢！"

想起当日光景，北门云飞多少还有些心有余悸的后怕……

41

那是北门云飞行走江湖以来第一次失足涉险。

北门云飞与邓家姑侄，自威宁州草海边杀了"独眼老道"玄鸣子脱险后，不几日，便进入毕节地界。

途经海子街鸭池河畔，一个叫头步桥边的小茶摊。

所谓茶摊，不过是有几间能住人又能烧茶的木屋和木屋前用几根木柱支起的有遮阳挡雨的顶，而没有四壁的凉棚，中间摆着几张茶桌和十数条长木板凳子。

临近午时，烈日当空，气候有些炎热。

茶棚里已三三两两一桌地坐有十几个茶客。多数茶客旁都放着背篓，锄头，镰刀……等农具，让人一看便知是附近乡民劳作半天后，在此饮茶，憩息片刻。

"紫姗，云飞，赶了半天的路，我想你们也有些累和渴了吧？我们就在这路边小茶摊喝点茶水，歇歇再走如何？"邓艳玲提议道。

北门云飞和邓紫姗自然没有异议。三人便在一靠边空桌坐下。边品着茶边打量观察周围人群风貌。

"姑姑，我感觉有些奇怪，这些人为什么说着汉话，却是彝人衣作打扮？"北门云飞小声问道。

"此处为汉彝混居之地，乡间民风朴素善良却又怪异。"邓艳玲回道，"他们之所以说着汉话，却是彝人衣作打扮，是因为他们多数人都是汉父彝母之后。

我记得《明史》中有记载：

明朝建立之初，贵州尚未归附，云南为元梁王把匝剌瓦尔密盘踞。

大明洪武十四年，明太祖朱元璋调派其正在北方与北元作战的傅友德为征南大将军，与副将沐英和蓝玉等率领三十万大军挥师南下，征战云贵西南地区，意图消灭元朝梁王把匝剌瓦尔密的势力，夺取对西南的统治权。

受命后，傅友德先分遣都督胡海等领兵 5 万经永宁赴乌撒（今贵州威宁），而自己亲率大军经辰州、沅州奔贵州，克普定、普安后直逼云南曲靖。

元梁王命司徒、平章达理麻领十余万精兵屯驻曲靖以抗拒明军。傅友德率部趁大雾逼近白石江边，采取声东击西的战术，沿江摆开阵势，做出强行渡江的样子。达理麻也集中全部精锐把守白石江另一边，准备迎战。而傅友德则暗中另派数十人从白石江下游偷偷渡江，进至达理麻军后，鸣金击鼓，摇旗呐喊，达理麻闻报急撤将士抵御，引起江边元军的阵势骚动。这时，傅友德乘机挥师渡江，以勇猛且善游泳的兵士作先锋，攻破达理麻的前军，傅友德又令沐英率铁骑直捣达理麻中坚，元军大败，活捉了达理麻，平定了曲靖。

接着，傅友德又令蓝玉、沐英率师进军昆明，自率数万兵马奔乌撒，驰援胡海等部。元梁王得知达理麻失败被擒，便弃城逃跑，与妻子一起投滇池而死，元右丞观音保出城投降。

第二年，即洪武十五年，闰二月，沐英和蓝玉领兵西攻大理。

当地土酋段世聚众守在下关（点苍山有上、下二关，又称龙首、龙尾关）。沐英、蓝玉派遣王弼进攻上关。沐英、蓝玉亲自率兵进攻下关，形成犄角之势；另派一队人马攀援点苍山背后而上，居高临下作为策应。沐英身先士卒，策马渡河，将士在他的后面跟随。段世不知背后虚实，阵势溃乱，兵败被俘。

攻占大理后，沐英、蓝玉或分兵其他地区，或下谕招降，云南西部大部归附明朝。

傅友德大军仅用百余日就平定了贵州、云南。

洪武十五年，农历七月，沐英率师返回滇池，和傅友德合兵，分道平定乌撒、东川、建昌、芒部诸蛮，设立乌撒、毕节二卫。

洪武十六年，朱元璋下诏命傅友德及蓝玉班师回朝，而留下沐英及数十万明朝官兵驻守西南。

之后的岁月里，由于战乱频繁，明王朝又陆续调派了大批明军进入云贵平叛作战。为了维持明朝对云贵的统治，这些明朝不同时期调往云贵作战的汉族军人大多便以屯垦戍边的形式长期驻扎下来，留在了当地。他们中很多军士便与当地彝族或其他民族妇女通婚，生儿育女安家落户，永居西南云贵。但他们既要入乡随俗，又不想忘掉汉人血脉，在彝人或其他民族聚居地，只好说着汉话，却用彝人或其他民族衣作打扮。又因为他们的后代虽然融入云贵地方，但从不忘渊源根本，只认大明王朝，叩拜臣服听命帝都南京，所以，跻身彝族或其他民族地区的他们，既不便当自己是汉族，又不愿当自己是彝族或其他民族，所以，选择折中：世世代代一直称自己为南京族……"

"《明史》我看过，姑姑说的这些事，《明史》里大部分都有详述；有的却没有，比如他们称自己为南京族……"邓紫姗认真道。

"一部史书怎装得了天下万千趣闻轶事？有些我自然是依《明史》照本宣科，有些我却是道听途说，从茶馆说书人那里听来的。是真是假也没法求证，你们就当'予尝为女妄言之，女亦以妄听之奚。'"邓艳玲微笑着借《庄子·齐物论》回道。

"不知你们注意没有，我看中间那桌有个疤脸，不像当地人。"北门云飞插开话题，若有所思道。"他的一双贼眼时不时地总往你我这边瞟。"

"云飞哥说的是不是左脸上有一道疤痕的那个人？"邓紫姗问，又说道："他一看我，我就感觉心慌，毛骨悚然……我好困……就想睡会儿……"话没说完，竟趴在桌上睡着了。

"紫姗，你怎么在这儿睡着了？你……你……我也有点困……想睡了……云飞……这茶……小心……"邓艳玲说着说着也爬在了桌上，不再言语。

北门云飞情知不妙，再看疤脸和众茶客得意神情，便不再怀疑：自己一时疏忽大意，令邓家姑侄阴沟翻船，着了别人的道。他正要起身拔剑，却又头重脚轻，梦魇来袭，不能动弹。

他用内力抗争着，虽不至如邓家姑侄昏然入眠，但已是四肢无力，浑噩疲惫，只能眼睁睁看着疤脸和众茶客像捕获猎物的猎人，得意和狞笑着走近自己和邓家姑侄身旁。

　　"把这俩姑侄抬进那间有床的木屋里，我要亲自仔细从她们的身上搜出秘账。"疤脸指挥着手下。又指着北门云飞吩咐道："先把他捆起来，待我搜完了那俩女的，再来搜他。看好了，这三人可值十万两银子！"说罢独自一人进入木屋里，关门上闩……

　　北门云飞眼看着邓家姑侄就要被疤脸蹂躏淫辱，一时激愤，急火攻心，差点昏厥。当疤脸手下拿着麻绳正要捆绑他时，突然，北门云飞脸上被人从远处泼来一碗凉茶，他一激灵，精气神便恢复如常。

　　他人还未站直，"青锋剑"已出鞘，只几个腾飞旋转，就将七八个疤脸手下，或削颈断喉，或开膛破肚于茶棚内外，余者五六人纷纷如鼠窜逃命。

　　北门云飞只想着救人，故下手凶狠，招招夺命，也顾不得追赶他人。无人阻拦后，便提着剑，一脚踢开被疤脸上闩的木屋小门。他不敢想象木屋里会有什么状况等着他。但他必须面对，他得为自己的过失承担一切，哪怕是难以下咽的苦果。但木屋里的情景却令他万分庆幸和惊喜：邓家姑侄毫发无伤地站着；疤脸衣衫不整的跪在地上。从疤脸脸上红肿浸血的伤看，显然此前被人暴揍过。

　　"姑姑，紫姗，对不起，是云飞无能，未能保护好你们，让你们差点被这淫贼祸害。"北门云飞自责道。又问："你们怎么这么快苏醒？他又怎么会这样？"

　　"我们俩姑侄醒来就看见这疤脸跪在这里，救我们的是一个蒙面人，他看我们醒来后，就从这小木屋后门离开了，什么也没说。我想肯定是他，先帮我们收拾了这个心怀不轨的歹徒，再为我们解了喝下的茶中迷药之毒。"邓艳玲回道。

　　"云飞哥，你呢，你也中毒了吧？你是怎么自救的？你没受伤吧？"邓紫姗关切地问道。

　　"我也是被他人所救。刚一脱险，便来找你们，还未来得及去看看到底是谁救了我。紫姗，姑姑，你们先出去，四处找找，看看能不能找到救我和你们俩的大恩人。"

　　待邓家姑侄出门去远，北门云飞怨毒这个令他蒙羞受辱之人，一句话不问，也一句话不说，将还未回鞘的"青锋剑"如蘸墨涂鸦般在疤脸身上疾速来回左右狂点乱画了数下，便断了他的手脚筋脉，削去他耳鼻，刺瞎他双眼，让他成了十足的废人。

……

42

邓艳玲却有些不解地提问道："不会那么巧吧？你二人既已在暗处跟踪了我们，为什么不提前向我三人预警？是不是刻意等我三人刚好被歹徒药翻，你二人刚好赶到施救？"随即厉声道："啸林，你说，不准隐瞒！'福来客栈'又是怎么回事？你父子也住宿其中，关键时候又躲藏到哪去了？为何不及时施以援手？"

李啸林一看母亲真的动了怒气，急推诿道："不关我的事，你只问老爸，"说完又对父亲挤眉弄眼道："老爸，你摊上大事了！"

李玉龙此时神情有些尴尬，便不好意思地陪着小心道："我夫人果然巾帼不让须眉，明察秋毫。实不相瞒各位，我与啸林早已探得云海马帮帮主雷梧桐之子雷德生，为色所诱，被奸人利用，在那个茶摊布下陷阱，只等北门公子，夫人和紫姗三人上钩。下官在云南为官多年，对药物蛊毒多少有些识别，知他所图的是内人和小姐美色，故在茶水里下的是蒙汗药，而非夺人性命的毒药，我让啸林已备下解药，随时施救。

之所以未提前向你们警告提醒，一是想看看那雷德生得手后，指使他作恶的幕后真凶到底是谁？还有什么企图？二是平日里，内人与紫姗，不知世道险恶，人心难测，身怀菩萨心肠，总觉天下皆好人，常常唠叨着要我乐善好施，不结怨，不结仇，不杀生，远离是非，明哲保身。她们却不知树欲静而风不止的道理，处身乱世，江湖险恶，谁能置身事外？你不害人，也难保别人不会害你。我想让她们也体验一下现实的残酷和人性丑恶的一面。

至于'福来客栈'，纯属意外，因为我和啸林觉得还是在暗中帮助你们更方便些，所以见你们在客栈用早餐，为了避免与你们碰面被认出，我们便趁你们不注意，混出客栈去别家小食店用早餐去了。刚

91

回到客栈，就见到你们已落入歹人之手……要说错，错只在我，不关啸林的事，让夫人和内侄女担惊受怕，让北门公子蒙羞受辱，我认罪！我认罚！我道歉！还望夫人，侄女和北门公子宽恕海涵，大度包容。"

"算啦，好在没让那流氓得手，云飞也让他受到了生不如死的惩罚。这半年的风风雨雨走过来，我也变了，你看我在'福来客栈'，削下雷梧桐双手，居然没半点犹豫……也许是恨极了他父子无耻作为，也许是早把云飞当成了自家孩子，容不得他人伤害。"邓艳玲动情道。此话不假，在她心里，北门云飞就是她的另一个儿子，是侄女邓紫姗幸福和快乐的保障，是为大哥复仇的依靠。

"让姑姑操心了，小侄有愧！"北门云飞有些哽咽道。邓艳玲一席话，触到了他心中最柔弱的地方。

北门云飞自小独立，重武轻文，和哥哥姐姐情感交流不多，与父母也是聚少离多，很少被家人嘘寒问暖，他也习惯了。此番一路与邓家姑侄相依为命，感受来自两个女人不同的关心温暖，让他体会到了别样的人生快乐和幸福。

第十五章

歃血爲盟　義結金蘭

43

"我敬沈大人，岳大人，严大人，张大人，"北门云飞不想太多感慨，以免落泪让人笑话，便又敬酒道。"今天如不是在这小镇上和各位大人有缘相遇，并得到各位大人仗义鼎力相助，我和姑姑，紫姗，绝难完身而退。我北门云飞对各位大人实发自内心肺腑的万分感谢，请受我一拜！我先干为敬，各位大人随意。

话到此处，岳海鲲再也控制不住豪情，借着酒性对北门云飞道："什么大人长，大人短的，实在见外，北门兄弟忘了，在'福来客栈'，我与你的承诺？我说过：你这朋友我交定了！"

"没忘，只是我一介布衣草民，岳大人乃朝中官吏，我北门云飞岂敢高攀？"北门云飞道。

"谁他妈生来就是官？"岳海鲲禁不住爽性脱口而出，看到邓家两位女性，才觉有些粗口："不好意思，有些失言了。看满朝文武，除了皇亲国戚，哪个不是草根小民出身？几年前，我岳某还是死囚呢，如不是沈大人仗义相救，我早已入土成泥了。你我虽相识不到一天，但看北门兄弟也是性情中人，不如你我今日趁兴结交为异姓兄弟如何？"

"岳兄既有此美意，兄弟我自然十分愿意！"

于是二人按江湖规矩，跪拜天地，歃血盟誓：有福同享，有难同当，不求同年同月同日生，但求同年同月同日死……

回到座上，岳海鲲对北门云飞道："北门兄弟此刻该去拜过我沈大哥才是，我和沈大哥结拜在先，他是我大哥，自然也是你大哥。"原来，岳海鲲那年被沈天鹏救出冤狱后，两人惺惺相惜，互相赏识，便结拜为兄弟，沈天鹏较岳海鲲年长，是为大哥。官场公差时，两人是上下级同僚，私下里，两人以兄弟相处。

"这……"北门云飞有些迟疑，担心冒犯钦差大人。

"怎么？北门兄弟不愿认我这大哥？"沈天鹏微笑道。

北门云飞不再多言，立刻单膝下跪，双手举杯道："小弟拜见大哥，敬大哥！"

众皆举杯陪饮。

稍停，李啸林举杯道："小弟敬沈大哥，岳二哥，云飞哥，三位哥哥。"

"有你什么事？啸林不得无礼。下官教子无方，犬子冒犯之处，望沈大人岳大人恕罪！"李玉龙急止赔礼致歉道。

"本来嘛，云飞哥是我姐夫哥，我是云飞哥小弟，他们两个是云飞哥的大哥和二哥，自然也是我大哥和二哥。我有什么错？"李啸林申辩道。

"哈——哈——哈——"沈天鹏大笑道，"小兄弟此言合情合理，极为恰当。称呼礼节各归各，不碍事。李将军就不必拘束自责了。"众人也觉有趣欢喜言笑。如此，倒弄得李啸林有些不好意思。

<h2 style="text-align:center">44</h2>

但好奇心乃少年天性，只一会儿，李啸林又来事了："小弟从家父和舅舅那里知道，我朝钦差巡视查案，一般都有皇上御赐的大将军腰刀，所以小弟对沈大哥的大将军腰刀很是神秘好奇，小时候在戏里听说钦差手中尚方宝剑，上可斩昏君，下可斩佞臣，这是真的吗？大将军腰刀与尚方宝剑有何不同？到底是什么样子的刀？"

说实话，在座众人对皇上的大将军腰刀都很好奇，都想一观大将军腰刀庐山真面容，因为历朝历代，古往今来，别说是一般官吏庶民，即便是总督巡抚，也没几个见过尚方宝剑和大将军腰刀的。但除了天真幼稚的小孩外，哪个成年人好意思向钦差开口？

看到大家期盼的神情，沈天鹏也不是那种拿腔作调会装的人，本就豪爽大度的他，其实也没把钦差身份和大将军腰刀看得很重。他对张怀忠道："张大人，你就将大将军腰刀拿给他们开开眼吧，有什么事我担着。"

原来，沈天鹏嫌身背一剑一刀太碍事，又过张扬，不利办事。再说那大将军腰刀是皇权圣物，容不得半点闪失，断不能当兵器使用，为掩人耳目，出京后，在前往云南的半道途中，他便将大将军腰刀用布套包裹，连同圣旨，一并交与张怀忠保管。张怀忠武功虽差，但有他与岳海鲲暗中护着，也无不妥。

见沈天鹏开口，张怀忠便取下布套，将大将军腰刀让众人传看。

只见那大将军腰刀两尺多长，铜镶刀柄，明黄吊穗，宽背薄刃，异常锋利，寒气逼人。刀身两侧不仅铸有双血槽，还镂有龙纹图案……

传到李啸林时，李啸林一边看刀一边对沈天鹏问道："沈大哥，那么，这刀与尚方宝剑一样，上可斩昏君，下可斩佞臣了？"

"没错。自明朝以后，就不再有尚方宝剑了。大清开国以来，凡皇上委派钦差，均是御赐大将军腰刀，用它同样可以上斩亲王，下斩佞臣！"沈天鹏肯定道。其实，沈天鹏等朝廷官员都知道，这不过是逗小孩玩的戏言，如无御赐王命旗牌辅助联用，大将军腰刀如同御赐金牌，仅仅只是有限下放皇权凭证，绝不敢先斩后奏。

"那好，我和你一起回云南昆明去，用这刀杀掉徐之铭……就是那个狗官，指使人抢了我家财物，害死了我舅舅，他还做了很多坏事，早该有人收拾他了。"李啸林愤愤道。

"那可不行，徐之铭是朝廷重臣，封疆大吏，你说他指使人抢了你家财物，害死了你舅舅，还做了很多坏事，得有人证物证，得让皇上相信他的确该杀才能杀，小兄弟，你有吗？"沈天鹏半开玩笑半认真道。

"有啊，我大姐就有我舅舅留下的私密账册，上面记录有徐之铭干的很多坏事。不信你问我爸妈大姐。"李啸林不甘示弱道。

45

"不瞒沈大人，家兄确有一本记录有徐之铭这些年在云南地方卖官鬻爵，徇私舞弊，贪赃枉法，强夺豪取的罪证，即私密账册……夫人，紫姗，你们看是否将账册交给沈大人先阅后，再行定夺？"李玉龙道。

"紫姗，你觉得呢？"邓艳玲问道。

"你们和云飞哥信得过的人，我也信得过。但交出账册前，民女有几句话要说，如有冒犯，望沈大人恕罪。"邓紫姗从怀中取出一布包（为防不测，布包一直由北门云飞保管。当沈天鹏在"福来客栈"亮明钦差身份后，在来"山月听风"客栈路上，北门云飞便把布包交还给了邓紫姗，以便她适时决定是否将包里账册呈交钦差沈大人），拿在手上说道。

"我既然已和北门兄弟结拜，那你也算我弟妹，有话你尽管直言，但说无妨。"沈天鹏道。

"这账册原是家父用来防身的盾牌，不想最后却成了害死父亲的催命符。"邓紫姗有些伤感地说，"家父为官多年，深知官场黑暗险恶，他常说：'在天朝这千年不变的皇权专制极权统治下，为人不做官，做官都一般。我既已深入官场这个大粪坑，与蛆虫为伍，难免沾染污秽臭气。不贪者，你怎么在官场混？什么忠君报国，什么爱民如子，全都是屁话，不过是忽悠愚民大众的冠冕堂皇之辞。

比如我位居布政使，决定我宦海荣辱浮沉命运前途的，是皇上和皇上身边的人，是可以直接给皇上进言的朝中大臣，皇亲国戚，督府巡抚官员，与位卑言轻的众草民平头百姓没半毛关系。我不贪，我怎么打点京城下来巡查的官员？怎么接待路过的皇亲国戚？我真要做一个出污泥而不染的谦谦清廉君子，将会让我的上下级同僚们情何以堪？仅凭那点微薄的俸禄，你叫我手下那些人如何养家糊口？谁会为你卖命？

在我辖区治下，明知是贪赃枉法之徒，我布政司衙门抓了，他托关系打通臬台，道尹，制台，抚台等衙门，同僚，上级，下属来求人情，你放是不放？明知是阴暗龌龊的勾当，他拿银子找我布政司办，你不给办，他便绕开我布政司，拿着银子去找抚台、臬台，道尹，制台也能办。有时甚至是别的衙门收了银子好处，却冠以官差之名，交我布政司办理，我又能怎么样？年年昌廉肃贪，根除贪官污吏了吗？

单说云南这个地方，康熙十七年，平西王吴三桂在朝廷平叛中病死；乾隆四十五年，又抓了云贵总督李侍尧；嘉庆四年，乾隆驾崩，督办过李侍尧案的巨贪和珅，也被赐狱中自尽……如今又是徐之铭，官场干净了吗？

如果这个帝制人治的专政体制不变，就算再过 100 年，1000 年，10000 年，无论怎么改朝换代或用什么国号称谓，也同样还会滋生出成百上千个和珅，李侍尧，徐之铭。

当金钱万能到能买到一切时，谁敢保证有钱人不干坏事丑事脏事？当极权大到不受监督约束能左右一切时，谁敢保证官员不贪污不腐败不堕落不作恶？当人的各种欲望都不受外力克制管控可以任意发泄放纵时，人就会变成邪恶的野兽，他就敢无所顾忌地践踏人伦道德，甚至杀人放火，喝人血吃人肉；如果他是帝王君臣领袖元首，他就会把一个国家整个民族，引向黑暗，拖下地狱：从敲骨吸髓剖腹验胎的纣王妲己，到焚书坑儒指鹿为马的嬴政赵高，再到把人做成人彘的吕后和轮奸建文帝忠臣妻女活剐三千宫女的明成祖朱棣……等等不是最好的例证吗？

在官场这个大染缸里，我是不能洁身自好了，我能做的只是尽可能不坑人害人，不欺凌弱小，不制造冤狱，不与大恶之人联盟为伍，得过且过，随波逐流。'

父亲赴任巡抚之前，似有预感，便将账册交我收藏。并反复嘱咐：'我虽不想做贪官污吏，但也做不了廉洁奉公的忠臣。我留此账册，并非为反腐倡廉，整肃朝纲，取悦皇上，捞得好处。我仅仅是为求自保。只因我不愿彻底卖身投靠，想那徐之铭这些年早把我当眼中钉肉中刺，恨不能将我杀之而后快。但即使他容不下我，碍于我手中握有账册，也会投鼠忌器，有所忌惮，不敢轻举妄动。所以此账册关系重大，绝不可轻易交给任何人。'谁知途经曲靖，父亲就……"说到此处，邓紫姗难忍悲痛，又控制不住自己地伤心落泪。

"你姑侄二人又是如何逃过此劫的呢？"沈天鹏看邓紫姗有些伤悲难过，便插开话题问道。

看邓紫姗还未恢复平静，邓艳玲答道："家兄遇害那日，正值曲靖当地彝族人过虎节（彝语称为"罗麻"。节日期间，全村成年男人于村后祭拜土主后，经巫师占卜择出 8 人。这 8 人披上画有虎斑纹的披毡，脸、脚、手上绘上虎纹，化妆为虎，在黑虎头率领下跳各种模拟生产、生活、生殖的舞蹈，到全村为各家各户驱鬼除祟，彝族语称为"罗麻乃轰"。跳虎节时，前村户户敬香供"虎神"，每户从门前到屋里都要跳一场虎舞，以驱邪除祟，求虎神守卫。夜晚，田间村寨置起火堆，虎笙绕寨而舞。一——作者注）。晚饭后，家兄在知府府衙偏院伏案阅卷。我与紫姗闲来无事，便去邻近村子看彝族青年男女狂欢歌舞。返回途中，惊闻家兄遇害，府衙已被众多官兵围住。另有可疑人沿街四处查找打听我和紫姗下落，联想家兄曾说过，他握有徐之铭罪证，徐之铭断不肯轻易放过他，如他不测，为防被人赶尽杀绝，我须护着紫姗和账册，潜去临沧到北门云飞的父亲处避难，寻机入京面圣。替他讨回公道还在其次，主要是不能再让那徐之铭逍遥法外，继续滥杀无辜，祸害地方。"

"所以，我将此账册，连同我姑侄二人联名所写的要求朝廷严惩真凶，为我父亲主持公道的越诉御状状子，一并交与钦差沈大人，民女恳请大人替天行道，不畏强权阻挠，不受名利诱惑，务将此账册和状子亲呈皇上，尽快将徐之铭绳之以法，不负民女一番孝道，以慰家父在天之灵！"邓紫姗说罢，将账册和状子递给沈天鹏。

"你等尽可以放心，沈某入仕为官，实因刑部周大人赏识倚重，只想尽力惩奸除恶，匡扶正义，维护公理，连生死均已置之度外，又何在乎功名利禄？本官此次身负钦差使命，专为你父亲被害案而来，于公于私，都不敢有任何懈怠。有了曲靖知府唐简和府衙一干衙役皂隶供词，再有你等做人证，加上如此重要的账册，看他徐之铭还能猖狂几日？！"沈天鹏边说边翻看账册和夹在账册里的密函信件，连声说道："好！好！好！账册里有凭有据，有时间有地点记录，有徐之铭徇私舞弊，贪赃枉法，强夺豪取的罪证。还有藩台，桌台，道尹，制台，抚台，总督等衙门历年不法所得利益分赃，一些官员截流朝廷赈灾银两的签字画押，批条，密函，卖官鬻爵的价位，涉及人员名

单……太好了！难怪那徐之铭不惜重金不遗余力要追回账册截杀你
等。"

沈天鹏说完，又将账册递给严万里，问道："严大人乃刑部云南
地方官员，你看账册上有无你知道的事件和你熟知的官员？你如从
旁佐证，此账册更具效力。"

严万里接过账册仔细翻了翻，又看了看，说道："下官眼力稍拙，
此处有些昏暗，我到光亮处看看再回大人话。"

第十六章

晴天霹雳 背恩忘義

46

来到庭院围墙边，严万里又翻了翻账册说："账册所记之事，句句是真，件件属实。涉案官员，下官大多认识。这账册的确如铁证，分量极重，皇上如获此账册，云贵川桂陕官场，将天翻地覆，如大地震般摇动，会有无数人，必血流成河，或人头落地，或被流放，或被充军，或沦为官奴……但这一切因为我，将不会发生，到此为止了。徐之铭大人一生做得最英明的一件事，就是信任并重用了我，他也因此可以高枕无忧了！"

听话听音，锣鼓听声，严万里上面一番言语，让沈天鹏等顿感风云突变，如遭雷殛，万分惊愕。众皆懵懂，迷离，糊涂，茫然，不知所措。尤其是沈天鹏，好像前胸被人猛击了一拳，他有些颤栗，哆嗦地问道："严大人，你……你……你说啥？你可是我刑部官员，我所信任倚重之人，你不是开玩笑吧？"

"对不起，沈大人，我已经不是你从前认识的那个严万里了。正如邓尔恒所言，官场黑暗险恶，特别是云南官场，更是黑暗险恶，我乃末流小吏，孤掌难鸣独柴难烧，岂能独善其身？在云南地面上，凡不为徐大人所用者，哪个有好下场？邓尔恒就是例子，他贵为布政史，朝廷二品大员，又擢升巡抚，尚且如此，死于非命，我一小小的清吏司员外郎，从五品，有何能耐，敢与徐大人为敌？我就算不为自己打算，我也得为我家人安危考虑。沈大人，恕下官直言：我对沈大人，岳大人等为人处事一直敬重无比，如无苦衷，情势所迫，箭在弦上，不得不发，我是绝不肯与众大人为敌的。此时此地形势凶险，非你我能预测抗衡扭转，还请沈大人等诸位大人，赶紧携邓家众人，尽快离开云贵，以免再招杀身之祸。下官言尽于此，再不多言。告辞！"
严万里说完，就要离去。

"绝不能让这厮离去！"岳海鲲怒道。

众人亦有此念，正要有所动作，宽敞的庭院围墙外，突然有人厉声道："走？谁说的？今儿没本座允许，谁能活着走出客栈？"顷刻间，十几个蒙面黑衣人越墙而入，站在严万里两边。严万里闻声便转身对其中左胸饰有金蝙蝠和银蝙蝠图案之人下拜道："属下参拜主使大人，拜见副使大人，见过各位师兄师弟。"

主使却傲慢地嘲讽严万里："你老人家倒挺会做人，两边讨好卖乖，都不得罪。要是让徐大人知道，肯定夸你精明能干，我等都要向你学习！"

严万里一听此言，立刻恐惧匍匐道："属下有错，请主使大人责罚！还请主使大人宽恕包涵，不要惊动徐大人才好。"严万里知道徐之铭会怎样严惩组织内的不忠者。被断手断脚，剖腹挖心还在其次，最让人无法忍受的是蛊毒之苦，犹如万蚁咬身啃骨，痒痛难耐。

严万里曾见过一个因做事不慎犯错的杀手，被徐之铭施展蛊毒后，活生生撕碎自己骨肉亲子，将其茹毛饮血，然后挥刀斩断自己双腿，又自刎颈项，头飞而亡。

"账册已拿到手？"主使问道。

跪着的严万里立刻将账册双手奉上："属下终于不负首领和主使大人重托，拿到了账册，现恭呈主使大人！"

主使接过账册翻了翻，说道："你却未将他一干人灭口做掉，永绝后患。"

"属下无能，只因他几人太过警惕，武功又远胜属下，属下极难下手，只好留得性命，待伺机拿到账册后，再谋他法，继续完成使命……此是实话，请主使大人明察。"

"你起来吧！有此账册，足可抵过。首领徐大人有令：'山猫即刻返回，另有重任委派，不得耽搁延误。'"

严万里这才放松起来，应道："山猫遵命！谢主使不罚之恩！"

原来，严万里是徐之铭安插在刑部的卧底，代号'山猫'。

所以，沈天鹏等进入云贵的行踪，徐之铭完全了如指掌。

昆明滇池边"天香酒楼"设宴，投毒欲害沈天鹏等人的，就是严万里奉主使之命所为。

这主使倒也狡黠机敏，之前，除了派人不时骚扰北门云飞等，自己也一直暗中尾随沈天鹏等。直到邓家姑侄的秘账浮出水面，为'山猫'严万里轻易获取掌控，他才现身。

主使随后将账册递给胸饰银蝙蝠副指挥使，吩咐道："此账册非比寻常之物，其中厉害，你也知晓，无需我再重复赘言，我这里还有徐大人交待的事要办，你将账册好生保管，即刻与'山猫'一起动身返回云南，亲自交给徐大人，容不得半点闪失。"

"属下谨遵主使钧命！"说罢，胸饰银蝙蝠副指挥使与严万里，飞身跃过围墙远去。

47

沈天鹏遭此变故，深感被下属出卖的奇耻大辱，怒火焚身，大喊道："哪里去！"便纵身追去。岳海鲲与北门云飞亦飞身跃出，意夺回账册，却被十数个蒙面黑衣人分别拦截，不得不交手搏击。

不料想，这群蒙面黑衣人功夫却非比寻常，均属江湖中一等一的高手，尤其是被严万里称为主使的蒙面黑衣人，武功更是了得，深不见底。

行家一出手，便知有没有。沈天鹏与他对接十余掌后，手臂痛彻骨髓，几番摔倒，内心大骇："此人功力实属罕见，今儿怕是凶多吉少了！"

看此恶劣情形，李玉龙对邓艳玲和张怀忠道："请夫人，张大人保护好啸林及侄女！"便上前迎击蒙面主使。那蒙面主使只使得三招两式，就将李玉龙击退一丈开外，跌倒在葡萄架旁。

"你打我父亲，我和你拼命！"李啸林一声大喊，丢下紫霄追风剑一——因为他还没学会用剑——便冲上前去，不知天高地厚的挥舞双拳，欲击打蒙面主使。

邓艳玲急喊道："啸林不要！"却也无法阻拦了。此时的她，已面容失色，她也是练武之人，看到功夫远胜过自己的沈天鹏与丈夫李玉龙均不是蒙面主使对手，料想自己年幼无知的儿子，必被那蒙面主使重伤，甚至……她不敢再看。

"找死！"蒙面主使低声说道。看着迫近的李啸林，一挥手，就要拍下。这一掌下去，以他功力，便是青石砖块，也会碎成粉末。

就在千钧一发之际，李啸林却被人抓住后领，双脚离地，悬空扔向邓艳玲处。一切来得突然，让邓艳玲仍感惊魂未定，只是紧紧抱着从鬼门关归来的李啸林。

48

出手的是北门云飞，他见李啸林身处险境，不敢迟延，飞奔疾驰中一个纵身，凌空用右手救下李啸林的同时，左手出剑，眨眼之间，已刺出十余剑，招招不离蒙面主使咽喉要害，逼得蒙面主使不得不仓促接招应对，向后退出数十步。

"断喉剑，果然名不虚传。难怪我那些手下，没一个活着回来复命。"蒙面主使情不自禁赞道。"公子好剑法，却不知师出何门何派？本座爱惜人才，如公子加入我组织，愿为徐大人所用，尚可免一死，公子觉得怎样？"

"这得请阁下到地下去问问被你等杀死的邓尔恒大人，因为他是我岳父。"北门云飞冷冷回道。

"小辈狂妄无礼！你当我怕你？"

"谁怕谁尚不可知，打过再说。"

"这样，你只管用你那剑来断我咽喉，我如躲闪或还手，便是我输；如此，你却断不了我咽喉，便是你输。输家自愿献身赢家为奴，你赌是不赌？"蒙面主使说着话，便将随身佩剑解下扔在一旁。

他是真想将北门云飞纳入麾下。他手下杀手众多，但像模像样的，却没几个。再说，他早想脱离徐之铭的控制自立门户了，故一直在隐秘培养自己的势力。当他听说居然有人能连断他手下数十人咽喉而毫发不伤，他便产生了浓厚兴趣。他心想："此人如能为我所用，收入麾下，就如同徐之铭用我，必将成就一番宏图大业。"

"乐意奉陪！"北门云飞道。

他只想多拖住蒙面主使一点时间，让自己一方众人少一分危险。

那边，沈天鹏，岳海鲲，李玉龙等，趁北门云飞敌住蒙面主使，便拼尽全力，施展平生绝学，将其他蒙面黑衣人或剑劈或掌毙或用暗器一一击杀。

这蒙面主使倒也奇怪，眼见手下纷纷魂飞魄散，死于非命，他却视而不见，一心只专注北门云飞。

这也难怪，徐之铭从不完全相信任何人。为牢牢掌控自己创立的"红蝙蝠"杀手组织，除了对所有杀手施蛊毒牵制约束外，他还在杀手中广布暗探密使，随时随地监控着"红蝙蝠"组织中的所有杀手，包括主（指挥）使和副（指挥使），令其不敢对他徐之铭有任何不忠不敬之言行。跟随蒙面主使进入"山月听风"客栈后院中的这十几个蒙面黑衣人中，蒙面主使虽然猜不出是谁，但他不用想，就可以断定，其中必有徐之铭的暗探密使。蒙面主使深知徐之铭做事，一向只追求结果，从来不计较代价，只要能完成任务，达到目的，无论死多少人都无所谓。所以，那些黑衣人中既然有监督他的人，他又何必在乎他们的生死呢？！

北门云飞眼见蒙面主使真的双手交叉抱怀，抬头挺立，神情中，对北门云飞很是轻蔑，不屑一顾。

北门云飞大怒，一时激愤，便用足十层功力，一剑"夜叉探海"，"青锋剑"剑尖疾刺向蒙面主使面罩下咽喉部位。当剑尖穿过面罩，北门云飞右手一震，感觉剑尖好像刺在铁板上一般，进不得……也退不去，因为只见蒙面主使将头一低，如"孔雀夹翅"，用下巴紧紧压住刺在咽喉处的剑尖，推着北门云飞一步步后退着……然后用左手食指中指夹住咽喉处的剑尖，右手一拍，北门云飞手中长剑，便断为数节。顺手又将断下的剑尖放在左掌心中，右手中指一弹，剑尖如利箭，飞速射向独自站在一边的邓紫姗。

此刻的邓紫姗，因为担心北门云飞安危，眼睛心思全在北门云飞身上，却不知死神已逼近，众人皆在远处，鞭长莫及，只能眼睁睁呆立原地，傻傻地欲喊无声，欲哭无泪。

就在剑尖离邓紫姗颈项不足一尺时，突然从旁飞来一物，不偏不倚，丝毫不差地打在剑尖上，力道之大，令剑尖不得不转弯，"噗"的一声，钉在庭院围墙上。

众人齐上前护住邓紫姗，一瞧地上，原来打飞剑尖的，竟是沈天鹏平时挂在腰间的刑部腰牌。众人心里都不得不佩服暗赞："沈大人暗器绝技，果然名不虚传！"

"谢大哥出手相救！"北门云飞对沈天鹏道。

经历刚才变故，北门云飞仍惊魂未定，有些后怕。

49

北门云飞那把"青锋剑"，说来也非寻常之物。

据说是盗墓贼从一东汉古墓中盗得，几经辗转，才为北门云飞拥有。

据史料记载，东汉以前，剑客侠士用剑，多为青铜剑，至东汉时期，冶炼术的提高创新，为满足剑体日益窄长，刚柔兼顾，且剑锋更尖锐，钢铁剑便彻底取代了青铜剑。

传闻"青锋剑"便是一代枭雄曹操佩挂的那柄异常尖锐锋利的，史上著名的能削铁如泥的"青釭剑"的姊妹剑。

"青锋剑"跟随北门云飞数年，同道切磋，与敌对决，生死搏杀，"青锋剑"几乎阵阵出鞘，御敌无数，虽历经无数刀剑碰撞，铁花飞溅，但至今为止，它的剑刃依然锋利，还没有任何刀剑能在"青锋剑"身上留下一星半点痕迹。

"此人已得铁布衫金钟罩之大成，其功力近乎登峰造极，无人能敌。"北门云飞暗道，"除非伤到他的练门穴位，否则，拳脚刀剑绝伤不了他。但人体共有一百零八个穴位，其中有七十二个大穴，三十六个死穴。他的练门肯定在三十六个死穴里。但此人功夫和内力高过我不知多少倍，不等我找到他的练门，恐已命丧他手。我死倒不足惜，可沈大哥和姑姑……尤其是我心爱之人紫姗，他们怎么办？"

对北门云飞而言，这个蒙面主使的武功实在深不可测，自己绝非他的对手，虽然从他手下完身而退只身逃命，倒也不难，但一想到邓

105

紫姗等亲人朋友可能被其所害，香消玉殒，命丧凤凰……

于是，他弃下断剑上前对蒙面主使道："你如放过他人，我愿跟你走！"

"这个不行，除你之外，在场所有人都得死。"蒙面主使断然拒绝，不容半点商量。

"他们与你无冤无仇，干嘛非要赶尽杀绝？"北门云飞道。

"人在江湖，身不由己。我纵然已练就一身无敌的武功，却也一样受制于人。如拿不下你等人头回去交差，人家就要取我的人头。本座看你是个人才，故特例网开一面，为你向首领说情，别有所用。到时，还不知道首领肯不肯放过你呢！"

"三弟，你的好意大哥心领了。"沈天鹏在旁道。"但向人低头乞怜，岂是男子汉大丈夫作为？"

岳海鲲也不示弱："男子汉大丈夫，生则顶天立地，死则轰轰烈烈，我来！"转眼间已和蒙面主使交手十数招。稍有落败之势，沈天鹏立上前替换，接着北门云飞……数番轮流恶战下来，沈天鹏，岳海鲲，北门云飞，李玉龙，邓艳玲，张怀忠等或轻或重，均有不同程度受伤。而蒙面主使一方，除了衣服上被剑锋和拳掌撕裂出一些口子缝隙外，几乎毫发无损。

"你们一起上吧，明年此时此刻便是你等忌日。"蒙面主使杀气腾腾地挑衅道。

形势万分凶险。

<h2 style="text-align:center">50</h2>

看此场面，邓紫姗与李啸林，只能在旁干着急。情急之下，李啸林对北门云飞大喊道："快用'断喉剑'！"

"三弟接剑。"已因伤重而倒在地上的沈天鹏见北门云飞与蒙面主使空手接招，已处劣势，便将手中长剑扔给北门云飞。

从一开始，谁都没忘北门云飞的"断喉剑"，都在暗想北门云飞何时使出"断喉剑"？"断喉剑"在何处？到底还有没有"断喉剑"？

其实北门云飞一刻也没忘记自己的"断喉剑"，只是当蒙面主使折断自己手中那把"青锋剑"后，北门云飞便有了顾虑。他和沈天鹏，岳海鲲，李玉龙等，都是练武行家，都感觉到了蒙面主使所练的属南少林一脉的最上层功夫：金钟罩和铁布衫，且已到达炉火纯青境界。他只稍一运气，全身除气门外，寸寸如铁，刀枪不惧。"断喉剑"虽然锋利无比，削铁如泥，但能否削断蒙面主使的咽喉，北门云飞却没有百分之一百的把握。"断喉剑"是自己唯一和最后的希望，一旦失利，后果不堪设想。所以，不到万不得已，他不敢轻易亮剑。

蒙面主使此时对"断喉剑"却不以为然。他先前领略过北门云飞精妙奇特的剑术。他以为北门云飞的"断喉剑"不过是功力深厚剑术精准而已，斩杀江湖高手倒也绰绰有余，但在金钟罩铁布衫面前，不过是小菜一碟，不足为道。他此时自觉武功天下第一，便有些飘飘然，全然不把之前还有些忌惮的断喉剑和北门云飞等放在眼里。他现在想得最多的是：如何才能把眼前这七八颗将要被割下的人头带回云南交给徐之铭复命领赏。

见北门云飞还有些迟疑，犹豫，徘徊，踌躇……邓紫姗趁李啸林不备，一把抢过"紫霄追风剑"，拔出剑身，将冰凉锋利的剑刃架在自己颈项处，冲动绝望地大声道："谁也不准过来。云飞哥，请原谅紫姗不会武功，帮不了你什么。但父仇不共戴天，如今账册已失，父冤难伸，紫姗愧对父亲，生，还有何欢？死，亦何惧？你如为救我们，舍我随他而去，步入邪途，紫姗决不拖累你，必立即自绝于此。但你如还有一分英雄豪杰气慨节操，不向邪恶妖魔低头，即便你杀不了此贼，不幸遇难，紫姗生是你北门家的人，死是你北门家的鬼，我定不会独自苟活在没有你的尘世，你倒下的时辰，就是紫姗的死期。"

第十七章

絕處逢生　画弧断喉

51

听罢此话，北门云飞热血沸腾，眼见心爱之人，完全将生死置之度外，此刻已是命悬一线。他不禁义愤填膺，怒火中烧，把一切的顾虑、疑惑、不自信，全抛之脑后，甩向九霄云外。

只见北门云飞突然发力，接过沈天鹏掷来的长剑，或刺或削或劈，挥舞得出神入化，夹杂着一股阴冷的杀气，招招疾厉，如追魂夺命般罩着蒙面主使。

那蒙面主使也不逊色，或拳击指戳，或掌砍脚踢，或旋风腿，或前后空翻，或鲤鱼打挺，应对自如，毫不慌乱。眼看北门云飞手中长剑如同强弩之末，明显开始渐渐处于下风，北门云飞仿佛已是黔驴技穷，回天无力，胜负立见。蒙面主使趁空手夺下北门云飞手中长剑白刃之机，蓄势待发，就要痛下狠手……

沈天鹏、岳海鲲等明知于事无补，扔硬撑着起身，欲上前施以援手；邓紫姗已不忍再看，抱着必死之心，微闭双眼，万念俱灰，已无生的希求……耳中，却突然传来北门云飞一声大喝："看剑！让你看看什么是真正的'断喉剑'！"

原来，沈天鹏等虽然聚精会神，从未把目光从北门云飞和蒙面主使二人身上移开过，二人一招一式些许细微变化，也难逃沈天鹏等练武行家的法眼。沈天鹏等亲眼目睹过"福来客栈"上官兆秀被断喉一幕，都想探究断喉剑是如何出现在北门云飞手中的。然而，沈天鹏等又一次一无所获，不知所终。

刚才，沈天鹏等看见北门云飞被蒙面主使掌力所震，长剑脱手被夺，踉踉跄跄，碎步后移，已退至墙根，正在绝望之时，却见北门云飞双脚一蹬，两手反掌后推院墙，借力上窜，一个大圣登天，筋斗翻云，再侧身，左手一屈一伸，一声大喝："看剑！让你看看什么是真正的断喉剑！"那个令人生畏的断喉剑，就如魔幻般，又出现在北门云飞左手中。像在"福来客栈"一样，沈天鹏等惊叹之余，仍不知此剑从何而来。

那蒙面主使人还未转过身来，后背已被北门云飞凌空挥剑，狠狠划了数剑。剑过之处，衣料破损，露出黄色肌肤。虽未伤筋动骨，但感觉后背有些冰凉的蒙面主使，顿时大惊，对突如其来的变故，居然也有了一丝以前不曾有过的恐慌和不祥的预感。他不敢怠慢，立刻气沉丹田，运行大小周天，贯注全身。一转身，双掌化刀，空手夺剑。

然而，北门云飞手中那断喉剑，却非寻常之物：它如幻影鬼魅，出神入化至有形无物，有影无迹。时而似流星划空，时而像蚕丝飘舞，更如银蛇缠绕……北门云飞使到极处，已达随心所愿，心剑合一之境。蒙面主使纵然武功高强，内力深厚，却也奈它不何。因为此剑乃世间稀罕之物，你欲折断它时，它似轻软柔韧的蚕丝，如何断得？你撕扯它时，它本就是天宇中少有的精钢玄铁之身，人力岂能撕裂？你抓住它剑刃，剑柄却在别人手上，四两拨千斤，你如何夺得？蒙面主使倒也擒拿夹捏到此剑数次，却如油瓮里捉鲤鱼——劳而无功，数易其手。只因此剑如同泥鳅章鱼，最是滑腻无比，极难把握。最令蒙面主使骇然的是，此剑弯曲无度，前刺后着，左削右伤，防不胜防。

还有，让蒙面主使感觉怪异的是，此剑竟有怪异灵性，它有时居然会自我功防，晃眼间，剑光中，偶尔会出现一个魔鬼狰狞的幻影，令人有些毛骨悚然。

蒙面主使一时大怒，心烦气躁，忍不住咒骂道："你他妈哪来的妖魔剑？老子今天非弄死它狗日的不可！"一运气两手，只往北门云飞剑影处猛击，全然不顾攻防章法。北门云飞知他乱了阵脚，将长剑朝他颈项一拍，剑如银蛇绕树一缠，再一抽回，蒙面主使头巾哪经得住此利剑切割？那蒙面的头巾便从下巴处齐整断开，搭在两肩上，露出颈项喉节肌肤。运用此法，北门云飞又将蒙面主使两袖割下，再一片片撕开他前后黑衣，让他赤膊裸臂，袒背露腹，看上去极是狼狈不堪，丑态百出。蒙面主使此时已近似疯狂，恨毒了北门云飞手中断喉剑，恨不得将他碎尸万段。相比之下，北门云飞的死活倒在其次。

北门云飞不等他清醒，瞅准时机，长剑朝他胯上一扇，风吹残云；一卷，金蛇盘柳；一扯，抽丝剥茧；蒙面主使胯下长裤便齐腰断开，眼看就要退下，暴露光腚下身……蒙面主使顿时慌乱失色，一想旁有女子，长裤万不可落下，便本能地用双手快速提住下滑的长裤，恍惚中，全身元气松懈回返丹田（蒙面主使之所以除神阙穴处的罩门外，身如铜墙铁壁，刀枪不入，全凭贯注全身的真气罩着）。

机不可失时不再来。沈天鹏等只见北门云飞，剑画半弧，一道白光横着从蒙面主使颈下划过，北门云飞再转身，双手抱臂，站立原地，背对蒙面主使，不言不语。断喉剑已无影无踪。

蒙面主使只觉眼前仿佛一道闪电划过后，咽喉刺痛，气管堵塞不能呼吸，随即全身瘫软无力，天空逐渐灰暗变成血红色。

蒙面主使双手仍提着裤子，一动不动……片刻，血才从他口鼻颈下流出，他便慢慢垂头，慢慢下跪，又慢慢扑地倒下，再慢慢侧身一翻，仰面朝天。

他的手依然提着裤子不放。

52

众人这才上前去。

邓紫姗与北门云飞情不自禁相拥而抱，喜极而泣，无声流泪。

沈天鹏等去到蒙面主使旁；让蒙面主使送命的还是：一剑断喉，切口入喉约三公分，不多不少，整齐笔直，干净利落。众皆骇然失色。

拿下蒙面主使黑头巾，一看面相，沈天鹏等均感觉此人有些面熟。

"这不是曲靖府衙中的那个班头吗？"到底是仵作，常与死尸打交道，张怀忠首先回想起道。

"不错，就是他。带我去找袁通判的，正是此人。是说不得，我刚才一见此人身形，听他言语，就感觉好像在哪儿见过此人。"岳海鲲细看之后，也肯定着说，"怪了，此人武功如此了得，那日在曲靖府衙，为何没有为难我等？”

"此人自恃武功已达无人可及境界，所以心高气傲，目空一切，并未把我等放在眼中。先前之所以不为难我等，不过是为了让我等帮他追寻邓家姑侄及手中账册，欲擒故纵罢了……不好，如是他，那唐简和袁正伦等一干人证，恐已被此人灭口。

唉，账册丢失，人证被杀，都是本官失察，未能周全防范应对，实在有负皇恩，对不起邓家姑侄重托和众兄弟一番辛苦忙碌！"沈天鹏无比愧疚道。

"大哥不必自责，事还不至无法挽回，想严万里那叛逆尚未走远，我等还有机会再夺回账册。"岳海鲲安慰道。

"岳大人说的是，这是当务之急，请沈大人尽早谋划，我等悉听调遣。"李玉龙也进言道。

"恕本官一时失态！就依你们意思，从速亡羊补牢。我等现在就兵分两路：因为李将军熟悉云贵地方道路，所以我，海鲲二弟，李将军，为一路，即刻寻迹追赶严万里，伺机抢回账册。余众由三弟北门兄弟护送，尽快离开云贵地界，赶去西安。"沈天鹏果断布置，又向李玉龙问道："你在西安先前安排下的你长嫂住处可否安全？"

"那是我此次到西安后才秘置的私宅，别说外人，连侄女和内人也不知道。只我和啸林去过，应该没问题。"

"那好，有李公子带路，有北门兄弟照顾周全，我等应无后顾之忧。"沈天鹏边说边喊过张怀忠，把在曲靖府衙所得袁正伦笔录，唐简和相关衙役皂隶口供证词，邓家姑侄的上诉状子，全部交给张怀忠："这是我等此次查案唯一所得，也是仅剩的重要证物，还请张大人妥善保管，绝不能再有差错意外。你与他们一道，先去西安，同行同住。有严万里这小人见利忘义背叛例子，你且暂不要和沿途一切府衙官员（包括沿途刑部各清吏司）交道接触，以免又生意外事端。你我以一月为限，如我等能赶到西安，我自会去找你。如一月后，我等未到西安，你便携北门兄弟和邓家姑侄等一干人直接进京找到刑部，等候周祖培大人召见。记住：不见周祖培大人，绝不交出重要证物，也绝不能相信任何人，请牢记，不得有误！"

　　“下官谨遵大人嘱托，不敢有违！下官还望大人等保重，一定要平安归来！”也许是生离死别，张怀忠有些动情哽咽道。

　　“一切拜托各位了！”沈天鹏说罢，两路人马就要分道扬镳，各奔东西。

第十八章

"蜂針" 現身 峰回路轉

53

"各位留步，"院墙外竟然有人大声言道："能否收下一份大礼再走？"

话音刚落，便从院墙外抛进一具死尸。

沈天鹏等众皆愕然，困惑万分。都暗想："此人是谁？是敌是友？死尸又是何人？"

将四周观察了一番后，便上前翻看那具被扔进的死尸。

不看则已，一看……沈天鹏等全惊呆了：死尸居然是严万里。只见他后脑骨碎裂，血发模糊。显然是被人冷不防从后突袭，一掌毙命。

"死得好！善有善报，恶有恶报，活该！"李啸林在旁不住念道。少年无城府，爱恨分明，想到什么就说什么，毫不顾忌其他。

"如此大礼，本官先谢为敬，只是不知墙外是何方朋友？能否现身一见？"沉思片刻，沈天鹏向墙外问道。

"有'蜂针'约见，不知沈大人肯否单独前来赴会？"墙外有人回道。

一听"蜂针"二字，沈天鹏心头一震，如雷贯耳。之前事急，竟忘了离京前周祖培大人提及的暗子眼线'蜂针'，此刻，听闻有人提及，自然万分欣喜，急欲相见。

"李将军，二弟，三弟，你等在此稍候，我去去就来！"

"大人皇命在身，肩负钦差重任，不可随意以身犯险。"李玉龙等不放心提醒道。

岳海鲲，北门云飞也劝道："大哥小心，谨防上当！如真要前去，

113

让我等作伴，以防万一。"

"谢谢大家关心！只是与'蜂针'见面一事，本官有难言之隐，不便透露。此乃刑部重大机密，只允许本官一人前去，烦请大家理解见谅！我去去就回，不必担心！"沈天鹏说完，身形一纵，跃过院墙。

54

围墙外，是一片桐树林。

此时，正是桐花盛开的季节。

一片白瓣红蕊的桐花，一直连绵到远处山林边上。

沈天鹏在墙外，桐树林中，见远处有一蒙面黑衣人招手示意跟进。沈天鹏也不犹豫，受其牵引，穿过桐树林，至镇外一处林中空地。

两人咫尺面对。一见之下，沈天鹏虽有心理准备，却也颇感意外：蒙面黑衣人，左胸前饰有银蝙蝠，他竟是先前在"山月听风"客栈出现过的"红蝙蝠"副指挥使。

"刑部下官杨云松，参见钦差沈大人！请恕下官先前不便拜谒失礼之过！"

"山乡僻野，不必多礼！此时，你我平等相叙，来得方便些。你就是'蜂针'？"沈天鹏问道。

"正是。'红蝙蝠'副指挥使。"杨副使回道，接着又说："下官接下来要说的话，要求大人做的事，如有冒犯，还请大人恕罪。"

"但说不妨，本官洗耳恭听！"

杨副使环顾四周，小声道："此地虽是偏僻，你我也不便久留。徐之铭在西南各地耳目众多，说不定这凤凰镇上就有他的眼线，或许已注意到我和你相见，说不定正在远处监视我们。好在此时已近黄昏，薄暮多少有些遮挡，有利你我相见。我就长话短说，大人不必多问下官什么，即使问，下官也不便回答。下官猜测，刑部尚书周祖培大人对沈大人有过交待：绝对信任'蜂针'。大人可否还记得？"

"记得，没错。周大人如今已授命为留京办事大臣，并升为体仁阁大学士，仍兼管刑部。"

"那大人听好，我知道你们此行的目的，一是查清邓尔恒的死因，二是收集杀人者的作恶证据，这是被严万里抢走的那本邓尔恒的私密账册，现完璧归赵，你收好。但账册失而复得之事，你须深藏不露，严守秘密，对你身边的那些人也不能有半点泄漏，否则，我不敢保证你们一行人，能否毫发无损地返回京城，我亦会因身份暴露而有性命之忧。"杨副使边说着话边把账册交给沈天鹏。"另外，我再告诉你一个天大的秘密：云南巡抚徐之铭与滇西的起义军头领杜鸿斌暗中有往来。"

"就是被称为云南大理政权总统兵马大元帅的逆贼杜鸿斌？你有证据吗？"沈天鹏吃惊道。

"没有。我只偶尔给他们双方送过密函，但我不敢私拆扣留，因为万一引起怀疑，我作为'蜂针'的使命便终结了。我死事小，再无人窥视云南官场事大。周大人曾千叮咛万嘱咐：'蜂针'对朝廷的最大价值不是情报，而是活着，必须活着，随时听候朝廷密遣，在最关键的时候给敌人致命一击，其他什么都不重要。但大人只要上奏朝廷，抓住巡抚徐之铭的副将何有保及手下抚标营左右中军参将戴玉堂和史荣，便一切都清楚了。徐之铭所有见不得人的勾当，大多是交给他三人办的。他们三人是徐之铭真正的死党。徐之铭干的所有坏事，没有他们三人不知道的，因为他们三人都是参与者。"

停了一会儿，杨副使又说道："我刚才听严万里说，你们杀了上官兆秀，你可知道他师从何人，是谁的弟子？金兜魔掌道人和凤凰铁指仙姑。就算你们几个人加在一起，也绝不是他们两人中任何一个人的对手。"

"就是江湖中盛传的那对武功已登峰造极的淫荡男女？"沈天鹏有点意外道。

沈天鹏入仕前，也常在武林走动；他听说过金兜魔掌道人和凤凰铁指仙姑的一些陈年往事。这两人，曾是凡间的一对恋人。幼时有缘相识于私塾，自小无猜，青梅竹马，日久生情。只因上辈恩怨拦阻，门派鸿沟隔阂，世俗的偏见和人为的专横，终于棒打鸳鸯，拆散了这对有情人。在失意挫折中煎熬挣扎的两人，无心追名逐利，心灰意懒看破红尘后，便相约双双出家，一人束发做了道士，一人没有剃度却做了尼姑。

两人用道士尼姑身份做掩护，一边潜心修炼武功，把全部心思都化在了钻研高深精奥的武学上，相互切磋，交换心得；一边偷情行男欢女爱苟且之事。历经数十年互勉互进后，就分别练出了令人胆寒的魔掌铁指，名噪江湖，声震武林。

传闻两人平时温文尔雅，知书达理，但纠结往事，愤世嫉俗时，心性喜怒无常，一旦出手，却异常凶狠歹毒，断人手脚，取人性命，如同妖魔鬼怪，毫无半点犹豫和怜悯。据说死在两人魔掌铁指下的高手，已不计其数。

"没错，就是他俩。"杨副使肯定道，"我倒不是长他人志气，灭自己威风，招惹上这两恶煞，你们麻烦大了。"

"是福不是祸，是祸躲不过；既来之则安之。当时在福来客栈的情形，那上官兆秀，绑架邓家姑侄，索要这本账册和我等四人项上人头，是可忍孰不可忍，别说他只是金兜魔掌道人和凤凰铁指仙姑的门徒，就算他是龙子龙孙王爷贝勒，本官身负皇命钦差重任，事关大清江山社稷，同样照杀不误，绝不顾虑其他！"沈天鹏，毕竟是热血汉子，一番言语，铿锵豪气。

"周大人果然没选错人！"杨副使赞道，"下官没别的意思，只是想提醒大人，如今处境凶险，还须格外谨慎小心，早做准备，步步提防。另外，'红蝙蝠'主指挥使虽然死了，也不等于来自'红蝙蝠'的追杀就结束了……"

"难道'红蝙蝠'里还有比那个主指挥使武功更高的杀手？"沈天鹏禁不住急问道。他也有些沉不住气了。"红蝙蝠"主指挥使的武功他领教过了，如不是仗着北门云飞那把神出鬼没的断喉剑，他等数人，恐已凶多吉少，现在想来，仍不免有点儿心有余悸。

他倒不怎么在乎自己的个人安危生死，他担心的是自己肩负的使命可能会半途而废，辜负了皇上和周祖培大人的信任和重托，也枉费了邓家姑侄为兄为父申冤的努力和付出，断了他们的希望。

"那倒不是，'红蝙蝠'里估计是没有比主指挥使武功更高的杀手了，但大人可听说过玉面狐白如雪？"

　　"滇西苍山鬼谷药寨寨主白重山的独生女，人称'毒女'的白如雪？怎么，她也投靠了'红蝙蝠'？"沈天鹏道。

　　"她虽不是死心塌地效忠'红蝙蝠'，但碍于徐之铭以鬼谷药寨八百余口寨民的生死作赌注胁迫，她没有选择：杀人，或被杀……在'红蝙蝠'组织里，只要是主指挥使和她出面杀人，就很少会失手。至今，死在她石榴裙边的男人，已有百余人，其中不乏武功远胜她数倍的奇人异士。她之所以能杀人，全凭她有三大绝技：轻功，用药和美色。大人一行可要格外警惕才好。"

　　"你与她同在'红蝙蝠'组织里，应该很熟吧？徐之铭会派她追杀我们吗？依你对她的了解，此人有何弱点，能否为我所用？"沈天鹏问道。

　　"这个……不好说，我也有很长时间没见过她了，更不知道她现在何处。"杨副使有些犹豫，"大人应该想得到，徐之铭对'红蝙蝠'杀手组织管理非常苛刻，杀手之间几乎互不相识，更谈不上相互了解或发展情谊；平时无事，那些杀手都独自隐身于普通人群中，藏匿于社会各个角落，一旦需要，招之即来。徐之铭又把'红蝙蝠'杀手划分等级，又在各地设立分堂，分别由主指挥使及我和玉面狐白如雪副指挥使分管。我们各自管理各自的分堂，无权过问别的分堂，只听命于徐之铭的号令。

　　我也是今天在'山月听风'才知道，'山猫'原来是刑部你大人的手下严万里，我要早知道是他，必然提前向你知会示警。我们联合行动时，一般都归'红蝙蝠'主指挥使统一调度指挥。不过……"杨副使欲言又止，似有难言之隐。

　　"我还是说了吧，"停顿了一会，杨副使又说道。"我曾救过玉面狐白如雪一命，她……她……她也救过我一命。这是她送给我的一块琢有鬼谷药寨山形地貌的玉佩，她说滇西鬼谷人，只认玉佩不认人，凭此玉佩，在滇西鬼谷地界畅行无阻。在任何地方，凡遇滇西鬼谷人，只要量出玉佩，你可向他们索要他们能付出的一切。大人请收好玉佩，危难时，或许可用得到它。对大人此行，我只能帮到这里了。另外，死在客栈里那些蒙面黑衣杀手的衣服和他们随身的腰牌，大人可以利用一下。在西南地面上，'红蝙蝠'杀手的外衣和腰牌，通关过卡住宿时，比刑部的腰牌还管用！"

"那你是否会隐秘与我等一同回京复命？"

"不，我另有任务，暂不回京。再说，我身上还种有徐之铭施予的'断肠勾魂丸'蛊毒未解，我能走吗？也许永远回不去了；做卧底的就是这命。"杨副使此话有些伤感，又有些惆怅和无奈。

"阁下掌毙叛逆，拿回账册，立下此不世之功，却不能沐浴天恩，分享殊荣，本官亦深感遗憾！"沈天鹏为杨副使抱不平道。

"这倒没什么。反正我做这些，也不是因为什么国家社稷，或为他满人爱新觉罗氏家族，我只为报答周大人救命之情（当年，我家遭遇苛政恶吏时，幸有周大人主持公道，才侥幸没有家破人亡）和知遇之恩及一番信任重用。仅此而已。"杨副使直言不讳道，然后又有些为难地对沈天鹏说："闲话不说，我得走了……但我走之前，希望大人帮帮我。"

"怎么帮？你说！"能帮到"蜂针"，沈天鹏自然不会推辞。

"我是绝对不能这样毫发不伤地回去复命的。如果这样去见徐之铭，我等于不打自招，自寻死路。此刻，沈大人应该想到了吧！知道该怎么做了？"

"这……"沈天鹏明白了，但他有些犹豫，他实在下不了手。

"难道沈大人办案历来都这么优柔寡断，顾虑重重？如此婆婆妈妈妇人之仁，能干什么大事？大人如帮不了我，那我只好回去向徐之铭自首坦白，告诉他我是刑部周祖培大人安插在他身边的卧底，求他宽恕，饶我不死。"杨副使佯装出有些生气地不满道，他就是想刺激沈天鹏出手。

他说完话便转过身，准备离去……

"杨兄弟责怪得对，是本官考虑不周全。杨兄弟小心，我帮你！"沈天鹏说着话，一运气，右手一掌"推山入海"，打在杨副使后背右肋处——只听"嘎叭"的一声，杨副使右臂脱臼，右边肋骨，硬生生断了三根。紧接着沈天鹏又拔出长剑，不规则地在杨副使前胸后背手脚，甚至面部脸颊处，划出一道道深浅不同的浸出血水的剑伤。

此时的杨副使，就如同经历过激烈的搏击厮杀后，从死人堆里爬出的幸存者。

"好功夫！沈大人不愧董氏八卦掌高手！"杨副使吐了几口血赞道。

"客栈里那些杀手尸体（特别是严万里那厮的尸体）如何处置才不至连累你？回京后，这玉佩怎么还你？"为杨副使安危着想，沈天鹏有些担心道。

"这个下官来此前早已想到：如果有'不怀好意的江湖歹徒'，为抢夺账册，在客栈放火烧逼沈大人等，不慎将客栈焚为废墟，谁又能验出十多具火烧过的骸骨中究竟有谁，不是吗？下官相信沈大人一定可以在不伤及无辜前提下，做到这点。

你们还可放风出去，就说账册已被严万里盗走，你们与黑衣人生死搏斗时，他却趁乱逃走，不知去向。如此一来，我回去复命，就有了借口和更多可供编造的理由。

至于玉佩，用不到的话，请沈大人回京后交给周大人保存，我如果还活着，我自会去取；我如遭遇不测，烦请周大人转交给我的家人。

最后，下官重任在身，不敢耽搁，就此拜别沈大人，祝回京路上一帆风顺！你我后会有期！"

杨副使说完此话，不等沈天鹏言语，便后退数步，如鬼魅一般，身形冉冉上升，缓缓在矮树丛树梢叶片上向后飘移，由近至远，身形一闪，隐入林中。

"此人武功深不可测，绝不在那个主指挥使之下，幸好他是'蜂针'，不然，刚才客栈一战，我等绝难脱身……"沈天鹏目送着杨副使离去，若有所思道。

第十九章

毁尸灭迹 全身而退

55

凤凰镇。

"山月听风"客栈，后院。

黄昏。

沈天鹏由原路返回，越墙而入。

"各位请听我一言，此时此地不是说话之处。"沈天鹏对上前正要开口询问的岳海鲲等急止道，并关切地问："各位伤情有无大碍，能上路吗？"

"没事，大人刚才出去时，我等趁空歇用大家自备的药丸药膏简单处理了一下创伤，应该没问题。"张怀忠道。

"那好，我们今晚要连夜赶路，争取明早从黔北入川，尽快回京复命！"沈天鹏果断下令，不容置疑道。

"我舅舅那本账册呢？我们不找了？"李啸林忍不住问道。毕竟是小孩，没什么城府顾虑，想到什么说什么。其实，这也是邓家姑侄和北门云飞等想问而又不好开口问的话。

"李将军，弟妹，北门兄弟，请相信我，账册十分安全，一定能送到皇上手中。至于账册现在什么地方，这关系到他人性命，我不便说，但我以我的人格担保，邓尔恒大人被杀案真相肯定会大白于天下，徐之铭终究会受到应有的惩罚。我们是巡查此案的公差，你们皆是重要人证，只要我们活着，就有希望。现在，我们得尽快离开云贵地界，争取早日安全赶到京城，揭露徐之铭的丑恶罪行，让朝廷将他绳之以法。"沈天鹏没正面回答李啸林，而是对李玉龙等说道。

"大哥，我知道你的为人，我相信你！一切听你的！"岳海鲲道。

"一切听大哥的！"

"一切听大人的！"

"一切由钦差大人做主！"

北门云飞，李玉龙等亦首肯道，虽然心里仍有些疑惑。

"还有一点，也很重要，大家可否无条件服从我的一切安排和号令？"沈天鹏对自己的同僚有信心，对邓家那边的人却有些顾虑。

"普天之下莫非王土，率土之滨莫非王臣，大人是钦差，如皇上亲临，我等岂有不服从之理？值此事急之时，大人不必再顾及其他，只管发号施令便是。"李玉龙到底是官场混过的，识得沈天鹏话中的弦外之音。

"谢李将军理解。各位记住，对外一律说：严万里还活着，他盗走邓家姑侄手中账册后，趁乱逃得无影无踪，我等正在四处寻他，欲追回账册。这也关系到另一个重要朋友的性命，大家懂的！拜托大家了！"沈天鹏嘱咐道。

话说到此处，连李啸林也懂了。严万里死了，账册自然安全了。这肯定和送严万里尸体来的那个叫"蜂针"的人有关。都明白了，也放心了。

"谨遵大人钧命！"岳海鲲李玉龙同时应道。

"镇东头有一马厩，我们昨晚探夜时，我发现那儿有十几匹好马，李将军，你与令公子，还有北门兄弟，你三人无论是买，还是偷或抢，请务必牵来和我们人数一样多的马匹，有马鞍更好，不得有误！"沈天鹏果断差遣道。

三人立即行动。

行动前，李啸林喊住北门云飞："云飞哥，这'紫霄追风剑'太长，又重，我用着不顺手，还是你用合适。"小家伙倒也机智，他看北门云飞空手无剑（北门云飞原先那把"青锋剑"已被"红蝙蝠"主使折断成几截废铁），就故意找个托辞把紫霄追风剑送给他。北门云飞是他崇拜的偶像，豪杰，剑客，侠士，又是他未来的姐夫，说什么他也不能让北门云飞手中没有一把像样的好剑。

紫霄追风剑确实是把好剑，连外行也看得出来。

　　李啸林也是忍痛割爱，但旁人却没看出来。

　　他随后又在死尸堆中随便找了一把剑扛着。

　　"岳大人，张大人，你二人赶快脱下所有黑衣人的外套，记得搜出他们的腰牌，然后将尸体搬去墙外柴房，准备焚尸灭迹。邓家姑侄，你二人去把客栈掌柜叫来，守住大门，闲杂人等不准入内。"沈天鹏又安排道。

　　"大人，通往墙外柴房的门是锁着的。"张怀忠道。

　　"你没脚吗？"沈天鹏应道。看见掌柜进院，又故意小声牢骚着说："如此拖延做事，如何能尽快抓住严万里那叛徒逆贼，再重新找回被他骗走的秘账？"

　　"嘣！"岳海鲲闻言，飞起一脚，踢飞了院墙门。

　　"官爷有何吩咐？"被召来的客栈掌柜对沈天鹏小心问道。园内地上那十几具尸体和被踢飞的门，他看见了，却装作没看见；沈天鹏刚才故意小声发的牢骚话语，他听见了，也装作什么也没听见。他知道此刻只有装聋作哑，或许可保祸不及身。

　　他的脚不住地颤抖着。

　　"我想今儿在你园中发生的事，你应该什么也没看见什么也没听到吧？！"沈天鹏边问边有意无意地抽出佩剑。剑刃两边残留的血迹清晰可见。

　　"没……没……没看见，什么也……也没听见。我……我……我什么也没看见，什么也没听见。"掌柜哆嗦着回道。

　　"那就好！我想买你围墙外那间柴房，你看值多少银子？"

　　"大爷随意给好了，没银子，也没关系，大人只管拿去，就一间随意搭建的破柴房，不值钱的。"

　　"柴房加上损坏的门，桌，凳等，给你一百两银子如何？"

　　"太多了，小的不敢收。"掌柜清楚，一百两银子够修几个柴房了。

　　"就这么定了。我待会要把柴房烧了，烧成灰烬，你不得指使伙计救火，否则，你和你这间客栈……还有，今儿发生在这院内的事，你如对外人提起，后果我不说，你也应该猜得到。"

"不敢救，不敢救，大爷说了算！我远远看着它烧，谁救我和谁急！今儿这院内发生的事，草民现在就已经开始忘了，什么也不记得了！"掌柜急切表白道。有些阅历年岁的他知道，生逢乱世，贪官横行，污吏霸道，地痞流氓趁火打劫，在皇权专制治下的社会底层，普通人的性命犹如草芥，死于天灾人祸，就好像被捏死去一只小虫子，从来就不稀罕。

"这样就好！我们走后，肯定会有人上你这儿打听今儿之事，你切记住：糊涂者长寿，聪明人短命。你将来能活多久全在你嘴里舌尖上。"沈天鹏似有预感，对掌柜提醒道。

凤凰镇，山月听风客栈。

后院。

院墙外被点燃的柴房，风助火势，在烈焰中很快坍塌。

浓烟中，弥漫着尸肉焦骨的臭味。

火起之时，有人看见，八个蒙面黑衣人，骑着马向镇北方向飞驰而去，很快消失在夜色中。

第二十章

渾水摸魚 各爲其主

57

临近午夜。

娄山关隘。

娄山关，亦称太平关，原名娄珊关、娄关，后称太平关。

关口位于大娄山主脉的脊梁上。

此关东西百里，尽是千峰万仞，重崖叠峰，峭壁绝立，若斧似戟，直刺苍穹。

山路，由南向北，蜿蜒向上，沿数亿年前，被海水冲刷溶蚀成裂隙的山坳隘口间穿过。

隘口东西两边的山后，是万丈悬崖绝壁，十分险峻。

该地北陡南缓；东西山岩峭峻，中路盘旋崎岖，地势极为险要，是黔桂入川陕必经之路。

所以，山坳道路东边的一块天然石壁上，刻着一副不知是哪个文人墨客抒写的回文联：

娄山关　人关路关鸟关云关天关

关天关云关鸟关路关人　关山娄

古语曰："娄山关隘，北拒巴蜀，南扼黔桂，一夫当关，万夫莫开。"

可见其险要。

两根钉满铁蒺藜的大圆木，就分别横架在关隘路段南北两边路中央。

南北两边关卡外还拦着用长枪交叉固定而成的拒马和鹿砦，几乎将一条山道堵得水泄不通。

东西两面的半山腰上，还修有堑壕，掩体，堡垒。

驻守关隘的是贵州提督直辖的绿营官兵。原先只有一个营千总（六品）兼哨官，带两个把总（七品），统领两百余步骑，炮军，兵士守关。

三天前，巡抚手下的抚标中军陈敬业参将和提督绿营提标中军副将乔平安竟亲临关隘接防巡查督阵，关隘上的官兵也比平时多了许多。

关隘山路两边及官军营账外矗立着许多灯笼杆，杆上挂着的灯笼，把关隘照得如同白昼。

山高夜寒，一个把总和十几个巡夜的兵丁，在路边一平台上围着一堆篝火，在嬉笑言谈。

营千总哨官陪着陈中军在关隘西边的一溶洞中的客厅里，在油灯下啃嚼着鸡鸭鱼肉，饮着酒。

乔副将因不胜酒力，已醉入洞内帐中，正均匀地打着鼾声昏睡不醒。

"都三天了，大人要抓的那些假钦差还不见踪影，他们会不会从别处逃走了？或被其他想领赏金的人在半道给宰了，来不了啦？"哨官边给陈参将斟酒，边问道。

"难说，都有可能。他妈的，要不是因为他们，老子也不会到这鸟不拉屎的鬼地方，让山蚊子咬得全身发痒！"陈参将抱怨着说。

"大人，抓住他们真有十万赏银？"这哨官是个老兵痞，在关隘上呆久了，阅人无数，也算得上见多识广，最善察言观色和取悦来来往往的各级巡查大员。"但依小的看来，这赏银不好拿。"

"为什么？"陈参将有些好奇地问道。他没想到一个小小的哨官也有自己的主见。

"大人这是明知故问，考小的吧！"

"你且说来听听，让本官看看你是不是可造之才。如果你分析得有理，说到点上，有点意思，待此次差事完结后，本官定会向抚台大人举荐重用你。"

"小的先谢过大人！那小的就班门弄斧，胡言几句，望大人不怪。"哨官有些受宠若惊道。

"但说不妨。"

"大人官拜抚台抚标中军参将，正三品，抚台大人的侍卫官长，大人的拳脚刀剑功夫自然不弱，对付一般山贼草寇，擒拿几个绿林大盗，大人完全用不着大动干戈，在关卡上费力张罗吧？但此次似乎有些不同寻常，大人不仅带来抚衙直辖抚标营 100 名铁骑快刀手，还兼辖制提督绿营 100 个弓箭手，在关隘两边山上轮班设伏，足见大人要抓的人绝非等闲之辈。大人，我没说错吧？再看大人连日来食不甘味寝不安席，小的就猜到大人此趟差事有些棘手。"

"是啊，此趟差事不是有些棘手，而是很棘手！弄不好，赔了前程性命是小，还有可能被灭门，甚至株连九族！"听着哨官的话，陈参将点着头，心里暗道。

他不由得又想起来山隘关卡前在贵州巡抚衙门受命时的情景……

58

三天前。

贵州巡抚衙门大堂。

抚标中军陈敬业参将和绿营督标中军乔平安副参将，应召进入大堂时，巡抚何冠英、提督田兴恕已在堂下左右分座。

"下官拜见巡抚大人！见过提督大人！"陈参将和乔副将行礼参拜。

"两位免礼！我已支开皂隶衙役，没外人，大家不必客套，坐着说话。"何冠英道。

"不知二位大人召我等前来有何要事！"陈参将问道。

这陈参将，是行伍出身，来自武学世家，从小练过，有些拳术根基，后又得江湖高人指点，刀，枪，棍，剑，弓……都有较高造诣和表现，为人又沉稳练达，做事善用头脑，便一步步做到了抚台下属抚标中军参将。

和陈敬业参将一起来的提标乔平安副将却不同。他是提督田兴恕的内弟，人倒不坏，只是资质平庸，难成大器。田兴恕本想提携重用他做自己的心腹，能分忧解难的左膀右臂，不料他鼠目寸光，心无大志，又甘于自满，不求上进。田兴恕对这个内弟，是恨铁不成钢，常常忍不住挖苦训斥，但碍于内人面子，也无可奈何，只能随他去了。

"云南布政史邓尔恒擢升陕西巡抚，赴任途中，在曲靖被杀的事，两位应该知道吧！"何巡抚问道。

"杀邓尔恒的不是土匪吗？说是为了图财，因为邓尔恒大人反抗才被杀了。"乔副将道。

"如果你是土匪，你敢上知府衙门杀官劫财吗？"田提督对乔副将问道。

"不敢。给我十个胆也不敢。"乔副将摇着头说。

"为什么？"

"因为杀死官吏是谋反叛乱重罪，会被满门抄斩。"

"云南那边的土匪会比你还蠢？"田提督一点也不留情面。

"这……"乔副将语塞了。

"下官也听说过，是年初早春的事，案子还没结吗？"陈参将赶紧圆场，插问道。

"结？怎么结？先是云南巡抚衙门抓了几个山贼喽啰想敷衍了事，结果被皇上训斥一顿。后又由云贵总督张亮基查办，他倒好，一看此案水深，找个借口，托病回家养老去了。皇上再命新任云贵总督刘源灏，彻查此事。然此人老奸巨猾，深知招惹徐之铭的人，必凶多吉少，他竟不敢踏足入滇，索性也装病，以'年老乞休'（也就是托病），辞官回乡，不愿赴任……再派满洲人福济接任云贵总督，福济也托辞推拒……前阵子，京城传来消息：潘铎有可能出任云贵总督并接手该案。这潘铎，江苏江宁（今南京）人，道光进士，做过河南、湖南巡抚，此人为官公正，铁面无私，不徇私情。云贵有他插足，迟早会被翻过底朝天。反正自从听说潘铎有可能上任后，徐之铭就像热锅上的蚂蚁，没有一天不提心吊胆。如今，他老人家只要睡不着觉，就会派人往西南各督抚道衙门或送手本移会或发咨文告示，这不，云南巡抚衙门的密函又来了！"何巡抚满腹牢骚道。

"密函怎么说？"陈参将问。

"这就是今天找你们来的原因。"何巡抚说道，"刚才我和田大人正议着。密函说，邓尔恒的妹子带着他（邓尔恒）的女儿，已进入贵州地面。徐大人说此姑侄二人牵涉邓尔恒被杀一案，是重要人证，要我等无论死活，务必将此二女擒住，押送云南抚衙……"

不等何巡抚说完，乔副参将迫不及待表现道："不就两个女流，交给我去办好了，不劳陈大人出马了。此等小事，陈大人也不会和我争吧？"

"你能消停一下，等何大人说完再表态，行不？"田提督不满地止住他。

"乔副将能主动请缨办差，精神可嘉！"何巡抚微笑道。他和田提督同朝为官，既有共同利益维护，也免不了部门摩擦，勾心斗角，尔虞我诈。在他眼中，这个乔副将，就是草包一个，连给他看门提鞋都不够格。但不看僧面看佛面，为了照顾到田提督的脸面，相商大事时，还是无一例外地叫上他，他毕竟是田提督的连襟，唯一可信之人，虽然无能，却很可靠，只是有点不识抬举，不大知趣，就爱出风头。"当然，如果只对付两个女人，乔副将自然不在话下。但是，在两个女人后面还跟着四个武功一流的绝顶高手，密函上说：他们假冒刑部委派查案官员，到处打听邓家姑侄下落。途中，不仅杀了曲靖知府唐简和通判袁正伦，还杀了好几个追捕他们的官差。那些被杀之人，要么死于一剑断喉，要么心肺头骨碎裂而亡，徐大人要我等将他们就地斩立决，焚尸灭迹。乔副将，这差，你还想单独办吗？你要真能把那四个武功一流的绝顶高手给收拾处置了，我立马上书皇上，请他把我这巡抚的位子让给你，我回乡下种红薯去。你看如何？"

"这……这个，我是副将，我还是协助陈大人吧！"乔副将退缩道。他倒是拿得起，放得下，不怕人笑话。这乔副将，别的本事没有，就会仗势狐假虎威，但他也还有点自知之明，他很清楚，他那点花拳绣腿的三脚猫功夫，别说对阵高手，连对阵低手，他也没什么把握。

"这就奇怪了，武功一流的绝顶高手，假冒刑部委派查案官员，只为查找邓家姑侄，劫财吗？落难逃亡之人，能有多少金银珠宝？劫色？四个发情男人别的女人不找，单单追着邓家两姑侄满山跑？据下官所知，那邓大人的妹子和女儿，虽有几分姿色，却也不是什么绝世美人。并且，他的妹子还是已婚女子，为人之母，他们至于吗？"陈参将不解道。

田提督与何巡抚交换了一下眼色，点着头赞道："陈参将不愧为抚标中军良将，所言极是！你二位来此之前，我同何大人也正猜疑着，也为此而感觉头痛和不决。"

"这有何难？把我和陈大人手下的兵马全拉上去，任他武功再高，也斗不过我们几百上千人的大军吧？"乔副将信心十足道。

"我想二位大人顾虑的不是抓不抓得了他们，而是能不能抓的问题……"陈参将分析道。

<h1 style="text-align:center">59</h1>

"大家不是外人，我直说了吧！"陈参将的话既已触到要害处，何巡抚不得不道出其中深奥，"如果我和田大人分析和预料不差的话，查找邓家姑侄的那四人，很有可能真是刑部派来查案的捕快，甚至这四人当中，就有皇上派来密查暗访邓尔恒遇害案的钦差大臣。真是这样的话，徐大人和我等西南各府衙高官要员都摊上大事了。这些年，跟着他徐大人，你我也做了不少伤天害理的事。我们背靠他这棵大树好乘凉，就算有点过失小错，有他罩着，在我们和皇上之间挡着，皇上很少看得见我们，也就没心思找我们的茬。一个徐之铭就够他烦了。如他倒了，拔出萝卜带出泥，兔死狐悲，城门失火殃及池鱼，下一个不定就轮到我们了。

这些年，我们或为自己和同僚谋私利，或为了讨好上司和徐之铭，或受其他位高权重者胁迫，也干了不少见不得光的龌龊事，我们虽没有他那样的豹子胆，敢与黑道勾结，拦路抢夺官吏财物，直至杀戮朝廷二品大员，震撼朝野，但我们比他也好不到哪里，官做到你我这个份儿上，哪个没做过几件伤天害理的事？哪个手上没沾染他人血迹？不坑人踩人害人，不阿谀逢迎上司，不遛须拍马进贡大礼，你能晋升？不利用手中极权对那些草民百姓横征暴敛，刺血济肌，不对商人敲骨吸髓，强抢豪夺，银子从哪来？没银子不断运作，谁能常年坐稳自己的宝座？想做正人君子，想洁身自好，就别入仕为官。哦，乔副将可能例外。乔副将，你杀过人吗？"何巡忧半开玩笑半认真地问道。

"当然杀过，几年前，一个在丽春院和我抢女人的客人，就被我一刀给宰了，幸好后来审案时翻出此人曾私贩过烟土，我才仅被何大人您薄惩认罚了事，您忘了吗？"乔副将坦言道。

"是有这回事，我倒差点忘了！"何巡抚有些含蓄和意味地看了一眼田提督说道。

"争风吃醋，杀嫖客，你也就这点出息！要不是我私下给何巡抚打过招呼，人家让手下想方设法栽赃苦主放你一马，你今儿不定还在哪儿吃牢饭服苦役呢！"田提督识得何巡抚眼神，对小舅子有些鄙夷地摇头暗道，接着插言说：

"说正事，所以，你我如今被他徐之铭拖入两难境地：我们和他，是一根绳上的两个蚂蚱，不帮他，他玩完了，朝廷接下来就该整肃收拾我们了；帮他，就是与朝廷作对，就是叛逆，就是谋反，要是事情败露，或者皇上的钦差死在我们的地面，你我都会被抄家问斩，死无全尸，甚至株连九族。"

"那……那我们不如睁只眼闭只眼，不管不问，随他们的便。"乔副将见过被撤职查抄的官员：昔日腰缠十万贯，骑鹤下扬州；划船乘舟，随从簇拥，车水马龙；天上人间，赏尽玩风花雪月，穷奢极乐，耀武扬威，不可一世。一旦获罪查抄，竟上无片瓦，下无立锥之地。妻儿家人财产，籍没入官，或发配充军或收充官妓为奴仆，苟且偷生，连猪狗都不如。此时，他想：多一事不如少一事，还是保命要紧。

"乔副将说的这法子，我和田大人商议过，也不失为一种下下之策。"何巡抚回答道，"但要是让这几人在我们地面上，杀了徐大人手下的公差，而我们毫无作为，任其一路通行无阻，徐大人会放过我们？说实话，我宁可得罪皇上，也不敢得罪徐大人。因为山高皇帝远，在云贵地面上，他是老二，没人敢做老大。你们应该听说过那个叫'红蝙蝠'的杀手组织吧？传言说，里面的杀手，个个武功高强，都会飞檐走壁；杀人掠货，如同探囊取物，据小道传言：邓尔恒就是死在他们的手上。他们的首领，八九不离十，就是徐之铭，我们可惹不起！"

"那两位大人的意思是……"陈参将问道。

"我和田大人一致认为，我们应有两手准备：第一，无论是邓家姑侄，还是追查她们的人，他们最终的目的地，应该都是京城。因为邓家姑侄之所以会被徐大人通缉，派我等协助抓捕和追杀，她两人身上必定掌握有可以要徐大人老命的证据，很有可能是账册或密函书信一类的证据（江湖已有传言：有人肯出十万白银，收卖邓尔恒留下的秘账），她们要替邓大人报仇，唯有去京城通天，冒死向皇上陈情。我们没时间也没人力在整个贵州地面撒网找她们，但娄山关隘是她们和跟在她们身后的那些人的必经之路，我们或许可以在那儿把他们全截住。"

"截住又如何？"陈参将再问道。

"只有两个结果：一，无毒不丈夫，将他们全部斩杀在关卡上，搜出他们身上的一切物证，就地毁尸灭迹，就当他们从没进入过我贵州地面，一了百了，也算是我们给徐之铭送了一份天大的重礼。前提是必须做到万无一失，绝对不能漏网逃走一个。否则，戕杀刑部官员或钦差，后果是什么，不用我说，在座各位是清楚的。"何巡抚神情凝重地说道，"二，有意盘查不严，放水让他们走，我们只能心存侥幸，但愿徐大人有万全之策可以自保泰山稳固，安然无恙。除此外，别无良策。"

田提督又补充说："我与何大人都觉得陈参将平日里为人处事还算沉着干练，又极有主张，所以命你和乔副将一同前往娄山关隘设卡拦截他们。按何大人刚才所说的那两个结果，是截杀，是放行，全权由你们现场掌握，随机应变，我们大家的身家性命全在你们一念之间了。"

"如无绝对把握将他们一网打尽，请千万不要鲁莽行事。切记！切记！再补充一点，对任何持有云南抚衙腰牌的公差，捕快，江湖人士，甚至乞丐……等，一律放行，无需检查，尽可能别和他们发生任何冲突。"何大人又再三叮嘱道。他和田提督都知道，稍有不慎，他们都将粉身碎骨，万劫不复。

"两位大人，此次上差使命，凶险异常，下官感谢两位大人信任，自然万死不辞。"陈参将起身离座退至堂前，对何巡抚和田提督按例循礼拜说道："但受命前，下官必须确认二点：一，将在外君命有所不受，下官应有临机决断之权。二，《尉缭子》兵法勒卒令第十八曰：军无二令，二令者诛，留令者诛，失令者诛。我与乔副将一同外出办案，为规避因为思路见解不同而相互掣肘，影响效率，甚至犯下不可饶恕的大错，下官诚请两位大人明确，谁是主帅？如以乔副将为主，下官保证尽心尽力协助，唯他马首是瞻，决不僭越半分，功过也概由他独自领受。如以我为主帅，我愿承担全责，绝不推诿。但我必令出即行，凡违令者，包括乔副将在内，我会先斩后奏，绝不姑息迁就。下官无意冒犯，两位大人如不明确，下官不敢领命！"

"陈参将此言倒在情在理。田大人意下如何？"何巡抚明知故问道。

田提督也是个明白人，他怎会不知，他这个小舅子，寻花问柳还算里手行家，要他身负主帅之职带兵打仗，他连赵括马谡都不如。于是田提督就卖了个顺水人情："陈参将文武双全，非他也无人能担当如此重任，陈参将就不必谦虚礼让了。乔副将缺少历练，此次你就带上他，让他跟你学学，也好有点长进。你那两点请求，我准了，全权由你作主！还有，我从提督绿营调来的 100 名骑射弓箭手也归你指挥，有违令者，你可先斩后奏！"

"我也准了！我也为你调派了 100 名铁骑快刀手，他们只听命于你，随你一同出发。为免夜长梦多，你二人不要耽搁，现在就走，天黑前还能赶到娄山关口。"何巡抚催促道。

……

第二十一章

侥幸脱钩　鱼入大海

60

娄山关隘。

午夜已过。

洞内客厅中。

陈参将正饮着酒。一边心不在焉地听着哨官说话，一边想着过往的心事。

"报——"洞门外有军士吆喝。

"进来，什么事？"哨官问。

"有人想过关卡。"军士答。

一听此言，正被烦心事困扰的陈参将忍不住怒吼道："他妈的，现在什么时辰？我这关是什么人、什么时候想过就能过的吗？滚出去，别坏了老子喝酒的兴致！"

"叫他等着，天亮盘查完了再放行。"哨官令道。

"这……他有腰牌。小的不敢做主。"军士犹豫着说，并将腰牌递给哨官。

"什么腰牌？我看看。"陈参将警觉地问。他知道，有地位有身份的人，还有官吏差役等，才有腰牌。

这是一块上好的翡翠绿玉腰牌。腰牌挂绳一头串有珍珠玛瑙，另一头佩有鲜红的吊穗。正面有凹凸篆字"玉牌免查"；背面刻着一只龇牙咧嘴伸开双翅的黑眼红蝙蝠。陈参将也有腰牌，但他的腰牌显然比这块腰牌要逊色很多。

陈参将把腰牌翻来覆去看了几遍后，对哨官说："走，去看看。"

陈参将一身大清绿营正三品戎装，腰挂佩剑，站在比关卡路面稍

133

高一点的路边平台上，打量此时准备过关卡的来人。刚才还在围着篝火的把总和十几个军士，见势握枪提刀，分站在陈参将左右两边，随时准备听其号令。

横架在关隘路南中央那根钉满铁蒺藜的大圆木很显眼。

陈参将看见离它几米开外，从凤凰镇过来的方向，有八个骑在马上的蒙面黑衣人。他感觉有些吃惊。暗想："这就是传说中的那些令人胆寒的'红蝙蝠'杀手吧？"但他大小也是个参将，镇守一方的武官，他不能怯场，再说，从这些蒙面黑衣人那里，或许能打听到有关邓家姑侄和那些所谓假冒刑部查案官差的消息。他们不就是为此而来的吗？

于是，陈参将对哨官说："你去问问，他们从哪里来？又要去何处？有何急事，非得此刻过关？"

"是，大人！你，你，跟我来。"哨官应道，又随意点了两个军士一同走下平台。

那哨官，难得有如此机会在上峰面前表现，他也不知道什么"红蝙蝠"杀手和可能有刑部真钦差查案这等机密事，更不知道其中凶险利害。便端着哨官架子上前打着官腔问道："你等是何许人？从哪里来？要去何处？有何急事，非得此刻过关？"

其中一蒙面黑衣人策马上前大声道："就凭你一芝麻大的小小千总哨官，也配过问我们抚台大人的公事？让你主子出来说话！"

说话的黑衣人是李玉龙，他身为邓尔恒的副将，在云南为官多年，最熟悉云贵川地方路道和风土人情。也深谙官场和军中规矩。他有经验，凡外出公干，过关卡，遇盘查，越小的官，架子越大，越爱装腔作势，越难缠。你如不在气势上压过他，他闲着无聊，会把人盘查到天亮。

他故意提高嗓门，就是要逼关上管事的现身答话，因为他已经看见了关卡里路边平台上的参将陈敬业。李玉龙因为长期跟随布政使（后擢升巡抚）邓尔恒公干，所以，云贵川陕地方四品以上官员，几乎没有他不认识的。

哨官没想到人家不把他放在眼里，顿觉脸上无光，就耍横道："不说是吧？不说你们今晚就别想过关！"

"凭你这堆破铜烂铁，几根朽木，就想拦住我等几个？老子出示腰牌，让你开关放行，是礼节，是给你家主子何冠英、田兴恕一点面子，不然……"李玉龙龙说着话，策马后退十余步，突然纵马急驰向关口，快到路障时，一提缰绳，那马前蹄一抬，后腿一蹬，即刻凌空越过横架在关隘路中央那根钉满铁蒺藜的大圆木，不等哨官从惊愕中反应过来，他人和马已来到陈参将站着的平台下，对着台上的陈参将言道———

"上面站着的可是贵州抚台抚标营中军陈敬业参将？"借着灯光，李玉龙刚才在关卡外就认出了此人，所以才有底气冒险撞关。

那哨官和两个军士，此时才拔出刀挺着枪，正要迈步上前拦阻，可没走两步，，顿觉双腿一麻，扑地倒下。原来是被沈天鹏从路边折下的几截松枝小棍所伤。其他军士见状，情知不妙，就要冲上前去……

"慢！都别动！听我号令，违令者斩！"陈参将大声喝令急止，他怕事态失去控制。他知道，此刻关隘两边半山腰的堑壕，掩体，堡垒里的弓箭手，肯定已闻声而动，正张弓搭箭，就看他手势和下令。但在还没有确定这些人身份前，他是决不会将这些人狙杀的。

为官多年，他深知，对无权无势的小老百姓，宁可错杀，也决不放过；而对有根底来头，有靠山后台的人，宁可放过，也决不能错杀，否则，后患无穷。比如眼前，他要真错杀了号称"云南王"徐之铭的人，就算皇上能放过他，徐之铭能放过他吗？像徐之铭这样的巡抚，要杀他这个参将，随便找个理由安个罪名，就可以先参他一本，将他撤职除名，再借他人之手，让他凶死街头或暴尸荒野。

陈参将先稳住军士后，才对台下回道：

"我是陈敬业！你是……"陈参将感觉有些意外，来人不仅直呼巡抚和提督两位大人名讳，居然还能道出他的姓和名，倒让他一时不知如何处置好。

"云南巡抚徐大人标下副将何有保。"李玉龙随口回道。因为蒙着脸，只露出双眼，他可以冒充任何他熟悉的官员，对方一时半会也没条件没时间去查证。

"哦，原来是何将军驾到，幸会！幸会！"在西南，连路过云南的官员都敢抢敢杀的混世魔王何有保的大名，有谁不知？哪个不晓？有那么大那么硬的后台靠山罩着，他杀人就如吹气割草一般简单容易。

"陈大人是想留我等在山上过夜？"李云龙漫不经心地打趣道。

"岂敢！岂敢！赶快开关！放行！"陈参将不敢怠慢。要真是何有宝，别说让他开关，就是让他下跪，他也不敢违逆。他不想冒险再盘查这些神秘的黑衣人。权衡利弊，他宁可信其有，不可信其无。让这些瘟神赶紧离去，以免查又查不清，放又放不得，稍有不慎，惹恼了这些人，自找没趣。

众军士闻声而动。他们现在才知道，这些个大爷惹不起。一个个像见着老虎的家犬，小心翼翼地"夹着尾巴"做事，再没有平时那种飞扬跋扈不可一世的模样。

南北两边的关卡差不多同时打开了，沈天鹏等没有在关内停留，一直策马走到关隘往北路口处才驻足停下等待李玉龙。

此刻，陈参将已来到李玉龙马前，将腰牌还给李玉龙，并说："这是何将军的腰牌，请何将军恕本官治军无方，刚才多有冒犯，还望何将军海涵宽容！"随即下令："来人，把哨官拉下去打二十军棍，关三天紧闭！"

李玉龙也下马还礼："不知者不怪，陈大人，看我面上，那二十军棍就免了，下不为例。本官承蒙陈大人关照成全，十分感谢！因有要务在身，我等还要赶路，就此别过，后会有期！"说完就要上马离去。

"何将军留步，下官有个不情之请，不知可否占用何将军少许时间？"

"请说！"

"请何将军借一步说话。"

于是，李玉龙牵着马与陈参将两人步行到离众军士稍远处。

"下官斗胆问一句：何大人此行是否和邓家姑侄及假冒刑部查

案官差有关？大人不要多心，下官并不是出于好奇打探大人行踪，实在是有难言苦衷。不瞒大人，我等在此重兵严防守关，也是奉何冠英巡抚和田兴恕提督二位大人之命，在此堵截邓家姑侄及假冒刑部查案官差。已经三天了，仍不知那些人的行踪。我略知大人等有非常手段，通天达地，消息灵通，可否给下官透露一点：邓家姑侄及假冒刑部查案官差是不是早已逃离贵州地面？如此结果，我等也好早日打道回府复命，不再遭受此高山寒气雾瘴折磨，仅此而以，望大人体谅！"陈参将低声下气道。常言说：人不求人一般高，他也是实出无奈，既然求人，就得放低姿态。他实在不想在这偏僻之地熬得太久。

李玉龙想了想回道："按说我等行踪目标均属天大机密，任何人无权打听，别说是你，就连你家何冠英巡抚和田兴恕提督也没资格过问，但本官看你为人诚恳，尽忠职守，就不妨告诉你：邓家姑侄确已易容化装逃离了贵州地面，我等就是前往巴蜀缉拿她们。但陈大人等还得在此关隘辛苦些许时日，因为假冒刑部查案官差还在贵州地面活动。据报，在离此关卡不远的凤凰镇，就有人见过他们的行踪。所以你等还不能懈怠，如你们能将他们截住擒获，徐大人必有重赏！我等公务急迫，耽误不起，就此别过！再会！"说罢，翻身上马，疾驰而去。

"下官知道了，有劳何大人不吝赐教，在此谢过！恭送何大人！祝一路顺风！"陈参将对着李玉龙远去的背影道。

目送八骑蒙面黑衣人离去，陈参将有些后怕又有些患得患失。

这八个蒙面黑衣人左胸均配饰有"红蝙蝠"，其中一人还是金黄色的蝙蝠，他都看见了；他庆幸自己处事还算理智和冷静。

他不是一点都不怀疑这些蒙面黑衣人的真实身份，也不是不想详查，但能查得清吗？就算这些人说自己是微服出行的皇上，拿颗假玉玺出来蒙人，他也不敢不信。因为天下有几个人见过皇上圣颜？又有几个人见过真正的玉玺？万一因为撞上霉运，惊了圣驾，那可是杀头之罪。

这世道，小偷小摸的贼好抓，窃国的大盗匪类却不好惹。再说，这些蒙面黑衣人功夫了得，行家一出手，就知有没有，他拦得住他们吗？刚才，他们只轻描淡写地轻抬手指，就毫无声响地打得哨官三人灰头扑脸地倒在地上，他表面不动声色，其实，作为练武之人的他，不能不感觉震惊：这不就是暗器隔空打穴的绝世功夫吗？万一真相是他和他们不得不撕破脸面动武，你死我活地决斗拼杀，他预料他的军士和弓箭手最多只能伤到他们中二三个人的皮毛，而他这方，很多人（也许还有他自己），恐怕就再也看不见明天的太阳了。

两害相权取其轻，两利相权取其重，既然真假难辨，又拦不了他们，更没有自信和能力可以将他们一个不留地全部斩尽杀绝，何不来个多一事不如少一事，做个顺水人情，让大家相安无事。就算上峰事后怪罪，无凭无据，又能把他怎样？再说，上峰不也再三嘱咐他务求谨慎稳重吗？

这样一想，他也释然了。

第二十二章

巡抚微服　明察暗訪

61

沈天鹏等离开凤凰镇二十余天后。

凤凰镇。

镇西方向，离闹市不远的古道套马桩处，有客自远方来。

六匹马，马背上下来六个披着黑风衣的人，五男一女，其中还有一个老者。

老者五十岁上下，生得豹头猿臂，朱颜鹤发，燕颔虎须，直鼻权腮，魁梧奇伟，举止言行间，有意无意地显露出高人一等的倨傲和尊贵。

那女子虽然也披着黑色的风衣，年纪约二十出头，身材苗条匀称，瓜子脸儿，白净面皮，如雪似霜，鼻直眉秀，一看就是天生丽质的美人。再加上她梳着一头丱发，左右两耳前，从鬓中自然垂下一小绺头发，配着披肩的长发，只觉得秀而不媚，清而不寒，犹如仙女下凡。

"你随我进镇，他四人留此守候。"老者对女随从吩咐道。他显然是可以对身边任何人发号施令的位高权重者。

二人来到"山月听风"客栈门前。

"这就是我的杨副使提到的那家客栈？！"老者暗道。

原来，此人便是雄霸西南数省的赫赫有名的"云南王"，"红蝙蝠"首领，大清国巡抚徐之铭。

"你去叫掌柜后院问话。"徐之铭对女随从道。

三人来到客栈后院。院里已没了打斗留下的狼藉。地上虽然已经清扫擦洗过，但血迹斑痕还隐约可见。

"客官有何吩咐？"掌柜陪着二人，小心翼翼地问道。

"大约半个多月前，你这里是不是接待过几个从京城来的客人？他们自称是刑部官差，就在这后院办案，对不？"徐之铭问。

"这个……"掌柜是个聪明人，他立刻意识到：买卖上门了，要有银子可赚了。

徐之铭是个明白人，他瞥了女随从一眼；女随从便摸出 10 两锭银递给掌柜。

"谢客官赏赐！差不多应该是……二十多天前吧，是有七八个人来过小的客栈，他们自称刑部官差办案，让小的等不准靠近打扰。两个多时辰后，小的手下跑堂来报，说院内有人厮杀打斗，我等害怕，不敢靠近过问。又过一个多时辰后，小的才被一个为首的官爷叫到此处问活……"掌柜道。

"你进来后看见什么！那个为首的官爷对你问了什么？"徐之铭急迫问道。

"那个为首的官爷对小的说，无论看见什么听见什么，都不得对任何人说，否则，小的性命和小的客栈都难保，所以，请客官别为难小的才是。"掌柜的摆出一副欲说又顾虑其他的样子说道。

女随从又摸出 10 两锭银递向掌柜。

"这个……关系小的身家性命……小的真不敢说。"掌柜一眼就瞧出这两人非富即贵，看着他们对打听的事很是上心，便估摸着抬价想趁机多赚点。此刻，掌柜受着锭银的诱惑，像在水中吞食渔人钓饵的鱼儿，被贪婪和欲望蒙蔽了双眼，他丝毫看不见跟在锭银身后的死神，正一步步走近他。

女随从再摸出 10 两锭银……

掌柜的终于开口了。他向院内四周看了看，有些神秘地低声说道："那天的事，太可怕了，我对谁也没提过。我被为首的官爷叫进院子后，就是这里，我看见地上横七竖八地躺着十几具黑衣人的尸体，两个女子守住大门，另有两个官爷竟然在脱下那些黑衣人的衣服，并在他们身上搜着什么，然后将尸体搬去墙外柴房。我害怕极了，假装什么也没看见。那个官爷叫我进来，是要买我的柴房烧那些死人，我敢不卖吗？"掌柜便把沈天鹏对他说过的话又重述了一遍，最后说道："那柴房是他们临走放的火，里面的死人和柴房都烧成了灰。他们离开后，我才去镇外山洼里挖了个大坑，将那些骨渣装进一大麻布口袋里给埋了……还有，我进去时，听见他们小声说，要抓一个叫严什么的逃犯，要找回什么册子，看见我走近，他们就没说了。两位客官可要为我保密，千万别对外人说是我告诉你们的，我怕他们会回来找我的麻烦！"

"那你一定知道他们离开客栈后，往哪儿走了，对吧？"徐之铭随口漫不经心地问道。其实他心里已猜出了沈天鹏等的去向，只是想求证一下罢了。

"他们全都穿戴着从死人身上扒下的黑衣和面罩，向镇北娄山关口方向纵马急驰而去……"掌柜肯定道。

"杨副使果然没说假话，这倒让我有点安慰。我终于明白沈天鹏，李玉龙等一行为什么会神不知鬼不觉地消失得无影无踪了。怪不得有重兵把守的天险娄山关卡也没拦住他们！"徐之铭有些懊恼道。"智者千虑，必有一失，看来我真的老了，居然没想到他沈天鹏竟然不用钦差身份和刑部腰牌，而是用我'红蝙蝠'杀手衣着腰牌混出了一道道关卡。老夫失算了！"

"大人不必自责！此刻及时补救，应该还不算太晚。"女随从安慰道。

"按时间推算，沈天鹏李玉龙等要么已至陕西，要么已进湖北，你知道该怎么做了？如何跟踪追迹找到他们，不用我教你了吧！？"徐之铭面带杀气地说道。

"属下知道怎么做，不用大人操心。"

"你带上'笑面虎'和'鬼见愁'两人，找到他们，不仅要拿下他们的人头，更重要的是找回那本账册！如果办不到，你也不用回来了！"徐之铭恶狠狠道。他已经输不起了。

"属下知道。属下定然不让大人失望！"女随从诚惶诚恐道。

62

　　停了一会，徐之铭又向女随从问道："依你看，杨副使还可靠吗？凤凰镇此地一战，我的主使及手下，全部战死；我派在钦差沈天鹏身边的卧底'山猫'，就是刑部云南清吏司员外郎严万里，也不知去向，仅他一人逃回，你不觉得有些怪异和蹊跷吗？"

　　"属下不好判断。"女随从俯首低眉道。她心知肚明，上司大人这是在考验她。

　　"为什么？是因为他救过你，对你有恩，你就连判断也没有了？"徐之铭咄咄逼人道，既有醋意，也有不满。

　　"是，因为他救过属下，我若为讨好大人，在他背后落井下石，无端猜疑诋毁他，那是忘恩负义，为人所不齿，大人可喜欢此等绝情毫无人性的小人？我若说他为大人办事，让人打断肋骨，伤痕累累，体无完肤，差点送命，此等忠诚，无人可及，大人会不会怀疑我是因为对他感恩而徇私情替他开脱？大人可容得下对您如此不忠之人？所以，大人希望我如何判断？还请大人示下！"被逼无奈的女随从绵里藏针道。

　　"你……"徐之铭大怒，顷刻，又和颜悦色说："玉面狐，就是玉面狐，算啦，不和你计较了，办正事要紧。你如万一遇见'山猫'，可奉劝他悬崖勒马，为他妻儿老父老母着想，速来见我，所有过失一笔勾销。那账册要真在他手里，我准你临机决断，不惜一切代价，务必拿到账册。记住，我只要账册，其他都不重要。你懂我的意思吧？"

　　这是徐之铭一贯行事风格：只要结果，不计代价。

　　"属下明白！"女随从肯定道。

　　"但老夫有种不祥的预感：'山猫'恐已遇难或落入钦差沈天鹏等人之手，秘账也被他们拿到了，否则，他们为何要急着离开云贵，往京城里赶路？"

　　"大人分析得有理。不过，'山猫'严万里既然原先是刑部的人，也不排除他早已背叛了大人您，正与刑部钦差等人商量着要如何对付您呢！"女随从不喜欢严万里那种卖主求荣为虎作伥的势利小人，故意抹黑道。

"这倒也不是不可能。另外，还有一事，我也想听听你的看法。"

"大人请说。"

"知道'云雾山庄'吧！？"

"听说过，庄主是上官镜波，他早年丧妻，守着独子，一直鳏居。"女随从回道，"这次在'福来'客栈被杀的上官兆秀就是他的独子。虽有江湖传闻，说上官兆秀未必是他的亲生儿子，疑是金兜魔掌道人和凤凰铁指仙姑二魔头的私生子，但也仅是流言蜚语，没人也不可能坐实。"

"不错，即使我与上官镜波交厚多年，关系甚笃，我亦不能证实此事真假。但这不是重点。我要说的是'云雾山庄'为何会在上官兆秀被杀后第三天，让人一把火烧成废墟？包括上官镜波在内的全庄男女老幼八十一口因为什么全部被杀并葬身火海？我堂堂一个巡抚，人称'云南王'，居然连一个江湖朋友也保护不了，至今，还不知道杀他的仇家是谁，你说我窝囊不窝囊？我要查出是谁指使的和谁干的，无论他是山贼强盗，还是巡抚总督，我必灭他十八族，让他族族满门绝种！"徐之铭杀气腾腾道，"依你看来，到底会是谁干的？"

"属下觉得不可能是官府的人干的，因为就算他们与'云雾山庄'有天大的过节，也不敢不看在大人面子上，手下留情网开一面。"女随从分析道。

"有道理，不看僧面看佛面，他们犯不着为一个山庄在太岁头上动土，老虎背上拔毛。"

"也不像是一般山贼强盗土匪所为，因为山贼强盗土匪大都只图财不害命，更不可能抢一处烧毁灭绝一处，那不是杀鸡取卵自断财路吗？"

"也对，西南地界，从没听说有哪一路山贼强盗土匪如此残忍和狠毒。"

"会不会是沈天鹏等呢？"

"这个绝对不可能。"徐之铭断然否定道。"据贵州巡抚何冠英手下抚标中军参将陈敬业奏报：二十天前，也就是我的'红蝙蝠'主使被杀的那天深夜，有人自称是我巡抚衙门副将何有保，带领七八个黑衣人，借口捉拿邓家姑侄通过娄山关关卡……不用猜，也不用想，这伙人无疑就是沈天鹏等，他们怎么可能南辕北辙地跑到与娄山关关卡方向相反，相距数百里之遥的'云雾山庄'去杀人放火呢？再说，他们既不得已杀了上官兆秀，避之唯恐不及，岂有再去挑衅杀人之理？"

"大人分析透彻有理，是属下愚钝了。属下一时也实在想不出谁与此事有关。如大人应允，待追查秘账之事了结后，属下再详查此事，给大人一个交待。"

"这件事你倒不急，因为我已派杨副使全权负责追查，以后你如有空隙协助他就行了。就这样吧。我们就此分手，你去做你该做的事，不用陪着我了。"

63

两人毫无顾忌地说着话，完全无视掌柜的存在。

因为在他们两人眼中，掌柜和死人，已经没有什么区别了。

从掌柜收取第一个锭银，开口吐出别人的秘密起，他们就没打算让掌柜继续活着，因为他们不想让别人知道他们来过客栈，并向掌柜打听过沈天鹏等的行踪。

掌柜刚才已经向他们证明了一件事情：为了银子，掌柜可以出卖任何人的秘密。

他们没必要回避他，死人都是会保守秘密的。

掌柜刚才的表现，更加证明了：唯有死人，不会受金银诱惑，能保守住所有秘密。

掌柜的在旁听到他二人对话，知道事情不妙。他后悔了，因为他现在才想起沈天鹏最后对他说的那几句话："糊涂者长寿，聪明人短命。你将来能活多久，全在你嘴里的舌尖上。"

他内心开始恐慌，头晕目眩，全身发麻，冒汗。他脊背冰凉，手脚酥软。他想走，又怕惊动他们；再留下，偷听他二人说话，无疑等死。掌柜在走与留之间挣扎。

　　最后他还是转过身想走，却怎么也迈不开腿，因为他的腿被他的恐惧桎梏僵住了。他已经嗅到死亡的味道了……

　　他想把刚才收的银锭从怀里掏出来还给对方，他正掏着，突然停住了，因为他听见了自己后背脊椎断裂的声音，他张嘴刚想喊，口里却飞进一粒药丸，遇着上涌的血即化，如火烧一般，一下就堵住了他的咽喉，令他发不出声来。

　　他人刚瘫软在地上，内脏器官和肉身脸上皮肤立刻腐烂，散发出尸水的恶臭……片刻，除了骨架和那身衣服及几个锭银，再没人能认得出地上躺着的是何人了。

　　"掌柜的，有人找！"大堂里有人要见掌柜，店小二知道掌柜被人请去后院，便直接奔跑来这里，刚好撞见这幕。他惊恐地转身想逃……突然眼前一道黑影从天而降，他还是短暂地看见了一张美艳绝伦的女人的脸，便无声地倒下了，因为他的咽喉已被一把彝家女用来修刮指甲的小巧玲珑的形如弯月的小刀切断了。

　　"这就是你们鬼谷药寨的'洗骨化清丹'吧，见血封喉，有解药吗？"看着地上掌柜的尸骨，徐之铭好似轻描淡写道。他虽然也杀人无数（刚才拍断掌柜后背脊椎骨的就是他），但亲眼目睹一个大活人瞬间消融成一副骨架，他内心里其实也有些恐惧。他自己就是用毒高手，他深知毒药的威力。

　　"是！'洗骨化清丹'不用见血，入口即封喉洗骨，没有解药！大人如没有别的吩咐，属下告退，大人保重！"女随从简短回道。说完便向客栈外走去。

　　原来，她就是滇西苍山鬼谷药寨的毒女玉面狐白如雪。

　　滇西鬼谷药寨的'洗骨化清丹'，是滇西鬼谷药寨白如雪的父亲白重山老寨主独家秘练的毒药，用数十种野生毒虫毒菌研磨成粉，再用箭毒木树（又称见血封喉树）树汁和毒蛇毒牙里流出的毒液调制而成，专用于杀人封口后毁尸灭迹。唯一的解药是，事先服下滇西鬼谷药寨后山上的不老泉中的"天神的哑水"，可保七日内百毒（包括'洗骨化清丹'）不侵。但玉面狐白如雪绝不会向任何人泄漏，尤其是徐之铭。

听过玉面狐白如雪的话，看着她离去的背影，徐之铭虽然面无表情，心中却恶念丛生："此妖女令人心生害怕，后患无穷，绝不可留！鬼谷药寨的人都不能留！等她办完此次差事后……不过，这么漂亮的女人死了，的确有些可惜。"想到此处，徐之铭脸上浮现出一丝无奈的狞笑。

对这个女人，徐之铭是又爱又恨：因为白如雪的美貌，世间少有，是男人都垂涎欲滴，想据为己有；但她的毒身却如同紫阳真人的五彩仙衣，碰不得。

他可以用他独家秘制的"断肠勾魂丸"蛊毒控制他的"红蝙蝠"里所有杀手，唯独对白如雪，他无能为力，因为她来自"鬼谷药寨"，又是用药使毒世家的传人。他和她，彼此心照不宣，虚与委蛇，各有所图。

他知道，她和他手下其他杀手一样，被他驱使，为他所用，这绝不是忠诚，而是不得已而为之。但凡一有机会，她和他们都会背叛，甚至反戈一击，灭掉他。所以，他从来不会完全信任谁，尤其是他的那些杀手和白如雪。

如果玉面狐白如雪从徐之铭的问话中猜不出他的内心活动，她就不叫玉面狐白如雪了！

"我要天真到相信这个大魔头会重用我，将来会放过我和我的族人，那我就不是玉面狐，而是玉面猪，一头最蠢最笨最该死的猪了。现在，我如不是对他还有用，他巴不得我立刻死掉他才放心呢！"她边走边想道。"但我不是他案板上的鱼肉，他想杀我，也没那么容易！只是不知道阿达那边安排得怎么样了？"父亲和族人，这才是让她最担心的。

此时，她不由得回想到，来凤凰镇之前，她和父亲的那一次深谈，以及许多的陈年往事……

第二十三章

謀士高見　力挽狂瀾

64

云南，滇西苍山。

鬼谷，药寨。

寨主白重山大宅。

五层主楼和左右后三个四层厢房，围着一个宽敞的庭院，就像京城的四合院。

厢房里外上下，榫卯结构的雕梁画栋上，绘有各种飞禽走兽。

庭院中央水池中，立有一个用整块大青石，錾凿揭剥镂刻出的蛇形图腾。

图腾中间有一小阁子，有点像汉人的佛龛。

小阁子上搁着一个白色的大陶罐，里面供着各种蛇蝎毒虫的标本。

在朝阳的对着主楼的厢房二楼上，长长的有护栏的过道上只有白重山和女儿白如雪倚栏站立着，目视着庭院中的蛇形图腾。

"不知道你阿莫现在何处，过得如何？"白重山似问非问道。父女俩有很长时间没有这样单独相处了。

"我说过好多次了，我没有阿莫！干吗又提她？"白如雪有些抵触道。

"你怨她，恨她，说明你心中还有她。孩子，别怪她，等你慢慢长大了，懂事了，就会试着去理解她，原谅她。"

白重山原是凉山彝人兹莫（始称兹敏，也称兹，意为掌权者）阶层某大家族的后代。

他的祖先，曾获得元王朝封赠"土司"及"宣抚司"的官职。

明末，因诺合（也称诺，有黑色的意思，汉语中称黑彝，是贵族中较低的等级，分化出来的时间晚于兹莫）谋逆篡位，清除异己，不得已，他的家族旁支长者，为躲避杀戮，才携部分自愿追随主人逃亡的阿加和呷西（家奴），一路不停地迁徙，直至滇西苍山鬼谷地界，才有缘幸遇贵人相助，驻足，安营扎寨。

既然是逃亡和躲避本族追杀，就不得不隐姓埋名，深藏不露。于是白重山的祖先及随从众人，只能在祠堂里默默供奉着祖先阿普笃慕的牌位，或在节日里拜一拜恩铁古兹（即天界和地界神），尽可能不显山露水，不张扬自己的彝人身份。身处汉人地域，为生存又不得不常与汉人打交道，所以，他们入乡随俗，延绵几代后，他们不仅学会了说汉话，识汉字，熟悉汉人风土人情，而且都有了《百家姓》里的姓氏。

但他们从不敢忘记自己是彝人的根本和渊源来处，所以他们每个家庭成员既有汉人的姓氏，也有彝人的姓氏。比如白重山，又叫乌蒙·阿硕；他的女儿白如雪，又叫乌蒙·卓玛。

65

滇西苍山鬼谷药寨，原是当地白家庄一白姓大户人家的林山私地。

明末清初，这白姓人家的前辈，亦是滇西一名士，叫白崇仙。

此人自幼才华出众，博览群书，志向远大。生逢明末乱世，却怀揣安邦定国之抱负，几经颠沛流离比较抉择，终入辽东总兵平西伯将军府，成为吴三桂帐内幕僚谋士。

几番接触交流推心置腹后，吴三桂敏锐地确认此人有范蠡之术张良之谋，堪称智囊。在吴三桂众多谋士中，唯此人独具慧眼，见识超凡，高瞻远瞩，运筹帷幄，最深得吴三桂信赖，为吴三桂心腹。

崇祯十七年（1644年）三月，已奉旨率兵西进勤王，欲入京平叛李自成的吴三桂，行至京畿玉田一带，闻崇祯自缢，李自成已占领北京，不得不就地驻扎，以观时局。

此刻的吴三桂面临重大抉择：前有号称百万雄师的李自成频频

招降，后有如狼似虎觊觎中原许久的大金摄政王多尔衮威逼利诱，吴三桂腹背受敌，犹豫不决，踯躅徘徊。

没想到值此生死存亡时刻，他竟从京城逃出的家人口中惊闻：李自成已命手下冲进他的私宅、查封他的家产、抓走他的家人、严刑拷打他年迈的父亲，抢走淫辱他的爱妾陈园园……

但他除了怒发冲冠，捶胸顿足，仍在苦苦挣扎，面临艰难抉择：既想借满人兵马匡扶大明，灭了"闯贼"，以报殴父之仇夺妾之恨，又不想让满人趁火打劫鸠占鹊巢，令自己落得个卖主求荣的恶名。

此时，吴三桂仅五万兵马。前有（李自成）大顺军号称二十万人马步步逼近，后有大金多尔衮八万精兵虎视眈眈，稍有不慎，如被两军前后夹击，他与数万将士，绝难逃灭顶之灾，必玉石俱焚，顷刻化为乌有。

但他仍在瞻前顾后，患得患失，不能决断。

66

"将军，今已到火烧足底燃眉之急，形势万分凶险了！将军如再犹豫不决，优柔寡断，我等和将军及数万军士定被李闯贼与多尔衮两军挤压成齑粉而死无葬身之地。"白谋士适时向坐立不安的吴三桂进言道。"大明已被朱元璋的不肖子孙们玩完了，无药可救了。将军此时救明就如同闻仲扶殷商，屈原殉楚，文天祥救宋……纯属螳臂挡车，自不量力。

所谓忠君爱国，也要看对象。如为西周之周文王和周武王那样的明君圣主，即便肝脑涂地粉身碎骨，也在所不辞；如为殷纣王，楚怀王，隋杨广，明崇祯那样的暴君昏主而抛头颅洒热血，值吗？有意义吗？

大凡真英雄真豪杰，都能审时度势，而不屑与愚忠愚孝沽名钓誉之辈为伍。再说，大势所趋，潮流使然，那些恨极明末苛政腐败的愚民大众和京城里的降臣，已将李闯贼推上了皇位，定国号大顺。将军此时如继续效忠前朝昏君幽灵，既迂腐又昏聩，且名不正而言不顺，言不顺则事不成，将军及数万将士何以立足？"

“我如明智而断，择外主而事，知我者，谓我不过是应时而动，顺势而为，于公于私，穷途末路，无可奈何，别无选择；不知我者必谓我系卖主求荣祸国殃民……如此，吾将背负千古骂名，后世之人将把亡朝的责任全算在我头上！”吴三桂感叹道。

“成大事者不拘小节。古往今来，有多少英雄豪杰没被后人唾骂？正史和传言皆曰：灭七国一统天下的秦始皇是凶残的暴君；力拔山兮气盖世的项羽是好色的莽汉；挟天子以令诸侯的曹操是狡诈的奸雄；连一代明君圣主李世民也难脱杀兄逼父之恶名……他们尚且如此，将军又何惧史官谤言毁损？真正亡明者乃李反贼和昏君崇祯及大明那帮贪官污吏，非将军也。将军如再当断不断，必终受其乱。就此殉葬，上不能救国救民于水火，下不能为父报仇为妾雪恨，还累及几万将士死于非命，当真如此，将军与亡明者李反贼和昏君崇祯及大明那帮贪官污吏有何区别？”

“先生以为我该何去何从？”其实，吴三桂听了白谋士一番金玉良言的开导，心中已有了决断，他问计白谋士，只不过是想从白谋士那方获得不谋而合的求证而已。

“将军此时，前不能进，后不能退，居中又不能自立。为今之计，将军只有两条路可选：臣服李闯贼或投奔多尔衮。前者势必令将军威名扫地，蒙羞受辱，再无做人尊严。试问：将军如投李闯贼，做儿女的您，如何面对您的已为李闯贼阶下囚的老父？身为血性男儿，又如何面对被李闯贼强虏霸占去的爱妾陈圆圆？囚父与夺妾，均为天下男人是可忍孰不可忍之奇耻大辱，况将军乃乱世豪杰，人中之龙，千军万马之将帅，岂可缩头隐忍，令天下人鄙视不屑唾骂？

假使李闯贼如真是像刘邦，赵匡胤，朱元璋那样能安邦定国之明君圣主，将军尚可为全天下苍生之大义而牺牲小我，既往不咎，忍辱负重，成其志向大业。然而，此等乱世房国的盗贼草莽，在京城的所作所为，是欲成君王者该干的人事吗？

那李闯贼不仅自己亲自参与，还放纵手下官兵任意烧杀抢掠官衙民宅，敲诈勒索商家富户，奸淫民妇宫女……

为了暴征横敛，搜括压榨尽前朝官民手中的每一个银元，他们无所不用其极：绑架人质，滥施刑罚，严刑逼供，棍杖狂飞，炮烙挑筋，挖眼割肠……此等禽兽不如的恶行，天怒人怨，人神共愤，他与流氓恶棍强盗土匪山贼有何区别？如此祸国殃民的奸雄，值得将军您为之效命称臣吗？

再有，比之多尔衮，李闯贼不过是一胸无大志，目光短浅，贪财爱色的草寇强盗，绝成不了开国圣主和安邦明君，将军投他，真乃弃明投暗，自甘堕落，前途堪忧，更无光明可言。而那多尔衮，虽有狼子野心，对将军肯定也会心存忌惮而不能完全信任，但因为他怀揣雄霸天下之大抱负，正是用人之际，必然会招贤纳士，爱才惜才，信守承诺，重用将军。

自古良禽择木而栖，贤臣择主而事。将军如臣服多尔衮，虽然成不了霸业，但封侯做王，光宗耀祖，享尽荣华富贵亦非难事，更重要的是，如不借多尔衮之手，将军如何报李闯贼囚父之仇夺妾之恨？两害相权取其轻，两利相权取其重，将军应该知道怎么做了吧！？”

“知我者谓我心忧，不知我者谓我何求。我遇白爱卿就如刘邦遇张良，玄德遇孔明。先生一席话令吴某茅塞顿开，拨云见日……一切就依先生所言就是。”

于是，才有了吴三桂与大金铁骑一起在九门口一片石与李自成的大顺军血战。

血战一昼夜后，就将李自成的几十万大军几乎全歼。并一鼓作气攻进北京城，把在京城虽只做了四十二天皇帝梦，却把皇城北京彻底血洗了一遍，搜刮出7000多万两银子的李自成从皇宫里赶了出去，让其如同丧家犬，从此踏上不归的逃亡之路。

大金多尔衮占领北京后，吴三桂又统兵西进南下，跃进中原，对杀了他父亲及三十多口家人的李自成穷追猛打，直至把李自成的部队全部歼灭。

李自成也于1645年5月17日，在湖北通城九宫山元帝庙被当地村民截杀致死，一命呜呼。

随后，吴三桂兵锋直入四川，又消灭了张献忠的农民军和其他地方的明朝义军，打遍了多半个中国，攻无不克，战无不胜，成为清王朝最得心应手的一支部队。

吴三桂封平西王后，论功行赏，遵从白姓谋士意愿：只接受王爷馈赠于家乡的林山田地产业（其中就有一处被当地人称'鬼谷'的林山），安享富贵荣华，不出仕为官，仍为王府幕僚谋士，为吴三桂安定治理藩属地域出谋划策。

67

康熙年间，吴三桂被逼欲谋反大清。

白姓谋士却极力谏言让其止步，吴三桂不从，只得留书出帐离去：

"吾乃一介白衣布丁，蒙王爷错爱抬举，入幕为士，得偿所愿。本应报恩与王爷共进退，生死休戚与共……然道不同不相为谋，士卿'有所为有所不为，知其可为而为之，知其不可为而不为'。虽说白某也深知康熙早把王爷置身水深火热煎熬中难以自拔，王爷在处境艰难中几无太多选择，反清叛逆已箭在弦上，不得不为之。

白某此刻却不能赞同鼓励王爷反叛天朝，因为那明明白白是一条不归路，早走早亡不得人心的绝路；白某深知，此时如助王爷起兵谋反，明是忠心护主，实则助王爷早日伸颈就戮，不知者而为不罪，知者而为乃十恶不赦！

话虽如此，白某亦不能（也无力）奉劝王爷即刻放下刀枪偃旗息鼓，因为那样的结果必然是狡兔死，走狗烹；飞鸟尽，良弓藏，王爷不过是文仲，伍子胥，白起的另一个翻版；至此，白某于王爷，已是一无所用的酒囊饭袋。

并非白某惜命而不为王爷舍弃微躯，因为白某乃文弱书生，手无缚鸡之力，王爷帐下有白某不多，无白某不少，而白某老母却唯白某独子。

所以，白某进不能为王爷谋划尽忠上阵杀敌，只能退而为老母余生尽孝，以报生养之恩。王爷阅览白某留言时，白某已在回滇西乡下私宅的路上。

王爷如信不过白某，唯恐所谋之事被白某外泄，或怒白某弃王爷不顾，临阵脱逃，寒了王爷昔日恩情，不可饶恕……王爷可修书一纸示下，白某定自裁于私宅家中。

如王爷准允白某苟活，白某有生之年，甘为王爷遥拜祈福！倘如王爷将来身陷绝境，无他去处，那么，白某的私宅，便是王爷的后院。

康熙十一年。白崇仙顿首叩谢拜上。"

"唉！"看罢白谋士留言，吴三桂一声长叹，暗道："吾岂不知吾已是康熙笼中困兽，俎上之肉，反是死，不反亦死。然困兽临危犹斗，况我堂堂平西王爷？去就去吧，你如留在此处，也不过多枉死一人，于事无补。吴某相信：即使普天下外姓之人卖我，你白崇仙也不会卖我。这点眼光和胸襟，我吴某还有。"

康熙十二年（公元 1673 年——作者注），朝廷下令撤藩。吴三桂自称周王、总统天下水陆大元帅、兴明讨虏大将军，发布檄文，引发了史称的"三藩之乱"。

康熙十七年，吴三桂在衡州（今衡阳市）登基为大周皇帝，国号大周，建都衡阳。建元昭武，同年秋在衡阳病逝。追谥为开天达道同仁极运通文神武高皇帝。其孙吴世璠支撑了三年之后被清军攻破昆明，三藩之乱遂告结束。

第二十四章

懸壺濟世　鬼谷立寨

68

白姓谋士因为没有参与三藩之乱，故未受到牵连。

从此奉养老母，娶妻生子，安居乐业。

其儿子六岁时，白姓谋士才与居无定所，四处漂泊流浪，游医江湖坊间的白重山的祖辈有缘相遇。

原来，这白崇仙前半生迷恋仕途，游走于将帅幕府间，追求向豪杰将相倾倒平生所学之满腹经纶，故误了婚娶成家延续子嗣。直到离开平西王府回乡数年后，才娶了当地一大户人家女儿为妻。年近五十，喜得一子，所以倍加呵护，溺爱过甚。

按白谋士养儿须"以天地万物为师，师法自然，参悟天地。"之观念，而很少用规矩拘束此子。又因为此子从小远离市井，散养于僻乡旷地，白家也任其与乡邻牧童稚子游玩山水丛林间，攀岩爬树捞鱼捉虾，无所不为；或啃咬山间土中野果，或喝河井池塘水，生鲜不论，胡吃乱饮，倒也随心所欲。只是此子到了六岁时，却患上了一身的病症，让白家人陷入不尽的烦恼甚至绝望中。

"又流鼻血了？"看着妻子和母亲大人又为流着鼻血的独子忙碌着，白崇仙心痛地问道。

有很长一段时间了，这孩子每天午时一到，不痛不痒，不知不觉，必从鼻孔里流出鲜血，小半个时辰，便自行止住，跟没事儿一样。

此后，孩子每天又偶尔会喊肚子痛，过后，又跟没事儿一样。远近找了不少郎中大夫巫医瞧过，说不出什么所以然，开了些方子，吃了不少死不了人也治不好病的药草。

眼看孩子一天天黄皮寡瘦，不长肉不长个，这白姓谋士有些灰心丧气和怨天尤人了：“病也看了，药也吃了，端公道士神婆也请了，道观寺庙里的菩萨神灵也敬拜了……难道天意要让白某绝后？白某一生均是顺势而为乐善好施，从未逆天理绝人伦坑人害人，为何遭此报应惩罚？小儿如真绝情弃我夭折，白某断不再留恋余生……”

入秋，霜降。

白家愁云密布，深陷绝望中。

69

“老爷，小的有事禀告。”一天，管家登堂对白崇仙道。

“没什么要紧事你看着办好了，别打扰我，我烦着呢！”白崇仙不耐烦道。

“这事小的做不了主，还请老爷示下。”

“什么事？”

“不知是何时，也不知从何地，来了一群游民流浪者，他们人数众多，男男女女老老少少约有五六十人，像是逃荒的盲流，在老爷的林地‘鬼谷’山脚下搭着简易窝棚住了下来。小的知道后派人想驱赶他们离开，他们却恳求能否住到来年春天，并发誓腊月一过便走，绝不拖延。小的不敢应承，还请老爷指示。”

“那‘鬼谷’荒山野地，又很偏僻，我几年都难得看一眼，于我可有可无，他们想住就住吧，只要他们遵守朝廷法度，别干什么伤天害理的事，给我招惹祸事就好。”白崇仙想了想吩咐道，接着又随口问了两句：“他们是干嘛的？以什么为生？”

“小的去他们住处时，闻着一鼻子呛人的药味。小的问过：他们主要是以采药贩药为生，另外也狩猎捕捉一些野兔山鸡等……”

“什么？他们以采药贩药为生？”不等管家说完，白崇仙顿时兴趣盎然，若有所思地追问道。

“是，小的看他们门前屋后装着晒着很多草药。”管家肯定道。

“能采药贩药的，必然知道草药的药性，用途，用量；知道草药的药性和用途，用量的人，肯定会瞧病……难道是老天垂怜白某，让他们此刻及时出现在我的领地？”白崇仙如同溺水的人看见了一颗救命的稻草，自然不肯轻易放过。"就死马当活马医吧，反正已无他法，说不定山穷水尽疑无路，柳暗花明又一村呢！如再医不了，最多也不过是让我和小儿陪葬。"他感觉，能救他的儿子命的只剩这颗稻草了，唯一的稻草。

他没有犹豫，因为舍此，他也没有别的选择了。他将这群采药贩药的领头人（就是白重山的先祖）请入府中，恳求其为患儿医治。

白重山的先祖，一来秉承祖训：医者仁心，悬壶济世，凡遇患者，无论富贵贫穷，绝无为图利而丧德不治之理；二来感恩所居白某领地而未被驱逐之（流亡途中，被人冷眼驱逐已不计其数了）。便欣然应允。

"白老爷无须担心，公子之病并无大碍。"经过对患儿和其家人一番望、闻、问、切后，白重山的先祖道，"之前所以不治，是庸医误人，未能找出病灶。其实公子所患之病和白老爷对公子长期懒养散放不加约束限制有关，公子从小桀骜不驯，放纵不羁，习惯泥里水中摸爬滚打，经常生吃冷饮，常言道：'病从口入'，时间一长，很多寄生虫卵便随食物和污水进入公子肠胃，在公子体内孵化成虫，虫又生卵，卵又成虫，越生越多……众多虫子们在公子体内，争抢公子吃喝下的各种食物营养精华，致使公子因营养不良而面黄寡瘦，发育迟缓，生长停滞，所以，公子比别的同龄孩子个子明显要矮些；另外，繁衍生息在公子体内的虫子们会越来越多，而公子吃进的食物有限，如果虫子们吃不饱，它们就会啃咬公子肠胃肉身，致使公子肠胃疼痛……"

"没错，先生真是神医，所言极对！"白崇仙忍不住赞道。又问："那犬子流鼻血也与虫子有关？"

"不是有关，直接就是虫子害的。"白重山的先祖肯定道，"这种虫子叫蚂蟥，又叫水蛭，生活在溪水，稻田、沟渠、浅水井，污秽坑池和水塘等处，嗜吸人畜血液，行动非常敏捷，它们应该是趁公子下河戏水或口渴低头汲水时钻进公子两个鼻孔里的。刚才小可仔细查看，公子左右两鼻孔里的蚂蟥已有成人小指一般大了。此虫有些特性：每日一次，定时吸取人血，吃饱即睡；吸血前，它会先分泌抗凝素和麻醉剂，令他的局部皮肤麻木，让他流血不止却又感觉不到痒痛，它才开始吸他的血。公子之病虽然拖了些时日，好在公子先天体质不错，再者，万幸此病魔还未伤及肺腑内脏，也就是人们常说的病入膏肓。待小可开几服药煎熬后，让公子服下，不消五日，便可痊愈。"

闻听此言，于白崇仙及白崇仙一家，真可谓如劫后重生，阴霾顿扫，比之收获万贯家财还欣慰欢快雀跃百倍。

"得先生吉言，白某如获至宝，万分安慰！"白崇仙忍不住落泪感激道。"谢谢！非常感谢！我白家世代单传，此子乃白某唯一独子。先前以为不保，真令白某万念俱灰，生不如死。蒙上天眷顾，幸遇先生，好比枯枝逢甘露。如先生所言不虚，真救得此儿，先生便是我白家大恩人，白某必当重谢，绝不食言！"

几番客套礼数后，白重山的先祖开方，派人回鬼谷取药。

白家患儿服药后的第二天，就屙出大小几十条蛔虫。接连几天，按时服药，或多或少，大便中均有蛔虫。直到便中无虫，方才停药。

然后又用《滇南本草》之方：用皮哨子壳烧灰吹鼻，驱出白公子两个鼻孔中两条大蚂蟥，至此，彻底治愈了白家公子病患。

接下来，白家自然是热情挽留，盛宴款待，千恩万谢，感激涕零。

席间，双方各自讲述了自己家族的渊源及各自不一样的人生经历，二人互生好感，惺惺相惜。

白崇仙对白重山的先祖的窘迫境遇很是同情，想拉近关系帮他一把。借着酒劲，白崇仙趁兴道："我看先生不仅医术高明，犹如华佗再世，而且也是极善良又豪爽之人，如不介意，白某愿与先生结为异姓兄弟，不知先生可否愿意？"

"那小可岂不是高攀了？"白重山的祖辈亦有些微醉，自然乐意。

"既如此，你我就在堂前结拜如何？"

焚香跪拜盟誓后，二人义结金兰，交换生辰八字后，白崇仙为兄，白重山的先祖为弟。

"既已结拜，弟有不情之请：弟愿随白兄之姓，虽无血缘，却是同姓兄弟，岂不更亲近些？"白重山的先祖道。

"这个……我倒不胜欢迎，只唯恐弟之家族不会应允。"

"无碍。之前，兄长已知我家族流落此地的前因后果，小弟家族实系凉山彝人兹莫后代，属乌蒙支系，家族后人皆姓乌蒙，比如小弟我就叫乌蒙·赤尔，下一代亦叫乌蒙某某，万代不改。但这只限于家族内部。在外，我等为便于埋名隐姓，不再招惹同族仇家追剿杀戮，又不断深入汉人腹地，也为方便与汉人交流通商贸易，大多数族人因人而异，都依据汉族《百家姓》取有汉人之名。几代下来，《百家姓》里姓氏'赵钱孙李周吴郑王'，我们每家都用过。有时，为入乡随俗，融入当地，我们也不断变换姓氏，比如愿意短暂容留我们的是赵家村或钱家寨或孙家屯或李家镇，我们便改成当地姓氏，便于相互亲近沟通。如兄同意小弟随兄姓白，小弟发誓：从今不再改变此姓氏，同我彝人姓氏一样，万代不改。"

"如此你我又更亲近了。小弟既随大哥我姓，大哥也不能空口应承。"白崇仙痛快淋漓应道，"这样，我那'鬼谷'私地，山高林茂，谷中有泉有潭，除了有些荒僻，倒也适合立寨住人。弟是采药贩药人，更是恰当方便。我今天就立契约，将它作为你我结拜改姓之大礼赠予小弟，让小弟及族人从此结束居无定所，四处颠沛流离之窘况。小弟以为如何？"

"兄之'鬼谷'，价值不下万金，小弟绝不敢收此大礼，让人戳脊梁骨，斥责小弟为谋兄家财的奸邪小人。兄如坚持，弟即刻告辞，远走他乡，从此不再相见。"白重山的先祖断然回绝道。他虽微醉，但德行操守未眠。

白崇仙想了想又道："这样，为顾全弟之德行名誉，兄将'鬼谷'之地租给吾弟，年租金白银一两，租期99年。条件是：白某独子拜在小弟门下，学医用药，悬壶济世。到期后，是续租或是赠送，就由两家后代自己再定。小弟如再推辞，忤逆为兄好意，便是嫌弃兄长和不近人情了。"

在白家老母与白妻都真诚而苦口相劝下，白重山的先祖便从此定居立寨'鬼谷'，繁衍生息，代代传承，便有了鬼谷药寨今日光景。

两家从此世代交好，开诚布公，不存芥蒂。几代后，至白重山爷爷时，白崇仙的后人终将鬼谷无条件赠予白重山家族。白崇仙后人亦得白重山药王世家医术制药真传，代代行医，后终成方圆百里医学大家，享誉西南，蜚声南洋，这是题外话，表过不题。

第二十五章

窮鄉僻壤　鳳凰涅槃

　　白重山的妻子苗月桂，原是白重山家一对汉人佃户的女儿，凶年遭遇瘟疫，父母双亡，单留下四岁的她，无依无靠。

　　白重山的父亲白老寨主慈悲，看她可怜，人又生得眉清目秀，便动了恻隐和私心，将她收为童养媳。到她笈笄成年时，就让她和白重山完婚圆了房。

　　也许是幼年不幸留下的阴影——她总觉得自己是被父母抛弃的孩子，从寄人篱下那天起，她就一直没有安全感，她担心自己会再一次被人抛弃；又或许是童年一段不堪回首的经历——就在她快要笈笄成为少女时，受着寨中一个大男孩的诱惑，他们在一片刚收过玉米的荒地草丛中，做了她那个年龄不该做的事。忍受完那个大男孩野蛮粗暴的蹂躏，她感觉悔恨内疚，苦不堪言，尤其是当她得知那个大男孩做下这桩丑行后，因为害怕事情败露，会受到来自白家宗族家法的最严厉的惩罚，第二天便服药自尽了。

　　因为她，一个熟悉的人死了，她坐立不安，她既怕大男孩的阴魂会来纠缠她，也害怕白家人知道她和大男孩的苟且之事。

　　在担心与恐惧中，她的精神心态逐渐扭曲，由此而产生了婚后的性冷淡，致使她每一次夫妻生活后，都心生罪孽和厌恶。生下女儿白如雪后不久，她就患上了严重的间歇性抑郁症。

　　天下抑郁症患者都是一样的，或多或少总有一些对人难以启齿的经历；但天下抑郁症患者又各有各的结局和归宿。

　　碍于当时医学和传统认知的局限，苗月桂由于没有得到及时的治疗，病情后来开始恶化。女儿刚满周岁，她已变得越来越忧虑，脾气也越来越暴躁。这种忧虑情绪在女儿白如雪二岁时变得尤为严重。她担心会有人会害她，她甚至看见了各种鬼魅幻影。她常常把自己封闭孤立在暗室里或密林深处，或在自己的幻觉中。

为她这病，白重山可以说吃尽了苦头。每天，他都不知道她下一个时辰会发生什么状况，她会不会自残（用他的毒药，她自杀过三次。还是用他的解药，他救了她三次）？会不会失踪？又要去何处找回她？这期间，她为了逃避抑郁症的折磨，寻找她心中的能拯救她的所谓偶像或圣地，她去过百里之外的苍山洱海，去过千里之遥的昆明巴蜀。

为了女儿，白重山一次又一次接纳着失踪数月或半年以上后，或被人找回或迷途知返自己回家的她，尽管他知道，无论他怎么做，他都不能长久留住她；他的家，只是她暂居的旅店客栈，她终究还是要离开的。

对这个一刻也不让人消停的嘻玛（老婆），他早已灰心丧气绝望透了。

72

这一天到了，白如雪五岁。

晚上，苗月桂主动亲近了自己的丈夫，这是她自为人妻来，第一次主动把自己肤若凝脂，冰肌玉肤，滑腻似酥，细润如脂粉的身体，一丝不挂地交给自己的男人，任他随心所欲的放纵，畋猎恣情地满足……

白重山异常兴奋和喜悦。他以为他对她的宽容忍耐，终于感动了天神恩梯谷兹，让他的女人回心转意了。他可以规划这个家的未来了。

"阿沐如雪五岁了，该请先生了。寨子里的私塾木士先生给我提了好几回，让我把女儿送去他那儿读书识字。我想正月后，就让如雪去他的学堂，你看可以不？"几番云雨，狂蜂恋蜜，春霄颠狂后，他一边抚摸着她，一边开口先说道。

"木士先生是教汉人学问的吧？我记得你父亲在世时，不是不

161

准彝家的女人学说我们汉人的汉话吗？"她回道。

"我父亲原先是不准我们彝家的女人学汉人的汉话，他是怕我们的女人受不住汉人男子的欺骗和诱惑。"

"那你还让如雪去木士先生那儿读书？"

"我是寨主，又没儿子，阿沐是我唯一的女儿，汉人自古就是我们鬼谷药寨不二的大客户，她不识汉字，不会说汉话，将来怎么继承家业与汉人打交道？怎么做寨主？"

"对不起！怪我没给你生个儿子，是我不好。我还给你添了很多麻烦，你恨我吗？"她惭愧道。

"不，我不怪你，你发病时，我是有点怨气，但从没有恨过你。我感谢你给我生了个像兹里史色一样美丽聪明的女儿，有如雪这么乖巧懂事的女儿，我也知足了。

明天一早，我带两个家丁上山采些香菇鲜菌，再打几只山鸡野兔，给木士先生当如雪入学的见面礼。晚饭时，你让管家安排下人准备一桌丰盛的好菜，我请木士先生来家吃晚饭，我们敬他几杯酒，就当如雪拜师了。"

天刚亮，白重山带着对未来的憧憬和昨夜妻子留下的温馨和幸福，上山了。

73

他满载而归，再回来时，已近傍晚。

家中只有女儿。

冰锅冷灶。

他的心凉了，他有一种不祥的预感。

"你阿莫呢？"他问女儿。

"她说她去赶集，买点米和油盐，让我看好家，等你回来。她还说，她要晚上还没回家，让你别找她，她明天会回来的，我知道她撒谎，她肯定又要丢下我们跑去外面，不会回来了。我不想她走，我用桌子挡住门，不让她走，但是我没拦住她，阿达，你不怪我吧？"幼小的女儿没哭，因为她的母亲不是第一次离家出走，她的眼泪早流完了。她接着又对父亲说："但我已煮好了晚饭，又炒了茄子，一个麻辣豆腐，烧了一个丝瓜汤，我没让厨娘帮忙，都是我自己一人做的。菜都在桌子上放着，我怕猫和耗子偷吃，就用大簸箕盖着，我刚才看了一下，已冷了，你先休息，我烧火热一下再吃……"

家中最不缺的就是米和油盐。妻子对女儿撒谎了。她又一次欺骗了他和女儿。

白重山哭了，不是为狠心有病的妻子，不是为自己的窘境，而是为失去母爱的女儿；乖巧懂事能干的女儿，让他情不自禁地感动落泪。

他和女儿近几年已承受了太多不幸：女儿两岁时，一直视孙女白如雪为心肝宝贝的祖母仙逝了，死不瞑目，她是不放心把从小就缺少母爱的孙女留在世上。女儿四岁时，同样疼爱孙女的祖父也带着内疚走了，也是死不瞑目，他后悔养着这样的童养媳，生前一直自责给儿子包办留下的这桩该诅咒的婚事，他感觉对不起儿子和孙女。

像以往一样，又是一番旷日持久的寻找……一月，二月；一年，十年。白重山的妻子苗月桂，一直杳无音信。

从此白重山与白如雪，两父女相依为命至今。

中途，有好心人劝白重山续弦再娶或纳小妾，但心灰意冷的他道："自家养大知根知底的女人都这样靠不住，我还敢相信外面陌生的女人？亲生的母亲对亲生的女儿都如此冷漠绝情，我能指望别的女人会真心爱待我的女儿？算啦，我和女儿再也伤不起了。"

白重山知道，这些年，女儿不哭不闹，也不问不提她的母亲，并不是她不思念母亲，而是早熟懂事的女儿理解父亲，不愿再用不可能实现的愿望为难父亲。

其实，在她心里，又何尝不想那个叫妈妈的女人？毕竟血脉相连，无论生下她的母亲是好人还是坏人，是健康还是残疾，是妖魔还是天使……女儿都希望妈妈回家，陪伴在她身边，即使当妈妈的什么也不做，哪怕就是一个废人。

74

但不管怎么样，白重山还是把五岁的白如雪送进了木士先生的学堂。

没有母亲似水柔情的浇灌，白如雪在家跟着父亲学习弓弩骑射，放山采药，埋设陷阱，攀岩爬树，猎杀飞禽，涂炭走兽，茹毛饮血，煎熬和配制杀人的毒药或救人的良药。在学堂，白如雪又受着木士先生孔孟之道和经典书礼的教化……

白如雪便在野性与文明的双重熏陶下，一天天长大。

"你在木士先生哪儿都学了什么？"有一天，白重山问八岁的女儿。

"木士先生教我们'天将降大任于斯人也，必先苦其心志，劳其筋骨，饿其体肤，空乏其身，行拂乱其所为也，所以动心忍性，增益其所不能……'"

"这是什么意思呢？"白重山明知故问。早些年，白重山从父亲那里也学过四书五经。

"意思是上天将要降落重大责任在某个人的身上时，一定要事先令他的内心痛苦，让他的筋骨劳累，逼他经受饥饿，以致肌肤消瘦，要他受贫困之苦，使他做的事颠倒错乱，总不如意，通过那些来提高他的内心警觉，锻炼他的性格坚定，增加他不具备的才能。"白如雪道，"先生还给我们讲故事：孔子过泰山侧，有妇人哭于墓者而哀，夫子式而听之，使子路问之，曰：'子之哭也，壹似重有忧者。'而曰：'然。昔者吾舅死于虎，吾夫又死焉，今吾子又死焉。'夫子曰：'何为不去也？'曰：'无苛政。'夫子曰：'小子识之：苛政猛于虎也。'"

"这又是什么意思呢？"考着聪明伶俐的女儿，白重山感觉十分的自豪和欣慰。

"意思是孔子路过泰山的边上，看见有一个妇人在坟墓前哭得十分悲伤。孔子立起身来靠在横木上，让子路前去问那个妇人。子路问道：'你哭得那么伤心，好像有伤心的事吧？'那个妇人说：'没错，之前我的公公被老虎咬死了，后来我的丈夫又被老虎咬死了，现在我的儿子也被老虎咬死了！'孔子问：'那为什么不离开这里呢？'妇人回答说：'（这里）没有严酷繁重的赋税。'孔子说：'学生们记住，严酷繁重的赋税比老虎还要凶猛可怕！'"记忆超凡的白如雪如数家珍道，"木士老师还让我们学'孙子兵法'，'三十六计'，更奇怪的是他还要我们学什么吐故纳新，调匀呼吸，气沉丹田，灌注全身奇经八脉，提气上浮，脚踩鸡蛋，在池塘荷叶上走路，做飞檐走壁的游戏……学堂里，就我一人全学会了。"

白重山虽然不会武功，但他经常卖药闯荡江湖闹市，也算见多识广。听到女儿的话，他感觉有些意外和震惊，心里暗道："木士先生果然是高人！他教女儿的可是上层轻功心法呀！这倒不错，女儿有了功夫，能够防身自卫，也省了我许多担忧。唉，家有这样漂亮出众的女孩，做父母的，哪能不操心？"

第二十六章

士隱于山　待時而動

75

这木士先生虽然只有二十五六岁上下，为人却十分成熟稳重。

对木士先生的人品学问，白重山是很敬重的。

虽然有些传闻，说木士先生本是干大事的人，只为躲避仇家追杀，才暂且藏身山野，设堂授艺，教书育人；又有人说木士先生是江湖某门派高手，比武失利后，才隐匿来此落脚，待修炼成高深武功后，再找人争高低。

寨中有早起晚睡之人，就见过木士先生，时而像猿候，跳跃树冠枝头之上；时而又似卖油郎（水黾），在水面上健步如飞……一些寨民甚至担心：此人不可留，留之后患无穷！

但木士先生初来乍到时，按入寨栖身，欲设堂授课的规矩礼仪，事先拜见过作为一寨之主的白重山。白重山与他有过口头君子协议——

"以木士先生举止谈吐，我横竖纵观，先生都不像普通凡人，倒似龙入浅滩或虎落平阳……"一番见面礼节客套后，白重山道。"先生虽然年轻，然后生可畏，我料想我这小小山寨不过是先生短暂留宿的客栈，绝非木士先生终久归宿。所以对先生何时去何时留，一任先生自由。但作为一寨之主，我得为我的山寨和寨民安危考虑，我不能让我的山寨和寨民因为任何意外因素招来祸事。所以，我与先生得有一些双方都应遵守的规矩，望先生不怪。"

"寨主不必客气！我理解！应该的！"木士先生应道。

"先生从哪里来，因何来到此处，又将去向何方……我不想问，因为对有些人或有些人的秘密，不认识不知道比认识和知道更好更安全，至少，不知道他人秘密的人，就不可能会泄密，就不用承担替人保守秘密的责任和义务。我想，大凡英雄豪杰都有来处，也有去处。我只希望先生驻足山寨期间，不得将我不认识的任何陌生人（包括你的家人朋友）带入山寨，因为我只认识信任先生一人；先生如要见朋友亲人，可相约去山寨外碰头相聚。先生也不准将自己现在的落脚点告诉山寨外任何人，我不希望太多人知道滇西有个鬼谷药寨；更不准将山寨风土人情山形地貌等传到外界，常言道：知己知彼，方能百战不殆，我不希望我们的那些潜在的仇家对我们知道了解太多，我不想把我们的命运握于他人手掌中……先生如果觉得这些条件太苛刻或无法遵守，那我只能遗憾地劝先生另谋居处……"

"寨主无须再说，我现在就可以保证，一切按寨主说的办，我绝不给山寨招来半点祸事和增添任何麻烦。我只恳请寨主允许我能自由不假外出，或离开三两月，或一年半载，处理我在山寨外的俗事……但我离开前，会给众弟子放假并留下功课，也定会托学生告知寨主。"

在木士先生来来去去中，白如雪长成了一个十六岁的美少女。

白如雪不知道，也没人告诉她，在她身上有着惊世骇俗的美。她的美，清纯，朴素，靓丽，天然浑成，无刀刻斧凿的痕迹。她像她母亲一样肤白娇嫩，从不施粉黛，却依然鲜艳动人。一张超凡脱俗的脸，柳眉凤眼，明眸皓齿，再穿戴上她自己亲手剪裁刺绣的彝家少女头饰着装，更显得国色天香、亭亭玉立、楚楚动人，如出水芙蓉、仙女下凡。

所有见过她的男人，无一不为她的美色所倾倒，除非他不是真正的男人。

即便用倾国倾城、沉鱼落雁、闭月羞花……所有风流人士文人墨客能想出的辞藻形容她，都一点不为过。

连近乎圣人的木士先生，也曾为白如雪的美色而有过意志动摇怦然心动时——"如娶得此女为伴，也不枉虚度了一生！"

咸丰五年初夏（1855 年），木士先生回到山寨。

秋末离去。

76

那天上午，正在私塾学堂上为弟子讲课的木士先生听到从鬼谷外远方观音崖上传来的笛音《梅花三弄》后，当即匆忙收拾好行装……白如雪清楚记得，每次，只要听到这旋律格调不一样的笛音，木士先生就会停课外出。

白如雪听木士老师不经意间说过：古曲《梅花三弄》，又名《梅花引》《梅花曲》《玉妃引》，根据《太音补遗》和《蕉庵琴谱》所载，相传，原本是晋朝桓伊所作的一首笛曲，后来改编为古琴曲。

琴曲的乐谱最早见于《神奇秘谱》。《梅花三弄》全曲共分十段，两大部分，第一部分，前六段，采用循环再现手法，后四段为第二部分，描写梅花静与动两种形象。乐曲通过梅花的洁白芬芳和耐寒等特征，借物抒怀，来歌颂具有高尚节操的人。曲中泛奇曲调在不同的微位上重覆了三次，所以称为三弄。

白如雪猜想，此曲应该是木士老师与山外朋友的联络暗号，笛音中必藏有不为外人获悉破解的秘密。

但这次木士先生听完笛音，突然举止仓惶，神色慌张，犹遇大灾大难，竟一改往日在弟子面前庄重斯文形象。

木士先生虽然走得突然，不辞而别。但忙乱中，他还是不忘抽出点空闲，铺纸研墨，不假思索，一气呵成一页书信，托白如雪交给她父亲。

"此信关系重大，请务必尽快亲手交到你父亲手中！切记！切记！切记！你我师徒后会有期！"木士先生对白如雪道。

他走的那天，有外出办事的寨民，在离鬼谷药寨很远的丘陵路道上，看见木士先生骑一匹枣红马，披着黑色的大氅，腰挂佩剑，被数百个带着刀剑的护卫前后簇拥着，奔驰向远方……

77

从女儿手中接过木士先生的信，白重山过目默念着——

恭请白寨主惠鉴：

吾本意向寨主当面辞别，然事急不怠，仅留此言拜上，望寨主海涵宽恕。

时至今日，吾不得不表明身份：吾确系朝廷通缉之钦犯，如商纣之姬昌，楚国之伍子胥，宋之梁山一百零八将……吾一生愤怒朝廷苛政，痛恨贪官污吏，欲施平生所学匡扶正义，救民于水火，誓与皇权专制不共戴天。

然时运不济，几番挫折失利后，不得已而栖身鬼谷养精蓄锐，等待天时地利人和，再伺机而动。

吾谨遵与尔君子约法规矩，从未将藏身之处外泄半点。怎奈朝廷鹰犬耳目众多，不知何故，这些被官家高薪俸禄圈养的猎狗，终于寻到此处……

吾本欲自愿出首，绝不累及寨主与寨中众人，然吾身负改朝换代之使命，肩挑数十万仁人志士开国创业之期望，故而不得不暂时逃逸隐匿，避其锋芒。

吾舍尔于水火，独自离去，虽事出有因，且用抱负志向远大开脱，然吾亦忍不住自责，深恶痛绝吾此等之卑劣不耻行为举措；吾更愧对吾所教育之弟子，愧对于我有恩的寨主和众寨民。如因此祸及鬼谷药寨众生，吾将终身内疚悔恨。

顷刻，或数日内，朝廷官军必至鬼谷地界，万望寨主早作安排，远离因吾而起之灾难。尔等为此而发生的一切损失，均由吾日后加倍偿还，吾以安拉作证：发誓，绝不食言！

木士急书仓卒，欲言不尽……汗颜躬身，就此拜别，祈恕不恭！

咸丰五年秋

看完木士先生的信，白重山将信递给女儿，走出门外，看着周围冒着炊烟的木屋山寨，远眺门前的山山水水，他陷入沉思中。

第二十七章

破釜沉舟　沦陷魔窟

78

　　"阿达，我们怎么办？按朝廷律法，窝藏钦犯，会被满门抄斩，甚至株连九族，我们逃吗？"看罢木士先生的信，白如雪担心地问道。

　　"逃？全寨男男女女老老少少 800 余口，能逃到哪去？逃得掉吗？"白重山绝望道。

　　"这个木士先生真可恨，他犯的事，他倒先跑了，留下我们代他受过……他平时还教我们要有担当，要做大丈夫，要做英雄好汉，自己却是个小人，怕死鬼。"白如雪抱怨道。

　　"现在说这些还有用吗？再说，这个木士先生还真不是什么小人怕死鬼。以我对他的观察，他应该是干大事的人，你不是学过：成大事者不拘小节吗？但愿是我错了，因为我预言推测，这个木士先生非比寻常，他极有可能真的能掀起惊天波澜，摇动天朝乾坤，成就一番伟业呢。不说他了，说说眼前吧，你必须走，简单收拾一下，你带上寨中老少孩子女人，下午就走，去山寨外远处的观音崖麒麟洞中暂避一时，免得夜长梦多，后悔不及。"白重山不容置疑道。

　　那观音崖位于离鬼谷药寨约几十里外重峦叠嶂的高处群山中。远看怪石嶙峋，奇峰突兀。仿佛缥缈在云雾里的麒麟洞，就在一座高耸入云的巍峨壮丽的大雪山的半山腰中，是天然的大溶洞。

　　洞中低处有山顶融雪形成的溪流和暗河；高处有宽敞干燥的石坪；还有几个通往山下和其它山峰的有出口的洞中秘道。遇险避难时，可容近千人藏身安居此处。

　　木士先生的联络人，就是在此处通过不同的笛音，不时向他传递各种信息的。

"你呢？不和我一起走？"

"我不走，我得留下。你啊博（爷爷）啊莫（奶奶），你脖博（外公）啊玛（外婆），我乌蒙家几代祖先都葬在后山上，我怎么能撇下他们离开？我老了，对生死无所谓了，要杀要剐随他们（官军）好了！"

"你不走，我也不走！要死一起死，你死了，我也不想活了。"

"什么屁话，你还小，你要为我，为乌蒙家活下去，乖，听话，下午就走。"

"不听！不听！就不听！"白如雪突然失控哭喊道，"我小时候没了阿莫（妈妈），没了啊博（爷爷）啊莫（奶奶），没了脖博（外公）啊玛（外婆）……阿达（爸爸）是我唯一的亲人，是你把我养大，你就是我能依靠的大树，是我的山，是我的天。我有阿达才有能遮风挡雨的家。现在你又要把我扔下，一个人离去，我活下去还有什么意思？没有阿达，我什么也没有，我就是一颗没人疼没人爱的野草。阿达如果再逼我走，我立刻就吃药死在你面前。"

"你呀你……算啦，你长大了，走不走都随你好了。我管不了你了，你要有个三长两短，我只能对不起乌蒙家列祖列宗了。"白重山无可奈何，老泪纵横道。他知道性子刚烈的女儿说得到做得到。

在制毒用药上，女儿已得他真传，一点不输他。

"阿达，真有官军要入侵山寨，我们有猎枪弓箭毒药，为什么不反抗一下呢？"

"我们有猎枪弓箭毒药，官军有威力更大的火枪红衣大炮，怎么反抗？那不是鸡蛋碰石头吗？"

"我们总不能像小鸡一样让他们随意宰杀吧？我们既然连死都不怕，还怕他什么火枪红衣大炮？就算他能杀光我们，我们也要让他付出代价，让朝廷和天下恶人知道：我们彝人不是好欺负的；鬼谷药寨也绝非浪得虚名。"

"这个……可以考虑。我们既然叫药寨，可以在用药上做点事……"

"对！不能便宜了擅自撞入山寨的豺狼虎豹。阿达可能不知道，我之所以号称'毒女'，就是因为很多年前，我便从汉人种痘（从患牛痘病的牛身上取出痘疱中的浆液，接种到牛犊身上，让牛犊发病产生抗体，再从牛犊身上的痘疱中取出痘浆，把所含病毒的毒力减弱，用甘油保存起来，叫作痘苗。痘苗接种到人体上，可以预防天花。也叫牛痘苗——笔者注）的学问里受到启发，研制出一剂毒药。常人只要每天按时按量服下我秘制的药丸，再用绣花针醮上我配制的毒药，刺破皮肤，让微量毒素浸入血液，就像被毒蛇咬过一样，与体内的药丸抗衡融合，增强内脏经脉抗毒免疫力……几天后，他就会变成一个'健康'的毒人，他的血，他的唾沫，他的体液，甚至他的头发指甲，都渗透着毒汁，一句话，他的全身都是毒。任何人和动物，哪怕仅有一丁点划痕破皮伤处，只要触碰他的肌肤毛发指甲，或口鼻眼中沾到他一星半点唾沫体液，就会中毒而亡，绝难活命。但他只要停药数日或饮下'天神的哑水'，他又会变回正常人，无毒无害。我怕你担心反对，没敢告诉你，我已在自己身上试了几次，确有奇效。正好这几日，我又在配制和试用这种药丸，我现在就让你看看。"

白如雪说完，像老鹰抓小鸡，飞身一跃，便从牛圈边上鸡群中抓来一只正在觅食的大公鸡，只见她当着白重山的面，用指甲在鸡冠上划了一下，就将鸡冠滴血的公鸡放在地上。那鸡只走了几步，便倒在地上抽搐而死，整个鸡冠鸡眼鸡脸都变成了黑色。

白重山大骇，一时惊得说不出话来。他制毒用毒几十年，从没想到过毒药能这种用法：先把自己变成毒药，再毒杀近身的猎物或入侵者。他不能不佩服女儿的奇思妙想，虽然有些冒险。之前，武林传言他的女儿是毒女，他以为仅仅是因为女儿能给仇家下药用毒，却怎么也没想到女儿竟然能把自己变成毒人，功防两用，无人能及。

"那你身边的亲人同伴不是也很危险吗"白重山担心道。

"没事。我说过：'天神的哑水'是唯一的解药。我们鬼谷的人都喝过'天神的哑水'，对此毒具有免疫力，就像接种过牛痘疫苗的人，就不会再被天花祸害一样。"白如雪肯定道。

79

"好吧，说说你的想法。"

"先让寨中大家把自家值钱的财产收捡一下，能带则带，不能带的就地藏好，不让官军占到半点便宜。再让老弱病残和女人小孩先暂避寨外，为我们山寨留点血脉。自愿留下的寨民壮汉，随机应变，各尽用毒所能，拼他个鱼死网破。"

"她们都走了，寨上就你一个年轻女孩，不是更显眼，更危险了？那些如狼似虎的官兵会轻易放过你？"

"我知道阿达担心什么，不就是怕我被坏男人欺负和伤害吗？阿达放心，能欺负和伤害我的男人还没生出来呢！我已经不是小孩了，我知道那些不安好心的男人想在我身上得到什么。我虽没有可以胜过所有男人的绝世武功，但我从不畏惧任何男人，因为我会不惜一切代价地维护自己的贞操和尊严。想占有我的男人只有三种结果：一，他死在我脚下；二，我死他手下；三，我和他同归于尽。"

"我苦命的女儿！只怪阿达无能，不能保护好你！"白重山说罢转身双掌掩面而泣。

白如雪上前抱住父亲亦哭道："是阿沐（女儿）不好，让阿达操碎了心！"

"好了，你去拿牛角吹号吧，我想是该让全寨人知道将要降临的灾难了。我决定把去留的自由还给他们。"白重山道。

待白如雪取来特制的水牛角，白重山让女儿立即吹响三声牛角号：

"呜—— —

呜—— —

呜—— —"

80

白家祠堂外晒谷场。

数百寨民闻号先后聚集至此。

白重山先念了木士先生的信，然后说道："你们上代虽然都是我乌蒙家的阿加和呷西（彝族等级社会最低层的人，相似汉人社会等级中的奴隶、仆人或丫鬟、婢女。——作者注。），但乌蒙家从未把你等当下人看待。自从乌蒙家因白大善人恩准定居鬼谷起，乌蒙家带领你们建房开荒，垦田修路，挖井制药，才有了今天的'鬼谷'药寨。你们租用乌蒙家的房屋田土山林，对租金，乌蒙家历来是让你们凭良心随意交，收成好就多交，收成不好就少交或不交，你们困难时，还可以从乌蒙家贷款赊货借粮，能还则还，实在不能还就免了，乌蒙家从不催租逼债，让任何人为难，因为乌蒙家既是你们的主人，也是你们的兄弟姊妹。你们也从不把乌蒙家当外人，世世代代都和乌蒙家同甘苦共命运。

如今，因为一个木士先生，灾难将至，鬼谷药寨面临浩劫凶险，我和大家都生死难料。是我识人不准用人不慎，我对不起大家。因为窝藏朝廷钦犯，我等都有可能连坐，或被满门抄斩或被诛九族。所以，我以寨主的名义，还大家自由：你们可以选择携带家人立即离去，远走高飞，到别处重新选择栖身之所；也可由我的阿沐带着你们去远处隐蔽处避难。

为感谢寨中众乡亲多年对乌蒙家的忠诚和付出，我决定：凡我寨中人，不分男女老幼（包括肚子里的胎儿），按人头每人赠送纹银三百两，以资大家逃亡旅途开支和安家花费。这是乌蒙家一点微薄的心意，望大家收下。"

死一般的寂静，没人说话。

"我老了，走不动了，我哪儿也不去，恳求寨主让我留下吧！我死也要死在鬼谷，死在乌蒙家坟山边，请寨主允许我葬在我家几代先人墓旁。"一个八十几岁的老爷子先开了口。

"我也留下。"

"我死也不走。"

一时间，老弱病残者纷纷表态留下。

"寨主老爷，您和卓玛公主会走吗？"一个年轻男子问道。

"不，我和卓玛不走，决定与山寨共存亡。"

"那我们也不走，誓与老爷公主共患难。"

"我们不走，和官兵拼了！"

"我们留下，守家，保卫山寨！"

一时间，众皆争相表态留下。

"既然如此，我先感谢众乡亲。大家留下可以，但从现在起，必须一切唯我和卓玛号令，听我和卓玛调度，不得违抗。阿沐，你来安排。"

"由我先带领寨中三十岁以下妇女和十五岁以下小孩，中午出发，先去山寨外远处的观音崖麒麟洞中暂避一时，安顿好这些人后，我三日内即返回寨中。

留下的人由我阿达带领守寨。大家一会儿回去把自家值钱的财产收捡一下，能带则带，不能带的就地藏好，不让官军占到半点便宜。在水井里，家禽牲口上，藏不了的家财货物里，分别下一些只有我们'鬼谷'药寨人能解的急性和慢性毒药，让那些入侵我们家园的豺狼知道，他们可以抢走我们的一切，却无福享受我们的一切，包括女人。留下来的女人，只要服下我秘制的药丸，再加点其他补充方法，就能变得和我一样，任谁也不敢近身。看好，我立刻会把你们变成和我一样的毒人。"白如雪说完，从晒谷场人群中抓起一只小花狗，问道："谁家的？"

"我家的。"一老年妇女回道。

"能卖给我吗？"再问。

"不卖，我把它送给卓玛公主你了。"

"谢谢阿婆！"白如雪道，随后又对小花狗说："小花狗，对不起你了，只有你能证明我说的是真话，为了表达我对你的感谢，我就吻你一下。"

在众人疑惑与不解中，白如雪吻了一下小花狗的鼻子，然后放下小花狗，说了声："你走吧！"

众人看见小花狗只走了五、六步，便一声不吭地倒在地上，眼口鼻流出黑血而死，连狗身上的花纹白毛也变成了黑毛。

"任何男人，想侮辱糟蹋我山寨的女人，这只小花狗就是他的下场！"白如雪厉声道。

"有寨主和公主在，我们怕什么官兵……"众人从心里敬佩和信任白重山和白如雪。

"就这么定了。大家回去准备吧！要走的人，午时在此集中，不得延误。"白重山嘱咐道。

81

二天后，白如雪还没回到寨里。

"鬼谷"药寨外出的各条大路、小径、山道，被徐之铭的抚标营及临时借调的督标营炮队和火枪队等一千余官兵围得水泄不通。

带队的就是巡抚衙门副将何有宝及两个手下：左右中军参将戴玉堂和史荣。

"史大人，你认为那杜鸿斌还在山寨中吗？"戴玉堂和史荣闲聊道。

"他如真是那些反清逆贼的首领，肯定不会坐以待毙，应该早闻风而逃了！"史荣回道。

"据说此人文如春秋管仲，武似少林达摩，文韬武略均属上层，要是单打独斗，你我都不是他的对手，所以，你们希望他在？还是不在？"何有保看看戴玉堂，又看看史荣，在旁插言反问道。

"这……这个……不好说。"戴玉堂回道。

"再说，像他这种人精，怎么也不会拿鸡蛋碰石头，等着我等架炮轰他，再像老鹰捉小鸡一样抓住他吧？"史荣亦答道。

"既然人都跑了，那我们干吗还要进山寨去搜？"戴玉堂道。

"这你都不懂？跑了和尚跑不了庙，我们也不能白忙活一趟吧？"史荣插言道，"听说鬼谷药寨是个老寨，值钱的古董文物宝贝肯定不少……"

"彝人的女子长得也不错。山中出凤凰，要是我等有幸碰上几个绝色美女，不只我三近水楼台先得月，有一番尽情享受的艳福，如再从中挑一两个上好的献给抚台大人，博他老人家一个高兴，岂不一举两得？”何有保补充道。

“还是何将军想得周全，属下佩服！”戴玉堂赞道。

“命令：让督标炮营红衣大炮朝寨中空地、稻田里、池塘中多放几炮！吓吓那些乡下人，让他们心有畏惧忌惮，不敢妄动反抗。”何有宝令道。

炮轰过后。

鬼谷药寨，白家祠堂外晒谷场。

三百多官兵围着一百多老弱寨民。

82

“你是寨主？”何有宝对白重山道。

“是。”

“知道我是谁吗？”

“草民不认识。”

“大胆！这是云南巡抚抚衙的何将军。”戴玉堂在旁道。

“知道我们为什么来吗？”

“不知道！”

“认识木士先生吗？”

“认识。”

“他在寨中吗？”

“不在，两天前就走了。”

“知道他去哪儿吗？”

“不知道，他不辞而别，没说去哪里。”

“寨上的年轻女人和小孩呢？”何有宝在人群看到的差不多全是老弱，并没看到哪怕是一个传说的有特色而又十分漂亮的彝家少女。连青壮男人也没有，他感觉怪异。

“有的采药卖药去了，有的走亲戚串门去了，有的背着娃娃找男人去了……”白重山轻描淡写道。

“你最好说实话，不然你和你的山寨，还有这些人，麻烦大了……不妨告诉你：这个木士先生，原名叫杜鸿斌，几年前，因为聚

177

众谋逆，被判秋后问斩。后越狱脱逃，四处流窜，躲避抓捕，实属朝廷钦犯。据线报，此人隐居鬼谷药寨多年。知道窝藏钦犯有什么后果吗？满门抄斩，诛九族，我现在就可以下令将你的山寨夷为平地，把你和这些人统统杀光，一个不留！"何有宝威胁道。

"我说的全是实话，大人如不信，可到寨中各家各户去搜查……但我得提醒大人：'鬼谷'药寨比别的山寨有所不同，'鬼谷'人世代熬药制药用药贩药，难免寨中花花草草鸡鸭鱼鹅，甚至泥土水中空气里，均被毒药浸入吸纳，所以，请大人务必约束手下，还是谨慎小心点好，别偷鸡不成蚀把米，伤了性命，又把账算在我等头上！"白重山话中有话道。

此时的白重山，仿佛胸有成竹，对官军，他一无所惧，因为全身沸腾着彝人血性的他，早已做好了破釜沉舟的准备：他将寨中三百多青壮猎人埋伏于离此不远的周围山野密林中，让他们背着砍刀，握着强弓，备着毒箭……就是眼前这些被官军围着的老弱身上，也藏有短刀利刃毒粉，都只等他一声令下，便誓与官军血战到底，即使粉身碎骨同归于尽。

绝大多数彝人，不像汉人，常有极端自私至无以复加的卑鄙恶劣者："各人自扫门前雪，休管他人瓦上霜""夫妻本是同林鸟，大难来时各自飞"……大难如此临头时，彝人很少为自己盘算和计较个人利害得失；为了山寨和寨主，为了家族和家人，他们从不吝惜自己所拥有的一切，即便献出生命，也在所不惜，毫不犹豫。

"我堂堂朝廷大军官兵，会怕了这鬼寨？搜！"

"慢！"史荣带着一队官兵从白家祠堂拐角处的小路走来，悄悄对何有保说："大人，他们显然事前听到风声，已有所准备。除此地外，寨中并无一人，别说宝贝，连一件值钱的东西也没有。这趟差是白干了。还有，这个寨子真的很诡异，那些到寨中各家去翻箱倒柜找宝贝的军士，有三四十个已经中毒不能动了，可能活不过今明两天。我只好先收兵撤回来，再看大人意思。"

何有保听后大怒，杀心顿起："火枪队准备——"

白重山也不甘示弱，正要挥手下令决死一战……

"住手！"伴随一声断喝，仿佛一只金丝鸟从天而降。白如雪像一阵风，从人群前那队端着火枪的军士身后似魅影，撒下白色如雾的芳香后，便疾如雷电般一闪而过，直冲向何有保。

何有保只觉一团黑影瞬间逼近，慌乱中，他也顾不得他人死活，顺手从旁拉过一个史荣带来的军士当盾牌。白如雪左手背反手一掌，将军士扇出一丈开外，右手五指成鹰爪状伸向何有保咽喉处。

这何有保算是行伍出身，多少也有点功夫。早些年，他曾拜过昆明西山华严寺一高僧，练过虎鹤双形拳。

只见他，几番腾挪移纵，避过白如雪数十招抓劈戳踢后，站稳脚跟，气沉丹田，一运气贯注双手后，虎鹤齐鸣，双龙出海，伏虎连珠，削竹连枝、拔草寻蛇、饿虎擒羊……十几招后，眼看白如雪已处下风，就要落败。何有保突然嗅到一股从白如雪身上散出的芳香，再看到白如雪的美貌娇颜，他竟也有些迷离，心荡神移，想入非非，就想抱着美人昏昏入睡……

"倒下！"白如雪大喊一声，一个筋斗云，稳稳落在白重山身边。

"阿达，我回来了！"白如雪对白重山道。

83

再看何有保与那队火枪手，像醉汉一般，已躺在地上酣然大睡。

一时间，倒弄得戴玉堂和史荣等众官兵进退两难，不知所措。

"寨主可知道杀害大清官兵是何等大罪？那是要满门抄斩诛灭九族的……"戴玉堂硬着头皮上前对白重山道。

"谁说我杀害了大清官兵？他们只是误吸了我白家独门秘制的'闻香一倒眠'，两个时辰内，服了我的解药，便会醒来。但超过两个时辰，别说是我的解药，就是太上老君的仙丹也救不了他们，他们将永远成为植物人，连神仙也唤不醒！"站在白重山身边的白如雪回道。

"那，姑娘现在救醒他们有什么条件？"史荣道。

"放了我阿达和全寨寨民。"

"这个……这个……恐怕不行。我们受云南抚衙差遣，到你处捉拿钦犯，如果既没捉住钦犯，又凭空放了你们，让我等两手空空回去，你叫我们如何向抚台大人交待？"史荣假装为难道。

"那我们就只好拼个鱼死网破了。阿达，你下命令吧！"

"等一下，姑娘别急，有事好商量。"戴玉堂和史荣两人同时急止。如救不活何有宝，他们回去也没法交差。这两人文不如诸葛孔明，武不及关羽云长，就是吃喝嫖赌样样俱全，肚子里坏水不少。当他们看清白如雪芳颜容貌后，无不为之倾倒。两人均是淫徒色鬼，经常出入风月场所，见过消受过的女人也不在少数。但像白如雪这种"不施粉黛轻娥眉，淡妆素裹总相宜"的绝色美女，二人还平生未曾见过。一时间禁不住淫念顿生，心猿意马，恨不得立刻将白如雪占为己有。

两人低声交谈一番后，对白如雪说："姑娘如真有诚意救寨中父老乡亲，又不使我等抓人的公差为难，我们倒有个两全的法子：姑娘可否暂作我等的人质，与我等一起班师回昆明，亲自向抚台大人说明这里的情况，我等又从旁佐证，让抚台大人免了你等窝藏钦犯之罪，又不追究我等办事不力，岂不两全其美？"

"我答应你们！"白重山正要反对，白如雪急应道。"阿达放心，我能应付，相信我，不会有事的。"

用了白如雪的解药醒来后的何有保，听过戴玉堂史荣两人的叙说建议后，又仔细打量了一番白如雪，竟也为其美色所动，情不自禁，心魔难控……暗道："此女堪比西施貂蝉，犹如妲己褒姒，实属世间绝色佳人。带个如同仙女一般的大美人回去交差倒也不错。徐大人肯定满意。途中，使点手段，不定还可近水楼台先得月。"

"姑娘你可想好了，你如假意应承，只因为事急行缓兵之计，或仗着武功中途逃走，或伺机暗中谋害我等官吏，但跑得了和尚跑不了庙，记住：你这寨中数百条人命全系在你身上。也许找你不容易，找他们却不难。"何有保道。白如雪的功夫他领教过了，他可不能竹篮打水一场空。他能从一个家奴做到将军，多少还是有点心计和谋略的。

"有理走遍天下，无理寸步难行。别说只是去见你们抚台大人，就算去见大清皇上，本姑娘又有何惧？"白如雪义正词严道。

她此时不仅是艺高人胆大，而且早已把生死置之度外了。

只要能救下寨中父老乡亲，特别是只要能保父亲平安，她愿意牺牲一切。

白如雪又补充道："与你们随行，为让你等放心，我保证绝不带任何兵器，镖剑刀棍都不带，但我得先提醒将军大人，请管好你的手下军士，别有事无事骚扰本姑娘，否则，发生意外，本姑娘概不负责。"

84

当日，打道回府途中，何有保等一路若有所思，似有所图，又各自心照不宣。

回到滇西苍山某处抚标临时军营住地，已是黄昏。

临近午夜，独处一营帐内的白如雪和衣躺在简易地铺上，却毫无睡意。

她预感晚上必有事发生。因为她发现她的晚饭有人做过手脚：那饭菜鸡汤里，均被加有蒙汗药麻沸散之类的迷药。

"木士先生说过，普通女子入军营犹如羔羊入狼窝，看来这话不假。"白如雪暗道，"但我却不是那可以让人任意欺侮宰割的羔羊。别说是我，就是鬼谷药寨任何人，也没把蒙汗药麻沸散放在眼里。走着瞧，我倒要看看，今儿是谁来送死！"

先是轻微的脚步声，一团黑影钻入帐内，扑向白如雪，接着是酒气熏人的大舌头伸向白如雪嘴唇……只数秒钟，来人便如压紧的弹簧突然弹起，双手抓着自己颈部，挣扎着冲出帐外，摇摇晃晃至十余步后，便倒在地上。

"第一个。"白如雪默数道。

一直数到第八个，午夜已过，白如雪才起身，透过帐篷门隙向外看了看，她的营帐已被一队手执火枪腰挂佩刀的军士围着。

"不会再有人骚扰了，终于可以睡个安稳觉了。"白如雪暗喜。

原来，上半夜没入睡的还不只白如雪和那八个倒霉蛋。

"我巡夜查防去了，没十万火急的事别来烦我。"那何有保也是一路欲火难耐，好不容易忍到天黑，算着时辰已近三更，便出帐对守帐军士道。

借着淡淡的月光，当他蹑手蹑脚就要走近白如雪营帐时，却看见一个人影闪进白如雪帐内。

"是谁？史荣？戴玉堂？"他止步，正思忖，又看见两个人影一前一后冲向白如雪帐后。

他没犹豫，几步就飞纵至两个人影身后，刚要出手将两人点穴擒住，不料两人闻声回头，竟是史荣戴玉堂。三人默不作声，一起从帐篷上一条用匕首横着划开的口子朝帐里偷看。帐内，一个已经宽了衣解了带的人影，一下就扑压在看上去好象正在熟睡的白如雪身上，没有反抗，也没有喊叫。三人忍不住正要发作进帐阻止，却见扑压在白如雪身上的人突然滚下身去，好像很费力地挣扎着，从地上爬起来，拾起自己脱下的衣裤，摇摇晃晃走出帐外，只走得十数步，便一头栽倒在地。白如雪仍然睡着，一动不动。

三人诧异，去到帐前查看，不看则已，一看吓一跳：地上躺着的居然是八具衣衫不整的死尸，没有外伤，从他们口鼻有血迹上看，显然是中毒而亡。

"这个妖女有些邪门！"史荣低声道，"幸好……"

三人既后怕，又各自暗中庆幸："幸好这几个家伙先到，不然这地上躺着的不定是我们中的谁了！"

"你两人立刻调一队军士来，趁天还未亮，赶紧用钩索将这些死尸拉去埋了，以免引起军中人心恐慌。再另调一队火枪手围住这妖女的营帐，除妖女外，任何人不得进入。如再有人死在这里，我唯你二人是问！"何有保下令道。

85

不几日，云南昆明。

巡抚衙门偏院。

何有保带着白如雪从戒备森严的庭院小径上穿行。

小径上布满关卡，岗哨，卫兵。

二人一前一后来到一处别致典雅的厢房，何有保让白如雪留在门前，自己入内。

"属下参见大人！"

"你是大人，你老人家外出办差，辛苦了！"看着两手空空前来复命的何有保，徐之铭不满地讥讽道。

"属下办事不力，此次出征，未抓到钦犯杜贼，请大人责罚。"何有保向徐之铭谦恭地禀告道。

"让你带领上千余人马，借调督标绿营火枪炮队，劳顿十数日，我收获的就是你这几句话？"徐之铭阴沉着脸不满道。

"大人息怒，是属下无能。但属下虽未擒住杜贼，却将窝藏杜贼的'鬼谷'药寨寨主白重山的独生女白如雪作为人质带来了，此刻就在门外，大人要不要先亲自审问一下？"追随徐之铭多年，何有保岂能不知他的这个上司不仅贪财，而且好色。

"哦，听说这白如雪还是待字闺中的绝色美女，这一路上，你们没把她怎么样吧？"徐之铭此番派兵，像往常一样，名义上是抓朝廷钦犯，实则也是想乘机浑水摸鱼，洗劫古寨，捞点文物金银珠宝，再以知情不报受连坐而抓几个有相貌的村姑少女作为"女犯"来偏院自己亲自"审问"。他可不愿"审问"别人已经"审问"过的"女犯"。

"属下不敢。属下严令手下：此人质是朝廷重要女犯，任何人不得靠近，以防泄密。"何有保讨好道。他和他的上司一样，说谎从来不脸红。

"让她进来，你可以走了。"徐之铭装作漫不经心道，实则已有些心猿意马。

"不过，属下得提醒大人：此女子虽然美艳绝伦，无人能比，但身心如毒蝎，武功不弱，据说有些旁门左道的妖术，又来自'鬼谷'药寨，定是使毒高手，大人可得当心。"想起自己曾被白如雪迷倒如植物人，还有那八个死在白如雪帐外的军士，何有保不敢说实话，但又怕徐之铭受到意外伤害，自己脱不了干系。

"你是怀疑我的笼子不牢固？还是蔑视我的能力连一个女人

都降不住？”

“属下不敢。属下告退，在门外待命，随时听候大人召唤！”何有宝不敢再多言。

86

“民女叩见抚台青天大老爷！”白如雪用江湖人单膝下跪行礼道。

“你就是‘鬼谷’药寨的白公主？如何肯定我就是抚台大老爷？”

“雕梁画栋，古玩名贵，陈设考究，若非抚台大老爷，谁又敢独坐如此华贵的抚衙厢房？”

“山野村姑，小小年纪，你倒有些眼光！你又怎知我是青天大老爷？”

“抚台青天大老爷手下的兵，不侵山寨不扰民，不欺压良民百姓，不抢劫掠夺客商，不侮辱强奸妇女，不滥杀无辜，不走一方祸害一方，也不扣押女人当人质……”

“住口！”徐之铭大怒，他是何等人，岂能听不出白如雪的讥讽？“大胆刁民，你知道窝藏朝廷钦犯，该当何罪？”

“不知者不罪，那木士先生在我寨中就是教书的，他身上脸上无一处表明他是朝廷钦犯，我等凡夫俗子也没有孙悟空的火眼金睛，又怎能识得他的前身后世，做过什么，说过什么。如不是抚台大老爷兵临山寨，我等又岂知木士先生就是朝廷钦犯呢？”

“你休得狡辩，你应该明白，在云贵川地界，我杀个人，就如同踩死一只蚂蚁，不需要任何理由；我只要高兴，挥挥手，就可杀几千上万人；把你的山寨，从‘鬼谷’版图上抹去，也就在我一念间……”

“普天之下莫非王土，率土之滨莫非王臣。你滥杀无辜，就不怕朝廷和皇上？”

“山高皇帝远，在云南，我就是朝廷，我就是皇上。再说，皇上是听我说的信我说的，还是听你说的信你说的？我是皇上外放的重臣，封疆大吏，有名有姓；我的一言一行，对江山社稷都举足轻重；

我说句话，甚至放个屁，都可直达天庭。你又是谁？你算老几？你有资格见皇上吗？衙役何在——"

"老爷有何吩咐？"一老衙役从厢房内堂出来应道。

"上茶！上好茶！上最香的茶！这里不是公堂，白公主不必拘礼，请坐！"徐之铭早已注意观赏了白如雪的绝色美貌。他不想浪费眼前伸手可取的上等佳肴良辰美餐。

白如雪端起老衙役放在茶几上的茶杯，漫不经心的一闻，便知这茶水里有东西。暗道："不就是蒙汗药吗？堂堂一巡抚，也竟会用这种下三滥手段去占有女人，可恶！难怪有那么多人要造反对抗朝廷。"

"正宗的普洱茶，橙黄浓厚，香气高锐持久独特，滋味清醇，口感丝滑，让人回味无穷……民女何德何能，能喝到抚台大老爷的茶？的确是好茶，一般人怕是极难品尝得到吧？"白如雪说道，"但在喝下这杯茶前，民女我有几句话得先向抚台大老爷交待清楚，以免酿成不可挽回的大错。我天生不善饮酒，也晕茶。我只要喝上一口酒或一丁点茶，便立刻就会昏睡过去，没几个时辰不会苏醒，连雷声也震不醒。

待会我一旦昏睡过去，抚台大老爷且记：任何人千万不要触碰到我皮肉毛发，否则，必死无疑。因为我的身子血肉汗液口腔里都浸着剧毒。那是因为我小时候误食了'鬼谷'药寨后山上的一种叫红豆的果子，虽然号称药王的父亲用尽了平生所学，尝试了几百种解毒药方，我还是昏迷了七天七夜。

醒来后，我就好像穿了件紫阳真人的仙衣，成了'鬼谷'药寨最毒的人，连我的父母走近我也得小心谨慎，不敢马虎大意。不过长大后，我觉得这也不是坏事。我知道我生得有几分姿色，如果我是普通的女孩儿，我的父母肯定会像其他有女儿的父母一样，时刻都会担心害怕我会被坏男人伤害。想来也是，一个男人要想占有欺负一个女人，总会有千万种或光明或肮脏的手段，面对强势的男人，女人除非死或毁颜，没有任何法子能逃脱其魔爪。

据说乾隆时代，有一个叫香香公主的回族少女，被虏进皇宫后，害怕失身，居然把自己穿在身上的衣裤用线缝起来，但有用吗？人家用'蒙汗药'或'迷魂汤'等龌龊下作的伎俩放翻你，在你失去知觉，昏迷不醒时，几剪刀不就剥光了你，任他所为了吗？我却不一样，我除了警告想对我使坏的男人，我什么都不用防备，因我的身子上上下下，里里外外都浸着毒汁，犯我者必死，无一例外。所以我的父母从不担心我会被人祸害，反而会顾虑有更多的男人因我而死。之前，总有一些不怀好意的男人，总想在我身上占点便宜找点事做，我警告过，他们不信，结果……"白如雪信口开河地真真假假八卦道，也不管他人信与不信。

"我相信抚台大老爷待我极品香茶，肯定是出于好意，我只是怕你手下一些冒失鬼约束不住个人行为举止，会害人害己。抚台大老爷如不信——"白如雪停了一下，指了指在旁候着的老衙役，"可否让他一试？"

从老衙役给她上茶来看，她就知道此人亦非善类，正好用他这个助纣为虐的帮凶警告旁人。

白如雪没看错人，如果说徐之铭是吃人的老虎，这个老衙役就是为虎作伥的猎人，刽子手，主人的一条狗，咬死人也不松口的恶狼。每次由他帮主人弄到猎物后，先由主人享受糟蹋蹂躏，最后再将奄奄一息的猎物交给他，带到荒郊野外处置掉……每一次，他都会将猎物再糟蹋蹂躏一番才宰杀掩埋。所以只要主人一喊："上茶！上好茶！上最香的茶！"他就知道又有猎物了，他又可以享用美味可口的残羹剩饭了。

"怎么试？"徐之铭好奇道。

"先说好，我不动手不动脚，无论发生什么事，抚台大老爷都不能怪我。"

"恕你无罪！"

"大哥，你看我漂亮吗？"白如雪含情脉脉地看着老衙役温柔地问道。

"漂亮！"白如雪的眼睛里有着不可抗拒的摄魂魔力，此时的老衙役眼里和心中只有白如雪而没有巡抚。

"你喜欢我吗？"

"喜欢！"老衙役毫不犹豫道。

像仙女一样的女人，是男人都喜欢。

"你愿意过来亲我一下吗？"

"愿意！"老衙役说着，便上前抱着白如雪的头亲了白如雪嘴唇一下。只片刻工夫，老衙役便情不自禁地抽搐起来，口鼻沁出浓稠的黑血，挣扎着踉踉跄跄向门外走去，只走得几步……便倒毙在地上，不再动弹。脸颈和手上皮肤开始变色发乌腐烂腥臭。

87

"来人——"见此情形，徐之铭心生恐惧，淫念顿消，大喝一声。

看到何有保和两个带刀军士进来，徐之铭指着白如雪令道："将此妖女拉出去砍了！"

"且慢！闪开！不要命了？她是毒女，沾她者必死！"何有保见两军士已走近白如雪，就要伸手抓拿，便赶紧急止叫道，同时疾步至两人身后，双手分别抓住两军士后脑长辫，两臂一张，用力摔滚向左右两边，硬生生从死神手中救下了二人。然后上前对徐之铭道："大人，刀下留人！"

"此人身如毒蝎，留之何用？"徐之铭怒不可遏。

"'红蝙蝠'不就缺这样的人吗？"何有保小声道。"只要对她稍加训练指点，属下相信：她必定会成为大人手中无坚不摧的利器！"

"她能心甘情愿为我所用？"

"用她父亲和她山寨八百余口人性命作抵押，不怕她不听话。"

徐之铭想了想，又斜眼瞟了一眼白如雪，只见已站起身的白如雪，虽然婀娜纤弱，却毫无半点畏惧恐慌，依然神态悠闲，正旁若无人地不紧不慢地整理自己的秀发衣作，连看都不看他二人一眼。只有将生死置之度外的人，才能如此从容。

"这丫还真是做杀手的料！"徐之铭暗想，并走近白如雪问道："你当真不怕死？"

"怕死又如何？不怕死又如何？难道大老爷要杀人，会因为他（她）怕死而不杀吗？"

187

"你也不为你父亲和'鬼谷'药寨八百余口人的生死担心？"

"我要怎么说怎么做，大人才肯放过他们呢？"

"让何将军带你下去告诉你！"徐之铭说完挥了挥手，示意他们出去。同时指着躺在地上的老衙役尸体，对两个刚爬起身来，还有些稀里糊涂，迷惘茫然的军士命道："小心他身上有毒，你俩去找个床单大布来，将这个贪财爱色不知死活的蠢货包裹好，抬出去拉到城外乱葬岗埋了。"

"走以前我还有几句话说，大人大老爷能否容我说完？"白如雪好像不知天高地厚问道。

"快说。"徐之铭不耐烦道。

"为了'鬼谷'药寨八百余口寨民和我阿达的平安，我愿为大人大老爷做任何事，包括杀人放火下毒，我知道我是大人刀俎上的鱼肉，已经没有多少选择余地了，但我有三个条件……"

"你还敢和我谈条件？"徐之铭怒道。

"大人如不同意，现在就把我杀了算了！"白如雪倔强道。

"你说来听听。"徐之铭忍了又忍道。

"我知道大人是看中了我刚才杀人的'手艺'而不杀我，想来我对大人还有点用。但要我为大人干这活儿，我有三绝不杀：第一，我绝不杀十二岁以下孩童，我下不了手；第二，我绝不杀孕妇，一尸两命，我狠不下心；第三，我绝不杀和我同宗同族的彝人，我视他们如兄弟姐妹。"

"这三点可以答应她。"徐之铭想了想对何有保道。小孩孕妇彝人对他构不成威胁，就算要杀他们，也无需白如雪这样的高手出面。

从此，白如雪便成了"红蝙蝠"杀手，后升为"红蝙蝠"大理分堂堂主，胸饰银蝙蝠，入座"红蝙蝠"副指挥使级别。

第二十八章

烽火連天　狼烟遍地

88

　　"阿沐，你还记得木士先生吗？"白重山的问话打断了白如雪遥远的回忆。

　　"怎么不记得？他如今是'回教国'的总统和兵马大元帅。拜他所赐，我们不是才有今天吗？"白如雪抱怨道。其实，她内心里对木士先生充满着矛盾。一方面，是他教会了她识文断字和上层武功，她不再是愚昧无知的村姑和任人宰杀的羔羊。但同样是他，间接让她坠入了杀手的深渊。

　　她不知道该感谢他，还是该恨他。

　　木士先生走后半年，咸丰六年，受太平天国运动的影响和推动，云南滇西爆发了回、汉、白、彝各族民众反清大暴动，领头的是回族秀才杜鸿斌。他被推选为"总统兵马大元帅"。起义军攻下滇西、滇南共五十三座城池后，便建立起'回教国'大理政权，和洪秀全的上帝天国（又称太平天国）遥相呼应，共同与大清王朝抗衡对立。

　　起义大军所到之处，"杀官安民"，军纪严明，深受民众拥护。此举波及整个大西南，震撼朝廷。

　　消息传到'鬼谷'药寨。

　　"杜鸿斌，兵马大元帅，难道真是他？官兵要抓的那个木士先生？"听闻此事，联想木士先生留下的书笺，白重山不免疑窦丛生："杜鸿斌……杜字拆开不就是木士吗？还真是他呀！他可藏得够深的！"

　　"前几天他派人送来两大箱金银珠宝，价值万金，说是感谢我们这些年对他的关照容留，并补偿'鬼谷'药寨因为他的原因而受到官

189

军的侵扰及损失。他还真是一个言而有信知恩图报的君子。另外，他希望'鬼谷'药寨加入他的起义大军，助他一臂之力。我只答应我会考虑，并收集赠送了他几麻袋医治刀箭伤和预防风寒湿气疟疾的草药。"白重山道。

"不管他是木士先生，还是兵马大元帅杜鸿斌，我也觉得他是个好人，能干大事的人，也是一个值得信赖的人，一个满腹经纶，能顶天立地的英雄豪杰。"白如雪客观地分析道，"按说，他反抗朝廷暴君苛政，杀贪官污吏，我等生活在水深火热中的草民应该遥相呼应，揭竿而起，鼎力相助。但是，我们'鬼谷'药寨绝对不能加入他的起义大军。因为木士先生自己也清楚，连拥有40万铁骑精锐大军的平西王吴三桂都没有反叛成功，他领导的那群二十余万没经过严格军事训练，又纪律涣散的乌合之众，肯定成不了气候，要想推翻满清王朝，那简直是异想天开！我想，胸藏锦绣，满腹经纶的他，不会不清楚这点。恐怕他如今也是骑虎难下，箭已出弦，开弓没有回头箭，只有硬着头皮往前走了。对他而言，不成功便成仁，除此，好像也没有别的选择了。

朝廷正在调集北方大军准备彻底剿灭他们。其实就凭云贵川三地官兵，要镇压消灭他们，也不费什么力，但这些地方的巡抚总督却不愿过早轻易砍掉他这棵摇钱树。只要杜鸿斌和叛乱还在，他们就可以不断伸手向朝廷要军费要粮草。

我们如公然助他，退一万步，他推翻了满清，有了自己的王朝，论功行赏，他的近亲下属可封王封侯，世袭富贵荣华，而我们不过是他宫里的太医，整日胆战心惊的伺候皇族病患，稍有闪失，一样会被问罪杀头，能与现在身居'鬼谷'如闲云野鹤般的自由自在吗？假如他失败，我们同罪，必受株连，其下场可想而知。所以，我们不能让乌蒙家和寨上八百余口乡亲再为他冒第二次险。我们最多只能暗中帮助他，却不能留下任何蛛丝马迹，以免朝廷秋后算账。再说，想必阿达应该感觉得到，官府的鹰犬早已经盯上了我们的山寨，我们的任何异动能逃过他们的眼线吗？我甚至怀疑山寨中就有被朝廷收买的耳目，不然，'鬼谷'药寨如此偏僻，木士先生怎么会被暴露行踪？

还有，阿达想不到吧？那杜鸿斌居然和巡抚徐之铭暗中有交往。我测想，他们肯定是为维护各自的利益，互相利用，互相欺骗。他们两边我们都惹不起，所以，我们最好别去为他人作嫁衣，费力不讨好。"

"对此我也有些怀疑。所以此次接待他的人入寨，害怕节外生枝，又让山寨不得安宁，我就只让几个可靠的人知道参与。我老了，你也长大了，以后山寨很多事都由你做主了。跟不跟木士先生干，怎么帮他，就按你的意思办。"白重山很是佩服女儿对时局的评估，对于加不加入起义大军，他也一直犹豫不决，他很想帮木士先生，但也知道风险极大。女儿的一席话，让他有了清晰的脉络。

<h2 style="text-align:center">89</h2>

"对了，你那块玉佩呢？很久没见你戴了，没出什么意外吧？"

"对不起，阿达，那玉佩，没经你同意，我……我……我送人了。"白如雪有些难为情地吞吞吐吐道。

"送人了？你知道那块玉佩的真正价值吗？"

"知道，此玉佩是我乌蒙家族世袭令牌，拥有此玉佩者，可向鬼谷药寨除你外的任何人发号施令。"

"那你还……"

"因为他是我的救命恩人。没有他舍命相助，此时我与阿达，恐怕是阴阳两隔了，那块玉佩对我还有什么意义？"

"就是上次送你回来养伤的那个说他姓杨的小伙子？他是干什么的？"

"他和我一样，也是抚标营教官。"白如雪随口道。她从一开始就没想过要告诉父亲自己杀手的身份，她不想让父亲因为有她这个杀手女儿感觉羞愧和为她担心，如果可能，她绝对会永远隐瞒下去。所以，她也不会暴露同在"红蝙蝠"里任副指挥使的杨副使的身份。

"很早以前我就想问：你那次是为什么受伤？那伤几乎要了你的命，如没有我们药王世家的医治调理，你必定也是非死即残。你和我都是医者行家里手，你那伤绝不是意外伤，应该是人为施暴的伤，而且此人功力深厚，对你似有深仇大恨，不然也不会对你如此残忍，欲置你于死地！你究竟得罪了什么人？此事后来怎么了结的？我能帮你做点什么？"白重山急切地一连问了几个为什么。白如雪是他的独生女，唯一的亲人，乌蒙家族的传人。在他心里，女儿的安危自然胜过一切。

"阿达不必太过担心。我那次受伤，主要是我太轻敌，遭一个被北少林逐出寺庙的采花和尚暗算。此人不仅武功了得，点穴暗器也是高手中的高手。我受伤被他所擒，他正要对我施行轻薄污辱时，我后来送给玉佩的那个人出现了。他打跑了那个花和尚，及时救下了我，保全了我的清白之身，他也因此被花和尚喂有剧毒的暗器所伤，差一点送命。也是他，千里迢迢，一路护送我回'鬼谷'疗伤。"白如雪一边安慰父亲，一边想加深父亲对救命恩人的好印象。

她对父亲说自己受伤的原因，除了少林花和尚是编造的，其他的倒也不假，只是没这么轻描淡写。

父亲的问话，又翻开了白如雪那段她想忘也忘不了的既痛苦又甜蜜的记忆：这是她一生的耻辱和与那个救她的人的刻骨铭心的相遇……

第二十九章

奇僧神功　贻害武林

90

那是白如雪加入"红蝙蝠"后的第三年。

之前，在"红蝙蝠"的软硬兼施威逼恫吓蒙蔽欺骗下，她从一个多少有些幼稚单纯的少女，逐渐潜移默化为一个冷酷无情的杀手。

她的双手已沾满了人血。她内疚自责甚至憎恨厌恶过自己。

闲暇时，特别是独处失眠的黑夜里时，她迷茫，彷徨，她不是没想过退出，逃跑，隐匿，到一个没人认识自己的地方去，洗去身上的污垢血迹。

看不到前途和光明，她也想过自残，轻生……唯一能让她减少些罪恶感的理由是：死在她剑下的人，大多是徐之铭在官场上的政敌和徐之铭的仇家所收买派遣的江湖杀手。他们上奏参本弹劾徐之铭，想除掉徐之铭，名义是为国家社稷，其实根源还是徐之铭太过贪婪霸道，不仅断了他们的财路，甚至跨界掠夺抢劫本该属于他们的薄利和财物。白如雪查过这些人的底细，她就没见过他们中有半个像包公海瑞于成龙那样的廉吏——要是真遇着像包公海瑞于成龙那样的廉吏，白如雪绝对不会加害其人，而是会暗中给予保护，她会学她所崇拜的南侠展昭效命包公一样为其效命——背地里，他们中很多人，就干过欺行霸市，逼良为娼，强抢民女的勾当。比之徐之铭，他们不过是一丘之貉中的小巫和大巫。如果让他们当巡抚，不用数年，不过又是另一个徐之铭，同样是吸食民脂民膏欺压百姓祸害一方的贪官污吏。

所以，白如雪也因此而感觉些许安慰和自嘲："我和这个大魔头巡抚，还真不知谁在利用谁呢！他利用我党同伐异清除敌对，我不是也利用他除害安良匡扶正义吗？如果我是普通百姓，杀了即便是十恶不赦的地痞恶霸、贪官污吏，他们的那些狐朋狗友官衙同僚，同样会买通朝廷衙门公权或邪恶势力，肯定找我复仇，甚至将我灭门。如今有大魔头巡抚罩着，谁又能奈何我？"

这就是皇权体制下的丛林法则：弱肉强食，大鱼吃小鱼，小鱼吃虾米。没有皇权撑腰，你杀谁（哪怕他是人人唾骂的万恶之徒）都得陪葬；有皇权撑腰，你可以杀任何人（即便他是无辜的草民百姓或廉洁的贤臣良将及才子学士），还不算违法，更谈不上犯罪。从纣王妃子妲己敲骨取髓和剖腹验胎、逼商臣比干剖腹剜心，到吴相伍子胥受赐剑自尽、秦始皇和李斯坑杀"犯禁者"儒生四百六十余人……不都是史实典故吗？

一天，何有保向白如雪下达了首领的指令：盗取《涅槃大乘掌》与《般若无相指》武功秘籍。

对《涅槃大乘掌》与《般若无相指》，白如雪并不陌生。

鬼谷药寨寨民世代以行医贩药为生，不得不常年行走四方。远可达关内关外天涯海角，近已走遍云贵川大小集市。所接触的人，也是三教九流形形色色，对江湖市井恩怨情仇，轶事传闻，时间长了，经历多了，自然少不得道听途说，耳闻目睹，见多识广。白如雪就是从他们与父亲的闲聊中听说过《涅槃大乘掌》与《般若无相指》，于是向木士老师请教。

91

"老师，你知道《涅槃大乘掌》与《般若无相指》武功吗？听说在黔北凤凰镇，有很多人就死在这种功夫下，这是真的吗？什么叫涅槃？般若又是什么？"

"这个《涅槃大乘掌》与《般若无相指》武功，我也是在《佛门轶事——佛图澄•鸠摩罗什篇》抄本里多少知道一点，也就是个大概。"木士先生道，"涅槃是佛教用语，又称般涅槃、波利昵缚男、泥洹、涅槃那，意思是无为自在、清凉寂静，恼烦不现，众苦永寂；具有不生不灭、不垢不净、不增不减，远离一异、生灭、常断、俱不俱等等的中道体性意义；也即成佛，指经过几年或几十年的修养，调理自己的思想，清除大脑中的凡夫俗子的思想、程序、情感，最终达到没有烦恼，超脱生死的境界，也就是无所得，无执着，随缘而不变的圆满境界。佛教教义认为涅槃是将世间所有一切法都灭尽而仅有一本住法圆满而寂静的状态，所以涅槃中永远没有生命中的种种烦恼、痛苦，苦行和轮回，也就是不再有下一世的六道轮回。当有佛教持戒清净的修行者离开人世时，许多人会尊称他（她）们进入涅槃或圆寂。

般若，也是佛教用语。般若一词出自古典瑜伽，意为辨识智慧：意念通过直觉的洞察，所获得的先验的智慧或最高的知识，达到'终极智慧'。专指：如实认知一切事物和万物本源的终极智慧，区别于一般的智慧。

据说，《涅槃大乘掌》与《般若无相指》上乘绝世武功，为西域龟兹佛图澄·鸠摩罗什大师所创。此人七岁随母出家，初学小乘佛法，而改学大乘佛教。一生立志要参悟佛门那深刻无极广阔无边的禅机义理。

成年后，为大化广布，弘扬大乘正法，他不得不与西去天竺修持学法求登三果的母亲义无反顾地永远诀别，继续留守故土，等待时机，涉足东土中原，去全面而系统地开创翻译传播佛经的宏图大业。

这佛图澄·鸠摩罗什也是一个极矛盾之人。他既是大彻大悟的得道高僧，同时又是一个不拘小节的俗人。

前秦皇帝符坚命部下骁骑将军吕光率兵七万西伐龟兹，不为人口土地牛羊，不为黄金白银奇珍异宝，只为获取深解大法善通阴阳的佛图澄·鸠摩罗什。

那吕光是行伍出身的粗人，很难理解皇帝如此行事。然钦命不可违，于是，攻下龟兹后，便把对皇帝的怨气全撒在佛图澄·鸠摩罗什身上：先命手下将佛图澄·鸠摩罗什用酒灌醉，再把他与龟兹王女儿（他的血亲表妹）关入密室……

又让他一个穿袈裟的大和尚骑牛乘马……如此下来，佛图澄·鸠摩罗什便犯了奸淫色戒；另外，吕光虽然把佛图澄·鸠摩罗什弄得衣衫凌乱，气喘吁吁，狼狈不堪，但他虽然毫无反抗之力，却没有求饶，没有神色慌乱，嘴角一直挂着冷笑，用傲气的目光蔑视着欺辱他的人。越玩那吕光越觉心虚，无聊，乏味，枯燥，胸闷，浑噩……从此，再不敢招惹佛图澄·鸠摩罗什。

而佛图澄·鸠摩罗什经此一难，对男女之事也看开了。以致后来，他被在长安建都的大秦国皇帝姚兴从凉州大凉国接到长安钦封大国师后，竟然在溪水萦曲，竹路逶迤、青柳依依、果柏繁茂、花卉成行的逍遥园里娶了三妻六妾。平日里，他除了译经讲经外，便日夕与娇妻美妾为伴，寻欢享乐，并育有儿女。

像佛图澄·鸠摩罗什这般大智慧，能洞察世间万物之人，他深知，要想正法大道尽早顺利普及众生，离不开帝王的接纳和赏识及世俗草民的信服和认可。而要让帝王接纳和赏识，令世俗草民信服和认可，没有降妖伏魔的本领，是不可能的。

试想：佛祖如来要是没有普天至高无上的幻术法力，仅凭割肉喂鹰的舍己精神，就能被三界顶礼膜拜吗？没有五指移山神力，如何镇住大闹天宫的石猴，让玉帝折服？没有紧箍咒，如何让能腾云驾雾并拥有七十二般变化的孙悟空，不得不放弃自由和逍遥快乐的山大王幸福生活，被一个好坏不分善恶不识蠢笨无能的傻和尚奴役驱使，风餐露宿，忍饥挨饿，不辞辛苦，忍辱负重地去西天取经？身处蛮荒乱世的人们，谁会顶礼膜拜只会纸上谈兵的文弱书生和仅会敲木鱼念阿弥陀佛的老和尚？

他也因此萌生了练武强身的念头

于是佛图澄·鸠摩罗什用自己渊博的学问，独到的见识，从浩瀚的佛经中，筛选出能修炼至上层武功的套路和心法。他自己边练边加以整理修改完善，不到十年，《涅槃大乘掌》与《般若无相指》武功秘笈便编撰完成。随之而产生的结果是：他只稍一运气，双掌便如利刃，削石如刀切菜；十指似铁杵，钻石穿木如钢锥。加上他兼修的杂耍魔术（他能在众目睽睽下，吞下一碗缝衣针；让烤焦成木炭的莲茎在瓦钵中再生出青莲和叶片，须臾开出鲜艳的花；还能让暴病死亡两日的人起死回生……）一时间，他成了万人敬仰的大国师和武学大家，虽然他志不在尘世浮华虚荣上，但对他传播弘扬大法，却大有帮助。

由于《涅槃大乘掌》与《般若无相指》功法太过刚烈威猛，稍有不慎，必会祸害人间，所以佛图澄•鸠摩罗什便将《涅槃大乘掌》与《般若无相指》秘笈深藏密室，从不外泄，只等自己行将百年后再传给所选定的继承人。

谁知人算不如天算，日防夜防家贼难防。

92

东晋义熙三年夏（公元 407 年，后秦弘始九年——笔者注），佛图澄•鸠摩罗什闭关百日修行天竺无上瑜伽密法。

出关后，门人告知："什门十二哲"中排名第十二的释慧已失踪二月有余。佛图澄•鸠摩罗什似有不祥预感。急移步密室，才发现《涅槃大乘掌》与《般若无相指》秘笈已无踪影。

不得已，端坐在大厅弘法讲经狮子座上的佛图澄•鸠摩罗什只得向堂下'四圣八俊十二哲'弟子告知《涅槃大乘掌》与《般若无相指》武功秘籍失窃实情，并推测释慧失踪的原因肯定与此有关。

门下弟子群情激愤，纷纷谴责咒骂释慧的恶行，并准备四处寻觅捉拿释慧，追回《涅槃大乘掌》与《般若无相指》秘笈。

'由他去吧！'佛图澄•鸠摩罗什止住众门徒，'也怪我失察，明知他（释慧）是武痴，道行浅薄，却没有预先严密防范，致使他受不了《涅槃大乘掌》与《般若无相指》武功秘笈的诱惑而步入邪路，为师惭愧呀！如《涅槃大乘掌》与《般若无相指》由此为害武林，掀起腥风血雨，我必遭报应折寿十年，以赎研创《涅槃大乘掌》与《般若无相指》之罪孽。为今之计，凡我门下弟子，稍安勿躁，不得再将《涅槃大乘掌》与《般若无相指》秘笈失窃之事外传，以免引人注目，追逐争抢，给武林江湖带来浩劫。再者，即便那释慧已在修炼《涅槃大乘掌》与《般若无相指》，以他的功底和悟性，没八年十年，也练不到最高境界，所以，《涅槃大乘掌》与《般若无相指》暂时还不至生出祸端。我在此警诫堂下各位：将来如找回《涅槃大乘掌》与《般若无相指》秘笈，除我门法席传人，任何人不得偷练《涅槃大乘掌》与《般若无相指》，违者人人得而诛之。如找不回《涅槃大乘掌》与《般若无相指》秘笈，尔等也不必太过忧患，因为世间万物总是相生相克，互为制衡。有矛必有盾。从来就没有挡不了的矛，也没有刺不穿的盾。也算不幸中的万幸：释慧怎么也想不到，近几年来，我一直在研创整理能克制《涅槃大乘掌》与《般若无相指》武功的《无量流星截》。这《无量流星截》导气引流隔空打穴断脉功法，在我闭关前就已完成。还好，我没将它和《涅槃大乘掌》和《般若无相指》两本秘籍放在一处，否则后果更严重。道生，僧肇，你俩上来。'

佛图澄·鸠摩罗什从怀里掏出《无量流星截》武功秘籍，递给竺道生，说道：'你等皆是我门下'四圣八俊十二哲'弟子，你俩把《无量流星截》武功秘籍，按'四圣八俊十二哲'人头，每人抄摹一份，勤加习练，不过三年五载，尔等都能破解《涅槃大乘掌》与《般若无相指》。切记：《无量流星截》武功秘籍，只可家传，不得外泄……所以只能传男不传女，连我门下其他弟子亦不能传授，以免《无量流星截》又像《涅槃大乘掌》与《般若无相指》一样遭人盗窃而成为祸害。

另外，我曾对尔等阐述过：绝对的不受约束和监督的权力必然会造就绝对的暴君和暴政，最终会祸害到一个国家和整个民族；同理，绝对的无人能及的武功必然会诞生绝对的武林霸主和江湖妖孽，最终也肯定会祸害到江湖武林，甚至殃及社稷无辜。所以，凡我门中'四圣八俊十二哲'弟子后代，均不得与释姓者通婚，以免《涅槃大乘掌》与《般若无相指》和《无量流星截》三大功夫有可能汇集一人，而铸炼出无法无天的大魔头祸害江湖武林和社稷人间，那样，我的罪孽就大了。'

'《无量流星截》，真能克制《涅槃大乘掌》与《般若无相指》？'竺道生有些怀疑地问道。僧肇等亦有同感。

这竺道生，亦非等闲人物。他是什门'四圣'之一，祖籍河北巨鹿。从小就颖悟聪慧，记忆超凡，不论经书文章，诗词歌赋，皆过目不忘。原姓不详，拜在高僧竺法汰门下后，改姓竺。虽只年方 15 岁，师父竺法汰便让其登台讲学。小小年龄，便已声誉鹊起，被人视为佛门奇才。竺法汰殁后，竺道生开始四方游学。几年后，游学至长安，投在佛图澄·鸠摩罗什门下。

那僧肇，也是个了不起的人物。俗姓张，据《高僧传》卷六载，为京兆长安人。原崇信老庄玄学，后出家治佛学。先后在（姑臧）（今甘肃武威市凉州区——笔者注）罗什寺和长安参加佛图澄·鸠摩罗什译场，评定经论。以擅长般若学著称。著有《肇论》《宝藏记》《维摩诘经注》等书。

看到座下众人猜疑的眼神，佛图澄·鸠摩罗什知道，不亮出点让人炫目的功力技能，别人是不肯相信和接受《无量流星截》的。

'唉，你们啊，怎也同俗人一样，非得眼见为实？难道就不能用心去领悟点什么？尔等入我佛门已非一日，岂能不知何为无量？无量也，不是含有大乘，般若，广大、崇高、无限之含义吗？不是能将无限无边的众生，从生、老、病、死的苦难中度化到西方极乐世界去吗？好吧，为师的我就像跳大神的端公，为尔等演练一下吧！'佛图澄·鸠摩罗什边说边摇着头，似有些不如意，却又无可奈何。

他也知道，像他这样大彻大悟，已登有我无我，有相无相之界的，举世有几人？与其苛刻凡人，不如降尊俯身度人。

只见他双手托位丹田，掌心向上，吐纳呼吸，运气任督二脉，行小周天，气贯双臂，双掌合十前推，再如芭蕉扇左右轻摇，厅堂左右两边黑幕帘子，被其掌风撼动掀开，左右两边壁上便展现出人体前后十二经络穴位图。他回掌轻弹十指：或屈或伸，如拈花，如弹琴，如穿针引线……

'尔等看准人体三十六死穴：膻中，鸠尾，巨阙，神阙，气海，关元……肺俞，厥阴俞，心俞，肾俞，命门，尾闾……'伴随他的一次次提示，他的手指就不停地射出一道道如流星一样的真气，夹着闪耀的火光，精准飞驰向图中标明的穴位上。不一会，那些被他念到的穴位，均被烧出一个个残洞。如此神功，着实令众弟子惊愕，震撼，崇敬，折服，甘愿跪拜———

'弟子等谨遵师命！'

五年后，佛图澄·鸠摩罗什卒于长安，终年 71 岁。

临终，放不下的还是杳无踪影的《涅槃大乘掌》与《般若无相指》秘笈，就怕它们危害人间。唯一宽慰的是：对《无量流星截》，竺道生，僧肇等几个悟性超凡的弟子已练到八成，制衡《涅槃大乘掌》与《般若无相指》指日可待。

93

从此后一千多年，《涅槃大乘掌》与《般若无相指》及释慧，就如同从人间蒸发了一样，再也杳无音信。

江湖上对此亦有不少无法求证的传言。有的说释慧担心被人追杀，出长安后，一路逃向西南云雾山中，找一溶洞修炼《涅槃大乘掌》与《般若无相指》，练着练着，一不小心，走火入魔，自绝于人迹罕至之境，《涅槃大乘掌》与《般若无相指》也随之陪葬，再难见天日；也有人说，那释慧良知未净，终受悔恨内疚折磨，无颜回转师门，便隐姓埋名于云贵蛮荒之地，还俗后娶妻生子，过着寻常百姓的生活。暗炼《涅槃大乘掌》与《般若无相指》，不过是在乱世中独求防身自保，还有就是不想让《涅槃大乘掌》与《般若无相指》泯灭或泛滥在自己手上，所以严定家规：《涅槃大乘掌》与《般若无相指》传子不传女，不得外泄只字片言。所以什门弟子寻找《涅槃大乘掌》与《般若无相指》下落，就如同大海捞一绣花针，必是毫无结果。

直到道光年间，不断有人死在西南金兜山魔掌道人和凤凰岭铁指仙姑手下，人们这才联想到《涅槃大乘掌》与《般若无相指》。

人们猜测，二魔头之中，必有释慧的后人。

一些武林中人，受着《涅槃大乘掌》与《般若无相指》神功大法难以抵御的巨大诱惑，纷纷前去金兜山凤凰岭，或挑战老道仙姑，想一战成名；或昼寻夜找，欲盗《涅槃大乘掌》与《般若无相指》神功大法秘笈……不到二十年，前前后后死在"金兜山断魂崖"和"凤凰岭不归桥"下的江湖高手已不下百人。"

"老师，那金兜山和凤凰岭又在何处？魔掌道人和铁指仙姑又是何人？《涅槃大乘掌》与《般若无相指》真有那么神奇厉害吗？"女人固有的好奇心令白如雪不能不问道。

　　"金兜山和凤凰岭都在黔北凤凰镇附近，具体我也不曾去过。至于魔掌道人和铁指仙姑又是何人，我也不甚清楚。《涅槃大乘掌》与《般若无相指》到底神奇厉害到何种程度，我也没试过，反正凡是去金兜山和凤凰岭找魔掌道人和铁指仙姑挑战而想掠夺《涅槃大乘掌》与《般若无相指》秘笈的江湖高手，鸡鸣狗盗的神偷贼人，二十年来，就没一个活着回来的……喂，你一小姑娘家，打听这些干吗？温习功课去，明天考你们《史记·刺客列传》"木士先生有些不耐烦道。

　　……

　　明知山有虎，偏向虎山行。

　　杀手只有两个选择：要么杀人，杀死对手或杀死主人；要么被人杀，被对手或主人杀。

　　白如雪是杀手，因为她身上系着父亲和八百寨民的安危，她还不敢杀死首领，或让首领杀了她。所以她只能去冒险盗取《涅槃大乘掌》与《般若无相指》神功秘笈，即便她知道此行几乎就是太岁头上动土，老虎顶上拔毛，其中凶险，必是九死一生。

第三十章

老道仙姑　魔掌鐵指

94

找到凤凰镇不难。

《康熙皇舆全览图》就有。

找到金兜山断魂崖和凤凰岭不归桥，也不难，当地人都知道，只要有嘴，又会使银两打听。

金兜山和凤凰岭就在凤凰镇西北大娄山脉一处四面环山的地方。

远看，是大自然用鬼斧神工，硬是将一座石灰岩石山从中劈成东西两半。

也许是不愿两山分得太过彻底，大自然又在东西两山腰部，用技艺精巧的手，雕塑出一孔天生桥，连着东西两座山峰。

也许是从桥上自然或不自然，自愿或不自愿摔死的人太多，所以当地人又称它为"不归桥"。

西侧的金兜山，东西北三面是悬崖峭壁。

只有南面有人工凿出的石梯，如西岳华山栈道，蜿蜒陡峭地通向山顶。

东侧的凤凰岭，四面是荆棘丛生的陡坡悬崖峭壁，要去岭上的尼姑庵，只能从连着金兜山的不归桥上过去。

金兜山山顶有一大溶洞，偶尔会有人从远处看见洞里闪耀射出金光，故此洞又称佛光洞。当地人传说独角兕大王（独角兕大王本是太上老君坐骑青牛，趁着牛童儿瞌睡之际，偷走老君的宝贝金刚琢，下界到金兜山金兜洞，后因贪吃唐僧肉，而被孙悟空降服）曾在此洞中修炼过法术，那闪耀出的金光，就是太上老君的宝物金刚琢发出的光。甚至一些老人信誓旦旦赌咒道：唐僧师徒就是在这山上收了独角兕大王后，才向西去取经的。

历史和地理考古学家或许会说：这只是传说而已，纯属无稽之谈。

然而，人类现就存有许多的一果多因的传说，比如：炎黄子孙说，是伏羲女娲两人结成夫妻，繁衍了人类。而《圣经》却说，是上帝用泥土造人，在泥坯的鼻中吹入生命的气息，就创造出了有灵的活人……历史和地理考古学家又岂能对此论出是非？

反正山不在高，有仙则名。

于是，当地有钱的乡绅富户就集资沿山修路开道，在山上立寺建庙，供着如来佛祖观世音菩萨和唐僧师徒，请来和尚高僧敲木鱼念经，祈求一方平安。

自从有人上山求子生子，求姻缘得有情人后，金兜山便成了周围十里八乡朝拜礼佛的唯一圣地。

直到二十年前，魔掌道人和铁指仙姑占据此山后，山道上充满江湖仇杀血腥和死尸，普通人再不敢上山了。

这二人明面上已出家，参禅悟道，练功健体，暗地却情缘未尽，经常借交流武学心得偷情苟合。

据传云雾山庄少主上官兆秀，其实就是二人的私生子。

白如雪先去到"断魂崖"和"不归桥"下，主要是想先看看那些走在她前面的高手是死于什么手法。

断魂崖，位于金兜山北侧"观月峰"峭壁下。

这里略高于"不归桥"下南北走向的河滩。

即便是夏季的大白天，此处依然是阴森寒冷寂静。

在荒草萋萋，高海拔针叶林树木里，枝繁叶茂荫庇下，一些乱石上枯枝黄叶间，一具具人体白骨依稀可见。

这里就像一处没有坟茔而尸骸遍地的乱葬岗万人坑。

散落在白骨旁边的锈迹斑斑的残剑断刀，表明这些曝尸荒野之人，曾经也是行走江湖的武林中人。

偶尔有几声鸟鸣鸦啼，令人毛骨悚然。

白如雪虽然艺高人胆大，却也有些克制不住内心的恐惧。

但她不能逃避，只能硬着头皮上前仔细观察那些人体白骨。

她没有发现一具发黑的尸骨，显然与毒物无关，白如雪可以确定。

人如中毒而亡，发黑的尸骨任多少雨水也洗不白。

所有尸骨都伤痕累累，或断臂折腿，或脊椎或颈椎开裂，或肋骨头骨尽碎……如果这些还可勉强说是因为从高处摔下所致，那么一些头骨上只有如手指一样大的几个圆洞，却无论如何是摔不出来的，绝对是武林高手留下的，白如雪对此深信不疑。

从断魂崖看不归桥底的河滩两岸，其遍地尸骨阴森恐怖的状况，与"断魂崖"场景没多少区别。

白如雪猜想："断魂崖下的这些人，应该都是爬上金兜山后，被金兜魔掌道人用《涅槃大乘掌》推下来的；同理，不归桥底的那些人，估计是被凤凰铁指仙姑用《般若无相指》给戳下去的。如果细数两处的人头，大概一百有余……木士先生还真没有信口开河胡编乱造。"

沿南坡上山的路有些荒芜，很多地方已经被侵道的野草覆盖，应该是很久无人走动了。

快到山顶座落在"观月峰"旁的道观时，那些石梯却很干净，连一片树叶污迹也很难看见，显然有专人打扫。

薄雾中已微露出道观亭椽的端倪。

白如雪不敢鲁莽。她隐身一巨石旁的矮树丛中，朝前又朝后打探着……她有些不安，她感觉自从她进入凤凰镇地界起，一路上，总有一个影子和一双眼睛在远处盯着她，紧跟着她。好几次，她毫无征兆的猛回头，想捕捉这影子是何方神圣，结果徒劳无获。那影子如同鬼魅，总是在她看清前就一闪而过，失去踪影。这在以前从未发生过。她愤怒烦躁，却又无可奈何。

"它是人？是鬼？是敌？是友？"白如雪暗道，"管它呢，只要它不妨碍我做事，跟就跟吧！最坏也大不了拼个你死我活。"

黄昏来临。

夜幕渐深。

　　接近子时，白如雪借着夜色的掩护，利用淡淡的月光，施展踏雪无痕的轻功，或跳跃腾挪或空翻闪避，或攀檐翻窗或驳门闩开门，不到一个时辰，她便把金兜山道观差不多翻了个遍，并默记着各处路径标识，以备不时之需。

　　她甚至寻找到了老道藏在洞中的龌龊丑事：洞深处，一个铁栅栏里关着几个妙龄女子，借着洞壁上的油灯光亮，从那些女子衣裳不整，精神萎靡不振，目光呆滞上看，显然是受了极大的蹂躏和摧残。白如雪本想救出她们，但转念一想："我放她等出来，这黑灯瞎火的，她们能往哪儿走？再说，曾经沧海难为水，有些女子看上去已明显有了身孕，她们未必愿意带着被恶魔玷污的身子和孽种，重回到原来的地方去，让自己和家人蒙羞受辱。"白如雪骨子里只敬佩贞洁烈女，她下意识地有些鄙视落入魔窟后还苟且偷生的女子。她暗道："我如落到她们这般境地，为保清白，我肯定自我了结，绝不苟活任人欺凌。找秘籍要紧，顾不上她们。"

　　但她很奇怪，她在老道的卧室书房藏经洞中不仅没发现《涅槃大乘掌》与《般若无相指》秘笈的踪影，连老道的影子也没见着。

95

　　途中，她拿住一个起夜上茅房的小道士："说，老道哪去了？"

　　小道士反问："老道是什么？"

　　"就是你们的师父，让你们干活的大爷。"

　　"哦，你是问太爷爷呀，他每晚都要去凤凰岭仙姑奶奶那里，明儿早晨才回来。"

　　"你看我是谁？"

　　"你像凤凰岭仙姑奶奶！"

　　"老娘是她姑奶奶！"白如雪说完一掌拍在小道士百会穴，令他昏厥过去后，把他扔在一暗旮里。

　　"这老道真会用人，"白如雪暗想，"找一些低能智障人为他干杂活守庙门，也不怕他们逃跑或动歪脑筋谋他的财或害他命。他倒省事，只管自己随心所欲去尽兴逍遥快活！"

看看时辰已近三更，白如雪不敢怠慢，她知道要去东侧的凤凰岭，必过"不归桥"。

来到半山腰，离桥头还有二丈远，是一泓莲池，水面长宽大约也在十丈方圆，池岸边是人为种着的有一丈高矮的缠绕成栅栏的荆棘。

要去"不归桥"，圈围着莲池的一丈高矮的荆棘栅栏和莲池那深黑的水面是唯一的路。

江湖人都知道，莲池中那深不见底的池水就让人有些发怵；但江湖人和白如雪都不知道，真正令人恐惧的还是老道几年前托人从南洋带来养在池中的两条湾鳄……

如今，这水中巨兽，在山涧细流滋润下，在老道老尼姑不时喂养中，已长到体长近两丈，重约千余斤，嗜血成性，从不吃素，没食物时，便吞吃自己的幼崽。

莲池靠山一旁的大溶洞，就是它们的巢穴。但凡池中稍有动静，两怪立争先恐后窜出，无论逮着池中任何活物，必先拼命咬着翻滚撕扯……

为警示恐吓金兜山与凤凰岭两边的下人奴仆，老道和老尼姑曾当他们面，将一头误撞入金兜山道观的野山羊抛入池中，须臾，活蹦乱跳的野山羊便被这两怪物咬断颈项，嚼碎头骨，几番"死亡翻滚"的撕扯后，水面上，只剩血污烂皮碎肉，令人心惊胆战，不寒而栗。

此时，池中水蛙鸣叫，萤虫飞舞，微风轻轻摇曳着荷叶。

这道难不倒白如雪。只见她一纵身，轻松越过一丈高矮的荆棘栅栏，人还在空中，看了看池中的荷叶……一提气，如蜻蜓点水，脚尖在事先观察好的荷叶上轻轻踩过，一眨眼便落在不归桥头，连夜行鞋都没沾到一滴水珠。

"不归桥"长约八九丈，宽近二丈，两边有榫卯结构的护栏。

因为年久，护栏上已爬满藤蔓；有的藤蔓相互缠绕，下垂向好似无底深渊的桥下。

凤凰岭山巅，就是尼姑庵。

有几间设计别致典雅的或横或竖排列的正屋厢房。坐北向南的正屋是一幢三层楼亭台楼阁建筑，由厢房和石墙围着。

朝向南侧石梯上进庵的山门紧闭着。

白如雪本也没打算从大门入内。她选择一株离大门不远又稍高过石墙的松树，身形一纵，上了树梢枝头，再飞身一跃，就轻轻悄悄无声无息地落在了尼姑庵内。

很幸运，偌大的一个尼姑庵和金兜山道观一样，为图方便，也是在一些通道横柱上门檐下吊着灯笼，没人守夜。白如雪犹入无人之境。

更庆幸的是，查看过几间厅堂和小尼姑的睡房后，白如雪居然很轻松顺利地就在老尼姑念经的禅房内，随意掀开一个打坐的蒲团，《涅槃大乘掌》与《般若无相指》秘笈便跃入眼帘。

得手后的白如雪本能地就想尽快离开这看似平静却暗藏凶险的是非之地。不料，正屋三层楼房的二楼一间亮着灯的房内却传出女人销魂的呻吟声。这种女人销魂的呻吟声，白如雪在昆明一家丽春院听到过。

96

那是白如雪奉命去刺杀一个徐之铭的政敌，路过云南的巡按御史。此人为引起徐之铭重视，从而捞取点"油水"，曾在京城不痛不痒地参过徐之铭。虽然醉翁之意不在酒，然徐之铭却耿耿于怀，一直在寻机除之而后快。

白如雪便装跟踪他到昆明一家丽春院。当他正和一个妓女摇床呻吟时，白如雪翻窗而入，本想仅杀他一人，却被他赤身裸体压在身下的同样赤身裸体的女人看见了自己没戴面罩的脸，不得已，为灭口，白如雪毫不犹豫，一挥剑，巡按御史头颅滚落床下；再挥剑，妓女身首分离。

多杀一人，哪怕是无辜的女人，对身为杀手的白如雪并没有什么不安和内疚。

白如雪有自己的价值道德观：在她看来，风尘里的妓女，既下贱又脏脏，根本死不足惜。女人可以出卖任何东西（包括灵魂和自由），就是不能出卖贞洁的身子。无论何种原因，女人一旦出卖自己的身

207

子，女人就再不是纯粹的女人，而是坠落成了男人寻欢作乐的玩偶，发泄欲望的工具，为人所不齿的行尸走肉。

97

没有历练过男女云雨之事的白如雪，对这种男女苟合的事，自然感觉不齿和脸红。要在平时，白如雪对此有些嫌恶，唯恐避之不及。

但此时此景，白如雪却产生了好奇心。她知道，敢在这凤凰岭山巅尼姑庵肆无忌惮行淫乱之事的人，除非两大魔头。

普通人不敢也没能力到此处；别有用心的武林中人，花费九牛二虎之力到得此处，也只能像她白如雪一般偷偷摸摸，隐身暗处，连大气也不敢出。

她早就想看看这对人人痛恨却又无可奈何的大魔头到底长什么样，身高多少，是胖是瘦……等充满好奇。

以前，她虽说多数时候有些狂妄自大目中无人，但断魂崖和不归桥下那些数不清的白骨，让她不得不承认：她白如雪绝对不是两魔头中任何一个人的对手。

也正是基于此，她才有了想看看两魔头真面目的冲动，因为正在交媾的两男女最不设防，对偷窥的旁观者最安全。

正是这一念之差，几乎要了白如雪的小命。也让她深刻领悟到了什么叫好奇心害死人。

第三十一章

道观龌龊 險象環生

98

对白如雪而言，二楼不算高。

她一提气，稍纵，身如飞燕，双手攀上二楼护栏，再一用力，便把悬空的双脚甩过护栏，轻轻落在二楼过道里。

当她蹑手蹑脚靠近那扇朝外开着的窗子边，悄悄往里偷看时，不堪入目的一幕便印入她的眼帘：一张不大不小的檀香木床上，两个披头散发赤身裸体的中年男女，正剧烈地品尝着男欢女爱的禁果。那檀香木床在他们的有节奏的震动下和呻吟中吱吱作响，仿佛就要散架了一般。

白如雪感觉有些难堪和脸红，毕竟，她还是待字闺中的女孩。但她还是忍不住多看了几眼，她只想看清两魔头的模样。

她没想到这对让江湖中人谈虎色变的魔头，其实是道士不像道士，尼姑更不像尼姑，他们和在乡下野地里偷情寻欢的男女没什么区别。

那男的，盘着道士的发髻，模样还算英俊帅气；那女的，秀发及胸，更是美貌清秀。如不是在这尼姑庵里，没人会把他们当作尼姑和老道。

白如雪正要抽身离去，两人的对话，却又吸引了她的注意。

99

"师兄，你最近好像有些体力不支，不尽如人意了。人家刚有一点感觉，你却好比斗败的公鸡，垂头丧气，焉着脑袋下马了。"

"老了，是不如从前了。"

“不是吧，你是想留着精力再回去鸳鸯戏水吧！”

“哪有呀，师妹说笑了，我对你可从不敢有二心。”

“那你藏在洞中的那些女人是干什么的？不会都是你亲戚吧？”

“这……”

“别骗我，我早知道了，我逗你玩的。我才不会吃她们的醋呢！说实话，要不是十几年前因为生秀儿难产，导致我再不能生育，不然，我真想给你们释家多生几个像秀儿一样聪明英俊的孩子呢！如果她们能代劳，多给秀儿生几个弟妹，我看也不错。”

“你真不计较？你真好！亲一下……”

“说到秀儿，他快满十八岁了吧？我总记不住他的生日，好久不见，又不知他长高没有，过得如何，武功有没有进步……”当母亲大都如此，含在嘴里怕化了，捧在手里怕摔了。

“以他现有的武功，在武林中已鲜有敌手了。前年，他挑战各大门派，又为自己在江湖上扬了名立了威……”

“算了吧，你以为我不知道？如不是你暗中帮衬，他如何能从几大门派高手的拳脚刀剑下全身而退？我只担心，你这样揠苗助长急功近利会不会害了秀儿？”

“怕什么？再过两年，待他骨骼不再生长，心智趋于成熟，有些定力后，我俩再把《涅槃大乘掌》与《般若无相指》传授于他，不出数年，别说什么八大门派或十几门派，就算天下高手联袂，又能奈他何？”

“你说那上官镜波真的会在自己百年后，把‘云雾山庄’交给我们秀儿吗？听说他与云南巡抚徐之铭关系非同一般，他不会仗着有这样硬的后台，不再把我们放在眼里了吧？”

“给他上官镜波一百个胆，他也不敢不把‘云雾山庄’交给我们秀儿，除非他不想活了，或者让‘云雾山庄’毁掉。这些年，要不是我俩为他暗中剪除恩怨仇家和竞争对手，凭他那点微末道行三脚猫功夫，能把西南偏僻一隅的小农山庄，做到如今名闻遐迩的武林大家？”

"那你打算让秀儿一直复姓上官？一直对他瞒着我们才是他的亲生父母？"

"原来上官兆秀真是两魔头的私生子呀！"听到这里，白如雪才确信江湖传言并非空穴来风。

"那倒不会，迟早肯定要让他知道他的身世真相。但就算他知道真相，按风俗常理，他也只能三代还祖后再认祖归宗，改姓释，毕竟，上官镜波也养了他十几年。"

"还是师兄想得周到和长远，亲一个……"

"那——要不要再奖励一下，让我再放纵一下？"老道说完，一下又把老尼姑抱压在身下。

"你真坏！"

100

白如雪刚打算转身离去，不料前方过道木地板上却突然窜出两个一小一大的黑影。快到白如雪脚前时，她往下一瞥眼，发现是一只家猫正在追逐一只山耗子。

这白如雪同许多大胆女孩一样：天不怕地不怕，炸雷不惊，鬼怪不惧，就是见不得蛇鼠蟑螂毛毛虫，每每相见便心生厌恶惶恐和心惊胆战。

此时此刻，她一害怕，差点叫出声来，但双脚忍不住本能地跳了起来。

她这一跳，头部却正好撞翻了老尼姑吊在过道顶上的一个竹篮子。

竹篮子里装着的是老尼姑从山上周边采来晒干了的药材，为防猫抓鼠咬，像许多鼠患猖獗的地方农家存粮一样，不得不用绳索木钩，将一些生活食材装入麻袋或竹篮中，悬吊在屋里或檐下的空中。

竹篮子里装着的药材洒在地上和白如雪头上、身上，她屏住呼吸，大气也不敢出。

屋外的动静传到屋内。

"可能又是那只死猫在捉老鼠吧！坏了老娘的兴致，明儿我踢死它！"老尼姑骂到。

"要不，我还是出去看看？"老道问。

白如雪一听此言，赶紧自以为聪明地学猫叫了一声"喵——"

聪明反被聪明误，白如雪不出声还好，一出声，便暴露了行踪。

要知道老尼姑和老道在山上和那些老猫及猫崽相处已有几年或十几年，熟能生巧，耳濡目染，经过长年累月的听声辨识区别，哪只猫是哪种叫声，是公猫叫是母猫叫或是小猫叫，早就了然心中。所以白如雪一出声，他二人便不约而同知道：此猫非猫，另有蹊跷。

两人相视一笑，点了点头。老道开口说："不好意思，我内急，得先去方便一下再来让你高兴！"

"死鬼，就你事多。快去快回，我等你！"老尼姑心领神会道。

趁老道穿裤罩衣，白如雪轻手轻脚靠近护栏，一侧身翻过护栏，毫无声息地落在一楼地上。

听见楼上门响，她感觉没有足够的时间穿过空旷的院落空地，便掩身院落空地边一棵离自己最近的大树后，悄悄看着老道出门，沿楼道下楼……

她在等着老道回屋后自己再安全离去。期间，不知从何处飞来一物，"啪！"的一声，不重不轻地打在她头顶树干上，她以为是风吹枯枝落下使然，并未引起足够警惕。

只片刻工夫，白如雪突感身后有一股寒气袭来……她一个激灵，幡然醒悟："不好，上当了！"

她清楚一切都晚了：她虽然有时很妄自尊大，老虎头上也敢搔痒，但她有自知之明：她无论如何也接不下老道的《涅槃大乘掌》，再说，此时再转身迎敌，实在是太迟了，她只能硬着头皮装着毫不知情地承受来自后方的偷袭了。

尽管如此，她还是本能地想窜上树枝……

不等她双脚离地，老道双掌隔空所发劲力已至……只听："啪！咔嚓！"白如雪感觉两肋像被两座山挤压了一般痛彻心扉，伴随咽喉处的打咯声，一股上涌的热血喷出口外：白如雪头一偏，瘫软地侧身倒在树旁地上。

《涅槃大乘掌》何等威猛，那棵两人才能合抱的大树，因被老道拍出的从白如雪两肋穿胸而过的气流所震，如同狂风摇撼，竟也颤抖着晃了晃，掉下一地落叶枯枝。这还是老道为留活口只用了七层功力。

"死啦？就这点道行，也敢上金兜山凤凰岭找老子晦气？"老道暗想，急上前翻正白如雪身子，揭开白如雪罩在脸上的蒙面黑布，正想伸手试探她的鼻息……

101

突然，老道嗅到一股从白如雪身上散出的芳香，再看到白如雪的美貌娇颜，他竟也有些迷离，心荡神移，想入菲菲，忍不住就想抱着美人昏昏入睡……其状况如同何有保清剿围攻鬼谷药寨时，与白如雪过招时的遭遇如出一辙，老道显然也中了'闻香一倒眠'的暗算。

这"闻香一倒眠"确是含有毒素和香料的极猛烈的麻痹人神经和催情的药物。以老道的功力，换作平时，别说"闻香一倒眠"，就算是用孔雀胆，化骨散，断肠草，也不可能马上就能放倒老道。只是老道上半夜才和老尼姑交媾云雨数番，亏了精血，损了阳刚真气，而"闻香一倒眠"又是极邪极阴克阳的药物。

但老道毕竟功力深厚，绝非何有保之辈可比。

就在心智消弭神经萎靡时，听到老尼姑在楼上问："师兄，你捉住蠡贼了？"老道顿时醒悟，恨极白如雪，想举掌立毙白如雪，却感觉脚麻手软，使不上力，于是退到三丈开外，盘膝打坐，运气排毒。

此时仰面朝天的白如雪，突然起身拔剑，想立斩老道。

原来，白如雪刚才不过是装死。她忍着断肋的剧痛，在倒地的瞬间，摸出怀中装着"闻香一倒眠"的药瓶捏碎。

她知道除了"闻香一倒眠"，谁也救不了她。

她眯眼瞧见老道退开排毒，暗想："不如趁此机会杀了老道，以绝后患！"

但白如雪的剑尖离老道尚有三尺时，却怎么也刺不到老道，仿佛有一道无形的墙，挡住了白如雪的剑。

显然是老道运行在奇经八脉中的真气在体外形成了一道气墙，再加上白如雪因伤重有些力不从心。

"大胆盂贼，敢伤我师兄，找死！"老尼姑看楼下情形有变，怒道。一下跳在二楼护栏上，双脚一蹬，如鹰隼抓鸡，直扑白如雪而去。人还在空中，双手十指如同射箭的弓弩，向白如雪射出道道集束气流。

这些气流如同利箭锋刃，所到之处，在地上溅出飞沙走石；在空中断枝削叶。白如雪只得使出浑身解数，腾挪闪跃翻滚，以躲避老尼姑招招夺命的铁指气剑。

此时的白如雪，只有招架之功，没有还手之力。

如不是老尼姑和老道一样心思，总想弄清来者何人，因何至此，否则，伤重的白如雪，绝接不下老尼姑十招。以白如雪的聪慧，她也看出了其中端倪，所以面对老尼姑的步步紧逼，她边招架边不顾一切地朝进庵的南侧方向靠近。

老尼姑也是极精明之人，岂能不知白如雪心思？她紧守着南侧，只把白如雪往北边绝境处赶。

眼看白如雪被老尼姑逼到坐北向南的正房楼下，已无退路，决难脱逃……

第三十二章

貴人相助 柳暗花明

102

突然，正房后院及两厢房旁边过道，竟窜起火光，冒出浓烟。

"不好，着火了？！"老尼姑吃惊暗道。

趁老尼姑犹豫走神良机，白如雪忍痛踏步如飞，翻出南墙落荒而逃。

老尼姑顾不得白如雪，赶紧疾步东一趟西一趟，来来回回快速扑灭了几个着火处。然后去到老道身旁，问："师兄，你没事吧？"

"没事，我只是误吸了那臭娘们的迷药，再有小半个时辰应该无碍了。火都灭了？好端端的怎么会失火？"

"火不大，灭了。估计是那个女蟊贼的同伙干的。是他打碎了几处照明的油灯，引燃了那些蔑编纸糊的油纸灯罩，也没烧着什么……"

"那你快去截住她们，死活不论。因为秀儿的身世暂时还不能外泄。我随后就来。"

"师兄放心，跑不了她们。这凤凰岭岂是她们想来就来想走就走的地方？我从小路去不归桥截住他们，你慢慢来，从石梯后堵住她们，谅她们插翅也难飞。"老尼姑说完，竟从山顶北侧跃过院墙，消失在黑夜中。

原来，从不归桥上凤凰岭山巅的石阶，是从西沿南向东，再向西蜿蜒盘旋而上。

老道老尼姑在此山中已深居近二十年，平时除偷情苟合寻欢作乐，修炼武功外，就是装模作样地念念经，参参禅，悟悟道。无聊时，也去山林中采些药材自用和制毒，以备不时之需。

长年累月下来，这山上的一草一木，沟沟坎坎，陡坡小径，均已滚瓜烂熟了然于心，即便蒙上双眼，也绝不会失足迷路。

十年前，他们就是顺着野猪和岩羊留下的脚印觅迹寻踪，找到一条从北坡直通不归桥桥头的捷径。

103

下山的途中，白如雪终于有时间服下随身携带的跌打创伤药"鬼谷神丹"。

这是'鬼谷'药寨人外出必备之药。这药是白如雪的先辈扎根鬼谷药寨后独家秘制的金创药，只传寨中本族人，绝不外传异族人，违者必受家法重罚：轻者斩手断脚，家人与其永不准外出，家中药物，只能由寨中他人收购和代贩；重者割舌剜眼，家人与其永不得再制药贩药，没了生计，全家人只能沦为他人奴隶。

这药有奇效，不仅镇痛消炎通经活络，还能凝血疗骨。只一会儿工夫，白如雪感觉身上的外伤和内伤痛楚已不那么难忍了。

白如雪的大脑又可以思考了："刚才那火烧得有些蹊跷又很及时，不然，再有三招二势，我必被老尼姑生擒活捉。如只一处火起，有可能纯属意外，天意助我逃过一劫；但火起三五处，必是人为使然。会是谁在暗中助我呢？难不成是那个连日来一直跟在我身后的魅影？他到底是何方神圣？目的何在？他还跟着我吗？"但此刻，情势急迫，分分秒秒于她都关乎生死安危，容不得她再驻足回头观望了。她知道，一旦被老道或老尼姑追上，要想再脱身，简直比登天还难。

月光下，山间的石梯清晰可见，白如雪忍痛施展轻功，健步如飞。

很快，不归桥到了，白如雪有些庆幸。

但白如雪刚走到桥中央就怔住不动了，她的心凉透了，凉到了冰点……

216

104

因为有人在不归桥另一头向她打招呼："才到呀！我已等你多时了。"

说话的人，正是她今生最不想见的老尼姑，她正向白如雪走去。

白如雪无法想像老尼姑怎么会先她到达不归桥，再听到从山上传来的轻微的脚步声，白如雪预感到老道也快要从后面赶来了。她不能不心生胆怯恐惧。她不想再和老道老尼姑过招了，半点都不想。因为她刚才在山上已经验证了，她的功夫在老道老尼姑手下，就如同小孩过家家的花拳绣腿，中看不中用，她与他们不在一个层面，有着天壤之别。她之所以还活着，不过是老道老尼姑在玩猫捉老鼠的游戏罢了。

"你站住，别过来，不然……"

"不然什么？"

"《涅槃大乘掌》与《般若无相指》秘籍，将被撕成碎纸，飘向深渊，从此绝迹。"白如雪从怀里掏出《涅槃大乘掌》与《般若无相指》两册子说道。

"咦！你居然拿到了《涅槃大乘掌》与《般若无相指》，还能走到这儿，老娘还真小瞧了你。至今为止，除我和师兄外，还没一个人能拿着它们走出我的禅房。"老尼姑赞道，"你是药王谷的人？还是五毒教的人？"

"药王谷或是五毒教的人只配给我做捣药的童子。"白如雪不屑道。

"好大口气！不过，能抗得住我的麻沸粉的，你是第一人，你的确有些能耐。那你今夜也是为《涅槃大乘掌》与《般若无相指》而来？"

老尼姑之所以敢将《涅槃大乘掌》与《般若无相指》秘籍随意放在打坐的蒲团下，是因为老尼姑在蒲团中，藏有自制的麻沸粉。老尼姑的麻沸粉与华佗的麻沸散有异曲同工之妙处：人只要吸入丁点，"既醉卧无所觉，因刳（剖开）破腹背，抽割积聚（肿块），掏心挖肺，亦昏睡自然无异，无不适之感。"

老尼姑怎么也算不到：白如雪之前已饮过（并随身带着）滇西鬼谷药寨后山上的不老泉中的"天神的哑水"，即使断水不喝，也可保七日内百毒不侵。

"放我走，《涅槃大乘掌》与《般若无相指》秘籍还你。"

"走？你看了不该看的事，听了不该听的话，拿了不该拿的东西，你还能活着离开？可能吗？"

"你就不怕《涅槃大乘掌》与《般若无相指》与我同归于尽？"

"你也不想想，《涅槃大乘掌》与《般若无相指》的真迹，能让你轻易找到吗？你手上拿着的不过是我和师兄平时为了方便修炼用的摹本。你想用它向我讨价还价，门都没有。你尽管撕，明儿我再抄就是了，我反正闲着也无聊，就当找点事儿打发时间。"

白如雪不能不相信老尼姑所言不假。因为她刚才在禅房油灯下稍稍翻了几页《涅槃大乘掌》与《般若无相指》秘笈，就发现有些不对：秘籍的字迹有些纤柔秀美，毫无男人阳刚之力；封面内页过于清晰整洁，一点儿也不像历经千年沧桑岁月让人翻阅千百遍后应有的陈旧卷角和暗淡泛黄。

"不过，你还有一条路可选……"

"什么路？"白如雪问道。是人都有求生的本能。

"废除武功，永不下山，做奴为婢，心甘情愿伺候我和我师兄……"

"做梦！要我做你两个狗男女的奴仆贱婢，痴心妄想！"不等老尼姑说完，白如雪怒吼道。

想到老道洞里关着的那些目光呆滞，无精打采，神情萎靡，衣衫不整，蓬头垢面的女人，白如雪不再犹豫。

她侧身向桥南（她觉得应该是家乡的方向）拜了拜，并默祷："阿达（父亲），恕阿沐（女儿）不孝，为保全做人的名节贞操尊严，女儿先走了！"尔后，她蔑视老尼姑一眼，双脚一纵，人便跃过护栏，坠入百丈深的不归桥下……

105

老尼姑只听见桥下传来"啊！"的一声，等她疾步走到白如雪坠桥处，已不见任何人的踪影。

桥下除了随风摇曳的藤蔓，就是一谷深不见底，灰朦朦黑沉沉的深渊。

"那女蟊贼跳下去了？"已走到老尼姑身后的老道问。

"这女蟊贼宁死不屈，倒有些血性骨气！"

"可惜了！说实话，我还没见过比这女蟊贼更美的女人……"老道忍不住惋惜道。"当然，师妹你比她漂亮。你刚才从她口里问出什么了吗？"感觉老尼姑会吃醋，老道又急忙补充说。

"我只能肯定她也是为《涅槃大乘掌》与《般若无相指》秘籍而来，至于她是何门何派，师承何人，却一无所知。"

"她的那个帮手呢？就是刚才放火的人，也跑了？还是跳下去了？"

"她那个帮手倒是逃得贼快，我快到凤凰岭这边桥头时，就见一个人影站在金兜山那边桥头，好像在等这女蟊贼，一看见我，立马飞闪跃过莲池荆棘围栏，朝你金兜山那边一晃就逃之夭夭，不见了踪影。不过，我还是随手甩了他一毒镖，光线太暗，没准头，也不知打没打中，我也顾不上去追那家伙，因为我听到了女蟊贼走近不归桥的脚步声……"

"师妹可知他们是何方蟊贼？那女的应该是用毒高手，其使毒耐毒功力绝不在五毒教主蓝凤凰和药王谷谷主无嗔大师之下，她究竟是谁呢？"

"是啊，除了中原药王谷和云南苗疆五毒教，我实在想不出还有何门何派能轻而易举地化解我的麻沸粉。"

"咦，我突然间想起两年前一件事……"老道好似悟到什么说道。

"什么事？"

"大约两年前，我们去'云雾山庄'入席秀儿十六岁生日宴会。

席间，上官镜波提到他的山庄与滇西'鬼谷'药寨有大宗药材生意往来，问我们对滇西'鬼谷'药寨知道多少，对方可不可靠？我们只当是普通药材贩子，不置可否，敷衍几句，没当回事。"

"对，有这回事，秀儿私下与我闲聊江湖中趣闻轶事时，也提到过滇西'鬼谷'药寨。据说寨主叫白重山，他有一个独生女叫白如雪，人称玉面狐，美貌而善变，其身不仅百毒不侵，最绝的是她的身体就是一副最毒的药，常人无论男女，谁要接触到她的肉身，必死无疑。秀儿好像对她很感兴趣，说有机会想去滇西会会此女……难道今夜这个跳桥的女蟊贼就是她，白如雪？"老尼姑也吃惊道。

"是不是她，明儿到桥下一看便知。"

"她死倒不足惜，只是可惜我那两本秘籍抄本了，这么高摔下去，不碎也被血污泥沙毁了，我又得重抄了。"

"反正那两册秘籍抄本关键要紧处也是被你动过手脚的，就算没毁，万一被人拾去，他也练不出什么；无论谁，如按秘籍过于强练，非死即伤，倒省了我们不少麻烦。"

"快到五更了，我得回去补觉了，你呢？"

"不知怎么，我此刻又想和你干那事了……你懂的。可能是女蟊贼施的药里含有催情的成分，不泄去欲火无法根治余毒。师妹不会见死不救吧"老道一脸淫荡地哀求道。

"师兄真坏，占人便宜还能说出歪理。你就不怕女蟊贼的同伙把你金兜山翻过底朝天，打烂你的坛坛罐罐？虏走你关在洞里的那些小美女？"老尼姑打趣道。

"他们应该把我的金兜山里里外外全翻过了，你想，他们正因为先在我金兜山没有收获，又不死心，才冒险到你凤凰岭来碰运气，正好遇着我俩。此刻，女蟊贼的同伙，恐怕为逃命只恨爹妈少生了两腿，扔下女蟊贼，自个儿早跑到十几里之外去了，哪还顾得上什么坛坛罐罐小美女。"

"好吧，我们回去，我累了，你得背我上山。"老尼姑撒娇道。

"乐意效劳！"老道欣然应允。

106

暮色中，待老道和老尼姑消失在上山的阶梯拐弯处。

又过片刻。

一人影从不归桥下一手抓着藤蔓，一手怀抱着已经昏迷的白如雪，露头，两手交换着，再攀着石桥边沿和实木护栏，朝左右望了望，窜上桥面。

稍息，抱扛着毫无知觉的白如雪，跃过莲池，朝金兜山方向下山的路疾驰而去。

107

差不多四个时辰后。

午时。

不归桥下。

桥下是被暴雨洪水经常冲刷的干涸的河滩，只有乱石、枯木和两岸往年积存的部分人的尸首白骨。

河滩上桥的东西两端，是垂直而呈凹弧形的悬崖峭壁，坚硬的岩石上，几乎无寸草植被，更没有一丁点树丛藤蔓。任何坠桥者，绝无生还可能，因为桥下毫无半点可以发生侥幸和奇迹的条件。

从下朝上看不归桥，犹如人间看天宫南天门，只觉桥在云雾中，缥缈而朦胧。

老道和老尼姑在河滩中和两岸边搜寻着昨夜从不归桥上跳下来的白如雪。

自然一无所获。二人百思不得其解。

"活不见人，死不见尸，从那么高的地方跳下来，居然连一星半点血迹也没有，怎么可能？就算我和师妹也做不到。"老道对老尼姑道，"她是上天了？入地了？"

"她会不会被狼或其他野兽叼走吃光了？"老尼姑随便猜测道。

"如果她真是'鬼谷'毒女白如雪，那么，有什么野兽吃得了她？

又有什么野兽能咬她一口而不立刻毙命？就算她不是毒女白如雪，只是一具从桥上摔下来死掉的普通女尸，也不可能被野兽吃得连骨头都不剩，至少应该留下个大脑壳吧！还有，你见过连衣服裤子头发都吃的野兽吗？"

老道困惑却又心有不甘。他四下里探视着，又朝上审视了几番不归桥。

看着不归桥底浓密的藤蔓枝条，他若有所思。他知道那些藤蔓枝条是从桥两端的山上林子里长出的，借着桥身和护栏延伸，年久时长，两边的藤蔓枝条任意在桥护栏上穿插绕行，又在桥底交叉连结，相互纠缠在一起，在桥底形成一个由藤蔓枝条织成的垫子，仿佛是它们托吊着不归桥……

108

"坏了，师妹，我们可能犯了一个错误，一个可笑而又愚蠢的错误！"老道自认终于找到打开奥秘的钥匙了。

"什么错误？你能说清楚点吗？"老尼姑还是一头雾水。

"走，到桥上面去，我给你解释。"老道不由分说，拉着老尼姑就走。

"你先看看桥边和桥下那些藤蔓枝条，想想，"站在不归桥上，老道对老尼姑说，"会有什么发现？"

"你是说……"老尼姑也不笨，忽然也茅塞顿开，"那女蟊贼看似往桥下跳，其实根本就没真的跳下去，而是跳出桥边护栏后，便抓住桥底下的藤蔓枝条，隐身潜进桥底藏着，等我们离开后才爬出来，逍遥自在的离去，我的天，这女蟊贼胆也够大的。换作你我，论功力，也不是做不到，只不过这纯粹是上刀山下火海的活儿，谁也不敢轻易尝试，因为稍一失手，便会粉身碎骨。师兄，我们现在怎么办？就这样放过她了？去追回她吗？"

"不放过又怎样？追？往哪追？"老道反问，"我可不想像捉迷藏一样满世界去找她。再说，她既然是为《涅槃大乘掌》与《般若无相指》秘籍而来，如果她回去后发现她偷走的《涅槃大乘掌》与《般若无相指》抄本是你做过手脚的，内行一看一练就知道，关键部分的调息运气在经脉中的走向纯粹是牛头不对马嘴，弄不好会练至真气逆行，经脉堵塞而走火入魔……她要么就此罢手，我们并无损失；要么她愚蠢至极，受不了《涅槃大乘掌》与《般若无相指》诱惑，或强练自损或再返回来送死，我们岂不是可以以逸待劳，事半功倍吗？"

"还是师兄聪明！"老尼姑赞道。她从小就佩服倾心足智多谋的师兄，对他也总是言听计从。"我只是担心她会泄露我们那点私密事和秀儿的身世。"

"江湖上对我俩和秀儿的事，各种传言还少吗？大凡英雄豪杰大家名士，有哪个或多或少没有些流言蜚语缠身？我们怕什么？随她说什么去好了，反正也没几个人敢来求证。无论是事实，还是谣言，总有人信，也总有人不信。传言逸事越多，越让人真假难辨，人世间的事，大都如此，连孔子也不能幸免，因为'子见南子'，不仅让他的弟子对他不满，也让后人诟病了他二千多年，却又撼不动他圣人的地位。圣人尚且如此，何况你我？"

老道毕竟上过私塾，多少知道些文章。"子见南子"出自《论语·雍也》："子见南子，子路不悦·夫子矢之曰：予所否者，天厌之！天厌之！"。说的是孔子去见卫灵公的夫人南子（南子，春秋战国时宋国美女，卫灵公夫人，美而媚，好权术。待字闺中时，就已和宋国俊男公子朝私通，不是夫妻却胜过夫妻。后嫁给老态龙钟的卫灵公后，仍淫乱后宫。），他的学生子路对此很不高兴，指责老师不该去会见一个人品道德行为都不好的女人，甚至怀疑老师与大美女南子有苟且之事，大概让孔子很难堪，逼得孔子赌咒发誓："你不要乱怀疑我，假如我和她做了什么丑事，老天也不容我！老天也不容我！"

第三十三章

患難互助　不离不弃

109

老道老尼姑的确推测不假：昨夜里，白如雪确实是悬空隐藏在不归桥底。

但老道老尼姑无论如何算不到：抱着必死之心从桥上跳下的白如雪，是被一只从桥底伸出的手救下的。

那只手精准有力，快如闪电，在她刚跃出桥上护栏，下坠到桥的底部那一瞬间，就如同鹰隼用利爪捕捉小鸡，疾速而又精准地一下就抓住了她平伸着的手腕，闪电般将她拽入桥底，揽抱入怀。因为用力过猛，又触碰到白如雪先前被老道打断的肋骨，令白如雪忍不住叫了声"啊——"便因巨大的痛楚而昏厥过去。

在她失去知觉前，她仿佛听见救她的人小声说道："别出声，我是来帮你的……"

当她再醒来时，发现自己和衣躺在山洞中一堆干草上。

她下意识地摸了摸全身上下，没有异样，除了内伤还有些隐隐作痛，自己还活着，完好无损地活着。

她又打量了一下四周，除了她，没有任何人。

她起身，从怀里掏出装有"鬼谷神丹"的小瓷瓶，倒出一粒，就着口中唾液服下后，调匀呼吸，运气通经过脉，镇痛疗伤……

感觉好些后，她便朝不远的洞口走去。她猜想救她的人肯定在洞外。她也想知道自己身在何处。

"救我的是谁？他在干什么？"她不能不念，无法不想。

快出洞口时，她看见山洞过道右边，有一男人坐着侧身头靠在一钟乳石旁好像正深睡着。

224

不用想，也不用猜，白如雪完全可以肯定：此时此地出现的此人，必是自己的救命恩人。

"喂——这位朋友，你醒醒！"白如雪叫道。

又喊了几声，没有反应。

白如雪感觉有些不妙，急上前探了探他的鼻息心跳。

气息轻微，似有似无；心跳失速，快慢不均。

再把脉寸关尺。

脉相紊乱，体内血压时高时低，真气运行时强时弱。

又观他面相黯淡发黑。

白如雪得父亲真传，医道根深，情知此人身中剧毒，万分危急，已命悬一线。

她不敢耽搁，她无力也来不及将身材适中却壮实如牛的他搬到别处，只好就地救人。

她从怀中掏出三四个颜色不同的小瓷瓶放在地上，从中挑出一个白瓶放在一边后，将他的头和背扶靠在自己左胸处，先用左手掰开稳住他微张的嘴，再用右手拿起地上的白瓶，用牙咬去瓶的木塞"啪——"地吐在地上，把小瓶里的水全倒在他微张着的嘴里。那是"鬼谷"药寨独有的"天神的哑水"，可解世间任何奇毒。

此时，她又注意到他左后肩胛已被血污浸得乌黑一片，明显是外伤所在。

她又让他爬着，用小刀一点点地割开他的已被毒镖刺破的肩胛处衣服，用刀刃刮去伤口处黑色的血痂，再用刀尖剔出一些被镖毒坏死的腐肉……然后，从地上拿起一绿瓶，拔出木塞，用头上的玉钗，挑出瓶里黑色的药膏，抹在他的伤口上。

片刻，他的伤口由乌黑变成深红。

他的脸色也慢慢由黯淡发黑转红黄又逐渐变成了白里透红的健康色。

听起来，他的呼吸也强劲而有规律了。嘴里还小声嘟囔着什么："……我没忘……僧悟……周大人……钦差……蜂针……"好像在说梦话。

她收拾好地上的瓶瓶后，将还昏迷着的他，费力拖拽到洞中刚才自己睡过的干草堆上。

她感觉有些饥饿和口渴，便寻思着去洞外找点能吃能喝的东西。

110

他醒来时，洞里已燃着柴火。

她在柴火上烤着山鸡野兔。洞中弥漫着烤肉的香味，令人馋涎欲滴。

她好像过于专注手中烤肉的活儿，不知道对面的他已苏醒。

他不想给她留下偷窥的嫌疑，就干咳了两声。

"你醒了？"她抬起头看着他问道。

"嗯，"他应道，接着又说："我知道，我醒来以前，已经在鬼门关走了一趟，若无白姑娘相救，我极难活命。大恩不言谢，假如将来白姑娘有用得着杨某的地方，纵然是赴汤蹈火，杨某亦毫不迟疑，必舍命回报。"

"你既然知道我姓甚名谁，自然对我了如指掌；我却对你一无所知。现在你可以告诉我你是谁了吧？又为什么跟踪我？怎么救的我？"

"以白姑娘的聪明，想来也猜出了几分：我是杨云松，'红蝙蝠'玉溪分堂堂主。你愿意的话，就称我杨副使好了。如果我说得不错，你是'红蝙蝠'大理分堂堂主白如雪吧？！我的级别和你一样：银色蝙蝠，副指挥使，我称你白副使或白姑娘，你不反对吧？我也为《涅槃大乘掌》与《般若无相指》而来，你该知道是谁派我来监视你的了吧！？"

"首领徐之铭？他不相信我？"

"他除了自己，从来就没有完全信任过任何人。换作是派我来执行你的任务，他同样会派你或其他人跟踪监视我。名曰协助，实则怕当事人有异心贪念，坏了他所谋略的任何事儿。"

"那你又如何能在我跳桥瞬间救下我？早不救，晚不救，非得等我万念俱灰要轻生时，才出手相助？"他听得出她话中的抱怨不满，有点儿责怪的意味。他知道，因为救她，又让她因内伤而痛昏过去，人家责备他，也在情理中。

"不好意思，是我准备不足，让姑娘遭遇险境，差点粉身碎骨香消玉殒，是我的失误。其实，姑娘在山上大树后躲老道时，我掷飞石敲树提醒过……"

"我以为是风吹枯枝落下，没在意。"

"后来看姑娘被老尼姑逼到绝境，才放火烧她尼姑庵好引开她……"

"老尼姑如不是顾忌她的尼姑庵会被烧成焦土，我也逃不出她的铁指。"

"放完火后，我以为你已脱险先走，便来到桥头，刚歇脚，老尼姑就跟着逼近，我自知不是老尼姑对手，闪身急避中，左后肩胛还是中了老尼姑一镖，麻痒难耐，我知此镖剧毒，急拔去毒镖，用点穴手自封住伤口周围穴道，减缓毒素蔓延。

快下金兜山时，我忽然想到，你有伤在身，不可能快过我和老尼姑，你可能还在凤凰岭上。于是，我又悄悄返回不归桥头，正遇着你与老尼姑对峙。我本想从后偷袭，打老尼姑个措手不及，但我有伤在身，又忌惮老尼姑武功高深莫测，万一失手，我和你再无丝毫逃生机会。我只好潜入桥下，吊蹬着桥底的藤蔓枝条，听声辨位，慢慢靠近老尼姑在桥上的方位，准备在老尼姑与你交手时，突然窜上，助你一臂之力……听到你有绝望轻生言语后，我急移动到你下方，用脚缠勾住藤蔓枝条后，刚将半个身子仰面朝上探出桥底，就见你已从桥上坠下，我来不及多想，就一把将你抓抱进桥底，不料想触碰到你的内伤，你叫了一声，当真把我吓得够呛：我既怕我真的会因为用力过猛，不慎害了你性命；我又怕你再继续闹腾而被桥上的老尼姑发现；还好，你只叫了一声，便昏过去了。后来，我们就到这里了。顺便补充一点：过不归桥前那个莲池时，你我差点被池中腾空跃起的怪物吞食。"

"幸好我昏死过去，毫无知觉，不然，我一个姑娘家，突然被一个陌生男人抱在怀里，我不可能不本能地挣扎反抗，甚至弄出更多声响。"听到姓杨的男人说到此处，想着当时情景，白如雪暗自思忖，"但是，当时桥底如再多发出哪怕是半点响动，让桥上老尼姑察觉，那么……"她感到有些尴尬又有些后怕。

"你是说那莲池中有吃人的妖怪？你不是中毒后产生的幻觉吧？"

"我真希望那是我的幻觉，但事实不是，因为怪物落入水中溅出的水花打湿了我的后背。我现在想来还有些后怕。"

"会不会是大鱼？世间真有能吃人的大鱼吗？"白如雪好奇道。

"当然有。"杨副使肯定地说道，"庄子《逍遥游》里不是有：'北冥有鱼，其名为鲲。鲲之大，不知其几千里也。化而为鸟，其名为鹏。鹏之背，不知其几千里也，怒而飞，其翼若垂天之云。'如此大的鱼要吃人，怕是几万个人也填不饱肚子。"

"那不过是神话，也没人见过。但经你这么说，我也想起我过莲池时，突感水中有暗流涌动，我当时忙着上凤凰岭，也没太在意。看来水怪也打过我的主意。"白如雪若有所思道。

杨副使也心有余悸说："管它是什么怪物，反正金兜山凤凰岭，我是不会再去了，谁爱去谁去。"

"鬼才想去……这一路上，我如婴儿般昏睡，任你摆布，你没把我怎么样吧？也没动过什么歪心眼？"白如雪半开玩笑半认真地问道。说实话，她对这个男人已经有了好感。他看上去不过三十岁，相貌一般，但举止言谈中，却极有区别于常人的气质和魄力。他目光犀利深邃，神情举止俊逸洒脱，姿态风度端正庄重，毫无半点轻浮孟浪，他显然受过很高的文礼熏陶。在他身上总有一种吸引人的说不清道不明的魅力，就算你对他了解不多认识不深，你对他却少有戒心，更多的是莫名的信任和放心。

"要说一个美丽娇艳无比的仙女躺在自己怀里，作为一个正常成年男人，不会心动，没有心荡神迷，连半点邪念都没有，那是假话。柳下惠坐怀不乱的故事，也只是说了他抱着来投宿的女子没有发生越礼的事，却没有谁敢保证他头脑里没闪过不好的念头。

我不是太监，也没什么难言的疾病，我承认，我对你有过歪心眼。但男子汉大丈夫有所为有所不为，乘人之危占人便宜为君子所不齿！我虽不是大丈夫，也不是正人君子，但我还不是卑鄙无耻的淫徒小人，你放心，男女授受不亲的规矩我懂，上天作证：我如对姑娘有过任何亵渎或不敬举止行为，让我死于乱刀之下。"男人这话光明磊落，堂堂正正，掷地有声，令白如雪不得不刮目相看。

随后，他又调侃道："再说，我敢吗？姑娘乃闻名江湖的毒女，听说你的死亡之吻，无人可敌，连首领，堂堂二品巡抚，对你也是虽垂涎三尺，却也是可望而不可及地敬而远之，更何况我等，再怎么也不能拿自己的小命开玩笑吧？"

"算你识趣懂事。"白如雪低声道。又问："都是练武之人，你对《涅槃大乘掌》与《般若无相指》就不感兴趣？都是'红蝙蝠'杀手，冷酷无情，唯利是图，也无可厚非。你又为何不趁我毫无防备时，从我身上取走《涅槃大乘掌》与《般若无相指》这两本我费了九牛二虎之力才到手的武学秘笈，或藏匿为己私练，或进贡首领，换取恩宠……"

"君子爱财取之有道，不是每个江湖人都如你所说见利忘义，毫无廉耻。身为杀手，我知道自己满手血腥，为首领驱使，常常不得不违心干着一些泯灭人性毫无道德的肮脏勾当，我不敢再自诩自己还是少年时那个崇尚真善美远离假丑恶的谦谦君子，但当我一旦有短暂的自由，能自己选择或从善或作恶时，我残存的良知还能让我守住一些底线。信不信随你！"

"如果我回去后，对首领说：我技不如人，失手了，被人打得只有招架之功而无还手之力，我不仅没拿到《涅槃大乘掌》与《般若无相指》秘笈，还伤痕累累，差点死于非命……"白如雪说道，随即话锋一转，"干脆明说吧，我从一开始就没想把《涅槃大乘掌》与《般若无相指》秘笈交给那个大魔头，我宁可现在就把秘笈丢入火中烧了它，也绝不肯助纣为虐，把它交给他，让他变得更强大，再去奴役和祸害更多的人。你也知道，如不是受他胁迫，我别说为他做事，我连看都不想看他一眼。我肯定会这样做，你怎么办？"

"首先，我没听你说过《涅槃大乘掌》与《般若无相指》，我也自始至终都没见过《涅槃大乘掌》与《般若无相指》秘籍，你也没告诉我你拿没拿到《涅槃大乘掌》与《般若无相指》。首领如问我，我还是如此照实回答。"杨副使漫不经心地撇清道，"但是，昨晚，在不归桥底，我救下你后，在你昏迷时，我偷听到老道和老尼姑一些关于《涅槃大乘掌》与《般若无相指》的对话，我现就模仿他们重说一遍——

……

老尼姑说：'她（白如雪）死倒不足惜，只是可惜我那两本秘籍抄本了，这么高摔下去，不碎也被血污泥沙毁了，我又得重抄了。'

老道回答道：'反正那两秘籍抄本关键要紧处也是被你动过手脚的，就算没毁，万一被人拾去，他也练不出什么；无论谁，如按秘籍过于强练，非死即伤，倒省了我们不少麻烦。'

……

我先申明：我什么也没说，你也什么也没听到。你知道该怎么做了吧？"

听罢，白如雪急将《涅槃大乘掌》与《般若无相指》从怀中掏出，借着火光翻阅着，思考着……

112

"就麻烦你替我把它转交给首领吧。"白如雪说着话，把《涅槃大乘掌》与《般若无相指》秘籍递给杨副使。"你告诉首领，我得回鬼谷请我阿达为我疗伤。多则半年，少则三月，待我伤好后再回分堂候命。"

"帮你转交秘籍和带话，没问题。但我得先护送你去到'鬼谷'后，我才放心。不然，中途你如发生任何意外，我都难脱干系。"

"你不用费心，我的内伤虽然让我功力减半，但独自一人走回家应无大碍。就算途中遭遇什么风险意外，也是我个人的事，与你何干？你又不是我什么人……"

230

"你倒说得轻松，正因为我不是你什么人，所以你一旦有事，我的嫌疑和麻烦就大了：你如死得清白干净，首领和组织成员定会怀疑，我是不是因为受不了《涅槃大乘掌》与《般若无相指》秘笈的诱惑，想先睹为快，趁你不防备而谋害了你；你如死得龌龊，被人先污辱糟蹋后再杀害，江湖中人，哪个会不用世俗的污水把我从头浇到底？换作另一个我，我都很难不怀疑：这个姓杨的男人，是不是因为受你的美色吸引，把握不住自己，对你图谋不轨，在你奋力抗争中，失手伤了你的性命……

你死了，谁能证明我曾经救过你，像柳下惠，坐怀不乱？我能说得清吗？我先申明：护送你回家，不是帮你，而是帮我自己，你并不因此欠我什么。这事没商量，我是'红蝙蝠'副指挥使，你我虽同级，然此次我领命来前，首领有钧旨：一切为了《涅槃大乘掌》与《般若无相指》，你如不作为或有异心，必要时，我可临机酌情行事，先斩后奏！"

这杨副使讲出一番大道理，半公半私，既有怜香惜玉之情，也有感恩戴德之意。

一方面，白如雪的美不能不令他震撼膜拜，赏心悦目，为之心动。

对白如雪，他从前也只听闻传说流言，从未谋面，如今，他竟有种一见钟情的感觉。

面对她，他虽免不了自惭形秽，不敢有太多非分之想，但如《孟子·告子上》告子曰："食、色，性也。仁，内也，非外也。义，外也，非内也。"

杨副使不是圣人，能找出冠冕堂皇的理由多多陪伴美女左右，也是一种享受和满足。

另一方面，他的确是有心报答白如雪的救命之恩。他救过白如雪，反过来，白如雪又救了他，他们似乎谁也不欠谁，扯平了。

但人的缘分和情感又岂是简单的加减法可以平衡的？

如果说那个美如天仙身如毒蝎的白如雪以前没有让他心动，但眼前这个不畏强权，为保清白，宁可跳下深渊，也不肯苟活为奴的白如雪，实在让他不能不为之心动，更何况，要不是她出手施救，他早已一命乌呼了。

自从他卧底"红蝙蝠"以来，白如雪是第一个让他不能不牵挂和念想的女孩。为了她，他宁可舍弃一切，包括性命。

"只要你不怕麻烦，我听你的就是。"白如雪暗喜道，"你也过来吃点东西，吃饱我们好赶路。"

对这个男人，杨副使，白如雪何尝又没有别样的感慨和动心？

此次凤凰岭遇险，如果没有他，她要么死于老尼姑铁指下，要么粉身碎骨在不归桥下干涸的河滩上。

此人，虽为杀手，却又知书达理，温文尔雅，幽默有趣。毫无其他同类杀手身上惯有的凶残暴戾，粗野鄙陋。

除了她的老师木士先生和她的父亲，杨副使是第三个让她感觉亲近和可以托付信任的男人。

在遇见他以前，她的少女的心潭，一如平静的湖泊，没有涟漪。如今却暗流涌动，春潮上涨。

白如雪是彝族姑娘，身上自然也流淌着彝人的狂野不羁的血，敢爱敢恨，心动随性。追求爱情时，没汉人那么多拘束和套路。但在木士老师的私塾里，她毕竟受过诗书礼仪的教化熏陶，所以她既不像别的彝族姑娘那样，对男人一有好感，就可不顾一切地主动投怀送抱，她又不能似汉族姑娘那样，明明喜欢一个男人，却故作矜持，遮遮掩掩，扭扭捏捏。但如杨副使真要对她做任何非分之事，她是不会反抗的。她会像猫一样温驯，半推半就。

113

"听你口音，你不是云南本地人吧？"白如雪边吃边随意问道。

"不是，老家在中原河南嵩山一带。从小习武，快成年时，因为年少轻狂鲁莽，不慎杀死仇家，被朝廷通缉追捕，不得已，逃亡流落至西南，为谋生做山贼，拦路劫财。后又栽在巡抚衙门抚标营一次清剿中，被判斩立决。所幸朝廷审结核定时，偶得何有保将军赏识并用一死囚替换下我。于是，我就成了'红蝙蝠'里的一员。"

其实，这是周祖培为让他能尽快顺利安全打入'红蝙蝠'而秘密特意铺垫做足的"功课"：他在闹市大街上杀掉的几个"仇家"，是刑部捕快故意"疏忽失职"放跑的死囚。

这些他当然不能对白如雪明说。

"我刚才救你时，你好像在说梦话，嘴里老在嘟囔着什么：'……我没忘……僧悟……周大人……钦差……锋针……'，对此，杨副使有何解释？"白如雪有些意味深长道。

"我说过吗？我真的说了梦话？"，杨副使吃惊道。接着又说："唉，人之将死其言也善，鸟之将亡其声也悲。白副使所言不会错，生死关头，我可能说了梦话，吐露了真言，幸好只被白副使听见，要是'红蝙蝠'里其他人听见，我的麻烦就大了。我就不瞒白副使了，我原姓僧，单名一个悟字，叫僧悟。"

"你叫僧悟？"白如雪若有所思地问道。"僧悟……僧悟……这名字我好像在哪儿听说过。"

"没错，有什么问题吗？你听说过这名？不可能吧？在云贵地界和'红蝙蝠'里，我还是第一次对人承认说我是僧悟，你怎么可能……"杨副使好奇道，并有些惊恐。他担心自己的卧底身份已暴露。

"什门四圣中的僧肇是你什么人？"白如雪突然问道。

"这……这……你也知道什门四圣？"杨副使有些意外，却不想隐瞒，"僧肇是我前辈，我便是他的不知道第几代的后人。"

"那你一定知道能克制《涅槃大乘掌》与《般若无相指》的《无量流星截》了？"白如雪抑制不住惊喜道，"不对，你既然是僧肇的后人，你就不光知道，而且应该是《无量流星截》的传人，真是踏破铁鞋无觅处，得来全不费工夫。你可藏得够深的。"

"惭愧得狠，《无量流星截》我还只练到五六层，远不是老道和老尼姑的对手，不然，我和你昨晚也不至于如此狼狈了。"杨副使有些尴尬道。

"以后能让我看一眼《无量流星截》吗？"白如雪像天真幼稚的小女孩一样求道。《无量流星截》的神秘和魔力让她有些情不自禁，忘了分寸。

"这个……这个……再说吧！"杨副使勉为其难道。

"算了，我也只是随口说说，你也不必当真。我知道，《无量流星截》传男不传女，而且只传什门四圣八俊十二哲及后代子孙，我哪有那福分！"

"我僧家的渊源及《无量流星截》，属于我的绝对隐私，连首领也不知道，我也从来没有对"红蝙蝠"内外的任何人透露过只言片语，我很奇怪：你是怎么知道的？"

"我也是无意间从木士老师，就是杜鸿斌那儿听说的。"

"朝廷钦犯，滇西回教国总统、反清兵马大元帅杜鸿斌？"

"就是他，满腹经纶，胸涵文墨，肚藏诗书，还有一身的盖世武功。我的一切：汉语、武功，沦为杀手……都拜他所赐。"

"是这样啊！关于我的真名实姓，我暂时还不想让除你以外的任何人知道。首领和'红蝙蝠'里的人只知道我姓杨，名云松。其他一概不知，你能替我保密吗？"

"你信得过我？不怕我为邀功卖了你？"

"不怕！就算你为邀功卖了我，我既不恨你也不后悔。因为你救过我一命，我就当还了你的人情。"

"你这人真有意思！"

"另外，这一路上，我会寻机会去集市中给你找来纸和笔墨，我想请你把你偷来的这两本《涅槃大乘掌》与《般若无相指》秘籍各抄录一册，收藏在你们鬼谷处，将来或许有用。"

"你不是说这两册秘籍已被老尼姑做过手脚，练得不好会走火入魔，还抄它做啥？"

"这两册秘籍是被老尼姑做过手脚，但也仅限一些关键处是胡编乱造。其余部分应该不假。我相信以你的聪明，以我的《无量流星截》做解疑注释，肯定能补缺填漏，去伪存真，还《涅槃大乘掌》与《般若无相指》秘籍原貌。再说，《涅槃大乘掌》与《般若无相指》真迹还在老道老尼姑手中，变数不测，任何意外皆有可能。或被人盗走或被身处绝境的老道或老尼姑断然销毁……我们手中的《涅槃大乘掌》与《般若无相指》便真成唯一可研讨的孤本了。"

“好的，我抄！”此刻的白如雪对杨副使是由衷的钦佩和折服了。

她原以为‘红蝙蝠’杀手中论心思缜密舍她无人，谁料想此人更胜一筹，还极有远见，深思熟虑，比她过之而无不及。

女人不像男人，除了倾心仰慕，绝不会嫉妒聪明绝顶的男人。

第三十四章

天籁之音 暗生情愫

114

就这样，两人结伴而行。时而像情侣，相互体贴关心，问寒问暖，互帮互助；时而又像兄妹，相敬如宾，凡入厕睡眠，均泾渭分明，互相回避。

一路上，白如雪有意无意也给过杨副使亲近自己的机会。无话可说时，她会唱起彝族一些忧伤的歌——

> 1
>
> 冬虫变成了夏草
> 薰衣草已经开花了
> 青稞又要收割了
> 格桑花快要凋零了
> 阿莫　我的阿莫啊
> 阿沐又在想您了
>
> 2
>
> 那一天门前飘着雪花
> 您像羽毛随风吹走了
> 不再回到故乡的家。
> 从此我们天各一方
> 阿莫　我的阿莫啊！
> 你在异乡过得好吗？
>
> 3
>
> 光阴荏苒日月如梭

岁月无情时光摧人

月琴三弦为你弹

横笛竖箫为你奏

阿莫　我的阿莫啊

我们何时才能相逢？

4

阿莫　生我的阿莫啊

无论你现在是在高山殿堂

还是在乡间田原草棚茅屋

已经长大成人的阿沐

她无穷无尽的思念呀

都永远紧跟在您身旁

5

春去秋来花开花落

物是人非斗转星移

阿莫　我的阿莫啊

无论您贫穷富贵

还是健康或残疾

您都是阿沐的牵挂……

唱着唱着，白如雪会背着人抹去不知不觉流下的泪水。

对母亲，她怨过，甚至恨过，但更多的是思念。

不断流逝的岁月和渐渐模糊的记忆，也没法阻止她常常在暗地里，不由自主地牵挂着那个生养过她，却又抛弃了她的母亲。

当然，她唱得更多的还是彝族男女追求美好爱情的山歌——

妹是水中花

哥是山岗岩

水深也有摆渡翁

山高也有采药客

妹等哥来入洞房

……

南风没有北风凉，
荷花没有桂花香，
燕子筑窝在屋檐
梧桐树上落凤凰，
情妹爱着有情郎。

……

天上浮云占四方，
地上龙王占九江，
玉帝占了灵霄殿，
菩萨占了寺庙堂，
情郎占了妹心房。

……

一阵日头一阵阴，
一阵狂风进竹林，
狂风摇动嫩竹芽
山歌打动妹心扉
妹请山歌做媒人，
嫁得情郎睡婚床。

……

一朵野花红又鲜，
可惜开在刺中间，
有心摘朵头上戴，
人又弱来刺又尖，
思来想去难近前。

……

天恋地呀地恋天，
龙恋大海虎恋山，
观音恋着普陀寺，
凤凰恋着梧桐枝，

妹恋情郎心不变。

……

村姑怨（民歌）

1

妈吔，快来看呀

咱家地里面

那油菜花

又黄了一片。

2

那些浪蝶狂蜂

为啥老是来叮咬

他们的歌呀

又这般动听悦耳

3

俺的心扉中

也盛开了一朵花哟[

谁来大胆叮咬

谁来引吭高唱

……

她的歌声时而清脆、甜美、质朴如百灵鸟欢叫；时而又像黄鹂鸟的吟唱那般婉转，动听，让人陶醉。

尤其是当一曲曲优美的旋律，从她那彝族少女独有的具有神韵魅力的嗓音中流出时，杨副使竟如中了魔似的飘飘欲仙，禁不住暗自感慨惊叹：

"此曲只应天上有，人间能得几回闻？！"

115

当然，白如雪毕竟还是情窦初开的少女，虽然心动，不免还有几分羞涩。

她多数时候都是用杨副使听不懂的彝族语言唱着这些古老的情歌，与其说是向他人表白，倒不如说是抒发少女荡漾的春心情怀。

为了消除杨副使害怕亲近她的顾虑，她甚至在一次溪水中沐浴穿戴完后，将捉住的一尾金黄色的鲤鱼，当着杨副使的面亲吻几口后放生了。

看着金黄色的鲤鱼摇头摆尾游向远方，杨副使不禁感到诧异。

"我虽是毒人，却连鱼儿都毒不死，又怎能毒死人？"白如雪笑着自嘲道。

旁人哪里知道：就白如雪而言，她随时可服下自己秘制的毒药，把自己变成世间最毒的药；但只要饮一口可解任何奇毒的"天神的哑水"，她又能让自己返璞归真，变得与常人无异。

"那些死在你营帐外的军士，巡抚衙门里的老衙役，不是让你一吻，就暴毙了吗"

"坏人歹徒吻我必死，好人和鱼儿嘛，另当别论。你觉得你是坏人歹徒，还是好人鱼儿？你要不要试试？"白如雪挑逗道。

"也许，总有一天，我想我会试的！"杨副使话中有话道。

"那我等着你试！"白如雪亦有深意道。

走着，聊着，唱着，抄着秘籍……

白如雪内伤发作时，他搀扶着她。她疼痛难忍时，他运气为她疗伤。

爱情，便在两人心中萌芽滋生了。

不几日，便到了"鬼谷"药寨。

白重山也见着了女儿的救命恩人。

几天盛情款待，千恩万谢后，就要分别了，两人依依不舍。

白如雪独自送别杨副使。

两人一前一后，如影随形，相距不远不近地前行。

此时虽有千言万语，却不知从何开口。

行至"鬼谷"药寨走向山外的泥石路山坳旁，白如雪摘下挂在颈上，平时深藏在内衣温胸处的玉佩，递给杨副使——

"此玉佩是我乌蒙家族世袭令牌，拥有此玉佩者，可向鬼谷药寨除我阿达外的任何人发号施令。望珍惜，保重！"

"你也保重，别再轻易犯险。你得好好活着，让我有机会完成肩负的使命后，回'鬼谷'来做一条金黄色的鲤鱼，在你唇边试试我到底是好人还是歹徒。"

"你闭上眼睛！"白如雪命令道。

刚闭上眼睛的杨副使突然嗅到一股沁入心扉的芳香，接着感觉嘴唇被另一个温润的嘴唇轻柔地吮呷了一下，他听见白如雪的话音由近至远："你是好人，我相信你！我希望有一天，能在'鬼谷'再见到你！"

他再睁开眼时，只看见白如雪远去的背影。

"只要我还活着，我一定会回来的！"内心荡漾着无比幸福和甜蜜的他暗暗发誓道。

……

第三十五章

未雨綢繆　欲歸正道

116

这是两年前的事，但对白如雪而言，仿佛就发生在昨天。

"你和他真是抚标营教官？"白重山问道。接着不等白如雪回答又接着说："我的阿沐啊，你就别骗我了，我都知道了。"

"阿达知道什么了？"沉浸在往事回忆中有些难以自拔的白如雪不安道，她预感到自己杀手的身份是隐瞒不住了。

"就是两年前你受伤后，在家养伤调理期间。"白重山说道，"有一次，你外出散步，我在打扫清理你的房间时，在一堆杂乱的衣物中，无意间看到了你有一件带有面罩的黑色的夜行服，左胸饰有一只银色的蝙蝠。我还没老到不会联想和思考的地步。自从那日因为受木士先生牵连，你被官兵带走，我就知道凶多吉少。我只是没想到你也加入了那个人人谈虎色变既邪恶又凶残的……恐怖组织。唉，我苦命的孩子，是阿达害了你，是阿达对不起你！早知如此，我当初就该拦着不让你走，和官兵们拼个你死我活。"白重山边说边落泪道。

"阿达别这样。能救鬼谷药寨，能保阿达和众乡亲平安，阿沐我一点儿也不觉得苦。"白如雪宽慰父亲道。"是阿沐不孝，没有及时告知阿达。如今，阿沐希望阿达不要因为我的身份和我被迫干的那些事而有太多自责和愧疚。不错，我和那个送我回家的救命恩人，都是'红蝙蝠'里的杀手。虽然我和他各有渊源，目的不同，但我们都不是死心塌地为大魔头徐之铭卖命，我们都有自己的底线，有所为有所不为，不会以杀人为乐，更不会把坏事干绝。"

"虽然如此，你还是应尽快脱离'红蝙蝠'才好，无论是因为什么，也不管被迫或自愿，杀手都不是什么光彩的职业，杀人更不是什么善行。再说，江湖险恶，强中自有强中手，你也不能指望每次遇险都有人救助，你只要还做着这用刀剑舔血的行当，你叫我如何不替你担心害怕？你如不在了，你让我如何再活下去？我还有什么脸面去见我们乌蒙家的祖先？"白重山用衣袖揩着泪眼道。

"对不起！对不起！对不起！是我不好，让阿达操心了。"白如雪连声垂泪道。接着又说："阿达放心，徐之铭坏事干绝，老天就要惩罚了；他快完蛋了。我这次回来就是有事要和阿达商量。"

"什么事，你说。"

"邓尔恒被杀，阿达知道吧！"

"听说过，年初的事。"

"是徐之铭派其他人干的，不是我。"

"布政使他也敢杀，他的胆也太大了。"

"皇上先派了个总督来查此事，他就是新任云南总督刘源灏，但这刘源灏老奸巨猾，知道徐之铭后台硬，党羽众多，不好惹，且心黑手辣，要查此案比登天还难。所以，他被徐之铭派去的杀手一吓，便装起病来，躲在家里，大门不出，二门不迈。延迟数月之后，见实在躲不过去，他索性告老还乡，悠闲去了。但邓尔恒不比寻常百姓小官小吏，他是朝廷重臣，二品大员，一个新任巡抚，不能说死就死了，而且死得不明不白，这不能不激怒了一些言官。他们纷纷上折，要求皇帝查办凶手。于是，有刘源灏的先例，皇上可能考虑明查不行，便派钦差暗访。徐之铭闻讯胆寒，便派杀手密查堵截追杀。更要命的是，听说邓尔恒生前藏有一本记录有徐之铭等众多云贵川陕官员贪赃枉法的账册，现在可能就在他妹妹或他女儿手中。那本账册要是呈到皇上手中，徐之铭再有天大本事，也难逃一死。所以徐之铭肯出十万两白银，要买她姑侄二人人头和秘账。差不多十几天前，徐之铭派出去的杀手，在贵州黔北凤凰镇与邓家姑侄及刑部钦差遭遇了，那些杀手都是武功极好的高手，尤其是那个'红蝙蝠'主指挥使，已练成了少林绝世武功中的金钟罩、铁布衫，几乎刀枪不入，阿达，你猜结果如何？"白如雪说到这里后卖了个关子。

"他们莫不是把钦差杀了？徐之铭又可高枕无忧了。"白重山有些失望道。

"错！谁也没想到，徐之铭派去的十几个杀手连同主指挥使会全军覆灭，除了上次送我回家养伤的那个副指挥使伤重逃回外，所有杀手全都死在了凤凰镇。"

"看来这次皇上是下血本动真格的了，居然派来如此厉害的角色做钦差，想必是料到此中风险，预先有所准备了。那徐之铭的日子不好过了。"

"我要说的正是此事。现在徐之铭慌了，除了我，他已派不出像样的杀手了。他已通知我，要我和他前往凤凰镇查询此事，我觉得他不太信任那个伤重逃回的副指挥使，我也奇怪，为什么只有他一人活着……当然，他救过我，他能活着，我自然高兴。但徐之铭却很不满意，因为死的是他所倚重的主指挥使，就如同剁去了他的左膀右臂。我猜他肯定会让我去完成主指挥使没有完成的任务：杀掉查案的钦差，抢回那本让他头痛的邓尔恒留下的秘账。"

"那你是怎么想的？你不会真的要帮他杀钦差和替他抢账册吧？"白重山猜疑道。

"阿达放心，我本来就不是他的忠实走狗和奴才，我是不会死心塌地帮他的。反过来，我想利用好这次机会，帮皇上的钦差扳倒徐之铭，因为只有他徐之铭这个大魔头倒了，'红蝙蝠'散了，我才能重回鬼谷，开始过正常人的生活。"

"的确如此，你说，我怎么帮你？需要我做什么？"

"在没有见到那个钦差前，我还不能确定我该怎么做。如果那个钦差真是像包公那样不畏强权，刚正不阿廉洁无私的好官，那么，我会像南侠展昭卫护包公一样暗中舍命护着他进京，哪怕粉身碎骨在所不惜。

如果这个钦差也像其他言官一样，拿到那本账册，手里攥着徐之铭的罪证，仅仅是向徐之铭和徐之铭的宿敌两边待价而沽，捞取更大利益，那么，我肯定会冒天下之大不韪，杀了他，先于别人把账册抢到手，为我所用。

我要把账册当成孙悟空头上的紧箍咒，让徐之铭也尝尝被人胁道和讹诈的滋味；要能把这个大坏蛋的脑浆子勒出来，我才高兴呢！

我相信，为了这本账册，我让他做什么，他都不会拒绝的，我就是让他爬在地上学狗叫，或吃屎喝尿，他都不敢不做，虽然他会恨极我，一有机会必用更邪恶凶残的手段报复我。

你别看他那种级别的官吏平时道貌岸然，高傲的不可一世，其实一个个都是故作正经表里不一的伪君子，金玉其外败絮其中的怕死鬼，他们尤其怕丢官，怕被满门抄斩，怕株连九族。等我从他那儿得到我想要的自由和保证后，我再把账册给他，当然，我会事先抄誊一份，瞄准时机，找准门路，匿名献给皇上老儿，看他怎么处置徐之铭这种败类。

为了阿达和寨上乡亲的安全，我会秘密地去做这件事。但要想人不知除非己莫为。我担心稍有不慎，万一被徐之铭发觉我背叛他，他知道后，他一时是不能把我怎么样，但他绝对会把满腔的怒火发泄到鬼谷药寨，他肯定会命人先控制住阿达你和众寨民，然后用你们来要挟我，迫使我再做他希望我做的事。所以，阿达能帮我的就是你和众乡亲一定要安全，你们不能出事，只有你和鬼谷药寨安全了，我没有后顾之忧了，我才可以专心放手去对付徐之铭这个大魔头。”

“这个我可以保证：徐之铭的魔爪暂时伤不到我和我的鬼谷药寨，因为我们周边大多数重镇已被杜鸿斌的义军攻下占领。朝廷和徐之铭的军士轻易不敢冒险深入义军腹地到鬼谷药寨来。他如派‘红蝙蝠’其他杀手，你也知道，我这鬼谷药寨，也不是谁想来就来，谁想走就走的地方。当然，你走后，我会在鬼谷周围山道密林中，广布眼线，在进入鬼谷的路上，十几里之外，派人日夜盯着，一有动静，立即应对。放心吧，我的阿沐，徐之铭从今往后绝对控制不了我，更不可能再用我来威胁你，相信我，我肯定能做到，你就不用为我和寨里的人担心了，去做你想做的事吧！”白重山异常自信道。

其实他并没有把话说完。几年前，因为受杜鸿斌的牵连，为保他和鬼谷药寨 800 余口乡民平安，他忍痛让官兵掳走了他心爱的女儿，后又得知女儿被迫加入邪恶的“红蝙蝠”，沦为杀手，他就一直悔恨着，被内疚和自责折磨着，又不得不日夜为女儿的安危提心吊胆。

如今，女儿要挣脱苦海，为获取自由而向邪恶势力宣战，他决心不再拖女儿的后腿，他后面的话外之音是：我白重山从今儿起，宁死也再不会被任何人俘虏控制；任谁也不能用活着的我去威胁讹诈我的女儿！抱着必死也不让人抓获的他，会在身上某处，或衣领或袖口或鬃发或指甲里藏着见血封喉的毒药。这些，他自然不能告诉女儿。

"另外，对义军方面，阿达也要有所警惕，因为徐之铭与杜鸿斌，为各自的利益，暗中已有往来，我怕我真要打到他的七寸，他会狗急跳墙，借义军之手，对付你和我们鬼谷药寨。我看实在不行，阿达就让鬼谷众乡亲化整为零，一部分去白家庄，一部分去观音崖麒麟洞中，暂住数月，待我帮朝廷钦差收拾了徐之铭后再回山寨。"白如雪补充道。

"以我对杜鸿斌的为人了解和观察，他不是那种做人做事毫无底线的人，他也不是那种为了利益得失而会出卖朋友的人，以他对贪官污吏的痛恨和仇视，我想他是不会同徐之铭之流沆瀣一气狼狈为奸的。但我听你的，我会十分谨慎和小心防备的。万一真有不测，我也会按你所说，将人疏散，隐秘藏匿，你就放心吧，别再为我们分心，影响你办正事。"白重山答应道。为了让女儿心无旁骛，无论女儿要求什么，他都应承着。在他那寨主和奴隶主心里，也不完全只有宽厚公理正义，同样也有凡人护犊的私念。在他看来，女儿已经为他和众寨民牺牲了一次，他怎么也不愿意再让女儿为他和众寨民牺牲第二次。

他只有一个女儿，他不会为了做一个伟大和高尚的寨主，置女儿的安危不顾……

同大魔头上司徐之铭巡抚从"山月听风"客栈分手后，白如雪骑着白马在凤凰镇通往娄山关隘的泥石路道上走着，想着，回忆着。时而放马驰骋，时而收蹄缓行。身后一胖一瘦二个随从，总是不远不近地跟着。

胖的叫笑面虎，瘦的叫鬼见愁。他们均领有首领密令：必须绝对服从白堂主（白如雪）副指挥使调遣，以拿回账册和杀死钦差为己任。目的达到后，他们应严密监视她，稍有异常，他们可临机决断，只要能拿回账册，他们可以对她采用任何手段，包括不得不杀掉她。

这也是徐之铭贯用的伎俩，就像他用杨堂主副指挥使监视白如雪去盗取《涅槃大乘掌》与《般若无相指》秘笈一样。徐之铭不怕冒险，敢作敢为，如果够得着，别说是巡抚和钦差，他甚至连皇上也敢杀。但他城府极深，做事老道，从不会把鸡蛋放在一个篮子里。他很少用笑面虎和鬼见愁，因为这是他深藏不露的两把看家利器。之前，知道笑面虎和鬼见愁存在的，只有他和那个被断喉而命丧凤凰镇"山月听风"客栈的"红蝙蝠"主指挥使。"红蝙蝠"主指挥使之所以认识笑面虎和鬼见愁，就是因为他是笑面虎和鬼见愁二人手下败将，不得已，才被迫服下蛊毒，为徐之铭所用。单就武功而言，"红蝙蝠"主指挥使已属世间罕有的绝顶高手，却不敌笑面虎和鬼见愁，足见此二人武功之高，已非比寻常，难以估量了。此时，徐之铭派出白如雪，笑面虎和鬼见愁三大高手去对付沈天鹏等，实属困兽犹斗，倾囊而出，就是想一招制胜，永绝后患。对他而言，这是最后一搏，不成功便成仁，他已经没有其他选择了。

白如雪是第一次见到笑面虎和鬼见愁，对这两人的根底渊源，她自然一无所知。但凭她对徐之铭的了解；看两人由心生之外相，目光神态；杀手和女人的直觉……她有预感：此两人绝非普通杀手。他们对她将要弃暗投明所构成的危险，很有可能会超过她将要面对的所有危险。

但她此刻也没心思过多计较窥测他俩。她得先找到钦差和秘账，走一步看一步，慢慢随机应对。

"副使大人，前方远处好像……至少有十几只马蹄急驰而来。"鬼见愁驱马上前对白如雪奏道。他的耳朵最是灵敏，能听见十丈开外一片树叶掉落地上的声音。所以，徐之铭没他执夜护卫，通常很难熟睡。这次让他离开身边，实在是濒临绝境，别无选择，迫不得已，只好破釜沉舟了。

"我也听见了，隐蔽！"她话一出，三人立即下马，将人和马立即隐入路边密林中。

因为山路弯道极多，闻声则远，见人则近。约莫过了半袋烟工夫，有四人骑着四匹马，由娄山关隘方向而来，从白如雪等暗中窥视的眼皮下疾驰而过，朝凤凰镇方向奔去。

"大人，刚才过去的人中居然有邓尔恒的副将和女婿李玉龙。"说话的是笑面虎，他人虽胖，眼睛又小，但其视力极佳，他掷出的飞针袖箭，能穿过百米之外的铜钱眼。

"是他，没错。过去四人中，说不定就有钦差。"鬼见愁也附和补充道。那李玉龙身为邓尔恒副将，在云南官场上又是明里走动，白如雪等自然认得。

"那还等什么？你二人快追上去盯着呀！记住：你们只能听声辨影，远远地跟踪追迹，看他们去哪儿，要干什么，千万不要打草惊蛇……"白如雪命令道。她话没说完，两人已纵马远去。都是行家里手，干猫捉老鼠和老鹰抓小鸡的活儿已非一日，两人顾不得听她太多言语。

"真是踏破铁鞋无觅处，得来全不费工夫。"白如雪边策马跟上去边暗想，"可是，李玉龙等为何去而复回？为什么不见邓家姑侄身影？看他们快马加鞭模样，好像是急赶着要去哪里办什么火烧燃眉之事，他们会去哪里呢？要办什么事呢？"

"咦，这不是去金兜山凤凰岭的路吗？"跟了一段路后，白如雪突然发现她又踏上了二年前，为盗取《涅槃大乘掌》与《般若无相指》武功秘笈而走过的路，她既感觉意外又很是费解，不禁疑窦丛生，"李玉龙和钦差沈天鹏等与金兜山魔掌老道和凤凰岭铁指仙姑风马牛不相及，根本不是同道一路，也没听说他们之间有什么恩怨过节……不对，从徐之铭口中，他好像说过：伤重逃回的杨副使报告，沈天鹏等在'福来'客栈，因为要救邓家姑侄，不得已杀了上官兆秀，而上官兆秀又是老道和老尼姑两人的亲生儿子，老道和老尼姑岂肯善罢甘休？难不成老道和老尼姑杀了或绑架了……应该是邓家姑侄，没错，所以，沈天鹏李玉龙等才会返回，要么复仇，要么救人。但，他们是老道和老尼姑的对手吗？"

　　因为有二年前在凤凰岭的遭遇，此时想起老道和老尼姑，白如雪心里不免还是有些心有余悸。

　　白如雪等没看错人，从娄山关隘下来，往凤凰镇金兜山凤凰岭方向策马疾驰而去的四人，真的是沈天鹏，岳海鲲，北门云飞，李玉龙。他们此行的目的，也的确是为了救已经被老道和老尼姑掳走的邓艳玲和邓紫姗两姑侄。

第三十六章

江湖恩怨　冤家路窄

118

事情还得从近二十天前说起。

那一日，沈天鹏等在凤凰镇经历了二场恶战，先后杀了上官兆秀和"红蝙蝠"主指挥使后，连夜逃出凤凰镇，过娄山关隘，经"川黔锁钥"桐梓入四川綦江县，达重庆府。沿嘉陵古道一路北上，视路况、天色雨晴，关卡宽严等，或步行或骑马，或便装或化装，或昼伏夜行或昼行夜伏……不几日，便行至四川定远县中心古城城外。

八骑驻足，下马。

"李将军对此处可熟悉？"沈天鹏问道，"可有适合我等住宿的客栈？"

"走过几次，还算行。"李玉龙回道，"这是定远中心古城。此城位于嘉陵江边，南接我们来时经过的合川，再往北走便是南充。城内宫、庙、坛、祠众多，人称有九街十八巷、九宫十八庙。大家要注意，这方回民众多，他们与汉人在风俗习惯上有诸多不同，能不接触最好别和他们接触，免得因误会生出事端。城内东大街靠江边有家'天河客栈'，专为南来北往的客商提供食宿，虽然离中心城区稍远了些，倒还清静素雅，另有可以安置马匹的马厩，我看比较适合我等。"

"虽然才过午时，离黄昏稍早，但连日来，为防不测，我等日夜兼程，鞍马劳顿，休息甚少，然前面还有很长的路要走，我看我们就在此处歇歇脚，住一宿，养足了精神，明儿再赶路如何？"沈天鹏问道。

"我看甚好，邓家姑侄与李少侠也需要休息片刻补充体力了。"张怀忠赞道。众皆无异议。

"那就烦请李将军安排吧！"

"是，大人！"李玉龙遵命道，"为避免人多一起入城让人关注猜疑，我等分两拨走：我与内人和北门公子及紫姗侄女先打前站，到客栈安顿好一切。我们入城小半个时辰后，再由犬子啸林带沈大人等随后跟来。啸林，你还记得走'天河客栈'的路吧！"

"当然记得，老爸放心，错不了！"

"要听沈大人的话，别误事！"

"喂，老爸，你这话不对，我是带路的，不是我要听沈大哥的话，是沈大哥要听我的话……"

"你……个小……兔崽子……"

"行了，李将军，没事，你们快走吧。"待李玉龙等走后，沈天鹏又对李啸林微笑道，"啸林小弟，放心，我们都听你的。"

"真的？那我有一个要求：要是我表现得好，你和岳二哥，北门三哥，可不可以收我为徒，我想拜三位哥哥为师？"

"这个……这个嘛，我没问题，二弟，你呢？"沈天鹏问岳海鲲。

"大哥都答应了，我又怎好说不呢？"这一路上，岳海鲲同沈天鹏一样，对这个聪明活泼机灵却不顽劣淘气惹事的"小弟"已经默认了。

"多谢两位哥哥成全，徒弟就此跪拜两位师傅！"李啸林说罢，就顺势对沈天鹏和岳海鲲，行了一个不很标准的跪拜礼。小家伙十分机敏，立即抓住这千载难逢的机遇不松手。

定远中心城内。

东大街江边。

"天河客栈"。

沈天鹏等酒足饭饱后早早入房小憩浅寐，养精蓄锐了。

李玉龙父子和北门云飞也正要回房。

"趁你们小睡，我与紫姗去街市上买点脂粉和其他女人专用物品，也不耽误明天行程。"邓艳玲对李玉龙道。

"那我同去，也好有个保护。"李玉龙道。

"姑父说的是！"北门云飞亦同意道。

"不用，这一路上不也没出什么事嘛。人多了容易引人注目，反而不好。"

"那我去，总不会有什么不方便吧！"一旁的李啸林自告奋勇道。

"这……你说呢？"邓艳玲问李玉龙。

"他人虽小，也机灵，但他不会功夫，万一有事，他不仅帮不上忙，还得让人分心帮他，不行！"

"老妈，求求你，带我去吧，我都好久没逛街了……"李啸林央求到。

"去可以，但要听话，不准惹事。就让云飞跟我们去，夫君你留下，要是都走了，钦差沈大人起来不见我等，定会担心。"邓艳玲道。

"还是夫人想得周到。就这么办，你们早去早回。"

就这样，四人在街市逛着走着。李啸林本是孩童少年，对任何新奇玩儿饰物都很上心。一会儿前一会儿后，有时看人杂耍，有时观赏地摊上的面罩泥人玩偶，邓家姑侄不喊不催，他就不走。北门云飞却没心情观景赏物。他不远不近地跟着邓家俩姑侄，还得不时瞭着顽皮的李啸林。

自打十天前他们从凤凰镇一路走来，顺风顺水，平安无事，北门云飞总是心怀不安和顾虑。

如果途中有过一些被人拦截追杀的遭遇，他反倒感觉踏实些，至少他知道仇家一直跟着，自己需时刻保持警惕，不能懈怠。

反倒是如此平静，才叫他难以适从：根据以往的江湖经验，那些对邓家姑侄和秘账虎视眈眈的人，绝对不可能轻易放过他们。这些人一定会或在后寻迹跟着他们；或在前某处潜伏等着狙击猎杀他们；或正在某暗处窥视着他们的言行举止，准备先发制人，一击而中；或已预谋好如何挖坑，想方设法要逮着他们……

他知道：对任何人而言，有的错犯了能改正回头，比如小偷小摸鸡鸣狗盗言语伤人；有的错犯了就绝难再回头，比如杀人放火卖友求荣嗜毒如命；有的地方失足跌倒能爬起来，比如平地矮梯土堆；有的地方失足跌倒却绝难再爬起来，比如悬崖高楼深渊。如今的他，就好比身处悬崖高楼深渊边上，哪怕只是一个小小的失误，都有可能让他或身边人万劫不复，这才是最折磨人的，明知危机重重，却不知危机会出现在何时何地。

他怎么也算不到，当他暗自思忖时，其实危机正一步一步向他走来，已离他越来越近了……

半个多时辰后，正当四人朝客栈回走时，意外发生了：

他们与一直在按踪迹或线索追查他们的，恨不得立刻就将他们剥皮抽筋挫骨扬灰的金兜魔掌老道和凤凰铁指仙姑不期而遇，碰上了。

天下事，正应了那句老话：无巧不成书。

如果北门云飞等或早几分钟或晚几分钟，经过城内东西大街分界处，也就是定远城由南向北穿城而过的那条路道的十字路口，那么他们一时半会儿还不至于与一直在苦苦搜寻他们的老道和老尼姑照面。

然而该发生的事总会发生，没有如果；就好比如果荆轲刺死秦王，如果刘邦亡于鸿门宴，如果马谡不失街亭，如果李世民不杀兄囚父，如果李自成不奸淫陈圆圆……或许就没有大清朝和这篇故事里的人和事了。

但既成的历史就是历史，从来没有如果；也不可能有如果。

即便是无所不能的鬼神和能穿越古今的奇人，也无法改变既成的历史。

就算是万能的习惯撒无数弥天大谎的邪教和貌似无比强大的皇权专制、独裁暴君、御用的史官文痞，也只能伪造历史，而不能改变既成的历史。

120

事情是——

差不多十天前。

凤凰镇，"福来客栈"。

　　那日，沈天鹏，李玉龙等先后离开客栈。

　　客栈大厅里一片狼藉，地面上横七竖八有十几具死尸躺在血泊中。

　　掌柜和小二拿着银子出门在外找人埋尸还没回店。

　　客栈其他租客因怕惹祸上身，各自闭门不出。

　　前面说过，李玉龙父子还未走出客栈，突然，客栈大厅里，一具颈上无痕的"死尸"如"诈尸"般复活了。

　　其实，上官兆秀还没被断喉前，这具"死尸"只是因重伤而假死在一角落里，片刻后，便从昏迷中苏醒过来。

　　但他仍一动不动，只是微微睁开双眼，一边偷偷听着北门云飞，上官兆秀，沈天鹏等的言谈对话，一边悄悄瞟觑沈天鹏，李玉龙父子等前后移动离去的身影。

　　等李玉龙父子一离开客栈，他立刻起身向四周看了看，趁着无人时，便踉踉跄跄地向门外走去。

　　从他步履蹒跚表情痛苦上看得出，他显然受了很重的内伤。

　　他就是自贡盐帮帮主诸葛泓门下弟子胡巍峨，原名胡丘山。因为人长得矮陋鄙琐，尖嘴猴腮，獐头鼠目，所以小时候老被人欺负。后受不了他苦苦哀求，一个耍猴玩杂技的江湖艺人看他可怜，免费教了他一些拳脚功夫。幻想着要出人头地扬眉吐气，所以他练功异常刻苦。时间一长，他还真练出了一点徒手断砖腿扫旋风的名堂。尔后，又慕名拜在自贡盐帮帮主诸葛泓门下。因为功力渐长，他人又机敏善谋，好溜须拍马阿谀奉承，便深得帮主诸葛泓信任，被委派为云南分堂堂主。

　　踌躇满志得意时，他嫌原先父母取的胡丘山名儿不好听，便找一酸儒给改成了胡巍峨。

　　可惜，不久后，却被一算命先生一盆冷水浇在头上："巍峨，好听，字意不错，高大壮观，雄伟矗立……但总是有些不对。"

　　这算命先生姓姜，自称是姜子牙的后人，人称"姜铁嘴"，在"千年盐都"四川自贡闹市里开着一间命馆。依葫芦画瓢，他用前辈老祖宗姜子牙用过的对联装点门面——

门外木板墙上一副对联："一张铁嘴，识破人间凶与吉；两只怪眼，善观世上败与兴。"

门内供桌后墙一副对联："只言玄妙一团理，不说寻常半句虚。"

再有，这"姜铁嘴"也绝非浪得虚名之普通术士。

他从小熟读太公《阴符篇》，对《易经》更是精研细究，并广涉阅览《素书》，《心器秘旨》，《五行相书》《三世相法》《袁天罡称骨歌》，《麻衣相法》……和许多算命大家著名术士一样：他不仅善于察言观色深谙读心术，而且确有些未卜先知的特异功能。他常常能在睡梦中，提前预知将要发生的吉凶祸福。比如梦见翌日或数天内，有人相约池塘垂钓、厅堂博弈、煮酒论道、亲朋吉凶、好友祸福、邻里安危……十有八九，都有应验。

因为他不敢保证自己为他人看卦测字解签算命，能做到百分之百准确，所以他给人算命玩了些数学概率小聪明：看卦测字解签算命，如课不准，分文不收；如课准无误，谢银双倍。凭他的名气，又有些门道和能耐，每天只要蒙对几个，银两自然有的赚。再说，面对口齿伶俐的他，用似是而非的言语东诓西套，不消半个时辰，求他看卦测字解签算命的人，大都会不经意间，不打自招，把自己那点生辰八字喜怒哀乐担忧顾虑等隐私，全倒给他了，所以，完全课不准的，一年也没几个。

胡巍峨也是慕名而来，想从"姜铁嘴"处得到些吉言好相，不想……

却被"姜铁嘴"一盆冷水浇在头上："巍峨，好听，字意不错，高大壮观，雄伟威武……但总是有些不对。"

"有什么不对？"胡巍峨有些紧张。

"客官这名虽然好听，但字里却藏着不祥，你请看巍峨二字：巍字，山下有禾女鬼；峨字，我在山边。说白了，客官，你和山下稻田谷草中的女鬼是邻居，'祸兮福之所倚，福兮祸之所伏。'和女鬼为邻，是福是祸，就要看客官的造化了。""姜铁嘴"说道。接着又怪异地边掐指算着，边自言自语说："巍峨，巍峨……喂鹅，喂鹅……一个大活人，怎么喂？拿刀剁碎了喂？"

"老子把你妈剁碎了才喂鹅！"胡巍峨在旁听着"姜铁嘴"说要拿刀把他剁碎了喂鹅，不禁火冒三丈，七窍生烟，上前揪住"姜铁嘴"就要动手，幸好被旁人劝着哄着拉开了。

"要不是看众人脸面，我他娘的今儿非拆了你的命馆。老不死的，这自贡地面上，是你瞎说的地方吗？也不看看是谁的地盘……"胡巍峨虽然为泄愤掀翻了"姜铁嘴"的台桌，撕了对联，符纸，符咒，符贴，但他内心却不能不有所害怕和恐惧。因为他是在算命，又是"姜铁嘴"算的，他不会全信，却又无法不信，他也想赶紧离开，日后再找高人破解，所以大家一拉架，他也就顺着别人给的台阶骂骂咧咧地离去了。

"怪哉！怪哉！余观此人终久必入牲畜之口，因为什么呢？"嘴里念叨着，"姜铁嘴"又掐指算着，接着唉声叹气道："唉，都是前世造的孽，轮到今生还，躲是躲不过了。巍峨，巍峨……喂鹅？喂鹅？怎么喂？似鹅又非鹅，会是什么呢？唉，吾辈毕竟还是功力肤浅，猜不透天意中的玄机和奥妙！"看着胡巍峨离去的背影，"姜铁嘴"百思不得其解，又心有不甘，却也无可奈何道。

众人均当"姜铁嘴"乃愤懑之言，皆不以为然。

121

胡巍峨虽然也为此懊恼窝火了好几天，时间一长，便置之脑后不再计较。

此番他的分堂倾巢而出，一路跟踪尾随沈天鹏等至凤凰镇，实是奉帮主诸葛泓令：不惜代价，务必查找到邓尔恒秘账；追杀假冒的钦差和邓家姑侄。帮主诸葛泓和他都知道：他们的盐帮要想在徐之铭一手遮天的西南地面生存发展做大，办好此事，搭上巡抚衙门徐之铭的大船，其中价值和意义极其重大和深远，绝不是仅仅十万赏银就能估量的。

在凤凰镇，他与闻讯而来的帮主诸葛泓汇合。

"福来"客栈，刚看见他们追寻的猎物北门云飞及邓家姑侄时，他和诸葛泓都有些兴奋甚至激动，就像豺狼寻着了兔子，老鹰看见了小鸡一般。当然，在客栈里，他们也瞧见了，来自三教九流各门各派的对北门云飞及邓家姑侄志在必得的态势，但他和诸葛泓都没把这些人放在眼里，他俩已经把北门云飞及邓家姑侄，当成自己的囊中之物了。

诸葛泓的自信主要是觉得在凤凰小镇这一隅偏远蛮荒之地，他的铁掌要排第二，没人敢排第一。

胡巍峨的自信主要是他还没见过比诸葛泓武功更高的高手。就算云海马帮帮主雷梧桐被北门云飞一招刺爆双眼，后又被邓艳玲削断双手，他亦认为那不过是雕虫小技，不足为道。直到他亲眼目睹沈天鹏仅仅用了三招两式，就把诸葛泓打得双脚离地，腾空翻滚，口鼻冒血，死于非命，他才算有点明白了：他终于领悟到什么叫天外有天人外有人了。他和诸葛泓都错了，错得太离谱太幼稚了。诸葛泓为此丢了性命。因为比较北门云飞和沈天鹏等高手，他和诸葛泓才是老鼠和羊羔。他们本就不该去招惹像沈天鹏和北门云飞那样的老猫虎豹豺狼。不过对他而言也醒悟得晚了些，开弓没有回头箭，他也不得不随众弟子，明知是送死，却也要硬着头皮上前拼命，因为事关面子和虚荣：谁也不愿被人当作贪生怕死的小人。

与胡巍峨接招的是岳海鲲。

前面说过，岳海鲲见上官兆秀趁人不备，绑架了邓家姑侄当人质，大怒。本来对见利忘义的市井小人，江湖匪类，岳海鲲虽无好感，却也不想重手伤人，但那时情形，因为己方麻痹大意，妇人之仁，已令邓家二女子置身险境，再要让沈天鹏北门云飞等出手相助，自己还有何颜面？于是施展平身所学，痛下杀手，招招取人性命，鹰爪所到之处，木屑纷飞，衣袖撕裂，穿胸凿脑，血溅四方，一眨眼工夫，振威镖局已倒下五六人，诸葛泓门下弟子也死伤大半。其中就有胡巍峨。在岳海鲲快如闪电，狠如鹰啄蛇兔的搏击下，胡巍峨只有招架之功毫无还手之力，几个回合后，他手中的剑也被打飞脱手了，前胸后背两手腕臂，已让岳海鲲的鹰爪撕裂出一道道深入肌肤筋骨的伤痕，后又被岳海鲲一阵旋风脚，将他整个人像踢沙包草人一般，左晃右荡前翻后滚，最后竟如蹴鞠一般，让岳海鲲凌空一射，将他一脚踢飞至二丈外，头磕在客栈大厅内板墙木柱上，立刻昏死过去。万幸的是看上去，他虽然有些血肉模糊，奄奄一息，已无生命体征，但他的伤都不在最要害之处，所以，片刻时间，他又恢复了知觉。但他不敢睁眼，更不敢有任动作，因为他听见了北门云飞与上官兆秀的对话，以及后来发生的事。

"诸葛老儿也真是，聪明一世糊涂一时，本就不该接这活儿。"胡巍峨开始在心里抱怨起诸葛泓来，暗想："还骗我们说是为了报效朝廷杀什么假钦差……这拨人是好惹的吗？他们不仅个个身怀绝技，而且其中就有皇上派下的真钦差……我的天，杀钦差，那是灭门诛九族的大罪，拿那么多人的身家性命去讨好一个巡抚，换十万两银子，值吗？这下好了，诸葛泓与多数弟子都玩完了，我他妈也只剩半条命了，该何去何从呢？"

122

待众人离开后，他才咬牙撑起，挣扎着离开了"福来客栈"。他可不愿被人给活埋了，或让人给钦差通风报信，说他还活着，再被人重新送到鬼门关。

出得客栈门，他单挑僻静人少的去处走，来到镇外一溪水边，他忍痛洗了洗身上的血污，内服外敷了一些随身带着的跌打损伤药，找了一处平坦的草丛躺下，再回想"福来客栈"发生的一切。

岳海鲲的鹰爪与拳脚，已重伤了他的肋骨经脉腑脏，从今往后一年半载，他差不多和废人没两样了。无论是云南还是自贡，盐帮他是回不去了，因为按帮规，他这个分堂堂主得为帮主之死负责和买单，他只有死路一条。还有帮里平时被他欺压过的各分堂堂主，不满他的一些盐帮弟子，肯定会趁机落井下石，让他生不如死。他要想保命，除非远走他乡，隐姓埋名，再像小时候一样，任人踩踏，屈辱地活着。

一想到这些，他同样恨毒了岳海鲲等人。他也想过，与其被人欺辱毫无尊严地活着，还不如拔剑（剑是没有了，小刀还在）自行了断，从此隔绝人世间的一切恩怨情仇。

他不是不想报仇，但他知道，那简直比登天还难，"除非我练出绝世神功。"他暗道。

想到绝世神功，他自然不能不想到当今最出名的绝世神功莫过于《涅槃大乘掌》与《般若无相指》，而会此神功者，就住在离凤凰镇不远的金兜山和凤凰岭，他们就是魔掌道人和铁指仙姑。

当魔掌道人和铁指仙姑浮现脑海一刹那，他忽然灵感迸发："江湖不是传言，那上官兆秀名义上是魔掌道人和铁指仙姑二人的徒弟，实则是俩魔头的私生子吗？如果俩魔头知道他们唯一亲生的儿子已经死在了北门云飞的剑下，会有何反应？凭他们残暴嗜血和喜怒无常的心性，已经登峰造极的武功，他们会善罢甘休吗？只要他俩一出手，北门云飞，岳海鲲等休想活命。如果我是第一个身受重伤还为他们通风报信的人，他们说不定一高兴，还会收我为徒，传授我《涅槃大乘掌》与《般若无相指》呢！到那时，谁他妈要敢轻视爷我一眼，老子把他的头扭下来当猪尿包踩！"胡巍峨幻想和憧憬着，他感觉自己又找到前行的方向和目标了。身上的伤也不那么疼痛难忍了。

"走，现在就走，去金兜山和凤凰岭，找魔掌道人和铁指仙姑！"胡巍峨暗暗下定了决心，说走就走。他起身摸了摸身上的银两，感觉找人问路的花费足够了。

走之前，他不是没有过犹豫和顾虑：万一江湖传言不实，纯属子虚乌有，上官兆秀与老道和老尼姑血缘上根本没半毛关系，他这样捕风捉影地贸然鲁莽轻率上山，轻则被两魔头狠揍一顿给轰下山岭；重则当场毙命，让人给扔到山脚下喂狼，和肉包子打狗差不多：有去无回。但此时的胡巍峨就像在赌场里输光了筹码的赌徒，除了赌命，他已经没有任何翻盘的本钱了。

"不狂赌一把，我还有别的路可走吗？"他自问道，"若运气不好，又赌输了，大不了一死，不等俩魔头动手，我就自行了断，从他那断魂崖上跳下去，一了百了，再无功名利碌的烦恼。若赌赢了，胡大爷我大难不死，必有后福。"

第三十七章

一丘之貉 狼狈为奸

123

从凤凰镇到金兜山，一百多里的山路，要在受伤以前，胡巍峨最多用四五个时辰。而今，他差不多走了一天一夜，才终于登上金兜山山顶道观。

在香客烧香敬仙的香堂旁，一间还算素净的客房里，被小道士引领入屋内的胡巍峨，双手杵着根木棍站在老道面前。

"手上带根木棍，还身受着重伤，就敢单枪匹马只身撞入我的道观，你的胆也够肥的！你就不怕有来无回？"老道打量了一番鼻青脸肿的胡巍峨后说道。

"将死之人，何惧之有之无？既来之则安之，无所谓来回！"胡巍峨凄然道。这是实话，受着伤及腑脏骨骼的内伤，这一百多里的山路，把他又折腾了个半死，中途有好几次摔倒后，他都不想再站起来了……是仇恨，是心有不甘，给了他力量，让他一次又一次爬起来继续前行。

"你坐！请坐！"老道边说边上前搀扶着胡巍峨至一稻草做的蒲团坐下。

老道有心机，借搀扶，顺手便测了测胡巍峨手腕处寸关尺脉相；暗道："脉率无序，脉形散乱，元气衰弱……此人确有内伤，而且是被武功高强者内气所伤。虽未伤及要害，其性命暂时无忧，但如不及时施救，放任体内经脉受阻不畅，恐凶多吉少，再拖延些时日，即便治好痊愈，也必武功尽失，勉强还能做个平常人。他能翻山越岭坚持走到此处，当真不易，其中必有重大隐情。"

佩服归佩服，同情归同情，感慨归感慨，但老道不是观世音菩萨，

260

陌生人的生死从来与他无关，他也不可能放在心上。看面相，他对此人也没什么好感，甚至有些嫌恶。他悠闲地坐着，只顾给自己用小紫砂壶斟着小碗茶，也不叫人给胡巍峨上茶，怠慢之意，很是明显。

"你怎么称呼？因何到此？至于我，你能找到此处，肯定知道我是谁，我就不用自我介绍了吧！"老道斜眼看人，不紧不慢地问道。

"小的胡巍峨，和家师诸葛泓走盐黔桂，返程途经凤凰镇，在住宿的'福来'客栈内，偶遇一伙强人欺负弱小，滥杀无辜，我们师徒便出手相救，怎奈强人武功太高，家师及许多弟子均被这伙强人所害，唯小的我因伤重昏死而逃过一劫。"胡巍峨不好计较，便将在来的路上就打好的开场腹稿顺嘴念着。他武功不行，但头脑灵活，最擅长胡编乱造添油加醋无中生有。他知道在老道和老尼姑面前哪些话该说哪些话不该说。"我是趁他等不备，才得以侥幸脱逃。正当小的跑出凤凰镇外，举目无亲走投无路之时，忽然想到离凤凰镇不远还有一个著名的金兜山，山上有一个武功高强又好打抱不平的道长，所以便苦苦挣扎至此。小的实不完全是仅为报家师及师兄师弟之仇才擅入贵观求助，而是也为冤死在这伙恶人手上的一些可怜之人讨个公道，比如云海马帮帮主雷梧桐；武当掌门玄清子……"胡巍峨信口开河，真真假假地胡诌道。他是先用其他人吊着老道的胃口，再试着切入正题。

"什么？武当掌门玄清子也被害了？"老道半信半疑道，并感觉有些意外。

老道虽与玄清子素未谋面，但同是道教中人，不免有点惺惺惜惺惺。

另外，老道知道，那玄清子不仅剑术超群，而且对武当内家秘功，如玄武功，太极球功，阴阳混元功等已修炼至高层，其功夫绝不在江湖各大门派高手之下。

老道想不出，放眼天下，除了他们师兄妹，还有谁能杀得了玄清子。

老道开始对胡巍峨带来的消息有点兴趣了。

"没错，玄清子也被害了。"胡巍峨肯定道。他如今是死猪不怕开水烫，无所顾忌了。反正撒一个谎是谎，撒二三个谎也是谎，对他而言，就算老道将来知道真相也无所谓，因为这些都不是重点。重点是当老道知道上官兆秀被杀后，会有什么反应，那才是关键，也是他想要的结果。所以，他又故意轻描淡写地继续说："连云雾山庄的少庄主上官兆秀，人都还未成年，却也被这伙恶人一剑断喉，死于非命……"

只听："啪"的一声，老道手中的正在斟茶的紫砂壶和茶碗同时掉落地上。老道失控地打断胡巍峨的话间："上官兆秀，被人一剑断喉，死于非命？怎么可能？你他妈的是胡说八道吧？"老道说着话，急起身上前，左手一把揪住胡巍峨胸前衣服，将他提站起来，举着右手怒道："无论你是什么动机，有何目的，你要敢说半句假话，拿上官兆秀的生死来逛老子，老子立马拍碎你的脑壳，拿你喂大鳄，让你个狗杂种死无葬身之地！说，到底怎么回事？"

看到老道如此暴躁疯狂，胡巍峨不仅毫不畏惧，反而心里有底踏实了。他心想："传言果然不假，上官兆秀与老道确有渊源。"于是，假装害怕发誓赌咒道："小的刚才所说的话，如有半句不真，天打五雷轰，不得好死！"

"你且将上官兆秀被杀一事的前因后果仔细道来，必须是你亲眼所见，亲耳所听，不得隐瞒。其他的人和事暂且不说。"

"知道你只关心你的私生子，如不是他，爷还不来呢！"胡巍峨暗喜道。

于是，胡巍峨便将他在"福来"客栈知道的上官兆秀被杀的前因后果及上官兆秀与北门云飞两人之间的对话详细叙说了一遍。

<h2 style="text-align:center">124</h2>

听完胡巍峨的讲述，悲恸忧伤和绝望痛苦布满老道颜面。

他自个儿黯然默默踱出户外，止不住老泪纵横，不停地用左右手在眼眶边和脸颊上揩来抹去。

沉思片刻后，他朝着凤凰岭尼姑庵方向，一运气，用"碧波微声隔空传音功法"千里隔空传音老尼姑——

“师妹，速到我处，有关于我们秀儿十万火急要事相商！”

这“碧波微声隔空传音功法”，属法身佛大日如来所创密教之“语密”境界精髓内涵之一。

修得此功者，便可以用常人听不到的低频次声，向远或近的同伴传达话语或杀人于无形。

该功法的最高境界，不是发声传音，而是发功者用普通人听不到的次声的音波，不断刺激引发对手内脏器官发生共振，令其强烈地颤动起来。致使该人体功能失调或损坏，血压升高，全身不适；头脑的平衡功能遭到破坏，进而产生旋转感、恶心难受、呕吐不止、呼吸困难、肌肉痉挛、神经错乱、失去知觉……最后，因心脏狂跳，血管破漏，内脏碎裂而亡。

这种次声的音波，不仅能远传万里之遥，而且还能穿透十数米厚的钢筋混凝土实墙，甚至，如果发挥得当，就能轻而易举地折断大海中航行的巨轮，撕碎天空中任何飞行之物……

好在老道和老尼姑志不在此，只修到隔空传音便知足自满止步了，否则，二魔头如真练至如牛魔王那样的老神，那么，即便孙悟空在世，恐也无能为力了。

临近午时，老尼姑正在凤凰岭尼姑庵内准备午膳。耳边传来师兄的召唤，她亦觉诧异：平时，他二人一般都不用“碧波微声隔空传音功法”，因用此功传音太耗费真气。又听说是有关他们秀儿的事，她自然心急。

“师兄，什么事如此急促？秀儿怎么了？”气喘吁吁赶来的老尼姑，见着一言不发且一直阴沉沉盯着自己看的老道，她不由得心里惴惴不安急切问道。

“你把刚才有关上官兆秀的事对她再说一遍。”老道对胡巍峨吩咐说。

胡巍峨初见老尼姑时也有些吃惊。他没想到江湖传言心狠手辣冷酷无情的女魔头，竟然是一个貌美如花美艳绝伦的少妇，如不是对号入座，没人会当她是老尼姑。看上去，她和淳朴漂亮的乡姑村妇没什么区别。

胡巍峨人长相虽有些丑陋，但爱美之心人皆有之，他也不例外，一颗心也禁不住为她怦然狂跳了一阵。

此情此景，他虽有些不忍却又不得不把上官兆秀的噩耗再复述一遍……刚说到上官兆秀被一剑断喉，老尼姑顿时觉得心脏停止跳动，无法呼吸，一瞬间就晕了过去。

一直关注着她的老道急将她抱住，又是掐仁中，又是双掌运气，不停地在她前胸后背神阙穴和气海俞推血过宫。

醒来后的老尼姑心智浑噩已近崩溃，她情不自禁地像多数痛失爱子的母亲一样伤心欲绝，也不顾及胡巍峨在场，便痛哭流涕地叫着老道的名不停抱怨道："释怀义，释老道，你个挨千刀的，我们的儿子死了，儿子没了，你满意了！你活该绝后！当初我说不把秀儿送人，自己养，你却偏要送，还说是为秀儿好，要让他归正道……这下好了，他死了，回不来了，我再也见不着他了，释怀义，你还我儿子……"数落着，唠叨着，又昏厥过去。又醒来，又数落着，唠叨着，又昏厥过去……几番折腾后才稍微平静下来。

老道心里也有怨气，但又不好与此时的老尼姑计较，只能在旁生着闷气牢骚满腹："好你个昙秋月，昙老尼姑，如不是你心胸狭窄，忌妒心太强，又怕秀儿不能独享我们囤积在山上的不下万金的财宝，我岂会绝后？你以为我不知道我养在观里的那些女人生下的私生子是如何一个接一个因'病'夭亡的？我只是念着秀儿和你的好，睁一只眼闭一只眼，不与你计较罢了。"

"师兄，我要让杀死我们秀儿的人血债血还！我要将他们碎尸万段！"老尼姑的悲痛此刻已化为满腔的复仇怒火，"不管他们逃到哪里，我都绝不放过他们。你肯定会帮我的，对不？"

"不仅要让他们血债血还碎尸万段，我还要让他们生不如死，十二万分地后悔杀了我们的秀儿！"老道心中因失去儿子的悲愤和怒火一点也不比老尼姑少，甚至有过之而无不及。"他们中间不是有两姑侄吗？我要让小的给秀儿配阴婚，老的做伴娘陪葬，让秀儿在地下也不寂寞。"

"师兄你太有才了！还是你想得周到。"老尼姑听了老道的话，多少有些慰藉和释怀了，"对了，还有上官镜波那个老匹夫，我们也不能放过。要不是他让秀儿去冒险，抢夺什么秘账报什么恩杀什么钦差，秀儿也不会被恶人所害。我就猜想，因为秀儿不是他亲生的，他会不会是怕秀儿继承他的家业，明里碍着我们不敢说不，暗地里却巴不得秀儿早些遭遇横祸，死于非命，这样一来，他既得了我俩的人情，又除去了心头之患，他此刻恐怕正在山庄里偷着乐哩！"

其实，这不过是老尼姑因痛失爱子后易迁怒于人的愤懑牢骚之言，要在平时或对其他人，依老道的修为素养，以及与上官镜波二十多年的交情，断不会当真。然当局者迷旁观者清，被痛苦和愤慨折磨和冲昏了头脑的老道此刻也失去了理智。

"上官镜波如果认为没了我们秀儿，他就清静了，他的山庄就安全了，就完全属于他了，那么他就大错特错了！"老道脸露凶光满脸杀气道，"他和他的山庄及家人马上就会知道：我们秀儿不光是云雾山庄存在的根基，也是他上官镜波和全家人的保命护身符，秀儿死了，云雾山庄还能存在吗？他们还能活吗？"

第三十八章

阴差阳错　万劫不復

125

听闻老道的话，连胡巍峨也不由得胆战心惊，他预感到云雾山庄将要大难临头发生骇人的惨祸了。

他有些恐慌和害怕，尤其是老道和老尼姑对他毫不避嫌。

他原先的目的，不过是想利用上官兆秀之死，唆使，煽动，怂恿，挑拨着老道老尼姑杀了沈天鹏等为自己报仇出口恶气，如能再拜两魔头为师，偷窥学到《涅槃大乘掌》与《般若无相指》……不料想，他点燃的却是难以预料的不顾一切的天大的仇恨怒火，把云雾山庄也牵连了进来。

他有些后悔了，不是为将要因此而无辜死去的人，而是因为他知道玩火者必自焚的古训，特别是当老道和老尼姑在他面前无所顾忌地预谋杀人时，他是真后悔了。有些时候，知道得越多，就越危险，这道理他懂。

"我想道长和仙姑有要事商量，能否让小的回避，在门外候着，如有召唤，小的随叫随到。"胡巍峨小心翼翼道，他有点想溜之大吉，他是真的开始畏惧这两个杀人不眨眼的魔头了。

"不用！该说不该说的我们也说了，该听不该听的你也听了，你就像来自冥府的幽灵信使，你来之前，我们的儿子还活着，你来之后，他却死了，我们不知道是该感谢你呢还是该讨厌你。"老道从见到胡巍峨第一眼起，就对他没什么好印象。不过，人家毕竟是带着伤，翻山越岭来报信的，所以，老道也不想难为他，"但不管怎么说，你是唯一及时告知我们真相的人，不然，我们连谁是杀害我们儿子的凶手都不知道，又如何为他报仇雪恨呢？所以，我们没把你当外人。

我和我师妹明儿就要外出办事了，你有何打算？除了银子（几百千把两，我们还是拿得出的），你还需要我们为你做点什么？”

“师傅不在了，小的如同丧家之犬，有何去处？将死之人，要银子何用？”胡巍峨故意装得可怜兮兮道，“如蒙道长和仙姑不弃，小的甘愿做奴为仆，终生栖身山上，侍候奉养二老。两位主人如有差遣，即便是上刀山下火海，小的也在所不辞。”

“山上生活清苦单调寂寞，唯有脱净名缰利锁七情六欲者能坚守。你人正当壮年，单就一个‘色’字，你恐就难过此关。”老道戏言道。

自从见到如花似玉的老尼姑，胡巍峨的一双贼眼，就有意无意偷瞟着老尼姑，一感觉被老道关注，便急闪开目光。他不闪还好，他一闪，便是此地无银三百两。老道是何等聪明风流之人，岂能不知胡巍峨这种男人心里在想着什么。

“只要两位至尊主人满意，小的什么苦都能吃，绝不后悔；只要能整日守护着主人，常常能见识到道长和仙姑练武的英姿和绝世武功，小的就心满意足了。”胡巍峨嘴上奉承道，心里想的是；“说什么‘山上清苦单调寂寞，唯有脱净名缰利锁七情六欲者能坚守’，你老人家有个大美女日陪夜伴，召之即来，挥之即去，享尽世间极乐，这叫脱净名缰利锁七情六欲吗？我只要能偷学到《涅槃大乘掌》与《般若无相指》，几年后，等你俩老了，我用孔雀胆或断肠草等，把你俩送入地下去见你俩的儿子，这金兜山和凤凰岭不就是我的了？到那时，我还怕无妻妾银子？在这山上，我还会清苦单调寂寞吗？”

“你既然说我们有绝世武功，想必你也是有武学根底，也是极有见识和聪明的练武奇才，肯定也知道我们练的什么功夫了？”老道试探着问。如胡巍峨答不出来，那么老道会真把他当作溺水之人，他们夫妻二人，不过是他就近随意抓住的救命稻草，他对金兜山和凤凰岭没什么威胁和危险。

谁知那胡巍峨正想着心事，被老道一抬，便脱口而出：“二位大师练的是《涅槃大乘掌》与《般若无相指》吧！小的对此神功向往已久，只是……只是……”此话一说，看老道和老尼姑神色，胡巍峨知道自己坏事了，所以急改口道："因为受伤，我终于明白了：天外有天人外有人，武功再高也不能保证一生无敌，就比如我师傅诸葛泓，号称一双铁掌打遍西南无敌手，结果，还不是被沈天鹏仅用十余招，便葬身客栈。所以，如今小的也看穿了，什么功夫都不学了。有两位至尊庇护，谁又能伤得到我？我这点微末道行，就算再学一百年，也不及两位大师十分之一二，何必再学呢？"

"师妹，你相信他说的话吗？"老道用唇语问老尼姑。这是老道和老尼姑还在读私塾，年少时情窦初开，眼和眉交流已不能满足恋情后，为方便传情约会又能回避老师和同窗而偷练的。

"此人狡黠善变滑头，一双贼眼又极不老实。他的话真真假假，总让人似信非信。我们要全信他说的话，我们就白活几十年了。此刻，我甚至怀疑，不知秀儿的事到底是真是假？不过，我们无需向他求证，明儿去凤凰镇'福来客栈'，一问掌柜和店小二，真假便知。"老尼姑用唇语回道。她也极厌恶胡巍峨，一是他貌相过于丑陋，和他的师兄一比，胡巍峨简直就像癞蛤蟆；二是因为他是来报凶信的，凡凶信总是不会令人愉快的。

"是啊，你看他神情，除了因内伤有些萎靡外，师父和师兄师弟的死，也没在他脸上留下半点伤悲，足见他心如铸铁般坚硬冰凉，此种人，不是冷酷无情，必属寡恩薄义。如把他留在山上，我俩迟早是他的盘中餐。"老道唇语至此，已起杀心。

"那你打算怎么处置他？"老尼姑问。

"老规矩，按古人打仗出征要用敌人或牲口的血祭旗，以求平安和胜利。明天，我们在踏上复仇之路前，就用他当祭品，为我们送行。"多少年来，老道说起杀人，就如同杀个鸡或鸭一样简单平淡。

"这样也好，我还真舍不得杀我那些养熟了的公鸡和母鸡呢！"老尼姑赞同道。对她而言，将死之人还不如她的公鸡母鸡呢。因为自从他俩占山为王，杀戮太多，臭名昭著后，再没有香客敢上山礼佛拜神进贡香火钱，她和老道便每隔数月或一年半载，就要下山扮成蒙面大盗，抢劫富商和大户人家，猎取日常生活之需。他们遵循兔子不吃窝边草的铁律，大都去外地干。下山前，他们一般都要向莲池中的大鳄扔两只鸡当祭品，以求神佑平安。

一念之差，大嘴不严，胡巍峨就这样被老道和老尼姑判了死刑。

他虽然听不懂两人之间用唇语的交流，但他有一种不祥的预感：用他听不懂的语言说话，显然是不信任不放心他；准是针对他的；对他肯定不是好事……不然，为什么怕他知道呢？

他感觉自己像待宰的羔羊，只能听天由命了。

当然，他仍存有一丝侥幸：或许，两人是在商量着用什么名分把他安置在山上，让他做徒弟好呢还是做继子好，教不教他武功……等，再不济，退一万步，往最坏处想，他与他们两人往日无冤近日无仇，何况他还大老远跑来给他们报信，他们就算不待见他，一毛不拔地把他轰下山也就完了，还能怎么样？

胡巍峨自我安慰着。时而恐慌，时而平静。因为他知道他面对的是两个杀人不眨眼的大魔头，死在他们手上的人，车载斗量，几马车也拉不完。

126

"这位胡壮士，我刚才和我师妹商量了一下，"老道终于开口发音了，"想你来我金兜山也实属不易，我们看你也很实诚，我们也不是无情无德无义之人，所以，我们就如你所愿，让你永久留在这里和我们做伴。至于名分嘛，等我们先为儿子报了仇后回来再定，你以为如何？"

老道突如其来的"善意"，让一直处于惶恐与不安中的胡巍峨一时不知所措，竟激动得忘了回答。

"怎么，你不愿意吗？"

"愿意，愿意，我太愿意了！小的会永远铭记道长和仙姑的大恩大德。"

"那好，明早我们出行前，在莲池边上有一个祭祀，意思是保佑我们此行一切顺利，如愿以偿，平安无事，有你参与，效果肯定会更好，你会帮我们的，对吧？"

"我帮，一定帮。你们怎么说，我就怎么做。"此刻的胡巍峨是一身轻松，满心欢喜。

"我们走后，就辛苦你为我们守山看家了。"老道一语双关道。

"应该的，你们放心，我保证不会让你们失望的。"胡巍峨却听不出老道的弦外音。

此刻的他，一扫先前的阴霾，胆也大了，气也足了，心思又开始活跃了。

他巴不得第二天早早到来，他想祭祀完，老道和老尼姑下山走后，没一月两月回不来，甚至更长。另外刀剑无眼，他俩万一敌不过强手高人而死在外面也不是不可能。他胡巍峨至少暂时（有可能永久）就是金兜山和凤凰岭的主人了……

"老道和老尼姑不可能带着秘笈出行。"他暗想。他不相信以他的聪明才智，利用这段时间，翻遍金兜山和凤凰岭，会找不到《涅槃大乘掌》与《般若无相指》秘笈。

一旦拿到秘笈，他会立即消失，找一隐秘处藏身勤练，待十年八年后，就算老道和老尼姑找到他，又能奈他何？

螳螂捕蝉，黄雀在后，胡巍峨自顾自地盘算着，却看不见死神已悄然降临金兜山，正在莲池里等着他。

127

金兜山。

清晨的浓雾正慢慢散去。

离不归桥还有二丈远的一泓莲池边，在围着莲池一丈高矮的荆棘旁，老道和老尼姑一边烧着钱纸，口中一边叽里呱啦不停地念叨着咒语祷辞。

被好梦兴奋了一夜的胡巍峨在一旁闲着，等着老道给他派活儿。他在估摸着老道接下来会让他干什么。

他是无论如何也想不到的：在离他不远处，十丈方圆深黑的莲池水面下，死神正张开血盆大口等着他，要撕碎并吞下他。

"喂，该你了。"烧完钱纸，念祷完咒语祷辞后，老道对旁边的胡巍峨召唤道。

"要我做什么呢？"胡巍峨跃跃欲试地上前应道。

"你什么也不用做，你只要到莲池水中洗涤去身上的污秽，以示对山上池神应有的敬意，然后求池神保佑我们此行吉祥如意就行了。"

"这……这……这荆棘围栏，一丈余高，我因为有伤，恐怕翻不过去。"看着幽深的池水，胡巍峨有些迟疑知难退缩道。

"这有何难？我可以帮你呀！"老道微笑道。

"师兄，你还和他废什么话？赶紧的，打发了他完事！别耽误了我们的行程。"已行走到远处的老尼姑催促道。

听到老尼姑此言，胡巍峨如醍醐灌顶，顿时醒悟。他正要有所动作，突然间，先感觉手脚一麻，他整个人已被老道举过头项，他本能地想喊叫，却又喊叫不出声，尔后气急攻心，两眼一黑，便失去了知觉……

原来，老尼姑的话音刚落，老道趁他还未反应不备，便眼疾手快地点了他的哑门，风池，肩井，三阴交等穴位，让他既不能发声又无法动弹。

老道举着已近乎昏厥的胡巍峨，一运气，劲力浇灌双臂，一发力，将胡巍峨朝池中一抛，一个一百五六十斤重的大活人，便飞跃过一丈多高的荆棘围栏，向莲池中央平平落去。

更让人胆寒的是：胡巍峨人还在水面上空，两条巨鳄几乎同时跃出水面，一前一后，分别悬空咬住了胡巍峨的手和脚，胡巍峨刚落入水中，人还没死，便在两大鳄的"死亡翻滚"中，活生生地被同时扯断了一只手和一条腿。

两大鳄想来是很久没有进食，饿疯了。

两怪兽囫囵吞下自己口中的人腿和人手后，又猛扑向已经奄奄一息尚在微微蠕动的胡巍峨，一阵撕咬翻滚，胡巍峨便肚破肠流，体无完肤……

最后连头骨也被大鳄咬碎吞吃了，水面上只剩下一些衣服碎片，细小的肉末毛发和一大片被人血染红的池水。

饱餐后的大鳄，又静寂地沉入池底，爬进巢穴，慵懒地憩息去了。

　　胡巍峨到生命的最后一刻，当头骨就要碎裂的刹那间，回光返照，他想起了姜铁嘴曾经给他算过的命……仅两字之差：不是"剁碎了喂鹅"，是"咬碎了喂鳄"。

　　难道万物的生死轮回，冥冥之中自有天意？术士姜子牙，鬼谷子王诩，神算子袁天罡，占星家诺查丹玛斯，作家马克·吐温，算命先生"姜铁嘴"……就是人世间极少数能洞悉天意之奇人？

　　要说这胡巍峨虽非良善好人，却也不是大奸大恶之人，他也只是在错误的时间，在错误的地点，做了错误的事，受伤后有了错误的念头，产生了错误的动机，遇到了错误的人，而招来了杀身之祸。

　　这也许就是他的命，所有发生的错误和最后的结果都是关联注定的。

第三十九章

血洗山庄 骇人听闻

128

凤凰镇。

"福来客栈"。

老道和老尼姑从掌柜及店小二处，用银子打点，先印证了胡巍峨所言不虚。

两人重新具棺收殓好儿子在泥土中还未完全腐烂的尸身；用重金暂置于镇郊棺材铺存放。

期间，自然少不了几次撕心裂肺悲恸欲绝的痛哭。这种撕心裂肺悲恸欲绝的痛哭，每发生一次，仇恨与怒火便在老道和老尼姑心中聚集一分。

死神的阴影已经笼罩住了"云雾山庄"内所有人，包括男女老幼。

当天夜里，也就是上官兆秀死后第三日夜里，老道和老尼姑就血洗了"云雾山庄"。

被点了穴道而不能动弹丝毫的庄主上官镜波是"云雾山庄"最后一个被杀的人。因为作为报复，老道和老尼姑就是要让他先忍受失去亲人的痛苦后，再杀他。

上官镜波眼看着耳听着他的家人，仆人，丫环，长工，家丁……一个个死在老道和老尼姑利剑下、魔掌下、铁指下。他除了默默淌着眼泪，什么也做不了。

如不是他想死个明白，一直等老道和老尼姑来"审判"他，他好从中知道他和他的云雾山庄为什么会遭此灭门惨祸，他早咬舌自尽了。

"知道今天发生的一切，是因为什么吗？"老道先解了上官镜波被点的穴位后问。

　　老道和老尼姑搜遍全庄，直到再也找不出一个活人，才回到被点穴定住在客厅的上官镜波身旁。

　　上官镜波摇了摇头。他也是习武之人，虽算不上高手，但多少也有些功底和套路。但他不想反击，因为他知道他绝对不是眼前这两个大魔头的对手。

　　"三天前，你的养子，也就是我和她的亲生儿子，一个叫上官兆秀的孩子，在凤凰镇，为了一本什么破秘账，被人一剑断喉，死了，你知道吗？"

　　"什么？秀儿被人一剑断喉，死了？怎么会？怎么可能？"听此噩耗，上官镜波刚揩干的眼睛又湿润了，并陷入深深的自责中。"我早该预料到的，我本该阻止的，是我的错。但其他人都是无辜的呀！他们有什么错？是我害了他们，我的确该死。八十余口啊！你们也真下得了手……"

　　"无辜？秀儿不是你亲生的，你就指使他去冒险抢账册杀钦差，让他英年早逝，他才最无辜。他还未满二十岁呀，还没有娶妻生子，我的儿啊，你死得冤呀！"老尼姑在旁插言道，说着说着竟像心软如棉的小女人样哭喊起来，和刚才那个连杀了数十人（其中还有老人小孩）也不掉一滴眼泪的女魔头简直判若两人：曾有一个母亲哀求她放过自己三岁的儿子，老尼姑没有心软，一挥剑，断了母子二人咽喉；一个年轻男子哀求她放过自己身怀六甲的妻子，老尼姑没有心软，一挥剑，二尸三命……老尼姑只有在哀嚎自己的儿子时才心软，才像女人，才像母亲。

　　因为爱子死于被剑断喉，所以老道和老尼姑此番在云雾山庄杀人，为报复泄恨，一改往日只用魔掌和铁指行事之习惯，拔出长剑后也不讲分寸力道，见人就断喉削颈……死尸中，一些人头仅剩一点筋皮连着歪搭在肩上；一些人身首分离，在灯光下甚是恐怖。

　　"唉，大错已经铸成，现在说什么都晚了！人死不能复生，再论是非恩怨，已经毫无意义了。"上官镜波悲哀地叹道，眼见家人一个又一个死去，养子也先于他辞世了，人世间的一切，他已经没有什么可留恋的了。

　　他同时也知道，他昔日的这两个好友（老道和老尼姑），今天是绝不可能放过他的。他呢，历经被灭门，儿死友反目，哀莫大于心死，他也不想活了。

　　"如果我说我早已把秀儿视如己出，为他我可以舍弃一切，你们信吗？你们肯定不信。因为你们哪怕只信一丁点，也不会在他死后仅三天，就将养育了他二十年的养父一家八十余口屠杀殆尽；如果我说我没有指使秀儿去抢密账杀钦差，完全是他年轻气盛争强好胜固执而为之，我甚至为阻止他去冒这次险，还差点父子反目成仇，你们信吗？你们肯定也不信。因为你们哪怕对我有半点信任，也不会一进门什么也不问就大开杀戒。我不后悔二十年前我收养了秀儿，我为他付出了很多心血，他也回报了很多快乐和幸福，我们不是亲生父子却胜过亲生父子。他没叫过你们一声'爹和妈'，他却喊了我二十年'爹'，我知足了。但我后悔不该认识你们，更不该为了把山庄做大做强而主动巴结交好你们这对忘恩负义心狠手辣灭绝人性的狗男女。今天发生的一切都是我咎由自取，怨不得别人。再过几天就是秀儿二十岁的生日，我昨天就给他备好了一份礼物，就放在山庄里他的书房桌上的锦盒里。我本想亲自交给他，但现在看来已经不可能了。我和秀儿并无血缘关系，在地下或来世，我们也许不可能再相见，所以就烦请你们二位离开此地时带着抽空烧给他。杀我，就不用你们动手了！"

　　话说到此，上官镜波一边低声念着《诗经》《国风·王风·中谷有蓷》："条其啸矣，遇人之不淑矣！啜其泣矣，何嗟及矣！"一边抬起右手，用大拇指和食指中指掐住自己咽喉处的喉管，稍一使劲，只听"喀嚓"——一声响过后，坐在竹长椅上的他，头一歪，便侧身倒在了竹长椅上。

129

　　"死了！"老道用手试了试上官镜波鼻息说。"也许我们是冤枉他了。"

　　"庄子里的人都死了，他说的话也没法求证了。管他冤不冤，反正秀儿也回不来了。"老尼姑不愿认错，强辩道。

"走，先去秀儿的书房找找看，看看上官镜波留给秀儿的生日礼物到底是什么。"老道被好奇心驱使，说走就走，老尼姑跟着。

"云雾山庄"他们来过好几次了，路还算熟。

进入上官兆秀的书房。

书桌上果然有一古朴精致有锁的锦盒。钥匙就在锦盒上搁着。

打开锦盒，老道和老尼姑有些吃惊和意外。因为锦盒里装着"云雾山庄"的地契，各府库重地的钥匙……上官镜波显然是想在上官兆秀二十岁生日时，将家业全部交给他打理。

事实俱在，毋庸置疑。

"师兄，看来我们真是错怪上官镜波了。"老尼姑只能实话实说了。

"好像是吧！"老道再也找不出反驳否定的理由了。

"人已杀光了，他也自尽了，怎么办呢？"老尼姑不知所措道。

"还能怎么办？只能将错就错了。反正没有证据，没有证人，别人爱怎么猜爱怎么说都无所谓。大不了以后逢年关过清明和鬼节时，多给这个山庄的亡魂烧点纸，让他们别纠缠我们。"老道轻描淡写道。对他而言，杀错了那么多人，虽然有些后悔，但还不至于有负罪感。

一些人杀人是为了名利，为了复仇；而一些杀人却仅仅是为了泄愤，迁怒不确定的对象。后者比前者更可怕，因为后者施暴的对象大多是无辜者。老道和老尼姑比两者更贪婪和更残暴：既要复仇，又要泄愤。

"是啊，要怪就怪沈天鹏，北门云飞那伙人，要没有他们，我们的秀儿也不会死；秀儿如果没死，我们又怎么会错杀上官镜波一家？"老尼姑道。两人相互补充，用一些歪理，自我洗刷漂白，为自己滥杀无辜开脱。

所有邪恶透顶的灵魂，都能为自己犯下的一切惨无人道的罪行，找到合适的理由，尽管这种理由在常人看来十分的荒谬和无耻。

"这山庄还烧吗？"想着锦盒里那些地契府库钥匙，老尼姑有些不忍道。

"烧，全烧掉，绝不能给官府留下任何可以指向我们的证据。我们是可以毫不在乎和惧怕江湖各门各派大家高手，但我们最好别去招惹官府，不要给他们留下任何所谓的罪证把柄。如果被朝廷通缉，官兵围剿，你我全身而退倒不难，但你我苦心经营了二十几年的金兜山凤凰岭恐难再回，那才叫人难以割舍。"老道分析道，"至于这山庄里的财物，秀儿不在了，留它何用？我们原先为秀儿囤积在金兜山凤凰岭上的那些金银财宝，我们几辈子也用不完，再多又有何益？别忘了，我们还有要为秀儿报仇的正事要办。"

"还是师兄想得周全，烧吧，就烧给这些死人吧，也算是我们对他们的补偿。"老尼姑厚颜无耻道。

于是两人将一些死在房屋外的尸体全搬进房屋里，放火，离去……

130

正因为老道和老尼姑有此恶念恶行，没有去光顾山庄藏宝地库，无意中，却让"云雾山庄"老管家黄大祥捡了一条性命：老道和老尼姑血洗"云雾山庄"时，老管家黄大祥正在山庄地库里闭门清点历年库存财物。

这黄大祥是上官家一佃户的儿子，上官镜波小时候的玩伴发小，私塾陪读书童。他天生喜欢算术，对物件和数字，有超强的记忆和运算，八岁时，就能将一本有近百页面的山庄登录户口的花名册倒背如流，且一字不差。

上官镜波接任庄主后，就将他提升为"云雾山庄"总管，从此一直很受上官镜波信任和器重，视为心腹和左膀右臂。

此次上官镜波让他清点山庄历年库存财物，就是想在上官兆秀二十岁生日时，将重新登记注册的山庄库存财物实数交给上官兆秀统筹安排管理。

常言道：财不外露。老庄主上官镜波特别交待：此事仅限黄大祥一人独自操作，不得牵涉任何人，以免唯利是图者起异心而祸起萧墙。

277

为赶在上官兆秀二十岁生日时按期移交，老管家黄大祥不得不昼夜加班清点造册。

山庄地库建于地下，地上有暗门，并设有假山掩饰，配置开启机关，连动暗器，有可从里向外观察探视的窥孔。

地库里，多是金银珠宝项链首饰，平时，除山庄老庄主和少庄主外，仅老管家黄大祥能自由出入。

那夜，老道老尼姑血洗"云雾山庄"，老管家黄大祥正在地库里闭门清点登记历年库存财物实数。正要出门，听见门外有动静，朝窥孔往外一看，不远处灯光下，却见老道老尼姑正在追杀庄里狂奔逃窜之人。地下，已倒卧躺着不少死尸。

他不禁深感震惊，还万分疑惑：上官兆秀的身世之谜，他是知道的，上官镜波没瞒他。全庄除老庄主外，也仅他一人知晓。他认识并熟悉老道和老尼姑，因为他们每次造访做客山庄，作为上宾贵客，都是他这个总管陪同上官镜波老庄主亲自迎接招待的。他无论如何也想不出老道和老尼姑为何会对"云雾山庄"大开杀戒……他知道老道和老尼姑的武功已登峰造极，他那一刻什么也做不了。

熊熊的烈火，不一会儿便吞没了"云雾山庄"。

冲天的烈焰，映红了天空；耀眼的火光，把一个方圆数里的山谷照亮得如同白昼。

第四十章

千里追寻 侥幸邂逅

131

凤凰镇。

老道和老尼姑从"云雾山庄"返回时，天已经亮了。

到镇上街边羊肉米线小馆落座，用餐。

稍息。

在街边打探北门云飞和沈天鹏等去向。

要知道四天前北门云飞和沈天鹏等去向，简直易如反掌，因为"山月听风"客栈柴房走火那夜，有八个蒙面黑衣人骑着快马，朝北面娄山关隘方向飞奔而去……镇上很多人从自家门缝里朝外偷瞧时，都看见了。

所以老道和老尼姑用银子开路，经过一番走访打听询问，就什么都知道了。

老道与老尼姑在"山月听风"客栈开了房，入住。没人在意。

因为两人从下山起，就扮成一对来自武林世家的中年夫妻，为寻找离家外出多年的独子而四处奔波。

老道将一张有些折皱的《清朝疆域图》铺在桌子上，像一个运筹帷幄的谋士，边看边算计着。

"师妹你看，沈天鹏和北门云飞等向北回京必走川黔古道：经娄山关—桐梓—安稳驿—赶水铺—东溪驿—綦江—北渡驿—巴县百节驿—南山黄葛古道—到重庆朝天门。所以这一路上，我们完全用不着费时费力去打听什么，我们只管快马加鞭，直接追赶就是。他们比我们先走五天左右，估计我们到重庆时，他们早离开了。我们现在就推测一下，他们最有可能从哪条路离开重庆？"老道问。

279

老尼姑仔细看了看地图，想了想说：“沈天鹏即是密查邓尔恒被杀案的钦差，现秘账已得，又兼获邓家姑侄等重要证人，他肯定希望早日赶回京城向皇帝老儿复命。你我都知道，从重庆至京城，只有两条古道路径可选：

一是走嘉陵古道，经重庆通远门—佛图关—井口二塘—歌乐山金刚坡—土主四塘村—青木关—璧山六塘、七塘、八塘—合川—定远—南充—蓬安—南部—阆中—广元—略阳—汉中—至西安，再过山西入河北进京城。

二是走川鄂峡路，经合川—广安—渠县—大竹—梁平—分水驿—万州—云阳—奉节—巫山—宜昌—荆州—至武汉，再过河南入河北进京城。

他们如走第二条路回京，行程更遥远，路道更险峻，耗费的时间会更长，所以我倾向于他们会走嘉陵古道。”

“师妹说得对，我也认为他们会走嘉陵古道。”老道附和道，“我们今天就好好休息一晚上，养足体力和精神，从明天起，我们就按计划好的路线，换马人不歇，星夜兼程白昼不停地追赶他们。如此，我们走一天，当他们走两天，差距一天天缩小，我们就有可能在重庆至西安的路上拦截到他们。”

“就算追不上或是我们选错了路，也没关系，反正就算追到京城，我们也不会放过他们，对不，师兄？不过，有一个问题：我们又不认识也没有见过他们，连画像也没有，我们又怎么在人群中发现谁是他们呢？也不能每个人都瞧几眼吧！”

“这个倒不难，我事先已想过。”老道胸有成竹地说，“不知你还记得不，从胡巍峨的描述中，沈天鹏和北门云飞等一行应该有九人，其中有刑部官差四人；邓家姑侄和护送她们的北门云飞三人；加一老一小两个叫花。邓家姑侄肯定武功不高或不会功夫，否则，也不会被秀儿一招制服绑架。胡巍峨估计小叫花（就是邓家姑姑的儿子）大约十二三岁上下，所以，沈天鹏和北门云飞出于安全考虑，不可能不随时护着他们。”

老道和老尼姑多算了一人，因为他们不知道严万里已死在“红蝙蝠”杨副使手下。

“你的意思是，只要看到一老一少两个女人和一个十二三岁小男孩同行，就有可能是他们。”

“正确。还要补充两点：一，胡巍峨说过，邓家两姑侄，和师妹一样，也是非常漂亮的大美人，所以就算她们挤在人群里也容易识别。二，还是胡巍峨说过，秀儿的“紫霄追风剑”就是被邓家那个十二三岁的小屁孩最后拿走的，所以“紫霄追风剑”在谁手里，谁就是我们的大仇人。如此，我们用寻剑找人之法也能找到他们，对不，师妹？”一提到“紫霄追风剑”，老道有些哽咽了。

132

“紫霄追风剑”原是老道掌毙喜马拉雅北溟门一用剑高手所获战利品。

传说此剑是一次地震雪崩时，从冰川溶穴深洞中，极其罕见地被融化的冰雪激流带出，为一采撷冰山雪莲人偶然拾得。几经转手，终被老道从一喜马拉雅北溟门剑客手中比武猎获。

人们推测：此剑原来的主人，应该也是江湖武林剑客，或许是因为意外失足，又或许是与人论剑落败而抱剑坠入冰山雪峰深渊。是天意和已故剑客的哀怨和不甘，让此剑重回江湖武林，再让锋刃舔血止渴。

因剑柄紫色，剑在空中舞动时，会发出狂风的呼啸声音，故而得名“紫霄追风剑”。

其剑剑身如镜，血水不沾；剑刃如霜，寒气萦绕。用削铁如泥吹毛断发等什么词来形容此剑都不为过。

如不是被名义上的徒弟（实为亲生儿子）上官兆秀喜欢看中，任谁也不能让老道割爱。

剑柄上的金色带红的吊坠还是老尼姑花费了好几天亲手编绣的。

“等我抓到那个小屁孩，我会先断他双手，再断他双脚，最后一剑砍下他的头，为秀儿雪恨！”老尼姑也是泪眼婆娑地恶狠狠道。

"就这样。睡吧，明早好赶路。"老道点头道。

于是两人相拥入帐，少不得相互安抚慰藉亲热一番。

133

四川省定远县。

定远县中心古城城外。

就在两个时辰前沈天鹏等驻足的地方。

老道与老尼姑两骑驻足。

"师妹，我们已连着不眠不休赶了五六天路了，想来应该离他们不远了。城内东大街靠江边那家'天河客栈'，几年前我俩住过，你看我们要不要在客栈里稍歇半天再走？"老道问。

"我想我们还是追到汉中或西安在歇，到那边住下后，花上几天时间，既恢复一下体力，又顺便打听打听沈天鹏等消息。"老尼姑想了想回道。"反正他们要么在我们前面不远处，要么在我们后面不远的地方。是继续追，还是等等他们，我们到时视情况相机而定。

"好吧，那我们就穿城而过，沿途也随意看看有无他们的行踪。"

老道说完话，缰绳一松，两骑一前一后便向定远城南门飞奔而去。

定远城内。

南北大街上，人来人往，老道老尼姑不能纵马驰骋，只能策马向北缓行。行至南北大街与东西大街交汇十字路口处，便与因上街购物而正好要返回客栈的邓家姑侄碰巧相遇了……

134

世间万物，所谓人算不如天算。

如果邓家姑侄要早一刻或晚一刻走过那不过三丈宽的路口，那么老道和老尼姑势必和她们擦肩而过，将来又会在何处相遇或再难相遇，一切都皆有可能又难以预料。

但就像所有该发生的事总会发生一样，天意如此，没有如果。

对老道和老尼姑而言，是无心插柳柳成荫。对邓家姑侄，也许是命中注定，劫数难逃。

到底还是老道眼尖，五十米开外，就在人流稀疏的路口处，看见了邓家姑侄漂亮的脸孔和美丽的身影。这也许是所有风流浪荡男人所具有的对女人天生的敏锐视觉。

"快看，师妹，"老道一提缰侧马拦住老尼姑道，"路口那两女的像不像邓家姑侄？"

"像，太像了：一个年龄稍大，佩剑，应该会武功；一个年少，从步伐上看，就不是习武之人……"老尼姑边看边品头论足说，突然又激动道："师兄，你往她俩后面看，那个手里拿着一串糖葫芦跟着她俩的小屁孩，不就十二三岁吗？还等什么？我现在就杀了他！"不等老道开口和反应过来，想到儿子的死，和死时的惨状，情绪已经失控的老尼姑，顾不及其他，就从马背上一纵，凌空踏步，向李啸林直射而去。

老道本想拦住老尼姑，多求证一番后商量着思虑周全再动手。但看着老尼姑如离弦的箭，已射向远处，他也只好后发而动，在马背上将两匹马拴在路边一树干后，登鞍一纵，同样凌空踏步去擒拿还未异动的邓家姑侄。

李啸林仍不远不近地跟在邓艳玲和邓紫姗身后，嘴里嚼着糖葫芦东晃西逛，丝毫没有觉察到大祸就要从天而降。但在他身后稍远处一直关注着他和邓家姑侄的北门云飞却已经有所动作了。

北门云飞是习武之人，又在江湖里摸爬滚打数年，身经百战，他的目光耳脉嗅觉，甚至身上的皮肤毛孔，无时无刻都在感知着身处环境中的声响、气流和各种滋味……等细微变化，以便作出精准适宜应对。

他早就关注到由南而来的老道和老尼姑两骑，因为如不是为赶路，大多数乘骑者入城时，都会牵马步行。

那个时刻，大街上，只有老道和老尼姑两人骑马策行，故而有些醒目。

看他们东张西望，仿佛在寻找什么模样，北门云飞便预感到有些不对。他却万万没料到，电闪雷鸣间，老尼姑会突然向李啸林方向踏空奔去。

他判断来者不善，他离李啸林较老尼姑离李啸林近，所以他本能地凌空一跃，如踏云梯跨步，一下就挡在李啸林和老尼姑中间，人还未落地，就在空中和老尼姑空手对接了十余招。然后着地，双方拔剑，刺，劈，削，斩，砍，挑，划……又是数十招。

老尼姑怎么都不会想到，半路会杀出个程咬金，而且居然还接下了十几招她快如闪电的利剑铁指攻击。自从她练成《般若无相指》后，每次杀人，从来不超过五招。

两人从空中打到地面，又从地面打到街道两边树上和屋顶上，又拆了几十招后，街面上围观的人越来越多。

"师兄，'紫霄追风剑'在他手里，果然是他们。"看清北门云飞手中长剑剑柄金色流苏吊穗后，老尼姑忍不住大喊道。那是她为儿子亲手编织的。她是要让老道知道，仇人就在眼前，下手时绝不容情。

那边老道很轻松地就制服了邓家两姑侄。

当老道从天而降，邓艳玲来不及拔剑，她本能地护着侄女，与老道徒手相搏，边打边退。但武功太过悬殊，十数招后，他便被老道打伤倒地，点中要穴，束手被擒。如不是老道另有所图，对她未下狠手，否则，她绝接不了老道三招两式。

手无缚鸡之力的邓紫姗自然也落入老道魔掌，被点穴控制后，不能动弹。

老道得手后，便将她姑侄二人，一手夹着一个，飞纵回先前马匹停留之处。

135

旁边，突遇此变故的李啸林，刚开始有些不知所措。后看到母亲与大姐被老道控制掠走后，才趁人不注意，急忙转身跑回客栈去搬救兵。

北门云飞不是没看见老道图谋邓家姑侄，但他被老尼姑缠着脱不开身。

论功力，他不如老尼姑，他深知老尼姑铁指厉害，如被她戳到要害，非死即残，所以他也不敢太过分心和懈怠。

但论攻防搏击技巧，老尼姑却明显逊色于北门云飞。因为北门云飞的武功招式不仅集江湖十几门派之长，甚至一些路数，看似简单平常，却凶猛有效，连行走江湖数十年的老尼姑，也是闻所未闻见所未见。尤其是面对北门云飞的出神入化，总不离她脖颈的剑术，差不多已精通江湖各门各派剑法的老尼姑，甚至猜不出北门云飞的剑法出自何门何派。

老尼姑料定此人必是北门云飞，虽恨不得立刻就将他碎尸万段，但想到儿子颈上的剑伤，她也不能不有所忌惮。

老尼姑哪里知道，她眼前的北门云飞，不仅是武痴，而且博学天下武术，尽收各门各派各种实用的奇招怪式。凡天朝有的功夫他有，而天朝没有的功夫他也有。他冲破门户之见，博取众家之长，利用家族经商外出异邦之便利，精练泰拳，研习柔道空手道；将东洋北辰一刀流和飞天御剑流及西洋剑术与少林武当剑术巧妙柔合，独家修炼出了让人闻风丧胆的"一剑画弧"断喉术。

"是哪个王八蛋成全的他，连老娘一时也拿不下他，难怪我那可怜的秀儿会被他一剑断喉，连还手的机会都没有。"老尼姑暗道，看到北门云飞手中的"紫霄追风剑"，睹物思人，她恨极了北门云飞，"但为报子仇，今儿也顾不得其他了，就算拚个鱼死网破，两败俱伤，同归于尽，也不能放过他。"

刚开始，北门云飞也愤怒老尼姑偷袭在先，老道捕人于后，他想过用断喉剑尽快了结掉老尼姑。但他很快就不得不打消了这个念头，因为他看见老道将被点穴后，已不能动弹的邓家姑侄虏至一马匹背上，用绳索分别缠绕着搁靠在身前。投鼠忌器，如果此时杀了老尼姑，老道肯定以牙还牙，必伤害邓家姑侄。

老道见老尼姑与北门云飞棋逢对手，一时难分高下，本想上前助阵，又恐邓家姑侄这两只煮熟的鸭子又让人救走飞了。眼见人群越围越多，老道有些心虚，想着已不见踪影的小屁孩肯定是去搬救兵了，便急对老尼姑用"碧波微声隔空传音"功法喊道："师妹，此地不宜久留，这里不是我们的地盘，从长计议，不要再和他恋战了。我恐县衙衙差和住城军士闻讯而来就麻烦了。小屁孩去搬的救兵也快到了，我们还是撤吧！他们欠我们的账回金兜山凤凰岭再算。我们有邓家姑侄在手，不怕他们不跟去。"

用这"碧波微声隔空传音"功法传音，旁人（包括未修炼过此类功法的武林高手）均无法听到。

"用什么'碧波微声隔空传音'？雕虫小技，欺蒙别人还可以。想走？没那么容易。"北门云飞鄙夷暗道。

"碧波微声隔空传音"，属法身佛大日如来所创密教三大境界（"身密"境界，"语密"境界和"意密"境界）之「语密」境界。北门云飞在印度寻访佛门武学精奥时，幸得挚友引荐，受其对至高无上的武学探索追求和献身诚意及精神所感动，北门云飞终得一密教法师垂青并施以恩惠，传授修炼"身密"境界，"语密"境界和"意密"境界之心法要诀。所以北门云飞听得到"碧波微声隔空传音"的话语，知道老道要劫走邓家姑侄。

"绝不能让他们带走邓家姑侄！"北门云飞便用紫霄追风剑如旋风般裹着老尼姑。北门云飞自知无法完胜制服老尼姑，只想多拖延些时间，待沈天鹏等赶来相助，因为他先前看见机灵的李啸林已穿过人群，朝"天河客栈"方向跑去……

"凭你也想留住老娘？看招！"老尼姑托大道。只见她收剑入鞘，一提丹田之气，用《般若无相指》独门运气心法，气走手臂内外六经（手阳明大肠经，手少阳三焦经，手太阳小肠经，手厥阴肺心包经，手少阴心经，手太阴肺经）至手掌，灌入十指，顿时，老尼姑双臂似钢，掌指如铁，对着北门云飞就是一阵近乎疯狂地或掌劈削砍推，或指刺点插捅，全然不惧北门云飞手中"紫霄追风剑"。

北门云飞大惊，为她气势所震慑，只能一退再退，中间，北门云飞的"紫霄追风剑"也削劈到老尼姑臂掌好几剑，却剑剑如钝刀砍牛皮，伤不到老尼姑丝毫。

不仅如此，因受老尼姑的内力气流反弹，北门云飞握剑虎口及手臂犹如被雷殛电触，瞬间感觉经络被戳，炽烫麻木，肌肉抽搐，全身顿时麻木无力，"紫霄追风剑"差点脱手。

"《般若无相指》果然霸道，名不虚传。"北门云飞暗暗赞道。"如不是我还有些功力抗衡，单凭她十指激射出的气流，就可杀人于无形。"

北门云飞还不知道的是《涅槃大乘掌》与《般若无相指》神功，老尼姑和老道还只练到八层，如果假以时日，当老道老尼姑练至九层至十层时，便与大理段家一阳指和六脉神剑有异曲同工之妙，甚至过之而无不及。因为《涅槃大乘掌》与《般若无相指》练至最高层时，不仅掌似如来神掌，可移石断木，摧枯拉朽；十指如十把神剑，隔空断人手脚取人首级，不费吹灰之力；而且整个人能入涅槃与无相境界：人气合一时，可云关雾锁人体七经八脉一百零八穴位，千毒万邪不侵；四肢身体还能随心所欲腾空挪移逾越树梢山巅；并可凭借真气屏蔽肉胎凡体，如神仙般又好像变魔术似的隐身于无形。

136

正当北门云飞成落败之窘态，陷入仓皇失措，渐至绝境时，那边的老道眼看一群带刀衙差正从西大街跑来，而百米外的东大街"天河客栈"方向，沈天鹏，岳海鲲，李玉龙等也先后沿街边房檐屋顶，腾跃踏空飞奔赶来……

老道有些急了，顾不得围观众人笑话，便口不遮言大叫道："昙师妹，昙秋月，昙老人家，人家帮手都来了，你她妈的是走还是不走？你还准备给我们秀儿配阴婚娶媳妇不？"

老尼姑闻言，一招排山倒海，双掌齐推，一股雄厚的力道，如狂飙激流，把北门云飞一下悬空冲泻至八丈开外，刚好被赶来的沈天鹏托住。

"老娘今儿先放过你，有种的就到金兜山凤凰岭来。老娘今生不杀你誓不为人！记住：你必须到，带上'紫霄追风剑'，还有那本破秘账。三者缺一，邓家姑侄绝难活命。"老尼姑一边恶狠狠道，一边转身，双脚上纵，如腾云驾雾，借数个围观人群中毫无防备的人头，几番弹跳，就稳稳落在数百米之外老道为其备好的马背上。接过老道

287

飞掷过来的邓紫姗，老道和老尼姑一人一骑，分别驮着邓家姑侄，朝城南来的路纵马而去。见烈马狂奔，路人皆纷纷闪避。

沈天鹏，岳海鲲见状立腾空狂追，北门云飞稍顺了顺气血后，留下张怀忠照顾李啸林，与李玉龙亦前后跟进。

追至城外，沈天鹏与岳海鲲，各自施展八卦掌与鹰爪拳中修练娴熟的上层轻功，两人时升时降，箭步如飞。

老道老尼姑所骑也非日行千里的良驹宝马，只能沿荒路蜿蜒奔驰。而沈天鹏与岳海鲲却能在路道两边或穿插或飞跃树梢抄近追逐。

沈天鹏与岳海鲲眼看距老道越来越近，大约至十丈远近时，两人蓄势待发，一递眼色，两人分别从路道两树干上，如两枝利箭，疾袭猛射向老道后背。

却不料老道不躲不闪，一勒马止步，调转马头，双臂画圆，双掌十指指尖相对，缓压至丹田，再翻掌提起丹田之气，掌心旋转朝前，形似少林推山掌，先慢后快，分掌击向沈天鹏与岳海鲲。

沈天鹏与岳海鲲人在空中，突感一股气流，如钱塘巨浪大潮，排山倒海涌来。沈天鹏与岳海鲲躲闪不及，只得提气护身，各自硬生生接下老道一掌。

随着"蓬"，"蓬"两声强气场对撞发出的巨响，老道在马上只晃了两晃，沈天鹏与岳海鲲两人却如同被人用门板迎面狠劲打了一板子，顿时两臂胀麻，体内气血逆窜，眼冒金星，面、胸、腹疼痛难忍，身不由己地悬空向后飘出五六丈远后才坠落地上，差点昏晕站立不住……

"《涅槃大乘掌》，的确为天下第一神功！"稍缓过气来的沈天鹏不由得脱口赞道，又问："二弟怎么样？没事吧？"

"没……没……我没事……哇！"岳海鲲断断续续道，终于没忍住从口鼻处往外急喷的气血。因为两人功力的差异，他所受的内伤比沈天鹏要重些。

沈天鹏与岳海鲲两人没立毙掌下，老道也觉意外。二十几年来，还从没有一人能从《涅槃大乘掌》下逃生。老道本想趁此良机，上前先灭掉俩强敌，但看到再远处，北门云飞和李玉龙已逼近沈天鹏与岳海鲲身后，不得已，只好掉转马头，悻悻而去。

其中，最为苦楚哀怨的是与老道同在马背上的邓艳玲，眼看亲人朋友近在咫尺，却不能言语，既揪心夫离子散，又思虑同被绑去的侄女安危，个中滋味，唯有自知。

北门云飞先至沈天鹏与岳海鲲处。随后，匆匆赶到的李玉龙不忍夫人被老道带走，就要再追上前去，被沈天鹏喊住："李将军且慢！容我等先尽快商议应对良策后，方有可能救夫人与侄女出危难。否则，即便你此刻追上老道和老尼姑，又能如何？我和岳二弟赵兄弟均已领教过老道老尼姑高深莫测的武功，不是我长他人志气，灭自己威风，我等就算齐上，也非他俩魔头对手，更何况邓家姑侄还在他们手中。投鼠忌器，我等决不可莽撞冒失行事，因为稍有不慎，不但救不了邓家姑侄，还有可能搭上众人性命，如此，绝非智者良士所为之上策。"

"是下官心急，一时犯浑，大人训示得对。一切听大人的。"李玉龙诚服道。他原本也不是庸碌无能的莽夫，不然，出身草根的他，也不可能做到巡抚副将，娶到巡抚大人的文武双全又美貌的亲妹子。

"我们别忘了张大人与李公子尚在客栈，我等还是先回客栈再说，各位意下如何？"沈天鹏问道。

"就听大人的！"众皆点头首肯。

第四十一章

燃眉之急　英雄本色

137

不得已，北门云飞、沈天鹏等只得先返回客栈。

定远县城，"天河客栈"。

客栈内，一间还算宽敞的客房里。

"都怪我，云飞哥如不是为救我，妈妈和大姐也不会被坏蛋抓走。"知道结果的李啸林自责道，并含着泪，对李玉龙泣求道："老爸，云飞哥，你们一要把妈妈和大姐姐救回来。"

"放心吧，儿子，老爸拼命也会去把她们救出来的。"李玉龙安慰儿子道。但他心里却很是苦楚和绝望，因为他知道，金兜魔掌老道和凤凰铁指仙姑的武功已登峰造极，深不可测，无人能及，别说是他，即便是北门云飞和沈天鹏等武功一流的高手，也仅能勉强自保，要救人，谈何容易？

"怎么营救邓家姑侄，大家都谈谈个人想法。"沈天鹏道。

"就算老尼姑不指名道姓要我去金兜山凤凰岭赴约，我也肯定会去，因为紫姗和姑姑在那里。为了救出紫姗和姑姑，哪怕金兜山凤凰岭是龙潭虎穴刀山火海，我也要义无反顾地去闯一闯。结果不外乎两种可能：要么救出紫姗和姑姑，要么我陪着她们一起死在老道和老尼姑手里，别无选择。"北门云飞悲情豪迈道，没有半点犹豫。

"好侄儿！"李玉龙情不自禁赞道，"我大哥果然眼光独特有远见。我夫人和侄女也没看错你。我先替她俩姑侄谢谢你！你所想的和将要做的，就是姑父我所想的和将要做的，我再多说无益。"然后对沈天鹏说："沈大人，不用再商议了。去金兜山和凤凰岭的路我熟，因为前些年，我协助刑部云南清吏司官员缉拿骚扰我昆明布政司衙门的蒙面大盗时，曾寻迹追踪至金兜山和凤凰岭山脚下，苦无证据，不敢上山造次，现在想来，那些在西南各地频繁作案的蒙面大盗，应该就是老道和老尼姑。将来如有可能，还请沈大人建议朝廷官府，尽快除去这两个祸害一方的魔头。而今，就先让我和云飞返回去救她俩姑侄，你和岳大人及张大人带着所有能指向徐之铭的罪证，尽快回京述职复命。倘若能为我大哥申冤并扳倒徐之铭，我代表夫人及侄女，在此万分感谢！并永远铭记各位大人的恩德！你我明儿就此别过。后会如有期，必当叩谢；后会如无期，也定会结草衔环不忘感恩。另外，为免我等前去救人的后顾之忧，烦请三位大人带上犬子啸林至西安后，交给他舅妈，拜托了！"

"不，我不走，我要和你同云飞哥一起去救妈妈和大姐。"李啸林抗拒道。

不等李玉龙劝说儿子，岳海鲲按捺不住道："三弟，我的北门兄弟，你是不是把我忘了？忘了我和你是结义的兄弟？"

"没忘。我知道，如果我恳请沈大哥和岳二哥出手相助，两位哥哥一定不会推辞，绝对会为小弟两肋插刀死而后已。"北门云飞诚恳回道，"但我觉得，一来，大哥和二哥是衙门公差，朝廷官吏，沈大哥又是身负皇命重托的钦差，不应轻易以身犯险。二来，在救人和为紫姗父亲洗雪冤屈惩治凶手此两件事，在我看来，为紫姗父亲洗雪冤屈惩治凶手，决不亚于去金兜山凤凰岭救出她两姑侄。再说，大哥二哥还肩负维护律法，在官场惩奸除恶，依法肃贪，彰显廉洁，铲除徐之铭之流贪官污吏等重任，此非我等草民所能为之，还需像三位大人这样的清官廉吏才能胜任。所以江湖事，就让我们江湖人自个儿处理好了。大哥、二哥、张大人，你等此次回京，就如姑父所说，倘能为紫姗父亲申冤并扳倒徐之铭，那才是真正帮了小弟的忙了。"

"北门兄弟此言差矣！回京交差一事，有我不多无我不少，有大哥和张大人就足够了。"岳海鲲回驳道，随后对沈天鹏说："大哥，我就不陪你回京了，有你和张大人向刑部周大人复命并面圣呈情就行了。另外，请大哥以钦差身份准许我以刑部捕快名义缉拿老道和老尼姑两魔头，助北门兄弟救出邓家姑侄。"

"这个没问题，我此刻就如你所愿，命你为刑部捕快，协助本钦差，前往金兜山凤凰岭捉拿绑架良家妇女的犯匪山贼老道和老尼姑，不得有误！"沈天鹏爽快答应道。

"大哥，你……你不可以去金兜山凤凰岭。"岳海鲲劝道。

李玉龙，北门云飞，张怀忠亦出言劝阻。

"为什么你们去得，我却不能去？"沈天鹏反问道。

"你我此行的目的不是查清邓大人遇害案吗？"张怀忠从旁进言道，"如今此案已水落石出，铁证如山，但这些证物能否通天面圣，还尚未可知。你是周大人最倚重的下属，又是皇上亲点查案的钦差，你的进言呈堂证供举足轻重，非我等人微言轻者可比。此案事关邓大人能否沉冤昭雪，徐之铭还能不能继续为非作歹，回京途中仍有不可预测的变数……所以为避免夜长梦多前功尽弃，还是请沈大人以大局为重，回京亲力亲为处理好该案，也不枉我等数月冒险和辛苦付出。再说，如果沈大人以钦差身份涉险，万一发生意外，按大清律法，我等随行官吏必受株连，大人为我等着想，也不该轻率行事。"然后又对李玉龙说："另外，李将军，去金兜山凤凰岭解救夫人与邓家小姐，也算我一个。我武功虽不能与各位比肩而立，但若论古道热肠，解人之困，急人之难，路见不平拔刀相助……等男儿血性，我自觉不输任何人。"

"我知道大哥义薄云天，为惩恶扬善，匡扶正义，从来不计较个人荣辱安危得失。"岳海鲲又动情地劝道，"但大哥与我不同：我从小父母双亡，又无兄弟姐妹牵挂。把我养大的大伯膝下儿女众多，不差我赡养。而你却不同，你的父母仅有你独子一个，老人家年事已高，你又一直因公务繁忙未娶，你如有事，你叫两个老人家如何面对白发人送黑发人？你又怎能忍心让两个老人无依无靠孤独余生？"

"我首先感谢张大人一番至情至理的善意相劝，但请张大人和各位放心，我决不会全小义而不顾大节，本末倒置，忘了自己的使命。对邓大人遇害案，我自会妥善处置，还他一个公道，必不会让邓家众后人及亲属失望。对二弟刚才坦诚陈情，我只能说：谢了，兄弟！

自古忠、孝、义，三者实难周全。所谓英雄豪杰圣人，大多也只能取一舍二或取二舍一。

家母出身书香门第，家父亦饱读诗书，对如何处世为人极有见解，还在我十二三岁，如李公子一般大，朦朦胧胧懂些事时，家母就告诫：'吾儿将来不论是涉足江湖行侠仗义，还是入仕官场克己奉公，如身陷万难境地必需取舍忠义孝时，吾宁愿尔舍孝而择忠义，即便万一不幸，殒身不归，为父为母者，亦可昂首挺胸做人，为吾儿自豪欣慰。如以孝为由，弃忠义大道不顾，虽苟且偷生，却与死无异，此为父为母所不齿。'这就是我的回答。"

"真大智大贤父母也！"李玉龙忍不住脱口由衷赞道。"啸林，沈大人父母的话，就是我和你母亲的话，你记住了？"

"记住了。我长大后一定会做沈大哥，岳二哥，云飞哥，张大人那样的好人。我发誓！"

138

"李将军张大人还认我是钦差吗？"沈天鹏先问了李玉龙和张怀忠，又问岳海鲲和北门云飞："二弟三弟还认我是大哥吗？"

"当然认！不敢不认！"四人异口同声道。

"那好，我现在就以钦差和大哥的身份晓谕命令在座各位：李将军和二弟三弟，你等各自调养好所受内伤，待我今晚写好给刑部周大人的密疏条陈及给皇上的禀奏折子后，明早随我即刻前往金兜山凤凰岭救人。

张大人，本钦差命你，明天一早，带上我等此行所获全部有关徐之铭纵容唆使手下杀害邓尔恒大人的笔录证言，及记录有徐之铭及西南各衙门部分要员官吏贪腐的秘账，与李公子一道，先隐秘潜行至西安，暂驻足邓家老夫人处，还是以一月为期，我等如能返回再见，以后自有打算。如到期未见到我等身影，你便不再有片刻犹豫耽搁，立即回京。

回京后，你一人千万别随身带着这些重要证物去刑部。因为刑部目标大，引人注目，人员复杂，敌友难分，变数太多。我担心有人会在你去刑部的路上劫杀你，或让刑部里被买通的官员直接将你拿下……所以，入京后，你须事先找一处安全的地方，将身上重要物件（包括圣旨和大将军腰刀）妥善隐藏好，再去刑部。

按周大人意思，我等不仅要查清邓大人遇害案，还要利用此案，牵扯出徐之铭在京城里的关系网。

因此，你入刑部后，凡热心过问此案者，无论谁，必别有用心，你须谨慎牢记此人官职言行，事后一并报给周大人，由他辨别定夺。

曲靖府衙所得袁正伦笔录和唐简等一干皂隶口供证词，还有邓家姑侄的状子，在'山月听风'我已交你保存了，"沈天鹏说罢，从怀里掏出那本秘账，先递给李玉龙，接着说："这就是那本失而复得的秘账。我现在不妨告诉各位：掌毙严万里抢回秘账的人，就是在'山月听风'约我见面的刑部卧底'峰针'。此秘账的价值和意义，不用我再强调了，想来张大人应知其分量轻重。还是那句话：有严万里这小人见利忘义背叛例子，你且暂不要和沿途一切府衙官员（包括刑部下属各清吏司）交道接触，以免又生意外事端。"

李玉龙翻了翻后欲将秘账还给沈天鹏，沈天鹏却示意递给张怀忠，李玉龙便托付道："这的确是家兄那本秘账，张大人收好了。大恩不言谢，犬子和证物，一切拜托张大人了！"

"张某不才，蒙沈大人一再信任托付重任，张某虽粉身碎骨，亦难报大人知遇之恩。"张怀忠慷慨激昂道，"所以，请各位大人放心，张某赌咒发誓：人在账在，人不在，仍能确保秘账平安回京面圣，倘如闪失有误，张某必自裁于地下，永世不得超生！"

"张大人言重了，我相信张大人定不负我等重托。"沈天鹏肯定道，并吩咐："请张人去找掌柜弄些纸张笔墨和信封来，我力争早些写好给周祖培大人的密疏条陈及给皇上的禀奏折子，以方便你及时收藏好。"

"如果方便的话，大哥，你看能不能请张大人顺便找掌柜也弄本店里无用的旧账册来，我好应付老道和老尼姑。"北门云飞对沈天鹏请示道。"因为老尼姑让我必须带着'紫霄追风剑'和秘账去赴约。我猜俩魔头肯定是想拿我的人头和'紫霄追风剑'及秘账做上官兆秀的祭品。"

"他们恨极了你我这一干人，他们绑走邓家姑侄，就不只满足拿你的人头当祭品，他们要的是我们都为上官兆秀陪葬。"沈天鹏感叹道。"张大人，就这么办，花点银子先随便弄本旧账册对付一下也好。如今情形，就算拿真秘账，从老道和老尼姑手上，也绝换不来邓家姑侄。另外，让店小二，明早辰时，将我八人马匹牵至客栈外备用。"

139

纸笔墨拿来后，沈天鹏便伏案而作，约莫两个时辰，便一挥而就。

给周祖培的密疏条陈及给皇上的禀奏折子，内容大致相同。主要提及他等四人出京数月大致经历，所获物证，尤其是那本秘账；牵涉有严万里背叛；"断喉剑"现身江湖，所向披靡；"蜂针"出手，力挽狂澜。封疆大吏徐之铭，不仅贪腐，蔑视皇权，还创建"红蝙蝠"杀手组织，残害重臣，清除异己，他甚至拿自己所辖地面上的天朝城池、地域作筹码，与之秘密交易，大发国难财，中饱私囊，直接危害朝廷西南政局。

他向皇上推举李玉龙，向周祖培力荐北门云飞；特别阐明此次冒险营救邓家姑侄，纯属个人行使钦差强权所为，同僚劝阻无果不敢违逆。如有意外，乞求周祖培及皇上绝不可株连任何下属……

沈天鹏分别将密疏条陈及禀奏折子入封缄闭后，一并交给张怀忠，免不了又叮咛一番。

"不，我不走，我就是要和你们一起去救妈妈和大姐。你们不带我，我就悄悄跟着去。"这边，无论李玉龙和北门云飞等如何说理开导劝告，李啸林依然还闹着情绪不肯就范。

"小兄弟，你是想让我们尽快去救你母亲和大姐呢，还是什么也不做，就在这客栈里陪着你闲聊解闷？"沈天鹏见状对李啸林不客气道。"且不说返回凤凰镇金兜山和凤凰岭的行程会怎样遥远艰辛，以你的体力能否坚持，单说存在许多不确定的危险，我们也不可能带你去。那老道和老尼姑的武功你是见识过的，他们要抓像你这样没有功夫的平常人，简直如探囊取物，不费吹灰之力。刚才，你也看见了，要不是你云飞哥出手相救，你不是让人如老鹰抓小鸡一般，让她给捉去了？所以，如果此行有你，我们仅有的四人中，还得抽出一个人，专门保护你，余下三人去救人，你认为我们有多少胜算？北门兄弟，你告诉他吧。"

"小弟，云飞哥实话实说，别说三人，就是我们四人齐上，也不一定是老道和老尼姑的对手。再要救人，比登天还难。"北门云飞不得不据实相告。

"难道你的断喉剑也杀不了他们吗？"

"杀不了，别说是断喉剑，就算你有湛卢，巨阙，鱼肠剑……也没用，因为除非同时削断老道和老尼姑的咽喉，才有可能完胜救出你母亲和大姐两人，否则，你母亲和大姐如只有一人能获救，另一人必死无疑。而就算我不顾你妈妈和你大姐的死活，放手蛮干，硬拼个你死我活，我估摸着我充其量，或许侥幸，也只能削断老道或老尼姑两人中一个人的喉咙。"

"我能看看你的断喉剑吗？就一眼，我也不摸，可以吗？"毕竟是孩子，前面还吵着要去救母亲，此刻一提到断喉剑，又心生好奇了。沈天鹏岳海鲲等习武之人更是想知道断喉剑庐山真面目，但成年人不比小孩，不能没有分寸尺度，强人所难。

"不可以。"北门云飞断然拒绝，"我所用的断喉剑，便是我在凤凰镇'山月听风'客栈说过的大马士革宝剑中的极品'大马士革寒冰蚕丝剑'。此剑原来的主人特别叮嘱过：'大马士革寒冰蚕丝剑'，乃至阴至邪至毒的不祥之物，万不可随意亮相，因为剑刃一旦出鞘见光，当日必舔血索命，方能回鞘，否则，凡见过它的人，必死于血光之灾。"

140

这倒不是北门云飞危言耸听，托辞恐吓李啸林。

半年前，在叙利亚大马士革某处富翁收藏家的客厅里，商人伊补拉欣·买哈迈德将"大马士革寒冰蚕丝剑"拔出，放在大茶几上，任凭北门云飞和随行两友人等轮流观赏把玩鉴定。经过一番讨价还价，交易就要完成后，北门云飞等人付清剑款，正准备接剑离去，不料正在收剑的伊补拉欣•买哈迈德，却突然挥剑削断了一个正在客厅中端茶倒水的男仆的咽喉。着实令北门云飞等吃惊不小，以为事有突变。

"各位稍安勿躁，不要惊慌妄动，此事与你等无关，请容我解释。"伊补拉欣•买哈迈德赶紧开口用言语安抚北门云飞等。并指着被杀的仆人道："这个人，是我的仆人阿里•拉施德，我早知他好赌，在外欠了许多赌债而无力偿还，便背地里偷出我的一些收藏品拿去变卖还账。我早想处置他了，只因为你们要来看剑，才留着他，让他活到今天为你我试剑消灾。"然后吩咐其他仆人抬走尸体。

在他的宗教家里，他杀个下人，如同踩死一只蚂蚁或蟑螂，微不足道，毫不稀奇。他将入鞘的剑递给北门云飞后，叮嘱道："此剑，便是'大马士革寒冰蚕丝剑'，乃至阴至邪至毒的不祥之物，剑刃一旦出鞘见光，当日必舔血或索命，方能回鞘，否则，凡见过它的人，必死于血光之灾。从我收藏此剑起，不到三年，已有二个管家，三个小妾，五个下人，因为受不住此魔剑的诱惑，背着我暗地里偷窥把玩。事后，都无一例外地死于非命：或被盗贼劫财时斩首；或被好色之徒奸杀；或被仇家剖腹……这就是我为什么要在剑身回鞘前先杀掉一个犯错的下人。如不是害怕继续收藏此剑，不定还会招惹什么祸事，谁肯割舍如此稀罕之物？要在过去，你们出的价，别说买下此剑，连看它一眼都难。还有，此剑有魔性，请慎用！"

自从北门云飞拥有断喉剑之日起，断喉剑每次出鞘，必舔血或断喉方回鞘中，无一例外。

"那沈大哥不是钦差吗？何不以钦差名义调动大军兵马，去剿杀老道和老尼姑呢？他们再厉害，总敌不过千军万马吧？"李啸林虽不再坚持己见，却仍不甘心，又顺口吐出了心中疑惑。

"傻儿子，你不会连投鼠忌器都不明白了吧？"李玉龙在旁耐心提示道，"那日在凤凰镇'福来'客栈，你不是亲眼所见你母亲和大姐为上官兆秀所制，我等五六人，其中不乏有像沈大人岳大人和你云飞哥那样的武林绝顶高手，却几乎手足无措，毫无办法。若不是你云飞哥假打使诈，结局还真难以预料。如今老道老尼姑武功远胜上官兆秀十倍有余，你母亲和大姐又在他们手中，你就算有千军万马，再加上长弩弓箭炸雷大炮，有用吗？"

"沈大人凭借御赐圣旨圣物，是可以调动云贵川桂四省总督巡抚知府县衙所辖制的兵马捕快衙役，去围剿金兜山凤凰岭，"张怀忠插言道，"但势必惊动西南王徐之铭，因为云贵川桂四省巡抚总督及许多朝廷重臣，或多或少都和他有利益上的瓜葛，他们不可能不向他密报。他此刻正愁找不到我们并追寻那本秘账呢。他一定会调集更多兵马，再出动'红蝙蝠'全部杀手，名曰协助钦差捉拿老道老尼姑，消灭匪患，救出人质，实则浑水摸鱼，趁乱将我们连你母亲和你大姐等所有邓尔恒案中的知情人全部斩尽杀绝，一个不留。小兄弟，这是你想要的结果吗？"

"老爸，我错了，你们走吧！"李啸林虽是顽皮幼稚小孩，却也受过家教文礼熏陶，多少也识得些事理，"你放心，我一定听张大人张叔叔的话，去舅妈那里等你和妈妈大姐姐回来，等沈大哥岳二哥云飞哥回来。"

"乖儿子，我就知道你会听话懂事的！"李玉龙摸了摸李啸林的头深情道。

<h1 style="text-align:center">141</h1>

第二天一早。

"天河客栈"外。

与张怀忠一一握手，逐个道别后，沈天鹏，北门云飞，岳海鲲，张怀忠四人已登鞍上马，等着稍远处的李玉龙和李啸林父子告别。李玉龙正向李啸林交待些什么。

李玉龙尽力控制住自己的情绪，平静而淡定对李啸林说："儿子，我是说……如果，我们都不在了，回不来了……"

"不，我要你和妈妈姐姐都要活着回来。"不等李玉龙说完，李啸林忍不住哭着说。"我要云飞哥他们也活着回来！"

"别哭，你是李家的男人，别让人瞧不起你。"李玉龙狠着同样在哭泣的心，逼着儿子成熟和坚强。"你妈和你大姐都还没救出来，现在不是哭的时候。记住：如果我们都回不来了，你不仅要照顾好舅妈，长大后，一定不要忘了，去看看云飞大哥，沈大人，岳大人的家人，他们如有什么不便和难处，你务必舍生忘死鼎力相助，即便是上刀山下火海，也决不退缩，能做到吗？"

"能！我保证。"李啸林流着泪点头道。

"来，老爸扶你上马，听话，慢点跑，别摔了。"李玉龙把李啸林扶上马，叮嘱了几句后，自己才翻身上马，一言不发，顾不得他人的疑惑，头也不回地一人策马先向城南急驰而去……

因为他不愿让人看到，与儿子也许是永远的诀别，看着马背上弱小而孤单的儿子身影，他已泪流满面。

为救夫人小姐，李玉龙不得不撇下尚未成年的儿子。

而此行，又是万分凶险，生死未卜。

如今，夫人已命悬一线，他又要涉险救人，想到儿子小小年纪，就有可能失去父母双亲成为孤儿，李玉龙不禁悲从中来，如丧考妣。

142

这李玉龙原是无父无母的弃儿。从他记事起，他就是一地方丐帮里的小叫花，跟着众多大小叫花乞讨于闹市街头巷尾寺庙码头，所得仅能充饥遮体。

李玉龙这姓名，还是丐帮头给起的，说原先拾着襁褓中的他时，从他身上找出一布条，上写有他的生辰八字，单名一个"李"字。

丐帮头从他的八字看他骨相面额，测得他不仅有大富大贵之福，甚至有成龙攀凤之缘，故为他取名李玉龙，有衔玉成龙之意。

也是他命运多蹇，大约七八岁时，李玉龙不幸感染鼠疫恶疚，人人畏惧远避，不及医治，性命垂危，眼看不保，丐帮头害怕传染自己和众弟子，便让人将已奄奄一息的李玉龙抛丢在荒郊野外一废弃的破庙里，任其自生自灭。

常言道：福兮祸所伏，祸兮福所倚。也是他命不该绝，并因此交了好运。

他苦苦挣扎了两天后，终被邓紫姗的奶奶邓家老夫人发现，施救医治，并收为义子。

　　原来，邓老夫人正巧那日上远处寺庙求签问卦礼佛拜神，回程途中路过破庙时突遭倾盆暴雨，不得已，只好移轿进入破庙暂避。

　　那邓老夫人又是极其虔诚慈善之人，刚求签问卦礼佛拜神归来，又遇着如此病重可怜无依无靠将死的小孩，岂有不帮不助不救之理？

　　从此，李玉龙便成了邓家一分子。

　　他与邓艳玲差不多同龄，先以兄妹相处。

　　两人一齐入学堂念书，又一起习武练功。义兄邓尔恒又教他些骑射兵法谋略基础。渐渐地，他便脱胎换骨，成了社稷有用之才，被义兄纳入麾下。几经磨难拼搏努力，终升迁为巡抚副将，从二品。

　　他与邓艳玲也算是青梅竹马，虽出身不同，却不生分。两人一齐长大，相互关心扶持，长期亲密接触，耳鬓厮磨，自然暗生情愫。

　　邓家也不是古板守旧人家，见二人郎才女貌，也很般配，又有情缘，且邓艳玲又是极有个性的女子，她坦言：此生宁出家守清灯，非李玉龙不嫁。

　　于是两人便婚配成了夫妻。

　　李玉龙对如今拥有的一切，很是十分珍惜，对邓家，怀有万分的感恩戴德。

143

　　当邓艳玲私下问他："要不要让我帮你去寻找你的亲生父母，告知他们你现在的一切？"

　　李玉龙断然回绝："打住！且不说茫茫人海，时过境迁，你让我如何找？就算抬脚举手间能轻易找到那两个曾经生下我而又抛弃我的男女，我也绝对不会与他们相认。我只有养我的父母，就是你的父母，从来没有生父生母，因为只生我而不养我的男女有何资格配称我的父母？"

　　"也许他们有难处，不得不抛弃你……毕竟，你是他们生的，你的生母也曾受怀胎十月之不适的折磨。我有体会：怀啸林时，我老翻胃恶心，老是有吐不完的唾沫，挺着个大肚，坐也不是，站也不是，

300

睡也不是。生孩子时，更是如过鬼门关，稍有意外，一旦血崩，必死无疑。女人怀胎生产之危险和苦痛，是男人无法想象的。"邓艳玲宽解安慰道。

"人与人不同，花有别样红。一些人生孩子，是因为结了婚，成了家，自然要传宗接代，延续香火。像你和我，生下啸林，不仅是传宗接代，延续香火，啸林还是我们相亲相爱的见证，感情的纽带。这样的儿女，将来孝敬照顾我们，是天经地义的孝道，无可非议。而另一些人生孩子，并非他们本意心愿，比如偷情的男女，妓院里的窑姐，被人强暴的女人，只管无节制地生而又没有能力哺养的穷鬼……孩子不过是她们享乐或别人纵欲的产物，她不慎怀胎十月，不得不生，生后又不得不抛弃……我不知道我是她们中谁抛弃的孩子，我凭什么要去寻找他们自取其辱？所谓知恩才图报，我的生父生母并不是为我而生我，万般无奈地生下我后，又把我像扔他们生活中的垃圾一样扔掉，他们于我有何恩何情？我欠他们什么？我去寻他们有何意义？"

"古训曰：'天下无不是的父母。'他们终究还是给了你血肉之躯。没有他们，哪有你李玉龙？哪有成人成才的李将军？"邓艳玲半认真半开玩笑道。

"别拿古训压我，儒家还有'君不正臣投外国，父不慈子奔他乡'呢。他们给我的不过是一副皮囊而已，如没有岳父岳母相救医治收留，我早就埋葬荒野了。我此生最最厌恶那种不管什么理由，生得起养不起，把小孩或无情抛弃或狠心送人养大后，又哼哼唧唧哭哭啼啼上门找人要回的狗男女；更瞧不起那些被好心人收养长大后，却念念不忘什么血浓于水，非得要找什么亲生父母的人。说这种人是白眼狼喂不家的狗，一点也不为过。这种人最好死在被遗弃的襁褓中，别享用完别人如山的大爱后，再用伤害回报别人。这是我的底线，请夫人从今以后休再提及此事！"

此番义兄蒙难，邓家姑侄又被劫，李玉龙早已下定决心，拼死也要救出邓家姑侄，以报邓家昔日收养之大恩大德。再者，他深爱着他的夫人邓艳玲，愿为她生，愿为她死。

他同样深爱着儿子，愿为他生，愿为他死。

所以，他与儿子的今日诀别，也许就是阴阳相隔的永别。

可能再也见不着儿子，他不能不伤心落泪。

第四十二章

毒女侠士 殊途同归

144

步老道老尼姑后尘，沈天鹏等沿嘉陵和川黔古道追赶着老道和老尼姑至黔北娄山关隘不远处，正巧被正要入川搜寻他们的白如雪三人偷窥到，便尾随着一同前往金兜山凤凰岭。

途中，沈天鹏等不是没有想过：要不要绕道截住老道和老尼姑，或用鸡鸣狗盗手段先救出邓家姑侄，但最后还是放弃了。

用沈天鹏的话说："截住老道和老尼姑又如何？让他们用邓家姑侄性命做筹码，威逼着我等做任何不堪的事：或让你我丢盔弃甲，或自断手脚，或相互残杀……你我是做还是不做？他两人可是老江湖了，不像上官兆秀好欺诈，假打可蒙不了他们。

用鸡鸣狗盗手段如能救出邓家姑侄，那是再好不过了。

但用此法对付做过蒙面大盗的老道和老尼姑，我看未必能行。俩魔头替子复仇心切，又恨极了我等，不杀我等难平心头之愤懑怒火，故用邓家姑侄作诱饵钓我等，志在必得。因此，他们看守邓家姑侄，绝不会轻易懈怠疏忽。所以，我等还是到金兜山凤凰岭再说，到时，根据金兜山凤凰岭山形地貌建筑特点，作出相应的救人策略才好。"

145

金兜山下。

沈天鹏等四人弃马步行上山。

后方不远处，白如雪三人亦弃马步行跟着。

行到半山腰，北门云飞小声对沈天鹏说："我们身后已有尾巴。"

"至少三人，我也有留意。"沈天鹏回道，并嘱咐："在没弄清楚跟踪者有何企图前，我等谁也别回头关注，就当什么也没有。你三人前行，我断后。"

　　尽管北门云飞与沈天鹏的对话声音极小，小到常人在三尺外就无法听见，却仍被百米外的鬼见愁所耳闻。他随即对白如雪道："不好，沈天鹏等已察觉我们，他们想瞒天过海，装作不知我等存在，堂主大人，你看我等如何应对？"

　　"兵无常道，随机应变。他等装作不知我等存在，我等亦装作不知他们已知道我们存在。看看再说。"白如雪应道。

　　"堂主高见，属下佩服！"鬼见愁与笑面虎均赞道。

　　沈天鹏等行至道观外进观的石梯处时，天色已晚。

　　"李将军和二弟留在此处守候接应，小心留意身后'尾巴'，他等是何来头，有何用意，我等未清楚前，不到万一，不要与他等发生冲突。我与北门兄弟先去探探这道观的深浅，悄悄看看邓家姑侄眼前是什么情况，做到知己知彼，明儿方好救人。"沈天鹏小声筹谋道。说罢，与北门云飞登上石梯，翻墙而入。

　　沈天鹏的筹谋，自然也没逃过鬼见愁的耳朵，便立转传给白如雪。

　　白如雪暗喜道："沈天鹏等果然是为救人而来。机不可失，时不再来，借他等探路良机，我便可避开眼前俩监视我的人，单独与他等接触一下，看看他等是否是我可以信赖依靠谋事之人。"

　　白如雪随即对鬼见愁和笑面虎令道："想必你俩知道，此地两年前我来过，路熟，由我去看看里面什么情况。你二人留在此处堵住他等退路，不得有误。如他等有一人逃脱下山，坏了首领徐大人交待的事，'红蝙蝠'的家规就不用我说了，二位好自为之。"

　　"谨遵大人钧命，不敢有违！"

　　有沈天鹏事先交待，白如雪已知岳海鲲李玉龙不会对她贸然出手，于是借着夜色的掩护，在狭窄的山道上，先轻手轻脚靠近岳海鲲李玉龙处……突然发力，像一只夜莺，一下从岳海鲲李玉龙头上飞过，顷刻间，几闪几纵，便飘进了道观。

　　目睹此举的四人均暗道：

"好轻功！真小瞧了她！"

"轻盈如燕，莫不是赵飞燕还魂？"

146

道观内。

沈天鹏与北门云飞分头寻找老道老尼姑和邓家姑侄。

对洞里女奴；屋内智障仆人；禅房；主卧……均已搜了一遍，无果。

两人汇聚在禅房外院落里，正准备商议下一步行动。

突然，两人听声辨位，不约而同急分闪两边，只听"叭——"的一声，是从禅房顶飞来的两小片琉璃瓦，砸在了两人刚闪避开的地上，碎成颗粒。两人感觉琉璃瓦力道不小，像是要取他二人性命。

琉璃瓦自然伤不了沈天鹏与北门云飞。两人闪开的同时，立凌空腾飞向禅房屋顶，意夹击偷袭之人。

其实白如雪本不想伤他们，但女人，又是练武的女人的好奇心，又驱使她想试试他两人的武功，故投掷琉璃瓦时，用足了力道。

她想：他两人如轻易被她所伤，便绝不是她要寻找的可信赖依靠谋事之人。

白如雪一看两人来势凶猛，便沿屋顶房檐穿梭飞奔向莲池不归桥。

三人一前俩后，夜色中健步疾驰，腾挪跳跃飞过莲池。

白如雪过莲池时早已惊动在池边懒卧酣睡的大鳄。大鳄本能地入水潜隐待猎。待沈天鹏与北门云飞由远至近，两大鳄听声辨位蓄势待发。

沈天鹏与北门云飞刚飞跃莲池，两大鳄张着血盆大口便腾空而起……

幸好沈天鹏与北门云飞两人身手敏捷，急若流星，风驰电掣，疾步如飞。

即便如此，两大鳄张着的血盆大口离他俩身后也仅咫尺，当真凶险万分。

听着两大鳄巨大的落水声，被水花溅着身的两人亦惊出一身冷汗。

两人顾不得身后池中是何妖孽，直逼不归桥上的白如雪。并迅速分开：沈天鹏镇守桥的一头；北门云飞趁白如雪迟疑停顿不归桥中央，急腾空跃过白如雪头顶，堵在桥的另一头。

147

不归桥上。

站在桥中央的白如雪也被莲池中跃起的两大鳄惊骇住了。

她想起杨副使曾经说过池中有水怪，她当初也只是半信半疑。

现在看来是真的了。

她从未想到那莲池中竟然藏有如此巨大而可怕的怪物。

她也感觉后怕。

"两位能否听我解释？"白如雪对已在桥上前后截住她的沈天鹏与北门云飞说。她预计鬼见愁耳朵再灵敏，如此遥远又隔山相背，应该是听不见她要说的话了。所以她故意在此等着沈天鹏与北门云飞。

两人从身形步伐上虽然知道她是女流，但心中耿耿于怀她刚才的琉璃瓦和差点葬身池中妖孽，便怒不可遏，毫不留情，不再怜香惜玉：

"我等救人要紧，没工夫听你啰嗦。你去桥下解释好了！"

"上山时就该灭了你等！"

两人说着就要动手……

白如雪知道再多说无益，只好故伎重施。将事先准备好的'闻香一倒眠'往两边一撒。

沈天鹏与北门云飞，像先前着了此道的何有保和老道一样，嗅到一股从白如雪身上散出的芳香，再看到白如雪的美貌娇颜，他俩竟也有些迷离，心荡神移，想入菲菲，忍不住就想抱着美人昏昏入睡……

沈天鹏与北门云飞，当然不会像何有保一样昏睡不醒，但也做不到如老道那样能运气成墙，护体驱毒。

两人被体内真气激醒，全身疲乏，手脚无力，稍一松弛，便欲入眠；情知中毒不浅，两人也是有脸面要强的人，要在此处昏然睡去，传到江湖，必为他人贻笑大方。故而赶紧盘坐运气驱毒，此刻也顾不得其他了。

此刻，白如雪要取他二人性命，当真易如反掌。

先前，有很多想占白如雪便宜的江湖高手，就是这样死在了白如雪的剑下。

白如雪想验证他二人的身份，便趁他俩盘坐运气驱毒，毫不避讳地先到北门云飞身上搜了搜，除了一条奇怪的腰带，少许银子和一些跌打损伤的药丸，别无其他。

再搜沈天鹏，有银子，刑部腰牌，玉佩……她的手刚一摸到玉佩，她整个人突然愣住了：这玉佩她太熟悉了，她不用看，只要手指触及玉佩上琢有的鬼谷药寨山形地貌的雕刻，她就可以毫不怀疑：这就是她送给杨副使那块玉佩。

她万万没想到这块陪伴了她快二十年的玉佩会出现在沈天鹏身上。

震惊之余，她猜想："玉佩会出现在沈天鹏身上，不外乎两种可能：一是这个钦差对杨副使很重要，重要到他居然肯为其舍弃一切，包括她送给他的象征着权力和爱情的定情物。二是杨副使既为'红蝙蝠'杀手，极有可能又让首领驱使着去追杀沈天鹏等，或已被那柄名震江湖的"断喉剑"所害……但她宁愿相信前者，因为她不敢想像如是后者，她会怎么做。于情，她不会放过任何杀害她心爱之人的凶手；于理，沈天鹏等，是她这个杀手重新回头做人的唯一依靠，如果他们真是像包公和展昭那样的人，她将陷入两难境地。

心系杨副使安危，她顾不得其他，她此刻只想尽快知道真相。

她先解了沈天鹏的'闻香一倒眠'之毒，按捺住自己狂跳涌动的心问道："你就是钦差沈大人吧？"

"没错，刑部浙江清吏司郎中，受大清皇帝下旨钦点的钦差沈天鹏，此番赴滇黔，只为微服密查邓尔恒遇害案。我的刑部腰牌就在你手中，即便月色暗淡，你也应该认得。"沈天鹏也奇怪，她明显已经得手，抬足举手间就能除掉他二人，却又为他解毒，可见必有蹊跷，所以他也不想再隐瞒自己身份。

"别的先暂且不说，我现在就想知道：这块玉佩是如何到沈大人手中的？还请沈大人据实相告，白如雪将不胜感激。"白如雪拿着从沈天鹏身上搜得的玉佩，强按捺住心中万千的疑惑，语音客气地问道。

"你就是滇西苍山鬼谷药寨寨主白重山的独生女白如雪吧？其实你不说我也应该猜得到。能在西南地界眨眼间就能施毒放翻我俩的，除了美若天仙的毒女白如雪，不可能有第二人。"沈天鹏刚才还有些困扰的心思稍微有些头绪了，所以话锋一转，说道："此玉佩是一个见了我就必须跪拜行礼的朋友送我的。他不仅告诉我，他救过你的命，你也救过他的命，他还把此玉佩持有者的秘密告诉了我：滇西鬼谷人，只认玉佩不认人，凭此玉佩，在滇西鬼谷地界畅行无阻。在任何地方，凡遇滇西鬼谷人，除白老寨主外，只要亮出玉佩，他就可向他们索要他们能付出的一切。白如雪也得听命玉佩持有人的号令。请问白姑娘：我有没有说错？"

听闻沈天鹏一席话，白如雪如饮琼浆玉液，顿觉万分欣喜和安慰。

因为她与杨副使互救的事和玉佩的秘密，除她和父亲及杨副使外，没有任何人知晓。

另外，从沈天鹏话外音中，她预感到杨副使应该是沈天鹏的手下，是秘密为朝廷办大事的人。

杨副使果然不是徐之铭的死心塌地的爪牙。

她没有看错人，爱错人。

她不再有任何疑虑和犹豫，立刻下跪道："有罪之人白如雪拜见钦差沈大人！请恕民女愚昧无知见识浅薄，又孟浪轻率，对钦差大人等多有不敬和伤害，小女子愿接受钦差大人任何责罚，绝无怨言。倘如钦差大人慷慨大度，恩赐我这获罪之人一个改过自新的机会，民女愿接受钦差沈大人的任何差遣，即使脚踏深渊粉身碎骨，亦绝不负钦差沈大人所望！"她在下跪时，右手不经意间朝北门云飞方向轻扬一甩，便解了北门云飞的'闻香一倒眠'。

"你且起来，我还有些话问你，你不介意的话，玉佩你留下，先将我的腰牌还我。"沈天鹏道，看到北门云飞也站了起来，便问："三弟好些了吗？"

"这鬼药的确霸道，说来就来，说走就走，毒女白如雪，果然了得，佩服！"北门云飞刚才在旁听了沈天鹏与白如雪的对话，知道大家彼此有些渊源缘分，先前对白如雪的敌意便立消，不再计较。

"白姑娘，我来介绍一下：他是我结拜的三弟北门云飞，想必他的'一剑画弧'断喉术，你身为'红蝙蝠'杀手组织里的人，不会很陌生吧？"

"原来你就是打败武当掌门玄清子，一剑削断上官兆秀和'红蝙蝠'主指挥使喉咙的北门大侠？失敬！失敬！小女子先前因为有眼无珠，冒犯失礼之处，万望大侠饶恕不怪！"白如雪见过死在林子中的那些'红蝙蝠'杀手颈上的剑伤，切口平直，一剑断喉毙命，入喉仅一寸深浅，不多不少，丝毫不差。她当时就想：如能学到此等高超精准的剑术，就算少活十年也值。

"白姑娘是如何发现我等的？跟踪我等也是为秘账吧？"沈天鹏问道。

白如雪回答："不瞒沈大人，即使徐之铭不差遣，我个人也想单独找你和秘账……想来送你玉佩的人也告诉过你，我是如何不得不为徐之铭卖命的。他是用我父亲和全寨八百余口人性命胁迫逼我就范的。他是大清巡抚，手握重权，能指挥千军万马踏平我们的山寨，杀光我的族人，我一个无权无势的草民又能怎么样？我有选择吗？如果朝廷没有他这样的贪官污吏，如果他没有徇私枉法，假公济私，借抓钦犯，威逼利诱良家妇女，我会成一个双手沾满血腥的可恶可恨的杀手吗？以大人的聪颖，应该知道我为什么急欲找你们和秘账了吧？"

"看我等能不能查清邓尔恒案，彻底除掉他这个祸害一方的土皇帝……如果我们做不到，你便从我等手中夺取记录有他罪恶的秘账反过来威逼胁迫他，对不？"

　　白如雪便实话实说，将自己为脱离徐之铭魔爪和"红蝙蝠"组织所谋之事，再有受徐之铭驱使此行目的等，毫无保留地告诉了沈天鹏和北门云飞。

　　沈天鹏亦将邓家姑侄被虏经过，和此行救人的决心和愿望，大至说了些。

　　"大哥，此地不宜久留，我等还是尽快查到她姑侄下落才好。"北门云飞提醒道。

　　"这金兜山和凤凰岭，我两年前来过，我曾用'闻香一倒眠'放翻过老道，可惜，我武功太弱，又被他事先重伤，加上老尼姑救得及时，所以没杀掉他。让我带路吧！"白如雪自告奋勇道。有沈天鹏和北门云飞做伴，白如雪少了些对老道和老尼姑的忌惮。

<h2 style="text-align:center">148</h2>

　　临近午夜。

　　凤凰岭尼姑庵一片寂静。

　　沈天鹏，北门云飞，白如雪等三人匿伏于尼姑庵内靠围墙的一屋顶外侧，观察庵内地形状况。

　　白如雪感觉和两年前一样，没什么变化。还是原来那些正屋厢房，过道檐下仍吊着灯笼……

　　只是今夜老道和老尼姑曾经淫乱的卧室却没有动静和光亮。

　　因为老道和老尼姑趁着圆月之夜的子时，已在禅房里，分东西盘腿坐于两个蒲团上，背北向南，如石像般静默无声。不知道的以为他们在参禅悟道，其实他二人正各自交换着身姿手势，按《涅槃大乘掌》与《般若无相指》秘笈所示，采天地万物日月之精华，练气养气运气。

　　《涅槃大乘掌》与《般若无相指》秘笈序言皆曰："天地开泰之期；天地交合之日；阴阳生化之时：行此心法，寡欲清心，照见五蕴皆空，度一切苦厄，入天地人三者合一之无我无相，则事半而功倍，可得万物之元精（天地之精气）。元精充盈，则无相胜有相，磐若圆通神妙；乘有余依涅槃，入罗汉之界，随心所欲。心动，则气动；气动则指掌动；指掌动，则力透顽石，无坚不摧。"

宽敞的禅房紧闭着大门，门内有灯光，映射出老道和老尼姑的影子。

三人深知老道和老尼姑功力深厚不敢靠近禅房，以免打草惊蛇。

古书聊斋里有夜贼或杀手，用手指捅破武林世家窗户纸，窥探屋内财物或人而不被他人觉察，此乃外行胡编乱造，试想：似老道和老尼姑如此高人，别说屋外有人用手指捅破窗户纸，就是屋外远处有人和动物靠近，其轻柔的脚步声，甚至微弱的呼吸，也能被其捕捉和感知。

沈天鹏等均是练武之人，知道其中奥妙，所以有所顾忌，不敢靠近，以免打草惊蛇。

沈天鹏便打手势暗示北门云飞和白如雪，分头去庵里各处探查邓家姑被绑架在何处，由自己在离禅房不远的那间正屋三层楼房顶（就是白如雪曾经目睹过老道和老尼姑淫乱的正屋三层楼）上密切注视右侧老道和老尼姑所在禅房动静，以防万一和不测，他们可不想螳螂捕蝉黄雀在后，中了两魔头的道。

149

不到一个时辰，北门云飞和白如雪先后至沈天鹏旁。两人对沈天鹏摇头，示意无甚结果。沈天鹏正想着下一步如何行事，北门云飞牵挂邓家姑侄安危，决意冒险一试。他向沈白两人指了指正屋右侧禅房，示意他两人不动，由自己前去窥探。不等沈天鹏和白如雪二人劝阻，他人已腾空飞行至禅房房顶，刚小心翼翼揭移开一片房顶琉璃瓦，就听禅房内传出老道言语声——

"房上来客可是那个叫北门云飞的人？如为邓家姑侄而来，你和你那两个同伴可现身禅房门前来了。"仿佛一切都在老道和老尼姑眼皮下。

原来，自打沈天鹏等三人一入庵内，老道和老尼姑听他们踏空行步武功强弱，便知闯入庵者有三人。

沈天鹏等大骇吃惊，只得无奈落地。刚至禅房门外，两扇房门便

311

"嘎吱"一声，开向左右两边。

禅房内除老道和老尼姑外，并无他人，门开时，老道和老尼姑仍盘膝端坐未动。这是老道向他三人示威：老道开门用的是《涅槃大乘掌》中的"隔空吸物"和"拨云见日"：双掌吐气，一吸一拨，门开了。

沈天鹏等虽然震惊老道和老尼姑功力，却也不动声色。

"我知道你等为何而来，你等也知我们为何逼你等前来。"还是老道对站在房外门槛边的沈天鹏等开口道，"那我就闲话少说，你等是客，我们是主，客随主便，没得商量。你等尽可放心，邓家姑侄现在平安无事，只是藏身在一个不方便见你们的地方，完好无损，信不信随你等。此刻已至丑时，不便谈事论理，你等可至金兜山道观内稍歇。我料到你等会践约而来，就事先已对观内众人吩咐过，凡我观内物件食物床榻，你等可随意支取使用。

明儿巳时，我和我师妹就在此处等候各位，彻底了结算清我们和你等之间的恩怨情仇。之前，你等须保证：任何人不准再踏入本庵半步；不准在我观内打斗闹事，损坏我观内财物……否则，邓家姑侄绝活不到明儿巳时。不送。"老道说完话，双掌一合，"吱嘎"一声，禅房门又随老道掌风所激而关闭上了。

听声辨位，老道和老尼姑确定沈天鹏等已出庵下岭后，老尼姑问道："师兄，你干吗不让那姓北门的把'紫霄追风剑'留下？我就想用'紫霄追风剑'替秀儿报仇，一剑削断姓北门的咽喉才解气。"

"你放心，我不光要削断那个姓北门的咽喉，我还要明天到场的所有人，都给秀儿殉葬！"老道恶狠狠道，"我要用秀儿之道，还治这帮人其身：我要逼着姓北门的用秀儿的'紫霄追风剑'，先一个接一个地割断他同伴和朋友的咽喉后，我们再割断他的咽喉，以慰秀儿在天之灵！"

"师兄，你太有才了！我一切都听你安排。"老尼姑心悦诚服道。

"时间不早，我们是不是也该去采阴补阳和采阳补阴了？！"

"师兄，你真坏！"

……

沈天鹏等三人下至凤凰岭半山途中，白如雪突然停住脚步，对沈天鹏和北门云飞小声道："沈大人，北门大侠，请二位到金兜山道观后，千万别对他人提及我与你们合作之事。"

"为什么？"沈天鹏有些不解地问。

"隔墙有耳，你们不知，我那两个随从不是我手下，他们是'红蝙蝠'里狠辣的高手。徐之铭把他们派在我身边，名义是来协助我找你们抢夺秘账，实则是监视和督促我的。我虽然对他两人知之甚少，对他们的武功深浅也一无所知。但我却知道：他们都是对徐之铭忠心不二的杀手，如果他们怀疑我背叛，他们会毫不犹豫地除掉我，自己对付你们；还有，他们听声和视物的本领世间少有。自从我们跟踪上你们，你们在前面的所有言行均未逃出他们的耳目。上金兜山途中，北门大侠是不是说过：'我们身后已有尾巴。'

沈大人回道：'至少三人，我也有留意。'并嘱咐：'在没弄清楚跟踪者有何企图前，我等谁也别回头关注，就当什么也没有。你三人前行，我断后。'

后面的我就不重述了，沈大人，北门大侠，我有没有说错？"白如雪问道。

白如雪的话令沈天鹏和北门云飞吃惊不小。

"这不就是神话传说中的'千里眼'和'顺风耳'吗？"北门云飞道，"想不到世间真有如此奇人！"

"看来我等的强敌不仅是老道和老尼姑，还得加上这两人。如要顺利救出邓家姑侄，平安返回京城，此二人不除，必是心腹大患。"沈天鹏若有所思地说，并对北门云飞和白如雪布置安排道："从此刻起，你二人须时刻警惕留意，不论手段，不放过任何可乘之机，下山前必斩杀除去此二人，你二人可有异议？"

北门云飞和白如雪同时应答道：

"没有。"

"没有。"

"白姑娘可暂时先瞒哄稳住他俩，就说：要得秘账，必先从老道和老尼姑手中救出邓家姑侄，因为只有邓家姑侄知道真秘账下落。而仅凭你们三人要从老道和老尼姑手中救出邓家姑侄，绝无半点希望。所以，你等与我们必须暂时偃旗息鼓相安无事，才好行事。否则两虎相争，必有一伤，只便宜了老道和老尼姑，对我们双方都没什么好处。"沈天鹏对白如雪支完招，又对北门云飞道："明枪易躲，暗箭难防。三弟，一会儿人多说活不方便，我现就把处置这两人的重任交给你和白姑娘，切记：时刻警惕留意，不放过任何可乘之机，不论手段，无须请示商量，下山前，必斩杀除去此二人。"

北门云飞白如雪均回道：

"听大哥的。"

"谨遵沈大人之命。"

"另外，"白如雪又道，"明天上凤凰岭与老道和老尼姑决战，我可能会用到'闻香一倒眠'，你们如信得过我，为防误伤到你等自己人，我想请你等先饮下我鬼谷药寨独有的解毒防毒神药'天神的哑水'。"白如雪说着话，手便从怀里掏出一小白瓷瓶，自己先喝下一口，以示无害。"任何人，只要喝下一口'天神的哑水'，我保他七日之内百毒不侵，即便是孔雀胆断肠草，或皇帝老儿的鸩酒和我的'闻香一倒眠'，都奈他不何。当然，你们如信不过我，也可暂且将'天神的哑水'留下不饮，待明儿我使出'闻香一倒眠'后再喝也不迟。"说罢，将小白瓷瓶递给沈天鹏。

"用人不疑，疑人不用。我如信不过你，便是信不过为我等从背叛者严万里手中夺回秘账的杨副使，白姑娘多虑了。"沈天鹏说完也喝了一口'天神的哑水'，然后顺手递给北门云飞。

北门云飞也毫不犹豫地喝了一口。

"三弟，将它收好，一会儿趁他人不注意，也劝你姑父和岳二哥喝下。"沈天鹏叮嘱道。

自此，白如雪也视自己为钦差大人属下，一切唯命是从。

150

金兜山道观。

清晨，辰时。

314

　　白如雪和沈天鹏两拨人昨夜就汇集一处，却保持距离互不干扰。

　　"这是什么情况？"岳海鲲与李玉龙均疑惑问道。两人昨晚就想问，只是不方便开口。

　　"大敌当前，各有所需，临时各安本分，井水不犯河水。待灭掉老道老尼姑，救出邓家姑侄后，再公平对决，分出鹿死谁手。"沈天鹏言简意赅道。也是说给远处的"笑面虎"和"鬼见愁"听。

　　"他们是什么人呢？"岳海鲲不解道。

　　"三弟，你给他俩解释一下。注意言语用词。"沈天鹏谨慎提醒道。

　　北门云飞看了看远处的白如雪等人说道："他们都是'红蝙蝠'杀手。那女的就是'红蝙蝠'里让人闻风丧胆的'毒女'玉面狐白如雪。"

　　"什么？他们是'红蝙蝠'杀手？"李玉龙首先惊讶道，"就是杀害家兄的那些杀手，我们怎么可以和他们同在一个屋檐下？沈大人，这是……"

　　"李将军稍安毋躁，容我说明。"面对李玉龙的不满和质问，沈天鹏早有准备。先将昨晚在凤凰岭尼姑庵与老道和老尼姑的遭遇及老道和老尼姑的警告简要叙述了个大概，"请问李将军：你是想先救人？还是想先不顾你夫人和侄女的死活，现在就与他三人杀个天昏地暗，拼个你死我活？那你我折返此地有何意义？

　　再者，李将军，你觉得你我真正的敌人是谁？是几个受命杀人的杀手呢，还是指使杀手杀人的背后元凶？皇上派我等详查邓尔恒大人遇害案，也不仅仅只是要为邓家洗雪冤屈惩办凶手。皇上圣意实则是，往小处说，是要主持公道伸张正义，让作恶者受到应有的惩罚；往大处说，是要整肃吏治，匡扶社稷，救民于水火。李将军身为朝廷重臣，也不至肤浅到以为杀了几个'红蝙蝠'杀手，就是替邓大人报仇雪恨了吧？"

　　"姑父，请暂且忍耐，一切听钦差沈大人安排。先救人要紧，其他的以后再说。"北门云飞亦在旁劝慰道。边说边抓住李玉龙胳膊，不停地一捏一松，背对着白如雪等人，又是挤眉又是弄眼。"凭你对沈大人的了解，你还信不过沈大人吗？"

"是我多虑了！"李玉龙身为巡抚副将，也是带兵的人，虽然不能完全明了北门云飞的暗示，但感觉其中必有蹊跷文章，因此，顺势借坡下驴，向沈天鹏俯首拜道："下官愚钝，思虑不周，见识浅薄，对大人言语多有冒犯，请大人恕罪。"

"不知者不怪。"沈天鹏回道，接着假装小声说："明天，我等先用假秘账应付老道和老尼姑，再与他们合作对付老道和老尼姑，一旦救出邓家姑侄，你我便先下手为强，趁他三人不备，先除掉'毒女'白如雪，记住：此事我只交给三弟云飞一人负责，用断喉剑解决，其他任何人不得动手，违令者，斩！各位听明白了吗？"

沈天鹏如此安排，是为了保护白如雪不被尚不知情的李玉龙和岳海鲲误伤。

"明白，即除三弟外，任何人不准对'毒女'白如雪动手。"岳海鲲回道。他虽然不完全明白沈天鹏为何会如此安排，但以他对沈天鹏的了解，他相信，其中必有意味。

"那对另外两个呢？如何处理？"李玉龙问道。

"对付她身边那两个小喽啰，跟班，我倒不怎么在意。"沈天鹏故意贬低轻蔑"笑面虎"和"鬼见愁"，令其丧失理智，"像这种在江湖上无名无姓的配角，只能在女人身边混口饭吃的跟屁虫，杀他两人，我怕脏了你我的手，污了你我的名。等三弟解决了'毒女'白如雪后，到时候，最多训斥教训他俩几句，再在他们屁股上踢上几脚，让他们去跟他们的'红蝙蝠'首领报丧就算了。"

"最好将'红蝙蝠'的这两条走狗和爪牙先'黥面割鼻'后再放走，以免他们今后再害人坑人。"北门云飞明白沈天鹏的用意，所以跟着煽风点火戏谑道。

……

151

沈天鹏等的对话，自然均被"笑面虎"和"鬼见愁"转述给白如雪。

316

听到最后，"鬼见愁"终于忍不住了：

"不听，不听，不能再听了！再听下去，我他妈要疯了！""鬼见愁"用手堵着双耳道。一脸的狂躁。

"他们说了什么？""笑面虎"问。

"你想听？""鬼见愁"看"笑面虎"像在笑，心里不平衡，便将沈天鹏后面的话转述了一遍。

"他妈的欺人太甚。""笑面虎"听完大怒道。"老子现在就过去，向他等证明你我不是小喽啰和跟班！"

"鬼见愁"和"笑面虎"，这两人，就如同大多数江湖武林高手一般：武功极高，修养和内涵却少有。再说，江湖武林中人，哪个不看重面子和荣誉？有时，对于他们，面子和荣誉，甚至比性命还重要。

二桃杀三士之公孙接、田开疆、古冶子，不就因羞愧而先后拔剑自刎了吗？东海勇士椒丘䜣被要离羞辱后，不也自杀于要离床前吗？

眼见"鬼见愁"和"笑面虎"就要激动到失控，白如雪心中窃喜，她知道沈天鹏在巧妙施计保护她，嘴上却厉声道："二位难道忘了我等为何到此？如听到几句不顺耳的言语，便疯狂如此，还怎么办大事？二位如不能克制，现在就滚下山去，别在这丢人现眼，妨碍我替首领办事。"

"连你……你这贱女人……也……"这两人长期位居徐之铭前后左右，养尊处优；在"红蝙蝠"里，也算得上位高权重，何曾受过如此窝囊气？在沈天鹏的言语刺激下，一时乱了分寸，竟公然欲与白如雪叫板。

"怎么？你二人想抗命？行，那我走，回昆明向首领复命，听候首领处罚。找秘账的事就交给你俩全权负责，凭你们高兴想怎么办就怎么。"白如雪说完就准备下山。

如果说白如雪先前对他二人还有所顾忌或依赖，现在有沈天鹏与北门云飞暗中撑腰，她不再把"鬼见愁"和"笑面虎"放在眼里。

在没有接触到沈天鹏和北门云飞前，她感觉自己势单力薄，尚需利用这两人。

　　现在不同了，她当自己是钦差的下属，刑部办案的公差了，她完全不需要他们了。

　　她之所以留着他们，没用'闻香一倒眠'除掉他们，主要是想让他们在明天与老道老尼姑的对决中先打头阵，试探完老道老尼姑现在的武功后，最好就借老道老尼姑之手除掉他们，以绝后患。

　　"堂主息怒，属下不敢。请原谅属下鲁莽，一切还是以大局为重。"还是"笑面虎"懂得收敛，赶紧劝阻道。

　　"是属下一时冲昏了头，言语冒犯了堂主，还望堂主大人大量，不与属下计较。待拿到秘账后，任凭堂主如何处罚。""鬼见愁"见状亦向白如雪赔着不是。

　　两人虽无大智，却也不傻，知道此处非巡抚衙门，没有兵丁军士可调用，仅凭他二人之力，要想夺取秘账完身而退，难如登天。如果就这样空手回去，怎么向徐之铭交差？两个男人能把失职的责任全推给一个女人吗？还怎么在"红蝙蝠"里混？

　　"二位还愿听我差遣？"白如雪看到欲擒故纵以退为进已奏效，便问道。

　　"一切唯堂主马首是瞻，再无二心。"两人差不多异口同声道。

　　"昨夜，我与他等夜探凤凰岭尼姑庵，虽同向不同路，却仍被老道和老尼姑察觉，不得已，只好现身，被老道老尼姑警告一番后才悻悻返回。"白如雪道，又将老道和老尼姑的警告及沈天鹏暂时先瞒哄稳住"笑面虎"和"鬼见愁"的说辞向二人转述了一遍，并补充说："我再强调一遍：秘账未拿到前，邓家姑侄绝不能出事。就算一时拿不到秘账，我们也须从老道和老尼姑手里抢到邓家姑侄。有邓家姑侄在手，还怕寻不着秘账？明儿凤凰岭一战，我准你二人见机行事，放手一搏，以雪今日之耻。"

　　"堂主高明，属下佩服。一切听堂主的。"听完白如雪的筹谋，"笑面虎"和"鬼见愁"仿佛终于明白首领为什么要他两人协助白如雪办事了。所以，不由得不恭维赞道。

第四十三章

龍虎相爭　必有一傷

152

凤凰岭尼姑庵。

第二天，差不多巳时。

老道和老尼姑，怀抱着佩剑，站在禅房门前。

平时，老道一般着对襟灰衣，白布袜、云履或青鞋。

今日，同往常一样，老道还像道士，但着靛蓝长衫白领大襟衣至脚腕，白衣白裤高筒白袜黑布鞋，头戴荷叶巾。显得潇洒自如超脱。

老尼姑却不像尼姑，因为她从未剃度落发，也不拘泥僧道清规戒律。在凤凰岭尼姑庵里，如何穿衣打扮全凭她高兴，她的意志就是规矩和戒律。

多年前，她看老道穿着道袍服饰，很有些飘逸出尘脱俗风范，便为自己也缝制了一件差不多相似的道姑服饰：白大襟长衫，领袖口绣有彩纹花饰，短袖黑罩衣双肩点缀有黑白阴阳太极图，并配有逍遥巾。

外出访客时，她一般就着此装。

她感觉自己着上此装，戴起逍遥巾，就好像神仙一样，显得仙风道骨，格外逍遥自在。

她觉得今天也是个不寻常的日子，便也着了此装。

禅房门前八九级台阶下，是空旷的练功健身的院落空地。

空地中央原先有株大树，两年前，因为白如雪潜入庵中盗走《涅槃大乘掌》与《般若无相指》秘笈摹本，后又藏身大树旁暗算老道。所以老道嫌它障眼碍事，劝老尼姑将它砍了，连根也挖了，坑也填平了。

台阶下，两三丈外，站着沈天鹏等。

白如雪等三人，有意与沈天鹏等四人保持距离，所以站在沈天鹏等左侧不远处。

"该来的都来了，不该来的也来了。我代表我师妹在此恭候各位大驾光临。"老道是读过书的人，胸中多少也有些点墨文礼，"我们为何绑架邓家姑侄，你等为何而来，你我都心知肚明，不用我再多说了。

但在了结你我恩怨前，我们是否该相互认识一下？因为今天以后，我们谁也不敢保证自己还能看见明天的日出。

我是主人，各位是客，由我先来。我叫释怀义，这是我师妹昙秋月。

让我先猜猜，能否为各位对号入座：如果我和我师妹没猜错的话，持有'紫霄追风剑'的便是北门公子，也就是削断上官兆秀咽喉的凶手，邓家姑侄的随行护卫。

这位气度不凡，颇有点官威的应该是钦差沈天鹏沈大人吧？

挺胸直背，站如松，是巡抚副将李玉龙，邓家姑姑的丈夫，对不？

眉毛横竖、双目圆睁怒视如鹰眼的，必是岳海鲲岳大侠。不知岳家独门绝技'岳氏五十路鹰爪连拳'和'一百零八式鹰爪擒拿手'，岳大侠已练到哪个层级了？

那边那位肤白如雪貌美如花的女侠，恐怕就非云南滇西苍山鬼谷药寨白如雪公主莫属了。两年前，你从此地盗走《涅槃大乘掌》与《般若无相指》秘笈抄本，不知练得如何了？待会儿，我们师兄妹倒要与你切磋切磋，你可别保守呀。顺便问北门公子一句：那本秘账带来了吗？"

北门云飞也不言语，右手从怀中掏出在定远"天河客栈"备下的假"秘账"，掌力一吐，账册就如蝴蝶般轻轻飘飘飞向老道。老道接住随手翻了翻道："怎么像记流水收入支出的账簿？我怎么看不懂？"

"秘账秘账，如果人人都看得懂，还叫秘账？真是司马懿破八卦阵——不懂装懂……道长如看不懂，不如先借给本堂主，待我看明白翻译出来后再还给道长。"白如雪讥讽道。她昨夜已从沈天鹏与北门云飞那里知道，此账册是用来忽悠老道和老尼姑的假秘账。

"好吧，我们暂且当真，容后再论。我们先……"老道说着，将"秘账"递给老尼姑。

被老道和老尼姑冷落凉在一旁的"鬼见愁"和"笑面虎"，从沈天鹏等的对话中亦知道那是本假秘账，故而趁机贬刺道：

"真是一对活宝，用擀面杖吹火……一窍不通！"

"应该是癞蛤蟆跳井——一扑通（不懂）！"

"小辈无礼！让老娘先教训教训他们……"老尼姑说着就要动手，老道急止道："师妹别忙，一会儿再收拾他们。"

"道长，秘账你已拿到手了，是该让我们先见见邓家姑侄了吧？"沈天鹏道。

"我正要说到此处。"老道回答道，"各位要见邓家姑侄不难，只要按我所说的话做就行。还记得'福来'客栈吗？上官兆秀用邓家姑侄作赌注，让北门公子交出秘账及四个人头，你等使诈，让他不仅一无所获，还丢了性命。上官兆秀与我师兄妹是何关系，想来各位已猜到了。不错，上官兆秀就是我们师兄妹亲生的儿子。他虽然死了，但他的父母还在。他在世时，碍于人世间那些狗屁礼义廉耻风俗规矩，作为他的父母，我们不便和他相认，只能以师徒之情名义去关心他，帮助他，照顾他。如今我们有多少遗憾和懊悔，便有多大愤怒和仇恨。在他生前，我们为他做得不多，但我们绝不会让他白死。我们有责任和义务为他讨回公道，帮他完成他死前未了的心愿，让他在泉下安心。现在，我们已为他拿到秘账，仍差四颗人头。各位知道应该怎么做了吧？北门公子只要先拿到两颗人头，邓家姑侄即现身与你等见面。如凑足四颗人头，北门公子即可带走邓家姑侄。反之，谁要能取下北门公子的人头，谁就可带走邓家姑侄。北门公子的人头之所以更重，主要是因为他是杀死上官兆秀的凶手，我们师兄妹的大仇人，他死了，我们的仇怨消了，邓家姑侄就不重要了。一比四，对谁都合算和公平。另外，你等有什么花招伎俩阴谋诡计，都可使出来，能像在'福来'客栈杀死上官兆秀一样杀死我们师兄妹，算你们的本事，但在想杀我们师兄妹前，还请各位有所顾忌：现在，除了我们师兄妹，还有谁知道邓家姑侄下落？谁又能保证邓家姑侄平安呢？”

“师兄，姓北门的如凑足四颗人头，你真让他带走邓家姑侄？或谁要能取下北门公子的人头，谁就可带走邓家姑侄？秀儿怎么办？他的阴婚不配了？”老尼姑用唇语问道。

“我答应他们带走邓家姑侄，可我没说，我们不再抢回呀！你想：姓北门的如死了或姓北门的杀了他们中四个人，我们拿他们不就如老鹰捉小鸡一样容易吗？邓家姑侄和那个白如雪，必须留下来嫁给秀儿配阴婚。至于其他能侥幸活下来的人，我要让他们先当当小丑，作践作践他们。待我俩师兄妹玩够后再把他们拿去喂鳄鱼。他们这群人，谁也休想活着下山。”老道用唇语杀气腾腾回道。

“好，太妙了！我喜欢！谢谢师兄！”如此惩罚灭绝杀死儿子的仇人，老尼姑是十二万分的满意。

北门云飞听到了，应该是也解读了，并小声翻译给沈天鹏等听。

对唇语，北门云飞也不陌生，传授他修炼“身密”境界和“语密”境界的印度婆罗门密教法师就说过：“人和动物草木泥石差不多，其语言表达心思不过是声音，文字，肢体（包括头眉眼唇口舌手脚等）动作……只要认识了解掌握其中万变不离其宗的规律，融会贯通，善于察言观色，便能闻万物之心声，窥小到蜉蝣尘埃之玄机，悟大至天地宇宙之奥秘。

“鬼见愁”和“笑面虎”也解读到了，同样告知了白如雪。

153

沈天鹏等在来的路上，设想过老道和老尼姑会用邓家姑侄，要挟他们的多种可能，却未料到老道和老尼姑会重复‘福来’客栈一幕，并欲将他们斩尽杀绝。众人均暗道：“老道和老尼姑此计够毒！先让众人如鹬蚌相争自相残杀，他们再坐收渔翁之利，将所有人全部宰杀怠尽。”

北门云飞神情凝重地对李玉龙细语道：“姑父，来前在定远‘天河客栈’我就说过，要么救出紫姗和姑姑，要么我陪着她们一起死在老道和老尼姑手里，别无选择。此时情形，你也清楚了，老道和老尼姑是要用她们俩姑侄作饵料，将我们一网打尽，连羞带辱斩尽杀绝，一个不留。再多解释已毫无意义。

我现在只能说，能救则救，不能救，我便不再救了。我决不再对朋友出招，假打也不行，这里不是'福来'客栈，老道和老尼姑也不是上官兆秀，再用诈伤杀人，只会东施效颦，弄巧成拙，让人贻笑大方。

我也绝不再受老道和老尼姑胁迫做任何不伦不雅之事。'君子有所为有所不为，知其可为而为之，知其不可为而不为，是谓君子之为与不为之道也！'所以，我已不再顾虑她姑侄二人生死，请姑父原谅，因为我已不愿再做老道和老尼姑板上的鱼肉，任他刀俎宰切。与其如此屈辱地苟活着，我宁愿选择蚍蜉撼树，螳臂挡车，快意恩仇，血染江湖。

我决心已下：由我先上，誓与老道和老尼姑拼个你死我活，救人的事就拜托姑父和大哥二哥了。她姑侄如已遇害，就让我先去陪她们；如她们姑侄还活着，请转告紫姗：好好活下去……"

"好侄儿！男儿大丈夫就该如此！姑父和你一起上！"北门云飞一席话，让李玉龙也彻底放下了救人掣肘的束缚。

"还有我，能与兄弟再轰轰烈烈地并肩施展平生所学，无所顾忌的挥剑舞拳，乃岳某人生一大幸事。生不喜存，死不悲没，你我兄弟一场，曾有约：不求同年同月同日生，但求同年同月同日死。兄弟，是该兑现了。"岳海鲲此时也是热血沸腾。

沈天鹏本是较为理性之人，但老道和老尼姑的凶残恶毒，也激发了他原始的英雄侠士本色，这一刻，他不再是钦差和刑部官吏，而是能为朋友和兄弟两肋插刀舍生忘死的江湖义士："李将军，两位好兄弟，就依三弟所言，你我放下一切功名利禄生死得失，誓与老道和老尼姑大战一场，来个彻底了断：生，则为社稷永绝后患；死，则潇潇洒洒的走！下辈子还是好兄弟，好朋友！"

沈天鹏，北门云飞等的对话，亦通过"鬼见愁"和"笑面虎"之口被白如雪所闻。

　　沈天鹏等，此时此刻，满怀一腔热血，抱着赴死之心，只为斩妖除魔，哪顾及其他。

　　"不好！他们如杀了老道和老尼姑，我们去哪里寻找真秘账？"白如雪对"鬼见愁"和"笑面虎"说道。

　　她虽然被沈天鹏，北门云飞等侠肝义胆所震撼和感动，却不能不为他们的安危担心，因为老道和老尼姑的功夫她是领教过的，她不想他们出事。

　　她为她所爱的杨副使有这样的朋友而骄傲。她感觉他们个个都像杨副使一般，是顶天立地的男人，可以为所爱的人视死如归的大丈夫。

　　她甘愿和他们同生死共患难。她必须为他们做点什么。

　　所以她又问道："反之，如是老道和老尼姑杀了他们，我们必势单力薄，更不可能从老道和老尼姑那里获取邓家姑侄及秘账，二位可有良策？"

　　"鬼见愁"和"笑面虎"几乎异口同声道：

　　"帮他们，先杀老道和老尼姑，再寻秘账！"

　　"助他们，先宰了老道和老尼姑，再查找邓家姑侄下落！"

　　因为先前被沈天鹏和北门云飞轻蔑和贬损，"鬼见愁"和"笑面虎"二人内心其实巴不得沈天鹏等全被老道和老尼姑灭掉，只是近段时间来，北门云飞的"断喉剑"已让"红蝙蝠"闻风丧胆，谈虎色变。"红蝙蝠"主指挥使的功夫，"鬼见愁"和"笑面虎"是知道的：远在他两人之上（当初，他俩人能擒住"红蝙蝠"主指挥使，为徐之铭所用，完全是趁其不备，不择手段，巧施阴毒之计，用上迷幻药后，才终于拿翻了"红蝙蝠"主指挥使），竟也死在"断喉剑"下，所以他们对北门云飞不能不有所忌惮，不想轻率对博，自寻死路。而对老道和老尼姑，"鬼见愁"和"笑面虎"虽也听闻过传言，却知之甚少，既没有见过死在《涅槃大乘掌》与《般若无相指》下的人，也没体验过《涅槃大乘掌》与《般若无相指》功力，因此，两害相权取其轻，想着先解决了老道和老尼姑，再对付沈天鹏等。他们也不想落入老道和老尼姑之手，任其把玩。还有，"鬼见愁"和"笑面虎"两人不谋而合，一起打着自己的小算盘：当老道和老尼姑与沈天鹏和北门云飞等两败俱伤时，他们肯定会假途灭虢，乘人之危，一举灭掉两方，既可除去胸中被贬损和冷落之恶气，又可单独轻松找寻俘获邓家姑侄。

白如雪窃喜，这也是她要的结果。千钧一发，不容思量犹豫："两位既有此意，且听我安排：由我助他等先灭老道和老尼姑，你俩趁老道和老尼姑无法分身之机，先去这尼姑庵内四处搜搜，看看邓家家姑侄藏身何处，能救则救，不能救则不救，必须保证邓家姑侄绝对平安。如因你俩失误，害了邓家姑侄，不仅老道老尼姑和沈天鹏北门云飞等不会放过你俩，如误了徐大人的差事，我和徐大人及'红蝙蝠'会怎么'关照'你俩，你们比我更清楚。两位好自为之，行动吧！"

白如雪清楚：这两人不是什么好鸟善茬，她不能不防。她为人处事历来不忘父亲和木士老师教诲：害人之心不可有，防人之心不可无；谨慎能捕千秋蝉，小心驶得万年船。尤其是女孩，不能什么人的话都信，什么路都想走，什么地方都敢去。所以，身为女杀手，虽然有几次惊险，但她还活着。

她支开"鬼见愁"和"笑面虎"，是怕危急关头这两人使坏，让她和沈天鹏等腹背受敌。就算他俩先找到邓家姑侄，一时片刻，他俩也不可能有多大作为。看在要获取秘账份上，他们也不能害了邓家姑侄。即便他俩想挟持邓家姑侄逃去，独自找首领徐之铭领赏，带着两个女流，他们能跑多远？能飞出她白如雪的手掌心？

154

老道和老尼姑，从昨夜起，就盘算着：只要有邓家姑侄在手，沈天鹏和北门云飞等就不能不投鼠忌器有所顾虑；就不能不像木偶奴才下人一样，毕恭毕敬地随他们摆布，任意驱使；就不能不放下钦差颜面身份和侠客豪情骨气，对他俩人驯服地弯腰下跪；就不能再有做人的尊严和自由；就只能把老道和老尼姑像帝王君主一样虔诚地供着，一切唯命是从。

从古至今，为救人，有多少英雄不得不折腰？有多少壮士不得不断腕？又有多少豪杰不得不屈膝？

　　老道和老尼姑正是看准这点，一早就等着坐山观虎斗，看北门云飞等如何表演假打（老道和老尼姑料想他们也不可能会真的自相残杀），用什么手段来断他们的咽喉。如果顺利，再用邓家姑侄的性命生死作筹码，穷尽手段地羞辱作践沈天鹏和北门云飞等，威逼摆布着他们像猪狗一样，做一些下作和低贱的动作，以慰他们师兄妹失子之痛苦。

　　但老道和老尼姑百密一疏，怎么也没料到北门云飞，"鬼见愁"和"笑面虎"能读懂唇语，从而早早泄露了老道和老尼姑的阴谋，便断了北门云飞等想先救人的念想。被逼入绝境无路可走的人，自然只能选择破釜沉舟背水一战了。

　　"两老怪看剑！"北门云飞大喝一声，话音未落，出鞘的"紫霄追风剑"和整个人已飞刺向老道和老尼姑。

　　老道和老尼姑原以为沈天鹏和北门云飞等四人，在悄悄商量如何应对角斗擂台赛，正要催促追问他们为何迟迟不动手，万万没想到北门云飞的"紫霄追风剑"会如利箭般疾刺而来。老道和老尼姑身形一纵，人已站在禅房房顶……老道疑惑不解地怒道："你等不是为救邓家姑侄而来？就不怕我现在就要了她们的命？"

　　"少废话！我什么时候说过我是来救人的？小爷我本就是来取你俩奸夫淫妇狗命的！"北门云飞说着话，人也跃上禅房房顶，将"紫霄追风剑"挥舞出一道道白光剑雨，一波又一波地泼向老道和老尼姑咽喉处。沈天鹏等三人，也从不同方向飞身挥剑直刺老道和老尼姑。

　　老道和老尼姑倒不怎么惧怕北门云飞等挑战，只是仓促间老道一时拿不准如何应对：他可不想让北门云飞等轻轻松松死去，他还没在师妹面前玩着猫抓老鼠的游戏，尤其是其中还有大清国皇上的钦差。他就是要让他们生不如死；北门云飞等死得越难堪，他就越解恨。

　　于是，老道暗示老尼姑：只守不攻，好好玩玩这些不知天高地厚的仇人。

　　一时间，老道和老尼姑与北门云飞和沈天鹏等，就在尼姑庵的房顶屋檐边树梢上，来回周旋鏖战厮杀。

　　江湖对决，武林搏击，非戏台上花拳绣腿的表演。武功高低，数招后便立见分晓。

　　先是武功稍弱的李玉龙和岳海鲲，为老道和老尼姑内力所伤，从房顶翻滚着坠落地上。紧接着，老道一声断喝："留下'紫霄追风剑'"！

　　老道右手将右手中长剑往上空一抛，空手夺白刃，用右手一把握住北门云飞左手刺过来的'紫霄追风剑'剑身，左手顺势画圆运气，一招"推波助澜"，猛击向北门云飞右胸。北门云飞不得不立出右掌对接……伴随"嘣"的一声，北门云飞'紫霄追风剑'脱手；右手整条手臂衣袖全被内气震碎飞落，露出半边赤膊；人也凌空飞出七八丈，撞在一屋檐边横梁后又摔倒地上，很是狼狈不堪。

　　老道随后将左手一伸，潇洒接住自己的从天而降的长剑；再一顺势下甩，长剑便被插在禅房顶木梁上。

　　沈天鹏最后也被老尼姑用铁指从房上戳下，全身伤痕累累，特别是两臂，为老尼姑铁指所伤，双袖已被鲜血染红。

　　刚好，正在庵内四处搜查邓家姑侄的"鬼见愁"和"笑面虎"从禅房里一前一后出来，老道和老尼姑见状，双双齐跃而下，人还在空中，便一人伸指，一人出掌，分击两人百会穴……

　　"鬼见愁"在后，看见了"笑面虎"头上空中突降下一个黑影，他还来不及喊出声，就见"笑面虎"一颗硕大的头颅，四分五裂，脑浆外溢，血流如注。眨眼工夫，他也感觉自己头上有异样，接着一股气流如针扎又像芒刺般疼痛着从头顶百会穴进入，穿胸透肠而过，他的眼睛开始变得朦胧粉红，他看见了远处的白如雪，他想呼叫，却发不出半点声响；从头顶不断冒出流下的血，渐渐模糊了他的视线。他和"笑面虎"一样，在身子倒地前就断气了。

155

　　本来，老道和老尼姑要杀"鬼见愁"和"笑面虎"，完全无需如此血腥残忍，凭《涅槃大乘掌》与《般若无相指》的隔空击物掌和凌空点穴手，就可令"鬼见愁"和"笑面虎"虽然不见外伤，却因为颅骨碎裂而毫无痛苦地死去。

老道和老尼姑之所以如此，完全是怒极"鬼见愁"和"笑面虎"在尼姑庵各房屋内，如入无人之境搜寻邓家姑侄的作为。老道和老尼姑在与沈天鹏北门云飞等对阵过招时，就耳闻目睹了他两人不仅在各房各屋中随意翻箱倒柜，敲瓶砸罐，还趁机调戏侮辱猥亵因怕事而躲在各自屋中的小尼姑……他俩进出过的一些房屋中，偶尔会传出小尼姑和女仆的叫喊呼救声。自从老道和老尼姑二十多年前入住金兜山凤凰岭以来，光天化日下，尼姑庵被人如此肆无忌惮的洗劫践踏，这还是第一次。

偷偷摸摸光顾此地又活着离开的，除白如雪和杨副使外，再无第三人。

就连白如雪也怀疑他俩不是在找邓家姑侄，而是在淘金挖宝和找女人寻欢消遣。

这也难怪"鬼见愁"和"笑面虎"要在尼姑庵发疯撒泼使性子胡作非为，他俩先在金兜山道观被沈天鹏和北门云飞贬损得一塌糊涂，后又在凤凰岭此处让老道和老尼姑轻视冷落。

"他妈的老道和老尼姑，居然目中无人，连提都不提问也不问我俩，就当我俩不存在。""鬼见愁"边走边牢骚满腹道，"我他妈就是要弄点动静出来，让老道和老尼姑知道我俩的存在！"

"师兄说得好！要说别的咱不敢冒充大爷，但要论打家劫舍找人寻物，那还不是我等专长手到擒来吗？""笑面虎"也附和道，"另外，听说一些尼姑庵里的小尼姑，白嫩如水模样俊俏，堂主既然命我等找寻邓家姑侄，我们就搜得仔细些，最好连小尼姑的裤裆和胸衣也别放过！"

"那是必须的。""鬼见愁"会意一笑道，"再说老道和老尼姑盘踞此处多年，值价的东西肯定不少，都是不义之财，见者有份。"

两人搜至老尼姑卧室，也确有意外收获：珍珠玛瑙，钻石翡翠，玉琢金链……应有尽有，"鬼见愁"和"笑面虎"自然喜不胜收，盆满钵盈。

所以，老道和老尼姑一腾出手来，便拿他两人的人头大开杀戒，一为泄愤，二为恐吓他人。

老道和老尼姑还是抱剑站立在禅房门前，院落的石价上，欣赏着自己的杰作：四个被打伤的猎物和足以震慑众人的两具死尸；死尸边，珍珠玛瑙，钻石翡翠，玉琢金链……散落一地。

此时的尼姑庵内，除了躲在各自屋中的老尼姑的那些智瘴女仆、老道和老尼姑外，就只有白如雪没受伤了。

先前，北门云飞和沈天鹏等与老道和老尼姑混战时，白如雪一直在寻找时机，用自己的方法对付老道和老尼。怎奈他们的争斗惨烈，迅雷不及掩耳。

她很清楚，"闻香一倒眠"是对付老道和老尼姑最后的杀手锏。

不用则已，用则仅有一次机会，如不能一招制敌，就真的回天乏术了。

"你杀我手下，我和你拼了！"白如雪见老道和老尼姑踌躇满志从容自得的样子，觉得这正是千载难逢的好时机，便借口寻仇地拔剑冲向老道和老尼姑。

"又一个不怕死的！交给你了。"老道对老尼姑道，"她也是秀儿要的女人，别让她死得太难看。我去收拾那几个残兵败将。"话还没说完，白如雪的剑尖已至眼前。

老尼姑不避不让，突伸出右手两指将白如雪的剑尖捏住，左手一拍剑身，白如雪握剑的右手，就如被雷电击中一般，先麻木后如针刺，再无握剑之力。

但白如雪志不在用剑杀人（她知道用剑她也杀不了老道和老尼姑），她顺势松手弃剑，一个后空翻后，双手朝老道和老尼姑一扬，"闻香一倒眠"便朝老道和老尼姑扑鼻而去。

老道和老尼姑似乎不防她有此招，吸入"闻香一倒眠"后，不过片刻，就如同醉汉，只朝前摇摇晃晃踉踉跄跄走出几步，便先后倒卧在地上，昏昏入睡。

白如雪急步上前，从地上捡起自己的佩剑，就要斩杀昏睡在地上的老道和老尼姑。刚挥起剑，就被沈天鹏和北门云飞等急喝住：

"剑下留人！"

"白姑娘，请不要杀他们，救人要紧！"

"白姑娘且慢杀人！留他二人有用。"

"先留下他二人性命，待问出邓家姑侄下落再杀不迟！"

看见白如雪火中取栗，一招制敌，沈天鹏和北门云飞因为昨夜领教过"闻香一倒眠"的威力，所以，倒不怎么感觉惊奇意外。

岳海鲲和李玉龙却异常震悚和诧异：这毒女果然有些门道。幸好她没有与我等为敌，否则……

白如雪闻声而止道："先留你二人狗命，待会再收拾你们！"看见沈天鹏欲起身，她急上前与李玉龙一道搀扶起沈天鹏。

"我没事。白姑娘，你去照看一下北门兄弟，他伤得不轻。"沈天鹏道，"二弟，你没事吧？"

"大哥放心，我没事，稍静坐调息一下就好。"岳海鲲回道。他与北门云飞和沈天鹏三人，在定远"天河客栈"被老道和老尼姑所伤，旧伤未好，如今又添新伤，也是靠意志和透支体力硬撑着。

北门云飞是老道和老尼姑的杀子仇人，又是"断喉剑"剑主，故老道和老尼姑下手较重，毫不留情。被《涅槃大乘掌》力道所伤，北门云飞一条右手，筋骨俱损，经脉顿滞，几近残废；一时半会儿，他与独臂人没什么区别，虽然他从小就是左撇子，并不怎么妨碍他继续用剑。

"二弟，三弟，你俩先歇着，让白姑娘助你俩疗伤。待我和李将军先去废了俩魔头的武功，再让白姑娘用解药唤醒他们，便可知邓家姑侄下落了。"沈天鹏说着，便与李玉龙一起走向老道和老尼姑……

第四十四章

俠肝義胆 魂断鳳凰

156

白如雪先用自己随身所带的金疮药膏，为北门云飞和岳海鲲止血，然后简单包扎捆绑。

北门云飞和岳海鲲只是安神闭目运气调息，任她所为。

只是当听到两声沉闷的异响和沈天鹏与李玉龙轻微短暂的低叫声时，两人才睁眼关注老道和老尼姑方向，他们看见的却是他们无论如何也想不到的极其恐怖而又怪异的一幕：

之前，因为中了"闻香一倒眠"而昏睡在地上的老道和老尼姑，此刻正抱剑站在原地。

从两人得意忘形喜笑颜开的神情上看，两人不过是玩了一场诈昏的伎俩。

沈天鹏已躺在离老道和老尼姑五六丈远的地上；李玉龙却背对着北门云飞等，步履迟缓跌跌撞撞地后退着，最后几步竟东倒西歪⋯⋯尔后，抱腹倒在地上。

三人赶紧上前察看。

岳海鲲用手抬起沈天鹏印堂渐渐发黑的头，焦急地问："大哥，你怎么了？你可别吓我，你可不能有事呀⋯⋯"

"二弟，我不行了！"沈天鹏看着眼含泪花的岳海鲲，无力地轻声言道，"以后的路，你得自己走了。告诉三弟，大哥对不起他，没救出邓家姑侄，就先走了。我的父母，就⋯⋯就拜托兄弟⋯⋯照顾了！如有可能⋯⋯送我回苏⋯⋯州⋯⋯姑苏⋯⋯的⋯⋯家⋯⋯"说着，说着，慢慢地闭上双眼，不再呼吸了。

血，还在从他口鼻中溢出。

沈天鹏和李玉龙怎么也没料到，已经中了白如雪的"闻香一倒眠"而昏睡在地上的老道和老尼姑，会趁他们走近又毫不提防下，突然起身，分别用《涅槃大乘掌》和《般若无相指》对他二人暗下毒手。

沈天鹏被老道使《涅槃大乘掌》中的一招"排山倒海"，双掌拍在前胸，肋骨尽断，腑脏破裂，人如秋风卷起的黄叶，一下腾飞轻飘至五六丈开外处。

李玉龙所受的致命伤为老尼姑用《般若无相指》之"铁杵入罐"所创：老尼姑的十指如铁杵，猛插在李玉龙腰腹处，令其肝胆俱碎，痛不欲生。

"大哥——"岳海鲲悲恸喊了一声，撕心裂肺，泪如雨下。

沈天鹏于他，恩同再造。自从沈天鹏从死因牢里救出他那天起，他就一直追随沈天鹏，查案缉凶，风雨同舟，出生入死，患难与共。

他们不是血脉亲兄弟，却更胜似血脉亲兄弟。

在岳海鲲眼里心中，沈天鹏既是天朝官场上罕见的清官廉吏，又是江湖中最正直仗义的侠客。

岳海鲲信任他，崇拜他，处处以他为楷模榜样；愿为他生，愿为他死。

同一时间，那边的北门云飞，也用右手扶起李玉龙的上半身，不安地问道："姑父，你伤得如何？要不要紧？"

"我们中了老道和老尼姑的阴招，我快撑不住了。"李玉龙痛楚地皱着眉头道，"贤侄，救她俩估侄的事，就靠你了。有机会的话，请告诉你姑姑……还有……啸林，我……我……爱……他们……"脸一侧，咽下了最后一口气。

听到岳海鲲痛苦的喊声，暗自悲伤流泪的北门云飞，轻轻放平李玉龙双目紧闭的身首。

揩去满脸的泪水，北门云飞来到正在低头无声哭泣的岳海鲲身旁，看着躺在地上已经没有生机的沈天鹏，他跪下开口道："二哥，对不起！为了救她姑侄，沈大哥也……"话没说完，刚揩干眼泪的脸上，又淌满了泪水。

沈天鹏也是北门云飞极为敬重钦佩之人。他们虽然相识不长，但双方一见如故，惺惺相惜，大有相见恨晚之意。

此次赴金兜山凤凰岭救人，按说沈天鹏贵为钦差，肩负皇命，他大可不必以身犯险。但他为情为义，竟抛下似锦的前程，年迈的父母……如今，却魂断凤凰，北门云飞甚至没见着活着时的他最后一面，尤其是当岳海鲲向他转达沈天鹏的遗言："告诉三弟，大哥对不起他，没救出邓家姑侄，就先走了。"他更是悲不自禁，泪如泉涌，抱憾万分。

157

此时的白如雪，却在自责懊悔痛苦中煎熬着。

她无论如何也没料到老道和老尼姑已破解了她的"闻香一倒眠"，并将计就计，使诈引诱他们近身再突然袭击……她感觉好像是自己的失误而害死了沈天鹏和李玉龙。

她既愤懑老道和老尼姑，也无法原谅自己。

她看了看李玉龙，又看了看沈天鹏，满含愧疚与亏欠。她一次又一次地抹去满眼的泪水。

她知道像沈天鹏这样的好官，能平易近人的钦差，实属少有，世间罕见。她遇着了沈天鹏，就如同遇见了光明，便有了重生的希望。如今，能依靠的沈天鹏遇难了，心爱着的人又不知在何方，她有些绝望了……她拔出自己的佩剑，毫不犹豫地走向老道和老尼姑。

她知道自己杀不了老道和老尼姑。

她不过是假复仇之由而让老道和老尼姑杀掉自己。

如不是碍于彝族人严禁自轻自残的习俗，担心自杀会连累家族亲人朋友牲畜草木，令自己死后只能成魔而不能再生成人，白如雪早拔剑自刎了，她又怎肯让老道和老尼姑的手脏了自己的身子！

"白公主是不是还想用你的迷药让我和我师妹再到地上小睡一会儿？"看到慢慢走近的白如雪，老道嘲笑道。"幸好两年前，你到此处用你的迷幻药提醒警示了我们：任你武功再高，有时也敌不过千奇百怪的药粉毒丸。

老实说，我们没法解你的药，也不想劳心劳力地去做此无用之事，因为世间之毒千万种，凡人一生，谁能配出千万种解药？华佗扁鹊也做不到。

但如用龟息法和气阻法，却可将任何毒物止于身外，而进不得体内，使其不再有用武之地。还可借机顺势佯装中毒不治，令敌松懈怠慢大意而无丝毫戒心防备，便可暗中出手，以迅雷不及掩耳之势，一招毙敌，此乃事半而功倍取胜之上策。

所以，我们还得感谢白女侠，是你无意中，帮我们轻而易举地就解决了两个敌对高手。师妹，你看我说得对不？"

"没错，我们不光感谢她无意中帮我们轻而易举地就解决了两个敌对高手，还要感谢她不请自来，肯做我们秀儿的女人，是吧，师兄？看来是秀儿想她了，我们就先送她去见秀儿如何？"老尼姑欣悦满意地回道。

在老尼姑和老道看来，白如雪，和剩下的北门云飞岳海鲲，都是将死之人，对他们已构不成半点威胁了。

听到老道和老尼姑的对话，北门云飞和岳海鲲才看到白如雪已快至老道和老尼姑跟前，两人倒吸凉气：离老道还有两三丈远近，白如雪已经飞身将剑刺向老道。两人来不及拔剑上前，差不多齐声脱口喊道：

"白姑娘，不要！"

"白姑娘，小心！"

老道知道白如雪只是轻功了得，功力不过尔尔。

两年前，老道即便中了"闻香一倒眠"后坐地调息，白如雪的剑也没有刺穿老道的气场。所以，看见白如雪长剑刺来，老道不避不闪，一提气，运至右掌，掌心朝前上立，刚好挡在剑尖前方，他想再上演一次空手夺白刃的得意之作。

自从《涅槃大乘掌》练到第七层后，老道的空手夺白刃就从未失过手。

当年，老道掌毙喜马拉雅北溟门用剑高手，夺下"紫霄追风剑"，用的就是此招。刚才，从北门云飞手中再夺"紫霄追风剑"，还是此招。

北门云飞与岳海鲲明知白如雪已近深渊，命悬一线，绝难活命，仍本能地拼命腾空飞驰援助。

不料，两人还未纵出数米，却被人从后双臂一伸，分别拨推向两边。

两人眼前一暗一闪，便感觉有个人影如一只大鹏鸟，从两人中间飞驰而过，奔向白如雪。

北门云飞与岳海鲲落地立定，不再向前迈步。因为他们看见了他们难以置信的结果——

158

白如雪被人从后推着，不仅没让老道所伤，她的长剑竟然"噗"的一声，刺穿了老道的手掌……

更吃惊的是老道，他没想到白如雪的剑真的能刺穿他多年练出的魔掌。如不是他反应得快，左手一掌"推山移石"，拍向白如雪，被白如雪身后的人伸出的右手接住，只听"啪"的一声，双方一震，来人与白如雪为老道劲力所迫，不由自主地立向后退出四五丈开外到北门云飞与岳海鲲面前，才令老道的手掌虽然被剑穿透，血流如注，但也不至全废。

等老尼姑反应过来，发疯似的要帮老道拼命时，被同样为对方劲力所迫，已退到禅房屋檐下的老道喝住："师妹，且慢，来人功力不在你我之下，容我缓口气再作打算。"

老尼姑便上前去，扶着老道进入禅房，帮着老道处置掌上剑伤。

如梦初醒的白如雪，此时才回过神来。她开始不敢相信，当一股内力从她身后右肩注入她的手臂时，她的剑真的刺穿了老道的手。要不是老道拍出一掌，她被人从后用手搂着腰退离老道，她一定会趁势用剑绞碎老道的那只魔掌。

此时，白如雪终于看清了把她从鬼门关拉回的来人：他就是让她日思夜想的僧悟，又叫杨云松的"红蝙蝠"副指挥使。

"你……你……终于来了！"白如雪激动道，恍惚间，此情此景，她不知道该如何称呼他才好。

335

"你没对钦差沈大人不利吧？"杨副使急切地问道。白如雪是他所爱的女人，沈天鹏是他敬重的清官廉吏。他既怕白如雪不分青红皂白伤到钦差沈大人等而令其陷入万劫不复之地，又担心沈天鹏等为求自保而对白如雪痛下狠手，让自己所爱的红粉佳人香消玉殒。"我一听手下密报，说首领派'鬼见愁'和'笑面虎'助你去追杀钦差沈大人等，并夺取秘账，就赶紧查找你们的行踪。终于赶在此危难时刻……帮到了你……你还好吧？没出什么事吧？"说完转身对北门云飞和岳海鲲道："两位是北门大侠和岳大人吧？请问：钦差沈大人在何处？"

"杨大哥，对不起！是我害死了沈大人和李将军。"白如雪垂泪道，"你杀了我吧！我刚才就是想借老道老尼姑的手自我了结，为沈大人和李将军赎罪。你不该救我。"

"这是怎么回事？你是如何害的？沈大人在哪儿？"杨副使一听沈天鹏已遇难，便看着白如雪、北门云飞、岳海鲲三人，急迫地问道。他感觉他先前担心的事还是发生了：二虎相争必有一伤。一边是他所爱的人，另一边是自己敬重的同僚上司，结果都不是他能接受的。

三人不约而同地走向不远处沈天鹏和李玉龙躺着的地方，杨副使紧跟着。

看到躺在地上的沈天鹏，杨副使急上前，试了试鼻息，又摸了摸颈脉，他的心就像沈天鹏的尸身一样，冰凉透底。他悲哀地暗道："大人呀，你就这样走了，你叫我如何向周大人交待？你身为钦差，秘账已拿到手，又有邓家姑侄做人证，邓尔恒案不就结了吗？你干吗还到此处，以身犯险，惨遭杀戮……不对，身无外伤，口、鼻、耳溢出的是红色的血，沈大人显然不是中毒和被剑所伤。"杨副使想到这里，立刻解开沈天鹏衣服……沈天鹏前胸有两个乌黑的手掌印。

他又去另一边察看李玉龙的伤，他有些明白了：知道沈李两人之死另有蹊跷，非白如雪所为，他在为沈天鹏和李玉龙之死难过之余，之前因为担忧和顾虑而悬着的心，终于放了下来。

"沈大人与李将军绝非你所伤，你也没那本事。快告诉我，究竟是怎么回事？不要隐瞒。"杨副使起身对白如雪厉声道。他是男人，办事喜欢简洁明快，不好拖泥带水婆婆妈妈。

159

于是，在白如雪的哭诉中，又在北门云飞与岳海鲲从旁补充下，杨副使大概清楚了沈天鹏等为何折返现身金兜山凤凰岭。他转身跪在沈天鹏身旁小声道：

"大人，你乃我辈为人为吏之楷模，为江湖为武林之榜样。请原谅属下刚才对你多有猜疑和不敬！与你相遇相识，是属下的荣幸。属下在你面前发誓：今日如杀不了老道和老尼姑为你报仇，属下必到九泉陪你！"

随后，三叩拜，站起，安慰白如雪："你也别太自责了，大家都有失误，都太麻痹大意了，才中了老道和老尼姑的阴招。我相信沈大人李将军和大家都不会怪你的。如今，我们只有齐心协力，一致对付老道和老尼姑，为沈大人和李将军报仇，尽可能救出邓家姑侄，这才是最重要的，对不，各位？哦，我忘了向岳大人和北门大侠自我介绍了：想必二位已猜到了，我就是刑部周大人秘密派遣到云南巡抚徐之铭身边的卧底'蜂针'，'红蝙蝠'杀手组织里的副指挥使。在凤凰镇'山月听风'客栈，我蒙着面见过二位。二位如不嫌弃我的卧底和杀手身份，请叫我杨兄弟如何？"

"杨兄幸会！小弟北门云飞，你帮我和邓家姑侄追回秘账，小弟我感激你还来不及呢，何来嫌弃一说？"北门云飞先回道，"请恕小弟刚才太深沉溺痛失沈大哥与姑父的悲哀中，未及时关注到白姑娘轻率不智之举，险些酿成灾难。真的，白姑娘，我等并没有半点怪你之意，你也是出于侠义，想用己之长，尽力助我等除掉老道和老尼姑，早些救出邓家姑侄，我等怎会怪罪于你呢？"

"三弟此言正是我现在之意。"岳海鲲亦道，"白姑娘，我不得不承认，在不知你早已和我大哥三弟默契联手之前，我对大哥和李将军被老道和老尼姑暗算丧命，对你，我是有些猜疑和敌意的，请你谅解。但此刻真相大白后，我对你再无半点责怪。你并没做错什么，换作别人和我，在当时危急情形下，也肯定会那样做。谋事在人，成事在天，谁也没算到老道和老尼姑会如此奸邪狠毒，有备使诈呢？请别再内疚自责了。"然后对杨副使问候："杨兄弟，你好！我是岳海鲲。刚才听杨兄弟一席话，感觉也是性情中人。多余的话我就不说了，如何对付老道老尼姑，你先拿个主意，我与云飞小弟虽有伤，但命还在，只要能杀了老道和老尼姑，为沈大哥和李将军报仇，就算让我赔上性命，我岳海鲲也毫不犹豫。"

"我查看过沈大人与李将军所受的致命伤，沈大人是被《涅槃大乘掌》中的'排山倒海'所伤，肋骨尽断，腑脏破裂；李将军是被《般若无相指》之"铁杵入罐"所创，令其肝胆俱碎，痛不欲生……"

"你又不在现场，你是怎么知道沈大人和李将军是被《涅槃大乘掌》和《般若无相指》所伤的？你又是如何知道我们在凤凰岭上的？"白如雪一连几问道。

"你忘了，两年前，我在旁看你抄录过《涅槃大乘掌》和《般若无相指》秘笈，我还是《无量流星截》的传人。而《无量流星截》又是《涅槃大乘掌》和《般若无相指》的克星。至于我因何找到你们，长话短说：首领命我彻查'云雾山庄'灭门惨案，途中手下密报：你与'鬼见愁'和'笑面虎'正沿川黔古道前去追杀钦差抢夺秘账，我昨夜才从'云雾山庄'赶到凤凰镇。稍息，又马不停蹄地行到娄山关隘，对守关军士亮出云南巡抚腰牌后，才从哨官口中得知，白天有四骑撞关，其中一人很像去年护送邓尔恒家眷去陕西的李玉龙将军，他不敢阻拦，便派人暗中尾随。关隘下，又见两男一女悄悄跟着李玉龙将军等，至金兜山附近后七人便失去踪迹。哨官派出的探子，知道老道和老尼姑不好惹，故只好返回关隘回报……所以我猜想，极有可能是发生了什么意外，使沈大人等和你们，不得不一前一后登上金兜山。我便又连夜往回转，才到此处，就见你要和老道老尼姑拼命，唉，我要早到一两个时辰，沈大人与李将军或许就不会……不过，我保证，他们绝不会白死，老道和老尼姑必须陪葬！"杨副使一边自我埋怨一边愤怒道。

一听杨副使此言，北门云飞与岳海鲲同时脱口而出喜道：

"真的？太好了！"

"沈大哥和李将军的仇终于可报了！"

160

"两位，先别下结论，容我先把话说完，"杨副使惭颜愧色道，"《无量流星截》确实是《涅槃大乘掌》和《般若无相指》的克星，但很惭愧，由于身陷'红蝙蝠'，害怕暴露卧底的身份，所以，我练此功法的时间和环境都受限制。到今天为止，我最多也就练到七层。我刚才和老道对接了一掌，我确信，老道和老尼姑已将《涅槃大乘掌》和《般若无相指》练至八九层了，万幸，还未圆满练到十成无敌境界。但就老道和老尼姑现有功力，别说是我一人，就算我们四人功力全加在一起，也不敌老道和老尼姑功力。这恐怕也是北门兄弟迟迟不肯用'断喉剑'出招的缘故吧？"

"杨兄所言极是！"北门云飞坦言道，"行家一出手，就知有没有。论功力，我远不是老道和老尼姑对手。'断喉剑'是不祥之物，一出鞘，必沾血索命，否则，如杀不了老道和老尼姑，我怕它会对我等不利。故一直未敢用'断喉剑'贸然出招。再有，这断喉魔剑，同所有刀剑兵器一样，没有自己的原则立场，冷酷而无情，谁拥有它，它便为谁卖命杀人。用它现身杀老道和老尼姑，我不能不有所顾虑和担忧：老道和老尼姑武功已登峰造极，万一我失手，被他俩空手夺白刃，给缴走断喉剑，打蛇不死反受其害，那我的罪过就大了。如今，沈大人与我姑父已遭毒手，邓家姑侄生死不明，我再无顾忌了。"北门云飞边说，边用左手从腰间抽出断喉剑，"这就是我曾经对岳二哥说过的，我去阿拉伯叙利亚地区寻找到的那把大马士革宝剑，备受大家抬举的断喉剑，如用它还杀不了老道和老尼姑，它从今往后沾不沾血索不索命，回不回剑鞘，对我已没有任何意义了，因为老道和老尼姑不死，我们谁都无法活着离开此地。我的紫霄追风剑已让老道夺去，此时不用断喉剑，更待何时？"

岳海鲲等方知"断喉剑"奥秘：能弯曲一圈的剑鞘和断喉剑，就扣绕在北门云飞腰间。它就是那举世闻名的能销铁如泥，吹毛断发的大马士革宝剑。其剑身如冰片蝉翼，铮亮平滑，光洁如镜，闪着冷光。双刃刚柔兼备极是锋利无比，透着寒气。剑鞘剑身，弹性最好，可笔直如针，也可弯如良弓。此剑还绝的是：虽断了多人咽喉，剑刃剑身上却无一星半点血迹。

"昨夜，在不归桥上，我用'闻香一倒眠'误伤他，"白如雪恍然大悟，暗道，"搜他身上时，感觉有一奇怪腰带，原来，那就是让人闻风丧胆的断喉剑呀！"

"好剑！大马士革'断喉剑'果然名不虚传！"杨副使忍不住赞道。"有如此神剑，再配上北门兄弟精湛绝伦无与伦比的高超剑术，老道和老尼姑的劫数到了。"

"我也是这样想的，但我只怕功力不及，够不着两魔头咽喉。"北门云飞担心道。

"我先问：对付老道和老尼姑，各位有无其他更好的良策？"杨副使问。

北门云飞等三人均摇头。

"那好，三位既无其他更好的良策，就由我勉为其难滥竽充数，做一回军师。各位请听我说：我等先暂且不论邓家姑侄生死，更别奢求现在就谋划着如何去救她们，因为毫无用处，没有意义。你我都清楚，如果老道和老尼姑不死，你我别说救人，连自身能不能活着离开此地下山都很难保证。所以，当务之急，是如何商量着首先灭掉老道和老尼姑，也只有如此，才能考虑其他。也就是说，在我们和老道和老尼姑之间，只有优胜劣汰的生死选择，绝没有其他路可走。现在，就算老道和老尼姑肯放我等自由离去，或者，你我拼尽全力，能侥幸从老道老尼姑手下全身而退，但我等还能走吗？能扔下沈大人和李将军遗体及邓家姑侄生死不顾吗？如此狼狈逃命苟活，我等还有何颜面立足江湖武林天地人间？"杨副使低声道。"因此，待会我们与老道和老尼姑肯定是生死对决，不是他死就是我亡。我接下来要说的话，所作的策略和安排，不是讨论，不是商量，而是危急时刻的武断决定或命令，各位能否不折不扣的遵照执行？三位可信得过我，自愿与我全心全意，不惜一切，舍命为降妖除魔而同生共死毫不退缩？"

北门云飞和岳海鲲均道：

"为我大哥，为李将军，为邓家姑侄，你就算让我去送死，我也不会有半分犹豫。"

"连沈大哥生前都信得过你，我们有何信不过？"

白如雪也深情道："连你也信不过，我还能信谁？"

"感谢大家信任！那我就实话实说：我的《无量流星截》虽然还不能与《涅槃大乘掌》和《般若无相指》对等抗衡，但我如倾尽多年修炼出的毕生功力，却可同时将老道和老尼姑任脉的阴交—神阙—水分—下脘—建里—中脘—上脘—巨阙—鸠尾—中庭—膻中和督脉的会阴—长强—阳关—命门—悬枢—至阳—灵台—神道—身柱—大椎等大穴封住三刻左右光景，使其二人暂时运不出气海之精元气至手臂十二经脉，如此便断了《涅槃大乘掌》和《般若无相指》运气发力的根源和基础，令其使不出《涅槃大乘掌》和《般若无相指》；没有神功可用的老道和老尼姑，就与普通武林高手一般，只有娴熟的武功招式和套路。

做完这一切，我便功力耗尽，手无缚鸡之力，和幼儿废人无差别，再也帮不了你等分毫了。我除了旁观，或看你等灭了老道和老尼姑；或等老道和老尼姑先取了你等性命后，再不费吹灰之力地弄死我，与你等陪葬，因为那时的我，连掐断自己的咽喉和咬舌自尽这种常人能做的事，我也做不到了。

所以，成败在此一战，不成功，便成仁，谁也无法置身事外。待会儿北门兄弟需时刻准备着，只要我呼喊：'断喉剑'，快上！我们大家的命运就都交给北门兄弟了。

北门兄弟千万记住：你只有三刻左右光景的机会断俩魔头咽喉；三刻左右光景后，如你仍未得手，我料定以俩魔头内体的雄厚强劲功力，肯定能冲开任督二脉被我所阻之各处穴位，到那时，你我诸位再无人也无力能对阵老道和老尼姑了……我等必全部死在老道和老尼姑魔掌铁指下，与沈大人和李将军及邓家姑侄一起葬身此处，谁也不能幸免。"

"那我做什么呢？"岳海鲲问。

　　"你与白姑娘可随时任意袭扰老道和老尼姑，力所能及地分散俩魔头的注意力就行了。尽可能避免与老道和老尼姑正面过招，绝对不要硬接《涅槃大乘掌》和《般若无相指》，切记！"杨副使嘱咐道。他不想再有人送命，尤其不愿白如雪出事。

第四十五章

师出同宗 水火不容

161

老道和老尼姑已移步禅房外。

"几位商量得如何了？谁先上来送死？"老道问。

"师兄，你暂歇歇，让我先会会他们。"老尼姑抢先上前几步挑战道。"刚才是谁伤我师兄的？让老娘见识见识。"

"老妖婆休要猖狂！接招！"杨副使大喝一声，飞身扑向老尼姑。

老尼姑使的是南少林五枚师太所创咏春拳；拳快而防守紧密，马步灵活，攻守兼备及刚柔并济。杨副使用的是洪门南拳；套路短小精悍，结构紧凑，动作朴实，手法多变，短手连打，步法稳健，攻击勇猛。数十招后，老尼姑被杨副使连踢带打，渐处下风，于是趁隙运气双臂，使出《般若无相指》神功。用如铁似箭的十指，戳，点，劈，削……仅几招，就将杨副使逼迫、挤压、打得连翻带滚，一退再退。

老道见状，感觉杀他四人已无悬念，便对北门云飞等道："三位也别闲着，早死早投胎……"话没说完，左手一掌就击向白如雪。老道怒她一剑穿掌，有失颜面，所以用足了功力，就想将她立毙掌下，方解心头之恨。

白如雪早有防备，知道《涅槃大乘掌》厉害，不想也不敢硬接，瞄准方向，一纵一跃，凌空飞向老尼姑身后。人还在空中，就拔出长剑，猛刺向老尼姑后背。

"师妹小心后方！"老道大声提醒道，正要上前追杀白如雪，却被北门云飞和岳海鲲从两面夹击。

杨副使趁老尼姑因顾及后面白如雪偷袭而分心减弱功力之际，一时兴起，想试试《无量流星截》能否克制《涅槃大乘掌》和《般若

343

无相指》，便运气双臂，两手左右开弓，随意隔空点射向老尼姑双臂各大穴：少府—神门—灵道—极泉……虽然气流劲道不大，却已令老尼姑瞬间顿感双臂麻木胀痛，别说再使《般若无相指》，连举臂抬手都觉困难……片刻后才恢复如常。

老尼姑不由得内心恐惧，急纵身退至老道身旁，说道："师兄，我被他点中手少阴心经穴位，差点使不出《般若无相指》。我们可能碰上剋星了，就是先前与你对过一掌的那家伙，他也会隔空点穴。"

"你到底是谁？为何插手我们师兄妹与他三人之间的恩怨情仇？"老道听了老尼姑的话，联想自己被他助白如雪剑穿手掌，也不禁有些发怵，急用三招两式击退北门云飞和岳海鲲后，便上前几步向杨副使问道。

"我是谁，姓什么叫什么，告诉你也没用，你也翻不到我的根底。"杨副使回道。刚才在老尼姑手臂上小试《无量流星截》，他有底了。"但我却对你们的渊源了如指掌：你姓释，你的祖先，曾是'什门十二哲'中排名第十二的释慧。你幼年丧母，少年时，你父亲又因你与你师妹的这段斩不断挥不去的孽缘而气得吐血，临终，他才将《涅槃大乘掌》与《般若无相指》秘笈交给你……你父亲是不是还反复叮嘱你，务必时刻防着姓僧姓昙姓慧的男人，绝对不能与姓僧姓昙姓慧之女联姻？"

"这……这……你也知道？"老道大骇惊恐。因为他与父亲临死时的对话，仅他和父亲在场，他从未对任何人（包括他最亲近的师妹老尼姑）提过只字片言。

"《涅槃大乘掌》与《般若无相指》为西域龟兹佛图澄·鸠摩罗什大师所创，后被你的祖先释慧所盗，一代代相传至你。"杨副使又对老尼姑道："你的这位师妹姓昙，她的祖先昙影，是什门八俊之一。她上有一个兄长，练有一门传子不传女的极厉害的正是克制《涅槃大乘掌》与《般若无相指》的武功。闻你们二人私奔上山，又嗜杀成性，害了不少江湖中人，如不是念及骨肉血亲，他早上山灭掉你俩了。几年前，她的父母，怕这个不孝忤逆女儿连累家人，一夜之间，举家搬迁隐匿他乡，连她和你也不知其所踪，我没说错吧？"

　　听到此处，老尼姑亦大惊失色，用唇语对老道说："师兄，我俩的事他都知道。他不是人，他是鬼魂，是来找我们算账的。"

　　"别怕，有我，看他还知道些什么，听他说完再杀他不迟。"老道用唇语回道。

　　"我们真能杀得了他？"老尼姑有些心虚了。

　　"我与他对接过一掌，他的功力应该稍逊于你我。一会儿我俩联手，不怕弄不死他。"老道虽然心中恐惧，却不愿就此服输。再说，单凭功力，他自信不在对方之下。

　　"想来听到此处，二位应该想到，你们双方家庭为何明知你俩真心相爱，却仍然坚决反对，毫无半点回旋余地，其中必有因果关系。"杨副使说到这里，又对白如雪道："白姑娘，你能不能将木士老师告诉你的关于《涅槃大乘掌》与《般若无相指》的来龙去脉，再向大家叙说一遍，好让他两人死得明白？"

　　于是，在白如雪的叙说中，在杨副使的补充下，众人终于知道了《涅槃大乘掌》与《般若无相指》，还有《无量流星截》的庐山真面目。

　　"师兄，我现在才相信我的家人，真的不是因嫌贫爱富才不接受你了。我和你都误会他们了。"老尼姑如梦方醒，怀着对家人的愧疚自责道。

　　"你既然知道这么多，想来你与我俩不会没有渊源吧！"老道若有所思地向杨副使问道。

　　"我在'红蝙蝠'里叫杨云松，真名是僧悟，什门四圣中的僧肇是我前辈。"杨副使毫不迟疑地回道。此战之后，他已无秘密可守。

　　"原来如此！你是来替天行道，完成祖训，追杀释姓之人的？"

　　"不是。我是来降妖除魔惩恶扬善的。祖辈的恩怨我可以搁置不问，但对恶贯满盈，罪大恶极之徒还在横行霸道殃及无辜，甚至祸害到我的亲朋好友，我却不能坐视不管。"杨副使大义凛然道。

　　"你一个臭名昭著的'红蝙蝠'杀手，与我等半斤八两，还好意思奢谈降妖除魔惩恶扬善？"

　　"忘了告诉你：我还是刑部派在西南的卧底，官居五品。"

"你既是朝廷命官，干吗多管闲事，涉足我等江湖恩怨？"

"上官兆秀因何而死？他想杀钦差抢夺邓尔恒留下的秘账，这是江湖恩怨吗？你们绑架邓家姑侄在先，杀害朝廷命官在后，这是江湖恩怨吗？"杨副使严辞痛斥道，"你知道被你杀的沈大人是谁吗？他是皇上的钦差，连巡抚总督都要敬他三分的朝廷大员。你俩都是读过书的人，应该清楚，杀钦差是什么罪？满门抄斩，株连九族……释老道，你倒无所谓，反正父母双亡，了无牵挂。昙老尼却不然，你的父母兄长及整个家族，要么像老鼠一样深藏不露永不见天日；要么被朝廷一个不留地诛杀殆尽，你真能心安于此，毫不在乎？"

"别说了，如果我们交出邓家姑侄，你们能否让朝廷赦免我的家人？"一提到家人，老尼姑有些崩溃了。如果说她以前误会家人反对她与老道在一起而逆反，凉了血缘，淡了亲情，如今得知真相后，她不能不幡然醒悟，牵挂家人，她开始顾虑到父母兄长安危了。

这老尼姑从小争强好胜，虽是女流，却聪慧异常，于文于武均有兴趣和造诣。当她偶尔听说父亲背着所有人，在暗中传授大哥一门绝世武功，甚至严令家中任何人不准窥脯偷学。她虽有不甘，却又无奈。心中滋生不满叛逆，开始怨恨父亲重男轻女，小小年纪就在私塾学堂里放纵自己男欢女爱，毫不避讳和同窗老道的暧昧乱伦，寻求平衡，报复家人。人到笈笄待嫁时，家人又断然拒绝她选定的老道托人上门提亲。她一直以为是家人嫌贫爱富利欲熏心，更加深了她对父亲及众家人亲情的疏远和淡漠。所以当她得知心灰意冷的老道要离尘出家时，便义无反顾地抛弃父母兄长，与之私奔。这些年，靠着敢于挑战清规戒律的骄傲，愤世嫉俗的快活，蔑视三皇五帝的自由，与老道在山巅丛林间日出而作日落而息，倒也活得潇洒；又从老道处修炼出《般若无相指》，行走江湖，快意恩仇，杀人无数，难逢对手，自然知足，心无旁骛。却不料，这杨副使一到，扯出《涅槃大乘掌》与《般若无相指》陈年往事。她此时才知道，她与家人的过节纠葛，全然是自己错了。她误会父亲和家人了。血缘亲情一直就关在她内心深处，此时，因为曲解而被长期禁锢的情愫复苏了……

"这个……可以考虑。我不敢保证朝廷一定会听我的奏请，但我会尽力。"杨副使想了想回道。毕竟，老尼姑的家人并未参与作恶，如能平安救出邓家姑侄，总比将她那些无辜的家人满门抄斩更有价值。

"由我一人顶罪，你们能放过我师兄吗？"为家人和亲情，她不想再作恶，却又想挽救自己所爱之人而自我牺牲。

"师妹，你如再替我向别人求情，别怪我翻脸！"老道是极自负之人，容不得向他人低声下气的示弱和乞求。

"不能！你二人近二十年来的所作所为，早已激起武林公愤。"杨副使像一个铁面判官，断然拒绝。"你们除了偷盗抢掠商家富户，凶残杀害朝廷官吏，还犯下惨绝人寰，令人发指的恶行。'云雾山庄'的灭门惨案是你们干的吧？男男女女老老少少，八十余口呀，被你两人一夜杀光，临了，一把火，连山庄带尸首，全部焚毁。想那上官镜波，还是你俩那个私生子上官兆秀的养父，你俩怎么下得了手？"

北门云飞岳海鲲闻此噩耗也深感震惊和疑惑。他们自然想不出老道和老尼姑为何会血洗"云雾山庄"。

"一念之差铸成大错……"老尼姑天良返照有些后悔道。

"什么大错？你凭什么说'云雾山庄'的灭门惨案一定是我们做的？"不等老尼姑说下去，老道急打断狡辩道，"你是亲眼所见，还是道听途说的？如果空口无凭的话如能随意乱说，那我说'云雾山庄'的灭门惨案本是你所为，却来反咬我们一口，欲栽赃陷害我俩，只为你滥杀无辜开脱罪恶，你才实在可恶又可恨！"

"我是不在场，也没道听途说，更没法为自己辩护。早料到你们会耍赖不认。我就让你俩先见一个人，看他怎么说。"杨副使也不辩解，对白如雪道："大门外台阶下有一个穿着棉麻长衫的老者，请白姑娘去叫他进来，你就说是杨副使的意思。"

162

当白如雪带着穿着棉麻长衫的老者走进尼姑庵到杨副使身旁，杨副使对老道和老尼姑道：

"你俩不会不认识这位老人家吧？"

老道和老尼姑看见来人，犹如见了鬼魂，禁不住脱口而出：

"老管家？"

"黄大祥？"

除了上官镜波与老道和老尼姑，"云雾山庄"的老管家黄大祥，是唯一见证过上官兆秀被收养之人。送上官兆秀上金兜山，拜老道和老尼姑为师的也是此人，老道和老尼姑怎么可能不认识？

"你怎么没死？"老道问，他很惊讶，"云雾山庄"居然还有人活着，而且是认识他们的人。

"拜你们疏忽大意没去搜山庄地库所赐，小老儿我才侥幸活了下来。"黄老管家冷言回道。

"老管家，你就将'云雾山庄'发生惨案那夜的事，向众位再叙说一遍，如何？"杨副使道。

黄老管家便把那夜发生的事和所见所闻叙说了一遍，最后，才悲戚地向老道和老尼姑问道："道爷，道姑，我本是想去云南找巡抚徐大人为我家老爷报仇的，你们应该知道上官老爷和他的关系非同一般，我相信他对'云雾山庄'被毁绝不会袖手旁观坐视不管。途中，碰着杨副使大人的手下，听说徐大人正派他追查此事，我就见着了杨副使，并与他结伴，一同来到此处。我百思不得其解，就想当面问问你俩：你们为何要血洗灭掉'云雾山庄'？上官兆秀不是你们亲生的儿子吗？上官老爷视如已出，不仅细心养大了你们的儿子，而且，上官老爷还准备在上官少爷二十岁生日时，就把整个山庄全部交给他料理和操持，上官老爷有哪一点对不住你们，你们竟要非杀掉他不可……"

"我就问一句：上官兆秀去追杀钦差抢夺秘账，是不是上官镜波所派？"老道对上官镜波的临终遗言始终有些怀疑。

"不是！老庄主是何等稳重谨慎之人？他怎会派人去追杀钦差抢夺秘账？"老管家十分肯定道。

"那么，为什么会有上官兆秀到凤凰镇去绑架邓家姑侄威胁北门公子，命其杀钦差夺秘账，反被北门公子断喉送命一事？"老道继续追问。

"少庄主，上官兆秀也死了？"老管家有些意外地反问道。他的确不知道其中变故，也没人告诉他。带着数目可观的银票悲伤地离开已成一片焦土废墟的云雾山庄后，他只想买凶复仇。

但就算上官兆秀没死，他也绝对不会去找上官兆秀告知此事，因为他知道，上官兆秀是老道和老尼姑两魔头的私生子，他不敢指望上官兆秀会为外人（哪怕是养父），找自己的亲生父母寻仇，虽然上官兆秀暂时还不知道自己身世的真相内情。

老管家作为一个有些人生阅历又深谙人情世故的成年人，不能不有所顾忌：一旦老道和老尼姑知道他还活着，上官兆秀又知道了自己的身世真相内情，他不敢想象他们会怎样对待他这个唯一目睹过云雾山庄惨案的外人……很有可能，有人会为了掩盖和销毁罪证，在某地某天的某一个时刻，让他或"意外"坠崖，或"病死"家中，或被"山贼"绑架后灭口失踪。

"死了！尸体还停在凤凰镇棺材铺西屋里。"

"冤孽，真是冤孽，不听老人言，吃亏在眼前。"老管家摇着头感叹道，"他不听老庄主的话，引火烧身，自己死则罢了，却连累一庄人为他陪葬，唉！老爷当初就不该收养他。"然后抬头对老道和老尼姑道："你俩可听好：前些日子，我此刻记不清是哪一天了，我和上官老庄主正在山庄各处盘点府库财物和准备上官兆秀二十岁生日成人庆典，所以云南巡抚衙门派来送密函的人没见着老庄主，便将密函呈给了同样能管事的少庄主。我与老庄主还是后来才从少庄主那里看到密函的。密函是巡抚徐之铭的亲笔，我可以确定，因为我看过他和上官老爷之前的往来书信。他请求老庄主看在多年交情分上，派人刺杀假钦差一干人，并捉拿邓家姑侄，查找邓尔恒秘账。事成后，黄金千两，白银十万自不必说，少庄主还可挂云贵两省抚标营总教头实职和领参将军衔。少庄主毕竟年轻气盛，又好出风头，对云贵两省抚标营总教头实职和参将军衔自然向望渴求。于是，跃跃欲试，主动向上官老爷请缨：'此乃孩儿的机遇，望父亲大人成全。'

老庄主则不然。他反复看了几遍密函后，对少庄主上官兆秀说道：'利虽厚却风险巨大，如稍有不慎，我百年山庄将毁于一旦。试想：那些人能在云贵川地界行走，不惧官府和江湖各路人马追杀，想必有些来头和本事，武功也绝非等闲平庸之辈。再有，如果密函上所说的那些假钦差，确实是皇上派来微服查案的真钦差，我等要是将其误杀，我等和云雾山庄如何担得起这灭九族的塌天大祸？你我都知道徐之铭的为人，我等如真掉进这个深渊陷阱里他必会为自己解脱：'我让你们杀假钦差，你们却杀了真钦差，叫我如何帮你们？'真到那一时刻，你还有黄金千两，白银十万和云贵两省抚标营总教头实职和领参将军衔吗？此饵，我们不能咬，也不能推。先应承着，等过些日子再回函，就说找了，找遍云贵川三省地面，就是不见要捉拿之人。连他巡抚衙门和'红蝙蝠'都拿不了的人，如何还会责难我等？'

'父亲此法有些不妥，那徐大人贵为巡抚，地方父母，全权代表朝廷，是非对错均由他说了算。他这些年对我们也多有照顾，此次他让我们帮他，不就是抓或杀几个冒充钦差的人吗，又许以重金官价，于公于私，我们何乐而不为？父亲大人平时教导孩儿，要不畏艰险，在不断的挫折和成功中磨炼成长，建功立业，早日担起山庄的大任吗？再说，我如前去寻查暗访，发现他们是真钦差，我不与他们动手，只暗中拿到秘账绑走邓家姑侄，解送给徐大人即可，一来还了他人情，二来，也为日后求他办事多有些本钱，何来塌天大祸一说？'少庄主力争道。他可能是太想当云贵两省抚标营总教头和参将了。

'我说不行就是不行。此事到此为止，不容商量。再过十几天就是你二十岁生日，你今天就动身，去金兜山凤凰岭走一趟，把你两个师傅请到山庄来做客，让他们为你即将到来的生日也高兴高兴。我知道现在你心里一定还在为刚才的事不服，总觉得我小题大做，瞻前顾后，断了你的仕途前程。这样，我准你就此事征求一下你两个师傅的意见，如果他们同意你去追杀假钦差夺秘账绑架邓家姑侄，我便不再反对。否则，一切免谈。'老庄主态度坚决道。

我很少见老庄主如此果断。我想他是担心少庄主惹祸出事。

'管家，你去把护院武师周桐叫来，我有话说。'老庄主吩咐我。

山庄家丁护院武师中，唯周桐的武功较高，与少庄主的武功难分伯仲。老庄主将周桐派在少庄主身边，足见老庄主护犊情深，一片关爱。

护院武师周桐到后，老庄主又对周桐说：'从此刻起，你便陪着少庄主，做他的贴身保镖，他到哪你到哪。护院武师中你的功夫最好，他如有事，我拿你是问！'

现在想来，一定是少庄主在来金兜山凤凰岭途中，路过凤凰镇，偶遇邓家姑侄，一时冲动，好大喜功，盲目冒进，将老庄主一切教诲置之脑后，私自作主，去找邓家姑侄的麻烦，结果，偷鸡不成蚀把米，反丢了性命，还连累老爷和山庄众人陪葬。道爷和道姑，不问青红皂白，便把逆子之死归咎于老庄主，所以，为泄愤，便将云雾山庄八十余口男女老少全部杀光，并毁尸灭迹。

小老儿我如今不恨杀少庄主之人，因为少庄主是没事找事罪有应得；我也不恨道爷道姑恩将仇报滥杀无辜，因为你俩本已灭绝人性丧尽天良；我只恨上官镜波老爷当年有眼无珠，为何会认识结交你们两个狼心狗肺忘恩负义，连畜生都不如的恶魔匪类。如不是他当年收养了你们这对狗男女的私生子，引狼入室，怎会有今日灭门惨祸，而毁了自己和云雾山庄百年基业？"

众人听完老管家之言，皆为上官镜波感觉唏嘘和不值；对老道和老尼姑恩将仇报之恶行投之以鄙薄，蔑视和愤慨。

无德无耻无法无天之人，并不是不知道何为德，何为耻，何为法，何为天，只因为任何人一旦可以无德无耻无法无天而不受惩罚，他便会放纵自己无德无耻无法无天，无所畏惧。事实和真相尽在桌面，在场之人都不是三岁孩童，老道和老尼姑也是读书之人，又岂会分不清好歹优劣，忘恩负义与感恩戴德？所以面对老管家的控诉和斥责，老道和老尼姑残存的一点体面也不容他两人再厚颜无耻和强词夺理地争辩，因为那会让他们自己显得更狼狈更龌龊更卑鄙更下流。

163

"漏网之鱼，"老道凶相毕露，恶狠狠地说，"那夜让你侥幸逃脱，你却不知避祸深藏不露，反而到此招摇，偏要来搅这趟浑水，看

351

来你也是不想活了！”

老道此言不打自招，“云雾山庄”的灭门惨案元凶铁定，再无他说。

“上官老爷走了，少庄主也不在了，我的妻子、儿子、儿媳、孙子，都在那夜被你们杀了。对我来说，生，还有何求？死，又有何惧？”老管家悲痛道，“如不是还要为老庄主和云雾山庄几十条冤魂讨个说法，想亲眼看见你俩个杀人的刽子手遭报应，小老儿我实在不愿苟活着多瞧一眼你这两个人格卑鄙，丧尽天良的妖魔鬼怪！”

“那我就成全你，让你早点去见你家老爷”，老道说着，一招《涅槃大乘掌》之“秋风扫落叶”便猛击向老管家。杨副使早有防备，见老道手掌异动，一手推开老管家，一手硬接下老道一掌。两掌碰撞，劲力之大，令地面飞沙走石，空中落叶纷飞。两人均向后退出十数步。

杨副使忍不住体内气血翻滚，喷出一口气血。

老道亦感觉手臂麻木，体内真气阻滞，几乎毫无知觉。片刻调息运气冲通经脉后才恢复如常。暗道：“从没想过《涅槃大乘掌》与《般若无相指》还有被《无量流星截》制约的一天。幸好此人只练得《无量流星截》的七层功力，否则……”

“师兄，你没事吧？我们别再争了，我们怎么能斗过朝廷官府？把邓家姑侄还给他们，我们逃吧，去一个任何人都找不到我们的地方……”老尼姑用唇语道，她既担心她和老道安危，又有些顾虑真的会连累家人。

不等老尼姑说完，老道也用唇语不满道：“你说什么丧气话，我们干吗要逃？这金兜山凤凰岭你我雄踞经营了二十余年，山上宝藏车载斗量，不下百万金，岂是说舍就能舍的？为秀儿配阴婚娶亲的事就算了？杀子之仇就不报了？你不怕他将来见着我们怪我们太无能和太窝囊？我们只要将这几人全杀了，不让他们中任何一个人活着下山，那么，这些天发生的事，所有的秘密就唯有天知地知，你知我知了。朝廷无凭无据，拿什么定罪找我俩的麻烦？”

老尼姑一听此言，心中一点刚萌芽的善良和悔悟，便瞬间蒸发，烟消云散了。人性的恶又占了上风。她暗想："是啊，要保住我和师兄性命和这份来之不易的道观和尼姑庵，不至祸及我的家人，我与其相信他们无法保证兑现的承诺，还不如相信我和师兄的实力。已经杀了那么多该杀不该杀的人了，也不差再杀几个，永绝后患。"

"师兄，你说得对，无论如何都不能放过姓北门的，得让他为秀儿偿命，看我的。"老尼姑一提气，手臂如铁，十指如钢锥，用足力道，腾飞着猛击向杨副使⋯⋯快至杨副使时，突然变向，十指劲力齐发，如十只利箭，隔空无影射向北门云飞。

北门云飞事先识破她与老道唇语对话，早有准备。先腾挪飞纵闪避其锋芒，再将一柄断喉软剑旋转飞舞着迎击老尼姑。老尼姑不知此剑厉害，以为凡物，不慌不忙，两手招架，想硬抢强夺。数十招后，方才怪异惊诧：她前胸后背衣服两手臂袖子，均被此剑撕削成碎片，两乳房漏光，眼看就要呼之欲出⋯⋯如不是有气场护体，恐怕早已伤痕累累体无完肤了。老尼姑急跳出圈外，两手交叉护着胸部对老道大喊："师兄，姓北门的那剑有魔法！"说完急入禅房换装。

老道见老尼姑狼狈模样，亦感意外。老道先前空手夺下北门云飞的'紫霄追风剑'，一招"推波助澜"，猛击向北门云飞，几乎将北门云飞右手打残⋯⋯似乎并不费力。老道与老尼姑武功内力不相上下，他不明白老尼姑为何不敌北门云飞。想了想，右手提着'紫霄追风剑'，走近北门云飞道："你手上的剑就是杀我秀儿的那把'断喉剑'吧！贫道也想领教领教。"

"没错。悉听尊便！"北门云飞不卑不亢道。

老道在从定远回程途中听老尼姑说过："⋯⋯那个姓北门的内力，虽不怎么突出强势，但剑术高超，精妙绝伦，很难应对。很多奇招怪式绝非出自我中原武林各门各派。"

老道当时不以为然说："我有《涅槃大乘掌》和神功气场护身，还怕他？"

想到老尼姑刚才狼狈模样，老道此刻也不敢怠慢和大意。他担心北门云飞已破解中原武林各门各派剑术精要，所以他一出招，用的是这几年自己独创的奇门七十二招夺命掌和遁甲三十六式追魂剑，招招凶险，剑剑狠毒，就是想一出手就杀北门云飞一个措手不及，趁其慌乱中，先将其断手去脚，再掏心挖肺，祭奠他们的儿子。

北门云飞初遇奇门七十二招夺命掌和遁甲三十六式追魂剑，自然有些不适和被动，只有招架之功，并无还手之力，或躲闪或避让，一退再退，如此，他的前胸后背手脚等身上，还是不轻不重地被伤了不少处，令其皮开肉绽，血迹斑斑。然而，对阵和研习过东洋北辰一刀流和飞天御剑流及空手道的北门云飞却步伐不乱，更无畏惧之心。

待老道走完奇门七十二招夺命掌和遁甲三十六式追魂剑，他已胸有成竹，开始反击。只见断喉剑像爬树上枝的银蛇，飞来飞去的就往老道咽喉手臂腋下缠绕，虽然还伤不及老道有气场护住的皮肉，但断喉剑每一次出击伸缩，总会撕扯下一些老道的衣服碎片。恼怒至极的老道，两手也曾好几次抓住过断喉剑，但此剑如泥鳅过滑手，用再大的力也握捏不住，更不用说空手夺下。慌乱中，老道只好收剑运气，使一招《涅槃大乘掌》之"排山倒海"，将北门云飞逼退。

众人再看老道：破衣烂裳，衣不遮体，一副落魄潦倒样，很是解气。

老道顾不得他人幸灾乐祸的目光，亦闪身进入禅房内整装。

"可惜，还是杀不了老道和老尼姑！"北门云飞还是有些失望地对杨副使等道。

"是啊，这《涅槃大乘掌》和《般若无相指》还真不好对付。"岳海鲲道，"要说我这鹰爪，凿木剥皮，抽筋断骨，也非难事，可用在老道和老尼姑身上，却如铁锤砸在棉絮上，没有多大效果。刀也砍不进，剑又刺不了，这什么佛什么什的老和尚，弄出这等功夫，真是害人。"

"别埋怨了，功夫其实没有好坏之分，"杨副使道，"就像菜刀，可切菜，也可杀人，就看握在谁手里。言归正传，看了北门兄弟出神入化的剑术后，我感觉我们又多了一成胜算。我等就照先前的计划行事……"不等杨副使说完，换过装束的老道和老尼姑已双双袭来，不再讲究什么规矩套路，一上来便下狠手，不给北门云飞和杨副使等有太多应对可乘之机。北门云飞等只得仓促应战。

　　数十招下来，杨副使等明显处于下风，几个人无一例外均被老道和老尼姑用《涅槃大乘掌》和《般若无相指》内力所伤。杨副使和岳海鲲已被伤及内脏，虽不致命，却也难忍疼痛，一直是咬牙硬撑。白如雪已遍体鳞伤，满身血污。北门云飞稍好些，只是自顾不暇，救不得他人。

　　老道和老尼姑吃了断喉剑的亏，便用掌指内力气场，不再让北门云飞近身。如此一来北门云飞用断喉剑也只能自保，极难再有作为。

　　老道和老尼姑仗着《涅槃大乘掌》和《般若无相指》神功招式，你来我往，换着招式，魔掌连出，铁指点刺，内力劲道轮番狠击，将杨副使、北门云飞、岳海鲲、白如雪，打得左闪右避，前滚后翻……

第四十六章

道高一尺　魔高一丈

164

　　杨副使知道，如此耗下去，他四人必会一个接一个地让老道和老尼姑所击杀。值此万分危急之时，他突然运气发力，将毕生练就的下丹田元神精气，用《无量流星截》秘笈导引，全部贯注至两手臂手掌。

　　尔后，经大拇指的少商和食指的商阳外泄的元神精气，像流星一般闪烁着白光，左右开弓，或上或下，或前或后，一束接一束精准地点射向老道和老尼姑任督二脉之各大穴……完毕，杨副使整个人如病入膏肓虚脱将死之人，只弱弱地说了声："断喉剑……上，北门兄弟……一切……看你的了！"便瘫倒在地上，大汗淋漓，喘气不止。

　　一旁的云雾山庄黄老管家见状，急上前，将杨副使拖曳至尼姑庵围墙边坐靠着。

　　"杨大人，连你也……"老管哀叹道，"人说天网恢恢，疏而不漏。天道公平，凡作恶的人都要受到惩罚。可这俩魔头的武功实在太高了，有谁能惩罚得了他们？老天爷呀，你可怜可怜我们，让雷劈了恶人，救救我们吧！"

　　"别信天地君佛道，能救我们的，只有我们自己。"杨副使道，"神鬼妖魔本就是虚幻无实之物，纯属阴阳术士僧道尼哄骗愚者的精神法器。古往今来，除了在书籍上，有谁见过玉帝观音如来？他们从刑场上可曾救过哪怕一个无辜受害者？秦始皇焚书坑儒时，老天爷吱声了吗？岳飞父子被害时，玉帝观音如来在哪里？袁崇焕被凌迟处死时，玉帝观音如来为何不出手？文天祥被俘就义时，玉帝观音如来又在干什么？人生于世间，我只信守丛林法则：命是猪牛羊，你就活该被宰杀，果虎狼之腹，你哀嚎也没用；生为奴隶，又不思进取

356

翻身，你就活该被奴隶主欺凌践踏，你乞怜也没用；甘愿做贱民，臣服强权，就活该被苛政恶制煎熬，就活该被贪官污吏敲骨吸髓，你跪拜谁都没用；身为江湖人，练不出功夫，成不了高手，就活该被人追杀，你求饶也没用……今儿，我也绝不求神拜佛，我只信我们在场之人心中那点良善正义，一定能在邪恶的重压下，激发出无比的能量，出现逆天的奇迹……我相信我的朋友们！"

此时的老道和老尼姑，前胸后背大穴被《无量流星截》闭塞，立感酸麻胀堵；魔掌铁指顿消，两手轻空如无物，劲力与常人无异。两人情知不妙，立刻运气冲撞被堵穴道。

北门云飞闻杨副使之声而动，以一敌二，挥舞着断喉剑，刺劈削斩向老道和老尼姑。老道和老尼姑虽无神功护体，但功底套路尚在。闪避躲让的功夫也还了得。

北门云飞因为先前招架《涅槃大乘掌》和《般若无相指》而耗费了不少体能内力，右手又伤重未愈，一时居然也拿老道和老尼姑无可奈何。

老道和老尼姑一边招架应对北门云飞，一边意念导气顺逆行小周天，趁机不停运气过穴。

快到二刻时，竟已冲开了被堵任督二脉的各处大穴，仅剩任脉的膻中和督脉的大椎还堵着。

膻中和大椎，便是最后一关。

老道和老尼姑只要冲开膻中和大椎其中任何一穴，便可使出《涅槃大乘掌》和《般若无相指》。

情势万分危急。

杨副使掐着时间，算着老道和老尼姑冲开任督二脉一处又一处被闭穴位，小声念着："阴交—神阙—水分—下脘—建里—中脘—上脘—巨阙—鸠尾—中庭……会阴—长强—阳关—命门—悬枢—至阳—灵台—神道—身柱……"念到此处，看见北门云飞与老道和老尼姑仍在拼命抗争，成胶着状态，还略处溃败之势，禁不住脱口大声道："完啦！完啦！两魔头的真气快过冲过膻中和大椎了！"

岳海鲲与白如雪均是练武之人，知道真气快冲过膻中和大椎意味着什么。

"我去帮帮北门大侠。"白如雪说着挥剑劈向老道和老尼姑。

快接近老道和老尼姑时,白如雪左手突然一甩,将仅剩的最后一点"闻香一倒眠"全撒向老道和老尼姑。老道和老尼姑一惊,知道此药厉害,虽不怎么畏惧,却也不得不急使龟息闭气法后退,拍散身上余毒,故暂缓运气冲关过穴。

"谢了,白姑娘!"见白如雪解了一时之危,北门云飞有些尴尬难为情道。他事先服过白如雪的"天神的哑水",所以"闻香一倒眠"对他无碍。

"不谢。北门大侠,求你了,为了救出邓家姑侄,为了替沈大人和李将军报仇,为了我们还活着的人平安,请一定不要松懈!拜托了!"白如雪无可奈何又满怀期望道。她感觉北门云飞似乎状态不佳,精神不振,意志消沉。

此时的北门云飞,的确有些灰心丧气,力不从心。

自从邓家姑侄被劫,生死不明;目睹沈天鹏和李玉龙遇害,他便沉溺在深深的自责与挫败中不能自拔,他觉得没脸再面对朋友和家人,整个人精神萎靡,意志消沉,使出的剑式也是有气无力,不在状态。

他不仅再无取胜之心,甚至感觉连活着都是累赘。

165

"……为了替沈大人和李将军报仇……"才多少触动了北门云飞内心深处的使命和担当。让一个女人出手为断喉剑助阵,他有些无地自容和害臊。

因伤重刚从地上站起身的岳海鲲也感觉北门云飞有些懈怠和萎靡不振,便大声怒喝道:"北门兄弟,你那断喉剑已经出鞘,不让它舔血索命,你让它怎回剑鞘?你是不是想让我也像沈大哥和李将军一样命丧此处,你才能振作?那好,我就先死在你眼前!"

岳海鲲使出最后一点力,仗剑纵身刺向老道和老尼姑。

他绝不是装模作样,纯粹是怨极北门云飞心不在焉,就要错过杨副使耗尽一身功力才换来的绝杀老道和老尼姑的良机。

他决意以命相搏，激励北门云飞，同时也为北门云飞争得哪怕一丁半点时间。

一语惊醒梦中人，北门云飞才意识到："我死则罢，但如杀不了老道和老尼姑，却会累及众兄弟朋友再无辜丧命，我当真自私无比，罪过，罪过。"

他不给老道和老尼姑太多喘息机会，立抢在岳海鲲靠近两魔头之前，将断喉剑如流萤飞雪般挥洒向老道和老尼姑。

岳海鲲见北门云飞的断喉剑已将老道和老尼姑裹在剑影中，便退至杨副使处。

北门云飞一边毫无顾忌，无所畏惧地用断喉剑削、劈、斩、缠、抽、切、割着老道和老尼姑，心中一边默念着不久前自己有感而作的一首唐体七绝诗：

砌炉焚心铸一剑，

千锻万锤血中溅；

三年终现断发刃，

情天恨海削魔焰。

往事就如风驰电掣般从他脑海中一幕幕闪过——

为拓宽习武练剑之境界，他远渡东洋。

与泰拳空手道高手过招，被打得前滚后翻，狼狈不堪。

但他屹然不倒。

终于学成后完胜对手，令其不得不敬佩，甘拜下风。

和北辰一刀流和飞天御剑流傲慢武士切磋剑术，他遍体鳞伤，先败后胜，赢得尊严和对方以礼相待。

要寻找旷世奇剑，他漂洋过海，浪迹西欧和阿拉伯地区。

他在叙利亚大马士革某处富翁收藏家的客厅里，从商人伊补拉欣·买哈迈德手里接过断喉剑。

他在一法式庭院里，练着断喉剑。

刀光剑影，落英缤纷，被剑气削碎的花瓣枝叶纷纷飘落，撒满一地。

起初，藤蔓架下的青葫芦，不是只削着皮，就是被拦腰切断，切口歪斜。

每次练完剑，他都会从事先准备好的鼠笼中放出一鼠，任它奔逃……然后出手一剑，断其头颈，鲜血飞溅。

随着青葫芦上的切口渐渐平直变细，被断喉的老鼠不再喷洒血迹……

"一剑画弧"断喉术终于练成。

被断喉剑"一剑画弧"过的葫芦，远看无异，近看，葫芦颈上仅有一细如发丝的切口。切口平直，深入三公分，一毫不多，一毫也不少。

出笼狂奔的老鼠，被断喉剑一挥，瞬间断喉后，无任何异样……仍能凭惯性跑出数十步，才缓缓爬下抽搐不动，血仅从口鼻溢出少许。

一只误撞入庭院的偷鸡盗鸟的黄鼠狼，被飞舞的断喉剑笼罩住不能脱身。

须臾，黄鼠狼全身上下，从头至尾，竟无一根毛发，赤身裸体地跳出篱笆墙外……

临沧乡下，他见着对他不屑一顾的邓家姑姑和羞涩的邓紫姗。

草海边，断喉剑发威，削断十几个恶人和独眼老道玄鸣子的咽喉。

凤凰镇"福来"客栈，断喉剑闪过，上官兆秀断喉倒毙。

"山月听风"客栈，断喉剑再显神奇，将"红蝙蝠"主指挥使剥得祖胸露背，"一剑画弧"，断其咽喉。

四川定远古城，邓家姑侄被掳，生离死别，黯然神伤，恨透老道和老尼姑。

凤凰岭上，看着大哥沈天鹏和姑父李玉龙咽下最后一口气，从此阴阳相隔，悲愤难抑，怒火攻心……

想到此处的北门云飞，突感热血沸腾，被仇恨点燃的复仇之火，唤醒了他心灵深处所有的兽性和魔魂，它们狂暴着挣脱了文明理性的束缚。

北门云飞像变了一个人，全身颤抖哆嗦，只见他瞪大双眼，咬牙切齿，眉露凶光，满脸杀气，相貌走形活似凶神恶煞。

老道和老尼姑乍见之下，亦感胆战心惊毛骨悚然。

令老道和老尼姑更不寒而栗的是，对北门云飞那把软硬不吃来无影去无踪的断喉剑，先前拼尽全力还能勉强应对，此刻，面对越来越浓密的白光剑影却茫然无措束手无策，因为北门云飞手中挥舞的断喉剑像漫天飞扬的雪花，一片片携带着快刀利刃，盘旋萦绕在老道和老尼姑前后左右，老道和老尼姑已经很难再辩得清哪是剑哪是影。

在旁边目睹和关切北门云飞迎战老道和老尼姑的杨副使等，先是惊奇北门云飞似醒非醒，如痴如醉，身形似魑魅鬼蜮，心剑合一，相融难分。他把断喉剑使得如流云迷雾，笼罩住了老道和老尼姑；后又愕然那断喉剑时而像精灵龙飞凤舞，又似银蛇环绕上树，只在老道和老尼姑前胸后背腋下脸头颈边，如闪电般来回穿行，所到之处，必掀起血雾，溅出破衣烂衫和皮肉毛发……众人皆嗅到，空气中，有浓烈新鲜的人体的血腥味。

更令杨副使等不可名状惊恐万分的是那断喉剑的通灵魔性：北门云飞固然剑术高超绝世，但有时，北门云飞两只手中并无断喉剑，只是空手舞着剑术招式，而已脱手不受人手掌控的断喉剑竟能依然自主地像铰肉机削面刀，不停地飞旋铰削着老道和老尼姑……

众人均有一种奇怪的感觉：北门云飞与断喉剑，到底是谁在使着谁？谁是谁的主人？谁是谁的工具？

不到小半个时辰，杨副使等听到老道和老尼姑用咽喉哼出的最后两句模糊的声音是：

"师兄，我看不见你了，因为我的眼窝里什么也没有了。"

"师妹，我也说不出话了，因为我的嘴唇口舌都不在了。"

只见北门云飞身形旋转，"一剑画弧"，老道和老尼姑完全没有声音了……

"嚓"的一声，断喉剑回鞘。

166

北门云飞背对着老道和老尼姑，立定；两眼似睁似闭，如梦初醒，目中无物。

白如雪与黄老管家不忍再看北门云飞身后。

连杀人无数的杨副使和岳海鲲也倒抽一口凉气，一时不知道要不要上前走近北门云飞。

待北门云飞恢复常态，瞧见岳海鲲等神情异样，不解道："二哥，杨大哥，你等怎么了？为何如此看我？这不是阴间冥府吧？老道和老尼姑呢？"

"三弟，你没事吧？这不是阴间冥府。老道和老尼姑就在你身后。"岳海鲲朝北门云飞身后指了指回道。

北门云飞转身看到老道和老尼姑后，也吓了一跳，本能地向后退出数步。因为他看见了两个还站立着的怪物，两具令人生畏的半骷髅人体：两怪物前胸后背，以身前膻中穴和后背大椎穴为界，上身头颅及两手臂均无毛发皮肉，阴森森地裸露着上胸肋骨，后上脊椎，头骨，腕骨，掌骨和指骨；前胸膻中穴和后背大椎穴以下，是衣着整齐，几乎毫发无损的老道和老尼姑的身躯和肢体。

"真是老道和老尼姑？谁干的？"北门云飞忍不住问道。看见杨副使和岳海鲲等都用疑惑不解的目光看着自己，北门云飞又若有所思地自言自语道："难道是我和'断喉剑'干的？"他上前看了看老道和老尼姑咽喉处的剑伤切口，便不再言语，答案就在那里：喉结软骨处的剑伤，切口平直，深入一寸深浅。

他不想再说什么，更不想解释什么。

但他还是转身对杨副使等冷冷说道："我确实不很清楚我刚才干了什么，但我绝不后悔我所做的一切，如果再让我重来一次，为了沈大哥和我姑父，为了邓家姑侄，我还是会用同样的手段除掉老道和老尼姑这俩魔头。我从未向任何人说过我北门云飞是好人和君子。所以，道不同，不相为谋，各位如视北门云飞为嗜血杀人之狂魔，你我就此别过，后会无期。各位如要替老道和老尼姑抱不平，想讨回公道，待我找到邓家姑侄后，无论她们是生是死，我一定奉陪，决不逃避。之前，凡挡我道者，我必杀之，无论是谁，我一旦出手，绝不留情！”

北门云飞说完，先从老道身旁捡起先前被老道夺走的"紫霄追风剑"，就要去搜寻邓家姑侄。

众人的陌生疏远，令北门云飞有些寒心。一生习惯孤傲冷漠的他，宁死也从不屑于巴结和乞求任何人做伴。

"大侠留步，请受小老儿一拜。"云雾山庄黄老管家急上前跪下，对北门云飞三叩首道："无论别人怎么看大侠，但小老儿我发自肺腑衷心地感激大侠替天行道，彻底铲除灭掉了老道和老尼姑这两个祸害人间杀人无数的恶魔，为云雾山庄的上官老庄主和八十余口亡魂报了仇，他们终于可以安息了。

小老儿我将永远铭记大侠的大恩大德，并为大侠向上天祈福，愿大侠一生平安，万事如意！"

"北门兄弟，你这是怎么了？"看到北门云飞翻脸，岳海鲲也上前发问道，"我们不是歃血为盟的兄弟？我和沈大哥为何来到此处，你难道不知？你能杀掉老道和老尼姑为沈大哥报仇雪恨，我当哥的高兴还来不及，何来'要替老道和老尼姑抱不平，想讨回公道'一说？"

"北门大侠误会我们了，"白如雪接着解释道，"别说你把老道和老尼姑如此剥皮剔肉，就算你将他们碎尸万段挫骨扬灰，也是他们该有的报应，我等对你绝不会有任何责难。

我们刚才只是……只是……一生从未见过，能把人杀成半人半骷髅模样。如此人模鬼样，谁见了不有点害怕？所以，面对北门大侠，一时不知说什么好，请你谅解！"

"北门兄弟莫不是要过河拆桥卸磨杀驴不成？"杨副使微笑着问道，"你忘了，老道和老尼姑有如此下场，不是也有我们之前舍命助你的份？你杀老道和老尼姑手段虽然血腥残忍，但你我均是江湖中习武之人，知道怒上心头身不由己，箭在弦上不能不发之理，再说，这俩魔头，杀人无数，罪大恶极，武功又登峰造极，不用非常手段不能取胜。所以，无论何人用何种手段，只要能除掉这俩妖孽，我等都会为他称赞道贺，由衷敬佩，哪有其他微辞？说到害怕，杨某对北门兄弟的断喉剑倒真有几分忌惮和畏惧呢！"

"我也有同感。"岳海鲲与白如雪异口同声道。

四人一番举止和言语，倒弄得北门云飞有些难为情道："是北门云飞敏感猜疑误会各位了。我原以为几位朋友和兄弟，会因为我用断喉剑情不自禁地如此杀人所表现出的凶狠残忍冷血而歧视离弃我，所以有此冰凉绝情言语，我认错！我赔礼！我道歉！北门云飞真心恳求各位朋友和兄弟千万别往心里去，万望多多宽容和海涵，不与口无遮拦、有些轻狂不羁和放浪形骸的我一般见识。"接着又道："说到这断喉剑，我其实也很纠结：它是既让我爱不释手，又让我担惊受怕。它仿佛和我心有灵犀，我只要心动杀机想到要用它，它便会在我腰间自动弹跳不止，我欲拨它时，手还未触碰到它，它竟会自己弹跳撞入我手掌中。使着这断喉剑，我感觉我的心性常被它魔化成嗜血杀生的猛兽。当我和它心剑合一，随意狂飞疯行时，我真的不知道是我带着它还是它带着我在杀人。反正我和它的功防总是恰到好处，令对手防不胜防……

每一次，断完人咽喉后，只要我念想收剑罢手，不等我动作，它都会自觉钻进我腰间的剑鞘中，一下就消失得无影无踪。它原来的主人就说过：这断喉剑对它的主人既兼有通灵，忠诚，能与人心剑合一，无坚不摧；又独具魔性，阴毒，嗜血，如鬼魅怪兽。所以，不到万不得已，不是被逼入绝境，不是救人于水火，我真不敢用这断喉剑，我实在怕我哪天控制不住它，而惹出天大的祸事。

但面对武功胜我等不只十倍的老道和老尼姑这样的凶神恶煞，我如不用它，我不仅自身都难保，又何谈去惩恶扬善匡扶正义、救朋友和邓家姑侄于水火？如果我说，把老道和老尼姑削皮剔骨的不是我，而完全是断喉剑所为，你们信吗？"

"如果是换作原先，谁说我都不信。"岳海鲲道，"但刚才看了北门兄弟与老道和老尼姑生死对决后，不管别人信不信，我是信了。因为我看见脱手的断喉剑，居然能自主的飞翔旋转迎敌，其招式绝不逊色武功一流的江湖好手。”

“我也感觉怪异，”白如雪道，“北门大侠是武林绝顶高手，那断喉剑也不逊色，好像自成一家。它能如庖丁解牛样，把老道和老尼姑解成这般，也应是剑术一流的超级杀手。可它为什么又不把老道和老尼姑全身都解成骷髅呢？”

“因为老道和老尼姑膻中穴和大椎穴以下身体有真气护着，所以，断喉剑机敏灵巧，只找老道和老尼姑软弱处下手，事半而功倍，这断喉剑的确是天下奇剑！”杨副使道。“北门兄弟也无须为此太过纠结，如果说杀戮是为了自卫救人，是除暴安良的唯一手段，那么，我们这些江湖正道之人，又何必为每一次的杀戮而耽耽于怀呢？古往今来，有哪个行侠仗义的剑客，其手中的刀剑没舔过人血？杀该杀之人，只要问心无愧，大可不必顾虑其他。闲话少说，到此为止，我们还是助北门兄弟先找到邓家姑侄再说。”

一阵山巅疾风吹过，随着“啪！啪！”两声响后，北门云飞等只见老道和老尼姑尸身已摔倒在地上。

第四十七章

大海捞针　劳而无功

167

众人也不在意，只在庵内各处搜寻邓家姑侄。

趁北门云飞等分头去各房各屋找人之际，白如雪将庵内七八个老少尼姑全集中到庭院里，问道：

"这几天，你们的仙姑奶奶和大老爷，有没有给你们带回新的妹妹姐姐？"

"有的，仙姑奶奶和大老爷抓回两个很漂亮好看的妹妹姐姐。"一个年龄稍大的胖尼姑回道。

"你们仙姑奶奶和大老爷把很漂亮好看的妹妹姐姐关在哪儿了？"

"不知道。仙姑奶奶和大老爷没说。"

"仙姑奶奶和大老爷把很漂亮好看的妹妹姐姐关在哪儿，你们有谁知道？说了我给她吃好的。谁要知道不说，"白如雪拔出剑指着老道和老尼姑的尸身道，"我让她和这两个妖怪睡。"

白如雪知道，老道和老尼姑为自身安全，所用下人，选的都是智力有缺陷的人，所以，她也只是动口不动手，吓吓她们说出真话。

"管我们的大姐姐知道，她是专门服侍仙姑奶奶的管家。我看见仙姑奶奶和大老爷，让大姐姐把很漂亮好看的妹妹姐姐带进了那间屋。"刚才答话的胖尼姑指着禅房道。

"大姐姐是哪个？你指给我看看。"

"她不在。她的脸很丑，有很多紫色的疤痕，但是皮肤很白。"答话的胖尼姑看了一遍其她尼姑道。

"她在哪里？"

"不知道。"

"大姐姐她们怎么吃饭？"

"仙姑奶奶和大老爷，让我们把做好的饭菜，装篮子里放在禅房里的佛桌上后，就赶快离开，让她们自己取。谁也不准偷看，谁偷看挖谁的双眼。"

白如雪立刻将情况通报北门云飞等。

众人来到禅房。

禅房地面与庵内其他地面一样，均为规则大方块青石镶嵌。正堂是一排佛案石桌。桌上供着玉清、上清、太清，如来，观音……大方块青石地面上摆放着几个用稻禾和笋壳编制的蒲团。

众人开始或敲打地面，或试着推移石桌佛像，仔细寻找房内可疑处，可能设置的机关和暗室等。

几个人一番折腾后，还真的在佛像后面找到一条用巨石做翻盖盖着的密道。拔出插削，巨石板盖水平翻转 90 度，露出一洞穴，下方便是喀斯特岩溶缝隙。北门云飞等沿一条人工修凿的小道在岩溶缝隙中蜿蜒向下行走。

顶上两边是奇形怪状琳琅满目的钟乳，石笋，石幔，石花。这些千姿百态经过数万年甚至几十万年才形成的沉积物，构成了各种各样、瑰丽神奇的景物，变幻迷离，把溶洞装点得如传说中的地下龙宫一般。但北门云飞等毫无心情去欣赏观阅，他们只想尽快找到邓家姑侄。

北门云飞等怎么也没料到，密道尽头，竟是凤凰岭北坡那条羊肠小道中段。

就是两年前，老尼姑抄近路拦截白如雪的那条羊肠小道。

往上走是尼姑庵，往下走是不归桥。

这应该是老道和老尼姑在危急时用来逃生的密道。

老道和老尼姑绝不可能把邓家姑侄放到荒郊野外林中山间，北门云飞等都清楚，只是谁也不愿点穿。

明知没有希望，北门云飞等还是下行至不归桥边。

又不约而同，一起沿盘山石梯路返回尼姑庵，因为沈天鹏和李玉龙还在山上。

没人说话。

"各位朋友兄弟，有劳了！"重新回到尼姑庵内，北门云飞先开口道，"为邓家姑侄，大家都尽力了。兄弟我在此万分感谢！那金兜山，我等昨夜也找了个遍；这凤凰岭，我等也翻了几番，如此看来，她们俩姑侄是凶多吉少了。我不想为了找她俩姑侄再耽误大家太多时间，毕竟，我们活着的人还有很多事情要做，未了心愿尚需完成，沈大哥和我姑父还暴尸荒野，等着我等收敛安置，邓家的雪海深仇还未得报……但让我就这样离去，我始终不甘心。我总觉得她们俩姑侄还活着，就在离我不远处，等我去救她们。这也许是我的错觉幻想……为了不使自己悔恨终生，我想恳请诸位给我最后半个时辰，让我独自一人再去找找她俩姑侄，如再无线索和结果，我们便带着沈大哥和我姑父一起离去。一切听天由命，只看她俩的造化了。"

"我们帮着一起找！"杨副使等一起表示道。

尼姑庵又被北门云飞等搜了一遍。

半个时辰很快就要到了。

杨副使等已站到沈天鹏和李玉龙身旁。只等北门云飞一到便离开此处。

北门云飞心情沉重地就要依依不舍地走出禅房……

第四十八章

神匠布局 巧夺天工

168

突然，北门云飞听到从地下传来一种只有他熟悉的有节奏的响声："哐—哐—哐—，哐—— —哐—— —哐—— —，哐—哐—哐—"。这声响类似拍发电报的"滴—滴—滴—，哒—— —哒—— —哒—— —，滴—滴—滴—"的响声。

"这分明就是摩尔斯密码中的 SOS（救救我们）。"北门云飞狂喜，对岳海鲲等大喊："二哥，我找着她们了！你们快来！"

"在哪儿？"岳海鲲等闻声急至禅房问道。

"你们听。"北门云飞用老尼姑敲木鱼的木鱼槌在地面上有节奏地敲："啪—啪—啪—，啪—— —啪——啪—— —，啪—啪—啪—"。

地下立刻传来差不多同样节奏的声音："哐—哐—哐—，哐—— —哐—— —哐—— —，哐—哐—哐—"

"这地下有人？是邓家姑侄？"白如雪问道。

"没错，是邓家姑侄。"北门云飞兴奋地肯定道。"我用木鱼槌敲的是摩尔斯密码中的暗语，她们回的也是摩尔斯密码中的暗语。这摩尔斯密码中的暗语我教过邓紫姗，所以她应该是向我们求救。她此时也知道了我们就在这里，正准备救她们。"

"如果这地下是密室，就肯定有开启密室的机关，大家分头找找，别放过任何蛛丝马迹。"杨副使道。

"你们别找了，我想我应该知道机关在哪儿了。"白如雪若有所思道，她走到一个大蒲团前，"两年前，我来过这里，乱翻误搜，我居然从这个蒲团下的石盒子里，拿到了《涅槃大乘掌》和《般若无相指》的摹本。无意间，我发现石盒子里，左右还立着两个铁环。我的目的已达到，便不想多事，再说铁环也不值价，我又忙赶路，便没去动铁环。刚才，我们第一遍搜此处禅房时，我想到过这处机关，但一听说你们已找到通往后山的那处密道，我便忽略放弃了。"白如雪说着移开蒲团，用小刀撬开楠木盖板，一个石盒就镶嵌在大方块青石间。石盒里左右立有两个铁环。两个铁环分别连着两根铁链。两根铁链来自石盒下方的孔洞。

"白姑娘，小心暗器，让我来。"北门云飞道。他先提了提右边的铁环，没有动静。他放开右边的铁环，再去提左边的铁环……只听"轰隆隆"一阵响声，佛桌前三块大青石慢慢下沉，成三级一尺五高矮的下行台阶。再往下还有一圈螺旋台阶通向更深处。台阶两边均点着油灯，显然，有人常来常往。北门云飞等正要踏价而下。

"慢！"杨副使道，"下面状况你我不得而知，还是小心谨慎些。人要救，但也要顾虑周全，别被人把我等一锅端了。这样，北门兄弟，你带着岳大人和白姑娘下去救人，千万不要大意，为了救人和自卫，为了同伴和他人安危，该用断喉剑时，请别犹豫，拜托了。上面就由我和黄老管家守着这铁环机关和生死通道。我虽然内力尽失，但武功招式还在，还可以扮虎吓人。如此安排，各位意下如何？"

"甚好！"众皆首肯赞道。

于是，北门云飞在前，白如雪居中，岳海鲲殿后，借着台阶两边的油灯光亮，踩过十余阶梯后，下到离地面十数米的一个地下甬道前。最底一级台阶旁，也有两个连着铁链的铁环，想来应该是和上面禅房里的铁环一样，是用来开关上面那三级台阶的。

原来，这凤凰岭山尖下，竟是一个巨大的溶洞和几个小溶洞。二十几年前，老道和老尼姑发现这些溶洞后，就从各地找来能工巧匠，先将大溶洞改造成几处地下厅堂和密室，并设置机关陷阱，布置暗箭毒镖。再把一些小溶洞开掘成通向半山腰的暗道，以备万一逃生时所用。（北门云飞等先前在佛像后面找到那条用巨石做翻盖盖着的通向南坡密道，就是其中的一条。）

待地下工程完工后，再在地下密室上方的山岭上修庵建房，砌墙围院，便有了今日凤凰岭尼姑庵。

北门云飞等站在最底一级台阶上。

台阶下，是一条高和宽仅两米左右，长约五六十米的地下甬道。甬道地面上铺着约三四十公分长宽的一块连着一块的方石砖。每块方石砖上都刻有一个着了红漆的阿拉伯数字，或是 0，1，2，3，4，或是 5，6，7，8，9。数字排列不仅无顺序无规律，甚至有不少方砖上刻着相同的数字。

其中有几块方砖没有数字，而是刻着黑白阴阳太极图。

甬道两侧墙壁和头顶上，是数不清的有鸡蛋大小的孔洞。

北门云飞等都是江湖武林中人，一看便知：那些孔洞中藏着的，不是利箭，便是毒烟焰火，控制它们的机关，就是那满地的一块块刻有阿拉伯数字的方砖。

这些刻有阿拉伯数字的方砖，就像一条迷宫通道，任何人，稍有不慎，走错一步，便会万劫不复，死于非命。

甬道的另一头，是一堵天然石灰岩凿平的石墙。墙的左边是一扇紧闭着的石门；右边靠近石门中高处，有一堵塞着的小孔洞。

北门云飞等不敢莽撞轻率，三人只好先返回禅房。

第四十九章

迷宫傳音　破解珍瓏

169

　　杨副使见北门云飞等空手回到禅房地面，就料到有麻烦了。

　　听完北门云飞简述下面的状况后，不等杨副使言语，云雾山庄的黄老管家抢先开口道："如果北门大侠所言不虚，那你们是碰见一个诡异无比又万分凶险的甬道迷宫了。除了老道和老尼姑，无论谁，要想走过去救人，几乎不可能！"

　　"你怎么知道？"杨副使与北门云飞几乎同时问道。

　　"因为云雾山庄最大的地库里也有这样的迷宫甬道。"黄老管家道，"传说这种迷宫甬道是战国鬼谷子王诩（又名王禅，号玄微子）所创，并由他的弟子不断完善流传至今。

　　那些刻有数字的方砖应该有八八六十四块或六六三十六块，每一块都连动着杀人的暗器。方砖下的机关最是灵敏，即便是一只老鼠走过，也能发动甬道两边墙上孔洞中的暗器，更别说是人了，任你轻功再好，也难过此阵。每触动一次暗器机关，便有一轮数十支暗器射出。最多可连着齐射六轮，就是说，你走错一次，它齐射出一次，总共可射六次。六次后，射出的便是火焰毒烟迷药。喷完火焰毒烟迷药后，迷宫的崩塌自毁装置就会被启动，最后，整个地下密室会爆炸坍塌，身处迷宫中的人，绝难活命。

　　当然，迷宫的设立人会根据事主的喜好，给主人家预留下一组行走迷宫的数字顺序暗码，只要按数字暗码顺序，踩着刻有相应数字的方砖，就能安全走过迷宫。否则，走错一步，连神仙也救不了。"

　　"迷宫尽头那道石门又怎么开启呢？"白如雪问道。

　　"迷宫尽头那道石门从外面谁也开不了，就连建造这个石门的工匠也开不了，因为开启石门的机关设置在石门背后的密室里。如果我判断不错的话，这里的迷宫甬道结构与云雾山庄地库的迷宫甬道结构大体相似。"黄老管家回道，"因为二十年前，我听上官老爷说过，老道和老尼姑向他打听哪里有设计密室暗道机关的工匠。上官老爷当然不会把给自己设计过密室暗道机关的工匠推荐给老道和老尼姑。但后来听说，老道和老尼姑还是找到了给云雾山庄设计建造密室暗道机关的那个工匠的同门师弟……"

"我可听说，为了保密，一般修建这种密室暗道机关的工匠都很难活着走出密室暗道，就像修建皇陵的人，从古至今，除了陪葬，被尽杀于皇陵中，几乎没人能活着离开。云雾山庄会放走设计密室暗道机关的工匠？不怕他们泄密？"岳海鲲问。

"那是过去，现在不行了，那些设计密室暗道机关的工匠都变聪明了，想灭他们的口也不那么容易了。不然，设计一个密室暗道，就死一个工匠，那世间还会有这种能建造密室暗道机关的工匠吗？"黄老管家驳道，"凡建有密室暗道机关的人，当然都想杀尽所有知道自己秘密的人，以绝后患。但有这种技能的工匠也不笨。他们会为保命而在密室暗道机关中设置一个定时自启毁灭装置，你如杀了他，不出十天半月，你的密室暗道，就会瞬间化为废墟。你如诚信不欺，他拿钱走人，三五天后，他的徒弟自会上门消除定时自启毁灭装置，大家从此相安无事。盗，亦有道，他也会对事主的秘密守口如瓶，绝不外泄，否则，谁还敢再请他建造密室暗道机关？事主会放过他？他还有安宁日子？至于那些仅仅是干粗活的杂役苦力，大多是从外地远处被蒙着眼，或招，或抢，或骗来的，密室暗道一完工，他们的死期就到了，吃完最后一顿饭，他们全都会中毒而亡，被埋在密室暗道中一个事先由他们挖好的深井里。"

"让人家自己挖坑埋自己，这也太惨无人道了！真够歹毒的！"白如雪不平道。

"是有些残忍，但凡建造密室暗道机关的人，总不能让天下人人都知道自己宝库的秘密吧？"黄老管家辩道。

"那云雾山庄地库迷宫的暗码你一定知道了？能说吗？"北门

云飞急问道。

"我当然知道。云雾山庄已毁，还有什么不能说的？"黄老管家肯定道。"上官老庄主生于嘉庆 14 年 6 月 13 日，所以，只要按 14613 暗码顺序走，走几遍都没事。北门大侠是不是想了解云雾山庄地库迷宫的暗码后，看能不能找到此处迷宫的暗码？"

"没错，但恐怕太难。"杨副使插言道，"一来老道和老尼姑已开不了口，他俩的生辰八字已无从知晓；二来唯一知道此处迷宫暗码的那个丑尼姑，肯定就在石门后的密室里看守着邓家姑侄。对了，除了要过迷宫甬道，还有那道石门，又怎么打开呢？"

"那道石门，如果和云雾山庄地库里的石门一般大的话，其厚约二尺多，重量不少于数百近千余斤，被牢牢地镶嵌卡在能左右滑动的铸铁轨道上，除非按动开启机关，否则，绝对不能撼动其丝毫。开启石门的机关又只设在石门后面的密室里。也就是说，如石门开着，表示密室里无人；如石门关着，密室里肯定有人。"黄老管家说道。又问北门云飞："石门右侧旁石墙上应该有个观察孔吧？"

"好像有是有一个孔洞，比拳头稍大点，仅能伸进一支胳臂。我看见有少许微弱的光线从缝隙中射出。"北门云飞回道。

"那就是密室里的人用来观察室外甬道情形状况的窥孔。里面有防外窥视塞堵挡着。"

"老管家你说，这迷宫的暗码会不会是老道和老尼姑的儿子上官兆秀的生日呢？"北门云飞又问道。"上官镜波不是要给他举办二十岁生日大典吗？老管家肯定知道上官兆秀的生日吧！？"

"上官兆秀生于……道光 21 年……"黄老管家想了想，又扳着指头算了算说："4 月……25 日，没错！"

"这样，杨兄，还是由你守着此处，让黄老管家与我们下去实地看看再作决定，如何？"北门云飞提议道。

"甚好！"杨副使回道，又喊住就要离去的北门云飞，再三嘱咐："北门兄弟，如果因为救人，而必须要用到你腰间的那件宝贝，请别犹豫，虽然我知道你对它有些忌惮和阴影，又不忍杀生。但男子汉大丈夫，该断则断，不断后乱。你如再怀妇人之仁犹豫不决，一念之差害了邓家姑侄性命，那沈大人和你姑父不是白死了吗？记住：江湖中人，为救该救之人而杀该杀之人，原本就是行侠仗义，无可厚非，更无须耿耿于怀。不要失去了再后悔和内疚。"

"谢谢，我知道，请放心，我一定会救出邓家姑侄，并保证让大家平安而归。"北门云飞道。

<h2 style="text-align:center">170</h2>

黄老管家站在地下甬道台阶上，仔细观察了一番那些刻有数字的方砖后说：

"这处迷宫与我云雾山庄地库迷宫没多大区别。我只是猜不出为什么其中有几块方砖没有数字，而是刻着黑白阴阳太极图。云雾山庄地库迷宫里没有这种黑白阴阳太极图。会不会有什么玄机，这个真不好说。"接着又道："你等即便侥幸能走过迷宫甬道，却又如何令石门后面的人打开石门呢？"

"车到山前必有路，走一步看一步，总会有办法的。"北门云飞说道。接着又向黄老管家求证："上官兆秀的生日是道光 21 年 4 月 25 日，对吧！"

得到肯定后，北门云飞让众人再退上后面台阶处，将"紫霄追风剑"拔出握在右手上，一运气，手腕一抖，便将"紫霄追风剑"向刻有 2 字的方砖掷去，只听"叭—叭—叭……"的几声，甬道两边墙上的孔洞中，"嗖—嗖—嗖……"瞬间飞射出数十支利箭，却又消弭殆尽，不留一支在迷宫中。

更奇的是，连北门云飞也没想到，从他手中斜着飞出去的"紫霄追风剑"，在迷宫中弹了几弹后，竟又飞回到他手中。

"那些箭呢？"白如雪吃惊地向道。

"墙上两边的孔洞，有的射出箭，有的只接纳对面射出的箭。"黄老管家回道，"刚才如有人在迷宫中，肯定已被暗箭射成死的刺猬了！"

"看来过迷宫的暗码不是上官兆秀的生日。"北门云飞沮丧道。

"这可如何是好？如果不是上官兆秀的生日，会是什么呢？"黄老管家也自言自语道，想了想，又对北门云飞说："从上官老庄主和少庄主一些平时交谈中，我还知道，老道和老尼姑，除了痴迷武学外，对九宫八卦算术也很有兴趣。这迷宫的暗码会不会与九宫八卦算术有关联呢？"

"这个范围太大了，几乎无法猜想推测！就到此为止吧！"北门云飞断然否定道，"谋事在人，成事在天。天意如此，非人力可为。各位兄弟朋友，为救她俩姑侄，已经尽力了，我代表北门家和邓家，由衷地感谢！二哥，白姑娘，老管家，你们先上去吧，让我一人再看看，想想还有什么法子破阵便上来……"

"不行，要走一起走，要留都留下。"岳海鲲感觉北门云飞神情有些异常，便坚决道。"兄弟，事在人为，人多主意多，总会有办法的。"，便劝解道，"我等还是都上去，找杨兄弟再商量商量，总之，无论如何，也要救出她俩姑侄。"

北门云飞的确有些灰心和颓丧。想到为救邓家姑侄，沈天鹏和李玉龙不幸蒙难，他实在不想连累他人再为此遭遇不测，所以他想支走岳海鲲等，自暴自弃，毁掉这个迷宫，断了他人再冒险救人的念想，让自己就在这地下迷宫中为邓家姑侄陪葬。

在众人苦口婆心的力劝下，北门云飞只得无可奈何地又与众人回到禅房中。

第五十章

一語成讖　如梦初醒

171

"看来，救人一事，有些……很棘手。"得知破解迷宫的暗码不是上官兆秀的生日，杨副使也感觉有些绝望。"如今，能破解此迷宫的人，只有建造它的工匠和石门后面看守邓家姑侄的那个丑尼姑了……现在去找工匠，纯属用远水解近渴，毫无意义，所以，我等仅剩一条路了：就是怎么让那个丑尼姑说出过迷宫的暗码和打开石门，舍此再无他法。"

"这恐怕做不到。"岳海鲲道："我们连石门都接近不了，如何控制那个密室里面的人，再逼她打开石门放我等进去救人？除非邓家姑侄在里面能有所作为，拿下看守她们的人……"

一语惊醒梦中人，北门云飞突然有了灵感：

"二哥此话倒提醒了我，也许希望就在石门后的密室里。"

"此话怎讲？"杨副使问道。

"我先前也是事急无序乱碰瞎撞，心中只想着救人，眼里只有坑人的迷宫和设计它的老道老尼姑，竟忘了用莫尔斯密码再联络邓家姑侄。"北门云飞一扫先前的阴霾说。

"是啊，我们好像都忘了邓家姑侄能从石门后传递出消息，"白如雪也豁然开朗道，"以她们的聪明伶俐，如知道我们正在外面拼命救她们，她们一定信心倍增，肯定会有所行动。就算不能控制或说服看守她们的人，但也能传出些只言片语蛛丝马迹，为我们破解迷宫救人提供些思路和帮助……"

"白姑娘这一说还对了，"杨副使突打断白如雪的话说道，"邓家姑侄被关进下面密室时，不也随老道和老尼姑走过迷宫吗？她二人

377

如有心的话，不会不记得一些数字吧？北门兄弟，你就快用你那个什么码，再联系联系邓家姑侄，或许真有奇迹出现呢！"

"摩尔斯密码。"北门云飞回道，边说边找来木鱼槌，让众保持安静，便用木鱼槌在地板上敲着摩尔斯密码，与被关在地下密室的邓紫姗暗通信息——

北门云飞："你们还好吗？"

邓紫姗："都还平安。"

北门云飞："在石门后密室里看守你们的有几人？"

邓紫姗："只有一个丑尼姑。"

北门云飞："她没为难你们吧？"

邓紫姗："没有，她好像不会功夫。你们是怎么找到这儿的？老道和老尼姑呢？"

北门云飞："一言难尽，详情容后再说。老道和老尼姑已死。你们能自由活动吗？能接近丑尼姑并控制住她，逼她说出过迷宫的暗码，并打开石门吗？"

邓紫姗："不能，因为我们被老道和老尼姑锁在铁笼一般的石洞里，钥匙在丑尼姑身上。但我幸好记住了过迷宫的暗码：3.1415926，就是圆周率，好记；点是黑白阴阳太极图，别弄错了。姑姑让我告诉你：刚才外面甬道有响动时，丑尼姑取出防窥孔塞，朝外看了看……对啦，开启石门的机关就在里面窥孔旁。其他的，我们也无能为力了，一切看你们的啦。"

北门云飞："足够了，剩下的让我们来做。你们保重，千万别去刺激丑尼姑。等着我，我一定能救出你们！"

北门云飞将他与邓紫姗的对话与众人复述了一遍。

"太好了！真是踏破铁鞋无觅处，得来全不费工夫。"杨副使满意道。

"第一关总算过了。接下来，我们的目标就是那个丑尼姑。"

众人亦既感觉欢欣鼓舞，又有些犯难。

"现今能打开石门的人，仅剩丑尼姑一人了，"白如雪分析道，"所以，她绝不能死，但我们又如何控制并说服她帮我们救人呢？"

"最直接又省时省力的办法只有一个：控制住她，用死亡相威胁，逼着她开启石门，北门兄弟，你明白我的意思吗？"杨副使向北门云飞问道。

"明白，走过迷宫，弄出点响声，乘丑尼姑取出防窥孔塞，朝外偷看时，一招锁住她咽喉，以死相逼⋯⋯"北门云飞道。

"出手和力道要拿捏精准，只有一招出手机会；且不能重，也不能轻，万一不小心弄死了她，或让她挣脱控制，邓家姑侄就真的没救了。"岳海鲲道，他也想到了。"论剑术，我不如云飞小弟；论功力，我不如杨副使；论用药，我不如白姑娘；但如论手指上的功夫，我自认不输你们任何人。对付丑尼姑这活儿，舍我其谁？我当仁不让，由我来吧。"

岳海鲲这倒不是王婆卖瓜，狂妄自大。他从小勤练岳家独门绝技'岳氏五十路鹰爪连拳'和'一百零八式鹰爪擒拿手'。其中手法就有：抓、打、拿、掐、砍、戳、锁、拣、夹、劈、削、插等；眼法有：远瞩、高瞰、近视、低瞥、上注、下瞥、左扫、右顾等，注重的就是手疾眼快和十指先发制敌的精准和力道。

"是啊，捉拿丑尼姑这事，关系邓家姑侄生死存亡，最是凶险无比，差之毫厘，失之千里，稍有不慎，我等先前所有努力和沈大人及李将军的牺牲都白费了。唯用岳家独门绝技'岳氏五十路鹰爪连拳'和'一百零八式鹰爪擒拿手'来对付丑尼姑，才可保万无一失。我信得过岳兄弟。"杨副使道。

"我也信得过二哥。"北门云飞道，"黄老管家，我问一下，进迷宫的暗码与出迷宫的暗码是否一样？"

"这可不一定。"黄老管家回道，"有的一样，有的不一样。有的得倒着走出来，比如云雾山庄进地库密室的暗码是 14613，出来就是 31641；还有的是进出完全不同的两套暗码。不过，你们只要控制住丑尼姑，这个迷宫的进出暗码不就都有了吗？"

"有多个相同的数字，踩哪个都一样吗？"白如雪问。

"只要暗码顺序对，数字相同的地砖，不管有多少，踩哪块都一样。"

"也是。不过，我想先试走一次，确定没危险后，我才放心让二哥去撞。"北门云飞道。他不忍心让岳海鲲去冒险，他内心其实还是想自己亲力亲为去救邓家姑侄，如发生意外，也给他人留下经验和教训。

"那你过去后，不知道回来的暗码不更危险吗？"黄老管家担心道。

不等北门云飞回答，岳海鲲神色愠容道："我知道云飞老弟意思，不就是怕我死在你前面吗？我却不感谢你此等用心。你该知道我岳某是什么样的人；岂是贪生怕死之辈？你要试也得等我救了人后再试。你如再婆婆妈妈谨小慎微碍手碍脚，休怪当哥的翻脸不认人！"

"是，小弟知错了。二哥小心就是。"北门云飞汗颜羞愧道。"待你得手后，石门一开，我便冲进去及时拿住丑尼姑，你再松手。"

"如此最好。我们下去吧。"岳海鲲道。

除杨副使仍守着禅房秘道机关外，众皆先后进入地下迷宫。

172

踩暗码过迷宫，不管地砖间隔多远，对岳海鲲来说，就如履平地，毫不费力。因为练鹰爪擒拿手，平地蹲走马步和旋风踢腿，梅花桩上高空腾挪空翻……等都是必修的基本功。

一眨眼，岳海鲲已悄然无声地走过迷宫并近身石门边。他将右手成爪状靠近石墙上的窥孔，左手摘下刑部腰牌，在石门上敲打了几下。他听见窥孔里有轻微声响后，便看见窥孔里有一束光线流出，接着是一张人脸出现在窥孔中……说时迟那时快，他的右手如闪电般，突伸进窥孔中，五指瞬间抓住了那张人脸的下颌骨，不等对方挣扎，五指交替瞬间滑向其下方的咽喉处，不松不紧地卡着。随即向密室里喊话："邓家姑侄，我是刑部岳海鲲，我已掐住丑尼姑的脖子，你们赶紧告诉她：老道和老尼姑已死，叫她打开石门，我们只为救人而来，决不会伤害她。她如忤逆顽抗，先死的必定是她。"

片刻，只听一阵震动很大的声响，石门便缓缓移进左面过道内壁墙里……

北门云飞见状，疾步上前，冲入门洞密室里，点了丑尼姑的肩井，太渊，足三里和三阴交等穴位，令其手脚麻木不能动弹。

"二哥，你可松手了。"北门云飞道。

173

岳海鲲，白如雪，黄老管家也随后进入门洞密室。

密室就是一个不规则的天然大溶洞。

洞中央修缮得倒还平整。有石桌石椅，还有两张低矮的木制卧榻。

与北门云飞等先前走过的那条通往南坡的溶洞密道一样，此洞顶上亦是奇形怪状琳琅满目的钟乳，石笋，石幔，石花。

三面还有几个不知通向何处的大小不等的溶洞。

邓家姑侄就被关在其中一个有铁栅栏和铁门的大溶洞中。

"云飞哥，你们终于进来了！我就知道，你一定会来救我和姑姑的。"邓紫姗抑制不住获救的喜悦道。

"你姑父呢？他怎么没和你们在一起？"邓艳玲问道。

"他……他……他和沈大哥在上面接应。"北门云飞强忍悲痛敷衍搪塞道。他不想现在就告诉邓家姑侄噩耗，怕她们一时无法接受而生意外。紧接着指了指瘫坐在石桌旁的丑尼姑，对白如雪道："白姑娘，我不太方便搜她身，请你去从她那儿搜出打开铁门牢房的钥匙，并仔细看看她身上还有没有其他对我等不利的物件。"

白如雪先将搜出的钥匙扔给北门云飞，再搜丑尼姑袖管裤筒。她感觉丑尼姑两只眼睛一直盯着她的脸看，目光中充满异样的神情，让她很不自在。

两年前和今天，白如雪都差点死在老道和老尼姑之手，所以她对老道和老尼姑留下的这个看守邓家姑侄的帮凶和爪牙，自然没什么好感。

"看什么看？想看清楚我，将来好报仇吗？你也不用费力记我相貌，我现在就明明白白地告诉你：杀死老道和老尼姑，我也有份。本姑娘行不更名，坐不改姓，我就是杀人不眨眼的'红蝙蝠'杀手白如雪，你将来如要为老道和老尼姑报仇，别找他人，到滇西苍山鬼谷药寨找我就是，我随时恭候。"白如雪豪气仗义道。

"你真是滇西苍山鬼谷药寨的白如雪？"丑尼姑颤音低声问道，双眼顿时涌出二行热泪。

岳海鲲，黄老管家，邓艳玲，不便妨碍北门云飞和邓紫姗久别重逢，情不自禁相拥而泣的激动场景，所以也站立在丑尼姑身边，想从她这里看看，还有什么有关这地下密室的秘密。刚才丑尼姑所表现出的一幕，让他们也深感意外和好奇。

看到丑尼姑的眼泪，白如雪也有一种莫名其妙的伤感和同情。但她还是装着冷酷地鄙视道："为那两个干尽人间一切丑恶坏事的人，你至于当众流泪吗？实在是愚忠愚孝愚蠢透顶，当真无可救药！"

"不，不，不，我不是为道爷和仙姑的死而哭，他们虽然对我有些小恩小惠，但我不是不知道他们坏事做绝，丧尽天良，罪有应得。我还不至于让我的良知泯灭到为他们的死伤心。我是因为见到了我久别多年日思夜想的女儿而忍不住激动。我是高兴。"丑尼姑看着白如雪柔声道。

"我警告你，你可别乱攀亲戚，我也不是好惹的。"白如雪可不想与这丑尼姑有什么瓜葛。

"此地阴暗不见天日，我们不宜久留，更不是认亲叙旧的好地方，我们还是尽快离开的好。"北门云飞察言观色，听锣听声，听话听音，感觉丑尼姑与白如雪必定有些一时说不清道不明的渊源，所以上前劝道。想到她已无害后，又趁势解了她的被封的穴道。同时向她问道："请问：这位……师太，出去过迷宫怎么走？能告诉我们吗？"

料想她可能是白如雪的前辈，北门云飞不好再称她丑尼姑。

"按来的顺序，再走一遍就是了。"丑尼姑肯定道。"你们如信得过我，我可以在前一步一步地慢着走，你们在后跟着走就行了。"

"感谢师太成全。"

于是，北门云飞等跟着丑尼姑，先后走出密室，过迷宫，来到禅房外。

第五十一章

尘缘未了　母女相逢

174

当邓家姑侄看到老道和老尼姑半人半骷髅的尸身，还有沈天鹏和李玉龙面容苍白的遗体，北门云飞不得不向她们告知沈天鹏和李玉龙遇害的实情。

伴着邓家姑侄痛苦和悲伤的哭泣，再见躺在冰凉地面上的沈天鹏和李玉龙熟悉的身影遗容，北门云飞，岳海鲲，杨副使，白如雪等，亦禁不住暗自垂泪。

"无上太乙度厄天尊！无上太乙救苦天尊！唉，道爷和仙姑真是造孽啊，又害了几条人命！"丑尼姑亦双手合十念祷道。

"你是桂姑，十几年前我送上官兆秀上金兜山拜师学艺时见过你，你好像是老尼姑的贴身侍女。"黄老管家先认出了丑尼姑。

"你那时的容颜虽不能说倾国倾城，但也不逊色闭月羞花沉鱼落雁，和这位白女侠倒有几分相像。不能不承认：老尼姑虽然人面兽心，灭绝人性，但她的确貌美超凡，所以我当时见着长相漂亮的你，还以为你可能又是那俩魔头的私生女呢！你如今这样的……相貌，我差点认不出你。想来这十多年里，你可能遭遇了一些不寻常的变故……"黄老管家闻声感叹道。

"你是……好像是云雾山庄的黄老管家吧？！我刚才见着你感觉也有点面熟，却不敢相认。"丑尼姑也认出了黄大祥。"谢谢你还记得毁容前的贫尼。"

"我看你也不像是老道和老尼姑的同类，亦非老道和老尼姑的三亲六戚，按你所说，你与我们中的某人居然还有血缘，而这金兜山和凤凰岭，荒野山高险峻僻远，你又是如何寻到此处，既做了老尼姑的贴身侍女，还充当了他们的看守？"岳海鲲有些轻蔑地问道。这还是看在白如雪的面上，他忍了又忍，要不然，一想到沈天鹏的死，他真想一掌劈死老道和老尼姑的这个狗奴才。

"唉，世事难料，曾经沧海难为水。"叫桂姑的丑尼姑瞟了一眼在旁好像对自己漠不关心冷若冰霜的白如雪，继续道，"我因为受着梦魇的折磨，抛夫弃女，四处流浪，几经辗转，后被道爷和仙姑虏到此魔窟，才落到如今这种下场，也是我自作自受，该有的报应，半点怨不得别人！"

"老道和老尼姑真是狠毒，居然把你毁成这般模样……"黄老管家愤愤不平道。

但丑尼姑急澄清纠正道："不，不，老道和老尼姑固然可恶可恨，但我脸上的疤痕丑容却不是他两人所为，是我自己弄的。"

"你自己弄的？为什么？"黄老管家不解地问道。众人亦皆惊诧。

连白如雪也忍不住回头目视着丑尼姑。

从地下密室里出来，她就一直纠结着：仔细端详观察过丑尼姑身形肤色相貌后，她感觉自己与丑尼姑的确有几分相像。尤其是丑尼姑的眼神和声音，和五岁时记忆中的母亲的眼神和声音简直没什么差别。又听黄老管家称她桂姑，说她十几年前也曾是个大美人，联想到父亲经常对她描绘过美如天仙的母亲，她内心几乎可以肯定，眼前这个丑尼姑就是自己的那个抛下她和父亲，独个儿离家出走了十几年，一直杳无音讯的母亲苗月桂。

但白如雪就是不想与丑尼姑相认，抗拒着不愿接受这样的母亲：不是因为她的面相丑陋，而是她对丈夫的背叛和对女儿的遗弃，还有她竟然是邪魔老道和老尼姑用来看守邓家姑侄的帮凶和爪牙……

"唉！说来话长，一言难尽。"丑尼姑感叹道，"这原本是贫尼的家丑和隐私，我之身如还在市井，我也不便向他人倾诉，然此时此境，我人已遁入空门……"

"抛夫弃女，为人妻不贤，为人母不慈，遁入空门后，还助纣为虐，替邪魔妖孽当害人的看门狗，真是……恬不知耻！"白如雪有些憎恨地鄙夷道。

"是，我知道自己罪犯弥天，百身难赎。"丑尼姑对来自白如雪的指责低眉顺眼道，"这十几年来，要不是心中对女儿还有一丝念想和牵挂，期望有一天能见着长大成人的她，贫尼早就去西天极乐世界寻父母赎罪去了。如今，我见着了我的女儿，心愿已了，我是该走了……"边说着话，边走向老道和老尼姑尸身处，拾起地上的长剑，就往脖子上抹。

白如雪等怎么也没料到丑尼姑会有如此举动。

其实，旁人哪里知道：对丑尼姑而言，她表面平静，内心里却万分苦楚。来自女儿白如雪的声讨谴责，就好似一把钢刀刺在她心上，令她痛彻心扉，绝望至极，再无生的愿望。

她悔恨、自责、内疚，料想白如雪肯定不会认她为母，她也不想让白如雪尴尬为难，所以她想着不如用死解脱这一切的因果报应。

白如雪想阻止已然不及，危急之下情不自禁地脱口而出："阿莫——不要！"

倒是岳海鲲眼疾手快，用左手拔剑，右手握剑鞘，顺势往前一送，剑鞘便一下打在丑尼姑右后肩胛乘风穴，令其长剑脱手，不能自残，终于救下丑尼姑一命。

出自白如雪之口的一声："阿莫！"，令丑尼姑心头一热，她转身问道："是你喊我？你终于肯认我了？"

"我承不承认，你都是生我的阿莫，我不想看见你死在我眼前，我怕阿达知道后会怪我对阿莫见死不救而责罚不会原谅我。"白如雪忍不住伤心落泪道。明明是母女连心，不忍再失去母亲，却偏偏牵强附会借口其他说辞。

"不管因为什么，只要你认我是你阿莫，我就心满意足了。"丑尼姑喜形于色道。

"不会再自杀轻生了？"

"不了。"

"我对你真那么重要？那你当初又怎么忍心抛下我远走高飞，十几年都不回家看我和阿达一眼？"对白如雪而言，接受丑尼姑为母是一回事，原不原谅丑尼姑又是另一回事。她也做不到，让十几年的母女离别所产生的隔阂、失望、怨恨，仅见一面听一言后，便泯灭殆尽，烟消云散……像虚假伪劣的古剧中和时下一些令人作呕的寻亲作秀舞台节目，当弃儿弃女与生父生母久别重逢后，不问青红皂白，便被主持人和坐台的特邀嘉宾诱导着，激动万分，虚情假意，矫揉造作地相拥抱着痛哭流涕，泪流满面。

"本来，我的这段难以启齿的经历，我原本是要带入坟墓的，因为我不愿让白家再为我蒙羞受辱。"丑尼姑无可奈何道。"但如今，为消除你和你的这些与你一起出生入死的朋友的误会，我不想再有所隐瞒，其中的是非曲直，就由你们评判吧！

第五十二章

抑郁失足　魇魔害人

175

我幼年丧父亡母，是我的丈夫白重山的父亲白老爷好心收留了已成孤儿的我，后又接纳我为白家童养媳，并送我上学堂读书识字。虽然白老爷及其家人对我倍加照顾关心，但我怎能忘得了我的亲生父母，而不思念他们呢？我常常在夜里梦见他们后哭着醒来，但毕竟是寄人篱下，白天我还要强颜欢笑，讨别人高兴才好。

日子一长，我便感觉压抑，紧张，心慌，烦闷，常常噩梦缠身，最害怕夜里会出现传说中会吃人的妖魔鬼怪……小小年龄，我却有没人可以倾诉，因为在白家，我只有我应该感激的恩人，而没有可以撒娇的亲人和可以嬉闹的朋友。渐渐地我变得内向，孤独，疑神疑鬼，精神偏执，好走极端。

还仅仅只有七八岁时，我就想着要逃离白家，唯一的障碍是鬼谷药寨地处偏远荒山，我不知道往哪儿走。我试过几次怎样走出山寨，都失败了。

刚至豆蔻少女年华，受着寨上一个顽劣少年的诱惑，我们在无人的林子里，做了我那个年龄不该干的男女苟合丑事。几天后，那个顽劣少年，因害怕事情败露，受到来自白家的惩罚，竟服药自杀了。

这件事，对我的打击和伤害是致命的。一方面，我已失去了贞洁，我是一个干了坏事而肮脏的女人；我羞愧，自责，内疚，感觉对不起白家人，更对不起我未来的丈夫。另一方面，那个顽劣少年因我而死，他的魂魄总爱出现在我的梦魇中，常常惊吓骚扰我，威逼着我继续做他的女人。我也害怕白家人迟早会发现我是个坏女人而惶惶不可终日。

婚后，我知道我不配来自白家的关爱和呵护，我辜负和背叛了他们。我想但又不敢抗拒丈夫的亲近。

担心，顾虑，恐惧，令我在每一次夫妻生活中，都感觉痛苦和不适，我却无法逃避。

生下女儿后，我更是忧心忡忡，常常无缘无故地被悲伤、绝望、自卑、自责等所控制，精神颓废萎靡，意志消沉沮丧不能自拔。到后来，和任何人相处，就算是和我最亲近的丈夫和女儿相处，我都会感觉紧张不适。

我彻底崩溃了。

我既做不好妻子，也做不好母亲，于是我选择逃避。

我无数次的离家出走……又被白家一次又一次寻找着劝回家；三次服药自杀，白家又三次把我从死亡的边缘解救回来。"

"三弟，你见多识广，这世界真有这种什么都不顾，连死都不怕的病？"岳海鲲在旁低声向北门云飞问道。

"有，这叫抑郁症。"北门云飞肯定回答说。在他的劝慰下，邓家姑侄的心情已有所缓解和平复。"是由一个古希腊的医师，外邦医学奠基人希波克拉底先发现并给这种病起的名。他把'厌食、沮丧、失眠、烦躁和坐立不安'等这种症状出现的病症称为抑郁症，并创造了词语 melancholy（抑郁）。

得这种病的人，无一例外都感觉人活着太苦太累，没有前途，没有希望，未来一片黑暗，生不如死，也唯有死能解脱一切的失意与烦恼。

他们都是懦弱善良的可怜人，从来不会有意坑人害人。

但可怜之人必有可恨之处：他们自怜自爱自虐，一切以自我为中心，很少顾及亲情友情和他人感受；选择绝路轻生时，冷漠无情至连父母兄弟姐妹丈夫儿女都可以弃舍。做人固执，冥顽不化；遇事容易走极端，听不进任何劝解。

他们没有勇气面对生活中的一切失意与挫折，宁愿选择消极逃避与世无争，对任何人任何事都逆来顺受，扫地尚惜蝼蚁命，爱惜飞蛾纱罩灯。

但他们对自己却异常残忍凶狠，轻生自残了结生命时，毫不留情，割腕服毒，悬梁上吊，跳楼投井，沉塘入海……无所不用。一次死不了，再来两次，三次……不达目的誓不罢休。所以他们一般都短命，会中途夭折，很少寿终正寝。他们不一定都会自杀或自杀成功，但凡自杀逝去的人，绝大多数都患有这种病。"

"我的天啦！千万别让我得这种病。"岳海鲲心惊胆战道。

"我却不知道悔悟，反而恩将仇报，变本加厉。"丑尼姑继续道，"女儿五岁时，趁着丈夫上山打猎采药，我再一次离家出走后，时至今日，再没回去过。我那时整个人仿佛被怪兽和迷幻缠身，心神没一刻安宁。我如不离家出走，摆脱困境，我一定还会服药自杀，绝难活到今日。不过，病归病，错归错，我就算有一万个理由，也不能把我当年抛下丈夫和女儿的卑劣行为洗白和开脱干净。我不奢求你的原谅，只希望你对曾经在精神上病入膏肓的我给予一点同情和怜悯，我就知足了。

逃离鬼谷药寨后，我无所顾忌，只想着尽快到中原去，因为我是汉人，我的父母在世时说过：我们苗姓出自芈姓。据史书（《通志·氏族略》《元和姓纂》及《风俗通》等）所载，春秋时楚若敖之孙、楚大夫伯棼以罪诛，其子贲皇奔晋，食采于苗亭（河南济源西——笔者注），其后以邑为氏。遂这支楚国大夫子孙姓氏为'苗'。我想去追根溯源，寻一个心安处。

数月后，快到昆明时，所带盘缠用完，前不着村后不着店，我不得不用随身带着的剪刀剪去长发，女扮男装，与乞丐为伍，沿路乞讨度日。

一天，途经一大户人家乞食，我的女人身，被好色的大户人家护院家丁识破，他假意施舍，却将我骗入府中囚禁，欲行不轨。

事也凑巧，正好那夜，这个大户人家被一男一女两个武功极高的蒙面江洋大盗光顾。想来你们应该猜到这两个蒙面江洋大盗是谁了：没错，正是这金兜山和凤凰岭上的道爷和仙姑。

道爷和仙姑做事果然凶狠毒辣：他们将大户人家里所有人（包括我）集中在客厅里，用极其残忍的手段逼着庄主和管家及下人交出所有金银珠宝后，仍不罢手，借口庄里人不老实，试图藏匿，没交完财宝，将其一个个杀掉灭口。轮到我时，我感觉道爷一双贼眼死盯着我，令我毛骨悚然。

老尼姑照例问我：

'交出你的金银首饰，饶你不死。'她道。

'除了头上的银钗，我一无所有。'我回道。

'那就怪不着我了。'老尼姑说完，就要挥剑杀我……

'师妹且慢。'道爷突然开口道，'你不是差个贴身侍女吗？我看她不错，不如留她一命，让她服侍你。'

'是你看上她了吧？'仙姑微笑道，'她是不错，身材苗条，肤白貌美，是男人都想要。好吧，我就把她带回去调教调教，满意就留着用，不满意，就拿去喂大鳄。'

那天，无意中，道爷和仙姑便救了我一命，没有他们介入，我必死无疑：因为单凭我一弱女之力，肯定逃不出那家淫徒色鬼的魔掌，但我宁死，也不会让人糟蹋侮辱我的身子。所以，对道爷和仙姑，你们说：我是该恨他们呢，还是该感谢他们？

谁知我时运不齐，命运多舛，才脱虎口，又入狼窝。

其实，单凭道爷与仙姑杀人越货盗匪的行为，我也知道他俩也不是什么好东西，但他俩要虏我随行，做侍女为奴婢，我有选择吗？我也只能走一步看一步，大不了是个死……我连死都不怕，还怕什么？

见道爷第一面，我就知道他不怀好意，对我有所企图。

说实话，道爷虽然道德败坏，品行凶残，但他的确是一表人才：威武，潇洒，文秀，俊俏……可我从来不是一个会观花赏月领略风情的女人，不然，我又如何会落到如此境地？我对他除了畏惧，没半点心思。对他的任何挑逗，诱惑，勾引，威胁，我从来是漠然视之，退而避之。

刚开始，他对我倒还没到用强的地步；他也没把我当成那些被他关在金兜山溶洞里的女子。她们都是仙姑每个月有几日不方便满足他泄欲时的替代玩偶。

仙姑对道爷拈花惹草好像也不太在意。我婉转告诉她我怕道爷对我非礼时，她甚至还劝我干脆做道爷的小妾算了。当我表明心志：'宁死也要留清白！'她也不勉强我。

也许是仙姑的默许，抑或是道爷出于人性中越是得不到的，就越想要得到之病态天性，反正道爷对我越来越没耐心。背着仙姑时，他甚至对我动手动脚，拍摸我私处……如不是对未来还有几分期盼向望，对留在鬼谷药寨的女儿有太多牵挂思念，我早从不归桥上跳下那万丈深渊了。

对来自道爷的骚扰，我预感到，再继续下去，无能而又无助的我，不过是道爷围栏里的羊羔，他迟早会把我放在板上任意宰割蹂践。

我既然曾经是鬼谷药寨寨主的妻子，对一些草药药性用途危害，自然也略知些皮毛。

一天夜里，我趁众人熟睡之际，去到伙房，用烧烫的铜锅铲，在我左右脸颊上胡乱烙印，直到镜中的我成一个连我也认不出的丑八怪。然后，我又用事先备好的鸦衔草和紫苏的渣汁敷在烙印上，彻底断绝了容貌康复的可能。

从此，道爷便不再多看我一眼；仙姑为我的举动所震撼，不仅没怪我，反而比先前更亲近信任我。

说来也神奇，我毁了容颜，我却因祸得福，再没了从前的一切忧郁伤感顾虑烦恼，甚至连噩梦迷幻也消失了，我仿佛脱离了苦海，重获了新生。古人说得好：我生本无乡，心安是归处。

虽然我已身陷魔窟，不能自由。但丑陋的我，不会功夫，和道爷仙姑，也没什么利益冲突；我的存在，与世无争，于人无害，道爷和仙姑，没任何理由为难我。

因我上过学堂，识文断字，仙姑便让我管着庵里的师姐师妹。

我不是道爷和仙姑作恶的奴才爪牙，因为我没那个能力，我充其量只是他们的管着奴婢丫鬟的奴婢丫鬟。以他们那样高深的武功，也不需要我做他们的帮凶。杀人放火，取人项上人头，迎战来自四面八方的武林高手，对道爷和仙姑而言，简直易如反掌，毫不费吹灰之力，哪有我们这些下人的事？

十几年里，据我所知，就有上百人死在金兜山和凤凰岭上。我同情他们，但我无力救他们，只能默默为他们念经颂咒祈福超度。

　　但实话实说，道爷和仙姑草菅人命，是很凶残，可也不能把所有人的死都归罪他俩头上，因为到金兜山和凤凰岭来的人，多数也是不请自来的不速之客：有的为不属于自己的武功秘籍而来，也有的为争武功高下，满足虚荣和面子而来……虽然他们罪不至死，但江湖争霸称雄，刀剑无情，拳脚无眼，不是你死，便是我亡，每个人都得为自己选择的路承担后果，半点怨不得别人。

　　上山十数年，在这个尼姑庵里避难，我问心无愧。我没害过任何人，更不用说杀人了。

　　此次道爷和仙姑将邓家姑侄关入密室地牢，命我看守，负责其日常饮食。我对她们，除了同情惋惜，没有半点虐待和伤害。也许她们会怨恨我，怪我没听从她们的请求，开锁把她们放出牢笼。说实话，我的确害怕会遭到道爷和仙姑的惩罚：或被扔下不归桥，或被丢进莲池喂大鱼。但我真正顾虑的是，即便我将她姑侄放出来，如没有外援，她们也绝逃不出凤凰岭，她们要敢反抗拒捕，必死于道爷和仙姑之手，极难活命。"

　　"这是实话。死在这山岭上的人，很多人的功夫，都远在邓家姑侄之上。"云雾山庄黄老管家同感道。

　　"两年前的一天早晨，我无意间听到道爷和仙姑议论：有女蟊贼夜撞凤凰岭，盗走秘笈，后被逼跳下不归桥悬崖下，听多了，见多了，我也没上心。尔后，听到此女蟊贼有可能是来自鬼谷药寨的'毒女'白如雪时，我犹如惊雷轰顶，痴傻发愣，五内俱焚，心如刀绞。

　　我不恨道爷和仙姑，因为他俩就像深山里的毒蛇，你不招惹它，它也伤不了你；你非要招惹它，它自然要伤你。但就算我恨道爷和仙姑，我也没本事杀他们；就算我有本事杀他们，但从小胆小如鼠，连蝼蚁也不忍踩踏的我，也下不了手，我从来没杀过生，连小虫子也没杀过。我只恨我自己无能，这是上天对我的惩罚，如不是我干了那么多丑事脏事坏事，我的阿沐为何会遭遇不测？

　　得知道爷和仙姑要去不归桥下寻找女蟊贼的尸身，我便悄悄跟着。我的阿沐是我在尘世唯一的牵挂和依恋，我不能让她成孤魂野鬼，我想再看她最后一眼，然后割喉自尽，永远陪在她身旁。

幸好，道爷和仙姑在不归桥下没找着女蛊贼身影，虚惊一场。

我后来才从道爷和仙姑的只言片语中知道：女蛊贼侥幸逃脱了……那天晚上，为了感谢三清六御显灵，为了保佑我的阿沐平安无事，我在禅房里跪了一夜，念完了《心经》，《金刚经》，《地藏经》，《佛说大乘庄严宝王经》，又念《一切如来心秘密全身舍利宝箧印陀罗尼经》《大宝广博楼阁善住秘密陀罗尼经》《佛说雨宝陀罗尼经》《文殊师利宝藏陀罗尼经》……"

"你真正要感谢的不是三清六御，而是杨大哥，"白如雪插言哽咽道，她对母亲十几年的怨恨消失了。她也很欣慰，她的母亲身陷污泥而不染。"如不是他舍命相救，我那天就死在不归桥下了。"

"是，我要感谢的人很多，比如你的阿达，是他把你养大成人，虽然我对他从来只有兄妹之情而无男欢女爱的夫妻之缘。"丑尼姑道，"我也要感谢所有关心帮助过你的好人，我会用我的余生，在这处崇山峻岭的庵里，为他们诵经念佛，祈求神明庇佑！"

"白姑娘，首先要……祝贺你，找到……失散多年的母亲！"北门云飞字斟句酌道，"听上去老人家也不容易……人生苦短，时日不多，请珍惜自己在乎的人和在乎自己的人。已经过去的事，种种不愉快，能放下的就放下，放不下的就深埋在内心深处。此时，我本不该插言，打扰你与母亲久别重逢的相叙，但我又不得不说：时辰已是午后快近傍晚，我们还得尽快把我沈大哥和姑父的遗体带去凤凰镇妥善收棺入殓，好让他们可以完整魂归故里。我想你肯定要留下多陪一会儿母亲，以恭孝而慰其心。那么，我们就此别过，后会有期。将来如有用得着我北门云飞的地方，我北门云飞即便是赴汤蹈火，也在所不辞，以报白姑娘今日舍生忘死的援手救助！"

"不，不，千万不要。"不等白如雪开口，丑尼姑急阻止道，"我想这位大侠是误会我了。我与我的阿沐相认，并非让她留下陪我。我已是出家人，我的生老病死，不需要她赡养照顾。再说她也不属于这荒山野岭的尼姑庵，就像我也不属于古老的鬼谷药寨和尘世。我只要知道她安好，是个疾恶如仇，行侠仗义的女侠客，就知足了，别无他求。阿沐，你去吧，走你自己想走的路，做你自己喜欢做的事……要是有空闲时间的话，就到这岭上来，让我看看你就好了。"

"谢谢阿莫理解成全！"白如雪柔声道，母亲的豁达大度，令她感动欣慰。"我是还有些急迫的事要办，暂时陪不了你。但我会常来的……老道和老尼姑不在了，我们走后，你们下不了山，以后日子怎么过？日常生活不会受影响吧？要不，你还回鬼谷药寨去吧，你走后，阿达还是一人，没有再娶，我想，他可能还是在等你回家。"

"鬼谷药寨我是不会回去了，这里就是我最终的归宿。你的阿达是个好男人，我永远感谢他对我的宽容和关照，他和白家对我的大恩大德，我只有来世再报了。"丑尼姑道。白如雪的关心令她感觉温暖。"至于我今后的生活，这个你就不用担心了，为防患于未然和不时之需，道爷和仙姑未雨绸缪，在金兜山和凤凰岭的山洞或地下密室里备下的粮油粗盐布棉，足够我们庵里这些师姐师妹用上十年八年的了；还有数不尽的金银珠宝，我们一百年也用不完。"

于是，在丑尼姑的帮助下，众人找来床单被面，将沈天鹏和李玉龙包裹捆扎好后，由北门云飞和岳海鲲分别或抱或背着，向山岭下走去。

丑尼姑执意把白如雪送至不归桥边。直到白如雪等飞跃过莲池，他们的身影消失在路的尽头，丑尼姑才洒泪回庵。

第五十三章

阴毒小人 惹祸招殃

176

凤凰镇。

棺材铺。

深夜。

一间不大的灵堂里。

在邓家姑侄的低声哭泣下，北门云飞等，难过悲伤地看着棺材铺里几个上了年纪的入殓师，熟练地将沈天鹏和李玉龙剃头、洗身、然后再套寿衣，穿鞋戴帽，遗体灌银入殓装棺封蜡……点上长明灯。

支走其他闲杂外人后，北门云飞等就在灵堂里商议着进京的事宜。

"北门兄弟，岳大人，你们暂时不能带着这两个灵柩上路，因为云贵川三省各大小府衙官军捕快……还有贪财的江湖中人，都在全力搜捕追杀你们。

带着两个灵柩上路，目标太大，路上不确定的风险和变数太多。对你们要做的事有妨碍。你们很难入京。"杨副使道。

"是，这点我想大家都清楚。"北门云飞道。"但就这样将他们的灵柩留下无人守护，我又不太放心。"

"云雾山庄已毁，我也没其他去处，如果各位大人信得过我，给我一个报答感恩你们的机会，那么沈大人和李将军的灵柩，就由我留下守护，直到你们办完事后回来接走。"黄老管家毛遂自荐道。

"如此最好！"杨副使道，"另外，为防途中遭遇不测，被人一网打尽，我有一万全之策：你我六人，分两拨前行。北门兄弟，岳大人，邓家姑侄，你四人已暴露身份，为一拨行走；我与白姑娘，仍还是'红

395

蝙蝠'杀手，为另一拨，跟在你们后面行走，暗中留意你等安危，适时示警援手，制敌于措手不及，自然事半而功倍。再有，邓家姑侄，已成众人抢夺秘账、胁迫我等的目标和筹码，所以，她姑侄二人，也需适当易容换装，尽可能分开行走。比如：北门兄弟与紫姗姑娘结伴，岳大人与邓家姑姑随行，只要不让路人联想她们是俩姑侄就行，以达到减少被不怀好意之徒袭扰之目的，不知你等觉得如何？"

"杨兄果然好计谋，就算张良孔明再生，也不过如此。岳某佩服！"岳海鲲赞道。"不过，走以前，我们还得知会一下这家棺材铺掌柜，先说断，后不乱，免生后患，让老管家日后为难。老管家，麻烦你去叫掌柜进来说话。"

掌柜带着两个手下应召而入。这掌柜的生得一脸横肉，腰圆臂粗牛高马大，原先是镇上杀猪宰牛的屠户，后见兵荒马乱，死人生意比活人生意好做，便转行开了镇上独一无二的棺材铺。仗着财大气粗和略会一点皮毛功夫，养着一帮地痞无赖，又与地方乡绅里正交往甚厚，就算干些别人拿不出铁证的罪恶勾当，一般草民拿他也毫无办法，只能明哲保身，避而远之。此人在镇上也算一个有点名气的人物。

"不知几位大爷还有何吩咐？"掌柜抱手横胸问道。他感觉北门云飞等不像本地普通住户和近处客商，他已打定主意，不将他们身上的财物吸干榨尽，绝不让他们走出棺材铺。之前，老道和老尼姑到此地寄存上官兆秀灵柩时，所幸他正在异乡走亲串友，不然，以他的贪婪，和老道老尼姑的凶残，他绝活不到此刻。因为他不可能不敲诈老道老尼姑，而正处于丧子之痛的老道老尼姑，对乘人之危，居然抢劫到自己头上的人，岂能容忍？还能让他多喘半口气？

回家返铺，见着停在西屋上官兆秀的灵柩，他大发雷霆："什么？区区千两银子就打发你们了？那两人是你大爷还是你姑妈？我养你等难道就是为他人守灵的？如果他俩再来取走灵柩，你等要是不把他俩拨毛刮尽，赚过万儿八千的，就统统给我滚蛋，老子不养无用之人！"

如今，一听有外地客人生意上门，他早就盘算好了：先热情接待，服务周到，有求必应……再坐地起价，敲诈勒索。

“掌柜的，我们有急事要办，明儿就走，不方便带着两个灵柩上路，想暂时寄托搁棺在此处，费用你定，可以吗？”岳海鲲客气道。

“不可以。我这儿是棺材铺，不是停尸房。”掌柜的欲擒故纵道。

“没商量？”岳海鲲忍着性子道。

“没商量……除非，一年一千两。”这是一百多口棺材的价。

“没问题。”黄老管家抢着回道。云雾山庄地库里不差钱。

“我说的是一个灵柩一年一千两。”掌柜狡诈道。

“成交。”黄老管家应道。区区二千两，于他，连九牛一毛都算不上。能为北门云飞这样的大侠出钱尽点力，他心甘情愿，不惜一切。

“我说的可是黄金。”掌柜得寸进尺道。

按光绪初年，一两黄金兑换约二十两白银，两千两黄金，大约四万两白银，差不多可以买下半个凤凰镇了。

岳海鲲止住正要回话的黄老管家，说道：“算了，老管家，他这买卖太黑，我们做不了。我们还是带着灵柩上路吧！”他就想看看这掌柜的能贪婪无耻到什么程度。

旁边的北门云飞和杨副使等早已义愤填膺，怒不可遏。

但他们没有发作，他们和岳海鲲一样心思，也想看看这家黑店掌柜会恶到什么地界。

“走？晚了不？逗我玩？你们也不看这是谁的地面。”掌柜终于撕下了隐藏和伪装的面孔，露出了狰狞坑人害人吃人的本相。“想走可以，留下身上的银子和三个女人，只要她们三个今晚侍候好我和我这些兄弟，我一高兴发善心，你们之前未付的二万两入敛费用，我可以一笔勾销，我还允许你们带走弄好的棺材。之前，和我叫板的人，都是留下棺材，背着尸体出去的。来人啦——”

随着掌柜的吼声，灵堂外，立时拥进八九个带刀提棍的壮汉。

北门云飞等明白了：这是家黑店，明是棺材铺，暗地里专干杀人越货的勾当。今儿就算交出二千两黄金，掌柜的也不会让他们全身而退。再有，掌柜淫荡恶劣的行径，既伤害了女伴的名节，又践踏他们作为男人的尊严。

白如雪和邓艳玲几乎同时脱口骂道，差点爆出粗口：

"狗……畜生！找死！"

"操……杂碎！该杀！"

"天堂有路他们不走，地狱无门他们偏要闯进来。二哥，杨大哥，为了沈大哥和我姑父能有一处安息之处，也为了我们走后，黄老管家能平安守护沈大哥和我姑父的灵柩，我不准备留一个活口。这种罪恶的事就让我和我的断喉剑来做吧，得罪了！"北门云飞怒极，左手已伸入怀中腰间，有些不忍，又有些无奈地致歉道。

不等他人回话，他腰间的断喉剑已经出鞘，众人只觉十余道白光从眼前闪过，没有剑啸声，没有血迹，掌柜和十余个手下，便呆如木鸡般不动了。片刻后，才纷纷倒下……均是一剑断喉，切口入喉三公分。

"这事做得虽有些……狠辣，但舍此也的确再无他法。"岳海鲲道，"我进门时观察过，这棺材铺灵堂后面有一大片围墙围着的荒地，我们就在那儿挖一大坑，处理掉这些死尸。老管家，从今以后，这间棺材铺就是你的了。如有人问，你就说原来的掌柜和他手下一干伙计协助刑部江苏清吏司主事岳海鲲进京办案去了，走时将这间棺材铺交给你全权打理。有我的刑部腰牌为证，地方官员轻易不敢为难你。这腰牌你收好，我以后回来接走灵柩时，你再还我。请务必守护好我大哥和李将军的灵柩，拜托了！"

"这是我鬼谷药寨白家的玉佩，也是我乌蒙家族世袭令牌，拥有此玉佩者，可向鬼谷药寨除我阿达外的任何人发号施令。"白如雪也将玉佩递给黄老管家，说："老管家暂替我保管，待我护送北门大侠等入京后，再来取回。期间，老管家如需外援，可凭此玉佩向鬼谷药寨求救。杨大哥，此玉佩先前赠你，后又从沈大人处转回我手上。我这样做，你不反对吧？"

"理当如此，你做得很好！"杨副使对白如雪赞道。同时，也将自己的腰牌递给黄老管家："这是西南让人闻风丧胆的'红蝙蝠'副指挥使特配的云南巡抚腰牌，在云贵川三省地面上，闯关过卡，无人敢阻拦；白道黑道，甚至官府衙门大员，见此腰牌，如见瘟神妖魔，没有不畏惧让道的。老管家，你收好，危难之时，也许用得着。我办完这趟差事后再来收回。”

“两位大人和白女侠，将随身贵重之物交我暂管，其中分量，我自然知道。”黄老管家道，“小的身为一介布衣草民，有幸与各位大人侠士相遇相识，虽仅萍水相逢，却难得各位如此倚重信任，此种恩惠殊荣，小的就是万死也无以回报，唯有尽心尽力守护好沈大人和李将军的灵柩，即便粉身碎骨，也不让沈大人和李将军的灵柩受半点损伤。另外，各位大人侠士如看得起小的，请收下这些银票。”说着，从怀里掏出一迭银票，继续道，“这些银票，我原先是准备用来寻找江湖好汉，为上官老爷和我云雾山庄八十余口冤魂复仇的。刚才，为息事宁人，我本打算拿给这棺材铺掌柜的，谁料那厮欲壑难填，可恶至极……如今，老道和老尼姑这俩魔头已除，我大仇得报，心愿了结，再无它求。我现就将这些银两转与各位大人与侠士，以备不时之用。”

“这个断不可行！”北门云飞毅然决然道，“老管家当我等是何人？唯利是图的财奴？趋利忘义的杀手？我想你也是一番好意，又忠心护主，我不与你计较，此言到此为止，休再提及！”

“北门大侠误会了，”黄老管家不卑不亢道。在云雾山庄，他虽不会功夫，但也是见过些世面的人，“小的丝毫不怀疑各位大人和侠士的人品道德，从云南巡抚发来的密函里，小的也猜到各位大人和侠士正在图谋的事，关系到朝廷之忧社稷之危，小的赠予各位大人和侠士多余之银两，不过是攀附正道，为惩奸除恶弘扬良善，略尽一份绵薄之力罢了。各位大人和侠士如再推辞，便是瞧不起我下人的身份，不拿我当自己人，那么，守护沈大人和李将军灵柩一事，各位大人和侠士，还是另请高明吧，小的我明儿就带着西屋里的上官兆秀的灵柩离去，从此与各位大人和侠士再无瓜葛。”

“这个……这个……”岳海鲲从来就是直爽率真之人，“难得老管家如此挥金如土重义轻财，你这个朋友，岳某交定了。把我沈大哥和李将军灵柩交给你，我放心。”

“老管家既是一片诚心实意，北门兄弟，我等就别再忤逆了，就依他的吧！”杨副使也劝道。

“老管家，是我刚才言重了，请别往心里去，一切依你就是。”北门云飞致歉道。他也常被人误解过，个中滋味，他深有体会。

“谢谢！没什么。”老管家一边回道，一边分发着手中的银票：“这是十张银票，每张一万两，北门大侠，岳大人，杨大人，白女侠，邓家姑侄，你们每人一张，请收下。沈大人的这张，请岳大人转给他的家人。李将军的一张，请邓家姑姑收下。剩下两张，两万，也足够我招兵买马，请几个看家护院的好手了。”

“谢谢老管家慷慨周全，我替沈大哥和他的家人向你表示感谢！”岳海鲲道。

邓家姑侄亦对老管家深表谢意。

以后，这黄老管家，把云雾山庄地库里的金银，全散在凤凰镇里，修路建桥，扶贫济弱，兴医助学，成了镇上远近闻名一方的大善人。施舍完手中财物后，看破红尘的他，便上了金兜山，自行出家，做了与丑尼姑比邻的道士。这是题外话，表过不题。

第五十四章

京中復命 校場搏命

177

二个多月后。

咸丰十一年七月上旬。

京城。

刑部大堂。

像京城里的多数衙门一样，自咸丰十年，英法联军侵入北京，火烧圆明园，大部分满族官吏，均伴驾随帝"猎狩"（逃亡）承德热河；刑部尚书瑞常与两个满族左右侍郎也名列其中。

京城里的多数衙门，大都由汉臣留守当值；刑部也不例外。

接待岳海鲲，张怀忠，北门云飞，邓家姑侄等一行人的是刑部留京职守的汉臣朱左侍郎和赵右侍郎。

"你等稍息一会儿，我已派人知会周大人。你等如真是受他召见，他定会不时即到。"朱左侍郎道。他是肃顺的人，自然，他定会把岳海鲲等人入京一事密报肃顺。肃顺将他留在京中，就是让他密切关注恭亲王和周祖培的一切行事和举动，随时报告京中异常之事。

"岳主事是'鹰爪'擒拿高手，张主事是刑案勘验专员，不知周大人召二位入京所为何事？"赵右侍郎随意问道。此人祖籍云南，私下与徐之铭交往甚厚，沈天鹏等钦命云南微服查案之行，就是他事先获悉后，秘告徐之铭的。他不能确定岳海鲲等人云南微服查案之行有多少收获，再有，不见钦差沈天鹏露面，他不敢轻举妄动。他要知道秘账已落入岳海鲲等人之手，他必狗急跳墙，随便找个理由，现编个罪名，就可动用所掌刑部职权，立将岳海鲲等关押灭口。因为秘账中有他的大名。

401

"这个……请侍郎大人见谅，下官也是奉周大人召见，不敢不来，其他却一概不知。"岳海鲲搪塞道。

"张主事也不知周大人召你等入京所为何事？"朱左侍郎亦问道。沈天鹏等钦命云南微服查案之行，他是知道的。他虽是肃顺的人，但各省地封疆大吏按例孝敬京城官员的银子，他也没少拿。对外放贪腐出事的官吏，他历来是能帮的则帮，不能帮的，就狠踩一脚，绝不给他们开口说话牵扯出自己的机会。

"下官职位卑微，怎可事先知道大人召见意思？唯及时奉命前来听候差遣，不误使命而已！"张怀忠谦恭道。

"听小道消息，前些日子，刑部浙江清吏司郎中沈天鹏好像也被召见进京委派重任，却不知此刻他在何处办差？为何不见他与你等同来？"赵右侍郎忍不住又打探道。

"沈郎中也被周大人召见了？这个，下官的确不知。我们与沈郎中并不同路。或许是我们先到了，沈郎中随后便到，也难说。对不，大人？"岳海鲲有礼有节地回道。

"……

直到堂外门官大声通报："周大人到！"

众皆起身相迎。

岳海鲲，张怀忠，赵朱两侍郎行参见礼。

北门云飞，邓家姑侄行跪拜礼。

"各位免礼！起来说话。"周祖培坐上正堂道。"我与岳主事等有要事相商，两位侍郎可先行退下。"然后对随行而来站立左右的两个禁军四品带刀侍卫令道："你俩去堂外把守，任何人不得靠近大堂。"他是当朝一品大员，留京协理恭亲王议和的重臣，别说是侍郎，就算尚书见他，也得俯首行礼。

"沈郎中呢？他为何不来见本官？"不见沈天鹏身影，周祖培问道。

"回大人话，沈大人在办案途中，以身殉职，留在黔北凤凰镇，回不来了。属下有罪，保护钦差不力，请大人责罚。"岳海鲲起身低声哽咽道。

张怀忠亦自责道："属下也有罪，保护钦差不力，请大人责罚。"

"什么？天朝谁有如此大胆，敢杀钦差？"周祖培吃惊道，"是徐之铭吗？他就不怕灭门诛九族？"

"不是徐之铭亲手所为，但的确与他有关联。如不是他用高官厚禄，金银悬赏诱惑江湖中人劫杀沈大人和我等，沈大人也不至遭遇横祸，魂断凤凰岭。大人可不要放过那徐之铭，让被他害死的邓大人、沈大人和李将军含冤九泉。"岳海鲲悲愤道。

"邓尔恒被杀案，真是他所为？那他真是死到临头，任谁也救不得他了。你且细细说来，我找人记录下后，由你等签字画押，好让朝廷定他的罪……"

"这个倒不用，因为我等与钦差沈大人云贵之行查案过程，沈大人给大人留有密疏条陈及给皇上的禀奏折子。之后，沈大人遇害详情，来刑部之前，我与张大人各自都留有此次入滇查案的案宗记录。"岳海鲲道，"不仅如此，在北门兄弟，邓家姑侄和'蜂针'僧悟及鬼谷药寨毒女白姑娘等众人的帮助下，我们终于找到了邓尔恒大人被害前留下的私密账册。账册里有凭有据，有时间有地点记录，有徐之铭徇私舞弊，贪赃枉法，强夺豪取的罪行。还有藩台，臬台，道尹，制台，抚台，总督等衙门历年不法所得利益分赃，一些官员截流朝廷赈灾银两的签字画押，批条，密函，卖官鬻爵的价位，涉及人员名单……"

"真的？！沈天鹏和'蜂针'果不负我所望。"周祖培喜出望外道，"太好了！你等为朝廷做了一件天大的好事，账册呢？"

"为防意外，账册与该案所有物证，沈大人给大人的密疏条陈及给皇上的禀奏折子；我与张大人查案的案宗记录……均由'蜂针'和白姑娘暂时保管。他们此刻就在离刑部不远的客栈里，眺望观察我等安危动向。"岳海鲲道，"大人现在就可派人护送张大人去取回。"

"想不到你等行事如此缜密稳重，很好！是能干大事，可担当重任的人，沈郎中没选错人！"周祖培赞道，并向堂外喊话："来人！"

一个禁军四品带刀侍卫应声而至。

"由你带一队禁军，护送张主事前去取回重要物件，一切以他和他要取的物件为重，倘有闪失，你等全部就地自裁，绝不宽恕！"周祖培严令道。

"谨遵大人钧令！"禁军四品带刀侍卫回道。

"请大人恩准，草民也去，以防万一！"北门云飞道。

"去吧！"周祖培道。

178

"各位，我已将你等入京一事报告了恭王爷，按时间推算，他应该快到了。"周祖培道，"你等见着王爷不要有顾忌和意外，要不是他上疏奏表，皇上也不会委派沈天鹏为钦差彻查此案。想来你们应该明白：查案需要像沈郎中和你等如此侠肝义胆，不畏刀山火海之人。然而，要惩办像徐之铭这样的封疆大吏，也只有王爷这种有皇亲贵胄背景的显贵能办得到，一般官员人微言轻，即使有心有胆，也没能力做得到。"

"一切听从大人安排。"

"刚才，刑部里，可有人打听你等差事？"周祖培又仿佛是随意问道。

岳海鲲与张怀忠便把刚才与朱左侍郎和赵右侍郎的对话，向周祖培复述了一遍。

"早知道这俩丫不是好鸟！"周祖培暗道，"只是现在还不是收拾他们的最佳时机。"

正说着话，堂外传来门官的吆喝："恭王爷驾到！"

"你等别动，我去堂外迎接王爷。"周祖培边说边起身去迎接恭王爷。

王爷已下乘辇，正在吩咐侍卫随从："你等在外候着，非传不得入内！"

"王爷驾到，下官接驾来迟，王爷不怪，里边请！"周祖培行礼客套道。

"周大人不必客气，你请！"王爷回道，又问："沈钦差等既已回京，不知此次云南之行，可否查到什么新线索？"

“有重大发现，并有相应铁证。”两人步入大堂，周祖培道。

“下官拜见王爷！”岳海鲲按礼上前跪接拜道。

“民女叩见王爷！”邓家姑侄亦离座跪拜叩头道。

“各位请起，不必多礼！”王爷回道。“周大人且说，此次沈钦差云南之行有什么重大发现？”

“王爷上坐，容本官禀告。”周祖培恭敬道。

于是，周祖培将刚才岳海鲲之言大概意思，向王爷转述了一遍。听到沈天鹏不幸遇难，王爷不禁感叹：“天妒英才，可惜！可惜！朝廷中，像沈郎中这样有才有德，忠君报国，恪尽职守的官员实在不多。唉，他如健在，凭他文韬武略，做个刑部左右侍郎，也绰绰有余。”

“本官原先确有如此念头，只等他这次功成后，便向王爷举荐他升任刑部右侍郎，为王爷所用……无奈，沈郎中壮志未酬身先死，天不遂人愿啦！”周祖培亦惋惜道。

正在此时，禁军四品带刀护卫登堂奏报：“禀王爷、周大人：张主事及重要物证带到。”

“你且退下。张主事，你将重要物证呈上。”周祖培发令道。

张怀忠与北门云飞闻声齐上前先向王爷行礼。礼毕，由张怀忠向周祖培呈上秘账，供词，诉状和沈天鹏遗书等重要物证。

周祖培每速读一件，便转呈王爷翻阅。

“好！云贵有救了，邓尔恒被杀一案真相终于水落石出了。”看完秘账和夹在其中的部分密函信件，王爷忍不住拍案大喜道。“真凶已无处遁形了。此乃朝廷之幸百姓之福。”

邓家姑侄闻声立上堂前跪诉：

“民女乞求王爷，上奏皇上，秉公执法，严惩真凶，还家父一个公道！”

“民女乞求王爷，上奏皇上，秉公执法，严惩真凶，还家兄一个公道！”

“你姑侄二人起来说话。”王爷道，并承诺：“邓家姑侄及堂下众人不必担忧和顾虑，此案经太后恩准，蒙皇上下旨，交由我与周大人督办。只要证据确凿无疑，任谁也不敢包庇拖延。本王原有意派人护送你等远赴热河，将此重要物证亲呈皇上御览，然而，本王刚接到那边不好消息：皇上龙体欠安，卧床不起……所以，你等需再忍耐些时日，一旦皇上龙体痊愈，此案必有结果。"

其实，说这话，王爷心里也没底，他与留守京师诸大臣多次奏请咸丰帝回銮京师，均被御前大臣、内务府大臣、以户部尚书协办大学士、署领侍卫内大臣的肃顺以"敌情叵测，不宜回京"所阻拦。时京城开始传闻咸丰帝身体不适，肃顺开始提拔重用亲信人员。他这个王爷和周祖培及一帮老臣，如对英法主战的郡王爵僧格林沁和军机大臣文祥等人，都被肃顺及一帮亲信大臣排斥在最高权力之外。甚至有人向皇上奏本：说他和周祖培，在与英法议和交涉时办事不力，致使大清颜面尽失，财耗损失巨大；对他和周祖培负责查办的邓尔恒被害案，也是久拖不决，毫无进展……如今的他，已是泥菩萨过河——自身难保。但他是王爷，在下属面前，还得端着，不能失去皇家威严与气势。再者，他还没到绝望的境地，因为他与两宫太后叔嫂关系一直不错（虽然市井流言蜚语，传他与西宫叶赫那拉•杏贞私通有染，令他有些惶恐不安），只要两宫太后不倒，鹿死谁手，犹未可知。如今邓尔恒案已有眉目，对他而言，多少有了些底气。

"谨遵王爷吩咐！"堂下众人皆回拜道。

"对了，张主事，刚才你去取物证，'蜂针'和白姑娘为何没与你同来？"周祖培有些不解地问道。

"'蜂针'是谁'？白姑娘又是谁？"王爷问道。

"'蜂针'是下官派在云南巡抚衙门的秘密卧底。此人武功高强，却能忍辱负重，不图名利。就是他，掌毙刑部云南清吏司协办此案的叛逆官员，重新抢回被骗走的这件邓尔恒遗留的重要秘账，可谓立下奇功一件。"周祖培颇感骄傲自豪地赞道。"那白姑娘，乃滇西苍山鬼谷药寨寨主白重山的独生女，人称'毒女'。被徐之铭以鬼谷药寨八百余口寨民的生死作赌注胁迫，她没有选择：被逼加入'红蝙蝠'杀手组织。此次，在沈天鹏的感召下，她迷途知返，重返正道，甘愿为我刑部官员驱使调遣，并在救回邓家姑侄的江湖武林血战中，有过人的突出表现。另外，她还是邓尔恒被害一案的重要证人。"

“又是两个可用之才，周大人可别轻慢屈才埋没了他们。本王也想见见此二人，他们现在何处？”王爷好奇道。

“回王爷、周大人，‘蜂针’让下官转告大人：邓尔恒被害案未结，云南五十三州县叛乱未平，此时，正值朝廷和大人用人之际，他愿继续完成‘蜂针’使命，不负朝廷重托和大人信任。所以，他不便到刑部抛头露面，被外人识破，坏了大事，望大人体恤不怪。”张怀忠禀告道。

“不错，急朝廷所急，想本官所想，本官没有用错人！”周祖培满意道。

“很好，思虑周全，深谋远虑，堪当大任！”王爷亦赞道。

“他说，他过去，现在，将来，都不会向朝廷和大人要求任何名利赏赐，只求……朝廷……和大人，能不能看在他为朝廷和大人出生入死的份上……赦免鬼谷毒女白如雪被逼加入‘红蝙蝠’杀手组织而犯下的一切过错？”张怀忠小心翼翼道。

“这个……这个……如此恩惠，只有王爷能赏。”有王爷在，周祖培不好僭越表态。

“准了！”王爷干脆地一口应承道。这既是给周祖培的顺水人情，也是彰显皇家亲王爱才惜才，恩威并施之胸襟。“她既是杀手，武功自然不弱。朝廷如重用她，你等可愿为她作保？”

作保，就是连坐，她如再犯错，有罪入刑，作保之人将连带受罚。

岳海鲲与张怀忠同时回道：“为白姑娘作保，下官愿意！”

邓家姑侄和北门云飞也同时回道：

“民女愿意！”

“草民愿意！”

“如此最好，周大人，你就将她化名，在刑部下属 17 个清吏司中的任何一个清吏司补个暗缺，让她挂个六品带刀女捕快官衔，仍以‘红蝙蝠’杀手身份，秘密协助‘蜂针’为朝廷办事，你觉得如何？”王爷道。

“谨遵王爷意思！我替下属谢王爷恩典！”周祖培自然乐意并应承道。

"堂下几位有功之臣，你打算如何奖励？"王爷又问道。

"沈郎中殉职，我提议由岳主事暂时代理刑部浙江清吏司郎中，一旦再立新功，即下文补正；张主事擢升刑部浙江清吏司员外郎。不知王爷意下如何？"周祖培谦恭道。

"我看可以。"王爷首肯道，"你且行文报与我，我阅批后，再呈太后允准。还有，你可能忽略了一个人，叫北门云飞的，沈郎中，岳主事，张主事等，都呈文极其看重并举荐他，希望朝廷重用。"

"是我疏漏了，"周祖培认错道。其实，这是他对王爷使的欲擒故纵小伎俩。以他敏锐和知人善用，绝不可能忘掉北门云飞的存在。

他对北门云飞问道："你便是打败武当掌门玄清子，一剑削断上官兆秀和'红蝙蝠'主指挥使喉咙，又将金兜山凤凰岭魔掌老道和铁指仙姑剥皮剔肉的北门侠士？你的武功自然极高了！能否让我等见识见识，也好为你量体裁衣，谋一个合适的职衔，维护正道，匡扶社稷，干一番伟业，光宗耀祖，也不令你空怀一身绝技，冷藏江湖旮旯角落，遗憾终生。对不，王爷？"

"是啊，耳听为虚，眼见为实，来人！"王爷向堂外传唤道。然后对应声前来的禁军四品带刀护卫说："去传本王的一等侍卫阿勒什海堂前听令。"

"阿勒什海拜见王爷！见过周大人！"一等侍卫（正三品）阿勒什海应召上堂行礼道。

"这是阿勒什海。"王爷介绍道，"他原是大内御前一等侍卫，皇上'木兰秋狝'时，因他武功高强，特将他暂时恩赐借给本王做贴身侍卫，一同留守京城，以便与英法洋人周旋时不输气概。他是大内拳脚刀剑第一高手，与历次武科举胜出的武状元过招，未曾有过敌手。我现在就让他与北门侠士比试一番，以求证沈郎中，岳主事和张主事所言不虚，如何？"

"回王爷和周大人话，"北门云飞谢绝道，"草民此次深入江湖，与他人争斗搏杀，实只为护送邓家姑侄能平安入京，替邓大人洗雪冤屈，诉求公道，伸张正义，于名利仕途毫无关联。途中，能得沈钦差和岳大人赏识，不惜委身屈就，结拜为异姓兄弟，真乃草民三生有幸，足慰平生了。舍此，再无其他奢望和念想，更无意混迹官宦仕途。草民浅涉武学，初窥门径，仅练得些皮毛架势，哪敢与大内高人比武过招？恳请王爷收回成命，还草民一条生路！"

"既来之则安之，这可由不得你。"王爷可不是好忽悠的。他知道沈天鹏是八卦掌行家，岳海鲲是鹰爪门高手，能得他二人结拜推选举荐的人，绝非平庸之辈。

满人都好勇斗狠，热衷崇尚骑射武功，王爷也不例外。像多数帝王权贵一样，对虎狼勇士等猛兽强者之间的角斗搏击，自然喜闻乐见。当然，欣赏愉悦之余，他也可从中觅得人才，为己所用，可谓一举多得。

"本王准你二人切磋为主，点到即止。但谁也不准马虎了事，敷衍本王。先说好，北门侠士如接不下阿勒什海二十招便落败，你须即刻出京，不准逗留片刻，本王不想再看见你。本王还要从重严治岳主事和张主事呈文虚言不实之罪。阿勒什海，你如二十招拿不下此无名之辈，本王罚你闭关一月，面壁思过。"

这恭亲王奕訢，可不是蠢蠢蠢蠢的王爷，他自小天资聪颖，颇有才气，曾拜翰林院掌院学士，授协办大学士、工部尚书兼署左都御史、充经筵讲官翁心存为师。

逾年，翁心存以母老乞养，告假归里，奕訢乃师事贾桢。

在名师教授下，他学习儒家经典十余年，精通满、蒙、汉三种语言文字，对诗文、武功、骑射等，也颇有造诣。并且，为培养自己的势力和自保而招募护卫死士，他不得不常和江湖武林中人有接触和交道。

他知道像北门云飞这样的剑客侠士软肋所在：皇家威严不好使，只有用朋友兄弟情义胁迫，才能使其就范，使出真功夫。

"回王爷，不用二十招，如十招拿不下他，下官甘愿领罪受罚！"阿勒什海道。

此人乃蒙古王公勋戚子弟，上三旗嫡系后裔，自幼习武，遍访武林大派，所到之处，凭着尊贵的身份，少林武当峨嵋华山昆仑……等，无不将本门派武功倾囊相授。十八岁时，由领侍卫内大臣选拔推荐，皇上面试，钦定为御前一等侍卫（收刮了约八万万两以上白银的大清巨贪和珅，就是从进阶三等侍卫、御前侍卫开始官宦仕途的），其前途不可限量。

这些年，与他比武败在他手下的人中，有的人武功确实不如他，也有不少碍于他的身份地位，不好和他尽力搏击的高手，因此，他便有些飘飘然，骄傲自大。

他是蒙古大汉，一米八以上的身高，而北门云飞，仅一米六七小个头，他自然没把北门云飞放在眼里。

这下轮到北门云飞为难了：比吧，既不能伤到御前一等侍卫身体毫发和大清脸面，又不能谦让认输，令自己和至亲朋友等蒙羞受辱被罚。不比吧，身为草民，王爷之命岂能违逆抗拒？

"比试刀剑拳脚，瞬息万变，凶险不可预测。较量中，如草民被阿勒什海大人伤到，倒无所谓；反之如草民不慎伤到阿勒什海大人，便是天大罪过。草民乞求王爷现就先赦草民无罪，否则，断难从命。"北门云飞决绝道。

"凭你也能伤我？自古打擂比武，死伤自负，下官恳请王爷恩准应承他。"阿勒什海轻蔑道。

"准了！周大人和众位作证，无论结果如何，本王赦你无罪。"王爷道。

"还有，此地狭窄低矮，不利比武，草民乞求王爷，能否换过场地再比？"北门云飞道，他如今只能拖延得一时算一时。

"这个不难，周大人，借你刑部后院校场一用，如何？"王爷问道。

"来人，"周祖培对应声入内的下属令道："王爷要用刑部后院校场，你即刻速去部置安排一下。王爷请！"

众人随王爷，从刑部大堂慢步至刑部后院校场。

179

刑部后院校场。

桌椅茶具已摆好。

刑部后院校场，是一个由刑部节制的专供刑部禁军和衙役操练比武的大校场。

现在，校场周围房舍围墙边上，内线是由身穿黄马褂的大内带刀侍卫三步一岗把守；外层由刑部所辖执枪禁军五步一哨警戒。

"云飞哥，实在不行，你就用断喉剑，我不想你出事。"来校场的路上，邓紫姗不无担心地小声道。

"云飞，你不要有任何顾忌，或怕伤了他，或怕影响朝廷对我大哥的断案而瞻前顾后，畏手畏脚，置自己安危不管。"邓艳玲也在旁轻言道，"我宁愿你平安活着，照顾紫姗一生一世，相比之下，其他的一切，真的都不重要了。你明白姑姑的意思吗？"

"姑姑，紫姗，你们放心，我即便不为我自己，但为了你们和我的家人，我也会保护好自己的生命平安地活着，与紫姗相伴一生。"北门云飞安慰道。"你们别担心，我想我会把握拿捏好分寸，一定能度过这个难关的，相信我！"

阿勒什海已至校场中央，腰挂佩刀，皮靴黑帽红顶绿领，贴身的黄马褂配着大红长袍，显得威风凛凛。

禁军四品带刀护卫将北门云飞进入刑部时交出的"紫霄追风剑"发还于北门云飞。

北门云飞接过"紫霄追风剑"后，把它放在校场边。

阿勒什海见北门云飞赤手空拳，也解下佩刀放在场边。

阿勒什海与北门云飞，两人走近相对，按江湖比武规矩互致礼数……

礼毕，阿勒什海毫不客气，先发制人，一阵南拳北腿并用，逼得北门云飞连连招架后退，五六招后才稳住阵脚。

尔后，阿勒什海又使出蒙古人精湛的摔跤术，几次将北门云飞掼摔出四五丈远，但北门云飞却巍然不倒，总能空翻反转，脚尖稳稳着地。

又十几招后，北门云飞反守为攻。阿勒什海虽还未落败，但北门云飞拳脚精妙，点到即止。每招每式，既伤不到阿勒什海，却又令他不得不接，接又难以应接，只能左闪右躲，踉跄退避。

　　"当真小瞧了此人。"阿勒什海暗道，"这家伙使的绝非我天朝武功，倒像东瀛武士和浪人的招式……难道他是深藏不露的倭寇？"想到此处，立起杀心，看准时机，捡起佩刀，朝北门云飞就是一阵猛劈、疾削、怒斩、狠砍、力刺……刀刀夺命。

　　邓家姑侄见状，心悬到了半空嗓子眼上。旁观众人亦大惊色，不知阿勒什海为何突然变得如此狂暴凶狠。但高手决斗，最怕干扰分心，王爷等虽然想叫停，却又不便出声。

　　北门云飞没想到对手会突然施刀，欲置自己于死地。这哪是比试，纯粹是恨不得将人立毙刀下。他也想趁乱拾起自己的"紫霄追凤剑"，但阿勒什海不给他机会，剧烈角斗中，阿勒什海瞄准机会，待搏击至场边搁剑处时，一脚将"紫霄追凤剑"踢飞出场外数十米处。

　　岳海鲲，张怀忠等忍不住怒道：

　　"哪有如此比武的？"

　　"堂堂大内高手，怎能如此下作？"

　　两人与邓家姑侄就要冲入场中助阵，却被站立王爷和周祖培身后两旁的禁军四品带刀护卫拦阻挡住。

　　王爷和周祖培，也觉阿勒什海此举有失光明和公平，正要叫停，却突然见到北门云飞左手中，凭空多了一把如流星飞舞闪烁的软剑。

　　只数招后，阿勒什海手中的佩刀便被北门云飞软剑扯脱离手，从大内侍卫和禁军头上飞过，插入校场外远处房舍屋檐上。随即，数十道旋转的白光，如浓雾一般罩住了阿勒什海。

　　片刻，众人还未看清到底发生了什么，北门云飞已对阿勒什海抱拳客套道："得罪！不怪！"

　　他手中的软剑已无影无踪，只是他的右手被自己用"断喉剑"所伤，血流如注……因为他不敢忘记断喉剑的魔咒：每次出鞘，必舔血方可回鞘。他不能让"断喉剑"舔对手的血，就只好让它舔自己的血。

　　他拾起远处的"紫霄追凤剑"，交给禁军四品带刀护卫，才回到邓家姑侄处，听任她们用金创药，止血，敷贴，包扎伤口。

　　众人再看阿勒什海，仍站立原处，一动不动。

一阵风过后，他头上的官帽，身上的黄马褂大红长袍，竟碎落飘洒一地。

只剩短袖内衣和短裤头的他：披头散发，赤膊露腿，却毫发无损，身上未见半点血迹和伤痕。

王爷，周祖培及众护场侍卫禁军，无不骇然惊愕。

第五十五章

善有善報　惡有惡報

180

咸丰十一年七月十七日清晨，爱新觉罗·奕詝，咸丰帝病逝于承德热河。

死前，十六日，咸丰帝在烟波致爽殿寝宫，召见怡亲王载垣、郑亲王端华、肃顺、景寿、穆荫、匡源、杜翰、焦祐瀛等。咸丰帝下谕："立皇长子载淳为皇太子。"又谕："皇长子载淳现为皇太子，著派载垣、端华、景寿、肃顺、穆荫、匡源、杜翰、焦祐瀛，尽心辅弼，赞襄一切政务。"以上就是历史上著名的"顾命八大臣"或"赞襄政务八大臣"。

恭亲王奕䜣和体仁阁大学士周祖培，顾命大臣僧格林沁和军机大臣文祥等均被冷落排斥在外。

七十四天后，两宫皇太后在恭亲王奕䜣，体仁阁大学士周祖培，顾命大臣僧格林沁和军机大臣文祥等帮助下，抢占先机，先发制人，成功发动"辛酉政变"，逮捕八大臣，判处怡亲王载垣、郑亲王端华自裁、肃顺斩立决，其他人革职。改年号"同治"。

爱新觉罗·奕䜣，协助慈禧太后政变后，被授予议政王，在军机处担任领班大臣，身兼宗人府宗令和总管内务府大臣。

待两宫太后还京，周祖培便与大学士贾祯疏议"垂帘听政"，并请更正"祺祥"年号，倡议并促成了东西两宫"垂帘听政"，因而受到两宫皇太后嘉奖。周祖培先后任会试正总裁、留京办事大臣、体仁阁大学士（正一品），管理户部与刑部、恭理丧仪大臣、实录馆稿本总裁、文渊阁领阁事、管理三库事务、教习庶吉士、太子太保。

同年秋，谕旨下：撤去徐之铭云南巡抚一职。

由宫里传出消息。两宫皇太后看过周祖培呈上的关于邓尔恒被害一案相关证词和那本账册，天颜大怒，几欲下旨立斩徐之铭，并立即整治云、贵、川、陕官场。在一班亲信重臣力阻下，考虑新君幼小初立；云南大理叛军未平；各亲王内戚仍对皇位虎视眈眈，此时不宜树敌太多，故强按捺下此案，不再查办深究。只免去徐之铭云南巡抚一职，安抚众臣。待皇权稳固后再作打算。

常言道：善有善报，恶有恶报；不是不报，时候未到。

同治元年闰八月，参与杀害邓尔恒的真凶何有保，因与手下分赃不均，猜疑内讧，被手下史荣、戴玉堂宰杀后，仍被朝廷新任云贵总督潘铎戮尸枭示，以儆效尤。从犯史荣、戴玉堂皆被拿获，对受何有保指使参与杀害邓尔恒一事，受庭审供认不讳，即予处死。

朝廷颁诏：邓尔恒依阵亡例赐恤，予骑都尉世职，子孙后代沿袭。谥文宪。

朝廷另诏：李玉龙和沈天鹏，依阵亡例赐恤，厚抚。

同治二年初，岳海鲲相约北门云飞等一道返回凤凰镇，迎取沈天鹏与李玉龙灵柩。沈天鹏被葬于苏州姑苏郊外；李玉龙被葬于西安乡下邓家私地丘岭上。

岳海鲲婚娶后，将家安在沈天鹏父母处，尽心尽力伺奉沈氏双老至百年后。

邓艳玲与长嫂共同哺育独子李啸林。

李啸林步北门云飞后路，酷爱练功习武，突破门规局限，中西结合，又得北门云飞和岳海鲲二大高手真传，剑术武功精进超凡，最终成为一代武学大家，并创立李氏八卦鹰爪门。

同治二年十一月，贵州巡抚何冠英、提督田兴恕因为保护钦差不力和发起"灭教"运动，惹怒英法等，朝廷顺势将田兴恕革职，发配新疆，永不赦免；何冠英病逝，毋庸议处。

同治三年，即 1864 年，距离邓尔恒被害仅仅四年，徐之铭"病逝"家中。

宫里宫外均有流言：徐之铭死前接同治小皇上（实则是两宫太后意思）口谕：要么立刻"被病死"家中，不累及家人；要么被问罪查抄，株连九族。两条路任选其一。

他死时，曾哀叹："我不该杀邓尔恒，招惹上'断喉剑'，如果我的'红蝙蝠'主指挥使没死在断喉剑下，我何至有今日？"

另有江湖传闻：受着白如雪从凤凰岭盗来的那两册被老尼姑胡乱改动过的《涅槃大乘掌》和《般若无相指》秘笈的诱惑，徐之铭终于忍不住强练《涅槃大乘掌》和《般若无相指》……结果，误入歧途，走火入魔，血脉偾张，暴毙而亡。

……

第五十六章

摇山豪杰 扼腕叹息

181

同治十一年（公元 1872 年），十一月。

被十余万清军围着的云南大理城内。

有三个头戴面罩的人，由大帅府侍卫领着，经通往城外的密道，带入位于大理南门的"元帅府"。

三人被侍卫带进议事厅殿后，又转交内卫引入大帅客厅。

正在和几个亲随和手下大司马议事的杜鸿斌见三人到来，立刻起身抱歉道："杜某因事耽搁，贵客远来，未曾门前相迎，还望多多包涵！请坐！上茶！"然后对众亲随，手下大司马和内卫侍从吩咐说："我与来客有话要说，你等全部退下！如没有十万火急之事，任何人不得打扰！"

待众人离去，内卫从外闭上厅门后，杜鸿斌又道："你等可脱下面罩了。让三位戴面罩来做客，杜某实在情非得已，因为我不知道这城中我的手下，有哪些已被朝廷收买，做了官军的鹰犬暗探。为保你等不至于日后再因为今天来见我而受到牵连，蒙受灾祸，杜某不得不如此，还望三位不怪。我猜想：白老寨主受杜某邀请，及时赶来赴约，想来杜某所重托的绝密之事，应已办妥，我说得对吧？"

三人摘下面罩：原来是鬼谷药寨寨主白重山和他的女儿白如雪及"红蝙蝠"副指挥使杨云松三人。

"是，受大帅信任，所重托的绝密之事，小的不敢怠慢，"白重山说着话，便从怀里掏出一大纸包，"这是鬼谷药寨我白家秘不外传的'一步断魂散'。连白如雪现在也不知道它的配方。此药像它的名字一样，入口即化，不见血也封喉，人如吞食一毫，只需迈出一步之

417

时，便会无觉无痛而亡，比砒霜，孔雀胆，断肠草还毒百倍，且无解药。小的不得不提醒元帅大人：此为不祥之物，请慎用！”

“这一包药药性如何？”杜鸿斌接过药包问道。

“渗入适量的食物酒水中，能让数千上万人立刻毙命，再多，我就不敢保证了。”白重山回道。

“足够了。”杜鸿斌满意道。

“我虽然不知道大元帅向我等索要此药是何意，将要用在何处，但因为和大元帅之前有过交道，多少了解一点大元帅的为人和品性，再加上，大元帅正干着乾坤挪移，改朝换代的宏伟大业，我料大元帅也不会残害良善无辜，所以才无所顾忌地献上此药，换作其他任何人所求，无论怎么威逼利诱，用再多金银索要，小的也不敢让此药在世上弥漫害人。小的相信，也但愿大元帅能将此药用在正道上，让我等不会因献此药而悔罪内疚，害我等和鬼谷药寨声名狼藉，颜面扫地！”听得出来，因此药太过剧毒催命害人，白重山还是有些顾虑和骇惧，才担心说道。

“害你？我如害你，几年前，你的鬼谷药寨在我辖区治下时，你差点就是我杜某的盘中餐，徐巡抚俎上刀下的鸡鸭鱼肉了！”杜鸿斌笑道，“你不知道吧，徐巡抚出了三十万两白银，向我买你当他的人质。我知道你值这价：因为控制住你，即控制住了鬼谷药寨八百制药人，也控制住了身为超级杀手的白姑娘……这些制药人，如行善，可从病魔瘟疫手中救下千百万人性命；如作恶，就像这‘一步断魂散’，同样可令千百万人瞬间送命。”

“元帅大人自然没答应他。”杨副使想当然道。他也知道此人虽然是乱世枭雄，做人却极有底线，是个德才兼备的君子，绝不会为名为利出卖良心和正义。

“错，我一口应承了他，条件是他先付我二十万两定金，”杜鸿斌狡黠地反驳道，“我是觉得他的银子反正也是从各处搜括来的不义之财，不赚白不赚，赚来为我义军增添些军用器械，抚恤阵亡将士家属，有何不可？当然，拿了他的银子也是白拿，我肯定不会如他所愿，难为白老寨主及其家人。因为白老寨主于我有恩，在我居无定所时收留了我；白姑娘又是我的学生，我岂能行此天怒人怨之恶事？再说，我如是见利忘义之徒，和他那样的贪官污吏又有何区别？我和他原本就不是一路人。我时不时与他虚与委蛇，浅交应酬，不过是各有所需。为了在战略上尽可能为我义军趋利避害，我必然要争取笼络一切可争取笼络之人，为我所用，尤其是像他那样位高权重手握重兵的封疆大吏。"

"从大元帅一番话里，我仿佛又遇见了当年那个德才兼备，黜邪崇正，恩怨分明的木士老师！"白如雪忍不住赞道。

"唉，因为我，你被恶吏逼迫，不得不加入'红蝙蝠'邪恶杀手组织，老师对你多多少少有些亏欠……"杜鸿斌愧疚道，"还好，你良知未泯，迷途知返。后来，听说你终被朝廷所用，秘密挂职刑部下属某清吏司六品带刀女捕快，老师我才稍感安慰。"

"这……您也知道？"白如雪奇道。

"我自信，我的内卫情报系统'天眼'，绝不比大明'锦衣卫'和大清'粘杆处'差。"杜鸿斌自豪道。"既然说到此处，老师再卖你个人情：几年前，你与这位'红蝙蝠'副指挥使杨云松先生低调完婚，结为夫妻，对不？我还知道他原名叫僧悟，其祖上是'什门四圣'中的僧肇，他也是《无量流星截》的传人之一。"

"这……这……你也知道？"杨副使有些意外和吃惊。"那你也一定知道《涅槃大乘掌》和《般若无相指》及《无量流星截》的来龙去脉了？是啦，我内人便是从你这儿知道我的部分渊源的。那你肯定也知道我还是……"

"'蜂针'，"杜鸿斌一语中的，"你是周祖培任职刑部尚书时，派在云南巡抚徐之铭身边的卧底。他曾出重金让我秘密调查过你。"

"您……您却没有揭露我。"杨云松沮丧道。他万万没想到，他的生死祸福荣辱，曾悬于此人一念之间。

"一，你虽为杀手和卧底，却非看重官道仕途贪图名利之辈。你的手从没沾过我义军的血。"杜鸿斌中肯道，"二，你是我学生的救命恩人，又是她可托付终生之人，我帮你，便是还了她一份人情。想来，徐之铭种在你身上的蛊毒，自然也难不倒白老寨主？你如今，自然不再受制于他……怎么样，白姑娘，这人情够大吧？"

"谢谢老师……大元帅成全！此大恩大德，学生没齿难忘，今生如不能回报，来世必衔环结草，报答恩师！"白如雪由衷感激到。

"只要你别再埋怨老师就好。"杜鸿斌道。

"我埋怨过从鬼谷药寨逃走的木士老师，却从未埋怨过领导万民反抗暴政的兵马大元帅杜鸿斌。"白如雪意味深长道。

"你有这般思想，又能分辨是非，当老师的很欣慰。"杜鸿斌满意道，又说："学生既已婚嫁，当老师的不能不有所表示。"边说边去从书桌抽屉里拿出一个小锦盒，打开，递给白如雪，是颗鸡蛋大的价值连城的夜明珠……它映射出的柔和荧光，毫不逊色皎洁的月光。

"这是我祖上的传家宝，我留着也没用，就当老师给学生的嫁妆，请务必收下。愿它温和纯净的柔光，能驱走黑暗，照亮你以后的路。"

"这礼太重了，学生不敢收。老师用不着的话，可传给你的家人呀！"白如雪婉拒道。

"我如用不着，我的家人也用不着。"杜鸿斌凄然道，"因为我的结局就是他们的结局，朝廷绝对不会放过他们中任何一人。依据大清诛九族之律，我殉难的那天，就是他们陪葬的一天……"

"乞元帅，容小的说句不中听的话：既知今日何必当初呢？"白重山道。

"箭在弦上，不得不发。"杜鸿斌反问杨云松道："你在云南多年，应该知道我反大清朝廷，不是因为我先天有反骨，有想做皇帝的春秋大梦；更不是因为我后天的贫穷，难以生存，不得不反……你不会不知道'保山惨案'的真相吧？"

"如果我没记错，道光二十五年四月，由保山汉族土豪地痞无赖成立的团练"香把会"，利用回汉矛盾，勾结官府，烧杀掳掠，捣毁清真寺，放火焚烧回民的房屋，县城外五十多个回民村落在械斗中被踏为平地。同年九月，保山县官军与"香把会"联手，对县城内的回民进行屠杀，八千多回民几乎被屠杀殆尽。您的祖父、外祖父、父亲、母亲、弟弟和妹妹等十五人均被杀害，未婚妻也被恶棍知府的家丁抢去，占为己有。惨案发生时，您正在蒙化县小围埂村的忠义堂，因此躲过这一劫。这就是'保山惨案'真相。"杨云松道，"'保山惨案'后，您没有以牙还牙，血债血偿，用屠杀对付屠杀，更不是乘机揭竿起义，而是上访申诉，请求公道。道光二十六年，您以回民受难者代表身份，与几个遇难者亲属赴京上控。道光二十七年，道光皇帝降旨：任命云贵总督林则徐为钦差大臣，到永昌查办并全权处理永昌回汉械斗的案子。"

"那么，这位虎门销烟、广州禁烟大英雄、奋力抗英而闻名中外，成为一代名吏，深得皇上信任和重用的朝廷大臣，又是如何处理该案的呢？"杜鸿斌再问道。

"他秉承旨意，审时度势，明哲保身，官官相护，只对惨案中受人指使的直接参与屠杀的'香把会'头目沈聚成等主要凶手计 28 人予以逮捕。不知是何人，出于什么目的，又暗中派人唆使这些被捕之人，在押解途中全部"自杀"身亡，以致死无对证。而对杀人主使迤西道罗天池，永昌地区文武官员：永昌府知府、保山县知县、永昌协副将、永昌协中军都司等所有牵涉此案的罪魁祸首，杀人元凶等，却不深究问罪。林（则徐）大人在随后的上奏行文中，竟不顾道德和良知，任意颠倒黑白、捏造伪证、掩饰事实真相，想方设法为他们开脱恶行，洗清罪孽，大事化小，小事化无，或从轻发落，或革职不用，或不追究。

道光二十八年，林（则徐）师次永平，判七哨凶徒 430 名；与此同时，他认为滇西回民'良善少而顽梗多'，判回民 491 名，还冤杀各县回族士绅 76 人。

您等于道光二十七年九月被刑部押解回滇。

林（则徐）大人对进京告御状的您与其他人的处理结果是：'控告呈词有失实之处，但念他们家属已经被害，从宽免责释放'。

更让您等不能容忍的是，他以'安抚'为名，竟把世代居住在保山县里，在大屠杀中得以余生的您和二百多户回民，强迫迁移到远离保山县城二百多里，前隔潞江，后依雪山，名叫官乃山的一座荒山去。你们在保山县城里原有的田地房产等一切财物尽被充公霸占，被迫去开垦不毛的荒山，过野人般挨饥受寒的苦难生活，这和朝廷将罪犯流放宁古塔毫无二致。如此，就加深了您等云南回民的愤怒。

而林（则徐）大人，'因此案处置得当，维护了朝廷威严，皇家颜面'（圣谕），云南地方各级官府大员自然十分满意，皇上亦龙心愉悦；除赏戴花翎外，还加授太子太保衔，以示嘉奖。

您等不服，又为保山县受害回民向朝廷交涉，云南地方官员痛恨您等在皇上面前捅开了'保山惨案'的真相，暴露了云南官场的黑幕，让他们的同僚受到处罚，便将您等为首者逮捕入狱……"

"越狱后，我便对这个黑暗的找不到公平和正义的朝廷绝望了。看到'保山惨案'如此了结，实出预料之外。冤案未雪，孑遗者又面临灭种之横祸。"杜鸿斌接着说，"回汉本一家，然皇权霸道，奸臣横行，唯利是图，滥施制衡治民术，以汉抑回，厚此薄彼，反复无常；再加上一些地方官吏，为一己之私，利用回汉民间纠纷，从旁煽风点火，加剧制造矛盾，扩大事态，以便趁机火中取栗。

我之所以揭竿而起，并非仇汉恨官，而是真正觉悟到：'保山惨案'发生的根源和我等回民同胞所受到的一系列不公平待遇，都是这个罪恶的朝廷和它治下的苛政造成的。

从皇上王公大臣到地方知府县衙官吏，他们哪个不是把爱民如子廉洁奉公挂在嘴上？而现实是：他们用世袭的特权，享受着自己为自己量身定做的特供和养廉银，过着穷奢极欲，挥霍糜烂，荒淫堕落的生活……还嫌不够，还要在我等草民身上用各种赋税收费敲骨吸髓，进行盘剥和压榨。

之前，我虽然怨恨他林（则徐）总督，巴不得将他五马分尸，以泄心头之愤懑，但我也清楚知道：他只不过是官官相护助纣为虐视回民如草芥的帮凶而已，真正的罪魁祸首是皇权专制和它治下的暴政，是不惜任何代价也要维护皇权专制统治地位的帝王和手握重权的皇亲国戚及王公大臣；是既得福祉厚利的各级贪官污吏；是被洗脑后从旁推波助澜的愚忠愚孝的顺民……他们同样都是专制暴政的产物和另一类受害者：没有肥沃肮脏的土壤，人性的恶怎能生根开花结果？没有恶制的纵容庇护熏染，他们又怎会良知泯灭，道德尽失，是非不分？

　　在这个皇权专政体制下，难道只有被边缘化的我们回民生活在水深火热中吗？你们汉人甚至满人中无权无势的庶民小老百姓，不也常常挣扎在贫困与饥荒的死亡线上吗？不推翻它，还会有第二个第三个'保山惨案'发生。我等义军与北宋末年梁山那108将相同的是，我们都是恶制下受暴政欺压的良民百姓，被为官不仁的酷吏所逼，不得不反。不同的是，梁山好汉被招安了，而我却选择了不成功便成仁。作为朝廷的暗探眼线，杨副使不会对我的根底一无所知吧？"

　　"是，不好意思，职责所在，我的确为朝廷收集过大元帅的资料。"杨云松歉疚道，"我知道，您家世代赶马经商，家道殷实，衣食无忧，甚至有钱让您进私塾读书，享受过良好的教育。您家还在保山城内的四牌坊开了一家茶铺，生意兴隆。

　　您自幼勤奋好学，13岁即熟读儒家典籍，14岁考中秀才，16岁补廪膳生员，通晓伊斯兰经典。

　　您的学生白如雪的武功是您所传授，我想您的武功自然不弱。

　　如不是'保山惨案'和后来一系列天怒人怨的变故，你的前途或许文可比苏轼，武能齐展昭，再不济，至少也是名儒或武学大师！

　　唉，造化弄人，时不待尔。

　　如今，您和这城中数万将士，似已成笼中困兽，希望渺茫。另外据我所知，您手下的十八大司中，还有你的大理政权里，一些军政要员，有很多已公开倒戈投入朝廷。还有的，明面上还跟随您，暗地里却早已通敌背叛，只等关键时，在您背后下手，令您防不胜防。"

　　"谢谢你告诉我这些。"杜鸿斌坦然微笑道。"你说的是我手下大将马德新、马如龙吧？还有……现仍掌握兵权的大司衡杨荣，我何尝不知树倒猢狲散，墙倒众人推之理？虽然我鄙视和厌恶他们的卑劣无耻和贪生怕死，但我原谅和宽容他们，因为蝼蚁尚且偷生，大凡虫草，无不趋炎附势。此时两军对垒，如优势在我，他们还会背叛吗？反水也好，背叛也罢，我与朝廷这场实力悬殊不对等的博弈反正就快落幕结束了，我不想再用屠刀对付我的同胞了，哪怕他们已经出卖了我。自从我蒙化起兵，'救民伐暴'，'杀官安民'，十数年过去了，死了那么多人，换来的是如今我等众义军就要灰飞烟灭的结果，我怎能再强求他们继续忠诚追随我？”

“死了数十万人，仅是如此结局，您和您的家人及手下后悔过吗？对不起！我也许不该问。”杨云松随口问道，又觉得有些失礼和欠妥。

“家人及手下后没后悔过，我不知道，但我绝不后悔！如让我再活一次，再有‘保山惨案’，我还会这么做。”杜鸿斌坚定道。“当然，我猜想，我的手下，其中肯定有不少人，巴不得用我的脑袋，去向朝廷换些赏银和高官厚禄……但我相信，更多的人（包括已经战死沙场的人们），他们会由衷地感谢我，因为是我，让世代为奴为仆，备受官府官员欺负压迫而不得不跪爬在地上，忍气吞声，常用眼泪泡饭求生的他们，终于站起身来，挺直腰杆，昂着头，做了一回有尊严有地位，让人不敢小觑的人。我等义军所到之处，抓知县，虏知府，毙千总，逼得云贵总督恒春，不得不在绝望中恐惧地自缢而死……这些平日里作威作福不可一世的贪官污吏，地痞流氓，在我等面前，如丧家之犬，落汤的鸡，无不闻风丧胆，东躲西藏，逃之夭夭。试问：芸芸众生，有多少人，终其一生一世，能有我等如此快意恩仇，潇洒辉煌的人生？”

“可如今兵临城下，您等和这座孤城，已被朝廷大军层层包围着，密密匝匝如铁桶一般。大元帅就没有突围的想法？”杨云松相劝道，“留得青山在，不怕没柴烧。我是说，大元帅如有意审时度势，暂避锋芒，藏器于身，待时而动，我等愿助大元帅全身而退。”

“你是让我逃跑，扔下城中数万将士，置他们的生死不顾，独自苟且偷生？我可能吗？我是这样的人吗？”杜鸿斌有些不屑道。“说实话，人非圣贤，谁不怕死？连神仙也不愿自我了结生命，坠入轮回，何况我等凡人？我不是没想过，用当初从鬼谷药寨逃亡的理由溜之大吉，其借口是为保存实力，图谋宏伟大业，暂时潜隐，待时而东山再起……但我的良知与德操能令我余生心安吗？我将来故去后，我又如何面对那数十万亡魂的声讨和审判呢？

我不可能预测不到：当下形势是，自洪天王兵败天京，陨落尘埃，太平军势力灰飞烟灭后，这个万恶的朝廷，比之以往更为强大。正应了那句话：它虽腐败肮脏，然百足之虫，死而不僵。此一时非昔一时，即便我今日逃出去，将来有东山再起卷土重来时，也毫无胜算。明知不可为，我又何必再作此无为挣扎，牺牲更多人性命？

知道项羽为何不过乌江吗？八千子弟随他过江西征……垓下一战，与项王突围至乌江江岸者，仅数十骑。《史记·项羽本纪》：……乌江亭长檥船待，谓项王曰：'江东虽小，地方千里，众数十万人，亦足王也。愿大王急渡。今独臣有船，汉军至，无以渡。'项王笑曰：'天之亡我，我何渡为！且籍与江东子弟八千人渡江而西，今无一人还，纵江东父兄怜而王我，我何面目见之？纵彼不言，籍独不愧于心乎？'

霸王此言，不正是我今日境遇和心情写照吗？大凡真男儿，大丈夫，血性汉子，无论回汉，就该如此：'生当作人杰，死亦为鬼雄……'岂可如鼠类，寄人篱下，东躲西藏，残喘度日，奴颜媚骨、卑躬屈膝于沟壑人下？"

"或许我们可以带走您的家人，使他们免遭灭顶之灾。我那鬼谷中藏上几百人应该没什么问题。"白重山亦劝道。

"这城中追随我的手下大司和军士，哪个不是父母所生？哪个没有兄弟姐妹等至亲家人？我如救不了他们和他们的家人，又岂可让我和我的家人独活？他们抛家舍业追随我南征北战，值此深陷绝境之时，我唯有让我和我的家人与他们同生死，共存亡，如此，才能减轻我对他们的愧疚与亏欠！"

"大帅此时如用得着我等，小的愿留下，在大帅麾下效犬马之劳！"杨云松道。杜鸿斌的胸襟与情怀，令他感动崇拜敬仰。

"学生也愿效命老师鞍前马后！"白如雪也动情道。

"我鬼谷药寨千余药人，愿为大帅驱使！"白重山亦豪气道。

"谢谢！谢谢！真的很感谢！"杜鸿斌的双眼有些湿润了，"患难见真情。虽然杯水车薪，难解眼前燃眉之急，但你等好意，我心领了。我是绝不会留三位在此枉送性命的。难得三位在我身陷万难之时，仍有如此古道热肠侠肝义胆，杜某知足了。可惜，我与杨副使虽然先前相识，但如此交心甚晚，否则……唉，不说了！"话音未落，只见他右手挥出，凌空虚抓，在客厅两丈外墙角搁靠着的一柄镶有钻石玛瑙的长剑，便弹起，飞跃入他手中。

"隔空取物……涅槃大乘掌……原来老师也会此神功！"白如雪忍不住脱口而出。

白重山和杨云松虽然没有言语，但内心也是十分的暗自佩服和赞叹。特别是杨云松，不禁疑窦丛生："《涅槃大乘掌》和《般若无相指》真迹，难道已为此人获取？不然，他怎会此神功？！"

"涅槃大乘掌，内含深奥无比玄机，老师我也仅初有心得，哪敢大言不惭会此神功？"杜鸿斌对白如雪说，"不好意思，老师我也有两册《涅槃大乘掌》和《般若无相指》的抄本，和你从凤凰岭老尼姑处盗取的那两本《涅槃大乘掌》和《般若无相指》的抄本一模一样。至于我是如何到手的，我就不便说了……对了，《涅槃大乘掌》和《般若无相指》真迹，你等最终还是没寻到吧？"

见杨云松和白如雪均摇头肯定，杜鸿斌又道，"只怕这两册武功秘笈还藏在金兜山和凤凰岭某隐秘处也说不定……不过，《涅槃大乘掌》和《般若无相指》武功秘笈真迹最终还是不见天日为好，否则，说不定又会生出几个如金兜山魔掌老道和凤凰岭铁指仙姑一样残暴邪恶的魔头，再危害江湖武林世道，你们说对不？"边说边把手中剑递给杨云松道："这把剑跟随我征战多年，你我总算有些缘分，今日一别，恐难再见，杨副使如不嫌弃，可否收下，作个纪念？"

"小的何德何能，敢接大元帅佩剑？"杨云松恭敬婉拒道。但转念一想，又觉不妥，便再言道："但大元帅既已有意让圣恩垂爱在下，小的不接便是不敬。所以，小的就不揣冒昧，暂且替大元帅保管此剑，绝不令其受到任何损伤和亵渎。它日大元帅如想着要用到此剑时，小的必双手呈上。"

"刚才你等也看到了，我杜某如非自愿留下，谁能留得住我？飞檐走壁，踏雪无痕，一苇渡江，都难不倒我教过的学生，再多刀枪弓弩高墙沟渠又能奈我何？我若想离开此地，城外纵有再多官军，有谁能拦得住我？"说完，又随意拿起桌案上两支闲置的细管狼毫，朝客厅远处一扔，暗淡的烛光下，两只正在漫无目的兜游的蟑螂，便被他掷出的细管狼毫给牢牢地钉在壁墙上。他又转移话题，突然问道："你们的朋友北门侠士和他手中的断喉剑，真有传说中的那么神奇？"

"比传说中的还要神奇百倍。"白如雪回道，"不瞒老师，如非学生亲眼所见，学生也不会相信人世间真有其人其剑。"

"唉，学武练功之人，如能一睹其侠士风采和神剑，也不枉来人世走这趟……我是无此福缘了。"杜鸿斌有些遗憾道，"我知道你们是北门侠士的朋友，将来见着他，请代我向他问好！"

"一定转到。"杨云松应道，又问："大元帅身怀绝技，却如此舍生取义，倒让我等汗颜！不知我等还能为您和您的义军做点什么？"

"白老寨主及众位，已为我的义军做得够多了。你们援助我义军的那些治疗刀伤，疟疾和虫蛇叮咬的药草，让无数义军将士受益匪浅，令伤者得以免除病患，起死回生，作为义军统帅，杜某在此深表感谢！"杜鸿斌说着话，起身到书架上拿来一个紫色木盒，打开递给白重山，"这是一盒高丽千年老参，是我手下从一个朝廷知府家中搜来进奉我的，我就代表手下，借花献佛，转赠白老寨主，以表我义军将士对白老寨主的拳拳之心，感恩之情。还请老寨主不要推辞。

另外，我再送你一件礼物，你肯定有兴趣接受：你的大管家的汉人小妾，是巡抚衙门的耳目和眼线。我藏身鬼谷药寨的消息，就是她密报官府的。大管家对她的秘密毫不知情。"

停顿了一会儿，杜鸿斌又道："如果说你们还能帮我什么的话，那就是：你们要好好活着，如有条件，将今天发生的事件真相，整理成册，如实告诉后人，让更多的人觉悟到：坏的制度不仅会让一个国家和整个民族里的坏人越来越多，越来越坏，坏到恬不知耻，肆意妄为，无所顾忌……而且还会逼着好人要么变成坏人的帮凶，最终也随潮流堕落成为坏人；要么变成像我们这样因为忍受不了坏人的欺侮而又不想做坏人，只能揭竿而起，成为对抗朝廷的'反贼'。

只有好的制度，才能让一个国家和整个民族里的官吏庶民，变得更廉洁更自爱更文明更诚信，让坏人因无地自容至无法生存而不得不变成好人。

因为我不相信，朝廷圈养的史官和御用文人，会如实记录下对朝廷不利的各个历史事件。了解'保山惨案'始末的人，知道我们是被逼上梁山的受害者，而在朝廷和不明真相的人眼里，我们是造反的暴徒刁民和叛逆反贼⋯⋯

纵观古今，哪个极权专制王朝没有伪造的历史？哪个极权专制王朝没有出几本谎话连篇的史书？又有多少历史事件的真相为后世的人们所知？仅此而已，拜托了！时间不早，我不留你们了。你等还是趁夜出城安全些。请再戴上面罩⋯⋯来人——"他对应声而来的内卫吩咐道，"传令下去，务必把他三人从原路安全送出城。有胆敢拦阻者，无论是谁，立斩！"

182

白重山等返回鬼谷药寨。

三天后，白重山的大管家"伤心"地对外称：多年前所纳汉人小妾，因魔鬼突然附身，已失语失明失聪，并瘫痪卧床不起，恐不久于人世。

月余，杨云松等才从部分清军官兵口中和小道传言得知杜鸿斌等义军噩耗：

他三人应召入大元帅府那夜，杜鸿斌正和手下十八个大司中的几个亲信大司商议与围城清军议和之事。

他也知道以大司衡杨荣为首的几个大司已通敌背叛，正寻求机会，要用他的人头，换取朝廷官员口头已经答应的高官厚禄。

但他"情愿拼舍一身，以救数万生灵；不令我族，被斩草除根"。

他自愿用自己和全家人性命为代价，换取清军承诺：保证城中数万将士平安。

得清军统帅岑毓英和杨玉科应允：在不能赦免杜鸿斌及家人的罪责条件下，可以保全大理城内人员生命财产平安。

翌日，他便与家人，计一百零八口，全部服毒自尽，无一幸免。

尔后，他用内力抗着药性，令人抬着出城至清军大营，兑现承诺。

毒发不省人事后，被清军斩首。

　　然而，清军统帅岑毓英，杨玉科等，却背信弃议，践踏诺言，依旧纵兵血洗屠城。仅三天，城内被杀的义军与回民就多达 10 万余人，清军把部分死者的耳朵和手掌剁下，装了几十大筐，送到昆明向朝廷邀功。

　　值得一提的是，杜鸿斌死后不到一月，贪生怕死，见利忘义，卖友求荣，已投靠朝廷的叛徒大司衡杨荣等十三名前大理政权的军政要员，也被清军统帅岑毓英和杨玉科用奸诈计谋诱捕，将其全部抓获并问罪处死。真应了那句老话：报应不爽，作恶者必得恶报，从来没有差错。古往今来，凡做叛徒的，大都没有好下场……

尾　声

北门云飞经西太后恩准，由恭王爷亲授四品带刀侍卫虚衔，颁给刑部腰牌，按时可支领干薪。平时不用当职坐班，但有王令召之，务须即到。

他与邓紫姗，有情人终成眷属。

有恭王爷赏识，有周祖培提携，他本可以在官场仕途上有一番作为……

但按照北门云飞的说法：出国门转了一圈，呼吸过民主与自由的空气后，再也无法忍受和习惯做国内皇权专政统治下被压迫被奴役的庶民百姓。

他深知：在这个万恶的暴政下，任何身份和地位卑微的草民百姓，就如同被拴养在畜圈里待宰的羔羊、等着刀俎剁碎下锅的鱼肉，连生存都毫无保障，更别说快乐和幸福了。

所谓《诗经·小雅·北山之什·北山》曰："普天之下莫非王土，率土之滨莫非王臣"，整句话的意思其实就是：普天之下，皆是王土；四海之内，皆是王臣。草民百姓为生存而不得不拚命劳作所获得的少得可怜的一切：土地房屋，油盐柴米，一针一线，雨水空气……等，最终的所有权，都归帝王和他统治下的朝廷绝对拥有。不论何时何地，各府衙官吏皆有权以朝廷的名义，将其或挂牌高价出售出租，或随意巧设名目中途额外收费；或提前低价收回已租出的一切，再天价出租。

谁要不服从苛政，不见官下跪，不做天朝听话的顺民，就必被皇上和王公大臣及各级衙门掌握公权的酷吏扣上"谋反大逆、妄布邪言、煽惑人心、诗文悖逆、不法邪言……"等莫须有的大帽子罪，随即捕之杀之而后快。

　　对那些在强权和苛政暴虐的压榨下，已经习惯了下跪，逆来顺受，忍气吞声，即便家徒四壁一贫如洗，甚至完全被剥夺了做人的尊严和自由，仍然甘为天朝的贱奴和愚民（并且，还世代传承，沾沾自喜，竟以此身份为荣），他也只能"哀其不幸，怒其不争"，并克制不住源于内心的对他们特别的鄙夷、蔑视、厌恶……说这种人连猪狗牛马都不如，一点也不过分，因为猪狗牛马尚有愤怒发狂咆哮时，而被奴化驯服的这些愚民贱奴，让恐惧害怕和尽忠报国的枷锁桎梏着，至死也不敢对暴君苛政有一丝微辞怨言。无论谁（包括上帝）也扶不起他们昂首挺胸伸腰站起来与暴君苛政抗争。他半点都不想与之相处为邻，因为他无法忍受自己的后代，也被天朝暴政和这些愚民贱奴造就的极其低劣的奴性文化习俗氛围所教化、熏陶、感染、洗脑，最终变成像他们一样可怜怯懦而又浅陋鄙薄的人。

　　他感慨哀叹："天朝如多有几个像杜鸿斌那样的人杰英豪，何愁乾坤不挪移，再现明朗、清亮、洁净之天地江河市井？"

　　一想到自己和家人随时都有可能因言获罪株连九族，失去做人的一切尊严和权力，被官府没收尽房屋田土家产，而沦为卑贱可怜的囚犯奴隶，任人随心所欲的切割，肆意妄为的欺凌，残酷无情的践踏，像猪狗牛马一样地被囚禁鞭打，在笼子里苟延残喘，他就恐惧和心寒。尽管他可以凭借自己的绝世武功，做官府的鹰犬而得以自保，甚至飞黄腾达……

　　但他还是不愿成为被官府豢养的仰人鼻息卑微苟活的官吏；更不想在帝王君主王公大臣手下，做趋炎附势追名逐利的奴才和为获取高官厚禄而去欺压良善弱小的爪牙。

　　有孟母三迁、范蠡远祸、萧何自污的榜样，他也只求自保了。

　　于是，婚后数月，他便向王爷请辞，举家移民迁往西欧大英帝国定居。

　　每次回乡走亲串友，北门云飞与夫人等，必先到鬼谷药寨，与杨副使白如雪等盘桓数日，便一同结伴，绕道凤凰镇金兜山和凤凰岭，拜见黄老管家和桂姑，回首往事，缅怀故人。

　　又一路前往西安问候岳母大人，姑姑和啸林小弟。再到姑苏慰问沈天鹏父母，约会义兄岳海鲲，所携礼品，足以让沈家双老富享晚年，无贫困潦倒之忧；最后，一行人至京城，拜见恭王爷。一生致力洋务运动的王爷，自然欢迎，并适时过问西南及异邦他国人文政治军事状况，北门云飞等便知无不言，言无不尽。

数年后，从王爷口中，北门云飞得知：和他在刑部校场比武的阿勒什海，经此挫折，方知天外有天，人外有人。尔后，毅然决然辞去官职，隐身庙堂，潜心佛经，竟成一代讲法弘道大法师。

也是在婚后，邓紫姗才看清楚了藏在北门云飞腰间的那把举世闻名的能销铁如泥，吹毛断发的大马士革断喉剑：其剑身如冰片蝉翼，铮亮平滑，光洁如镜，闪着冷光。双刃刚柔兼备极是锋利无比，透着寒气。剑鞘剑身，弹性最好，可笔直如针，也可弯如良弓。此剑还绝的是：虽断了多人咽喉，剑刃剑身上却无一星半点血迹。凡见过此剑之人，无一例外：目视此剑十数秒，剑身必现鬼魅之狰狞幻影，最是恐怖骇人。

因为此剑杀气太重，北门云飞生前害怕它祸害武林，便将其深藏秘匿，家人均无人知晓。

北门云飞百年后，此剑便消声灭迹，再未重现江湖。

《涅槃大乘掌》和《般若无相指》秘笈真迹，也因为老道和老尼姑的死，从此无影无踪，成了亘古至今不解之谜。

全书完

寒江飞雪 2017 年 4 月 10 日完稿于中士镇
寒江飞雪 2019 年 2 月 18 日修改于中士镇

www.ingramcontent.com/pod-product-compliance
Lightning Source LLC
Chambersburg PA
CBHW031735180726
48283CB00005B/1520